古典◎嗜讀

詩經全注

黃忠慎 編著

五南圖書出版公司 印行

凡例

一、本書分【注釋】與【說明】兩部分，前者為字詞句之解釋，後者為篇旨之討論。

二、本書雖力求簡約，但著者以為「《詩》無達詁」不僅表現在各篇的主題上，也表現在每一字、詞、句上，故各條注釋未必只取一說，各篇主題更不敢強調何說方為正詁。

三、本書在討論篇旨時，先說明詩之大義，接著就引用《詩序》之說，為了方便說明，《序》之首句稱為〈古序〉，首句以下的說明稱為〈續序〉。

四、本書在討論篇旨時之所以必引《詩序》之說，那是因為著者尊重《詩序》，但「尊《序》」絕不等同於「守《序》」，讀者從【說明】欄的文字即可察知。

五、本書【注釋】欄引用前人之大著，通常使用省稱，其省稱全稱對照如下。

省稱	全稱
《毛傳》	漢．毛公《毛詩故訓傳》
《說文》（漢．許慎）	《說文解字》
《鄭箋》	漢．鄭玄《毛詩箋》
《蟲魚疏》（晉．陸璣）	《毛詩草木鳥獸蟲魚疏》
《釋文》（唐．陸德明）	《經典釋文》
《孔疏》	唐．孔穎達《毛詩正義》
《集傳》（宋．蘇轍）	《詩集傳》（或《詩解集傳》）

（續下表）

《詩傳》（宋・楊簡）	《慈湖詩傳》
《集解》（宋・李樗）	《毛詩集解》
《讀詩記》（宋・呂祖謙）	《呂氏家塾讀詩記》
《朱傳》	宋・朱熹《詩集傳》
《原解》（明・郝敬）	《毛詩原解》
《古義》（明・何楷）	《詩經世本古義》
《解頤》（明・季本）	《詩說解頤》
《稗疏》（清・王夫之）	《詩經稗疏》
《寫官記》（清・毛奇齡）	《毛詩寫官記》
《稽古編》（清・陳啓源）	《毛詩稽古編》
《通論》（清・姚際恒）	《詩經通論》
《舉例》（清・江永）	《詩韻舉例》
《古義》（清・惠棟）	《毛詩古義》
《考正》（清・戴震）	《毛鄭詩考正》
《小學》（清・段玉裁）	《詩經小學》
《偶識》（清・崔述）	《讀風偶識》
《校勘記》（清・阮元）	《毛詩注疏校勘記》
《疏證》（清・王念孫）	《廣雅疏證》
《釋詞》（清・王引之）	《經傳釋詞》
《述聞》（清・王引之）	《經義述聞》
《後箋》（清・胡承珙）	《毛詩後箋》

（續下表）

《通釋》（清・馬瑞辰）	《毛詩傳箋通釋》
《遺説考》（清・陳喬樅）	《三家詩遺説考》
《衍釋》（清・吳昌瑩）	《經詞衍釋》
《平議》（清・俞樾）	《毛詩平議》
《傳疏》（清・陳奐）	《詩毛氏傳疏》
《定聲》（清・朱駿聲）	《説文通訓定聲》
《原始》（清・方玉潤）	《詩經原始》
《集疏》（清・王先謙）	《詩三家義集疏》
《集林》（民・王國維）	《觀堂集林》
《通解》（民・林義光）	《詩經通解》
《類鈔》（民・聞一多）	《風詩類鈔》
《新義》（民・聞一多）	《詩經新義》
《通義》（民・聞一多）	《詩經通義》
《會通》（民・吳闓生）	《詩義會通》
《新證》（民・于省吾）	《詩經新證》
《今注》（民・高亨）	《詩經今注》
《詮釋》（民・屈萬里）	《詩經詮釋》
《選注》（民・屈萬里）	《詩經選注》
《通釋》（民・王靜芝）	《詩經通釋》
《評釋》（民・朱守亮）	《詩經評釋》
《譯註》（民・程俊英）	《詩經譯註》

（續下表）

《注析》（民．程俊英、蔣見元）	《詩經注析》
《正詁》（民．余培林）	《詩經正詁》
《注釋》（瑞典．高本漢）	《詩經注釋》
《讀本》（民．滕志賢）	《詩經讀本》
《新注全譯》（民．唐莫堯）	《詩經新注全譯》

六、本書【注釋】欄所引前人單篇文章，其篇名皆用全稱。

七、本書【說明】欄所引前人之大著，除《毛傳》、《鄭箋》、《孔疏》、《朱傳》得方便用省稱之外，其餘書名無論長短，皆用全稱。

八、本書紕繆之處仍多，敬請博雅君子不吝賜教。

目錄

鄭風（二十一篇） 167

齊風（十一篇） 200

【周頌】（共三十一篇）……577

緒論

一、《詩經》的產生時代

《詩經》，是中國人心目中地位極高的「五經」之一，也是中國最早的一部詩歌總集。它包含著民國紀元前二五〇〇年到三〇〇〇年左右那四、五百年間（西曆紀元前一一〇〇年至六〇〇年之間，也就是中國西周初年至東周中葉）的民間歌謠（多數在〈國風〉中）、士大夫作品（多數在二〈雅〉裡），以及祭神的頌辭（〈頌〉詩多數屬這樣的性質）；它蘊藏著豐富的語言學、民俗學、文化學和社會史、政治史的資料；在群經中，《詩經》的研究者雖不及《易經》之多，但讀者應該是最多的。

《詩經》的時代，就文辭上看，以〈周頌〉為最早：多數是西周初年的作品；〈大雅〉裡也有幾篇像是西周初年的作品（如〈文王〉等篇），而大部分則完成於西周中葉以後至西周初亡之間。〈小雅〉以西周中葉以後的詩為多，有少數顯然已是東周初年所作。〈國風〉中較早的約莫作於西周晚葉，較遲的已到了春秋中葉以後，一般認為〈陳風・株林〉為全《詩》最晚之作（另說：〈曹風・下泉〉才是三百篇中最晚之作）。〈魯頌〉四篇一律作於魯僖公之時；〈商頌〉最晚的也作於此時（宋襄公時代）。也就是說，《詩經》中最早的作品，距離今天已經有三千年，最晚的作品距離現在也至少有兩千五百年了。

二、《詩經》之名稱

今天我們所讀的《詩經》，書名原先只叫做《詩》，或者《詩》三百（特別是春秋、戰國時代），和

《易》、《書》、《禮》、《春秋》一樣，都沒有「經」的尊號。

「經」，這個名詞，大約起於戰國晚年。禮記有《經解》一篇，所稱述的是《詩》、《書》、《樂》、《易》、《禮》、《春秋》六種經典；《莊子・天運》也把這六種書籍稱為「六經」。《禮記・經解》和《莊子・天運》的完成時期尚無定論，多數人認為前者應該是西漢初年的作品，但徐復觀先生則肯定是出於戰國晚期荀子門人之手，是「六經」完成的首次宣告。後者作於戰國晚年，學者的看法較趨一致（但據羅根澤先生考證，則是作於西漢初年）。總之，戰國中葉以前，應該還沒有「經」這個名詞。

可以注意的是，《莊子・天下》說別墨：「俱誦《墨經》，而倍譎不同，相謂別墨。」《呂氏春秋・察微》說：「《孝經》云：『高而不危，所以長守貴也；滿而不溢，所以長守富也。……』」此數語見今本《孝經・諸侯》。〈天下〉之著成在戰國晚年，《呂氏春秋》完成於秦八年。根據這兩段記載，可知子家之書如《墨子》，傳記之書如《孝經》，在戰國晚年或秦初年，都已有了「經」的尊號。因此，正如屈萬里《詩經釋義》所言，像高文典冊的《詩》、《書》、《易》……等，它們之被稱作經，按理不應該在《墨經》和《孝經》之後。而且《荀子・勸學》有「學惡乎始，惡乎終？始乎誦經，終乎讀禮」的話（這裡所謂經，就是《詩》、《書》、《易》等書），這應該可以證明戰國晚年的人已經把《詩》、《書》、《易》等書稱作經了。

《詩經》雖然自戰國晚年已經被視為經書，但就後世所謂「十三經」而言，除了《孝經》之外，其初都沒有把「經」字加在書名之下而稱之為《易經》、《詩經》……的。屈萬里先生《詩經釋義》說：「《漢書・藝文志》有『《詩》，經二十八卷，魯齊韓三家』等類的話，但那經字，應該連著下文讀，不應該接連著上文的書名。《晉書・束皙傳》，記汲郡發冢的事，有『《易經》二篇』、『卦下《易經》一篇』等語，但那決不是竹書上原題的名字，而是後人給他的稱呼。杜預作《左傳集解・後序》，說到這件事時，也只說《周易》，並沒用《易經》這個名詞。那麼，《易經》、『卦下《易經》』的名字，可能是唐人修《晉書》時所用的稱謂；即使這稱謂係根據舊的史料，也可知把『經』字連在書名之下的事實，不會早到西晉以前（按：「汲郡魏王家出竹書」之事件發生於晉太康二年（二八一）；杜預（二二二—二八四），西晉人）。」屈先生可能沒有注意到《史記・儒林列傳》有「申公獨以《詩經》為訓以教，無傳，疑者則缺不傳」、《漢書・儒林傳》有「申公獨以《詩經》為訓故以教，毋傳」之語，且《漢書・藝文志》也提到「劉向以中古文《易經》校施、孟、梁丘經，或脫去『無咎』、『悔亡』，唯費氏經與古文同」這樣的話，所以他才會說唐人修《晉書》所用的《易經》之稱謂「也只是見於文辭的敘述裡，卻並沒有把經字連在書名之下而作為書的籤題。用作書的籤題，以我所知，似乎以宋人廖剛的《詩經講義》為最早，他這部書，約成於南宋初年。到了元代，這種風氣漸盛；明代以後，《詩經》、《書經》、《易經》……等，幾乎成了定名」，但依《史記》、《漢書》所述，於理漢代學者應該已經直呼《詩經》、《易經》之名了，是以，筆者的看法是，今天我們所讀的《詩經》，先秦時代多稱《詩》，戰國晚期的人已認為《詩》為寶貴的經書，漢朝人就稱之為《詩經》了。

三、《詩經》之內容

《詩經》分為〈風〉、〈雅〉、〈頌〉三大單元，也有人以為分成〈國風〉、〈小雅〉、〈大雅〉、〈頌〉四個部分，篇數一共是三百零五篇。另有〈南陔〉、〈白華〉、〈華黍〉、〈由庚〉、〈崇丘〉、〈由儀〉六篇「有其義」而「亡其辭」，假使連這六亡詩也算進來，總計是三百十一篇。〈國風〉分十五國，或者說十五個單元，那就是〈周南〉、〈召南〉、〈邶〉、〈鄘〉、〈衛〉、〈王〉、〈鄭〉、〈齊〉、〈魏〉、〈唐〉、〈秦〉、〈陳〉、〈檜〉、〈曹〉、〈豳〉，所收的詩，如同屈萬里先生所言，多半是經過潤色之後的民間歌謠（按：詳屈萬里〈論國風非民間歌謠的本來面目〉一文）。

風的意義，據《詩序》的解釋是「風，風也，教也。風以動之，教以化之」、「上以風化下，下以風刺上，主文而譎諫，言之者無罪，聞之者足以戒，故曰風。」以風為風化、風教、諷喻、諷刺之意，後人多不認為這是風的本義。宋儒鄭樵《通志・序》：「風土之音曰風，朝廷之音曰雅，宗廟之音曰頌。」言簡意賅，其觀點容易為學者所接受。朱子《詩集傳・序》：「凡詩之所謂風者，多出於里巷歌謠之作。所謂男女相與詠歌，各言其情者也。」卷一：「國者，諸侯所封之域。而風者，民俗歌謠之詩也。」簡單來說，〈國風〉之「風」，就是風土、風謠之風，從這些民間歌謠裡，我們可以看到各地的風土人情，了解民間的呼聲。進一步言之，〈國風〉諸詩，論其內容多為經過文人潤色過後的民間歌謠，另有一些作品則直接出自上層社會士大夫之手（**朱東潤〈國風出於民間論質疑〉以為〈風〉詩多為統治階級之作品，其說恐非是**），而其所採用之音樂，則為各國流行的土樂土調。

雅的意義，《詩序》解為「正也。言王政之所由廢興也」，〈大雅〉有不少作品的內涵確實符合此一說法，〈小雅〉如〈節南山〉、〈正月〉、〈十月之交〉……等也是，不過，今人多不願接受此一解釋。朱子《詩集傳》：「雅者，正也，正樂之歌也。」這個解釋兼顧到了詩的音樂性。屈萬里先生：「雅和夏古音相近，往往通用。《荀子・榮辱篇》：『越人安越，楚人安楚，君子安雅。』又〈儒效篇〉：『居楚而楚，居越而越，居夏而夏。』把這兩段話對照來看，可知雅就是夏。《墨子・天志下》引〈大雅・皇矣篇〉『帝謂文王，……』六句，謂之〈大夏〉，更是顯明的證據。夏，是文化較高的黃河流域一帶之地；各國的國風，既然是各國流行的土樂樂調；準照此義來說，雅，應該是流行中原一帶而為王朝所崇尚的正聲。如果拿現在的戲劇來比，正如蹦蹦戲、河南墜子、山東大鼓等之與平劇一樣。」（**按：所引《荀子・榮辱篇》「君子安雅」句，王引之：「雅讀為夏，夏謂中國也。」**）此說，今之接受者極多。我們可以再補充一點，雅者，俗之反，〈雅〉詩的作者幾乎都是貴族文人，在創作者的階層上，這是與〈國風〉有明顯的不同的。

〈雅〉詩又有〈小雅〉、〈大雅〉之分，朱子《詩集傳》說：

> 以今考之：正小雅，宴饗之樂也；正大雅，會朝之樂，受釐陳戒之辭也。故或歡欣和說，以盡群下之情；或恭敬齊莊，以發先王之德。詞氣不同，音節亦異。

朱子之言，合乎情理。同樣是雅詩，因為用途不同，音節有異，於是就有〈小雅〉、〈大雅〉之分（宴饗之場合，氣氛力求融洽；會朝之場合，當然非嚴肅不可）。值得注意的是，大小二〈雅〉雖以士大夫之作為多，但〈小雅〉中也有一些類似風謠的勞人思婦之辭（如〈黃鳥〉、〈我行其野〉、〈谷風〉、〈何草不黃〉……），這些作品之所以不放入〈國風〉，而被列在〈雅〉中，是因為在配樂時，被重新配上了雅樂；而這樣的詩歌即便是搭配上了中夏雅正之音，受限於內容，當然也依舊不能進入〈大雅〉之中。

頌的意義，《詩序》如此解說：「頌者，美盛德之形容，以其成功告於神明者也。」朱子《詩集傳》：「頌者，宗廟之樂歌。〈大序〉所謂『美盛德之形容，以其成功告於神明者也』。蓋頌與容古字通用，故〈序〉以此言之。」依此，借助歌舞的形式儀容來頌美先人的盛德，將其成功之事告訴神明，所成詩篇就是頌了。鄭玄《周禮・注》：「頌之言誦也，容也。誦今之德，廣以美之。」這種說法，比較適合用在〈魯〉、〈商〉兩〈頌〉之上。阮元〈釋頌〉：

> 頌即容字也。……〈風〉、〈雅〉但絃歌笙間，賓主及歌者皆不必因此而爲舞容，惟三〈頌〉各章皆是舞容，故稱爲頌。若元以後戲曲，歌者、舞者與樂器全動作也。

依此，〈頌〉乃以其成功（按：就三〈頌〉內容綜合觀之，所謂「美盛德之形容」、「以其成功」，包含先人與當今執政者之盛德與成功）告祭於神明兼而祈福之樂歌，其特色在於祭祀時候的歌而兼舞。以頌為容，是歌而兼舞之義，其說今人多半相信。

〈頌〉，包括了〈周頌〉、〈魯頌〉、〈商頌〉三個單元，基本上它們應該是祭祀時頌神或頌祖先的樂歌，但〈魯頌〉四篇，用意在頌美活著的魯僖公，〈商頌〉中也有阿諛時君的詩。這些詩被列在〈頌〉裡的原因，說者不一，茲不深論。

以上所述，係由〈風〉、〈雅〉、〈頌〉三大體裁之性質來立論，王靜芝先生《詩經通釋》則將詩篇吟咏之內容分為兩大類，其一是民間歌謠，包括戀歌、結婚之歌、感傷之歌、和樂之歌、祝賀之歌、悼歌、讚美之歌、農歌、諷刺之歌、勞人思婦之歌等。其二是貴族與廟堂之樂歌，包括宴樂之歌、頌禱之歌、祀宗廟之歌、祀神之歌、田獵之歌、頌美之歌、述先王功績聖德之歌、祀戰事之歌與諷刺之歌等；說亦可參（**按：其中有不少類型的作品，如感傷之歌、讚美之歌、諷刺之歌……等，其實既見於民間歌謠，亦見於貴族創作**）。

四、《詩經》之編集

《詩經》是古代中國北方的詩歌總集，各詩以原創作於河南、山東、山西、陝西等地者最多，河北次之，湖北、甘肅也有一些（陳奐、竹添光鴻以為〈召南．江有汜〉作於四川），這些地方的詩歌能夠結集在一塊，是經過一番採集、陳獻與編纂的。

《漢書．藝文志》：「古有采詩之官，王者所以觀風俗，知得失，自考正也。」同書〈食貨志〉：「行人振木鐸徇於路以采詩，獻之太師，比其音律，以聞於天子。」《國語．周語》：「天子聽政，使公卿至於列士獻詩，……而後王斟酌焉，是以事行而不悖。」《禮記．王制》：「天子五年一巡守。歲二月，東巡守。……命太師陳詩以觀民風。」從這些文獻，可以知道各國的詩歌之所以能集聚在一起，是由於朝廷官員的采獻而來。

傳說，原先采集的詩歌多達三千餘篇，到了孔子，刪掉了十分之九，只剩下了三百多篇。此說始見於《史記・孔子世家》：

> 古者，《詩》三千餘篇：及至孔子，去其重，取可施於禮義，上采契、后稷，中述殷、周之盛，至幽、厲之缺，始於衽席，故曰「〈關雎〉之亂，以爲〈風〉始，〈鹿鳴〉爲〈小雅〉始，〈文王〉爲〈大雅〉始，〈清廟〉爲〈頌〉始」。三百五篇，孔子皆弦歌之，以求合韶武雅頌之音。

關於孔子刪《詩》之說，接受者與反對者都有，但多數人不相信深歎文獻不足的孔子會大幅刪《詩》。屈萬里先生反對孔子刪《詩》，其所持之三大理由為：

第一、鄭氏《詩譜・序・孔穎達疏》云：「案書傳所引之詩，見在者多，亡逸者少，則孔子所錄，不容十分去九；馬遷言古詩三千餘篇，未可信也。」我們且就《左傳》、《國語》及《禮記》三部書中引《詩》的情形，列表如下：

	《左傳》所引者	《國語》所引者	《禮記》所引者
今存之詩	一五六	二二	一〇〇
佚詩	一〇	一	三

由此表看來，三書中所引之詩，今存的總計為二百七十八，已佚為十四；佚的數量，約占存詩約二十分之一。即此見孔穎達之說，實不為無見（按：其實孔穎達仍然認為孔子是曾經刪《詩》的，他只是不認為孔子刪掉那麼多的詩而已。屈先生和許多學者都誤以為孔穎達反對孔子曾刪《詩》，這是一時不察，並不影響此一論據的說服力）。

第二、魯襄公二十九年《左傳》，記季札在魯觀樂，所見的《詩》，已和今本略同；所不同處，只是〈國風〉的次第，以及對於〈頌〉沒說到〈周〉、〈魯〉、〈商〉之分。那時孔子才八歲，自然不會有刪《詩》之事；可見刪《詩》之說，不足憑信。

第三、《論語・為政篇》：「子曰：『《詩》三百，一言以蔽之，曰：思無邪。』」又〈子路篇〉：「子曰：『誦《詩》三百，授之以政，不達；使於四方，不能專對；雖多，亦奚以為？』」孔子既屢次說《詩》三百，可見三百篇必是當時魯國通行的本子。因為信而好古，而又慨歎著文獻不足的孔子，既不會把這些可貴的文獻十分去九，也不會把自己刪定的本子，「《詩》三百」、「《詩》三百」地說得那麼自然。

除此之外，學者還舉出不少例證，以明孔子未曾刪《詩》，包括孔子從未自言刪《詩》、諸子論及《詩經》，亦言「《詩》三百」……等等，由此可知孔子斷無刪《詩》之事。

不過，孔子雖未曾刪《詩》，但他以《詩》、《書》教人，對於《詩經》當然也確曾用過一番重編或整理的工夫。《論語・子罕》：「子曰：『吾自衛返魯，然後樂正，〈雅〉〈頌〉各得其所。』」〈雅〉和〈頌〉的篇第，經過孔子整理，是絕無疑義的。

五、《詩經》之六義

《周禮・太師》：「太師……教六詩：曰風，曰賦，曰比，曰興，曰雅，曰頌。」這風、雅、頌、賦、比、興六者，《詩序》稱之為「六義」。此六義應該分作兩組，〈風〉、〈雅〉、〈頌〉一組，是就詩的類別、體制、體裁或內容性質而言；而賦、比、興則是指詩的表現方式、創作技巧。

為何《周禮》言及「六詩」，賦、比、興排在〈風〉之後呢？筆者同意葉嘉瑩教授的說法，把《詩經》的分類與寫法混合在一起，可以作為中國古代文學批評缺少科學邏輯的一個例子，但這種排列也不是完全沒道理。因為古人曾把〈詩經〉當作課本，如按教學習慣來說，應從十五〈國風〉教起，接著涉及詩的表達方法，結合賦、比、興講完了十五〈國風〉之後，就可以再講二〈雅〉和三〈頌〉，因此，《周禮》太師教六詩的順序也就有理可說了。

〈風〉、〈雅〉、〈頌〉的分別，已見第三節〈《詩經》之內容〉，茲不贅。至於三大類型的寫作方式中，賦體後人最無異議，《朱傳》：「賦者，敷陳其事而直言之者也。」賦就是鋪陳直敘的寫法。比的定義也很容易取得共識，《朱傳》：「比者，以彼物比此物也。」也就是所謂的比喻（含明喻與隱喻）、象徵。興的爭議則極大，裴普賢教授曾撰〈《詩經》興義的歷史發展〉之八萬字長文，興之說解難趨一致，由此可見一斑。

不過，興的意義其實亦不難明。《朱傳》：「興者，先言他物以引起所詠之詞也。」其說不誤，只是言之過簡。鄭樵《六經奧論》云：「凡興者，所見在此，所得在彼，不可以事類推，不可以理義求也。」此說強調兩個「不可」，大誤。屈萬里先生由於誤採鄭氏之言，於是批評《毛傳》、《鄭箋》解釋興體詩都要把開頭的話和本事拉上關係，說他們「穿鑿附會，不一而足」，又說朱子遇到興體詩，也仍然「以事類推，以理義求」，「講來講去，和比體簡直沒什麼分別」。屈先生為了讓大家都同意鄭樵「所見在此，所得在彼，不可以事類推，不可以理義求也」的說法，特別以現代流行的魯西歌謠為例，

其一：

擀麵杖，兩頭尖。俺娘送俺泰安山。泰安山上鶯哥叫，俺想娘，誰知道？說著說著哥來叫。
問爹好，問娘安；問問小侄歡不歡？

其二：

小草帽，戴紅纓。娘說話，不中聽；媳婦說話笑盈盈。娘病了，要吃梨；又沒有街道又沒有集、又沒有閒錢買東西。媳婦病了要吃梨，又有街道又有集，又有閒錢買東西。打著傘，踏著泥，買來了燒餅買來了梨；打掉根蒂去了皮，偷偷地放在媳婦手心裡。「別叫老娘看見了，老娘看見不歡喜；別叫老天看見了，老天看見打雷劈。」

屈先生表示，「第一首是一個出嫁的女子思念母家之作，第二首是諷刺不孝之子之作。而『擀麵杖』與『小草帽』，和歌謠的本意都毫無關係，只是『先言他物，以引起所詠之詞』。現在流傳的此類歌謠，固然比比皆是；而《詩經》一百六十篇〈國風〉之中，也大部分是類此的詩。明乎此，則知『關關雎鳩，在河之洲』本來與『窈窕淑女，君子好逑』無關；說詩的人，一定要說雎鳩『摯而有別』、『生有定偶』，用來比附君子淑女，既非事實，也不合詩人的本意。而許多活生生的詩歌，卻被這些郢書燕說弄得奄奄待斃，真是可惜。」

屈先生以現代某一特定地區的歌謠來推想兩千五百年前《詩經》原始創作者或藝術改造者引導讀者進入詩歌內涵的用心，這是很容易出差錯的作法，也許先儒解釋各篇興體詩的作意未必很理想，但至少他們努力推尋起興之詩句與下文之間的關聯，這樣的解詩方向並沒有錯。王靜芝先生在《詩經通釋》中強調，興即聯想的寫作方式，他以〈桃夭〉「桃之夭夭，灼灼其華。之子于歸，宜其室家」之章為例，謂前二句可聯想及少女青春，亦可表現結婚當時之姿彩，今假設易首二句為「風雨晦暝，落葉滿山」之類言語，則結婚景象淒然可見，「明其不可易之理，則明其相關之義矣」。興體詩是否可與「聯想之創作法」畫上等號，姑置不論，但是興體詩起興之詩句與以下詩人實際要傳達的理念、思想或情感，具有某種程度的關聯，絕對是不容置疑的。宋儒鄭樵以為興體詩「所見在此，所得在彼」，這是正確的，但說「不可以事類推，不可以理義求」，就使得興體詩的創作苦心被糟蹋了。再以顧頡剛之說為例，他以為起興的詩句與下文沒有文義上的關係，詩人原先想好以下的文句，只為了直說出來，嫌它過於單調直率，所以借起興之詩句作一個起勢，而這起興之詩句與下文之間的就只有協韻的關係。前述屈先生所言可以說就是在證成顧先生的說法，王靜芝先生為〈桃夭〉所作之解說，因為所用「風雨晦暝，落葉滿山」之語，未能與「之子于歸，宜其室家」押韻，是以無法作為顧先生論調之反證，但如依顧先生所言，「之子于歸，宜其室家」用的是魚部平聲韻，那麼起興之詩句只要也是同一韻部就可以了，然則，我們把同為魚部平聲韻的〈騶虞〉「彼茁者葭，壹發五豝」之詩句抓進來放在「之子于歸，宜其室家」可以嗎？套用王先生之說，「明其不可易之理，則明其相關之義矣」。所以，當我們認定詩人帶領讀者感發的手法是「先言他物，以引起所詠之詞」的興式時，要盡力地以事類、理義來推尋「他物」與「所詠之詞」之間的關聯，這才不會辜負了詩人創作的用心。

六、《詩經》之四始

《詩經》學裡有「四始」之名詞，此一名詞首見於《詩序》，《詩序》先言「〈關雎〉，后妃之德也，〈風〉之始也，所以風天下而正夫婦也」，接著解釋風雅頌之意義，在「頌者，美盛德之形容，以其成功告於神明者也」之下立刻說道：「是謂四始，詩之至也。」查其文義，若非有脫文，則是以〈風〉、〈小雅〉、〈大雅〉、〈頌〉為四始。若以後者為是，《毛詩》所謂的四始，顯然不具太大的意義。

在討論孔子是否刪《詩》時，我們曾引用了《史記．孔子世家》「古者，《詩》三千餘篇，及至孔子，去其重，取可施於禮義，上采契、后稷，中述殷、周之盛，至幽、厲之缺。始於衽席，故曰『〈關雎〉之亂，以為〈風〉始。〈鹿鳴〉為〈小雅〉始，〈文王〉為〈大雅〉始，〈清廟〉為〈頌〉始』」的話，一般認為司馬遷當本《魯詩》說。

至於《齊詩》之說，我們先引述屈萬里先生的一段評述：「據翼奉、郎顗所述，知道《齊詩》以

〈大明〉在亥為水始，〈四牡〉在寅為木始，〈嘉魚〉（按：此謂〈南有嘉魚〉）在巳為火始，〈鴻雁〉在申為金始。《魯詩》及《毛詩》之說，對於《詩》雖然無關宏旨，但還不至貽誤後人；而《齊詩》則本乎五行為說，支離怪誕，就絕不是《詩經》應有之義了。」按：《齊詩》四始之說見於《詩緯・汎歷樞》，實際上它是根據樂律為言的。古詩入樂，三篇連奏，「〈大明〉在亥」為〈文王〉、〈大明〉、〈緜〉三篇，「〈四牡〉在寅」為〈鹿鳴〉、〈四牡〉、〈皇皇者華〉三篇，「〈嘉魚〉在巳」為〈魚麗〉、〈南有嘉魚〉、〈南山有臺〉三篇，「〈鴻雁〉在申」為〈吉日〉、〈鴻鴈〉、〈庭燎〉三篇，以此為四始，指的是春夏秋冬四時奏樂開始的詩篇，于大成先生認為這《齊詩》之說，比起《毛詩》、《魯詩》要有意義得多。

七、所謂「四詩」

「四詩」之名創自宋儒。程大昌在《詩論》（書名又叫《詩議》）中指出，《詩經》中的〈周南〉與〈召南〉不應置於〈國風〉當中，而應獨立為〈南〉之一體，與十三〈國風〉、〈雅〉與〈頌〉並立為《詩經》中的四大單元，這就是所謂的「四詩」。到了顧炎武，認為〈南〉、〈豳〉、〈雅〉、〈頌〉合稱「四詩」，「而列國之〈風〉附焉」，這個倡議過於駭人，學者無人接受。梁啟超則完全採用程大昌的論點，認為「南」是一種合唱的音樂，於樂終時歌之，當在〈風〉、〈雅〉、〈頌〉之外，另為一體，他也使用了「四詩」之名稱。關於宋儒與梁氏所用「四詩」一詞之不當，屈萬里先生有極為清楚的辯白：

「南」，固然是一種樂名，但也是方域之名。二〈南〉之詩，采於周南、召南之地，其聲則爲南調：這和鄭詩采自鄭國，而其樂調則爲鄭聲一樣。所以，二〈南〉仍當列在〈國風〉，不應另立門戶。隱公三年《左傳》說：「〈風〉有〈采蘩〉、〈采蘋〉。」這是古代把〈召南〉列在〈國風〉之證；〈召南〉既在〈國風〉，〈周南〉也不應該獨異。假若說《左傳》此語，在「君子曰」之下，有劉歆竄入之嫌；而《韓詩外傳》（卷五）有云：「子夏問曰：『〈關雎〉何以爲〈國風〉始也？』」《史記・孔子世家》也說：「〈關雎〉之亂，以爲〈風〉始。」可見西漢初年人，也都以二〈南〉爲〈國風〉。梁啓超的說法，是不可信從的。

此言可謂諦論，目前仍堅持二〈南〉應從〈國風〉中獨立出來的學者似乎也甚為罕見。

八、《詩經》之正變

《詩經》學上又有所謂正變之說，而正變之區分標準更是眾說紛紜。《毛詩序》是以世之治亂分正變的：「至于王道衰，禮義廢，政教失，國異政，家殊俗，而變〈風〉變〈雅〉作矣」。鄭玄《詩譜・序》進一步申論：

文武之德，光熙前緒，以集大命於厥身，遂爲天下父母，使民有政有居。其時詩〈風〉有〈周南〉、〈召南〉，〈雅〉有〈鹿鳴〉、〈文王〉之屬。及成王，周公致太平，制禮作樂，而有〈頌〉聲興焉，盛之至也。本之由此〈風〉、〈雅〉而來，故皆錄之，謂之《詩》之正經。後王稍更陵遲，懿王始受譖亨齊哀公，夷身失禮之後，邶不尊賢。自是而下，厲也、幽也，致教尤衰。……故孔子錄懿王、夷王時詩，訖於陳靈公淫亂之事，謂之變〈風〉變〈雅〉。

屈萬里先生表示，照鄭康成的說法，凡文、武、成王時詩，皆謂之正詩；懿王以後的詩（屈氏原注：鄭氏《詩譜》所列，無康、昭、穆、共諸王時詩），皆謂之變詩。屈先生並依鄭氏之說，列表如下：

	正	變
〈國風〉	〈周南〉、〈召南〉	〈邶〉至〈豳〉
〈小雅〉	〈鹿鳴〉至〈菁菁者莪〉	〈六月〉至〈何草不黃〉
〈大雅〉	〈文王〉至〈卷阿〉	〈民勞〉至〈召旻〉

屈先生是反對毛鄭之正變之說的，他說：「盛世之詩叫做正，衰世之詩叫做變，這種見解是否合理，我們姑且不論。即使承認毛鄭之說為合理，而他們所定的詩的時代，已多半靠不住——如〈周南〉〈召南〉，顯然有東周時詩，他們都認為是周初的作品；何況毛鄭認為〈豳風〉諸詩，皆作於成王之世，而鄭氏卻把它列入變〈風〉，這豈非自相矛盾嗎？總之，正變之說，本來沒有什麼道理，只是詩學史上的陳述而已。」正變之說雖然未必有何深義可尋，但也有學者注意到了毛鄭正變說寓有勸善的目的，今人則是從求真的角度來批評此說（詳張寶三〈詩經詮釋傳統中之「風雅正變」說研究〉）。

此外，顧炎武以入樂與否區分正變，他認為二〈南〉、〈豳風〉之〈七月〉、〈小雅〉正十六篇、〈大雅〉正十八篇，還有〈頌〉詩，這些都是可以入樂之篇，也就是正詩，其餘為變詩；惠周惕、馬瑞辰則以美刺分正變；諸般說法，不一而足，筆者很能同意徐英先生《詩經學纂要》之說：「正變之說，經無明文，作者篇次之分，尤莫可深考。……大抵就詩論詩，以美為正，以刺為變；以治為正，以亂為變；皆無不可。必若拘其時世，強分篇帙，則可疑者多矣。」

九、三家《詩》

今古文之爭在漢代經學史上是件大事。今文諸經，是用漢代通行的隸書寫的，古文是用秦以前齊魯等地的「古文」所寫的。今文經多半由於口授，到漢初才著於竹帛；古文經主要是漢景帝時代孔壁中所發現的先秦簡書，有些則是侯國及民間流傳的古本。今文經在文帝時已立了博士（《漢書．楚元王傳》記載「聞申公為《詩》最精，以為博士」，申公於文帝時被封為博士是可以肯定的，至於韓嬰則常識上以為也是文帝時《詩》博士，但徐復觀先生從文獻上指出韓嬰其實專治《詩》與《易》，他是「雜學博士」，而非專經博士），到武帝時已有五經博士；古文經則到平帝時始立了《左氏春秋》、《毛詩》、逸《禮》（指《儀禮》十七篇以外的古文《禮經》，共有三十九篇，後亡佚）與《古文尚書》四經的博士，王莽主政時，又增立《周官》博士。今古文的經文是有些差異的，但其不同不是僅指雙方祖本所用隸書與古文形體之大異，否則古文經書在隸寫之後，豈非就等於今文經書了？實際今古文的差異，用現代的話來說，就是版本與解釋上的不同，例如《毛詩》〈關雎〉首章「關關雎鳩，在河之洲。窈窕淑女，君子好逑」，三家《詩》「洲」作「州」，魯、齊「逑」作「仇」；此等差異在《詩》中遍處都是，這可不是今古文形體的不同。另外，今古文學家解說經義，更多不同，如古文《毛詩序》以〈關雎〉為讚美后妃之德之作，今文家卻以為是諷刺周康王好色晏起之詩。「窈窕」一詞，《毛傳》：「幽閒也。」《魯詩》解為「好貌」，《韓詩》以為是「貞專貌」。《毛詩序》解〈召南．小星〉云：「惠及下也。夫人無妬忌之行，惠及賤妾，進御於君，知其命有貴賤，能盡其心矣。」今文家卻說〈小星〉是描寫小臣行役，自傷勞苦之作。西漢末年，劉歆典校祕中書，深感古文經書有立博士的必要，今文博士群起反對，在經學史上，曾引起了軒然大波。雙方所爭的除了經義之外，博士之官的職業與頭銜也是一大因素（據《漢書．百官公卿表》，博士「秩比六百石」，俸祿並不多，但以其代表學識，可以參與朝廷大議，在漢代官制中別具意義）。

漢初說《詩》的，有申培公、轅固生和韓嬰，後世把他們的《詩》說叫做三家《詩》；他們都是今文家。

申培公是魯人。當漢高祖經過魯國的時候，他跟隨著其師謁見過高祖。後來又拜在齊人浮丘伯的門下，而浮丘伯乃是荀卿的弟子，亦即申公之學，是傳自先秦的。漢文帝時，他被提拔為《詩》博士。韓嬰，景帝時擔任過常山王的太傅。據王應麟《困學紀聞》之說，他也是文帝時《詩》博士，近人有異議，已見前文，茲不贅。轅固生是齊人，景帝時以治《詩》為博士。

關於三家《詩》的相關著作，《漢書．藝文志》著錄了一些，但都早已亡佚了。

《齊詩》亡於魏代，《魯詩》亡於西晉（現在所傳的《申培詩說》，或謂明人豐坊偽作，或謂豐坊之好友王文祿所作），這兩家的《詩》說，我們只能從後人所輯的一些「遺說」得知大概（清人陳喬樅輯的《三家詩遺說考》表面上看最為完備，但有些資料恐怕不可相信，王先謙的《詩三家義集疏》篇幅或許不如陳書之多，但內容較為精粹），《韓詩》或謂唐朝時代仍然存在，或說在北宋時保有此書，現在只剩下《外傳》十卷。

三家《詩》雖已亡逸，但由《漢書．藝文志》說《魯詩》「最為近之」之語可以推測，《魯詩》的「非常異義可怪之論」稍少於另外二家，而《齊詩》亡逸得較早，可能與其羼雜陰陽五行之說，顯得離奇怪誕有關。整體說來，西漢的博士們，好假借經書來發揮其政治哲理，所以今文三家《詩》相較於古文《毛詩》，穿鑿附會之處更多，說教氣味更為濃厚，注釋也不如《毛詩》那般平實簡易，其在漢代仍然擁有比《毛詩》更多的讀者，純粹是因為久立學官之故。

十、《毛詩》

三家《詩》既然都早已亡佚，自宋以後，只有《毛詩》完整地、一枝獨秀地流傳至今天，這就是我們今日所讀的《詩經》。

《漢書・藝文志》，在敘述三家《詩》之後（按：班固：「誦其言謂之詩，詠其聲謂之歌。……三百五篇，遭秦而全者，以其諷誦，不獨在竹帛故也。漢興，魯申公為《詩》訓故，而齊轅固、燕韓生皆為之傳。或取《春秋》，采雜說，咸非其本義。與不得已，魯最為近之。三家皆列於學官。」），續云：「又有毛公之學，自謂子夏所傳，而河間獻王好之，未得立。」篇中著錄《毛詩》二十九卷，《毛詩故訓傳》三十卷，說是「毛公所傳」。由於三家《詩》都是二十八卷，理論上《毛詩》本經也應該是二十八卷才是，王引之、王先謙都認為「《毛詩》二十九卷」者，乃是包含本經二十八卷與《詩序》一卷。鄭玄認為，「至毛公為《詁訓傳》，乃分眾篇之義，各置於其篇端云」。所謂「眾篇之義」即各篇《序》文，毛公為《詩》撰寫〈故訓傳〉，將原先獨立為一卷的《詩序》打散，分別置於各篇之首，又將〈邶〉、〈鄘〉、〈衛〉（都是衛國的詩篇）從一卷分為三卷，這樣，《毛詩故訓傳》就是三十卷了。《毛詩故訓傳》就是我們今天所熟悉的《毛傳》。

《漢書・儒林傳》：

> 毛公（按：此謂毛萇），趙人也。治《詩》，爲河間獻王博士，授同國貫長卿，長卿授解延年，延年爲阿武令，授徐敖，敖授九江陳俠，爲王莽講學大夫，由是言《毛詩》者本之徐敖。

〈關雎・正義〉引鄭玄《詩譜》：

> 魯人大毛公（按：此謂毛亨）爲《詁訓傳》於其家，河間獻王得而獻之，以小毛公（按：此謂毛萇）爲博士。

陸璣《毛詩草木鳥獸蟲魚疏》：

荀卿授魯國毛亨，毛亨作《詁訓傳》（按：據此，《毛傳》作於戰國晚期，但一般認為，荀子授浮丘伯，浮丘伯授毛亨與申培），以授趙國毛萇。時人謂亨爲大毛公，萇爲小毛公。

根據上列的史料，知道作《詁訓傳》（或《故訓傳》）的，是魯國的毛亨，而不是趙國的毛萇。《後漢書・儒林傳》說：「趙人毛萇傳詩，是為《毛詩》。」「傳詩」之「傳」為傳布之意，不能因此而以為《詁訓傳》乃毛萇所作。

〈毛詩序〉的作者與時代是自古至今聚訟不決的問題。鄭氏《詩譜・序》：

〈大序〉（按：此謂〈關雎・序〉中那一大段詩論）是子夏作，〈小序〉（按：此謂各篇解題）是子夏、毛公合作。卜商意有不盡，毛公更足成之。

這個說法迄今仍有學者接受。

陸璣《毛詩草木鳥獸蟲魚疏》：

孔子刪《詩》授卜商，商爲之序（按：或解為「作序」，由下文觀之，此「序」字為動詞，整理次序之意）。……九江謝曼卿，亦善《毛詩》，乃爲其訓。東海衛宏，從曼卿受學，因作《毛詩序》，得風雅之旨。

除了陸氏之外，范曄《後漢書．儒林傳》也說衛宏作《毛詩序》，「善得風雅之旨，於今傳於世」。關於《詩序》的作者，異說還有很多，迄今仍無法取得學者的共識。現代學者頗有主張「《詩序》作者當是西漢經生無疑」的（按：宋代李樗、黃櫄《毛詩李黃集解》引韓愈〈詩之序議〉：「察乎《詩序》，其漢之學者欲顯立其傳，因藉之子夏，故其序大國詳，小國略，斯可見矣。」）若依其說，前引鄭玄「毛公為《詁訓傳》，乃分眾篇之義，各置於其篇端」之說就有可能不合事實了（按：毛亨生於戰國晚期，大約卒於漢惠帝年間，甚至有可能活到文帝初年）。事涉專門考證，茲不深入析論，但要提醒以為《詩序》晚出的人，在先秦已可找到《毛詩》的蹤影，其源遠流長是無可置疑的（詳徐復觀《中國經學史的基礎》），崔述等人認為《詩序》的語文風格不類先秦文字，且不論其辨偽之語稍嫌抽象，其所言亦僅係針對〈續序〉（按：或稱〈後序〉，指《詩序》首句以下申說之語）而已，所以，即便《詩序》晚出，也不妨礙各篇《詩序》首句（按：可名之為〈古序〉或〈前序〉、〈首序〉）之為先秦產品的可能性。

十一、歷代《詩經》學的演變

春秋時代，列國諸侯、卿大夫在聘問典禮中往往有有「賦《詩》」之事，這是宴饗之禮中的重要儀節。有時只是單純地以詩文代替辭令，但遇關鍵之處還得有解釋與動作來加以配合，若無足夠之訓練當然不行，孔子所說的「不能專對」，有人以為就是指此種場合而言。而在「賦《詩》」時，可以斷章取其詩中片語單詞之意，毋需顧及原詩本義是否如此，也可以說，卿大夫彼此之間對答的喜歡借用詩句，無非是要炫耀他們的熟讀《詩經》而已。值得注意的是，《漢書．藝文志》云：「不歌而誦謂之賦。」但據學者考證，這是錯誤之說，春秋時代的「賦《詩》」其實即是「歌《詩》」、「唱《詩》」，《左傳》述及某些人的視「賦《詩》」若畏途，原因之一是，公開唱歌需要一些勇氣，當然也需要一些天分。

周人在言語文章中也特別喜歡「引《詩》」。和「賦《詩》」乃是「以聲節之」的吟咏不同的是，言語「引《詩》」僅是單純的「誦《詩》」。而且，「賦《詩》」是在正式的場合中行之，「引《詩》」就不是了，同時，「賦《詩》」是以詩文代替辭令，「引《詩》」則詩文僅有強調的作用，先秦古書常在論述之後，來幾句「《詩》云」，接著說「其此之謂乎」，這就是借用詩句來凸顯自己論點的可靠性。另一方面，「引《詩》」雖然允許斷章，但文人依章句原意來引證的也很常見。

綜觀文獻所載，我們可以說，在某些正式的典禮中用《詩》，在外交場合中賦《詩》，在言語行文中引《詩》，就是周人運用《詩經》的大概。

就孔門而言，《詩經》是極為重要的經典。《論語．陽貨》：

> 《詩》，可以興，可以觀，可以群，可以怨。邇之事父，遠之事君。多識於鳥獸草木之名。

〈季氏〉：

> 不學《詩》，無以言。

〈子路〉：

> 誦《詩》三百，授之以政，不達；使於四方，不能專對。雖多，亦奚以爲！

屈萬里先生說：「總括這些話語，共有三個要點：一、用《詩》涵養性情，以為修身之用；二、藉

《詩》通達世務，以為從政之用；三、用《詩》練習辭令，以為應對之用。至於多識草木鳥獸之名，那可以說是其餘事了。從孔子以後，到秦始皇以前，談《詩》的人，大致都不超出這個範圍。那時，似乎沒有專門研究《詩經》的人（《毛詩》傳授源流，屬於先秦部分的，皆不可信），也沒聽說有注解《詩經》的專書。」

漢代朝廷大力推廣經書，《詩經》有了專門研究者就是從西漢開始的。今文三家之學，喜借《詩經》來發揮他們的政論，穿鑿附會之處委實極多。《毛詩》固然也常以美刺之模式說教，但仍以解釋詩的本文為其主要著力點，空論不多。是以比起三家《詩》來，究顯平實。鄭玄原先跟隨張恭祖學習《韓詩》，後來改習《毛詩》，一般認為不外就是為了這個緣故。鄭玄為東漢大儒，集今古文學之大成，為不世出的漢末經學權威；所以他為《毛詩》作《箋》之後，三家也就漸趨式微。魏王肅為《詩》作注解（**按：馬國翰《玉函山房輯佚書》收有王肅《詩》學作品《毛詩義駁》一卷，《毛詩王氏注》四卷等書**），蜀李譔作《毛詩傳》，雖均已佚，但可確定其書攻擊《鄭箋》而仍皆尊崇《毛傳》。此後直到隋唐，尊毛崇鄭的人占大多數。孔穎達等的《毛詩正義》問世之後，《毛傳》、《鄭箋》，更是定於一尊。其中唐人成伯璵的《毛詩指說》，常以己意說經，而不專門依傍毛鄭，具有特殊性的意義，可惜書僅一卷，本身成就不宜高估。

宋代在學術史上是個大放異彩的時代。勇於疑古是宋儒的一大特色，在《詩經》方面，批判了不少以往的成見，也提出了許多新穎的見解。歐陽修的《詩本義》指出《詩序》值得商榷者超過一百篇，蘇轍的《詩集傳》（**書名又叫《詩解集傳》**）只保留《詩序》首句，首句以下的申說之語一概刪除。鄭樵寫《詩辨妄》、王質寫《詩總聞》、朱子寫《詩序辨說》，對於《詩序》先後展開攻擊，毛鄭原有的勢力已然今非昔比。不過，朱子一代大儒，他被認為是反《序》派的總司令，卻與事實有頗大的落差，實際上朱子的《詩序辨說》僅針對百來篇《詩序》提出檢討，並非全面性的推翻；在《詩集傳》中，只要《序》說不離譜，他也盡可能予以尊重。然而因為《詩集傳》不錄《詩序》之言，讀朱書而不讀毛鄭之作者，已無法得知朱子之解究係古說或為其新義了。朱子歿後，其《詩集傳》大行，元明兩朝朱派之外的《詩經》著作，完全為其光芒所掩。清代，《朱傳》的勢力雖然稍衰，可是朝廷仍舊以之為「國定教本」。學界大約公認，魏晉以後的《毛傳》、《鄭箋》，南宋以後的朱子《詩集傳》，論它們在學術界上的勢力與影響力，可以說是旗鼓相當；大陸學者夏傳才則認為，《毛詩傳箋》是《詩經》研究的第一個里程碑，《毛詩正義》是《詩經》研究的第二個里程碑，《詩集傳》是《詩經》研究的第三個里程碑。

對於南宋之《詩經》學，屈萬里先生作出如此之說明：「南宋時遵信《毛傳》而比較重要的著作，則有呂祖謙的《呂氏家塾讀詩記》。以《讀詩記》為主，而雜采眾說，又時出己意的，則有嚴粲的《詩緝》（按：屈先生原文「緝」作「輯」，今改）；這兩部書，都是研究《詩》學的人所重視的著作。此外，有王柏的《詩疑》，不獨攻擊毛鄭，並且刪削經文，這是疑古一派的過火之作。而王應麟的《詩考》，采集三家《詩》的遺說，彙成一編，存古學而並不專佞其說，要算是一部傑出的書。而且，在『輯佚書』方面，它又是開山之作，因此，就更值得人重視了。」要進一言的是，嚴粲的《詩緝》原本為了初學者而作，卻被清儒萬斯同譽為「千古卓絕之書」，被姚際恒推許為「宋人說《詩》第一」，這是不虞之譽；而王應麟的《詩考》，成果遠不及清儒的輯佚之作，但因為是輯三家《詩》的開山之書，所以我們要著眼於此書的時代意義性。

元明兩代的《詩經》研究史，以擁朱、述朱學派為主流。元朝許謙的《詩集傳名物鈔》、劉瑾的《詩傳通釋》、梁益的《詩傳旁通》、明代梁寅（按：梁寅為元明間人，其傳在《明史》中）的《詩演義》、朱善的《詩解頤》都是同一系統的名作。比較特殊的有明代郝敬的《毛詩原解》，此書批判朱著，大反時代潮流；季本的《詩說解頤》，投注了相當多的心力在主旨的探討上，頗有新義；朱謀瑋的《詩故》，以《詩序》的首句為主，而參用舊說，在此一時代，也顯得與眾不同。此外，何楷的《詩經世本古義》將原來詩篇的次序，以詩篇的時次重排，且大量使用史實來證《詩》，更是別樹一幟之作。

值得注意的是，明代萬曆之後，出現了幾位評點《詩經》的學者，其中，將《詩經》文學研究推向高潮的第一人應屬孫鑛，他的《批評詩經》主要是作《詩經》白文的圈點、眉批，徐光啟、戴君恩、鍾惺等人也都有同類型的著作。

清初研究《詩經》的人，多不專主一家。雖說朝廷始終提倡宋學——程朱學派，但民間反「宋學」的氣勢日盛，高標「漢學」之名與之抗衡。康熙以後，尊漢學，攻宋學，已成沛然莫之能禦的風氣，乾隆時代，編纂《四庫全書》，四庫館即是漢學家的大本營，就此點而論，康熙中葉以來的漢宋之爭，至此已可宣布漢學家獲勝。朝廷的功令，就《詩經》學而言，崇尚的是《朱傳》，但時代的洪流依舊抵擋不住。其中，最早以「宗毛鄭、《詩序》」為立場，以《朱傳》為攻擊目標的著作，要算是完成於康熙二十六年的陳啟源《毛詩稽古編》。此書堅持漢學，不容一語之出入，固然有失偏頗，但引據賅博，疏證詳明，在《詩經》學史上的評價亦不低。另外，完成於康熙四十四年的姚際恒《詩經通論》，直指「漢人之失在于固，宋人之失在于妄」，揚言「《集傳》直可廢也」，並且譏諷許多名家之作「最為平庸」、「見識卑陋」，態度顯得激烈，被今人將之與同治年間的方玉潤同歸於所謂「獨立派」，但其書對於《詩序》與《毛傳》仍有相當程度的尊重，仍屬典型的以《詩》說教者。至於專主《毛傳》而功力最深的，有胡承珙的《毛詩後箋》和陳奐的《詩毛氏傳疏》。兼申毛鄭，而又不拘守門戶之見的，則有馬瑞辰的《毛詩傳箋通釋》。以上三書，梁任公認為是清代《詩經》新疏學中最傑出者。另一方面，研究三家《詩》的有魏源的《詩古微》，陳壽祺、陳壽祺、陳喬樅的《三家詩遺說考》及《齊詩翼氏學疏證》、王先謙的《詩三家義集疏》；同治四年進士王先謙因為卒於民國六年，很多人談到清代學術就不提他，事實上判斷一個人的時代主要還需從他的活躍舞臺來考量，王氏被說是民國人，於理不合。再者，徐復觀《中國經學史的基礎》所言，《齊詩》至魏已亡，「其遺說見於《漢書》蕭望之、匡衡、師丹各〈傳〉奏疏中的，多為諸家之通義，乃陳喬樅《齊詩遺說考》，特劃定《儀禮》、《戴記》、《漢書》、荀悅《漢紀》、《春秋繁露》、《易林》、《鹽鐵論》、《申鑒》諸書中有關《詩》的材料，作為《齊詩》的範圍，採輯以成〈齊詩遺說〉，可謂荒謬絕倫」，也是我們應該思考的。

清代《詩經》名著極多，茲不備舉。甚且，其非說《詩》專著而涉及《詩經》的，如顧炎武的《日知錄》、惠棟的《九經古義》、王念孫父子的《經義述聞》、全祖望的《經史問答》、陳澧的《東塾讀書記》、俞樾的《群經平議》……，也都有很多精闢的見解。

假如我們將歷代的《詩經》學研究者大別為漢宋兩派，那麼，漢學派相對之下較重視古義的追求，在主題的說明上，極為努力地要去探究詩的言外之意，章句訓詁之學是其看家本領；宋學派雖也承認《詩經》的神聖性，但傾向於透過《詩》本文以追索詩義，解出來的結果，在說教的氣味上不如漢學派濃厚；雙方各有特色。

十二、《詩經》之價值及研究方法

孔子所強調的《詩經》的功能，前節已有引述，但那些價值在今日大半已不復存在。王靜芝先生將《詩經》在今日的價值歸為三項，第一是文學價值，包括：一、作文學欣賞。陶冶性情，鎔鑄情操；二、《詩經》為我國語言詞彙之重要來源，故《詩經》可作語言文字聲韻之研究材料；三、辭章結構，文字技巧之研究。第二是歷史價值，包括：一、作史實研究之資料；二、作古代社會研究之資料；三、作古代政治研究之資料；四、作古代地理研究之資料。第三個價值是，《詩經》中所言及的草木鳥獸蟲魚、器物衣服宮室等，亦足以為研究資料。在這三大價值中，第二個價值，我們可以補進第五條：作古代風土民情研究之資料。此外，莊雅州先生《經學入門》提到《詩經》具有思想價值，他說：「我國有許多重要的思想觀念都是淵源於《詩經》，如敬天畏天的天道思想出自〈文王〉的『永言配命，自求多福』。孟子的性善思想出自〈烝民〉的『天生烝民，有物有則。民之秉彝，好是懿德』。《中庸》的慎獨思想（按：當然也包括《大學》的慎獨思想）出自〈抑篇〉的『相在爾室，尚不愧於屋漏』。」這也是可以參考的。

至於《詩經》的研究方法，屈萬里先生先引傅孟真《詩經講義稿》「我們去研究《詩經》，應當有三個態度：一、欣賞它的文辭；二、拿它當一堆極有價值的歷史材料去整理；三、拿它當一部極有價值的古代言語學材料書。但欣賞文辭之先，總要先去搜尋它究竟是怎樣一部書，所以言語學考證學的工夫乃是基本工夫。我們承受近代大師給我們訓詁學上的解決，充分的用朱文公等就本文以求本義之態度，於《毛序》、《毛傳》、《鄭箋》中尋求今本《詩經》之原始，於三家《詩》之遺說遺文中得知早年《詩經》學之面目，探出些有價值的傳說來，而一切以本文為斷。只拿它當做古代留遺的文詞，既不涉倫理，也不談政治，這樣似乎才可以濟事」之文，而說：「這不啻是我們研究《詩經》的一條大路。我們生當金文、甲骨文大量出土的今天，在字形、字義和語法構造方面，有豐富的材料，可資比較；在音韻方面，現在審音的方法，既超過了前人，又有全世界的語言學材料，可供參考；在史料方面，我們又具有了前人所沒有的社會史和文化人類學等知識。我們既已洗淨了冬烘的頭腦，又有了這些憑藉，再加上前人研究的成果；那麼，廓清了以往的雲霧，而探尋三百篇的本來面目，應該是不難的。『譬如積薪，後來居上』，深盼當世的學人和今後的學人，共同努力。」按：以上意見除了批判傳統《詩經》學的研究取向之論點有待商榷之外，其餘大體適用，而現今學者也頗能使用多重方法解經，加以西方詮釋學、文藝美學、民俗學……的諸般理論也被運用以說《詩》，《詩經》學的研究成果愈加輝煌，是絕對可以肯定的。

國風

周南（十一篇）
召南（十四篇）
邶風（十九篇）
鄘風（十篇）
衛風（十篇）
王風（十篇）
鄭風（二十一篇）
齊風（十一篇）
魏風（七篇）
唐風（十二篇）
秦風（十篇）
陳風（十篇）
檜風（四篇）
曹風（四篇）
豳風（七篇）

周南（十一篇）

「南」之取義，〈關雎．序〉說是「化自北而南也」，然十五〈國風〉獨周、召綴「南」，莫非當時教化僅能南被，而未能北及？崔述〈讀風偶識〉以二〈南〉諸水如江、沱、汝、漢等皆在周之東，而謂「當云『自西而東』，豈得言『自北而南』？」於《序》說可謂有力之一擊。後人或釋「南」為樂調之名、樂器之名、樂歌之名，說極紛歧。屈萬里《詩經詮釋》一則同意傅孟真之說，以南為南方之國，周南為王朝所直轄南方之國，一則又謂「南方之樂，亦謂之南。〈周南〉詩十一篇，皆採自周南之地；其聲，則南國之樂調也」，其說當較周延。

屈先生又說：「周南方域，約北抵黃河，南及汝、漢，即今河南省黃河以南偏西之地。」依多數學者的意見，〈周南〉詩十一篇，係採自今日河南省中南部與湖北省東北部一帶。

漢儒認為二〈南〉所收者為殷末周初時詩，但拿二〈南〉諸詩與〈周頌〉及〈大雅〉詩篇相較，二〈南〉文辭淺易得多，時代絕不可能早至周初，其早者或及西周宣王之世，晚者已至春秋初葉，這幾乎已是定論了。

關雎

關關雎鳩❶，在河之洲❷。窈窕淑女❸，君子好逑❹。（一章）

參差荇菜❺，左右流❻之。窈窕淑女，寤寐❼求之。求之不得，寤寐思服❽。

悠哉悠哉❾！輾轉反側❿。（二章）

參差荇菜，左右采⓫之。窈窕淑女，琴瑟友之⓬。參差荇菜，左右芼⓭之。

窈窕淑女，鍾鼓⓮樂之。（三章）

注釋

❶關關雎（ㄐㄩ）鳩：關關，水鳥雌雄相和之聲。雎鳩，水鳥名。《毛傳》：「雎鳩，王雎也。鳥摯而有別。」據《朱傳》所言，此種水鳥「生有定偶而不相亂，偶常並遊而不相狎」，是詩以「關關雎鳩」起興，自有其意義。

❷在河之洲：河，黃河。《詩經》中單「河」，皆指黃河。洲，水中可居之地。

❸窈（ㄧㄠˇ）窕（ㄊㄧㄠˇ）淑女：窈窕，美好、美麗的樣子，《毛傳》：「幽閒也。」揚雄《方言》：「秦晉之間，美心為窈，美狀為窕。」淑，善。淑女謂品德美善之女子。

❹君子好（ㄏㄠˇ）逑：《詩經》中的君子多指有官爵者，或指貴族子弟，而婦人亦往往稱其夫為君子。逑，伴侶、配偶。

❺參（ㄘㄣ）差（ㄘ）荇（ㄒㄧㄥˋ）菜：參差，長短不齊的樣子。荇菜，一種可以吃的水生植物。

❻流：《毛傳》：「求也。」或釋為流動。

❼寤寐：《毛傳》：「寤，覺。寐，寢。」馬瑞辰《通釋》：「寤寐猶夢寐也。」

❽思服：思念。《毛傳》未釋「思」字，而謂「服，思之也」，後人或謂「思」義同「服」，二字連文，不嫌重複，或謂「思」為句中語助詞，無義。

❾悠哉悠哉：悠，長，此句形容思念之深長。

❿輾轉反側：猶今俗語翻來覆去，形容不能安眠。

⓫采：即「採」字。

⓬琴瑟友之：琴瑟，古樂器名。《毛傳》：「琴，五

弦或七弦。瑟，二十五弦。」友，親近友愛。

⓭ 芼（ㄇㄠˋ）：擇取。

⓮ 鍾鼓：《朱傳》：「鍾，金屬；鼓，革屬。樂之大者也。」鍾，另本作鐘，阮元《校勘記》以為「鍾字是也」。

〈關雎〉描寫一名男子追求窈窕淑女，因為求之不得而頗有相思之苦，最後兩人終得以結為連理；苦樂的描寫錯落有致，層次分明，不過，也有不少學者認為詩末所述僅是男子的想像之詞。

《詩序》：「〈關雎〉，后妃之德也。〈風〉之始也，所以風天下而正夫婦也。……〈關雎〉樂得淑女以配君子，憂在進賢，不淫其色。哀窈窕，思賢才，而無傷善之心焉，是〈關雎〉之義也。」這代表西漢以前經生對於〈關雎〉的詮釋。值得注意的是，〈續序〉說「〈關雎〉樂得淑女以配君子」，是誰樂得淑女，後人的解釋並不相同，或謂后妃樂得淑女以配君子，如此一來，詩二章「窈窕淑女，寤寐求之」的主詞就是后妃了，后妃積極尋求淑女「協助」她的丈夫，乃至「求之不得，寤寐思服」，這個說法聽起來似乎不可思議，有學者因此特別強調，后妃是尋求淑女來協助丈夫祭祀，這個補充的說明能否服人，恐怕不容過於樂觀。另一個見解是，〈續序〉所言「樂得淑女」的主詞是詩人；《孔疏》、《朱傳》以為所謂的君子是指周文王，淑女就是后妃——文王妃大姒，就是這類說法的代表，《孔疏》甚至認為《詩序》在〈召南〉各篇中一再提到的「夫人」也是指大姒。上述二說雖有出入，但因不能盡脫《序》說桎梏，所以在今天都不被重視，有相當多的學者甚至認為所有三百篇的《詩序》之說都是荒謬絕倫的，根本應該廢棄。其實，《詩》無達詁，除非徹底否認《詩》為經書，否則舊說仍有存在的價值。吳宏一《白話詩經》：「漢儒的解釋雖然為配合政教風化，不免迂曲，但在世道人心上，也自有它的裨益，不必一筆抹殺它的價值。同樣的道理，人是感情動物，愛的表現，情的流露，都是天經地義的事情，只要能『思無邪』，也不必把宋以來的一些學者，斥為離經叛道。」此為明達之論。

如果一定要追索詩人作〈關雎〉的本義，聞一多《風詩類鈔》說：「〈關雎〉，女子采荇於河濱，君子見而悅之。」屈萬里《詩經詮釋》引王國維〈釋樂次〉「金奏之樂，天子、諸侯用鐘鼓，大夫、士鼓而已」之說，而謂此為「賀南國諸侯或其子之婚」之詩，都是可以參考的，當然既說可以參考，就表示任何人都無法確定兩千多年前的詩人本義（例如聞一多的說法就被大陸某學者評為絕非〈關雎〉本義）。

孔子評論〈關雎〉的內容與樂音說：「〈關雎〉，樂而不淫，哀而不傷。」後人在解釋此語時，每搭配《詩序》之說來立論，早期儒者的說《詩》，本來就是著重在風俗教化上的。

此外，本詩的分章，說者也頗不一，毛、鄭分為五章，每章四句，朱子《詩集傳》分為三章，本書從之。清儒俞樾則以為應該分成四章，一、三、四章各四句，二章八句，亦即除了首章之外，餘各章皆以「參差荇菜，左右□之」起興，今人甚至於還有認為全詩三章，每章八句，第三章前四句脫簡的；作為《詩經》第一篇的〈關雎〉可以討論的地方很多，甚且有人以本篇作為學位論文的單獨研究對象。

葛覃

葛之覃兮❶，施于中谷❷，維葉萋萋❸。黃鳥于飛❹，集于灌木❺，其鳴喈喈❻。（一章）

葛之覃兮，施于中谷，維葉莫莫❼。是刈是濩❽，爲絺爲綌❾，服之無斁❿。（二章）

言告師氏，言告言歸⓫。薄汙我私，薄澣我衣⓬。害⓭澣害否？歸寧⓮父母。

（三章）

注釋

❶葛之覃兮：葛，草名，蔓生，其莖之纖維，可織葛布。覃，延長、延生。兮，表示停頓的語詞，相當於現代漢語的「啊」。

❷施（ㄧˋ）于中谷：施，《毛傳》：「移也。」即蔓延之意。中谷，谷中。《詩》中的中林、中河、中逵、中心、中露……等皆為倒裝。

❸維葉萋萋：維，句首語氣詞，或謂猶其。萋萋，茂盛的樣子。

❹黃鳥于飛：黃鳥，今俗名黃雀，體型較黃鶯為小，食粟。于，助詞，于飛猶言在飛。

❺灌木：叢木、矮小而叢生的樹木。

❻喈喈：鳥鳴聲。

❼莫莫：茂盛而成熟的樣子。

❽是刈（ㄧˋ）是濩（ㄏㄨㄛˋ）：王引之《釋詞》：「是，猶於是也。」刈，割。濩，煮。

❾為絺（ㄔ）為綌（ㄒㄧˋ）：精密的葛布叫絺，粗糙的葛布叫綌。

❿服之無斁（ㄧˋ）：服，穿著。斁，厭棄。

⓫「言告師氏」二句：言，《毛傳》：「我也。」《朱傳》解為語詞。師氏，《毛傳》：「女師也。古者女師教以婦德、婦言、婦容、婦功。」梁寅《詩演義》認為師氏就是古代貴族請來教孩子的「姆」，而且「女既嫁，則姆隨之為姆」，聞一多《通義》則認為師氏即「傭婦」。歸，回娘家。

⓬「薄汙我私」二句：薄，語首助詞，無義。汙，即「污」字，另本作「污」，此謂洗衣揉搓之以去其污。私，或謂便服，或謂內衣。澣（ㄏㄨㄢˇ），洗滌。衣，或謂禮服，或謂外衣。

⓭害（ㄏㄜˊ）：何。

⓮歸寧：寧，安。古代女子回娘家探望父母叫歸寧。

說明

〈葛覃〉描寫一位女子能自做衣服，為了回家向父母請安，她先向「師氏」報告，並先把該洗的衣服都先洗好。雖然詩中所謂的「師氏」是否只有貴族才請得起，學者的看法不太一致，但無論如何，這樣的內容用來說教並非難事。

《詩序》：「〈葛覃〉，后妃之本也。后妃在父母家，則志在於女功之事，躬儉節用，服澣濯之衣，尊敬師傅，則可以歸安父母，化天下以婦道也。」這裡強調的是后妃因為有良好的教育和行為，所以她可以作為天下婦女的表率。從宋朝以來，反對此說的比比皆是，他們所持的理由不外是詩中看不出有后妃之義在，后妃不可能親自割葛、織布、洗衣等。的確，《序》之說〈葛覃〉禁不起字斟句酌的檢驗，不過，以后妃之本來說教，卻可以看得出作《序》者的用意。

談到宋朝的儒者，我們首先想到的可能是集理學之大成的朱子，常識上，朱子是反《序》派陣營中的大將，其實這是一種嚴重的誤解，朱子解《詩》是先考慮《詩序》之說，再來決定要接受或修正或另推新說的，《詩集傳》中對《序》說全盤接受的超過了三分之一，可見朱子還是頗為尊重《詩序》的。以〈葛覃〉而言，《集傳》是這麼說的：「於此可以見其（按：指后妃）已貴而能勤，已富而能儉，已長而敬不弛於師傅，已嫁而孝不衰於父母，是皆德之厚而人所難也。〈小序〉以為后妃之本，庶幾近之。」要以《詩》說教，未必就得認為詩中女子為后妃，朱子對於《詩序》的尊重，由此可見一斑，後人若僅著眼在《朱子語類》中的批評《詩序》，就會誤解了真相。

卷耳

采采卷耳❶，不盈頃筐❷。嗟我懷人❸，寘彼周行❹。（一章）

陟彼崔嵬❺，我馬虺隤❻。我姑酌彼金罍❼，維❽以不永懷。（二章）

陟彼高岡❾，我馬玄黃❿。我姑酌彼兕觥⓫，維以不永傷⓬。（三章）

陟彼砠⓭矣，我馬瘏⓮矣，我僕痡⓯矣，云何吁矣⓰！（四章）

❶采采卷耳：采采，採了又採，馬瑞辰解為「茂盛貌」。（按：馬說在他處可通，但用在此，則前二句無動詞，故不如前說。）卷耳，一種草本植物，嫩葉可食，也可入藥。

❷不盈頃筐：盈，滿。頃筐，《毛傳》：「畚屬，易盈之器也。」

❸嗟我懷人：嗟，或謂語詞，或謂歎息聲。懷，思念。

❹寘（ㄓˋ）彼周行：寘，置。彼，指示代詞，猶白話中的「那」字，這裡是指盛著卷耳的頃筐，不過在《詩經》中，「彼」字往往也只是用作助詞，未必有特定意義。周行，《朱傳》：「大道也。」

❺陟彼崔嵬（ㄨㄟˊ）：陟，登、升。崔嵬，巖石高低不平的土山，《毛傳》：「土山之載石者。」或謂山巔。

❻虺（ㄏㄨㄟ）隤（ㄊㄨㄟˊ）：《毛傳》：「病也。」

❼我姑酌彼金罍：姑，且。金罍，金指青銅。罍，刻有雲雷花紋的酒器。《孔疏》引《韓詩》：「金罍，大夫器也。天子以玉，諸侯、大夫皆以金，士以梓。」

❽維：發語詞，或解為通惟，僅也。

❾岡：山脊。

❿玄黃：生病的樣子。《孔疏》：「虺隤者，病之狀；玄黃者，病之變色。二章互言之也。」

⓫兕（ㄙˋ）觥（ㄍㄨㄥ）：以犀牛角製成的酒杯。《孔疏》引舊說，以為兕觥刻木為之，形似兕角。

⓬永傷：永，長。傷，憂思、憂傷。

⓭砠（ㄐㄩ）：多土的石山，《毛傳》：「石山載土曰砠。」

⓮瘏（ㄊㄨˊ）：病也。

⓯我僕痡（ㄆㄨ）矣：僕，駕車者。痡，病，一般用以指人因疲勞過度而走不動的病。

⓰云何吁矣：云何，猶言如何。或謂云為語助詞，無義。何，何等、多麼。吁，歎息。或以為是忓的假借，憂慮之義。或以為是盱的假借，張目遠望的意思。

說明

善用連綿詞（**「采采」是疊字，「高岡」是雙聲，「崔嵬」、「虺隤」是疊韻**）的〈卷耳〉，首章寫一位採卷耳的婦人，因為想念她遠行的丈夫，以致無心採卷耳，二章以後寫丈夫行役的勞苦。如果首章寫實，二章以後即是想像之辭了。

《詩序》：「〈卷耳〉，后妃之志也。又當輔佐君子，求賢審官，知臣下之勤勞，內有進賢之志，而無險詖思謁之心，朝夕思念，至於憂勤也。」這是把首章當作實寫來看，其說之缺失，正如歐陽修《詩本義》所言，「婦人無外事，求賢審官非后妃之職也。」朱子在《語類》中說：「詩中所謂『嗟我懷人』非后妃所得施於使臣者。」亦為確評。朱子既反對《序》說，因此在《詩集傳》中另立說解：「后妃以君子不在而思念之，故賦此詩。」強調后妃，可見已深受《詩序》影響，清儒戴震《詩經補注》云：「〈卷耳〉，感念於君子行邁之憂勞而作也。」這個說法就比較能夠擺脫舊說的桎梏。

俞平伯曾說：「采卷耳、執筐，明非征夫所為；登高飲酒，又豈思婦之事？」這幾句話說明了〈卷耳〉篇旨的不確定性。今人或謂此為行役者思家之作，或為婦女想念她遠行丈夫的詩，二說雖相反，卻都可以說得通；俞平伯認為「此詩作為民間戀歌讀，首章寫思婦，二至四章寫征夫，均係直寫，並非代詞」（說詳〈葺芷繚衡室讀詩札記〉，收於《古史辨》第三冊，下編），也是一種很高明的說詞。

樛木

南有樛木❶，葛藟纍之❷。樂只❸君子，福履綏之❹。（一章）

南有樛木，葛藟荒❺之。樂只君子，福履將❻之。（二章）

南有樛木，葛藟縈❼之。樂只君子，福履成❽之。（三章）

❶南有樛（ㄐㄧㄡ）木：南，《毛傳》：「南土也。」或謂南土即是南方、南邊，或謂南土特指南郡、南陽之間。樛木，樹的枝幹往下彎曲叫樛，樛木是彎曲的樹。

❷葛藟纍之：葛藟，葛是葛藤，藟是與葛類似的一種蔓生植物。纍，纏繞、攀緣。

❸只：語助詞，作用如「哉」字。

❹福履綏之：履，祿。綏，安寧、安定。

❺荒：掩蓋、掩覆。

❻將，扶助。

❼縈：旋繞。

❽成：成就。

說明

〈樛木〉並無生動的人物形象，也無具體的敘事情節，詩人以重複吟詠的方式，熱烈地表達出對君子的祝福，只是，詩中的君子指的究竟為誰，說者紛紜。

《詩序》：「〈樛木〉，后妃逮下也。言能逮下，而無嫉妬之心焉。」依此，《詩序》的作者也看得出〈樛木〉是一篇祝福的詩，但他們強調后妃的恩情施及群下，又能不嫉妒妃嬪，所以這是一篇眾妾用以歌頌后妃之德的詩。

支持《序》說者，於詩中的「君子」較難處理，朱子因為同意《詩序》的解說〈樛木〉，只好說篇中的「君子」指的是后妃，戴震《詩經補注》說得對，「恐君子之稱，不可通於婦人」。

方玉潤《詩經原始》說：「觀纍、荒、縈等字，有纏繞依附之意，如蔦蘿之施松柏，似於夫婦為近。」後人有不少認同這個說法，而解〈樛木〉為婦人祝福丈夫的詩，不過，和「群臣頌禱其君」（崔述《讀風偶識》說）、「奴隸頌其主子」（陳子展《詩經直解》說）之說相比，何者為詩的本義，是無法論定的。

螽斯

螽斯羽❶，詵詵❷兮。宜爾子孫振振兮❸。（一章）

螽斯羽，薨薨❹兮。宜爾子孫繩繩❺兮。（二章）

螽斯羽，揖揖❻兮。宜爾子孫蟄蟄❼兮。（三章）

注釋

❶螽（ㄓㄨㄥ）斯羽：螽斯，蝗蟲類的昆蟲，又名蚣蝑、斯螽。《朱傳》：「能以股相切作聲，一生九十九子。」一說，斯只是語詞，不可以螽斯二字為名。羽，翅。

❷詵（ㄕㄣ）詵：《毛傳》：「眾多也。」《朱傳》：「和集貌。」

❸「宜爾子孫」句：宜，合宜、合理、適宜。馬瑞辰《通釋》解宜為多，王引之《釋詞》則謂宜為語詞，無義。振振，《毛傳》：「仁厚也。」《朱傳》：「盛貌。」王先謙《集疏》解為振奮有為之貌；亦通。

❹薨（ㄏㄨㄥ）薨：《毛傳》：「眾多也。」《朱傳》：「群飛聲。」

❺繩繩：《毛傳》：「戒慎也。」《朱傳》：「不絕貌。」

❻揖（ㄐㄧˊ）揖：《毛傳》：「會聚也。」（《朱傳》說同。馬瑞辰謂詩中「詵詵」、「薨薨」、「揖揖」皆形容羽聲之盛多；亦可參。）

❼蟄（ㄓˊ）蟄：《毛傳》：「和集也。」《朱傳》：「亦多貌。」

說明

〈螽斯〉是一篇祝賀人家多子多孫的詩，詩人用蝗蟲多子多孫比喻人的多子，表示對多子者的祝福。

《詩序》：「〈螽斯〉，后妃子孫眾多也。言若螽斯不妬忌，則子孫眾多也。」歐陽修《詩本義》說螽斯是一種小蟲，「詩人安能知其心不妒忌！」作《序》者的用意是在說教，首句（下文言及《序》首句，概以〈古序〉稱之）還可以成立，〈續序〉（指首句以下的文字）的「螽斯不妒忌」純為畫蛇添足之說，宜乎後人多不以為然。

朱子《詩集傳》於此篇大抵承襲《序》說：「后妃不妒忌而子孫眾多，故眾妾以螽斯之群處和集而子孫眾多比之，言其有是德而宜其有是福也。」朱子為〈古序〉作了極佳的箋釋。

反對《詩序》者，應該較能接受吳闓生《詩義會通》之說：「此但祝禱之詞。以多男為祝，人之恆情，無與后妃，亦無不妒忌之意。」至於高亨《詩經今注》認為「這是勞動人民諷刺剝削者的短歌」，是因為蝗蟲靠農人所種的莊稼而生存，這和貴族靠農人生產的糧食而生存，本質相似，此外，從來人們都把蝗蟲看作禍害，如此，高氏的解詩就與眾不同了。這種說法當然也有參考的價值，但一口咬定詩人的本質非祝人子孫盛多，而是諷刺貴族的剝削，未免失之武斷。

桃夭

桃之夭夭❶，灼灼其華❷。之子于歸❸，宜其室家❹。（一章）

桃之夭夭，有蕡其實❺。之子于歸，宜其家室。（二章）

桃之夭夭，其葉蓁蓁❻。之子于歸，宜其家人。（三章）

❶夭夭：《說文》引作「枖枖」，云「木少盛貌」。

❷灼（ㄓㄨㄛˊ）灼其華：灼灼，鮮明的樣子。華，古字花。

❸之子于歸：之，是、此。之子即是子、此一女子。于歸，《毛傳》：「于，往也。」《朱傳》：「婦人謂嫁曰歸。」于歸即往歸夫家，也就是出嫁的意思。

❹宜其室家：《朱傳》：「宜者，和順之意。室，謂

夫婦所居。家，謂一門之內。」馬瑞辰《通釋》：「宜與儀通。《爾雅》：『儀，善也。』凡《詩》云『宜其室家』、『宜其家人』者，皆謂善處其室家與家人耳。」

❺有蕡（ㄈㄣˊ）其實：即「其實有蕡」的倒裝。蕡，大。屈萬里《詮釋》：「《詩》中凡以有字冠於形容詞或副詞之上者，等於加然字於形容詞或副詞之下，故有蕡，猶蕡然也。」程、蔣《注析》：「有，用於形容詞之前的語助詞，和疊詞的作用相似。有蕡即蕡蕡。」

❻蓁（ㄓㄣ）蓁：茂盛的樣子。

說明

〈桃夭〉是一篇祝賀人家嫁女兒的活潑輕快的短詩，有人認為這樣的賀新婚之禮俗詩，在當年是作為房中樂使用的。

《詩序》：「〈桃夭〉，后妃之所致也。不妬忌，則男女以正，婚姻以時，國無鰥民也。」《詩序》又把男女都能及時婚姻歸功於后妃的不妒忌，朱子雖亦受傳統《詩》教的影響，但他在《詩集傳》中揚棄了「后妃之所致」的包袱，而改把重心擺在文王身上：「文王之化，自家而國，男女以正，婚姻以時。故詩人因所見以起興，而歎其女子之賢，知其必有以宜其室家也。」此外，朱子在《詩序辨說》中也直指〈古序〉非是。當然，反對《詩序》的人，對於《詩集傳》之說通常也都不予接受，因為兩者都在藉機說教，而反《序》者最痛恨的正是說教式的解題。

站在經學的角度來讀〈桃夭〉，《詩序》與《朱傳》都可謂善說《詩》者。

近人陳子展《詩經直解》認〈桃夭〉為「美民間嫁娶及時之詩」，《詩》教的影響確是既深且遠的。

另一個值得注意的問題是，《毛傳》與《朱傳》都說〈桃夭〉為興體詩，現代卻有一些學者認為這是比體之作，如糜文開、裴普賢所寫的《詩經欣賞與研究》就說，首章以桃花的鮮豔比喻少女的美麗，二章以桃樹比喻女子內在之美，三章以桃葉的茂密比喻家族的昌大和諧，支持類似解詩的並不少，顯見「《詩》無達詁」之命題也是適用在詩的作法上面的。

兔罝

肅肅兔罝❶，椓之丁丁❷。赳赳武夫❸，公侯干城❹。（一章）
肅肅兔罝，施于中逵❺。赳赳武夫，公侯好仇❻。（二章）
肅肅兔罝，施于中林❼。赳赳武夫，公侯腹心❽。（三章）

❶肅肅兔罝：《毛傳》：「敬也。」馬瑞辰以為肅肅並非形容人，而是「兔罝結繩之狀」，肅肅為縮縮之假借。聞一多《通釋》：「肅，數也，即密也。」兔罝（ㄐㄩ），捕兔的網。

❷椓之丁丁：椓（ㄓㄨㄛˊ），敲打、敲擊。丁（ㄓㄥ）丁，擬聲之詞，敲打木樁之聲。

❸赳赳武夫：赳赳，勇武的樣子。武夫，打獵的武士。

❹干城：干，盾。《鄭箋》：「干也、城也，皆以禦難也。」

❺施于中逵：施，設置、布置。中逵，逵中。《毛傳》、《朱傳》都說逵是九達之道，這是以逵為馗之假借。于省吾《新證》說逵是陸的假借字，《說文》：「陸，高平地。」中陸指野外而言。二說都

可通，于氏之說似較近理。

❻好仇：仇同逑，好仇是好朋友、好伴侶的意思。

❼中林：林中。〈魯頌・駉・毛傳〉：「野外曰林。」

❽腹心：即今所謂心腹，最忠實可靠而得力的人。

〈兔罝〉是典型的讚美詩，所讚美的是后妃，還是獵人、衛士，說者不一。《詩序》：「〈兔罝〉，后妃之化也。〈關雎〉之化行，則莫不好德，賢人眾多也。」《詩序》仍循往例，把周家賢人之多歸因於后妃之化，有趣的是，朱子又認為「罝兔之野人」其才可用，是由於文王德化之盛，這和他解釋〈桃夭〉的立場是一致的。對於〈兔罝〉，崔述《讀風偶識》的見地是極為特殊的：「余玩其詞，似有惋惜之意，殊不類盛世之音。……文士或間一遇時，而武夫尤難以逢世。以故詩人惜之曰：『此林中之施兔罝者，其才智皆公侯之干城、公侯之心腹也。』惋惜之情，顯然言外。」詩人是否意在言外，殊難確定。有大陸學者表示，方玉潤《詩經原始》「此必羽林之士，扈蹕游獵，英姿偉抱，奇傑魁梧，遙而望之，無非公侯之選」之說才符合詩意，這也是過度自信了；我們若說這是一篇讚美武夫的詩，接受的讀者可能會比較多。

芣苢

采采芣苢❶，薄言❷采之；采采芣苢，薄言有❸之。（一章）

采采芣苢，薄言掇❹之；采采芣苢，薄言捋❺之。（二章）

采采芣苢，薄言袺❻之；采采芣苢，薄言襭❼之。（三章）

注釋

❶采采芣（ㄈㄡˊ或ㄈㄨˊ）苢（ㄧˇ）：采采，採了又採。芣苢，《毛傳》：「車前也。宜懷任（妊）焉。」芣苢通作芣苡，植物名，即車前子，據說可治婦人不孕之症。

❷薄言：二字皆語詞。或謂薄之為發語詞有勉力之意，亦有解薄為迫，釋薄言為「迫而」、「趕快」者；皆可參。

❸有：取。

❹掇（ㄉㄨㄛˊ）：拾取。

❺捋（ㄌㄜˋ）：摘取。胡承珙《後箋》：「掇是拾其子之既落者，捋是捋其子之未落者。」

❻袺（ㄐㄧㄝˊ）：用衣襟兜著。

❼襭（ㄒㄧㄝˊ）：把物品盛裝在衣襟中，而把衣襟收紮在腰間。

說明

〈芣苢〉描寫婦女一邊採芣苢，一邊唱著歌，芣苢是愈採愈多，歌是愈唱愈高興。《詩序》：「〈芣苢〉，后妃之美也。和平，則婦人樂有子矣。」顯係因詩中芣苢之物有助婦人懷孕，而使作《序》者得以借題發揮。

鄭樵在《詩辨妄》中說：「〈芣苢〉之作，興采之也。如後人之采菱，則為采菱之詩，采藕則為采藕之詩，以述一時所采之興爾，何它義哉！」也許詩的本義正是如此，不過，《序》為了配合政教而作的說解，也算言之有據了。

朱子說：「化行俗美，家室和平，婦人無事，相與采此芣苢，而賦其事以相樂。」這是兼顧了《詩》的經學與文學的雙重性質之說，委實高明。

方玉潤《詩經原始》說：「讀者試平心靜氣，涵泳此詩，恍聽田家婦女，三三五五，於平原繡野、風和日麗中，群歌互達，餘音裊裊，若遠若近，忽斷忽續，不知其情之何以移，而神之何以曠，則此詩不必細繹而自得其妙焉。……今世南方婦女，登山採茶，結伴謳歌，猶有此遺風焉。」〈芣苢〉渾然天成的韻味，是後人所津津樂道的。

漢廣

南有喬木❶，不可休息❷。漢有游女❸，不可求思。漢之廣矣，不可泳思。
江之永矣❹，不可方❺思。（一章）

翹翹錯薪❻，言刈其楚❼。之子于歸❽，言秣❾其馬。漢之廣矣，不可泳思。
江之永矣，不可方思。（二章）

翹翹錯薪，言刈其蔞❿。之子于歸，言秣其駒⓫。漢之廣矣，不可泳思。江
之永矣，不可方思。（三章）

注釋

❶喬木：樹幹高大而枝葉很高的樹木。

❷不可休息：因喬木枝葉很高而樹蔭不可得，所以感歎不可休息。休息，一本作「休思」，思為語詞。

❸漢有游女：漢，漢水。游女，《朱傳》謂為出遊之女，又云：「江漢之俗，其女好遊，漢魏以後猶然，如大堤之曲可見也。」《韓詩》以游女為漢水之女神，今人亦有解游為游泳者。

❹江之永矣：江，長江。永，長。

❺方：筏，這裡作動詞用，乘筏渡過之意。

❻翹翹錯薪：翹翹，或謂眾多的樣子，或以為是高大的樣子。錯，錯雜、交錯。錯薪，雜亂的柴草。

❼言刈其楚：言，語詞。刈，割。楚，植物名，荊屬，又名荊。

❽之子于歸：此一女子出嫁。

❾秣：飼養。歐陽修《詩本義》以「言秣其馬」為「悅慕之辭，猶古人言『雖為執鞭，猶忻慕焉』者是也」。

❿蔞（ㄌㄡˊ或ㄌㄩˇ）：蔞蒿，馬瑞辰《通釋》以為蔞是蘆的假借，可備一說。

⓫駒：《毛傳》：「六尺以上為馬，五尺以上為駒。」

說明

〈漢廣〉是描寫男子無奈地感歎江漢游女難以追求之作，但游女的意義，學者的解釋有很大的歧異。

《詩序》：「〈漢廣〉，德廣所及也。文王之道被于南國，美化行乎江漢之域，無思犯禮，求而不可得也。」「德廣所及」、「無思犯禮」都是作《序》者出於用心良苦的附會。

方玉潤《詩經原始》認為「此詩即為刈楚、刈蔞而作，所謂樵唱是也。近世楚、粵、滇、黔間，樵子入山唱山謳，響應林谷。蓋勞者善歌，所以忘勞耳。其詞大抵男女相贈答，私心愛慕之情，有近乎淫者，亦有以禮自持者。文在雅俗之間，而音節則自然天籟也。當其佳處，往往入神，有學士大夫所不能及者。」此說頗為今人所津津樂道，然亦有不以為然者，余培林《詩經正詁》即說：「今晉陝邊區，樵唱、民歌尚存，歌詞皆鄙俗不堪，方之此詩，猶礫石之與珠玉。方氏或以詩有刈楚、刈蔞，乃為此言。不知刈楚、刈蔞乃為之秣馬、秣駒也。女有馬有車，乃是貴族身分，此正所以『不可求思』也。為之秣馬、秣駒，示悅慕之深而已，所謂『愛到深處無怨尤』也。」此說不無道理，事實上，方氏的說法純是他個人讀詩的領會，未必一定即是詩的本義。值得留意的是，方氏解〈漢廣〉為「江干樵唱驗德化之廣被也」，可見傳統《詩》教的影響力是無遠弗屆的，即便是被公認為說《詩》新派代表人物之一的方玉潤，也往往自然地視三百篇為深具教化作用的經書。

汝墳

遵彼汝墳❶，伐其條枚❷。未見君子❸，惄如調飢❹。（一章）

遵彼汝墳，伐其條肄❺。既見君子，不我遐棄❻。（二章）

魴魚赬尾❼，王室如燬❽。雖則如燬，父母孔邇❾。（三章）

❶遵彼汝墳：遵，遵循、沿著。汝墳，汝，水名，在今河南省。墳，濆之借字，堤防、河岸、水邊。

❷條枚：《毛傳》：「枝曰條，幹曰枚。」

❸君子：丈夫。

❹惄（ㄋㄧˋ）如調（ㄓㄡ）飢：惄，《毛傳》：「飢意也。」《鄭箋》：「思也。」《說文》以為惄有飢與憂二意。調，早上。

❺肄（ㄧˋ）：枝幹之斬而復生者。

❻不我遐棄：《毛傳》：「遐，遠也。」依此，不我遐棄及不遠棄我。屈萬里《詮釋》：「《詩》中凡『不遐』（遐或做瑕）兩字冠於句首，或云『不□遐□』者，遐字皆語詞無義；『不我遐棄』，即不我棄也。」余培林《正詁》：「《詩經》中凡『不遐』（遐或做瑕）二字冠於句首，皆表達希望之辭，猶口語不會、不至。」

❼魴（ㄈㄤˊ）魚赬（ㄔㄥ）尾：魴魚，《說文》：「赤尾魚也。」赬尾，《毛傳》：「赬，赤也。魚勞則尾赤。」王靜芝《通釋》：「舊傳魚勞則尾赤，恐不可信，然在文學則可用其傳說而取其意。」魚勞則尾赤雖為無稽，卻可用來比喻行役之勞苦。

❽王室如燬：王室，周王室。崔述《偶識》謂〈汝墳〉為東遷後詩，王室如燬即指驪山亂亡之事。燬，火燒。如燬，言形勢之混亂危急。

❾孔邇：孔，甚；邇，近。

說明

〈汝墳〉描寫丈夫行役歸來，做妻子的極為高興，又擔心丈夫會再度離她而去，因此拿父母需要照顧為理由，希望丈夫能就此留下來；詩人以凝練的字句，將婦人辛酸苦辣的心理描繪得入木三分。

《詩序》：「〈汝墳〉，道化行也。文王之化，行乎汝墳之國，婦人能閔其君子，猶勉之以正也。」傳隸樸在《詩經毛傳譯解》中解釋《序》說云：「這汝墳之國的女子……以大義鼓勵她的丈夫，不要逃避對國家的責任。」可是，詩中的婦人實際上是害怕丈夫再度遠離家門，因此她以「父母孔邇」為藉口，想以此挽留丈夫在身邊，可見《序》說為了牽合教化，確使其說有了明顯的瑕疵。

馬瑞辰《毛詩傳箋通釋》：「細繹詩意，蓋幸君子從役而歸，而恐其復往從役之辭。首章追溯其未歸之前也，二章幸其歸也，三章恐其復從役也。」此說當無可挑剔。當然，依照此解，本篇就不成為說教之作了，事實上，三百篇本來就存在著不少極難用以施教的詩歌，此所以為何《詩序》的作者群往往得辛苦地繞著圈子立說，而其說在後世卻又每每讓人皺眉了，但若了解作《序》者必須以《詩》說教的時代背景，及其以《詩》說教的苦心，對於其中較為勉強的說法，自然就不會恨之入骨了。

麟之趾

麟之趾❶，振振公子❷。于嗟❸麟兮！（一章）

麟之定❹，振振公姓❺。于嗟麟兮！（二章）

麟之角，振振公族❻。于嗟麟兮！（三章）

❶麟之趾：麟，麒麟，我國古代傳說中的一種仁獸、瑞獸，被描寫為鹿身、牛尾、馬蹄，頭上有一枝角。趾，足、蹄。

❷振振公子：振振，如同〈螽斯〉的「振振」，或謂仁厚，或謂盛多，或謂振奮有為。公子，程、蔣《注析》：「《詩經》中稱年幼的貴族為公子。」這裡泛指公的子孫。

❸于（ㄒㄩ）嗟：于，同吁。于嗟是讚美的歎詞。陳奐《傳疏》說《詩》的歎詞有二義，一為美歎，一為傷歎。

❹定：頂的假借，額的意思。

❺公姓：公的子孫。

❻公族：公的子孫。

說明

〈麟之趾〉是一篇以歌唱來祝福或讚美公侯子孫昌盛的詩。《詩序》：「〈麟之趾〉，〈關雎〉之應也。〈關雎〉之化行，則天下無犯非禮，雖衰世之公子，皆信厚如麟趾之時也。」〈古序〉以此篇為〈關雎〉之應，這是認為編《詩》者的安排篇次有其苦心，但後人卻批評此說甚迂，〈續序〉則更不得人緣，連尊《序》的宋儒程子都譏誚其語怪妄。

毫為疑問的，這是頌美公侯子孫眾多的詩，因為麟是仁獸、瑞獸，用在篇中就有恭維、讚美的象徵意味。至於趾與子、定與姓、角與族，誠如姚際恆《詩經通論》所說，「弟取協韻，不必有義」，姚氏又說：「唯是趾、定、角由下而及上，子，姓、族由近而及遠，此則詩之章法也。」姚氏所言此詩結構上的特色，具有參考的價值。

召南（十四篇）

《詩序》認為「〈關雎〉、〈麟趾〉之化，王者之風，故繫之周公」，「〈鵲巢〉、〈騶虞〉之德，諸侯之風也，先王之所以教，故繫之召公（姬奭）」，今人多數認為，召南是指西周宣王時代召穆公虎所統轄的南方之國，各篇的寫作年代也非如舊說的西周之初，例如屈萬里《詩經詮釋》就說：「召虎闢江漢之域，〈大雅．江漢〉之篇，具詠其事；時在宣王之世。〈召南〉之詩十四篇，言地望者，則有〈江有汜〉；復證以〈江漢〉之詩，知其地南至長江；乃周南以南至於長江之地域也。〈甘棠〉之詩言召伯，知其為召虎而非召公奭；〈何彼襛矣〉言『平王之孫』；以此證之，〈召南〉之詩，早者不逾宣王之世，遲者已至東周初葉。」儘管仍然有人擁護舊說（趙制陽《詩經甘棠篇召伯考》就認為二〈南〉應是西周前期作品），但新說的漸受支持已是既定的事實，不過，余培林《詩經正詁》有一見解似乎也是頗為中肯的，經營南國者確為召穆公虎，「然此無礙於〈召南〉之召，指召公奭而言。蓋召公乃召之始封之君，南詩而係之於周、召者，推其本原也；此亦猶東征之詩而係之〈豳〉也。」

鵲巢

維鵲有巢❶，維鳩❷居之。之子于歸❸，百兩御之❹。（一章）

維鵲有巢，維鳩方❺之。之子于歸，百兩將❻之。（二章）

維鵲有巢，維鳩盈❼之。之子于歸，百兩成❽之。（三章）

注釋

❶維鵲有巢：維，發語詞。胡適〈談談詩經〉釋為「啊」。鵲，喜鵲。

❷鳩：鳲鳩、布穀。或謂即鴝鵒，也就是今天所謂的八哥。《毛傳》：「鳲鳩不自為巢，居鵲之成巢。」

❸之子于歸：《詩》中常用語，之子，是子、此一女子。于歸，往歸夫家，也就是出嫁的意思。

❹百兩御之：兩，即輛。《朱傳》：「一車兩輪，故謂之兩。」御，《鄭箋》：「迎也。」《魯說》：「侍也。」

❺方：《毛傳》：「有之也。」戴震《考正》讀方為房，房之，居之也。王引之《述聞》以為當讀為放，依也；亦通。

❻將：《毛傳》：「送也。」或解為護衛。

❼盈：《毛傳》：「滿也。」即占滿之意。或釋為陪嫁的人非常多，或謂充實之意。

❽成：完成婚禮。

說明

〈鵲巢〉是一篇敘述貴族嫁女兒的詩。

《詩序》：「〈鵲巢〉，夫人之德也。國君積行累功，以致爵位，夫人起家而居有之，德如鳲鳩，乃可以配焉。」作《序》者當然明白〈鵲巢〉為歌詠嫁女之作，為了便利說教，而有以上的說詞，也算難能可貴了。

「德如鳲鳩」是什麼意思呢？《鄭箋》說：「夫人有均壹之德，如鳲鳩然，而後可配國君。」吾人於此說不能嗤之以鼻，〈曹風・鳲鳩〉云：「鳲鳩在桑，其子七兮。淑人君子，其儀一兮。其儀一兮，心如結兮。」《荀子・勸學》即引此詩，以謂「君子結於一也」。以是，鄭玄謂夫人有均壹之德是有根據的。姚際恆在《詩經通論》中既駁斥《序》說，又譏刺鄭說：「嗟乎！一鳩耳，有何德，而且以知其為均壹哉？」這種批評並不公平。

有人強調這是歌詠諸侯嫁女的詩，是否諸侯才能擁有百輛之車，殊難斷言，何況百輛之語未必沒有浮誇的成分，但詩中人物非平民階級當可以肯定。

現在也有些人以為「鳩占鵲巢」多少含有貶抑的意味，也就是說，鳲鳩被人認為是光會撿現成便宜的鳥類，因此有愈來愈多的讀者認為本詩其實意在諷刺，諷刺貴婦人是天生的懶蟲或寄生蟲（如陳子展的《詩經直解》），也有些人說這是一首諷刺召南國君廢了元配而另娶新婦之作（高亨《詩經今注》）。這些說法都很有新意，但是我們無法斷定何者方是詩的本義。

采蘩

于以采蘩❶？于沼于沚❷。于以用之？公侯之事❸。（一章）

于以采蘩？于澗❹之中。于以用之？公侯之宮❺。（二章）

被之僮僮❻，夙夜在公❼。被之祁祁❽，薄言❾還歸。（三章）

❶于以采蘩：于以，舊解為語詞，楊樹達《詞詮》謂以乃「台」（ㄧˊ）之假借，何的意思。于以，即于何。蘩，白蒿，根莖可食，古人採之以供祭祀，《朱傳》：「或曰：蘩所以生蠶。」

❷于沼于沚：于，於、在。沼，池沼、沼澤。沚，小洲，或謂水邊。

❸事：屈萬里《詮釋》：「祭祀之事也。古謂祭祀之事曰『有事』，甲骨文、《周易・爻辭》皆常用此語。」

❹澗：兩山之間的流水。

❺宮：宗廟，古代貴族階層祭祀祖先的地方。

❻被之僮僮：被，《毛傳》：「首飾也。」牟庭《詩切》以「被之」為背負白蒿，于省吾《新證》謂「被」同「彼」，余培林《正詁》謂「被」讀為「披」，「之」指蘩草。僮僮，《毛傳》、《朱傳》：「竦敬也。」或謂盛多。

❼夙夜在公：夙夜，早晚。在公，或謂公為公所，或謂宗廟，或謂公桑，即君主的桑田，亦有解「在公」為「為公」者。

❽祁祁：《毛傳》：「舒遲也。」或謂盛多。

❾薄言：語詞。

說明

〈采蘩〉是描寫婦女努力采蘩以供宗廟祭祀之作。有學者表示，這是中國最早的祭祀詩之一，這話其實有語病，三百篇中真正有資格稱之為祭祀詩的在〈周頌〉之中（〈魯〉、〈商〉兩〈頌〉的部分作品，其性質也不能說是典型的祭祀詩），其內容不外是祭祀祖先、鬼神，並祈求能夠賜福，而〈采蘩〉時代再早也不會早於西周晚葉，甚至極有可能是東周之作，談的也並非是嚴肅的祭祀的內涵，而是輕快地反覆誦奏婦女採摘白蒿的過程、用意與辛勞，所以它不但不是祭祀詩，而且民歌的味道還很濃厚。

《詩序》：「〈采蘩〉，夫人不失職也。夫人可以奉祭祀，則不失職矣。」《朱傳》接受了這個說法，又說：「或曰：蘩所以生蠶。蓋古者后妃夫人有親蠶之禮，此詩亦猶〈周南〉之有〈葛覃〉也。」後人於《朱傳》「或曰」之說，亦多見採用，程俊英、蔣見元合著的《詩經注析》說「〈采蘩〉是一首描寫蠶婦為公侯養蠶的詩」，又說「蘩，白蒿，用來製養蠶的工具『箔』」，則可說是《朱傳》「或曰」的修正。

王靜芝《詩經通釋》說：「采者，可以為任何婦女，無專指夫人之處。而采蘩之工作，又非夫人專任，且為普通婦女之所應為。」就事論事，王氏之言並沒有錯，只是《詩序》之論本來就是為了說教，把詩中認真采蘩的婦女說成是夫人，自有其政教上的考量，就如同以〈葛覃〉為「后妃之本」一樣，位於最高階的后妃、夫人能夠以身作則，勤快盡職，當然可以作為天下婦女的表率，作《序》者的用心就在這裡。

草蟲

喓喓草蟲❶，趯趯阜螽❷。未見君子，憂心忡忡❸；亦既見止❹，亦既覯❺止，我心則降❻。（一章）

陟彼南山❼，言采其蕨❽。未見君子，憂心惙惙❾；亦既見止，亦既覯止，我心則說❿。（二章）

陟彼南山，言采其薇⓫。未見君子，我心傷悲；亦既見止，亦既覯止，我心則夷⓬。（三章）

注釋

❶喓（ㄧㄠ）喓草蟲：喓喓，草蟲之鳴叫聲。草蟲，即草螽，一種較大型的蝗蟲，俗稱織布娘。

❷趯（ㄊㄧˋ）趯阜螽：趯趯，跳躍的樣子。阜螽，尚未長出翅膀的幼蝗。

❸忡（ㄔㄨㄥ）忡：憂愁的樣子。《詩》中言「憂心□□」者，其「□□」皆為狀憂之詞，不必費辭為訓。

❹亦既見止：亦，發語詞，無義。吳昌瑩《衍釋》謂此「亦」有「若」意，亦可參。止，語尾助詞，無義。于省吾《詩經新證》解為與「之」通，指君子。

❺覯（ㄍㄡˋ）：遇。或謂與遘、媾通用，夫婦結合的意思。

❻降：放下。

❼陟彼南山：陟，登。南山，《毛傳》：「周南山也。」陳奐《傳疏》認為周南山即太一山，非〈秦風〉之終南山，王先謙《集疏》認為南山只是山之在南者，與〈采蘋〉「南澗」同，即目興懷，非有所指。

❽蕨：一種山菜，嫩葉可食。

❾惙（ㄔㄨㄛˋ）惙：憂心的樣子。

❿說（ㄩㄝˋ）：喜悅。

⓫薇：一種山菜，或謂即野豌豆苗。

⓬夷：《毛傳》：「平也。」《爾雅》：「悅也。」

說明

〈草蟲〉是一篇婦人喜見君子行役歸來之作，不過，如果詩中「亦既見止」之「亦」字，有假若之意，那本詩就是婦人懷念征夫之詩了。

《詩序》於〈草蟲〉詩旨之解說僅一句，「大夫妻能以禮自防也。」很多人都說詩無「以禮自防」之意，故《序》說不可取。的確，《序》之說草蟲，並不成功，其說教的效果如何，自亦不言可喻。

歐陽修《詩本義》云：「召南之大夫出而行役，妻留在家。……以禮自防，不為淫風所化。……守禮以自防閑，以待君子之歸。」這無異是一段《詩序》補遺。《朱傳》則說：「南國被文王之化，諸侯大夫行役在外，其妻獨居，感時物之變，而思其君子如此，亦若〈周南〉之〈卷耳〉也。」與其說朱子拋不開《詩》教的包袱，毋寧說他維護《詩》教的苦心是可感的。方玉潤《詩經原始》認為此詩「蓋詩人託男女情以寫君臣念耳」，方氏的理解，我們也要尊重，但若說這才是詩的原始之義，恐怕多數讀者要群起反對。

〈小雅．出車〉第五章的句子和〈草蟲〉重複的很多，因此，明儒何楷《詩經世本古義》說〈草蟲〉「思南仲也。南仲以王命城朔方，遂伐西戎，其室家思之而作此詩」，就不能說毫無理由，不過，王靜芝《詩經通釋》認為〈出車〉第五章乃逕取已流行之〈草蟲〉首章，略為改動一句，以適其所言，這種推測也不無可能，關鍵在於〈草蟲〉與〈出車〉二篇何者先作，若依屈萬里之說，〈召南〉乃西周宣王時代至東周初葉之作，而〈出車〉幾乎又可以肯定是宣王時候的作品，那麼〈出車〉早於〈草蟲〉的機會較大，王先生的說法就受到考驗了。

總之，〈草蟲〉本義應是婦人懷念征夫的詩，或者喜見君子行役歸來之作，至於詩中的君子是否一定是大夫的身分，未必容易確定。

采蘋

于以采蘋❶？南澗之濱❷。于以采藻❸？于彼行潦❹。（一章）

于以盛❺之？維筐及筥❻。于以湘❼之？維錡及釜❽。（二章）

于以奠❾之？宗室牖下❿。誰其尸⓫之？有齊季女⓬。（三章）

❶于以采蘋：于以，于何。蘋，一種水生植物，與浮萍同類而異種，《本草》：「萍有三種，大者曰蘋，中者曰荇，其小者即水上浮萍也。」

❷南澗之濱：澗，兩山之間的流水。濱，水邊。

❸藻：一種水生植物，《毛傳》謂為「聚藻」。

❹行（ㄏㄤˊ）潦（ㄌㄠˇ）：路邊溝溪之水。《毛傳》：「行潦，流潦也。」《孔疏》：「行者，道也。《說文》云：『潦，雨水也。』然則行潦，道路之上流行之水。」

❺盛（ㄔㄥˊ）：將物放入容器。

❻維筐及筥：筐為方形之竹器，筥為圓形之竹器。

❼湘：烹煮。《韓詩》作「鬺」，鬺亦烹煮之義。

❽維錡及釜：錡與釜皆金屬製成的炊器，《毛傳》：「有足曰錡，無足曰釜。」

❾奠：放置祭物。

❿宗室牖（ㄧㄡˇ）下：《毛傳》：「宗室，大宗之廟也。大夫、士祭於宗廟，奠於牖下。」牖，窗。《鄭箋》：「牖下，戶牖間之前。」

⓫尸：主持設羹以祭祀。

⓬有齊（ㄓㄞ）季女：《毛傳》：「齊，敬。季，少也。」句謂齋然莊敬之少女。

說明

描寫少女采蘋祭祀、通篇皆採問答句式的〈采蘋〉，以連用五個「于以」，使得全詩顯得異常緊湊，節奏明快。

《詩序》：「〈采蘋〉，大夫妻能循法度也。能循法度，則可以承先祖，共祭祀矣。」詩中明白提到一位女子主持祭祀，《詩序》認為這名女子為大夫之妻，可是詩中既然強調此一女子為「有齊季女」，季女即少女，怎會是大夫之妻呢？若依《鄭箋》，詩中那位主持祭祀的姑娘，在她出嫁以前，家人為她祭祖告廟，教她待人處世之道，這可以用來補正《序》說。

方玉潤《詩經原始》認為〈采蘋〉為女子將嫁而行告廟之禮之詞，今人多同意此說，實則其說鄭玄早已先行言之，然而詩之本義是否誠然如此，亦殊難斷言，若僅說此為歌詠貴族少女祭祀之詩，大約不會引來太多的異議。

甘棠

蔽芾甘棠❶，勿翦勿伐❷，召伯所茇❸。（一章）

蔽芾甘棠，勿翦勿敗❹，召伯所憩❺。（二章）

蔽芾甘棠，勿翦勿拜❻，召伯所說❼。（三章）

注釋

❶蔽芾（ㄈㄟˋ）甘棠：蔽芾，樹木高大茂密的樣子。甘棠，樹名，即棠梨，果實圓而小，味澀可食。

❷勿翦勿伐：《毛傳》：「翦，去；伐，擊也。」（去其枝葉、擊斷其樹）《朱傳》：「翦，翦其枝葉也。伐，伐其條榦也。」翦，俗稱剪。

❸召（ㄕㄠˋ）伯所茇（ㄅㄚˊ）：召伯，姓姬，名虎，即召穆公，宣王末年征伐淮夷，立下大功。茇，屈萬里《詮釋》：「茇，草中止息也。止息樹下，猶止息草中，故曰茇。」

❹敗：毀壞。

❺憩（ㄑㄧˋ）：休息。

❻拜：《鄭箋》：「拔也。」拜為扒之假借，《廣韻》：「扒，拔也。《詩》云：勿翦勿扒。」馬瑞辰《通釋》釋扒為擘，擘義為分，也就是掰、分裂

枝條之意。

❼說（ㄕㄨㄟˋ）：停留休息。

說明

〈甘棠〉主旨在要求人們不要破壞召伯所曾憩息過的甘棠樹，詩中通過「勿伐」、「勿敗」、「勿拜」三語，顯示出對甘棠的愛惜，從而表達了人民對召伯的強烈思念。

《詩序》：「〈甘棠〉，美召伯也。召伯之教，明於南國。」據詩所言，是人民懷念召伯，呼籲大家要愛惜召伯所曾休憩之樹，把這詩收進三百篇中，其有讚美召伯之意至為明顯，《序》之言誠然不虛。

舊謂詩中召伯為周初的召公奭，自梁啟超《古書真偽及其年代》、傅斯年〈周頌說〉、陸侃如、馮沅君《中國詩史》、屈萬里《詩經詮釋》力主召伯實為召穆公虎後，人多從其說，仍持舊說者似難與之抗衡，茲引屈氏之說於後。

「早期經籍，於召伯虎或稱公，而絕無稱召公奭為伯者。召伯之稱，又見於〈小雅．黍苗〉及〈大雅．崧高〉，皆謂召虎；而〈大雅．江漢〉之篇，於虎則曰召虎，於奭則曰召公，區別甚明。舊以此為美召公奭者，非是。」

行露

厭浥行露❶。豈不夙夜❷，謂❸行多露。（一章）

誰謂雀無角❹？何以穿我屋？誰謂女無家❺？何以速我獄❻？雖速我獄，室

家不足❼。（二章）

誰謂鼠無牙？何以穿我墉❽？誰謂女無家？何以速我訟❾？雖速我訟，亦不女從。（三章）

注釋

❶厭（一ˋ）浥（一ˋ）行（ㄏㄤˊ）露：厭浥，潮溼的樣子。行，道路；行露，道路上之露水。

❷夙夜：早夜，即今口語所謂「一大早」、「大清早」。

❸謂：畏的假借字。

❹角：鳥嘴

❺女（ㄖㄨˇ）無家：女，古「汝」字。家，《朱傳》：「謂以媒聘求為室家之禮也。」

❻速我獄：速，促使，招致。獄，訟，即所謂「打官司」。或謂獄即監獄。

❼室家不足：《朱傳》：「求為室家之禮未備。」

❽墉：牆。

❾訟：訴訟。

說明

〈行露〉是一篇女子堅拒室家之禮不備而欲強娶的男子之作。詩中「雀角」、「鼠牙」之比喻巧妙奇特，清儒姚際恆謂之「奇想、奇語」。

《詩序》：「〈行露〉，召伯聽訟也。衰亂之俗微，貞信之教興，彊暴之男不能侵陵貞女也。」由於前面的〈甘棠〉讚美的是召伯，《詩序》就認為〈行露〉也與召伯有關，當然這是沒有什麼根據的，不過，既然「彊暴之男不能侵陵貞女」，可見作《序》者仍然明白這是一篇女子拒絕強迫婚姻的詩。

詩中那位企圖以強硬手段逼婚的男子，不按正禮行事，詩中的女子以堅決的態度拒絕了「彊暴之男」的蠻橫要求。

詩的本義或許不難索解，唯因篇中有速獄、速訟之語，遂使作《序》者得以「召伯聽訟」來詮釋，這也可以說是解《詩》的一種技巧。

羔羊

羔羊❶之皮，素絲五紽❷。退食自公❸，委蛇❹委蛇。（一章）

羔羊之革❺，素絲五緎❻。委蛇委蛇，自公退食。（二章）

羔羊之縫❼，素絲五總❽。委蛇委蛇，退食自公。（三章）

❶羔羊：《毛傳》：「小曰羔，大曰羊。」舊謂大夫穿羔羊皮之皮袍。

❷素絲五紽（ㄊㄨㄛˊ）：素絲，白色的絲。嚴粲《詩緝》：「錢氏曰：兩皮之縫不易合，故織白絲為紃（ㄒㄩㄣˊ），施之縫中，連屬兩皮，因以為飾。」五紽，王引之《述聞》以為紽與下章之緎（ㄩˋ）、總「皆數也。五絲為紽，四紽為緎，四緎為總」。高亨《今注》：「紽，周代人的衣，一邊縫上五個（或三個）絲繩的鈕子，古語叫做紽，今語叫做紐。另一邊縫上五個（或三個）絲繩的套兒，古語叫做緎，今語叫做扣。穿上衣的時候，把紽納入緎內，就是下文所謂總。」

❸退食自公：公，公門、公所、公署，句為「自公退食」之倒裝，猶今言下班回家吃飯。

❹委（ㄨㄟ）蛇（ㄧˊ）：行動或態度從容不迫的樣子。

❺革：皮。

❻緎：見注❷。

❼縫（ㄈㄥˋ）：兩皮相接之處。

❽總：見注❷。

〈羔羊〉描寫召南大夫的衣裘與公食，有趣的是多數人都說委蛇是從容自得的樣子，然而本詩究竟意存讚美或諷刺，直到現今仍是各說各話。

《詩序》：「〈羔裘〉，〈鵲巢〉之功致也。召南之國，化文王之政，在位皆節儉正直，德如羔羊也。」「〈鵲巢〉之功致」一語，十分含糊，「節儉正直，德如羔羊」云云，不消說，又成為攻《序》者眾矢之的。

明儒季本《詩說解頤》謂〈羔羊〉之詩「美南國之大夫，退朝而從容自得，見其心之無私也」，末句似為畫蛇添足，此外則接受者頗多。

清儒崔述《讀風偶識》對此詩的解釋，也得到今日許多大陸學者的認同：「此篇特言國家無事，大臣得以優游暇豫，無王事靡盬、政事遺（ㄨㄟˋ）我之憂耳。」「為大夫者，夙興夜寐，扶弱抑強，猶恐有覆盆之未照；乃皆退食委蛇，優游自適，若無所事事者，百姓將何望焉？」前段以〈羔羊〉有讚美之意，後段筆鋒一轉，強調此為諷刺之詩；不少學者認為〈羔羊〉為諷刺士大夫生活過於悠閒安逸之作，即是受了崔說的影響，亦有學者解詩中的委蛇解為虺蛇，亦即四腳蛇，把大夫比喻為虺蛇，如此〈羔羊〉就非是諷刺詩不可了。類此推陳出新之見，也為我們在讀《詩》時，增添了一些趣味性，但要大家就此承認新解勝過舊說，其勢亦有所不能。

殷其靁

殷其靁❶，在南山之陽❷。何斯違斯❸？莫敢或遑❹。振振❺君子，歸哉歸哉！（一章）

殷其靁，在南山之側。何斯違斯？莫敢遑息❻。振振君子，歸哉歸哉！（二章）

殷其靁，在南山之下。何斯違斯？莫或遑處❼。振振君子，歸哉歸哉！（三章）

❶殷其靁（ㄌㄟˊ）：殷，雷聲；其，或謂語詞，或謂狀物的助詞，殷其等於殷然，或疊字殷殷；靁，即雷字。

❷陽：山南曰陽。

❸何斯違斯：斯，此：上「斯」字，謂此人；下「斯」字，謂此地。違，離、去。

❹莫敢或遑：遑，閒暇。馬瑞辰《通釋》：「或、有古通用。莫敢或遑，即無敢有閒暇也。」句謂不敢稍微耽擱一會兒。

❺振振：《毛傳》：「信厚也。」或釋為振奮有為。

❻息：休息、喘息。

❼處：居住。

說　明

〈殷其靁〉是一篇婦人思念遠出行役的丈夫、盼其早日歸家之作，這等主題的作品在〈國風〉中是極為常見的，但詩人通過雷聲來寫思婦的感情，如此手法則較為希罕。

《詩序》：「〈殷其靁〉，勸以義也。召南之大夫遠行從政，不遑寧處，其室家能閔其勤勞，勸以義也。」詩中的男子「不遑寧處」是有的，可是詩三章都以「歸哉！歸哉！」作結，這是做妻子的期望他早日回家，怎麼會說「勸以義」呢？此所以《序》說令人鮮能接受。當然，編《詩》者選了本詩，序《詩》者挖空心思，對於「正〈風〉」裡的〈殷其靁〉只能以「勸以義」之說來配合朝廷對經書的要求，其立場吾人是絕對可以諒解的。明儒朱善《詩解頤》：「何斯違斯，念其久也；莫敢或遑，閔其勞也；振振君子，美其德也；歸哉歸哉，望其至也。往役者，君子事上之義；思念之情，婦人愛夫之情。二者固竝行而不相悖也。」朱善是所謂述朱（朱子）學派的儒生，其說分別觀之，無一不是，問題在於詩中的婦人並未奉勸其夫往役，是以其解對於舊說的維護未必有何裨益。

摽有梅

摽有梅❶，其實七兮❷。求我庶士❸，迨其吉兮❹。（一章）

摽有梅，其實三兮。求我庶士，迨其今兮。（二章）

摽有梅，頃筐塈❺之。求我庶士，迨其謂❻之。（三章）

注釋

❶摽有梅：摽，掉落。有梅，有同有虞、有唐之有，無義。梅，梅樹。或謂梅與媒音同，古人視之為媒合之果。

❷其實七兮：實，果實；七，七成。

❸庶士：庶，眾。士，男士，古多稱未婚之男子為士。

❹迨其吉兮：迨，及、趁著。吉，吉日。

❺塈（ㄒㄧˋ）：取。

❻謂：告、說的意思。馬瑞辰《通釋》謂為「會」之假借。程、蔣《注析》：「會之，指仲春會男女，不必舉行正式婚禮，便可同居。見《周禮・媒氏》。」

說明

〈摽有梅〉以漸層法描寫一位女子亟盼有人來追求她，詩人以非常率直且有趣的筆調道出了女子的待嫁心理。

《詩序》：「〈摽有梅〉，男女及時也。召南之國，被文王之化，男女得以及時也。」歐陽修《詩本義》說本詩「終篇無一人得及時者」，豈僅如此而已，梅落而致果實僅餘七、餘三，終於掉落殆盡，此為過時，而非及時，作《序》者為了說教，硬說〈摽有梅〉為男女及時之作，實在是不得已的。

嚴粲《詩緝》說：「此詩述女子之情，欲得及時而嫁。」今人多數以為詩的本義大約就是如此。

姚際恆《詩經通論》以為〈摽有梅〉「乃卿大夫為君求庶士之詩」，這是比《詩序》還要「經學」的說法；屈萬里《詩經詮釋》謂「此詩疑諷女子之遲婚者」，是否有諷刺之意，只有詩人才能明確回答。

小星

嘒❶彼小星，三五在東❷。肅肅❸宵征❹，夙夜在公❺。寔❻命不同！（一章）

嘒彼小星，維參與昴❼。肅肅宵征，抱衾與裯❽。寔命不猶❾。（二章）

注釋

❶嘒（ㄏㄨㄟˋ）：微明的樣子。

❷三五在東：《朱傳》：「三五，言其稀。蓋初昏或將旦日時也。」王引之《述聞》謂三五即下章之參星與昴星。

❸肅肅：疾速的樣子。

❹宵征：宵，夜。征，行。宵征即夜間行役。

❺夙夜在公：夙夜，或謂早夜、大清早，或謂早晚、從早到晚。在公，為公事而忙碌。

❻寔：同實字。

❼維參（ㄕㄣ）與昴（ㄇㄠˇ）：參、昴皆星名，二十八宿中的兩種。

❽抱衾（ㄑㄧㄣ）與裯（ㄔㄡˊ）：衾，被子；裯，或謂床帳，或謂單被。

❾猶：若，如。

說明

〈小星〉帶有一些寂靜淒清的韻味，內容描寫一位基層公務員早晚忙於公事，因而感歎命不如人。《詩序》：「〈小星〉，惠及下也。夫人無妬忌之行，惠及賤妾，進御於君，知其命有貴賤，能盡其心矣。」作《序》者有其特殊的時代背景，可是上述之說實在不容易引起共鳴。《朱傳》說：「南國夫人承后妃之化，能不妒忌以惠其下，故其眾妾美之如此。」經常在言詞上攻擊《詩序》的朱子，實際上也是《序》說的擁護者。宋儒洪邁在《容齋三筆》卷十中如此批評毛、朱之說：「諸侯有一國，其宮中嬪妾雖云至下，固非閭閻賤微之比，何至於抱衾而行？況於床帳，勢非一己之力所能致者，其說可謂陋矣。」毛、朱之見，確實是禁不起細節上的檢驗的。

被認為不如《毛詩》平實的三家《詩》，認為〈小星〉是描寫小臣行役，自傷勞苦之作，固然大致上今文學派為政治服務的味道較諸古文學派更濃，然其解說〈小星〉則極為平實，是以今人多半都能接受。

江有汜

江有汜❶，之子歸❷，不我以❸。不我以，其後也悔。（一章）

江有渚❹，之子歸，不我與❺。不我與，其後也處❻。（二章）

江有沱❼，之子歸，不我過❽。不我過，其嘯也歌❾。（三章）

注釋

❶汜（ㄙˋ）：嚴粲《詩緝》：「凡水之支流復還本水者名汜。」或謂汜為水名，長江之支流。

❷歸：或解為于歸之歸（出嫁），或解為還歸之歸。

❸不我以：《鄭箋》：「以猶與也。」范處義《詩補傳》：「以，用也。」不我以為「不以我」之倒裝。

❹渚（ㄓㄨˇ）：水中的小洲。

❺與：偕、共。

❻處：聞一多《新義》：「當讀為癙（ㄕㄨˇ），訓憂。」屈萬里《詮釋》：「謂共處也。」

❼沱：《毛傳》：「江之別者。」或謂沱為水名，長江之支流。

❽過：過從、過往。

❾其嘯也歌：《鄭箋》：「嘯，蹙口而出聲也。」聞一多《通義》謂嘯歌即號哭。此詩三章皆以「其……」作結，「其」為將然之辭，三章分別為「以後你會後悔的」、「以後你會憂愁的」、「以後你會痛哭的」之意。

說明

〈江有汜〉的主題迄今仍是眾說紛紜。《詩序》：「〈江有汜〉，美媵也。勤而無怨，嫡能悔過也。文王之時，江沱之閒，有嫡不以其媵備數，媵遇勞而無怨，嫡亦自悔也。」透過《朱傳》，我們可以更明白《詩序》所說的故事：「是時汜水之旁，媵有待年於國，而嫡不與之偕行者，其後嫡被后妃夫人之化，乃能自悔而迎之。故媵見江水之汜而因以起興，言江猶有汜，而之子之歸，乃不我以，雖不我以，然其後也亦悔矣。」

《詩序》與《朱傳》所賦予〈江有汜〉的經學意義是還可以說得通的，依其說，詩的作者是一位「遇勞而無怨」的媵妾，因嫡不讓她陪嫁，她就歌詠了這樣的一篇作品，不過，如此一來，我們在注❾中所作的解釋就必須修改了。

如果要支持《詩序》之說，王先謙《詩三家義集疏》的意見必須重視：「『其後也悔』，逆料而勤望之，風人忠厚之恉也。《傳》『嫡能自悔也』，誤為已然事。」竹添光鴻《毛詩會箋》也說：「『其後也悔』者，是冀幸將來之辭。媵不敢怨，而俟其自悔。必如此解，方與美媵合。」

今人多數是不相信《序》說的，有人認為詩的本義是寫一個男子的失戀，若是，詩中「之子歸」的

「歸」字解為于歸或還歸均無妨；也有人以為這是一篇棄婦詩，依此，「歸」字就只能釋為還歸了。

野有死麕

野有死麕❶，白茅❷包之。有女懷春❸，吉士❹誘之。（一章）

林有樸樕❺，野有死鹿，白茅純束❻。有女如玉。（二章）

舒而脫脫兮❼，無感我帨兮❽，無使尨❾也吠。（三章）

注釋

❶野有死麕（ㄐㄩㄣ）：野，《毛傳》：「郊外曰野。」《朱傳》：「麕，獐也，鹿屬，無角。」

❷白茅：多年生草，高一二尺，自生於山野中。

❸懷春：懷，思。春，春情，指男女之情欲。季本《解頤》：「當春而情動，故曰懷春。」

❹吉士：猶言美士，好青年的意思。

❺樸樕（ㄙㄨˋ）：《毛傳》：「小木也。」或謂《毛傳》所稱小木為通呼，樸樕非木名，據陳啟源《稽古編》之研究，樸樕即槲樕，槲樕與櫟相似，有大小兩種，《毛傳》係言其小者。

❻純（ㄊㄨㄣˊ）束：純、束二字同義，縛、包的意思。

❼舒而脫脫兮：舒，《毛傳》：「徐也。」郝敬《原解》：「從容也。」舒而，舒然，慢慢地。脫（ㄊㄨㄟˋ）脫，《毛傳》：「舒遲也。」三家作「娧娧」。

❽無感我帨兮：感，《毛傳》：「動也。」陳喬樅《遺說考》以為是「撼」之假借字。帨（ㄕㄨㄟˋ），《毛傳》：「佩巾也。」聞一多《通義》謂帨與縭、褘、蔽膝等同物，繫巾於腰，下垂逾膝，所以

蔽前者也。

❾尨（ㄇㄤˊ）：《說文》：「犬之多毛者。」《朱傳》：「狗也。」

說明

《野有死麕》是〈國風〉中非常生動活潑的一篇情詩，內容寫一位男士用獵獲的麕與鹿為禮，結識了綺年玉貌的姑娘，並且還跟她約會，詩中還寫出了少女對男士的一些叮嚀。

因為《詩序》的寫作目的是要來說教的，所以就作出了這樣的詮釋：「〈野有死麕〉，惡無禮也。天下大亂，彊暴相陵，遂成淫風，被文王之化，雖當亂世，猶惡無禮也。」這個說法確實稍嫌複雜了些。《朱傳》：「南國被文王之化，女子有貞潔自守，不為彊暴所污者，故詩人因所見以興其事而美之。」表面看來，《序》以此為刺詩，朱子以此為美詩，二說似若相反，骨子裡卻是同樣的意思，惡無禮之男即是讚美貞潔之女，美貞潔之女就是厭惡彊暴之男。

由於詩中的男子被稱為「吉士」，末章辭義又極為明顯，誠如牛運震《詩志》所言，「古詩『雞鳴狗吠，兄嫂當知之』，與『無使尨吠』同旨」，詩中的男女情投意合是毋庸置疑的，這應該是男追求女，兩情相悅之詩。

何彼襛矣

何彼襛矣❶？唐棣之華❷。曷不肅雝❸？王姬❹之車。（一章）

何彼襛矣？華如桃李。平王之孫，齊侯之子❺。（二章）

其釣維何❻？維絲伊緡❼。齊侯之子，平王之孫。（三章）

注釋

❶襛：花木盛美的樣子，一本作「穠」。

❷唐棣之華：唐棣，即奧李、棠棣，或作常棣，這是一種豔麗的植物，其花有白色與紅色兩種。華，花。

❸曷不肅雝：曷，何。肅雝，《毛傳》：「肅，敬。雝，和。」

❹王姬：周為姬姓，周王的女兒叫王姬。

❺「平王之孫」二句：《毛傳》：「平，正也。武王女，文王孫。適齊侯之子。」今則多以平王即東周平王。又據馬瑞辰《通釋》考證，《詩》中凡疊言為某之某者，皆指一人，未有分指兩人者，如〈衛風・碩人〉首章、〈大雅・韓奕〉四章、〈魯頌・閟宮〉三章皆可證。故知「平王」二句亦即「這是平王的外孫女，也是齊侯的女兒」（另詳「說明」欄）。

❻其釣維何：釣，釣魚的繩子。維，是。

❼維絲伊緡（ㄇㄧㄣˊ）：維，發語詞，有「是」之意。伊，與維同，是、為、做的意思。緡，綸、絲繩。句謂是絲結成的繩子。依《朱傳》，「絲之合而為綸，猶男女之合而為婚。」

說明

〈何彼襛矣〉描寫齊侯之嫁女，由於詩中對車服之盛有所著墨，乃導發了後人對詩旨在讚美或是諷刺產生了一些爭議。

《詩序》：「〈何彼襛矣〉，美王姬也。雖則王姬亦下嫁於諸侯，車服不繫其夫，下王后一等，猶執婦道，以成肅雝之德也。」有不少學者同意〈古序〉「美王姬」之說，於〈續序〉之言則棄若敝屣。另有不少學者支持方玉潤《詩經原始》「諷王姬車服漸侈也」之說，於《詩序》之解全盤否定。

其實詩之美刺固可因後人的領會不同而有異說，詩的重點人物卻有可能不是王姬。《儀禮・士昏禮・賈公彥疏》引鄭玄《鍼膏肓》，以此詩言齊侯嫁女，以其母王姬始嫁之車遠送之，魏源、王先謙都認為鄭玄用的是三家《詩》之說，此說頗具參考之價值，若然，則〈何彼襛矣〉只是單純的歌詠齊侯嫁女之詩，而且，詩中原本不含諷刺之意。

騶虞

彼茁者葭❶，壹發五豝❷。于嗟乎騶虞❸！（一章）

彼茁者蓬❹，壹發五豵❺。于嗟乎騶虞！（二章）

注釋

❶彼茁者葭（ㄐㄧㄚ）：茁，生長或壯盛的樣子。葭，葦類的植物。

❷壹發五豝（ㄅㄚ）：壹發，一射。亦有謂壹為發語詞者。豝，母豬。屈萬里《詮釋》：「君射獵時，由虞人驅五豕，以待君之射，故曰壹發五豝。」

❸于（ㄒㄩ）嗟乎騶虞：于嗟，讚美的歎詞。騶虞，為天子、諸侯看管苑囿、陪侍狩獵的官員。

❹蓬：草名，葉似柳，春生，至秋則枯老而隨風飄飛，人稱飛蓬。

❺豵（ㄗㄨㄥ）：據《毛傳》說是一歲的豬，這裡只是指小豬的意思。

說明

〈騶虞〉是讚美掌鳥獸之官的騶虞表現出色的詩。

《詩序》：「〈騶虞〉，〈鵲巢〉之應也。〈鵲巢〉之化行，人倫既正，朝廷既治，天下純被文王之化，則庶類蕃殖，蒐田以時，仁如騶虞，則王道成也。」這樣的說法和把〈麟之趾〉說成是〈關雎〉之應一樣，很難引起後人的共鳴。

我們在「注釋」中對於「騶虞」的解釋，是採用三家《詩》之說，這個說法比《毛傳》以「騶虞」為「白虎黑文，不食生物」的「義獸」要來得有根據（或謂〈周南・兔罝〉中的「赳赳武夫」，指的也是這一類的人），加上詩二章皆以「于嗟乎騶虞」作結，可見這原本是讚美騶虞能幹的詩（據研究，騶虞這一類的官員，通常在國君狩獵時，要先布置獵場，更要把鳥獸等驅逐到容易獵取之處，好讓國君可以享受到射獵的樂趣）。

邶風（十九篇）

《毛詩．國風》於〈周南〉、〈召南〉之後，為〈邶風〉（邶音ㄅㄟˋ），接著是〈鄘風〉與〈衛風〉，三家《詩》則〈邶鄘衛〉合為一卷，這是有理可說的。原來邶、鄘、衛本是西周初年周武王在攻陷殷都朝歌（今河南淇縣）之後所封的三個國家，後來衛國兼併了邶、鄘兩國，而〈邶〉〈鄘〉〈衛〉之詩三十九篇皆辭淺易解，不像是西周初年的作品，屈萬里《古籍導讀》認為「三風中或有西周晚年時詩，然大都皆東遷以後至春秋前期之作」，這是定論，也就是說，〈邶〉、〈鄘〉、〈衛〉所收的都是衛國的詩篇。

再從文獻上來看，《左傳．襄公二十九年》記載吳公子季札到魯國觀樂，樂工在歌唱〈邶〉、〈鄘〉、〈衛〉之詩後，季札評論時說這三部分的詩是「衛風」，〈襄公三十一年〉記載衛國的北宮文子在引〈邶風．柏舟〉時，也稱為「衛詩」，這樣我們就可以確定，春秋時代的人們已經把〈邶〉、〈鄘〉、〈衛〉看作是一組詩了。也就因為如此，顧炎武、馬瑞辰、朱右曾……等人，都以為古代〈邶〉、〈鄘〉、〈衛〉之詩合為一卷，後人分而為三，今人同意此一看法的也不少，程俊英、蔣見元合著的《詩經注析》甚且又將〈邶〉、〈鄘〉、〈衛〉三十九篇合為一個單元，並說：「〈衛風〉的產地，在今河北的磁縣、東明、濮陽，河南的安陽、淇縣、滑縣、汲縣、開封、中牟等地。」

柏舟

汎彼柏舟❶，亦汎其流❷。耿耿❸不寐，如有隱憂❹。微我無酒，以敖以遊❺。（一章）

我心匪鑒，不可以茹❻。亦有兄弟，不可以據❼。薄言往愬❽，逢彼之怒。（二章）

我心匪石，不可轉也；我心匪席，不可卷也❾。威儀棣棣❿，不可選⓫也。（三章）

憂心悄悄⓬，慍於群小⓭；覯閔⓮既多，受侮不少。靜言思之⓯，寤辟有摽⓰。（四章）

日居月諸⓱，胡迭而微⓲？心之憂矣，如匪澣衣⓳。靜言思之，不能奮飛⓴。（五章）

注釋

❶汎彼柏舟：汎，漂浮、漂流的樣子。柏舟，柏木所造之舟，質地堅硬，此或用以比喻作者的堅貞。

❷亦汎其流：亦，語詞，無義。汎，動詞，漂浮。流，流水。

❸耿耿：焦慮不安的樣子。

❹如有隱憂：王引之《述聞》謂「如讀為而」；《毛傳》：「隱，痛也。」《齊》、《韓》詩「隱」作「殷」，殷是深的意思。或謂隱為隱藏在內心之意。

❺「微我無酒」二句：微，非。敖，古遨字，遨遊、出遊的意思。

❻「我心匪鑒」二句：匪，非；鑒，鏡子。茹，《毛傳》：「度也。」句謂我心不為人所知，非如鏡之照物可以畢現。或解茹為食，引申有容納之意，句謂我心不像鏡子，好人壞人都可容納，歐陽修、嚴粲皆有是說。

❼據：依據、依靠。

❽愬：音義同「訴」，告訴、訴苦。

❾「我心匪石」四句：卷即「捲」字。《毛傳》：「石雖堅，尚可轉；席雖平，尚可捲。」《鄭箋》：「言己心志堅平，過於石、席。」

❿威儀棣棣：威儀，態度容貌與言行舉止。棣棣，雍容尊貴而嫻雅的樣子。

⓫選：《毛傳》釋為數（ㄕㄨˇ），動詞，算的意思。《朱傳》訓為選擇。林義光《通解》謂應讀為巽（ㄒㄩㄣˋ），卑伏屈撓之意。

⓬悄悄：憂心的樣子。

⓭慍於群小：慍，怒。群小，《傳》《箋》以為是「眾小人」，《朱傳》謂為眾妾。句謂為群小所怨怒。

⓮覯閔：覯，遭逢、遇到。閔，病。

⓯靜言思之：靜靜地思量。馬瑞辰《通釋》：「《說文》：『靜，宷也。』……宷，篆文作審。……言為語詞，『靜言思之』猶云『審思之』也。」此說亦通。

⓰寤辟有摽（ㄆㄧㄠˇ）：寤，寐覺、睡醒。辟，同擗，撫拍胸脯。摽，《毛傳》：「拊心貌。」聞一多《通義》謂讀為嘌，象擊聲。有摽即嘌然、嘌嘌。

⓱日居月諸：居、諸皆語詞，無義。聞一多《通義》謂《國風》中婦人之詞而言日月者，皆以喻其夫。

⓲胡迭而微：胡，何。迭，更迭、交替。微，虧傷，昏暗不明。此指日蝕、月蝕而言。

⓳如匪澣衣：《毛傳》：「如衣之不澣。」王先謙《集疏》：「衣久著不澣，則體為不適，婦人義取潔清，故取為喻。」

⑳不能奮飛：《毛傳》：「不能如鳥奮翼而飛去。」

說明

〈柏舟〉的作者是孤立無援的，由於不能見容於群小，堅貞不渝的他（或她）就創作了〈柏舟〉以明其志。若本篇為男子所作，則是這位忠心耿耿的仁人，得罪了朝中小人，被排擠之後，滿懷憂憤，以此詩申訴其遭遇。假如此詩出自女子之手，就是一篇婦女自傷不得於其夫歡心，受到眾妾的排擠的作品了，詩中表達了她無可傾吐的委屈和傷心。

《詩序》：「〈柏舟〉，言仁而不遇也。衛頃公之時，仁人不遇，小人在側。」《朱傳》：「婦人不得於其夫，故以柏舟自比。」自來學者說解此詩，不外從此二說中擇一而從。值得注意的是，《朱傳》明言「《列女傳》以此為婦人之詩」，而在《孟子集注》中，朱子仍然認為〈柏舟〉為衛之仁人所作，可見其於〈柏舟〉篇旨未必有定見。作《列女傳》的劉向是《魯詩》家，所以以〈柏舟〉為仁人或婦人之詩，應該說是《毛》、《魯》二家的歧異。

季本《詩說解頤》說：「今觀二章愬兄弟而逢怒之言，此豈男子辭哉！」姚際恆《詩經通論》說：「『飲酒』、『敖遊』、『威儀棣棣』，尤皆男子語。」王先謙《詩三家義集疏》說：「『如匪澣衣』……，此正女功之事，非男子之詞。」諸家之說各有所長，基於《詩》無達詁，這裡就兩說並存，不作優劣之裁判。

綠衣

綠兮衣兮，綠衣黃裏❶。心之憂矣，曷維其已❷？（一章）

綠兮衣兮，綠衣黃裳❸。心之憂矣，曷維其亡❹？（二章）
綠兮絲兮，女所治兮❺。我思古人，俾無訧兮❻。（三章）
絺兮綌兮，淒其以風❼。我思古人，實獲我心❽。（四章）

注釋

❶綠衣黃裏：古人謂綠為閒色，黃為正色，賤而以為衣，貴而以為裏，意味表裡失當。今人或謂綠、黃只是單純地指顏色，並無貴賤之意。

❷曷為其已：曷，何，或謂如何，或謂何時。已，止。

❸綠衣黃裳：上曰衣，下曰裳。此句與「綠衣黃裏」義同。

❹亡：《鄭箋》：「亡之言忘也。」王引之《述聞》：「亡，猶已也。」

❺「綠兮絲兮」二句：女同汝，句謂此閒色之綠絲，原本為素絲，乃汝染治以為綠絲。

❻「我思古人」二句：《毛傳》：「古人，謂制禮者。我思此人定尊卑，使人無過差之行，心善之也。訧，過也。」《朱傳》：「我將如之何哉？我思古人有嘗遭此而善處之者，以自厲焉，使不至於有過而已。」程、蔣《注析》：「古人，古與故通，故人，這裡指作者的妻子。」「訧，過、錯誤。這句大意是，使我不犯錯誤。」或以為訧義同尤，埋怨、怨怒的意思。

❼「絺兮綌兮」二句：絺是精細的葛布，綌是粗糙的葛布。淒其，猶淒然。《朱傳》：「絺綌而遇寒風，猶己之過時而見棄也。」

❽「我思古人」二句：《毛傳》：「古之君子，實得我之心也。」《鄭箋》：「古之聖人制禮者，使夫婦有道，妻妾貴賤，各有次序。」《朱傳》：「思古人之善處此者，真能先得我心之所求也。」程、蔣《注析》：「實獲我心，實在能揣度我的心思。」

說明

〈綠衣〉的關鍵句在首章「綠衣黃裏」、二章「綠衣黃裳」這兩句，若這兩句有表裡、上下秩序顛倒之意，而詩又是出於婦人之手，則本詩乃「正室」失位之作，若綠黃二色並無深義，而詩又是出於男子之手，則此為詩人睹物懷人、思念故妻之作。

《詩序》：「〈綠衣〉，衛莊姜傷己也。妾上僭，夫人失位而作是詩也。」詩的本義是否如此，當然無人可以肯定，但也無人可以徹底否定《詩序》之言。

崔述《讀風偶識》只因《左傳》無莊姜失位而不見答之事，就一口咬定《序》說不可信，其實《左傳》記事原非巨細靡遺，否則百倍篇幅亦不敷使用，況且《左傳》原本就有莊姜美而無子，莊公寵幸嬖妾之子州吁之記載，《詩序》之說還是有幾分的事實根據的。

當然，〈綠衣〉在被採入《詩經》之前，也有可能是如某些學者所說的「悼念亡妻之作」（「曷維其已」、「曷維其亡」，寫作者對亡妻不能忘懷的深情），但既已入《詩》，而《詩》又是寶貴的儒家經典，那就不能率爾以之取代《序》說，更何況詩人作詩的本義是否真在感舊（聞一多：「〈綠衣〉，感舊也。婦人無過而被出，非其夫所願。他日，夫因衣婦舊所製衣，感而思之，遂作此詩。」）或悼亡，也還是個未知數！

根據〈古序〉，〈綠衣〉與後面的〈日月〉、〈終風〉之篇旨相同，都是衛莊姜傷己之作，「組詩」的設計，也是《詩序》解詩的特色之一。

燕燕

燕燕于飛[1]，差池[2]其羽。之子于歸[3]，遠送于野[4]。瞻望弗及，泣涕如雨。

（一章）

燕燕于飛，頡之頏之❺。之子于歸，遠于將之❻。瞻望弗及，佇立❼以泣。

（二章）

燕燕于飛，下上其音。之子于歸，遠送于南❽。瞻望弗及，實勞❾我心。

（三章）

仲氏任只❿，其心塞淵⓫。終溫且惠⓬，淑慎其身⓭。先君之思⓮，以勖寡人⓯。

（四章）

注釋

❶燕燕于飛：陳奐《傳疏》：「詩重言燕燕者，此猶鳲鳩鳲鳩，黃鳥黃鳥，疊呼成義之例。」于，助詞，于飛猶言在飛。

❷差池：參差不齊的樣子。

❸之子于歸：之子，此子，此女子。于歸，出嫁。

❹于野：于，往。野，郊外。王先謙《集疏》：「以三章『于南』例之，此『于野』亦當為往野。」

❺頡（ㄒㄧㄝˊ）之頏（ㄏㄤˊ）之：《毛傳》：「飛而上曰頡，飛而下曰頏。」段玉裁注《說文》，以為當作「飛而下曰頡，飛而上曰頏」，今本《毛傳》「轉為互譌久矣」。

❻遠于將之：于，往；將，送。句為「將之于遠」之倒裝，謂送她到遠方去。

❼佇（ㄓㄨˋ）立：《毛傳》：「久立也。」

❽于南：往南方去。聞一多《通義》以為「南」通「林」，指郊外，與音、心叶韻；可參。

❾勞：傷。

❿仲氏任只：仲氏，衛君稱其妹之辭。排行居次曰仲；仲氏，猶口語「二妹」。任，可以信任。只，語詞，無義。

⓫塞淵：塞，誠實；淵，深遠。待人誠實，慮事深遠。

⓬終溫且惠：《朱傳》：「溫，和。惠，順。」王引之《述聞》說《詩》凡言「終□且□」者，皆為「既□且□」之意。

⓭淑慎其身：「其身淑慎」之倒裝。淑，善良。

⓮先君之思：之，語詞，一般訓為是，是亦語詞。句為思先君之義。先君，已逝之國君，此指衛君之先君。

⓯以勖寡人：勖，勉勵。寡人，國君之謙稱。

〈燕燕〉為國君送其妹遠嫁之作。

《詩序》：「〈燕燕〉，衛莊姜送歸妾也。」《鄭箋》：「莊姜無子，陳女戴媯生子名完，莊姜以為己子。莊公薨，完立，而州吁殺之，戴媯於是大歸。莊姜遠送之于野，作詩見己志。」從《史記．衛康叔世家》的相關記載來看，戴媯死於莊公薨之前，逮乎州吁弒桓公（完）之時，戴媯屍骨已朽，不可能有莊姜送戴媯大歸之事。此外，篇中「之子于歸」為《詩經》時代的成語，為新娘出閣的專用詞。本篇不得例外，是句也就不能解為女子大歸。末章又有「寡人」一詞，《毛傳》刻意避開此詞之解釋，《鄭箋》說是「莊姜自謂」，這也是後人不以為然的一個注解。由此可知，《詩序》之解為〈燕燕〉，實在不易成立。

宋儒王質《詩總聞》認為〈燕燕〉是國君送女弟適他國之詩，這個說法似乎沒有什麼破綻。因為衛君的這位妹妹有三章所說的種種美德，這可以作為說教的教材，所以被選入《詩經》中。

日月

日居月諸❶，照臨下土❷。乃如之人❸兮，逝不古處❹。胡能有定❺？寧不我顧❻？（一章）

日居月諸，下土是冒❼。乃如之人兮，逝不相好。胡能有定？寧不我報❽？（二章）

日居月諸，出自東方。乃如之人兮，德音❾無良。胡能有定？俾也可忘❿。（三章）

日居月諸，東方自出。父兮母兮，畜我不卒⓫。胡能有定？報我不述⓬。（四章）

❶日居月諸：居、諸，皆語詞，無義。聞一多《通義》謂〈國風〉中凡婦人之詩而言日月者，皆以喻其夫。

❷下土：屈萬里《詮釋》：「即下地。東周初葉以前載籍，率稱地曰土。」

❸乃如之人：乃如，轉語詞，有竟然之意。之人，此人。句謂竟然有這樣的人。

❹逝不古處：逝，發語詞，無義。古處，《毛傳》：「古，故也。」《鄭箋》：「不以故處，甚違其初時。」陳奐《傳疏》：「古處，猶言舊所耳。」

❺胡能有定：《毛傳》：「胡，何。定，止。」句謂他的變心何時才能停止呢？或釋定為安定，解此句為他的心何時才能安定呢？馬瑞辰《通釋》：「胡能有定，即胡能有正也。……夫婦有定份，嫡妾有定位，皆正也。」

❻寧不我顧：寧，乃。句為「寧不顧我」之倒裝。

❼是冒：是，無義。冒，覆蓋。

❽報：答，有理會、理睬之意。

❾德音：陳啟源《稽古編》：「德音屢見《詩》，或指名譽，或指號令，或指語言，各有攸當。《嚴緝》（**按：指嚴粲《詩緝》**）辯之甚詳。」此處德音係指他人之言語，為客套用語。

❿俾也可忘：俾，使。《鄭箋》：「君之行如此，何能有所定，使是無良可忘也。」王靜芝《通釋》：「使我成為可忘卻之人。」程、蔣《注析》：「使我可以忘掉憂傷。」林義光《通解》謂忘通望，可忘即可以有所仰望依靠之意；說亦可參。

⓫「父兮母兮」二句：鄭玄、朱子皆以畜為養，馬瑞辰謂畜為喜好之意（**按：此以畜同「慉」**，《孟子》：「**畜君者，好君也。**」）。《朱傳》：「不得於其夫，而歎父母養我之不終，蓋憂患疾痛之極，必呼父母，人之至情也。」屈萬里《詮釋》：「父兮母兮，即父啊！母啊！乃呼天呼父母之意；非謂父母畜我不卒也。」

⓬不述：《毛傳》：「述，循也。」《鄭箋》：「不循禮也。」《朱傳》：「不循義理也。」《韓詩》述作術，術是道的意思。此道為動詞，方玉潤《原始》：「不述，言不欲稱述也。」

說明

〈日月〉是一篇怨婦哭訴失去丈夫之愛的作品，四章所述全為該婦人的內心活動。

《詩序》認為本詩依舊與衛莊姜有關：「〈日月〉，衛莊姜傷己也。遭州吁之難，傷己不見答於先君，以至困窮之詩也。」從詩之內容來看，這是《詩經》中標準的棄婦詩，《詩序》視為衛莊姜傷己之作，這是借史以說《詩》，也是《詩序》說《詩》的一大特色，雖然我們無法肯定詩的本義是否如此，卻也不能說《詩序》信口開河。

《朱傳》說〈日月〉之詩是「莊姜不見答於莊公，故呼日月而訴之」，此說比《詩序》簡單明瞭，《序》之「遭州吁之難」、「先君」等語還引來後人非議，《朱傳》之說就很難遭受批評了。

終風

終風且暴❶，顧我則笑❷。謔浪笑敖❸，中心是悼❹。（一章）

終風且霾❺，惠然肯來❻？莫往莫來❼，悠悠❽我思。（二章）

終風且曀，不日有曀❾。寤言不寐❿，願言則嚏⓫。（三章）

曀曀其陰，虺虺其靁⓬。寤言不寐，願言則懷⓭。（四章）

注釋

❶終風且暴：終，既。暴，迅疾、狂暴。

❷顧我則笑：顧，視、看。則，而。

❸謔浪笑敖：《毛傳》：「言戲謔不敬。」《朱傳》：「謔，戲言也。浪，放蕩也。」

❹中心是悼：中心，心中。悼，憂傷。

❺霾（ㄇㄞˊ）：大風刮得塵土飛揚。

❻惠然肯來：《毛傳》：「惠，順也。」屈萬里《詮釋》：「惠然，和順貌。此希冀之辭，謂『其將惠然而肯來乎』？」

❼莫往莫來：句謂對方終究未來。

❽悠悠：形容思念之深長。

❾「終風且曀（ㄧˋ）」二句：曀，《毛傳》：「陰

而風也。」《說文》：「天陰沈也。」不日，不滿一天。《朱傳》：「有，又也。……不旋日而又曀也。」

❿寤言不寐：寤，醒來。寐，睡著。

⓫願言則嚏：願，思。《鄭箋》以古俗釋此句，即屈萬里《詮釋》所說，「嚏，噴嚏也。今人謂他人念己，己則噴嚏，與古俗略似」。或解嚏為「懥」（ㄓˋ）之假借，憤恨、怨怒之意。

⓬虺（ㄏㄨㄟˇ）虺其靁：虺虺，雷聲。靁，即「雷」字。

⓭懷：《毛傳》：「傷也。」

說明

〈終風〉描寫一名女子遇人不淑、感傷自己的遭遇，由於全詩四章都用象徵的手法，描摹丈夫的狂暴，讀後令人印象深刻。

《詩序》：「〈終風〉，衛莊姜傷己也。遭州吁（按：州吁為莊公嬖妾所生）之暴，見侮慢而不能正也（《鄭箋》：「正，猶止也」）。」此詩大意與〈日月〉相似，同樣是婦人不得於其夫之詩，以之為衛莊姜傷己之作，當然還是可以說得通。不過，誠如朱子在《詩序辨說》中所說的，「詳味此詩，有夫婦之情，無母子之意」，詩中那位「終風且暴」的男子絕不可能是州吁，也因此，《朱傳》解此詩云：「莊公之為人狂蕩暴疾，莊姜蓋不忍斥言之，故但以終風且暴為比。」這可以用來取代〈續序〉。

擊鼓

擊鼓其鏜❶，踴躍用兵❷。土國城漕❸，我獨南行。（一章）

從孫子仲❹，平陳與宋❺。不我以歸❻，憂心有忡❼。（二章）

爰居爰處，爰喪其馬。于以求之？于林之下⑧。（三章）

死生契闊⑨，與子成說⑩；執子之手，與子偕老⑪。（四章）

于嗟闊⑫兮！不我活⑬兮！于嗟洵⑭兮！不我信⑮兮！（五章）

❶鏜（ㄊㄤ）：擊鼓之聲。

❷踊躍用兵：《說文》：「踊，跳也。」「躍，迅也。」「兵，械也。」

❸土國城漕：土，水土之工事。國，都城。城，動詞，築城。漕，衛邑，在今河南滑縣。今人或謂土國與城漕係同一事。

❹孫子仲：人名，詩中所述戰役中領兵的將帥。

❺平陳與宋：或解為平息陳、宋之間的紛爭，或解為聯合陳、宋兩國共同出兵，或解為討伐陳、宋之亂事。

❻不我以歸：以，使。此為「不以我歸」之倒裝，不讓我回家的意思。

❼有忡（ㄔㄨㄥ）：忡然、忡忡，心神不安的樣子。

❽「爰居爰處」四句：爰，或訓於，或解為「於焉」兩字之合音。居、處意同，此有休息、逗留的意思。喪，失。《毛傳》：「有不還者，有亡其馬者。山木曰林。」《鄭箋》：「爰，於也。不還，謂死也、傷也、病也。今於何居乎？於何處乎？於何喪其馬乎？于，於也。求不還者及亡其馬者，當於山林之下。軍行，必依山林，求其故處，近得之。」《朱傳》：「於是居，於是處，於是喪其馬，而求之於林下。見其失伍離次，無鬥志也。」

❾死生契闊：《朱傳》：「契闊，隔遠之意。」程、蔣《注析》：「契闊，疊韻，是偏義複詞，偏用『契』義，指結合。」

❿成說：《朱傳》：「成其誓約之言。」即定下誓約的意思。

⓫偕老：相偕到老、相伴到老。

⑫闊：遠離。
⑬活：生活，或解為佸之假借，相會的意思。

⑭洵：遠，指相距、分離之遠。
⑮信：信守誓約。

在《鏡花緣》第十七回中，黑齒國紫衣女子與多九公有所切磋的〈擊鼓〉，是一篇寫遠征士兵悲苦心情的詩。

《詩序》：「〈擊鼓〉，怨州吁也。衛州吁用兵暴亂，使公孫文仲將，而平陳與宋。國人怨其勇而無禮也。」支持此說者，認為此即《左傳・隱公四年》州吁以諸侯之兵伐鄭事，姚際恆則在《詩經通論》中痛斥《序》說之非，並立新說云：「此乃衛穆公背清丘之盟救陳，為宋所伐，平陳、宋之難，數興軍旅，其下怨之而作此詩也。」（事見《左傳・宣公十二年》）

假如可以允許不必史說《詩》（又有誰規定一定要史說《詩》？），大家都可以看出，〈擊鼓〉為衛國戍卒思歸不得之詩。王靜芝在《詩經通釋》中說本篇「固不必為州吁而作，更不必在州吁其時也」，我們也可以說本篇「不必在衛穆公時也」。很多時候都有殘酷的戰爭，長期的軍旅生活使戰士們隨時都有犧牲的可能，喪失鬥志也是兵家常事，想到與妻子的生離死別，想到山盟海誓的不能實踐，戰士不禁心中辛酸而痛苦呼號；《詩》有興、觀、群、怨之功能，把本詩放進三百篇中，是有深刻的意義的。

凱風

凱風❶自南，吹彼棘心❷。棘心夭夭❸，母氏劬勞❹。（一章）

凱風自南，吹彼棘薪❺。母氏聖❻善，我無令❼人。（二章）

爰有寒泉❽，在浚❾之下。有子七人，母氏勞苦。（三章）

睍睆黃鳥❿，載⓫好其音。有子七人，莫慰母心。（四章）

注釋

❶凱風：凱，樂。《毛傳》：「南風謂之凱風。」《孔疏》：「李巡曰：南風長養萬物，萬物喜樂，故曰凱風。」

❷棘心：《說文》：「棘，小棗叢生者。」心即棘之尖刺部位，《朱傳》以為棘多刺難長，而「心又其稚弱而未成者也」。

❸夭夭：《說文》作「枖枖」，云：「木少盛貌。」

❹劬（ㄑㄩˊ）勞：勞累、勞苦。

❺棘薪：棘已長大至可以為薪。

❻聖：睿智。

❼令：善。

❽爰有寒泉：爰，或釋為發語詞，無義，或釋為「於焉」兩字的合聲。寒泉，衛國浚邑的泉水名。或謂寒泉是一條清冷的泉水，以寒泉為泉名，蓋後人附會為之。

❾浚：衛邑名，在今河北濮陽縣南。

❿睍（ㄒㄧㄢˋ）睆（ㄨㄢˇ）黃鳥：睍睆，美麗的、美好的。黃鳥，黃雀。

⓫載：語詞，無義。

說明

四章都採用巧妙的比興手法來創作的〈凱風〉，是一篇兒女感恩母親含辛茹苦地養育，並且自責不能安慰母親的詩。

《詩序》：「〈凱風〉，美孝子也。衛之淫風流行，雖有七子之母，猶不能安其室，故美七子能盡其孝道以慰其母心，而成其志爾。」很多人打算推翻《詩序》，但想到孟子有「〈凱風〉，親之過小者也；〈小弁〉，親之過大者也」之說（〈告子下〉），又覺得「親之過小」大約就是指「七子之母」還想改嫁，因此，對於《詩序》之說，大家只好雖不滿意，勉強接受。或者，接受〈古序〉，於〈續序〉之說置之不理。

孟子何以認為〈凱風〉「親之過小者也」，已無人可以確知了，如果不願接受《詩序》之說，我們以此為孝子歌頌母親並反躬自省之作，不是既可配合全詩四章之詞義，又可兼顧《詩》教麼？

雄雉

雄雉于飛，泄泄其羽❶。我之懷❷矣，自詒伊阻❸。（一章）

雄雉于飛，下上其音。展❹矣君子，實勞❺我心。（二章）

瞻彼日月，悠悠我思。道之云❻遠，曷❼云能來？（三章）

百爾君子❽，不知德行❾。不忮不求❿，何用不臧⓫！（四章）

❶「雄雉于飛」二句：《毛傳》：「雄雉見雌雉，飛而鼓其翼泄（ㄧˋ）泄然。」泄泄，鼓翼舒暢的樣

子。

❷懷：思念。

❸自詒（一ˊ）伊阻：詒，通遺、貽，遺留、贈送的意思。自詒就是自尋、自找、自取。

❹展：誠。

❺勞：掛念、憂慮、傷痛。

❻云：語詞，無義。

❼曷：何時。

❽百爾君子：百爾，凡爾、各位。君子，居官者。

❾不知德行：德行，道德品行。高亨《今注》：「不知德行，指沒有廉恥，沒有道德。」

❿不忮（ㄓˋ或ㄐㄧˋ）不求：忮，忌害、嫉妒。求，貪求。

⓫何用不臧：臧，善。《朱傳》：「何所為而不善哉！」王先謙《集疏》：「猶言無往不利。」

說明

〈雄雉〉是一篇婦人思念遠行在外的丈夫的詩。四章的「不忮不求，何用不臧」之句，孔子曾用以稱讚子路的不恥惡衣，因而成為眾所周知的名句。

《詩序》：「〈雄雉〉，刺衛宣公也。淫亂不恤國事，軍旅數起，大夫久役，男女怨曠，國人患之而作是詩。」如果我們要同意此說，就必須接受《鄭箋》之解「雄雉于飛，泄泄其羽」為「喻宣公整其衣服而起，奮訊其形貌，志在婦人而已，不恤國之政事」。

朱子在《詩序辨說》中認為〈雄雉〉「未有以見其為宣公之時，與淫亂不恤國事之意」，因此，在《集傳》中，他解首章說：「婦人以其君子從役于外，故言雄雉之飛舒緩自得如此，而我之所思者，乃從役於外，而自遺阻隔也。」這個說法的確比《詩序》平實。

姜炳璋《詩序補義》認為以〈雄雉〉為婦人思君子，是詩人之意；以之為刺宣公，是編《詩》者之意；這是很有意義的一種觀點，編《詩》之編字改為「序」，就更加沒有語病了。

匏有苦葉

匏有苦葉❶，濟有深涉❷。深則厲，淺則揭❸。（一章）

有瀰濟盈❹，有鷕❺雉鳴；濟盈不濡軌❻，雉鳴求其牡❼。（二章）

雝雝❽鳴鴈，旭日始旦❾。士如歸妻❿，迨冰未泮⓫。（三章）

招招舟子⓬，人涉卬⓭否。人涉卬否，卬須⓮我友。（四章）

❶匏（ㄆㄠˊ）有苦葉：匏，葫蘆，古人繫之於腰上以渡水。苦，王先謙《集疏》謂《齊詩》讀苦為枯。

❷濟（ㄐㄧˇ）有深涉：濟，水名，或謂即〈泉水〉「出宿于泲」之泲。涉，渡口。

❸「深則厲」二句：厲，《毛傳》：「以衣涉水為厲。」揭（ㄑㄧˋ），《毛傳》：「褰衣也。」提起衣裳涉水的意思。

❹有瀰（ㄇㄧˊ）濟盈：瀰，水滿的樣子。有瀰，瀰然。濟盈，濟（泲）水盈滿。

❺鷕（ㄧㄠˇ）：雉鳴聲。

❻濡軌：濡，沾溼。軌，車軸頭。

❼牡：指雄雉。

❽雝（ㄩㄥ）雝：鴈鳴相和之聲。

❾旭日始旦：旭日，朝陽。旦，明亮。始旦，開始明亮、剛剛升起。

❿歸妻：娶妻。

⓫迨冰未泮：迨，及、趁。泮，融化、消散。

⓬招招舟子：招手的樣子。舟子，船夫。

⓭卬（ㄤˊ）：我。馬瑞辰《通釋》：「卬者，姎之假借。《說文》：『姎，婦人自稱我也。』」

⓮須：等待。

〈匏有苦葉〉似乎是寫一位女子以含蓄的說詞，告訴男友正在等候他的求婚。不過，本詩篇旨的解說，直至現今，依然眾說紛紜，莫衷一是。

《詩序》：「〈匏有苦葉〉，刺衛宣公也。公與夫人並為淫亂。」所謂的夫人，《鄭箋》說是宣公的庶母夷姜，陳奐《詩毛氏傳疏》卻認為是宣姜。

衛宣公確有淫亂之事實，《序》說也可給統治階層一些警醒，至於詩的本義是否如此，作《序》者可以不論。但是，《毛傳》、《朱傳》解「雉鳴求其牡」之句，認為飛者曰雌雄，走者為牝牡，「雉鳴求其牡」就是求非其類，此種為配合刺淫而有的說解，已因《尚書．牧誓》言「牝雞無晨」，而確定不可通，這是必須提出來的。

推翻《詩序》的人，於〈匏有苦葉〉篇旨的看法極為分歧，季本《詩說解頤》說：「此女子守正不妄從人所作，非謂刺淫也。」這是很可參考的一種見解。

王靜芝《詩經通釋》解此詩為詠涉世、處事、守禮、重義之作，首章「比人之處世，當察事之難易，謹慎將事。或必有所犧牲而濟事，如渡深水也；或不必犧牲而可濟，若涉淺水，揭衣而行，則衣不濕而人可渡矣。此涉世之法也」，二章「言世之常理也，亦喻人之常情也。言濟水之滿，野雞之鳴，此兩事皆平常事也。但由水之滿，可知車由水中渡過則必溼其車軸；由雌雉之鳴，則知在求其雄雉也。此固事之常理，亦見人之常情。如以為水深而能不濡軌，則絕無此理；如男女已長成，則必男女相求，而婚嫁及時，則為不易之理也」，三章「述婚禮當行之事也。言其當行之事，即其當守之禮。始言雝雝鳴鴈，以古時納采之禮，必用鴈為聘禮。古代婚禮自納采至請期之禮，用昕（朝也），故曰旭日始旦。

士如娶妻，則應及冰之未解之時。蓋冰未解之時，人車都可由冰上行過，不必涉水也。讀此可知此詩之作，為河邊之人之生活座右銘。凡事凡理，皆以水之事喻之。」四章「述重義守信之道也。言河邊舟子招人渡河，他人都隨之而渡，而我獨不渡，我之所以不肯渡者，因我與友人有約，必待之而行也」。此說獨樹一格，雖有四章各自為說之缺憾，然而王先生所為作的說明「四章表面似不相關，但自一章之涉世之道，二章所言世之常理，三章言男女婚嫁當守之事，四章言友朋重義守信，實為生活之箴銘。且由首至尾，皆以涉水為貫。故知為河濱之地，鄉里所唱，有關生活守則之歌謠也」，也是頗能令人接受的。

此外，今日大陸學者普遍認為這是一位女子在濟水（泲水）邊岸等待未婚夫時所唱的歌，以此用來解說詩的各章都可以說得通，這一種詮釋大概最能讓多數人認同。

谷風

習習谷風❶，以陰以雨❷。黽勉❸同心，不宜有怒。采葑采菲，無以下體❹？德音❺莫違，及爾同死。（一章）

行道遲遲❻，中心有違❼。不遠伊邇❽，薄送我畿❾，誰謂荼苦？其甘如薺❿。宴爾新昏⓫，如兄如弟。（二章）

涇以渭濁⓬，湜湜其沚⓭。宴爾新昏，不我屑以⓮。毋逝我梁⓯，毋發我笱⓰；我躬不閱⓱，遑恤我後⓲！（三章）

就其深矣，方之舟之；就其淺矣，泳之游之⓳。何有何亡⓴，黽勉求之。凡

民有喪㉑，匍匐㉒救之。（四章）

不我能慉㉓，反以我為讎。既阻我德㉔，賈用不售㉕。昔育恐育鞫㉖，及爾顛覆㉗。既生既育㉘，比予于毒。（五章）

我有旨蓄㉙，亦以御㉚冬。宴爾新昏，以我御窮。有洸有潰㉛，既詒我肄㉜。

不念昔者，伊余來塈㉝。（六章）

❶習習谷風：《毛傳》：「習習，和舒貌。」「東風謂之谷風。陰陽和而谷風至，夫婦和則室家成，室家成而繼嗣生。」嚴粲《詩緝》：「來自山谷之風，大風也，盛怒之風也，又習然連續不絕。」

❷以陰以雨：《詩緝》：「又陰又雨，無清明開霽之意。……皆喻其夫之暴怒無休息也。」

❸黽（ㄇㄧㄣˇ）勉：勉力、努力。

❹「采葑采菲」二句：葑，蕪菁，今名大頭菜。菲，蘿蔔。以，及。下體，根。屈萬里《詮釋》：「此當是反問語氣。言采葑采菲，能不及其根乎？以喻夫婦當有始有終，不當愛華年而棄衰老也。」

❺德音：言語。程、蔣《注析》：「此句指丈夫曾經對她說過的『好話』，即下句『及爾同死』。」

❻遲遲：《毛傳》：「舒行貌。」

❼違：《鄭箋》：「徘徊也。」《朱傳》：「違，相背也。」「言我之背棄，行於道路，遲遲不進，蓋其足欲前而心有所不忍，如相背然。」馬瑞辰《通釋》：「怨恨也。」

❽伊邇：伊，是。邇，近。

❾畿（ㄐㄧ或ㄑㄧˊ）：門限、門檻。

❿「誰謂荼（ㄊㄨˊ）苦」二句：荼，苦菜。薺（ㄐㄧˋ），薺菜，味甜。二句意謂，相對於己心之苦，荼菜甘

如薺菜。

⓫宴爾新昏：宴，歡樂。昏，同婚。

⓬涇（ㄐㄧㄥ）以渭濁：涇、渭，水名，在陝西省，舊謂涇清渭濁，以，因也。《毛傳》：「涇渭相入而清濁異。」《鄭箋》：「涇水以有渭，故見渭濁。」或謂涇濁渭清，以，使也。今人多同意後說。

⓭湜（ㄕˊ）湜其沚：湜湜，河水清澈的樣子。沚，《說文》引作止。馬瑞辰《通釋》：「水止則清。」句謂涇水（或渭水）仍有澄清的時候。

⓮不我屑以：屑，潔。句謂不以我為潔。或謂以是與、共之意，不我屑以即不屑與我共處。

⓯毋逝我梁：逝，前往。梁，魚梁，攔魚的水壩。

⓰毋發我笱：發，舉用、使用。《韓說》：「發，亂也。」程、蔣《注析》：「發，撥的假借字，搞亂。」笱，竹製之捕魚器。

⓱我躬不閱：躬，自身、自己。閱，容納、接受。

⓲遑恤我後：遑，暇。恤，憂慮。我後，我離開後的家事。

⓳「就其深矣」四句：方，筏。方、舟二字皆作動詞解。或謂此四句言勤於家事不避險難，或謂比喻事之有難有易，而各以其適當之法克服處理之。

⓴何有何亡（ㄨˊ）：《毛傳》：「有，謂富也。亡，謂貧也。」

㉑喪：嚴粲《詩緝》：「凶禍之事。」

㉒匍（ㄆㄨˊ）匐（ㄈㄨˊ）：《說文》：「匍，手行也。匐，伏地也。」用以形容救鄰之盡力。

㉓慉（ㄒㄩˋ）：《毛傳》：「養也。」馬瑞辰《通釋》解為愛好、喜好。

㉔既阻我德：既，盡、完全。阻，拒絕。德，好意、好處、好的行為。

㉕賈（ㄍㄨˇ）用不售：賈，賣。用，器物、貨物。不售，賣不出去。此句比喻我的美德不被你接受，有如商人有貨物賣不出去一般。

㉖昔育恐育鞫：《朱傳》引張子謂「育」為生活之意；鞫，窮困。

㉗顛覆：傾跌、失敗。

㉘既生既育：《鄭箋》：「生，謂財業也。育，謂長老也。」余培林《正詁》認為生育二字義同，指生育子女；亦可參。

㉙旨蓄：旨，甘美。蓄，乾菜、醃菜。

㉚御：抵禦、防備、應付。

31 有洸有潰：《毛傳》：「洸洸，武也。潰潰，怒也。」

32 既詒我肄：《鄭箋》：「詒，遺也。……盡遺我以勞苦之事。」

33 伊余來塈（ㄒㄧˋ）：伊，維。來，王引之《釋詞》：「全《詩》『來』字多與『是』同義。」塈，《毛傳》：「息也。」（余培林《正詁》謂《毛傳》「息」字是「安」的意思，句謂唯我是安、是依）王引之《述聞》：「塈讀為愾，愾，怒也。」馬瑞辰《通釋》以為塈是忢之假借，即古文愛字，「伊余來塈」猶言維予是愛。諸家之說皆可參。

說明

〈邶風〉的〈谷風〉是一篇膾炙人口的棄婦詩，詩人利用今昔對比的映襯手法，不斷回憶過去，使今日的境遇顯得更加悲涼。

《詩序》：「〈谷風〉，刺夫婦失道也。衛人化其上，淫於新昏而棄其舊室。夫婦離絕，國俗傷敗焉。」〈谷風〉為《詩經》中極為出色之棄婦之作，《詩序》以刺詩釋之，正合乎其說《詩》一貫宗旨。《朱傳》說：「婦人為夫所棄，故作此詩，以敘其悲怨之情。」詩的本義大約就是如此（〈小雅〉也有一篇〈谷風〉，多數學者依然以為是棄婦之作）。

方玉潤《詩經原始》認為〈谷風〉是「逐臣自傷」的詩，反《序》的方氏，往往為了尋求所謂的詩的弦外之音，而有與眾不同之見解，這也是《詩經原始》的特色之一。

式微

式微❶式微！胡不歸❷？微君之故❸，胡爲乎中露❹？（一章）

式微式微！胡不歸？微君之躬❺，胡爲乎泥中❻？（二章）

注釋

❶式微：式，發語詞，無義。微，衰微，或謂指天黑。

❷胡不歸：胡，何。句謂為何還不（或不能）回家呢？

❸微君之故：微，非、若不是。君，國君。

❹中露：露中。呂祖謙《讀詩記》引王安石：「露中，言有霑濡之辱，而無所庇護。」《列女傳》引《詩》露作路，或謂露、路古通。

❺躬：身。

❻泥中：泥塗之中。《讀詩記》引王安石：「泥中，言有陷溺之難，而不見拯救也。」

說明

〈式微〉僅有短短二章，方玉潤《詩經原始》說「語淺意深，中藏無限義理，未許粗心人鹵莽讀過」，可是細心讀《詩》的學者對於本篇的主題卻仍然呈現眾說紛紜的情況。

《詩序》：「〈式微〉，黎侯寓于衛，其臣勸以歸也。」《鄭箋》：「黎侯為狄人所逐，棄其國而寄於衛，衛處之以二邑，因安之。可以歸而不歸，故其臣勸之。」這是漢代古文學派的《毛詩》之說。

劉向《列女傳・貞順》認為，此篇為黎莊公夫人（衛侯之女），不被莊公接納，其傅母閔夫人賢，憐其失意，乃勸其歸，夫人謝之而唱和之詞。這是今文學派的《魯詩》之說。

《毛》、《魯》二說都可用以說〈式微〉，可是竟然有不少人一口咬定《魯》說為正解，《毛詩序》穿鑿附會，這種徹底唾棄《毛詩序》的做法，委實令人不敢苟同。

大陸多數學者對於舊說概不接受，他們說「這是苦於勞役的人所發的怨聲」（注釋❶說「微」字或謂指天黑，就是他們的意見），這當然也可以說得通，可是，我們沒有理由說這才是詩的本義。

旄丘

旄丘❶之葛兮，何誕之節兮❷！叔兮伯兮❸，何多日也！（一章）

何其處❹也？必有與❺也。何其久也？必有以❻也。（二章）

狐裘蒙戎❼，匪車不東❽。叔兮伯兮，靡所與同❾。（三章）

瑣兮尾兮❿，流離⓫之子。叔兮伯兮，褎如充耳⓬。（四章）

❶旄丘：前高後低的山丘。

❷何誕之節兮：誕，延伸、延長。之，其。節，葛藤的枝節。句即「其節何誕兮」之意。

❸叔兮伯兮：叔、伯，稱呼衛國的臣子們。

❹處：安處，安處坐視、按兵不動的意思。

❺與：和好之國、同盟之國。

❻以：原因。

❼狐裘蒙戎：古代大夫以上的官員穿狐裘，蒙戎是蓬亂、散亂的樣子。

❽匪車不東：匪，彼。句謂衛國之車還不東來解救我們。

❾同：同心協力。

❿瑣兮尾兮：《毛傳》：「瑣尾，少好之貌。」楊簡《詩傳》引王安石：「瑣，細。尾，末也。」

⓫流離：《毛傳》：「鳥也。少好長醜，始而愉樂，終以微弱。」《朱傳》：「漂散也。」前者以「瑣兮尾兮」二句指衛之臣子，後者以為是黎之臣子自比之辭。

⓬褎（ㄧㄡˋ）如充耳：《毛傳》：「褎，盛服也。充耳，盛飾也。大夫褎然有尊盛之服而不能稱也。」李樗《集解》引王安石云：「徒盛其服，而不能聽其告愬。」

說明

〈旄丘〉與〈式微〉應該是同一組作品，依古文家之說，此為黎臣責備衛伯之作。《詩序》：「〈旄丘〉，責衛伯也。狄人迫逐黎侯，黎侯寓于衛，衛不能脩方伯連率之職，黎之臣子以責於衛也。」按照這個說法，此篇與〈式微〉同為黎臣之作。有趣的是，三家《詩》也以為〈旄丘〉與〈式微〉是同一組詩篇，〈旄丘〉依然是黎莊公夫人不見答之詩。

有學者認為《齊詩》、《魯詩》之說近是，並謂「此詩當是衛女冀復室家之好，怨兄弟不援之詞」，在各章大意上，這也可說得通，但口氣上似乎不大對勁，且較難解「狐裘蒙戎」之語，以此而欲宣布《毛詩序》之說可廢，似言之過早。

簡兮

簡❶兮簡兮，方將萬舞❷。日之方中，在前上處❸。（一章）

碩人俁俁❹，公庭❺萬舞。有力如虎，執轡如組❻。（二章）

左手執籥❼，右手秉翟❽。赫如渥赭❾，公言錫爵❿。（三章）

山有榛⓫，隰有苓⓬。云誰之思⓭？西方美人⓮。彼美人兮，西方之人兮！

（四章）

注釋

❶簡：規模盛大。或解為選擇、習練、魁偉，皆可通。

❷方將萬舞：方將，且將、即將。萬舞，文武之舞總名。《朱傳》：「武用干戚，文用羽籥。」

❸在前上處：《鄭箋》：「在前列上頭也。」此蓋謂領隊者在舞者之最前面。

❹碩人俁（ㄩˇ）俁：碩人，身材高大的人。俁俁，魁梧的樣子。

❺公庭：《毛傳》：「宗廟公庭。」

❻執轡如組：轡，馬韁繩。組，絲線。《朱傳》：「御能使馬，則轡柔如組矣。」

❼籥：古樂器名。《禮記．鄭注》：「籥，如笛，三孔。舞者所吹也。」

❽秉翟（ㄉㄧˊ）：秉，執、拿。翟，稚羽。

❾赫如渥（ㄨㄛˋ）赭（ㄓㄜˇ）：赫，火紅的樣子。渥，浸染，塗抹。赭，紅色。此句形容舞者面色之紅潤。

❿公言錫爵：公，衛君。言，語詞，或釋為動詞，說。錫，賜。爵，酒器、酒杯。錫爵，賜一杯酒。

⓫榛（ㄓㄣ）：樹名，其子似栗而小。

⓬隰（ㄒㄧˊ）有苓：隰，低溼之地。苓，《毛傳》：「大苦。」《朱傳》：「一名大苦，葉似地黃，即今甘草。」沈括《夢溪筆談》謂苓為黃藥，其味極苦，故謂之大苦，非指甘草。

⓭云誰之思：云，發語詞。之，是，語詞。句為思誰之意。

⓮西方美人：西方，指周室，周在衛西。美人，指舞者。

說明

〈簡兮〉以讚美一位來自西方之舞者的能歌善舞為主要內容。《詩序》：「〈簡兮〉，刺不用賢也。衛之賢者仕於伶官，皆可以承事王者也。」這是用反諷的角度來解釋〈簡兮〉。絕大多數的人應該會同意鄭樵《詩辨妄》的話：「〈簡兮〉實美君子能射御歌舞，何得為刺詩？」可是，讚美君子能歌善舞，這在政教上能有什麼正面的意義呢？《朱傳》謂詩末章的「西方美人」託言以指西周之盛王，如《離騷》亦以美人目其君，就是為了說教而不得不有的一種曲解。反《序》的姚際恆於《序》之說〈簡兮〉倒是贊成的，他說：「蓋以當時賢者為伶官，故讚美其人，歎其為卑賤之職，而思西周聖王如此之賢，自必見用也。」賢者竟然不受重用，而只能擔任伶官，這樣的朝廷不應該諷刺嗎？

當然，今人大多認為〈簡兮〉是讚美萬舞之士的詩，也許詩的本義只是如此單純。

泉水

毖彼泉水❶，亦流于淇❷。有懷于衛，靡❸日不思。孌❹彼諸姬❺，聊❻與之謀。（一章）

出宿于泲❼，飲餞于禰❽。女子有行❾，遠父母兄弟。問我諸姑，遂及伯姊❿。（二章）

出宿于干，飲餞于言⓫。載脂載舝⓬，還車言邁⓭。遄臻⓮于衛，不瑕⓯有

害？（三章）

我思肥泉⑮，茲之永歎⑰。思須與漕⑱，我心悠悠⑲。駕言⑳出遊，以寫㉑我憂。（四章）

❶毖（ㄅㄧˋ）彼泉水：毖，泌的假借字，急流的意思。或謂泉水為水名，即末章之肥泉。

❷淇：水名，流經今河南湯陰、淇縣等地。

❸靡：《鄭箋》：「無也。」

❹孌（ㄌㄩㄢˇ）：美好的、美麗的。

❺諸姬：幾位姓姬的女子。衛君姓姬，衛女嫁於諸侯，以一些同姓之女子陪嫁，古稱姪娣，詩中的諸姬就是指這些姪娣。

❻聊：聊且、姑且。

❼泲（ㄐㄧˇ）：水名，《魯詩》作濟。

❽飲餞于禰（ㄋㄧˇ）：餞，送行飲酒。禰，水名。《鄭箋》：「泲、禰者，所嫁國適衛之道所經，故思宿餞。」

❾女子有行：行，嫁。「女子有行」為《詩》中常見語，即「女子出嫁」之意。

❿「問我諸姑」二句：問，問候。諸姑，姑母們。伯姊，大姊。或謂詩中思歸之衛女的父母已去世，是以在歸寧的計畫中只有問候諸姑與大姊。

⓫「出宿于干」二句：干、言皆地名，《朱傳》：「適衛所經之地也。」

⓬載脂載舝（ㄒㄧㄚˊ）：載，則、就、又。脂，用作動詞，上油。舝，同「轄」，車軸頭之鍵，用作動詞，加轄於軸，使其牢固。

⓭還（ㄒㄩㄢˊ）車言邁：《鄭箋》：「還車者，嫁時乘來，今思乘以歸。」《朱傳》：「還，回旋也。旋其嫁來之車也。」言，而。邁，行。

⓮遄（ㄔㄨㄢˊ）臻：遄，疾速。臻，至、到達。

⓯不瑕：《詩》中凡「不遐」（遐或作瑕）兩字冠於

句首，或云「不□遐□」者，遐字多為無義的語詞。或謂不遐（遐或作瑕）二字放在句首都是表達希望之辭，猶口語不會、不至於。

⑯肥泉：衛國境內之水名。

⑰茲之永歎：《鄭箋》：「茲，此也。自衛而來所渡水，故思此而長歎。」朱駿聲《定聲》：「茲，通滋。」（滋，增加、更加的意思。）

⑱思須與漕：須、漕皆衛邑名。

⑲悠悠：形容思念之深長。

⑳駕言：駕，駕車。言，而。

㉑寫：傾訴、舒洩、排除。

說明

衛女思歸而無法如願，因而有〈泉水〉之問世。

《詩序》：「〈泉水〉，衛女思歸也。嫁於諸侯，父母終，思歸寧而不得，故作是詩以自見也。」有不少人說詩中無「父母終」之意，因此〈古序〉說對了，而〈續序〉不可信。其實，如果解說詩旨，決不能越出詩句之外，那又何必寫《序》呢？何況如注所言，詩云「問我諸姑，遂及伯姊」，無妨解為已透露「父母終」之意。當然，如果「父母終」不合事實，季本《詩說解頤》所說的「衛女嫁於諸侯，思歸寧其父母而不得，故作是詩以自見也」，就很接近詩的本義了。

北門

出自北門❶，憂心殷殷❷。終窶❸且貧，莫知我艱。已焉哉❹！天實爲之，謂之何哉❺！（一章）

王事❻適❼我，政事一埤益我❽。我入自外，室人交徧讁我❾。已焉哉！天實爲之，謂之何哉！（二章）

王事敦❿我，政事一埤遺⓫我。我入自外，室人交徧摧⓬我。已焉哉！天實爲之，謂之何哉！（三章）

❶北門：《毛傳》解為背明鄉（同「向」）陰之門，《鄭箋》認為這是比喻「仕於闇君」，今人多以為北門兩字無特殊涵意。

❷殷殷：深憂的樣子。

❸終窶：終，既；窶，居處狹陋。

❹已焉哉：猶今語算了吧。

❺謂之何哉：馬瑞辰《通釋》引《國策・高注》：「謂猶奈也。謂之何哉，猶云『奈之何哉』。」

❻王事：《朱傳》：「王命使為之事。」

❼適：《毛傳》：「之。」之是至、往的意思。馬瑞辰《通釋》認為適是擿（ㄓˊ）的省借，擿即擲字，投擲的意思。

❽一埤（ㄆㄧˊ）益我：一，一切、完全。埤，增、厚。益，加。

❾室人交徧讁（ㄓㄜˊ）我：室人，家人。交，更迭、輪流。讁，責。

❿敦：《鄭箋》：「投擲也。」《釋文》引《韓詩》：「敦，迫。」

⓫遺（ㄨㄟˋ）：《毛傳》：「加也。」

⓬摧：《毛傳》：「沮也。」《鄭箋》：「刺譏之言。」

說明

〈北門〉敘寫一位基層官員的重重壓力，且能將之歸於天命。

《詩序》：「〈北門〉，刺仕不得志也。言衛之忠臣不得其志爾。」從詩句來看，〈北門〉是寫一位「終窶且貧」的官員，有辦不完的公事，回家後還要面對家人的交遍指責，但他很能認命，以為這是老天的安排，是無可奈何的事情；《詩序》利用本篇來說教，既同情詩中的內外交困的官員，又冀望以此來給朝廷一些警惕，這樣的詮解應該沒什麼好挑剔的。

北風

北風其涼❶，雨雪其雱❷。惠而❸好我，攜手同行。其虛其邪❹！既亟只且❺。

（一章）

北風其喈❻，雨雪其霏❼。惠而好我，攜手同歸。其虛其邪！既亟只且。

（二章）

莫赤匪狐，莫黑匪烏❽。惠而好我，攜手同車。其虛其邪！既亟只且。

（三章）

注釋

❶其涼：猶涼然、涼涼。《詩經》中凡形容詞或副詞之上冠以「其」字或「有」字者，等於此形容詞或副詞之下加個「然」字，或等同於疊字。

❷雨（ㄩˋ）雪其雱（ㄆㄤˊ）：雨，動詞，落的意思。或謂雨，上聲，名詞。雱，雪盛的樣子。

❸惠而：《毛傳》：「惠，愛。」馬瑞辰《通釋》：「〈終風〉詩『惠然肯來』，《傳》：『惠，順也。』此詩惠而猶惠然也。」

❹其虛（ㄕㄨ）其邪（ㄒㄩˊ）：屈萬里《詮釋》：「虛，舒之同音假借；邪，徐之同音假借；馬瑞辰說，其虛其邪，猶言慢了吧、慢了吧？欲速之辭也。」

❺既亟（ㄐㄧˊ）只且（ㄐㄩ）：既，已。亟，急。只且，語詞，猶口語「了啊」。

❻喈：《朱傳》：「疾聲也。」馬瑞辰《通釋》：「喈，當作湝，水寒為湝，風寒亦為湝，其湝猶其涼也。」

❼霏：雪盛的樣子。

❽「莫赤匪狐」二句：即今語「天下烏鴉一般黑」之意，以此諷刺執政者。

說明

〈北風〉描寫衛人不堪執政者暴虐而相偕出逃以避禍，全詩呈現的氣氛是暗淡悲觀的。《詩序》：「〈北風〉，刺虐也。衛國並為威虐，百姓不親，莫不相攜持而去焉。」此說本無大病，而程伊川《詩解》謂「考詩之辭，乃君子見幾而作，相招無及於禍患者也」，這意思是說，君子觀察為政者之行事，知道暴虐禍難「將及於人」，為了「全身遠害」，願偕友人盡速離開自己的國家，這種說法普遍得到古人的認同，有相當多的學者因而強調〈北風〉為賢者避亂之作，其實這種說法與《序》說差異不大，當可並存。

還有人說，百姓「莫不相攜持而去焉」，國中豈不空無一人了？《詩序》用辭實在太不講理。持此說者，好像連《序》之使用夸飾修辭都不允許，實在反《序》太過。

靜女

靜女其姝❶，俟我於城隅❷。愛❸而不見，搔首踟躕❹。（一章）

靜女其孌❺，貽我彤管❻。彤管有煒❼，說懌女美❽。（二章）

自牧歸荑❾，洵美且異❿。匪女之爲美，美人之貽⓫。（三章）

注釋

❶ 靜女其姝（ㄕㄨ）：《毛傳》：「靜，貞靜。」「姝，美色也。」《朱傳》：「靜者，閒雅之意。」馬瑞辰《通釋》以靜為靖之假借，善的意思，靜女猶云淑女。

❷ 俟我於城隅：俟，等候。城隅，城角，城上的角樓。

❸ 愛：薆之假借，薆是隱蔽、躲藏之意。《魯詩》作薆。

❹ 踟（ㄔˊ）躕（ㄔㄨˊ）：徘徊、徬徨。

❺ 其孌（ㄌㄩㄢˇ）：孌，美麗的、美好的。其孌即孌然或孌孌。

❻ 貽我彤（ㄊㄨㄥˊ）管：貽，贈送。彤，赤色。《毛傳》以為彤管是女史所用的紅管之筆，用以記載后妃、群妾的過失，後人多半反對此說，或謂管是一種樂器，或謂管用以盛針線等細物，或謂管是管狀的嫩苗，即下章之荑（荑狀似管而色微赤）。

❼ 有煒：《毛傳》：「煒，赤貌。」有煒，煒然。

❽ 說（ㄩㄝˋ）懌（ㄧˋ）女（ㄖㄨˇ）美：說、懌皆喜悅

之意。女，同「汝」。

❾ 自牧歸（ㄎㄨㄟˋ）荑（ㄊㄧˊ）：牧，郊外、郊野。歸，同「餽」，贈送。荑，初生的柔嫩的茅芽，一稱茅針，柔美可食。

❿ 洵美且異：洵（ㄒㄩㄣˊ），確實、實在。異，特殊、與眾不同。

⓫ 「匪女之為美」二句：匪，非。女，同汝，指荑草。貽，贈送。二句謂並非你真的美，而是因為你是美人所送之物。

在《古史辨》一書中廣被討論的〈靜女〉，將一對男女戀愛生活的情趣，極為生動地描繪出來，是一篇出色的逗趣歡快之作。

《詩序》：「〈靜女〉，刺時也。衛君無道，夫人無德。」此說令人有不知所云的感覺。《鄭箋》解釋《詩序》說：「以君及夫人無道德，故陳靜女遺我以彤管之法，德如是，可以易之，為人君之配。」似乎難得有人會同意鄭玄的意見。實際，像〈靜女〉這等情詩，要賦予嚴肅的經學之義，原本就是極大的挑戰，《詩序》所為作的詮釋，顯然很難讓讀者接受。

朱子解釋〈靜女〉棄《詩序》於不顧，改以「淫奔期會之詩」釋之，弔詭的是，朱子明明說「靜者，閒雅之意」，卻又將詩納入他所謂的淫詩範疇中。

季本《詩說解頤》說：「衛人因女子贈物以相期會，故悅之而作此詩也。」的確，〈靜女〉的內容就是這麼簡單，這種以男女約會為題材的作品，在〈國風〉中是極為常見的。

新臺

新臺有泚❶，河水瀰瀰❷。燕婉❸之求，籧篨不鮮❹。（一章）

新臺有洒❺，河水浼浼❻。燕婉之求，籧篨不殄❼。（二章）

魚網之設，鴻則離之❽。燕婉之求，得此戚施❾。（三章）

注釋

❶新臺有泚（ㄘˇ）：新臺，新建的樓臺。或謂新臺是臺名，程、蔣《注析》：「築在水上的房子稱為臺。新臺舊址在今河南省臨漳縣西黃河旁。」唐莫堯《新注全譯》引《詩經百首譯解》謂新臺舊址在鄄城縣北，今山東境內，古屬齊國。泚，《毛傳》：「鮮明貌。」《說文》引作「玼」，云：「玼，玉色鮮也。」有泚，泚然。

❷瀰瀰：河水盛滿的樣子。

❸燕婉：《毛傳》：「燕，安。婉，順也。」《韓詩》作「嬿婉」，美好、俊俏的意思。

❹籧（ㄑㄩˊ）篨（ㄔㄨˊ）不鮮：《毛傳》：「籧篨，不能俯者。」《朱傳》以為「不能俯，疾之醜者也」，又說籧篨是形如大水缸的竹簍，「其形如人之臃腫而不能俯者，故又因以名此疾也」。馬瑞辰以為籧篨和三章的「戚施」都是「醜惡之通稱」。今人多同意聞一多的看法，籧篨是蟾蜍、癩蝦蟆一類的東西。鮮，《鄭箋》：「善也。」胡承珙《後箋》：「不以壽終曰鮮。」

❺洒（ㄘㄨㄟˇ）：高峻的樣子。

❻浼（ㄇㄟˇ）浼：水流盛大平廣的樣子。

❼殄（ㄊㄧㄢˇ）：《毛傳》：「絕也。」《鄭箋》：「殄當作腆。腆，善也。」按：三家《詩》作「腆」，《箋》據以改《毛》。

❽鴻則離之：舊說鴻為鳥名，鴈之大者；聞一多《通

義》以鴻即蝦蟆。離，附著、獲得、遭遇。

❾戚施：《毛傳》：「不能仰者。」《朱傳》：「不能仰，亦醜疾也。」《韓詩・薛君章句》謂戚施即蟾蜍。

說明

〈新臺〉寫一個女子原本要嫁給一個好丈夫，誰知卻嫁給一個又老又醜的人，應該是一篇悲傷女子嫁非其人的詩。

《詩序》從史實來解釋本詩：「〈新臺〉，刺衛宣公也。納伋之妻，作新臺于河上而要之，國人惡之，而作是詩也。」古今多數學者都能接受此說，吳闓生《詩義會通》且謂「《序》之說《詩》，惟此篇最為有據」。詩本事可見《左傳・桓公十六年》及《史記・衛康叔世家》（吳氏於〈召南・甘棠〉也說：「此詩美召公而作，最為有據。」）。

宣公名晉，為莊公之子，桓公之弟，曾淫其庶母夷姜，生子伋，以之為太子。伋十六歲時，宣公為他娶妻，對象是齊僖公的長女，因齊女極美，宣公竟然占為己有，生子壽及朔（宣公死後，朔即位為惠公）。此齊女即宣姜。由於衛宣公有這樣的禽獸的行為，衛人就寫詩來諷刺他，這就是〈邶風〉的〈新臺〉。

在注解裡，我們提到關於新臺舊址的第二個說法，在此再引唐莫堯的一段話，供作參考：「新臺為什麼建在齊地，而不在衛地？陳子展《直解》說：『《孔疏》云：伋妻蓋自齊始來，未至於衛，而公聞其美，恐不從己，故使人於河上為新臺，待其至於河，而因臺所以要之耳。若已至國，則不須河上要之矣。』所謂要，即中途攔截。」

二子乘舟

二子❶乘舟，汎汎其景❷。願❸言思子，中心養養❹。（一章）

二子乘舟，汎汎其逝❺。願言思子，不瑕有害❻。（二章）

注釋

❶二子：二人。《毛傳》：「伋、壽也。」

❷汎汎其景：汎汎，漂浮的樣子。景，《朱傳》：「古影字。」句謂水裡漂盪著其倒影。王引之《述聞》以為當讀如憬，遠行的樣子；句謂漂浮遠去。

❸願：《鄭箋》：「念也。」

❹養養：《毛傳》：「憂不知所定。」

❺逝：《毛傳》：「往也。」

❻不瑕有害：不瑕，〈周南・汝墳〉「不我遐棄」句，屈萬里《詮釋》：「《詩》中凡『不遐』（遐或作瑕）兩字冠於句首，或云：『不□遐□』者，遐字皆語詞無義；『不我遐棄』，即不我棄也。」余培林《正詁》：「《詩經》中凡『不遐』（遐或作瑕）二字冠於句首，皆表達希望之辭，猶口語不會、不至。」

說明

〈二子乘舟〉描寫兩人乘舟遠行而去，令人懷念。

《詩序》在詮釋時，展現一貫以史說詩的本事：「〈二子乘舟〉，思伋、壽也。衛宣公之二子，爭相為死，國人傷而思之，作是詩也。」《毛傳》以詩中的二子為伋與壽，並說：「宣公為伋取於齊女而美，公奪之，生壽及朔。朔與其母愬伋於公。公令伋之齊，使賊先待於隘而殺之。壽知之，以告伋，使去之。伋曰：『君命也，不可以逃。』壽竊其節而先往，賊殺之。伋至，曰：『君命殺我，壽有何罪？』賊又殺之。」《魯詩》的看法與此略有不同，劉向《新序．節士》說：「壽之母與朔謀，欲殺太子伋而立壽也，使人與伋乘舟於河中，將沈而殺之。壽知不能止也，因與之同舟，舟人不得殺伋。方乘舟時，伋傅母恐其死也，閔而作詩，〈二子乘舟〉之詩是也。」由此可知漢儒均以「二子」指伋、壽。

很多人都說，漢儒的說法乃根據《左傳．桓公十六年》的記載加以附會，並不能從詩中得到確切證據；其實，漢儒說《詩》講究的是發揮微言大義，一切得從詩句中找確切證據，那就無異自縛手腳了。

有學者強調，據詩直尋本義，這應該是一篇上乘的送別詩；〈二子乘舟〉當然有可能是送別詩，不過詩人本義是否如此，難以確認。宋儒王質《詩總聞》以為此詩是女子出嫁，女伴河邊送別之作，這個說法顯然狹隘了詩義，而且王氏認為「二」字當作「之」，改字解經更是下下之策；民國馬振理《詩經本事》以為此詩乃歎管、蔡監殷之作；唐莫堯《詩經新譯注》以為這是描寫「父母懸念舟行的孩子」、程俊英《詩經譯註》說本詩「當是掛念流亡異國者的作品」；林林總總的解釋都說是用心涵泳篇章所得，差異卻仍然不小，而〈二子乘舟〉還是屬於爭議性較小的一篇，錙銖計較所謂詩的「本義」的迷思，是應該破除了。

鄘風（十篇）

說詳〈邶風〉。

柏舟

汎彼柏舟❶，在彼中河❷。髧彼兩髦❸，實維我儀❹。之死矢靡它❺。母也天只❻！不諒❼人只！（一章）

汎彼柏舟，在彼河側。髧彼兩髦，實爲我特❽。之死矢靡慝❾。母也天只！不諒人只！（二章）

注釋

❶汎彼柏舟：汎，漂浮、漂流的樣子。柏舟，柏木所造之舟，質地堅硬，此或用以比喻作者的堅貞。句亦見〈邶風·柏舟〉。

❷中河：河中。程、蔣《注析》以為首二句「詩人以柏舟飄蕩不定興自己愛情堅貞和身世飄零」。

❸髧（ㄉㄢˋ）彼兩髦（ㄇㄠˊ）：髧，髮垂的樣子。髦，《毛傳》：「髦至眉。子事父母之飾。」兩髦，齊眉的劉海和前額的頭髮，分向兩邊，紮成兩綹，這是古代男子未成年時的髮型。

❹實維我儀：維，為、是。儀，配偶。

❺之死矢靡它：之，至。矢，發誓。靡，無。靡它，無他心、無二心。

❻母也天只：也、只皆語詞，同今「啊」字。

❼諒：體諒、諒解。

❽特：《毛傳》：「匹也。」匹即配偶。

❾慝（ㄊㄜˋ）：《毛傳》：「邪也。」或謂音義同忒，更改的意思。

說明

〈柏舟〉以柏舟之堅實興節婦之堅貞，在孤立的環境中，這名女子向母親表達了不妥協的想法。《詩序》：「〈柏舟〉，共姜自誓也。衛世子共伯蚤死，其妻守義，父母欲奪而嫁之，誓而弗許，故作是詩以絕之。」根據《史記．衛康叔世家》，衛僖侯卒，太子共伯（名餘）立，共伯之弟（名和，即衛武公）襲殺共伯而自立，時共伯年近五十歲，此與《序》所謂共伯蚤（早）死之說不合，而共姜年紀應該也已不小，其父母恐怕也不會強迫她再嫁，因此，諸家或疑《史記》不可信，或據《史記》以駁《序》，吾人今日若欲裁定《詩序》與《史記》之是非，恐有實際上之困難，在這種情況之下，姚際恆《詩經通論》「貞婦有夫蚤死，其母欲嫁之，而誓死不願之作」之說，就比較讓人可以接受。也有人說，本詩寫一位少女已有了意中情人，不顧母親的阻撓，誓死也要忠於愛情，表現了她的強烈的個性，這樣的說法當然也有可能是詩的本義，但對於擁護《詩》教的學者而言，就寧可選擇舊說了。

牆有茨

牆有茨❶，不可埽❷也。中冓❸之言，不可道也。所❹可道也，言之醜也。

（一章）
牆有茨，不可襄❺也。中冓之言，不可詳❻也。所可詳也，言之長也。
（二章）
牆有茨，不可束❼也。中冓之言，不可讀❽也。所可讀也，言之辱也。
（三章）

注釋

❶茨（ㄘˊ）：蒺藜，有刺，古人以之覆於牆上，可以護牆，可以防盜，馬瑞辰認為詩以牆茨起興，蓋取蔽惡之義。
❷埽：同「掃」，掃除。
❸中冓：胡承珙《後箋》說是室中，王先謙《集疏》引《韓詩》，訓為「中夜」。
❹所：王引之《釋詞》：「猶若也。」
❺襄：除去。
❻詳：詳言、細說。
❼束：《毛傳》：「束而去之。」王先謙《集疏》：「總聚而去之，言其淨盡也。」
❽讀：《廣雅》：「說也。」

說明

〈牆有茨〉是一篇衛人諷刺其宮闈淫亂醜聞之作。
《詩序》：「〈牆有茨〉，衛人刺其上也。公子頑通乎君母，國人疾之，而不可道也。」《鄭箋》：「宣公卒，惠公幼，其庶兄頑烝於惠公之母，生子五人：齊子、戴公、文公、宋桓夫人、許穆夫人。」公子頑是宣公之子，伋的同母弟，也是惠公（朔）的庶兄。他和惠公之母宣姜通姦，如此淫亂之事，讓衛國人頗為難堪，也引以為恥，故作〈牆有茨〉以諷刺之。

有人說衛國宮廷有淫亂行為的不僅公子頑與宣姜而已，詩未必刺此二人，這話當然也對，但《詩序》已以〈邶風．新臺〉為刺宣公之詩，此處將矛頭指向公子頑與宣姜，應是合理的援史以證詩。

君子偕老

君子偕老❶，副笄❷六珈❸。委委佗佗❹，如山如河❺。象服是宜❻。子之不淑❼，云❽如之何！（一章）

玼❾兮玼兮，其之翟❿也。鬒髮如雲⓫，不屑髢⓬也。玉之瑱⓭也，象之揥⓮也，揚且之皙⓯也。胡然而天也？胡然而帝也⓰？（二章）

瑳⓱兮瑳兮，其之展⓲也。蒙彼縐絺⓳，是紲袢⓴也。子之清揚㉑，揚且之顏也。展如之人兮，邦之媛也㉒。（三章）

❶君子偕老：君子，指衛宣公。偕老，相伴到老。句謂與君子偕老的那個人，即宣姜。

❷副笄（ㄐㄧ）：《毛傳》：「副者，后夫人之首飾，編髮為之。」《說文》：「笄，簪也。」

❸六珈：珈，加於副笄上的玉製飾物，其數有六，所以叫六珈。

❹委委佗（ㄊㄨㄛˊ）佗：據于省吾《新證》，金文、石鼓文及古鈔本周秦載籍，凡遇重文不復書，皆作：以代之，此篇「委委佗佗」，原作「委：佗：」，當讀作委佗委佗，與〈召南．羔羊〉之「委蛇委蛇」同。〈羔羊〉的「委蛇」是行動從容不迫的樣子，這裡的「委佗」是形容宣姜行步儀容之美。

❺如山如河：句謂宣姜之氣象如山之安重，如河之弘廣。

❻象服是宜：象服，即褘衣，為古代王后及諸侯夫人之服，《孔疏》：「象鳥羽而畫之，故謂象服。」宜，合乎其身分。

❼不淑：舊解為不善，品德行為不好的意思。王國維〈與友人論詩書中成語書〉以為意猶不幸。

❽云：發語詞，無義。

❾玼（ㄘˇ）：鮮豔亮麗的樣子。

❿翟：王后六服中的揄翟和闕翟，畫羽為飾（六服：褘衣、揄翟、闕翟、鞠衣、展衣、襐衣）。

⓫鬒（ㄓㄣˇ）髮如雲：鬒，形容頭髮之黑而密。《朱傳》：「如雲，言多而美。」

⓬髢（ㄊㄧˋ）：假髮。

⓭玉之瑱（ㄊㄧㄢˋ）：瑱，塞耳的玉飾。馬瑞辰以為此下三句之「之」字皆當訓「其」。

⓮象之揥（ㄊㄧˋ）：象，指象骨或象牙。揥，用來搔頭的簪子。

⓯揚且（ㄐㄩ）之皙：馬瑞辰以為《詩》中的「清揚」、「揚」、「清」都是美麗的意思。且，語詞。皙，指白皙的皮膚。

⓰「胡然而天也」二句：胡，何、為什麼。然，如此。而，如、似。天，天仙。帝，或謂上帝，或謂帝女。句謂宣姜固然極美，但行為不正，外表似天帝，而其德實不相稱。亦有謂此二句為正面地讚美宣姜容貌脫俗，氣象不凡，無諷刺之意。

⓱瑳（ㄘㄨㄛˇ）：段玉裁注《說文》以為是玼字的或體。參見注❾。

⓲展：王后六服中的展衣。

⓳蒙彼縐絺（ㄔ）：蒙，罩著、覆蓋在上面。縐絺，有皺紋的細葛布。

⑳紲（ㄒㄧㄝˋ）袢（ㄈㄢˊ）：紲為褻之借字。紲、袢二字同義，近身、貼身之衣。

㉑清揚：參見注⑮。

㉒「展如之人兮」二句：展如，誠然。之人，此人。媛（ㄩㄢˋ），美女。或謂此句隱含諷刺，或謂純為讚美。

說明

〈君子偕老〉極力稱美衛君夫人的容貌服飾，是否有嘲諷其品行不稱其外表的意味，端視詩中的「子之不淑」如何解釋。

《詩序》：「〈君子偕老〉，刺衛夫人也。夫人淫亂，失事君子之道，故陳人君之德，服飾之盛，宜與君子偕老也。」《鄭箋》：「夫人，宣公夫人，惠公之母也。人君，小君也。或者小字誤作人耳。」鄭玄懷疑〈續序〉「人君」為「小君」之誤，這是很有道理的，小君是諸侯夫人的通稱，由於宣姜雖貴為諸侯夫人，卻有國人引以為恥的淫亂行為，此實不能與其容貌服飾相稱，故詩人作〈君子偕老〉以刺之。

有些人認為本篇是讚美國君夫人之辭，全無刺意，他們最主要的根據是詩中「不淑」為遭遇不幸之義（顧炎武、王引之、王國維、傅斯年等人都有相同的意見），這樣，通篇可以說都是讚美宣姜之辭了。

舊說以「不淑」為「不善」，在訓詁上沒有理由不能成立，不能因古書中的「不淑」有時可解為「不幸」，就硬指〈君子偕老〉中的「不淑」一定也是「不幸」之義，因此，《詩序》之說未必可以徹底推翻。

桑中

爰采唐❶矣，沬❷之鄉矣。云誰之思❸？美孟姜❹矣。期我乎桑中❺，要我乎上宮❻，送我乎淇之上矣。（一章）

爰采麥矣，沬之北矣。云誰之思？美孟弋❼矣。期我乎桑中，要我乎上宮，送我乎淇之上矣。（二章）

爰采葑❽矣，沬之東矣。云誰之思？美孟庸❾矣。期我乎桑中，要我乎上宮，送我乎淇之上矣。（三章）

❶爰采唐：爰，或謂語詞，或謂于焉二字之合聲，即「在何處」；若後說為是，則各章「爰采」句下都應使用問號。唐，一種蔓生植物，即蒙菜、女蘿。

❷沬（ㄇㄟˋ）：衛邑名，商代稱妹邦、牧野，在今河南省淇縣境。

❸云誰之思：云，發語詞，無義。之，是。句即「思誰」之意。

❹孟姜：孟，排行居長。姜，姓。孟姜即姜姓長女。在詩中孟姜、孟弋、孟庸應只是託言，未必真有其人。

❺期我乎桑中：期，約會。桑中，桑林之中。

❻要（ㄧㄠ）我乎上宮：要，同「邀」。上宮，樓。

❼孟弋（ㄧˋ）：弋姓之長女。餘參見注❹。

❽葑（ㄈㄥ）：蘿蔔。

❾孟庸：庸姓之長女。餘參見注❹。

說明

〈桑中〉是男女幽會的戀歌，也就是所謂的男女相悅之詩。有學者表示，這樣的作品應是衛國的民謠，或者說是以郊遊為背景而且有和聲的男女對答之山歌。

《詩序》：「〈桑中〉，刺奔也。衛之公室淫亂，男女相奔，至於世族在位，相竊妻妾，期於幽遠，政散民流，而不可止。」這一段文字可能是根據《左傳》與《禮記》拼湊出來的，姚際恆《詩經通論》說：「《左傳・成二年》，巫臣盡室以行，申叔跪遇之曰：『夫子有三軍之懼，而又有〈桑中〉之喜，宜將竊妻以逃者也。』〈大序〉本為之說（按：姚氏所謂「〈大序〉」即本書所云之〈續序〉）。《傳》所言〈桑中〉固是此詩，然《傳》因巫臣之事而引此詩，豈可反據巫臣之事以說此詩，大是可笑。其曰『政散民流而不可止』，亦本〈樂記〉語。按〈樂記〉云：『鄭、衛之音，亂世之音也，比于慢矣。〈桑間〉、〈濮上〉之音，亡國之音也，其政散，其民流，誣上、行私而不可止也。』『桑間』亦即此詩。『濮上』用《史記》衛靈公至濮水，聞琴聲，師曠謂紂亡國之音事，故以為亡國之音。其實此詩在宣、惠之世，國未嘗亡也，故曰『其政散』云云。〈樂記〉之文紐合二者為一處，本屬亂拈，不可為據。今〈大序〉又用〈樂記〉，尤不可據。」〈續序〉的寫作時代迄未定論，但姚氏的意見仍然值得我們參考。

更值得吾人注意的是，姚際恆雖反〈續序〉，卻仍支持〈古序〉「刺奔」之說，由此可見姚氏雖被認為是清代獨立派或新派的《詩》學大家，較諸今日某些推翻全部《詩序》的學者，姚氏相對上依然是舊派的說《詩》者。事實上，古人多數以〈桑中〉為刺奔之作，今人多半認為這是男女相悅之詩，這是面對《詩經》所採的態度不同所致。

鶉之奔奔

鶉之奔奔，鵲之彊彊❶。人之無良❷，我以爲兄❸。（一章）

鵲之彊彊，鶉之奔奔。人之無良，我以爲君❹。（二章）

注釋

❶「鶉之奔奔」二句：鶉，鵪鶉。鵲，喜鵲。《鄭箋》：「奔奔，彊彊，言其居有常匹，飛則相隨之貌。刺宣姜與頑非匹偶。」

❷人之無良：人，指下文的兄或君。無良，無善行。

❸我以為兄：或謂我指宣公之弟，或謂我為惠公。依前說，兄指宣公；依後說，兄指公子頑。

❹我以為君：若我係指宣公之弟，則君即國君之義；若我為惠公自稱，則君即《毛傳》所謂「國小君」（**國君夫人稱小君，此指宣姜**）。

說明

春秋時代，衛之宮室淫亂，衛人作〈鶉之奔奔〉以諷刺之。《詩序》：「〈鶉之奔奔〉，刺衛宣姜也。衛人以為宣姜，鶉鵲之不若也。」我們可以明白看出，這篇是在慨歎衛國宮廷之穢亂，由於後人對於詩中「我以為兄」、「我以為君」的解釋有一些出入，導致大家對於詩所諷刺的對象，看法也就有所不同，不過，無論刺的是宣公也好，是公子頑也罷，宣姜都脫不了干係，是以，《詩序》的解釋依舊可以成立。

定之方中

定之方中❶，作于楚宮❷。揆之以日❸，作于楚室❹。樹之榛栗❺，椅桐梓漆，爰伐琴瑟❻。（一章）

升彼虛❼矣，以望楚矣。望楚與堂❽，景山與京❾，降觀于桑❿。卜云其吉⓫，終然允臧⓬。（二章）

靈雨既零⓭，命彼倌人⓮。星⓯言夙駕，說⓰于桑田。匪直也人⓱，秉心塞淵⓲，騋牝⓳三千。（三章）

❶定之方中：定，星名，即營室星。方中，當正中的位置。古人以為定星方中時，可以營建宮室。

❷作于楚宮：作，建造。于，或訓語詞，或訓「為」。楚，指楚丘這個地方。宮，宗廟。

❸揆之以日：《毛傳》：「揆，度也。」句謂立起一根竿子，以度量日影，以定東西南北之方向。

❹室：居室。

❺樹之榛栗：樹，種植。榛、栗，樹名，其果實可供祭祀。

❻「椅桐梓漆」二句：椅、桐、梓、漆皆樹名。爰，於是，句謂砍伐四木以做琴瑟。

❼虛：同墟，故城廢墟，指漕墟而言。

❽堂：衛邑名，就在楚丘之旁。

❾景山與京：《毛傳》：「景山，大山。京，高丘

也。」

⑩降觀于桑：降，由高處往下而至平地。桑，桑林。

⑪卜云其吉：卜，燒灼龜甲以取兆，這是周人用以預測吉凶的方法。云，語詞，無義。其，乃。

⑫終然允臧：「然」字，一本做「焉」。允，誠然、確實。臧，善、美好。

⑬靈雨既零：靈雨，好雨，有益農作之雨；零，落。

⑭倌人：駕車的小官。

⑮星：《鄭箋》：「雨止星見。」姚際恆謂星即星夜，馬瑞辰謂星之正字為「姓」，姓即古「晴」字。

⑯說（ㄕㄨㄟˋ）：休息、止息。

⑰匪直也人：《毛傳》：「非徒庸君。」或讀匪為彼，解直為正直。

⑱秉心塞淵：秉心，存心、持心。塞，誠實。淵，深遠。

⑲騋牝（ㄆㄧㄣˋ）：《毛傳》：「馬七尺以上為騋。」牝，母馬。這裡的騋牝只是代稱良馬，當然也包含公馬。

說明

春秋時代的衛文公有一段勵精圖治、復國中興的故事，〈定之方中〉就是在歌頌文公這樣的精神。《詩序》：「〈定之方中〉，美衛文公也。衛為狄所滅，東徙渡河，野處漕邑，齊桓公攘戎狄而封之。文公徙居楚丘，始建城市而營宮室，得其時制，百姓說之，國家殷富焉。」假如反對《詩序》這樣的說法，那真可說是為反對而反對了。這也使人想起反《序》派的崔述《讀風偶識》的一句話，「《詩序》惟〈鄘風〉多得實」。

《鄭箋》對於《序》說法有這樣的補充：「春秋閔公二年，冬，狄人入衛，衛懿公及狄人戰于熒澤而敗。宋桓公迎衛之遺民渡河，立戴公以廬於漕。戴公立一年而卒。魯僖公二年，齊桓公城楚丘而封衛，於是文公立而建國焉。」鄭君所敘，詳見《左傳·閔公二年》，這對於我們研讀〈定之方中〉是有助益的。

蝃蝀

蝃蝀❶在東，莫之敢指❷。女子有行❸，遠父母兄弟。（一章）

朝隮❹于西，崇朝❺其雨。女子有行，遠兄弟父母。（二章）

乃如之人❻也，懷昏姻❼也。大無信❽也，不知命❾也。（三章）

❶蝃（ㄉㄧˋ）蝀：彩虹。

❷莫之敢指：古之人以為用手指著彩虹是不敬的，因此說莫之敢指。或謂古代傳說彩虹是男女關係之事的象徵，詩人用蝃蝀起興，就暗示著女子的婚姻之事。

❸女子有行：《左傳．桓公九年．杜注》：「行，嫁也。」「女子有行」為《詩》中常見語，即「女子出嫁」之意。

❹隮（ㄐㄧ）：《毛傳》：「升。」《周禮．鄭注》：「虹也。」

❺崇朝：崇，終。崇朝，整個早晨，指從日出到吃早餐的時候。

❻乃如之人：乃如，轉語詞，有「竟然」之義。之人，此人、這樣的人。

❼懷昏姻：懷，《鄭箋》：「思也。」或謂與「壞」通，敗壞、破壞。

❽大（ㄊㄞˋ）無信：大，即「太」字。信，或解為貞信、貞潔，或解為誠信。

❾命：《鄭箋》：「父母之命。」或訓為命運。

說明

〈蝃蝀〉的篇旨異說紛呈，而以支持方玉潤「代衛宣姜答〈新臺〉」者較多。《詩序》：「〈蝃蝀〉，止奔也。衛文公能以道化其民，淫奔之恥，國人不齒也。」三家《詩》的看法和《毛詩》的出入不大，他們認為〈蝃蝀〉是「刺奔女」之作。

陳子展《詩經直解》說，以之為止奔之作，是從正面說教；以之為刺奔女，是從反面說教；他並以為後者才是作詩者之義。

依漢儒之見，有一女子竟然不待父母之命，就嫁給了別人，這種淫奔之女子是為國人所不齒的，所以必須寫詩來說教一番。這樣的說法，頗引起明清以來的學者的反彈，有很多人認為〈蝃蝀〉是諷刺宣公劫娶宣姜之事，把這種解釋套在詩二章上，坦白說也很能說得通，但詩人本義是否如此，沒有人能有把握。此外，還有學者認為〈蝃蝀〉是一篇「為爭取婚姻自由的詩」，說者雖然有「詩人以虹與下雨這種因果相承的現象，來象徵女子既有所私，就要去投奔他」之詮釋，但對於詩的第三章恐怕很難照顧到，相信接受者不多。

相鼠

相❶鼠有皮，人而無儀❷。人而無儀，不死何爲！（一章）

相鼠有齒，人而無止❸。人而無止，不死何俟❹！（二章）

相鼠有體❺，人而無禮。人而無禮，胡不遄❻死！（三章）

❶相（ㄒㄧㄤˋ）：看
❷儀：威儀、禮儀。
❸止：儀容舉止。
❹俟：等待。
❺體：身體、肢體
❻遄（ㄔㄨㄢˊ）：快。

〈相鼠〉是一篇直吐怒罵之作，詩人將無禮儀的人與老鼠作比較，痛斥這些人（**有學者認為應該就是腐敗墮落的統治階層**）連醜陋的老鼠都不如，甚且三章連連咒罵，恨不得這些人早點去死；在三百篇中，這是罕見的與溫柔敦厚、含蓄蘊藉搭不上邊的詩作，當時衛國人對無禮儀之人的痛恨由此可見。

《詩序》：「〈相鼠〉，刺無禮也。衛文公能正其羣臣，而刺在位承先君之化，無禮儀也。」班固在《白虎通．諫諍》中以〈相鼠〉為「妻諫夫」之作，這可能是《魯詩》之說，有人據此而說《詩序》不可從，這應該是夫婿貪而無禮，其妻激切勸誡之詞。

我很同意吳宏一《白話詩經》的意見，他說陳子展《詩經直解》認為〈古序〉是，而〈續序〉所云乃羨詞、衍說，其實《白虎通》的說法又何嘗不是今文學派的羨詞衍說？吳先生又強調，「妻諫夫」的說法，也不一定要認為和《毛詩序》「刺無禮」之說，互相矛盾。因為一位不守禮儀的人，詩人可以諷刺他，他的妻子也可以諷諫他。《詩》，原來就不可以呆看的。可是歷來說《詩》的人，卻往往看呆文字，紛紛別立新說而引以自喜。

的確，《詩》無達詁，我們切莫執著於去尋找所謂的標準答案。

干旄

孑孑❶干旄❷，在浚❸之郊。素絲紕之❹，良馬四之。彼姝者子❺，何以畀❻之？（一章）

孑孑干旟❼，在浚之都❽。素絲組❾之，良馬五❿之。彼姝者子，何以予之？（二章）

孑孑干旌⓫，在浚之城⓬。素絲祝⓭之，良馬六之。彼姝者子，何以告⓮之？（三章）

注釋

❶孑（ㄐㄧㄝˊ）孑：《朱傳》：「特出之貌。」

❷干旄：干，旗竿。旄，一種旗竿頂端用犛牛尾為飾的旌旗。或謂干旄與下文的干旟、干旌都是周代用於招致賢士的旗子。

❸浚：衛邑名。

❹素絲紕（ㄆㄧˊ）之：素絲，白色的絲線。紕，編連、縫合。程俊英《譯註》：「紕，在衣冠或旗幟上鑲邊。這裡指用白絲線縫旗，作為裝飾。」

❺彼姝者子：姝，俊美、美麗。舊謂此「子」為男子，今人或謂「子」為女子。

❻畀（ㄅㄧˋ）：給予、贈予。

❼旟（ㄩˊ）：上面畫著鳥隼的旗子。

❽都：《毛傳》：「下邑曰都。」

❾組：編連、縫合。

❿五：屈萬里《詮釋》：「古者一車率為四馬，此言五及下章言六，蓋皆為趁韻之故。」

⓫旌：竿首用翟鳥羽毛為飾之旗。

⓬城：都城。

⓭祝：《鄭箋》：「當作屬。」編連、縫合的意思。

⓮告（ㄍㄨˋ）：贈人以言。

說明

〈干旄〉是歌詠衛國臣子的有心求賢。

《詩序》：「〈干旄〉，美好善也。衛文公臣子多好善，賢者樂告以善道也。」季本《詩說解頤》根據《序》說而又略加發揮：「衛之下邑有賢者居於其郊，而邑大夫好善，乘其車馬，建其旌旄，親往迎之，而見之者作此詩也。」從經學的角度來看，這種說法是很能讓人接受的。

姚際恆對於「彼姝者子」的「姝」用來稱賢者，覺得似乎未妥，但他仍然接受〈古序〉之說。今人則多謂「彼姝者子」當然是讚美女子的貌美，因此有人說這是讚美衛大夫夫婦出遊的詩，有人說這是描摹一位貴族乘車去看他的情人，一路所思的詩；從文學角度來讀《詩》，這樣的見解沒有理由不受重視。

載馳

載馳載驅❶，歸唁衛侯❷。驅馬悠悠❸，言至于漕❹。大夫跋涉❺，我心則

憂。（一章）
既不我嘉❻，不能旋反❼。視爾不臧❽，我思不遠❾。既不我嘉，不能旋濟❿。
視爾不臧，我思不閟⓫。（二章）
陟彼阿丘⓬，言采其蝱⓭。女子善懷⓮，亦各有行⓯。許人尤之⓰，眾穉且狂⓱。
（三章）
我行其野，芃芃⓲其麥。控⓳于大邦，誰因誰極⓴？大夫君子，無我有尤。
百爾㉑所思，不如我所之㉒。（四章）

❶載馳載驅：載，語詞。《孔疏》：「走馬謂之馳，策馬謂之驅。」句即快馬加鞭的意思。

❷歸唁（一ㄢˋ）衛侯：王先謙《集疏》：「《韓說》曰：弔生曰唁，弔失國亦曰唁。」衛侯，指衛文公。

❸悠悠：形容路之悠遠。

❹言至于漕：言，語詞。漕，衛國的邊邑，衛君暫居之地。

❺大夫跋涉：舊謂大夫為來告難之衛大夫，今人或謂為許穆夫人派往歸唁衛侯的許大夫，或謂追來阻撓許穆夫人的許大夫。跋涉，《毛傳》：「草行曰跋，水行曰涉。」

❻既不我嘉：既，盡、皆。嘉，善、贊同。

❼旋反：旋，回返。反，同「返」。謂還歸於衛。

❽視爾不臧：視，比較。臧，善。

❾我思不遠：思，計謀、謀劃、想法、思慮。方玉

潤《原始》謂遠為迂遠難行，則不遠即切實可行之義。或解遠為深遠，則「我思不遠」為反問句，「遠」字之下應用問號。

❿濟：渡水。

⓫閟：閉塞不通。或解閟為深邃，則「我思不閟」為反問句，「閟」字之下應用問號。或謂閟同毖，慎也；句下用問號。

⓬阿丘：偏高的山坡。

⓭蝱（ㄇㄤˊ）：藥草名，即貝母，《朱傳》說蝱主療鬱結之疾。

⓮善懷：《鄭箋》：「善，猶多也。懷，思也。」

⓯有行（ㄏㄤˊ）：有其道理。

⓰許人尤之：許，國名，在今河南省許昌縣境。尤，責備、反對。

⓱眾穉（ㄓˋ）且狂：王引之《述聞》謂眾當讀為終。穉，幼稚。

⓲芃（ㄆㄥˊ）芃：茂盛的樣子。

⓳控：赴告、走告。

⓴誰因誰極：因，親密、親近。極，《毛傳》：「至也。」陳奐《傳疏》：「至者，當讀如『申包胥以秦師至』。」或訓極為正，匡正禍難或主持正義的意思。

㉑百爾：凡爾、各位。

㉒不如我所之：句謂不如我之所思。或訓之為思，避免與上句「思」字重複，故用「之」。或訓之為往，解為方向，指「控于大邦」之方向；亦有釋此句為「不如我親自回國走一趟」者；皆可通。

說明

〈載馳〉是一篇內容充滿愛國思想、風格沈鬱頓挫的作品，雖出自女性之手，英邁之氣卻充溢於字裡行間。

《詩序》：「〈載馳〉，許穆夫人作也。閔其宗國顛覆，自傷不能救也。衛懿公為狄人所滅，國分散，露於漕邑，許穆夫人閔衛之亡，傷許之小，力不能救，思歸唁其兄，又義不得，故賦是詩也。」

此《序》有《左傳・閔公二年》之相關記載為證，相信者居多。有學者指出，《詩序》認為夫人並未回衛，特為設想之詞而已，王先謙據服虔《左傳・注》「言我遂往，無我有尤」之語，謂「驅馬悠悠」、「我行其野」皆非設想之詞，否則不會有舉國非尤之事，其說較《詩序》為是；不過，《序》並未明言夫人無回衛之舉，若解為回衛途中被許人攔截追回，亦不與王說衝突。

據先儒考證，許穆夫人寫〈載馳〉的時間，是衛文公元年的春夏之交，即魯僖公元年、周惠王十八年，西元前六五九年，在三百篇中，此詩很難得地成為作者與創作年代都可考的一篇，並且，許穆夫人應該也是世界歷史上最早的一位女詩人，這是值得我們注意的。

衛風（十篇）

說詳〈邶風〉。

淇奧

瞻彼淇奧❶，綠竹猗猗❷。有匪❸君子，如切如磋，如琢如磨❹。瑟兮僩兮❺，
赫兮咺兮❻。有匪君子，終不可諼❼兮。（一章）
瞻彼淇奧，綠竹青青❽。有匪君子，充耳琇瑩❾，會弁如星❿。瑟兮僩兮，
赫兮咺兮。有匪君子，終不可諼兮。（二章）
瞻彼淇奧，綠竹如簀⓫。有匪君子，如金如錫⓬，如圭如璧⓭。寬兮綽兮⓮，
猗重較兮⓯。善戲謔兮，不爲虐兮⓰。（三章）

注釋

❶奧（ㄩˋ）：河岸的內側。

❷綠竹猗（ㄧ）猗：《毛傳》：「綠，王芻也。竹，萹竹也。」《朱傳》以綠竹為綠色的竹子。猗猗，盛美的樣子。

❸有匪：《毛傳》：「匪，文章貌。」匪即「斐」，有匪就是斐然的意思。

❹「如切如磋」二句：《毛傳》：「治骨曰切，象曰磋，玉曰琢，石曰磨。」《朱傳》：「治骨角者，既切以刀斧，而復磋以鑢鍚（ㄊㄤˋ）；治玉石者，既琢磨以鎚鑿，而復磨以沙石。言其德之修飭，有進而無已也。」

❺瑟兮僩（ㄒㄧㄢˋ）兮：瑟，矜持莊嚴的樣子。僩，威武、威嚴的樣子。

❻赫兮咺（ㄒㄩㄢˇ）兮：赫、咺都是昭明顯著的意思，指其人之威儀容止而言。

❼終不可諼（ㄒㄩㄢ）：終，永遠、永久。諼，忘。

❽青（ㄐㄧㄥ）青：同「菁菁」，茂盛的樣子。

❾充耳琇瑩：充耳，古人冠冕垂於兩側以塞耳的玉，亦名瑱。琇瑩，美麗的玉石。

❿會（ㄎㄨㄞˋ）弁（ㄅㄧㄢˋ）如星：會，皮帽兩縫相合的地方。弁，皮帽。弁縫以玉石為飾，故言如星。

⓫如簀（ㄗㄜˊ）：簀，竹蓆。如簀，形容綠竹之密。

⓬如金如錫：句謂品德如金如錫般精純。

⓭如圭如璧：圭、璧都是高貴的玉器，句謂氣質如圭如璧般高貴。

⓮寬兮綽兮：寬、綽都是恢宏寬大的意思，指其胸襟度量而言。

⓯猗重較兮：猗為倚的假借字，依憑、倚靠的意思。古代卿士所乘車有重較，較就是車箱兩旁的立板，屈萬里《選注》：「有的板高兩層，所以稱重較。」

⓰「善戲謔兮」二句：戲謔，戲言、開玩笑。虐，過甚、過分。

〈淇奧〉將衛國某位君子從內到外徹徹底底地讚美了一番，這位君子據說是衛武公。

《詩序》：「〈淇奧〉，美武公之德也。有文章，又能聽其規諫，以禮自防，故能入相于周，美而作是詩也。」所謂「入相于周」，是指衛武公在幽王被殺之時，和鄭武公、秦襄公、晉文侯等人帶兵輔佐周室，平定變亂，並且護送太子宜臼遷都洛陽，因有此大功勞，所以被任命為卿相；除此之外，衛武公的種種美德和優秀表現，在《左傳》、《國語》、《史記》中都有所記載，相傳〈小雅・賓之初筵〉與〈大雅・抑〉也都是他的傑作。說〈淇奧〉為美武公之德之詩，應該是可以相信的（《魯詩》學者徐幹《中論・修本》：「衛武公年過九十，猶夙夜不怠，思聞訓道。衛人誦其德，為賦〈淇奧〉。」）。

考槃

考槃在澗❶，碩人之寬❷。獨寐寤言❸，永矢弗諼❹。（一章）

考槃在阿❺，碩人之薖❻。獨寐寤歌，永矢弗過❼。（二章）

考槃在陸❽，碩人之軸❾。獨寐寤宿，永矢弗告❿。（三章）

注釋

❶考槃：考，敲打。槃，器皿之名。澗，山間小溪。

❷碩人之寬：碩人，大人。寬，胸懷寬廣。《詩經》中的碩人、美人為讚美男女之統詞。

❸獨寐寤言：獨寐、獨寤（醒）、獨言。

❹永矢弗諼：矢，發誓。諼，忘記。

❺阿：山陵、山坡。

❻薖（ㄎㄜ）：《毛傳》：「寬大貌。」《鄭箋》：「飢意。」

❼弗過：《鄭箋》：「不復入君之朝也。」胡承珙《後箋》：「當是無所過從之意。」馬瑞辰《通釋》：「過，去也。弗過，猶弗忘也。」

❽陸：地勢高而平坦的地方。

❾軸：《毛傳》：「進也。」《鄭箋》：「病也。」或謂軸從由聲，由有自適之義，不用由字而用軸字，取其協韻而已。

❿弗告：《朱傳》：「不以此樂告人也。」

說明

〈考槃〉描寫一位隱士自得其樂於山水間的隱居生活，語言精練，形象生動。

《詩序》：「〈考槃〉，刺莊公也。不能繼先公之業，使賢者退而窮處。」很多人覺得《序》說過於牽強，朱子《詩序辨說》就說：「詩文未有見棄於君之意，則亦不得為刺莊公矣。」今天多數學者也樂於採用《集傳》的意見：「此為美賢者窮處而安其樂之詩。」

《詩序》是否不可通，恐怕仍是仁智互見的，如果在注中，我們接受鄭玄之說，《序》說不就可通了嗎？

縱令鄭玄之解釋乃是為了配合《序》說而來，與文字本義不合，近人吳闓生《詩義會通》「《序》於美刺，皆推本當時之朝政為言，以見治亂之大凡。賢者退處深藏，則時君之無道可知。此序《詩》者之微意也」、陳子展《詩經直解》「美賢者隱退，刺莊公不用賢，美在此而刺在彼，言內言外之意可合而一，《詩序》未為不通」之言，亦非為無見。美者可以為刺，這也是《詩序》說《詩》的特色之一。

碩人

碩人其頎❶，衣錦褧衣❷。齊侯之子❸，衛侯❹之妻，東宮❺之妹，邢侯之姨❻，譚公維私❼。（一章）

手如柔荑❽，膚如凝脂❾，領如蝤蠐❿，齒如瓠犀⓫，螓首蛾眉⓬。巧笑倩⓭兮，美目盼⓮兮。（二章）

碩人敖敖⓯，說于農郊⓰。四牡有驕⓱，朱幩鑣鑣⓲，翟茀⓳以朝。大夫夙退⓴，無使君勞。（三章）

河水洋洋㉑，北流活活㉒。施罛濊濊㉓，鱣鮪發發㉔，葭菼揭揭㉕。庶姜孽孽㉖，庶士有朅㉗。（四章）

❶碩人其頎：碩，大。頎，長。此處「碩人」即是美人，據考證，《詩經》時代的男女都以長大為美。

❷衣（ㄧˋ）錦褧（ㄐㄩㄥˇ）衣：衣錦，穿著錦製的衣服。褧衣，罩袍。

❸齊侯之子：本詩所謂的碩人是衛莊姜，她是齊莊公的女兒。

❹衛侯：衛莊公。

❺東宮：太子所居之宮，這裡是指齊莊公的太子得臣而言。

❻邢侯之姨：邢，國名，在今河北省邢台縣。邢侯，未詳何人。妻之姊妹叫姨。

❼譚公維私：譚，國名，在今山東省歷城縣。譚公，未詳何人。維，是。姊妹之夫叫私。

❽荑（ㄊㄧˊ）：初生的柔嫩的茅芽。

❾凝脂：凝結之脂。

❿領如蝤（ㄑㄧㄡˊ）蠐：領，頸。蝤蠐，《毛傳》：「木蟲之白而長者。」

⓫瓠（ㄏㄨˋ）犀：瓠瓜中的種子（瓠中之子白而整

齊）。

⑫螓（ㄑㄧㄣˊ）首蛾眉：螓是一種似蟬、額廣的蟲子。蛾是蠶蛾，其觸鬚細長而彎曲。

⑬倩：《毛傳》：「好口輔。」口輔即今所謂酒渦。

⑭盼：眼睛黑白分明的樣子。

⑮敖敖：身材修長的樣子。

⑯說（ㄕㄨㄟˋ）于農郊：說，休息。農郊，都城的近郊。

⑰驕：強壯的樣子。

⑱朱幩（ㄈㄣˊ）鑣鑣：《朱傳》：「幩，鑣飾。鑣者，馬銜外鐵，人君以朱纏之也。」鑣鑣，盛美、壯觀的意思。

⑲翟茀（ㄈㄨˊ）：周代婦人之車，前後設帳以自隱蔽，叫做翟茀。

⑳大夫夙退：句謂莊姜初至，大夫之朝者，宜早退下。

㉑洋洋：水勢盛大的樣子。

㉒北流活（ㄍㄨㄛ）活：黃河在齊西衛東，北流入海，由齊至衛，必須渡過黃河，所以這裡說「北流」。活活，水流聲。

㉓施罛（ㄍㄨ）濊（ㄏㄨㄛˋ）濊：施，設、撒。罛，魚網。濊濊，魚網施之水中，阻礙水流之聲。

㉔鱣（ㄓㄢ）鮪發（ㄆㄛ）發：鱣，或謂大型的鯉魚，或謂黃魚。鮪，似鱣而體型較小的魚。發發，魚入網後甩尾之聲。

㉕葭（ㄐㄧㄚ）菼（ㄊㄢˇ）揭揭：葭，蘆葦。菼，荻草。揭揭，修長的樣子。

㉖庶姜孽孽：庶，眾。庶姜是指莊姜的姪娣，也就是陪莊姜出嫁的同姓女子（齊國姜姓）。孽孽，《毛傳》：「盛飾貌。」

㉗庶士有朅（ㄑㄧㄝˋ）：庶士是指護送莊姜到衛的人。朅，強壯的樣子。

〈碩人〉主要在描寫莊姜之美，用筆細膩，第二章大量使用比喻的手法來刻畫莊姜的容貌與情態之美，尤為人們所津津樂道。明儒何楷等人以為此詩作於莊姜初嫁之時。

《詩序》：「〈碩人〉，閔莊姜也。莊公惑於嬖妾，使驕上僭。莊姜賢而不答，終以無子，國人閔而憂之。」反《序》者想必會說，此詩「但言莊姜族戚之貴，容儀之美，車服之備，媵從之盛，其為初嫁時甚明」（引文為王先謙《詩三家義集疏》語），尊《序》者必然會說，《左傳．隱公三年》明白記載，「衛莊公娶於齊東宮得臣之妹，曰莊姜，美而無子，衛人所為賦〈碩人〉也」，可見作《序》者確有所本。

假如不讀《左傳》與《詩序》，讀者十之八九會認為〈碩人〉是讚美莊姜的詩，可是，強調莊姜的美麗高貴，對照起她在日後的備受冷落（請與〈邶風〉的〈柏舟〉、〈終風〉一併閱讀），這不也有針砭莊公、同情莊姜的用意嗎？

當然，詩人的本義也許只是單純地歌詠讚美莊姜而已，但我們沒有理由對舊說搖頭歎息。

氓

氓之蚩蚩❶，抱布貿絲❷。匪來貿絲，來即我謀❸。送子涉淇，至于頓丘❹。
匪我愆期❺，子無良媒。將❻子無怒，秋以爲期。（一章）
乘彼垝垣❼，以望復關❽。不見復關，泣涕漣漣❾，既見復關，載笑載言❿。

爾卜爾筮⑪，體無咎言⑫。以爾車來，以我賄⑬遷。（二章）

桑之未落，其葉沃若⑭。于嗟鳩兮，無食桑葚⑮。于嗟女兮，無與士耽⑯。

士之耽兮，猶可說⑰也；女之耽兮，不可說也。（三章）

桑之落矣，其黃而隕⑱。自我徂爾⑲，三歲食貧⑳。淇水湯湯㉑，漸車帷裳㉒。

女也不爽㉓，士貳其行㉔。士也罔極㉕，二三其德㉖。（四章）

三歲爲婦，靡室勞矣㉗。夙興夜寐㉘，靡有朝矣㉙。言既遂矣㉚，至于暴矣。

兄弟不知，咥㉛其笑矣。靜言思之，躬自悼矣㉜。（五章）

及爾偕老㉝，老㉞使我怨。淇則有岸，隰則有泮㉟。總角之宴㊱，言笑晏晏㊲。

信誓旦旦㊳，不思其反㊴。反是不思㊵，亦已㊶焉哉。（六章）

注釋

❶氓之蚩（ㄔ）蚩：氓，唐石經作「甿」（ㄇㄥˊ），《說文》：「甿，田民也。」魏源《詩古微》謂氓為流亡之民。程、蔣《注析》：「離開本地寄居他國的人叫做氓。」蚩蚩，或謂敦厚的樣子，或謂嘻笑的樣子。

❷抱布貿絲：布，布匹。貿，交易、交換。

❸來即我謀：即，就、接近。謀，謀劃、商量。

❹頓丘：地名，在今河北省清豐縣附近。

❺愆（ㄑㄧㄢ）期：愆，拖延、耽誤。期，日期、婚期。

❻將（ㄑㄧㄤ）：《毛傳》：「願也。」《鄭箋》：「請也。」或謂發語詞。

❼乘彼垝垣（ㄩㄢˊ）：乘，登。《毛傳》：「垝，毀也。」于省吾《新證》：「垝、危古通；危，高也。」垣，牆。

❽復關：地名，氓所居之處，《朱傳》：「復關，男子之所居也。不敢顯言其人，故託言之耳。」今人多謂復關用以代氓，為借代之修辭。

❾漣漣：涕淚下流的樣子。

❿載笑載言：載，則、就、又。《鄭箋》：「則笑則言，言喜之甚。」

⓫爾卜爾筮：爾，你。卜，用火灼龜甲，以甲上之紋路判斷吉凶。筮，用蓍（ㄕ）草排比以估測未來。

⓬體無咎言：體，龜蓍占卜所顯示之卦象。咎言，《鄭箋》：「凶咎之辭。」

⓭賄：財物。

⓮沃若：潤澤柔嫩的樣子。

⓯桑葚：桑的果實。

⓰耽（ㄉㄢ）：《毛傳》：「樂也。」程俊英《譯註》：「通酖（ㄓㄣˋ），指過分地沈溺於歡樂，這裡當『迷戀』解。」

⓱說：或謂解說，或讀為脫，擺脫的意思。

⓲隕（ㄩㄣˇ）：落。

⓳徂（ㄘㄨˊ）爾：徂，往、到。徂爾是嫁到你家的意思。

⓴三歲食貧：或謂三歲實指三年，或以三為虛數，三歲是多年的意思。食貧，生活貧苦。

㉑湯（ㄕㄤ）湯：或謂水盛的樣子，或謂水流聲。

㉒漸車帷裳：漸，浸溼。帷裳，婦女座車的帷幔。

㉓爽：差錯。

㉔貳其行：貳，兩樣、改變。行，行為。馬瑞辰以「貳」為「貣」（ㄊㄜˋ）之誤，「貣」是「忒」的同音假借字，偏差的意思；其說亦可參。

㉕罔極：罔，無。《毛傳》：「極，中也。」陳奐《傳疏》：「無中，即是二三之謂。」程、蔣《注析》：「極，中，準則。罔極即無常。」屈萬里《詮釋》：「罔極，猶言無良。」

㉖二三其德：即三心二意的意思。

㉗靡室勞矣：不以室家之務為辛勞。屈萬里《詮釋》以「靡室」連讀，云：「靡室，意謂無入室休息之時，極言其勞也。」說亦可參。

㉘夙興夜寐：早起晚睡。

㉙靡有朝矣：《鄭箋》：「非一朝然。」句即天天如此的意思。

㉚言既遂矣：遂，成。句謂商談已定，或早已定下誓言。余冠英《詩經選》謂言字無義，「既遂」即〈谷風〉「既生既育」的意思，言生活既已過得順心；其說亦可參。

㉛咥（ㄒㄧ）：笑的樣子。

㉜躬自悼矣：躬，自身。悼，哀傷。

㉝及爾偕老：此當為氓曾對詩中女子許下的諾言。

㉞老：指「及爾偕老」這樣的話。

㉟「淇則有岸」二句：泮，讀為畔，涯岸的意思。二句反喻人心之無極，也用以責備氓心之不可測。

㊱總角之宴：古代男未冠、女未笄時，束髮以為兩角，這叫總角。宴，樂。

㊲晏晏：和悅溫柔的樣子。

㊳信誓旦旦：誓言用以昭信，故曰信誓。旦旦，誠懇的樣子。

㊴不思其反：不想想從前相愛的時候。或訓為反覆、變心，句謂想不到你會變心。

㊵反是不思：即「不思其反」之倒文，從前的一切都不去想的意思。

㊶已：停止、結束。

說明

〈氓〉的篇幅在〈國風〉中僅次於〈豳風〉的〈七月〉，是一篇非常出色的棄婦詩，有不少學者針對本篇作出了專門的研究。

《詩序》：「〈氓〉，刺時也。宣公之時，禮義消亡，淫風大行，男女無別，遂相奔誘，華落色衰，復相棄背；或乃困而自悔，喪其妃耦，故序其事以風焉，美反正，刺淫泆也（阮元《毛詩注疏校勘記》謂《釋文》本、《正義》本，泆作『佚』，唐石經改作『泆』者，非也）。」對於〈氓〉這樣的棄婦詩，學者們多半較同意歐陽修《詩本義》所說的「據詩所述，是女被棄逐怨悔，而追序與男相得之初，殷勤之篤，而責其終始棄背之辭」，事實上歐陽公之說也幾乎無懈可擊，《詩序》以刺詩說之，期使讀者心生警惕，也可謂用心良苦了。《朱傳》：「此淫婦為人所棄，而自敘其事，以道其悔恨之意也。」由於詩中男女經過媒妁卜筮而結合，故朱子所用淫婦之詞，也為後人所難以接受。朱師守亮在《詩經評釋》中指出，本詩「除婚前之戀愛及初婚之極盡纏綿外，餘則字字慘戚，語語悲毀，悽愴傷懷，低徊無限，宜與〈谷風〉（按：《詩經》有兩篇〈谷風〉，此謂〈邶風．谷風〉）同稱《詩經》雙璧也。」的確，在《詩經》敘事詩中，以棄婦為題材的，以本篇與〈谷風〉最為出色。

竹竿

籊籊❶竹竿，以釣于淇。豈不爾思？遠莫致之❷。（一章）

泉源在左❸，淇水在右。女子有行，遠兄弟父母。（二章）

淇水在右，泉源在左。巧笑之瑳❹，佩玉之儺❺。（三章）

淇水滺滺❻，檜楫❼松舟❽。駕言出遊，以寫我憂❾。（四章）

❶籊（ㄉㄧˊ）籊：細長的樣子。

❷遠莫致之：遠，指路途遙遠。致，招致、到達。

❸泉源在左：泉源，水名，陳奐《傳疏》：「水以北為左，南為右。泉源在朝歌北，故曰在左。」

❹瑳（ㄘㄨㄛ）：何楷《古義》：「瑳，《說文》云：『玉色鮮白也。』笑而見齒，其色似之。」

❺儺（ㄋㄨㄛˊ）：《毛傳》：「行有節度。」程俊英《譯註》：「女子身上掛著佩玉，走起路來，腰身

婀娜而有節奏。」

❻ 滺（ㄧㄡ）滺：水流的樣子。

❼ 檜楫：檜木所做的槳。

❽ 松舟：松木所造的船。

❾ 「駕言出遊」二句：參見〈邶風・泉水〉注⑳㉑，唯〈泉水〉之駕為駕車，此處之駕為駕船。

說明

〈竹竿〉用獨白的形式寫出了作者內心的苦悶。

《詩序》：「〈竹竿〉，衛女思歸也。適異國而不見答，思而能以禮者也。」〈古序〉「衛女思歸」四字用來解說詩旨是可以的，但必有〈續序〉「思而能以禮」之補充，才算是在「解經」。

季本《詩說解頤》：「衛之男子因所思之女既嫁，思之而不可得，故作此詩。」此說頗獲今日多數學者青睞，但是否這才是詩的本義，就不得而知了。

芄蘭

芄蘭之支❶，童子佩觿❷。雖則佩觿，能不我知❸。容兮遂兮，垂帶悸兮❹。

（一章）

芄蘭之葉，童子佩韘❺。雖則佩韘，能不我甲❻。容兮遂兮，垂帶悸兮。

（二章）

❶芄蘭之支：芄蘭，蔓生植物，一名蘿摩。支，同「枝」。

❷觿：象骨製的錐子，用以解衣帶的結，這是古代貴族或成人的配飾。

❸能不我知：能，而、乃、可是。不我知，「不知我」的倒裝。

❹「容兮遂兮」二句：《毛傳》：「容儀可觀，佩玉遂遂然，垂其紳帶，悸悸然有節度。」《鄭箋》：「容，容刀也。遂，瑞也。言惠公佩容刀與瑞，及垂紳帶三尺，則悸悸然行止有節度，然其德不稱服。」《朱傳》：「容、遂，舒緩放肆之貌。悸，帶下垂之貌。」

❺韘（ㄕㄜˋ）：用象骨或玉製成的扳指，射箭時用它來鈎弦，可免指痛。佩韘在古代是成年的表徵。

❻甲：《毛傳》：「狎也。」親近的意思。

說明

〈芄蘭〉是一篇諷刺某貴族少年之作。

《詩序》：「〈芄蘭〉，刺惠公也。驕而無禮，大夫刺之。」《鄭箋》：「惠公以幼童即位，自謂有才能，而驕慢於大臣，但習威儀，不知為政以禮。」據《左傳・杜預注》，惠公十五、六歲就做了國君，如此則舊說以〈芄蘭〉為刺惠公驕而無禮、德不稱服之作，應可為吾人所接受。

高亨《詩經今注》認為周代統治當局有男子早婚的習慣，〈芄蘭〉寫的是一個成年女子嫁給一個十二、三歲的兒童，她作詩表示心中的不滿；這當然未必合乎事實，但卻也有不少今人同意，而且，作這樣的解釋，全詩也是順暢而生動的。

河廣

誰謂河廣？一葦杭之❶。誰謂宋遠？跂予望之❷。（一章）

誰謂河廣？曾不容刀❸。誰謂宋遠？曾不崇朝❹。（二章）

❶一葦杭之：杭，同「航」，渡河。句謂以一葦做舟即可渡過，此極言渡河之易。

❷跂予望之：跂，踮起腳跟。予，我。此句極言宋國之近。

❸曾不容刀：曾，乃。《鄭箋》：「不容刀，亦喻狹，小船曰刀。」

❹曾不崇朝：崇朝，終朝、整個早晨。句謂不待終朝即可到達，極言其近。

說明

〈河廣〉大概是僑居於衛國的宋人思念家鄉之作。

《詩序》：「〈河廣〉，宋襄公母歸于衛，思而不止，故作是詩也。」《鄭箋》：「宋桓公夫人，衛文公之妹，生襄公而出。襄公即位，夫人思宋，義不可往，故作詩以自止。」這種說法，不斷遭到後人的質疑，特別是宋襄公的時代，衛已徙都黃河之南，從衛到宋根本不需渡河，這對舊說實在十分不利，我們若要支持《詩序》，只有相信嚴粲《詩緝》的意見，那就是〈河廣〉為衛未遷之前所作，當時宋桓公還在，襄公方為世子，要不然，乾脆就只好對《序》說忍痛割愛了。

宋儒王質《詩總聞》認為，「此宋人而僑居衛地者也，欲歸必有嫌而不可歸」，「必有嫌」云云，我們大可不必理會，但認為這是僑居於衛地的宋人所作，確實頗為近理，毋怪乎近人往往接受這個說法。

伯兮

伯兮朅兮❶，邦之桀❷兮。伯也執殳❸，爲王前驅❹。（一章）

自伯之❺東，首如飛蓬❻。豈無膏沐❼？誰適爲容❽！（二章）

其雨其雨❾？杲杲出日❿。願言⓫思伯，甘心首疾⓬。（三章）

焉得諼草⓭？言樹之背⓮。願言思伯，使我心痗⓯。（四章）

注釋

❶伯兮朅（ㄑㄧㄝˋ）兮：伯、仲、叔、季本長幼之稱，這裡的「伯」是婦人稱呼她的丈夫。朅，強壯的樣子。

❷桀：通「傑」，英傑。

❸殳（ㄕㄨ）：兵器名，《毛傳》：「長丈二而無刃。」

❹前驅：前鋒、先鋒。

❺之：至、往。

❻首如飛蓬：飛蓬，飄飛的蓬草，此句形容頭髮的散亂。

❼膏沐：膏，潤髮用品。沐，淘米水，古人用來洗髮。

❽誰適（ㄉㄧˊ）為容：《毛傳》：「適，主也。」句謂專心打扮給誰看？馬瑞辰訓適（ㄕˋ）為悅，云：「女為悅己者容，夫不在，故曰『誰適為容』，即言『誰悅為容』也。」

❾其雨其雨：其，《朱傳》：「冀其將然之辭。」此句有將要下雨又盼望下雨的意思。

❿杲（ㄍㄠˇ）杲出日：杲杲，明亮的樣子。杲杲出日，比喻失望的心情，盼望下雨，偏偏出了太陽，事與願違。

⓫願言：《鄭箋》：「願，念也。」言，語詞，或訓為而。

⓬甘心首疾：《毛傳》訓甘為厭，馬瑞辰謂甘、苦古以相反為義，故甘草又名大苦，則甘心得訓為苦心，猶言憂心、勞心、痛心。首疾，頭痛。一解甘心首疾雖頭痛亦心甘情願；亦通。

⓭焉得諼草：焉，如何、何處。諼草，即萱草。《毛傳》：「諼草令人忘憂。」

⓮言樹之背：言，語詞。樹，種植。背，《毛傳》：「北堂也。」背與北相通，古代房子坐北朝南，北堂即屋後，亦即房子之後院。

⓯痗（ㄇㄟˋ）：《毛傳》：「病也。」

說明

〈伯兮〉寫出了一位女子思念她的遠征的丈夫，是中國早期閨怨詩的代表作之一。

《詩序》：「〈伯兮〉，刺時也。言君子行役，為王前驅，過時而不反焉。」《鄭箋》：「衛宣公之時，蔡人、衛人、陳人，從王伐鄭伯也。為王前驅久，故家人思之。」（鄭氏所述，事見《左傳・桓公五年》），從四章辭意觀之，這確是一位女子強烈思念遠征的丈夫的詩，《鄭箋》將詩的創作背景提供給我們，而《詩序》利用〈伯兮〉來說教，這都是可供參考的。

有狐

有狐綏綏❶，在彼淇梁❷。心之憂矣，之子❸無裳。（一章）

有狐綏綏，在彼淇厲❹。心之憂矣，之子無帶❺。（二章）

有狐綏綏，在彼淇側。心之憂矣，之子無服。（三章）

注釋

❶綏綏：行路遲緩的樣子。

❷梁：《毛傳》：「石絕水曰梁。」即今攔河壩。

❸之子：那個人；可能是指征夫。

❹厲（ㄌㄞˋ）：瀨的假借字，水邊有沙石的淺灘。

❺帶：衣帶。

說明

〈有狐〉是一篇思婦擔憂其夫在外無衣禦寒之作。

《詩序》：「〈有狐〉，刺時也。衛之男女失時，喪其妃耦焉。古者國有兇荒，則殺禮而多昏，會男女之無夫家者，所以育人民也。」王先謙《詩三家義集疏》以為《序》中「夫家」當作「室家」，其說當是。

若說〈有狐〉是丈夫在外行役，妻子在家憂慮他天寒無衣的詩，應該不會有太多人反對，至於詩是否有如《詩序》所說的言外之意，就讓各人去領會吧！

木瓜

投我以木瓜❶，報之以瓊琚❷。匪報也，永以爲好也❸。（一章）

投我以木桃❹，報之以瓊瑤❺。匪報也，永以爲好也。（二章）

投我以木李，報之以瓊玖❻。匪報也，永以爲好也。（三章）

❶投我以木瓜：投，投擲，有贈送之意。木瓜，楙木的果實，形狀似小瓜，可食。

❷瓊琚（ㄐㄩ）：《毛傳》：「瓊，玉之美者。琚，佩玉名。」

❸「匪報也」二句：匪，非。二句謂非為單純之報答，而是為了結為永久之友好。

❹木桃：即桃子。因上章言木瓜，所以二章的桃，三章的李，都加一木字。

❺瑤：《說文》：「玉之美者。」

❻玖（ㄐㄧㄡˇ）：《說文》：「石之次玉，黑色。」

〈木瓜〉描寫雙方的互相贈答，語言質樸，氛圍暢快，多數人認為這是男女相悅之作。《詩序》：「〈木瓜〉，美齊桓公也。衛國有狄人之敗，出處于漕，齊桓公救而封之，遺之車馬器服焉。衛人思之，欲厚報之，而作是詩也。」這樣的說法過於嚴肅，很早就不得人緣了。《朱傳》：「疑亦男女相贈答之辭，如〈靜女〉之類。」朱子的說法，今人同意的很多。姚際恆《詩經通論》說：「以為朋友相贈答亦奚不可？何必定是男女邪！」姚氏這個反問也很有道理，不過，《朱傳》著一「疑」字正表示他不會太堅持己見。

有學者表示，「投桃報李的話，更證明這首詩的膾炙人口」，其實「投桃報李」雖然典出《詩經》，出處卻在〈大雅．抑〉中（按：〈抑〉第八章：「投我以桃，報之以李。」），讀者不可不察。再者，本篇之木瓜並非目前國人常吃的木瓜，後者的正確名稱應為番木瓜，原產於熱帶美洲，本詩的木瓜，果實為長橢圓形，成熟後呈黃色，狀如小甜瓜，果味酸澀，不宜生食，說詳潘富俊著、呂勝由攝影之《詩經植物圖鑑》一書。

王風（十篇）

「王」是王都、王畿的簡稱。《詩經》中的〈王風〉是周平王東遷之後，在王城附近之地（一般認為是王城畿內六百里之地）所采得的詩歌。

平王東遷洛邑之後，周室衰微，無力駕馭諸侯，地位與諸侯已無兩樣（按：崔述《讀風偶識》：「幽王昏暴，戎狄侵陵，平王東遷，家室飄蕩。」此即〈王風〉之時代背景，反映在詩中，即多帶亂離悲涼之氣氛，如〈黍離〉、〈揚之水〉、〈兔爰〉、〈葛藟〉等是），《鄭箋》說：「其詩不能復雅，而同於〈國風〉焉。」那麼這些詩何以不稱「〈周風〉」呢？據朱子《詩集傳》的說法，因為周的王號仍然存在，所以不叫「〈周風〉」，而稱「〈王風〉」。

〈王風〉原收十篇詩，它們的產生地點在今天河南省洛陽一帶。

黍離

彼黍離離❶，彼稷之苗❷。行邁靡靡❸，中心搖搖❹。知我者，謂我心憂；不知我者，謂我何求。悠悠❺蒼天，此何人哉❻！（一章）

彼黍離離，彼稷之穗。行邁靡靡，中心如醉。知我者，謂我心憂；不知我者，謂我何求。悠悠蒼天，此何人哉！（二章）

彼黍離離，彼稷之實。行邁靡靡，中心如噎❼。知我者，謂我心憂；不知

我者，謂我何求。悠悠蒼天，此何人哉！（三章）

注釋

❶彼黍離離：黍，今稱小米。離離，或謂下垂的樣子，或以為是茂盛的樣子、排列整齊的樣子。

❷彼稷之苗：稷，高粱。句謂高粱長出了嫩苗。

❸行邁靡靡：行邁即行路，靡靡是行路遲緩的樣子。

❹中心搖搖：中心，心中。搖搖，恍惚不定。三家《詩》作「愮愮」，《爾雅》：「愮愮，憂無告也。」

❺悠悠：高遠的樣子。

❻此何人哉：高亨《今注》：「此，指把宗廟宮殿變為黍離這件事，即是使西周王朝滅亡這件事。」屈萬里《詮釋》：「當是斥『不知我者』。」

❼噎（ㄧㄝ）：食物哽塞在咽喉的意思。

說明

《詩經》中有一些詩篇描述亂離之世的情景，以及詩人在這樣的亂世之下的感受。〈王風・黍離〉就是這一類型的作品之一，詩人對離亂下的蒼涼，有深刻的描繪，方玉潤《詩經原始》以此詩為憑弔詩之絕唱，並非過譽。

《詩序》：「〈黍離〉，閔宗周也。周大夫行役，至于宗周，過故宗廟宮室，盡為禾黍，閔周室之顛覆，彷徨不忍去，而作是詩也。」有人以為，詩中未見有「大夫行役，閔周宗室顛覆」之意，故《序》說不可從；我們可以這麼回答，這是行役者傷時抒憂之作，那位行役者是東周的一位大夫，他之所以心憂，就是有感於周宗室之顛覆。也有人說，就詩論詩，從中看不出有憑弔故國之意，所以《序》

說不可信；我們卻以為，詩中的憑弔故國之意溢然紙上，《序》說絕對是可信的。一句話，讀《詩序》不能吹毛求疵。

君子于役

君子于役❶，不知其期❷；曷❸至哉？雞棲于塒❹；日之夕矣，羊牛下來❺。君子于役，如之何勿思！（一章）

君子于役，不日不月❻；曷其有佸❼？雞棲于桀❽；日之夕矣，羊牛下括❾。君子于役，苟❿無飢渴。（二章）

❶君子于役：君子，婦人稱呼其夫。于役，行役。這裡的「役」原應該是指兵役。

❷期：歸期。

❸曷：何時。

❹塒（ㄕˊ）：《毛傳》：「鑿牆而棲曰塒。」

❺羊牛下來：羊牛，《齊詩》作牛羊。屈萬里《詮釋》：「牧牛羊多在山陵等高處，故謂反歸曰下來。」

❻不日不月：不能用日月來計算，也就是不能確定歸期的意思。

❼佸（ㄏㄨㄛˊ）：聚會、會面。

❽雞棲于桀：桀，橛子、木樁。王先謙《集疏》：「就地樹橛，桀然特立，故謂之榤。但榤非可棲者，蓋鄉里家貧，編竹木為雞棲之具，四無根據，

繫之於樹橛，以防攘竊，故云雞棲於桀耳。」

❾括：《毛傳》：「至也。」按：《說文》：「括，絜也。」《毛傳》訓至，是為假借。馬瑞辰《通釋》以為上面「曷其有佸」句，「佸」用本字，此處改用假借，此即「詩人義同字變」。

❿苟：且、或許、庶幾，這是盼望之詞。

說明

〈君子于役〉運用白描的手法，以內心獨白的方式，寫出一位農家婦女思念她的行役在外的丈夫。《詩序》：「〈君子于役〉，刺平王也。君子行役無期度，大夫思其危難以風焉。」在〈黍離〉的「說明」欄中，我們曾說，讀《詩序》不能吹毛求疵，但對於《序》之說〈君子于役〉，後人的不滿意就絕對不能說是雞蛋裡挑骨頭了。

依《詩序》之說，詩中的「君子」是行役的周大夫，詩人是他的僚友，誠如王先謙《詩三家義集疏》所言，詩文「雞棲」、「日夕」、「牛羊下來」，乃室家相思之情，無僚友託諷之誼，「君子」應是妻謂其夫，《序》說並不可信。

對於〈君子于役〉這樣的婦人思念行役在外的丈夫的詩，〈古序〉「刺平王」之說當然絕對合乎其說《詩》基調，但要說服讀《詩》者，〈續序〉的措辭就必須重新修正了。

君子陽陽

君子陽陽❶，左執簧❷，右招我由房❸。其樂只且。（一章）

君子陶陶❹，左執翿❺，右招我由敖❻。其樂只且。（二章）

注釋

❶陽陽：自得、得意、快樂的意思。

❷左執簧：左，左手。簧，馬瑞辰《通釋》以為是古樂器名，似笙而大。

❸由房：《毛傳》：「由，用也。國君有房中之樂。」胡承珙《後箋》認為由房是人君燕息時所奏之樂，非廟朝之樂，故又稱房中。今人多釋為從房間之中。

❹陶陶：《毛傳》：「和樂貌。」

❺翿（ㄉㄠˋ或ㄊㄠˊ），舞者手中所持的五彩羽毛。

❻敖：《鄭箋》：「燕舞之位。」或謂敖是舞曲名。

說明

〈君子陽陽〉書寫貴族的歌舞遊樂。

《詩序》：「〈君子陽陽〉，閔周也。君子遭亂，相招為祿仕，全身遠害而已。」《鄭箋》：「祿仕者，苟得祿而已，不求道行。」由於詩二章都以「其樂只且」作結，因此現在能接受《詩序》的人不多。執簧、執翿的「君子」，今人通常釋為舞者或舞師，這樣，〈君子陽陽〉就是舞者陽陽自樂之詩了。可是，《詩經》中的「君子」應該不是平民，假若我們以士大夫釋之，那麼這些亂世時代的士大夫，出仕得祿，不知憂國憂民，報效朝廷，只求全身遠害，而且還有心情以歌舞為樂，《詩序》認為詩人作此詩是在為東周擔憂，雖然稍嫌牽強，卻也不是完全說不通的。

揚之水

揚❶之水，不流束薪❷。彼其之子❸，不與我戍申❹。懷❺哉懷哉！曷月予還歸哉！（一章）

揚之水，不流束楚。彼其之子，不與我戍甫❻。懷哉懷哉！曷月予還歸哉！（二章）

揚之水，不流束蒲❼。彼其之子，不與我戍許❽。懷哉懷哉！曷月予還歸哉！（三章）

❶揚：《毛傳》：「激揚也。」《朱傳》：「悠揚也，水緩流之貌。」

❷束薪：一束木材。

❸彼其（ㄐㄧˋ）之子：其，語助詞。彼其之子意即「那個人」。《朱傳》：「彼其之子，戍人指其室家而言也。」今人或以「其」為「己」之借字，己是姓，彼己之子即彼己姓之人，當戍而不來戍者。

❹戍申：戍，守邊。申，古國名，姜姓，平王之母家，在今河南省南陽縣北。

❺懷：懷念、思念。

❻甫：古國名，姜姓，在今河南南陽縣西。

❼蒲：木名，蒲柳。

❽許：古國名，姜姓，在今河南省許昌縣。

說明

《詩經》有三篇〈揚之水〉，這是第一篇，另兩篇在〈鄭風〉與〈唐風〉中。本篇寫遠戍之卒，久不得歸，思念室家。詩人抒發其抑鬱愁悶之情，反映出大時代悲劇下小人物的悲歌。

《詩序》：「〈揚之水〉，刺平王也。不撫其民，而遠屯戍于母家，周人怨思焉。」姚際恆在《詩經通論》中批評《詩序》說：「申侯為平王母舅，甫、許則非，安得實指為平王及謂戍母家乎？」〈續序〉的疏忽確是不容否認的。

傅斯年《詩經講義稿》認為這是戍人思歸之詩，他特別強調，「此桓、莊時詩。桓、莊以前，申、甫未被迫；桓、莊以後，申、甫已滅于楚。」茲引拙著《惠周惕詩說析評》的一段話，作為傳說的反駁：「此論或可謂獨具隻眼，故多為今人所樂於接受，實則仍不足以駁平王作之舊說；桓、莊以後，申、甫已滅，只可據謂此詩絕不能晚於此時，而平王之時，申、甫雖未被迫，但以南方楚國日益壯大，王室備感威脅，乃派人前往申、甫、許等地戍守，以禦楚之虎視，此於周王室來說，純是基於自保之考量，未必是幫助申、甫等國戍守，故從《詩》教的立場來看，《詩序》『刺平王』之說仍可成立。」當然，若不強調詩的創作時代，只說這是戍人思歸之詩，多數人應該可以接受。

中谷有蓷

中谷有蓷❶，暵❷其乾矣。有女仳離❸，嘅❹其嘆矣。嘅其嘆矣，遇人之艱難❺矣。（一章）

中谷有蓷，暵其脩❻矣。有女仳離，條其歗矣❼。條其歗矣，遇人之不淑❽矣。（二章）

中谷有蓷，暵其濕❾矣。有女仳離，啜❿其泣矣。啜其泣矣，何嗟及矣⓫！（三章）

❶中谷有蓷（ㄊㄨㄟ）：中谷，谷中。蓷，草名，益母草。

❷暵（ㄏㄢˋ）：乾燥的樣子。

❸仳（ㄆㄧˇ）離：別離，這裡是指被遺棄的意思。

❹嘅（ㄎㄞˋ）：《說文》：「嘆也。」《朱傳》：「嘆聲。」

❺艱難：生活困窮的意思。

❻脩：《毛傳》：「且乾也。」

❼條其歗矣：條，長。歗，同「嘯」字。

❽不淑：不善。

❾濕：《毛傳》解為潮溼，今人多從王念孫《疏證》之說，濕當讀為曬（ㄑㄧˋ），欲乾的意思。

❿啜：哭泣哽咽的樣子。

⓫何嗟及矣：胡承珙《後箋》：「經文當作『嗟何及矣』，傳寫者誤倒之。」

〈中谷有蓷〉是一篇標準的棄婦詩。或謂各章前二句以蓷草的枯萎起興，有象徵棄婦面容枯槁、處

境窘迫之意，也有人說若依此解，則是將比體與興體混而為一；實際比興二體有時確也難以作出截然不同的劃分，鄭玄的「興喻」說與朱子、呂祖謙、嚴粲等宋儒的認為某些興體詩兼有比體之作用，又豈是無見？

《詩序》：「〈中谷有蓷〉，閔周也。夫婦日以衰薄，凶年饑饉，室家相棄爾。」這樣的一篇描寫棄婦悲傷無告的詩，《詩序》說是「閔周也」，其用意當然是可以理解的。在東周政教日衰的時候，一鬧饑荒，就有夫婦相棄而不顧的情事發生，這不值得詩人感傷麼？方玉潤《詩經原始》批評《詩序》「小題大作」，可是，以三百篇為可以垂教萬世的經書，不「大作」一番怎麼行？

兔爰

有兔爰爰❶，雉離于羅❷。我生之初，尚無爲❸；我生之後，逢此百罹❹。尚寐無吪❺！（一章）

有兔爰爰，雉離于罦❻。我生之初，尚無造❼；我生之後，逢此百憂。尚寐無覺！（二章）

有兔爰爰，雉離于罿❽。我生之初，尚無庸❾；我生之後，逢此百凶❿。尚寐無聰⓫！（三章）

注釋

❶爰爰：閒適自在、逍遙從容的意思。

❷雉離于羅：離，義同罹，遭遇的意思。羅，網。

❸尚無為：為，作為，指軍事而言。

❹罹（ㄌㄧˊ）：憂。

❺尚寐無吪（ㄜˊ）：或訓尚為庶幾、但願，或訓尚為疑詞，「還可」、「尚能」的意思。吪，《毛傳》：「動也。」或謂無吪即不驚動、無所作為之意，或解無吪為口不言。

❻罦（ㄈㄨˊ）：一種捕魚之網，古又名「覆車」。

❼造：作為，與首章「為」字同義。

❽罿（ㄊㄨㄥˊ）：補鳥之網。

❾庸：《毛傳》：「用也。」陳奐《傳疏》：「謂無用師之苦。」

❿凶：凶險，指兵荒馬亂之事。

⓫聰：《毛傳》：「聞也。」

說明

〈兔爰〉書寫的是亂世之人對於今不如昔之感歎。

《詩序》：「〈兔爰〉，閔周也。桓王失信，諸侯背叛，構怨連禍，王師傷敗，君子不樂其生焉。」《孔疏》引《左傳．隱公三年》與〈桓公五年〉有關周、鄭交惡之事，來解釋《序》文，對於吾人讀《序》確有一些助益；不過，〈兔爰〉的創作背景是否為東周桓王時代，仍是個疑問，《朱傳》「為此詩者，蓋猶及見西周之盛」之說，廣受支持，也不是沒理由的。

今天，我們雖然不能肯定〈兔爰〉作者所處的亂世究竟是什麼時代，但是〈古序〉「閔周也」之說，仍舊可以成立。

葛藟

緜緜❶葛藟，在河之滸❷。終❸遠兄弟，謂❹他人父。謂他人父，亦莫我顧❺。（一章）

緜緜葛藟，在河之涘❻。終遠兄弟，謂他人母。謂他人母，亦莫我有❼。（二章）

緜緜葛藟，在河之漘❽。終遠兄弟，謂他人昆❾。謂他人昆，亦莫我聞❿。（三章）

注釋

❶緜緜：綿長不絕之樣子。

❷滸（ㄏㄨˇ）：水邊。

❸終：或訓為既、已，或訓為永久。

❹謂：稱呼。

❺顧：或解為眷顧、照顧，或釋為理睬。

❻涘（ㄙˋ）：水邊。

❼有：同「友」，親近、親愛的意思。

❽漘（ㄔㄨㄣˊ）：水邊。

❾昆：《毛傳》：「兄也。」

❿聞：王引之《述聞》：「聞，猶問也，謂相恤問也。」

說明

〈葛藟〉書寫一位流離失所之人的悽慘遭遇。

《詩序》：「〈葛藟〉，王族刺平王也。周室道衰，棄其九族焉。」作《序》者當然知道此詩乃是流落異鄉者的悲歌，只是強調時代是平王之時，作者是王族中人罷了。

《朱傳》：「世衰民散，有去其鄉里家族而流離失所者，作此詩以自歎。」此說無可挑剔。不過，「民散」是因「世衰」，「世衰」，執政者豈能規避責任？此所以《詩序》直指此詩為刺詩。

采葛

彼采葛兮。一日不見，如三月兮。（一章）

彼采蕭❶兮。一日不見，如三秋❷兮。（二章）

彼采艾❸兮。一日不見，如三歲兮。（三章）

注釋

❶蕭：一種有香氣的蒿類植物（古人在祭祀時，雜以油脂將它點燃，類似後世的香燭）。

❷三秋：三季。三個秋季共九個月，之所以用秋而不用春、夏、冬，程俊英、蔣見元《注析》：「秋日蕭瑟，草木搖落，登高而望遠，臨流歎逝，易感別離之懷，最動古人之思。所以用『秋』字，較之

春、夏、冬更易引起讀者形象上的想像，以及發自內心的共鳴。」

❸艾：《朱傳》：「蒿屬，乾之可灸。」

說明

〈采葛〉是一篇強調相思之苦的詩，才一日不見，竟然有如三月，繼而有如三秋，接著有如三歲，層層遞進，將思念者的內心體驗，毫不保留地表達出來。

《詩序》：「〈采葛〉，懼讒也。」《序》說僅止於此，並無〈續序〉以作進一步的說明。《鄭箋》：「桓王之時，政事不明，臣無大小，使出者則為讒人所毀，故懼之。」鄭君之言雖然具體，但並沒有說出個所以然來。

清儒惠周惕《詩說》以「葛蔓而善緣也，讒言之中人，善類之獲免者寡矣」來說〈采葛〉的意義。作為具體意象的葛，在古代中國文人的筆下，確常用以表達某種抽象的觀念與情感。我們可以說，葛為惡草，古人以喻讒佞，這是信而有徵之說，可是，蕭、艾在詩中所代表的意象，惠氏不能給我們滿意的答覆。

馬瑞辰與竹添光鴻從〈九歌〉、〈離騷〉以及東方朔的〈七諫〉、張衡的〈思玄賦〉中，確認蕭與艾也都可以象徵讒佞，可是，這應該是古人在《詩》教先入為主的認知之下，而將名物援引入其作品的，再反過來以之疏釋《詩序》，恐有本末倒置之虞。

《詩序》之說〈采葛〉失之牽強，此毋庸諱言，後人多以男女相思之詩釋之，雖然此說無益《詩》教，但以《詩》說教者，對於〈采葛〉實不宜執著《詩序》之說，應出之以不同的詮釋，才能讓受教者信服。

大車

大車檻檻❶，毳衣如菼❷。豈不爾思？畏子不敢❸。（一章）

大車啍啍❹，毳衣如璊❺。豈不爾思？畏子不奔❻。（二章）

穀則異室，死則同穴❼。謂予不信，有如皦日❽。（三章）

❶大車檻（ㄎㄢˇ）檻：《毛傳》：「大車，大夫之車。檻檻，車形聲也。」

❷毳衣如菼（ㄊㄢˇ）：《毛傳》：「毳衣，大夫之服。」馬瑞辰《通釋》說毳衣是大夫巡行邦國、可以禦雨的衣服。菼，荻草，青色。如菼是用來說明毳衣的顏色。

❸「豈不爾思」二句：爾，你，舊謂此為欲淫奔者稱其情人；子為大夫。今人多謂爾與子為同一人，亦即作者是一名女子，她愛上的是一位大夫。或說作者是一名征夫，爾指其妻，子是大夫，即作者之上司。

❹啍（ㄊㄨㄣ）啍：車行之聲。

❺璊（ㄇㄣˊ）：紅色的玉。

❻奔：私奔。

❼「穀則異室」二句：穀，《毛傳》：「生。」活著的意思。穴，墓穴。

❽有如皦日：如，此。皦，本或作皎，白的意思。聞一多《類鈔》：「指日為誓，言有此皦日以為證也。」

說明

〈大車〉在朱子心目中是可以用來說教的淫詩。不過，此詩的主題，今人迄今仍爭辯不休。《詩序》：「〈大車〉，刺周大夫也。禮義陵遲，男女淫奔，故陳古以刺今大夫，不能聽男女之訟焉。」面對「豈不爾思？畏子不敢」、「豈不爾思？畏子不奔」這樣辭義明白的句子，要《詩序》不往大方向去作文章，也是強人所難。反之，要利用是詩來說教倒是並不困難，只要以「爾」為所欲淫奔的對象，「子」為大夫就行了。同時又因《詩序》不認為〈王風〉中有讚美詩，故用「陳古以刺今」的方式說之，這很符合《詩序》的寫作精神（以美刺說《詩》，而刺詩的數量又遠多於美詩）。

反對《詩序》的學者們，其所提之異說雖有數種，但仍可歸結為兩種截然不同的解題。其一，這是征夫寄婦之詩（「爾」、「子」仍分指兩人）；其二，這是女子有所愛慕而不得之作（「爾」、「子」指同一人）。何者較近詩的本義，端看各人的領會。

丘中有麻

丘中有麻❶，彼留子嗟❷。彼留子嗟，將其來施施❸。（一章）

丘中有麥，彼留子國❹。彼留子國，將其來食。（二章）

丘中有李，彼留之子❺。彼留之子，貽我佩玖❻。（三章）

注釋

❶丘中有麻：《說文》：「丘，土之高也。一曰，四方高中央下為丘。」麻，麻類植物的統稱，莖皮纖維可做紡織原料。

❷留子嗟：《毛傳》：「留，大夫氏。子嗟，字也。」

❸將（ㄑㄧㄤ）其來施施：將，發語詞，也有願、請的意思。施施，舊解為行路之舒緩，因為有的本子，施施作「施」，所以也有人認為「施」與下章「食」詞性相同，都是動詞，或訓為幫助，或解為施麻。

❹留子國：子國，字。《毛傳》：「子國，子嗟父。」或解為只是一位姓留的人，與留子嗟沒什麼關係。

❺彼留之子：姓留的那個人。

❻貽我佩玖：貽，贈送。玖，一種次於玉的黑石。

說明

〈丘中有麻〉是一篇女子自述和男子約會之作。這般內容的詩歌，照慣例，《詩序》當然必須設法和政教結合：「〈丘中有麻〉，思賢也。莊王不明，賢人放逐，國人思之，而作是詩也。」《序》認為詩中所謂「彼留子嗟」、「彼留子國」、「彼留之子」是國人所思念的賢者，熟悉《詩序》風格的讀者，對於此等詮釋模式應該很能適應。朱子的看法則與《詩序》差異甚大，《集傳》以「留」為動詞，解為婦人與男子私會之作，為《詩》中淫詩之一。《詩序》和《朱傳》的說法，在今天都很少人樂於接受，我們必須再強調，《詩》之采編本有其一定之立場和政治目的，《序》說仍有一定程度的參考價值，而朱子以三百篇為理學的輔助教材，其淫詩說迄今仍有學者能夠接受，遑論古代那些所謂「擁朱」、「述朱」的儒生？我們不必痛砭其非。

鄭風（二十一篇）

鄭是西周宣王的弟弟姬友（鄭桓公）所封之國，初都於宗周畿內咸林之地，地點在今天陝西西安附近。桓公後來擔任幽王的大司徒，死於犬戎之難。他的兒子武公（名掘突），與晉文侯迎太子宜臼於申國而立之，是為平王，徙至東都。武公也做了平王的司徒，他並收取虢、檜等十邑之地，擴大鄭國的版圖，定都於新邑，地點在今河南的新鄭。

根據學者的考證，〈鄭風〉二十一篇都是東遷以後的作品。

程俊英、蔣見元《詩經注析》說：「鄭國的都城在新鄭，新鄭是一個大都會，民間一直流傳著男女在溱、洧等地遊春的習俗，故詩多言情之作。《論語》說：『鄭聲淫』，不僅是指聲調而言，其內容大多也是戀愛詩歌，這就是〈鄭風〉的特點。」

緇衣

緇衣❶之宜❷兮，敝❸，予又改爲❹兮。適子之館❺兮，還❻，予授子之粲❼兮。（一章）

緇衣之好兮，敝，予又改造❽兮。適子之館兮，還，予授子之粲兮。（二章）

緇衣之蓆❾兮，敝，予又改作兮。適子之館兮，還，予授子之粲兮。（三

章）

注釋

❶緇（ㄗ）衣：緇，黑色。緇衣是古代卿大夫之朝服。

❷宜：合身。

❸敝：破舊。

❹改為：改做、翻新。

❺適子之館：適，往、至。館，官舍，即今辦公室。

❻還：回來、歸來。

❼粲：《毛傳》：「餐也。」聞一多《類鈔》：「粲，新也，謂新衣。」

❽造：與上章的「為」、下章的「作」同義，因換韻而易字。

❾蓆：《毛傳》：「大也。」

說明

〈緇衣〉是一篇歌詠國君好賢之作。

《詩序》：「〈緇衣〉，美武公也。父子並為周司徒，善於其職，國人宜之，故美其德，以明有國善善之功焉。」《鄭箋》：「父謂武公父桓公也。司徒之職，掌十二教。善善者，治之有功也。鄭國之人皆謂桓公、武公居司徒之官，正得其宜。」鄭桓公、武公父子二人，先後擔任過周司徒之官，表現良好，《序》認為〈緇衣〉就是在讚美他們。不過，只就〈古序〉來說，詩讚美的就僅是武公一人而已。

若依《序》說，詩中的「予」就是平王，無論平王即是作者，或詩人擬於天子之言，都不重要，只要讀者認同這是美武公之詩，《詩序》就已達成了任務。

季本《詩說解頤》認為，「此國君好賢之詩，其必鄭武公為諸侯時之事歟！」姚際恆說這才是標準答案，作此解則「改衣、適館、授餐皆合」，後人支持此說的也非常多，若是則詩中「予」字即武公自稱，「子」就是指鄭之卿大夫了。

以上二說都有功於《詩》教，並且，依據季氏之說，此詩寫鄭武公好賢，那麼，將此篇編入《詩經》中，不也是在讚美武公嗎？

將仲子

將仲子兮❶，無踰我里❷，無折我樹杞❸。豈敢愛之❹？畏我父母。仲可懷❺也；父母之言，亦可畏也。（一章）

將仲子兮，無踰我牆❻，無折我樹桑。豈敢愛之？畏我諸兄。仲可懷也；諸兄之言，亦可畏也。（二章）

將仲子兮，無踰我園，無折我樹檀。豈敢愛之？畏人之多言。仲可懷也；人之多言，亦可畏也。（三章）

注釋

❶將（ㄑㄧㄤ）仲子兮：將，發語詞，或謂有請、願——之意。仲子，《毛傳》：「祭仲也。」（鄭國大

夫，以邑為氏，仲是他的字）今人多認為仲子猶言「老二」。

❷無踰我里：踰，翻越。周代二十五家為里，里有里牆。

❸無折我樹杞：折，踏折、壓折。樹杞，杞樹之倒文。

❹之：指杞樹。

❺懷：思念。

❻牆：這裡指作者住家的圍牆。

說明

〈將仲子〉描寫男女相悅，女子能自制，奉勸男子不要用越軌的舉動來求愛。《詩序》照例不放棄利用詩歌來說教的機會：「〈將仲子〉，刺莊公也。不勝其母，以害其弟，弟叔失道，而公弗制，祭仲諫而公弗聽，小不忍，以致大亂焉。」讀過《左傳》「鄭伯克段於鄢」的人，都很清楚《詩序》的內容，我們也可以肯定，說〈將仲子〉是詩人感於君國之事，而託為男女之詞，機率實在太小了，《詩序》用的可能是采詩、編《詩》者之意，甚至采編之意是否真的如此，我們也沒把握，「刺莊公」或許只是序《詩》者之意而已（按：如同《毛詩》，三家《詩》也認為這是諷刺鄭莊公之作，**這反映出漢儒說〈將仲子〉早已取得共識的事實**）。

鄭樵、朱子他們以〈將仲子〉為「淫奔者之辭」，也廣受批判。就詩的內容來看，詩中的女子之所以拒絕了情人熱烈的追求，是因心中有所顧忌，這樣的內容要用來說教其實並不困難，漢儒若能從守禮的角度來詮釋，可以接受的讀者應該比較多。

叔于田

叔于田❶，巷無居人❷。豈無居人？不如叔也，洵❸美且仁。（一章）

叔于狩❹，巷無飲酒。豈無飲酒？不如叔也，洵美且好。（二章）

叔適野❺，巷無服馬❻。豈無服馬？不如叔也，洵美且武❼。（三章）

注釋

❶叔于田：舊謂叔為莊公弟叔段，崔述《偶識》以為叔只是對一位排行第三的人的稱呼。于，往。田，打獵。

❷巷無居人：《孔疏》：「里巷之內，全似無復居人。」

❸洵：確實、誠然。

❹狩（ㄕㄡˋ）：打獵。

❺適野：適，前往。野，郊外。

❻服馬：乘馬、駕馬。

❼武：勇武、英武。

說明

〈叔于田〉讚美的是某一位男子俊美、仁慈而且武藝高超。在詩人眼中，除了篇中的「叔」之外，其他人都是微不足道的，「巷無居人」、「巷無飲酒」、「巷無服馬」的寫法，是相當誇張的修辭，但每章的後三句卻又立刻實話實說，維持了詩的樸實風格。

《詩序》：「〈叔于田〉，刺莊公也。叔處于京，繕甲治兵，以出于田，國人說而歸之。」按照《詩序》的意思，共叔段在京城之中，頗得人心，可是「多行不義必自斃」的故事正是在說共叔段，所以歌頌叔段無異就是在諷刺莊公。這個說法雖然多繞了一個圈子，但還是可以說得通。

有人以共叔段為一驕縱不馴之人，與詩所描述的勇武而仁慈的美男子不合，因而認為這只是一篇頌揚某內外皆美的武夫之詩。也有人說，在共叔段初治京城時，甚受人民擁護，「多行不義」是以後的事，是以此為純粹讚美共叔段之詩，不必有刺莊公之意。這些看法，都可以提供我們參考。

大叔于田

大叔于田❶，乘乘馬❷。執轡如組❸，兩驂如舞❹。叔在藪❺，火烈具舉❻。襢裼暴虎❼，獻于公所❽。將叔無狃❾，戒其傷女❿。（一章）

叔于田，乘乘黃⓫。兩服上襄⓬，兩驂鴈行⓭。叔在藪，火烈具揚⓮。叔善射忌⓯，又良御⓰忌。抑⓱磬控⓲忌，抑縱送⓳忌。（二章）

叔于田，乘乘鴇⓴。兩服齊首㉑，兩驂如手㉒。叔在藪，火烈具阜㉓。叔馬慢忌，叔發罕忌㉔。抑釋掤㉕忌，抑鬯弓㉖忌。（三章）

注釋

❶大叔于田：蘇轍《詩集傳》認為連續兩篇應都叫〈叔于田〉，為了有所分別，故此篇題特加一「大」字，而不知者卻又加「大」字於首章，此「大」字為原文所無。

❷乘（ㄔㄥˊ）乘（ㄕㄥˋ）馬：乘（ㄔㄥˊ），駕車、乘坐。乘（ㄕㄥˋ），四匹馬的意思。古時一車四馬叫一乘。

❸執轡如組：形容操作轡繩之靈活。參見〈邶風・簡兮〉注❻。

❹兩驂如舞：古代一車四馬，中間夾轅之兩馬，謂之兩服；外面兩旁之馬，叫做兩驂。如舞是形容馬匹驅馳有節奏，行列整齊之姿態。

❺藪（ㄙㄡˇ）：低濕多草之處，為禽獸聚散地。

❻火烈具舉：烈是猛火、大火。具，通「俱」。舉，起、升。打獵時燃燒草木，所以說火烈具舉。

❼襢（ㄊㄢˇ）裼（ㄒㄧˊ）暴虎：襢裼，裸露上身的意思。暴虎，徒手打虎。

❽公所：舊解為鄭莊公之所。

❾狃（ㄋㄧㄡˇ）：習慣、經常如此。

❿戒其傷女（ㄖㄨˇ）：戒，防備。女，通「汝」。

⓫乘黃：駕車的四匹馬都是黃色的意思。

⓬兩服上襄：兩服，見注❹。上襄是前駕的意思，相對於兩驂而言，兩服的位置稍前，因此說上襄。

⓭兩驂鴈行：驂馬像鴈飛時的行列一樣，這是指驂馬在服馬之旁而稍後。

⓮揚：舉起。

⓯忌：語尾助詞。

⓰良御：善於駕車。

⓱抑：發語詞。

⓲磬控：兩字雙聲同義，控制住馬匹，使牠們不再前進的意思。

⓳縱送：兩字疊韻同義，縱馬馳騁的意思。

⓴鴇（ㄅㄠˇ）：黑白雜色的馬。

㉑齊首：《毛傳》：「馬首齊也。」

㉒如手：兩驂夾著兩服，有如兩手夾身，因此說如手。

㉓阜：《毛傳》：「盛也。」

㉔「叔馬慢忌」二句：發是射箭，罕是稀少，這兩句

用來形容叔的田獵活動已近尾聲。

㉕ 釋掤（ㄅㄧㄥ）：釋，打開。掤，箭筒的蓋子。這是表示準備將箭收起來的意思。

㉖ 鬯（ㄔㄤˋ）弓：鬯是「韔」字的假借，即弓囊、弓袋。在這句中，鬯作動詞用，鬯弓是說將弓放進弓袋裡。

〈大叔于田〉與〈叔于田〉是同一組作品，讚美的是某年輕貴族的狩獵活動。《詩序》：「〈大叔于田〉，刺莊公也。叔多才而好勇，不義而得眾也。」由於這一篇〈大叔于田〉和上一篇〈叔于田〉，都在正面描寫「叔」的廣受歡迎，既然《詩序》認為上一篇是刺莊公，本篇就自然也必須解為刺莊公了。

同上一篇一樣，很多人不認為詩中的「叔」，一定就是莊公的弟弟「京城大叔」共叔段，我們的看法如同前篇，《序》說雖多繞了一個圈子，但還是可以說得通。

清人

清人在彭❶，駟介旁旁❷。二矛❸重英❹，河上乎翱翔❺。（一章）

清人在消❻，駟介麃麃❼。二矛重喬❽，河上乎逍遙❾。（二章）

清人在軸❿，駟介陶陶⓫。左旋右抽⓬，中軍作好⓭。（三章）

注釋

❶清人在彭：清，鄭邑名，在今河南省中牟縣西。鄭國將軍高克是清邑人，這裡的清人是指高克及其部隊。彭，地名，在鄭衛接界之處，約在今河南省滑縣與延津二縣境。

❷駟介旁旁：駟，四馬。介，甲。駟介，四匹披著鐵甲的馬。旁旁，盛壯的樣子。

❸二矛：矛是兵器名，《說文》：「矛，酋矛也。建於兵車，長二丈。」二矛，兩隻酋矛。

❹重英：英，飾。矛頭下以纓絡為飾，兩重纓飾叫重英。

❺翱翔：遨遊、逍遙的意思。

❻消：鄭國地名，在黃河邊。在今何處，已不可考。

❼麃（ㄅㄧㄠ）麃：《毛傳》：「武貌。」

❽喬：「鷮」之省體，《韓詩》作「鷮」。鷮是雉的一種，這裡是指將鷮羽掛在矛柄及矛刃處作為裝飾。

❾逍遙：遊樂。意思同前章的「翱翔」。

❿軸：鄭國地名，在黃河邊。

⓫陶陶：《毛傳》：「驅馳之貌。」《朱傳》：「樂而自適之貌。」

⓬左旋右抽：左旋是指將領左手執旗指揮，右抽是右手抽刃擊刺。

⓭中軍作好（ㄏㄠˋ）：中軍，軍中。作好，作樂、遊戲。

說明

〈清人〉是一篇諷刺鄭文公與高克的詩。

《詩序》：「〈清人〉，刺文公也。高克好利，而不顧其君，文公惡而欲遠之，不能。使高克將兵，而禦敵于竟，陳其師旅，翱翔河上，久而不召，眾散而歸，高克奔陳。公子素惡高克進之不以禮，文公退之不以道，危國亡師之本，故作是詩也。」此言有憑有據，故相信者占多數，只是詩是否為公子素作，學者或認為缺少實據而已。

《春秋．閔公二年》記載：「冬，十有二月，狄入衛，鄭棄其師。」《左傳》：「鄭人惡高克，使帥師次於河上，久而弗召，師潰而歸，高克奔陳。鄭人為之賦〈清人〉。」如果沒有這樣的記載，《序》說恐怕又要被人打入冷宮。由此也給我們一些提醒，喜歡據詩直尋本義，不想受制於舊說的讀《詩》方式，是不是也有修正的必要？

羔裘

羔裘如濡❶，洵直且侯❷。彼其之子❸，舍命不渝❹。（一章）

羔裘豹飾❺，孔❻武有力。彼其之子，邦之司直❼。（二章）

羔裘晏❽兮，三英粲❾兮。彼其之子，邦之彥❿兮。（三章）

❶羔裘如濡：羔裘是羔羊皮所做的裘，為大夫之服。如濡，《毛傳》：「潤澤也。」

❷洵直且侯：洵，確實。直，正直、平直。侯，美。或謂此句是讚賞羔裘之美，即便如此，究其實乃在恭維穿著羔裘之人。

❸彼其（ㄐㄧˋ）之子：指穿著羔裘的那個人，或解為彼己姓之人。

❹舍命不渝：舍命，傳達命令。渝，變。

❺豹飾：用豹皮做羔裘袖邊的裝飾。

❻孔：甚、非常。

❼司直：司，主持、負責。直，糾正他人之過失。或以「司直」為當時實有之官名。

❽晏：光鮮亮麗。

❾三英粲：英，用白色絲線在皮衣上所做的裝飾。三英是三排這樣的裝飾。粲，鮮明、燦爛。

❿彥：《毛傳》：「士之美稱。」即俊彥、俊傑的意思。

說明

《詩經》共有三篇〈羔裘〉，分別在〈鄭風〉、〈唐風〉、〈檜風〉中。〈鄭風〉這篇〈羔裘〉，三章都在讚美某位大夫，可是《詩序》採用陳古以刺今的模式來詮釋。《詩序》：「〈羔裘〉，刺朝也。言古之君子，以風其朝焉。」《鄭箋》的說明是：「鄭自莊公而賢者陵遲，朝無忠正之臣，故刺之。」也就是說，〈羔裘〉是藉讚美古代正直的君子，來諷刺鄭國當時不稱其職的君臣。

前面我們曾說過，《詩序》善以美刺來說詩，而刺詩的數量又遠多於美詩，由《序》對於〈羔裘〉的解釋，我們又想到徐復觀在《中國經史學的基礎》中所說的話，「據《詩序》，應可知政治上向統治者的歌功頌德，是如何為中國《詩》教所不容。」這真值得我們深思。

由於今人大多不去思考《詩序》的寫作旨趣，是以通常嫌《序》說過於迂曲，在這種情況之下，《朱傳》「美其大夫之言」之說較受今人支持，也就理所當然了。

遵大路

遵❶大路兮，摻執子之袪兮❷。無我惡兮❸，不寁故也❹。（一章）

遵大路兮，摻執子之手兮。無我魗⑤兮，不寁好⑥也。（二章）

❶遵：循著、沿著。

❷「摻執」句：摻（ㄕㄢˇ），執、拉。袪（ㄑㄩ），袖口。

❸無我惡（ㄨˋ）兮：惡，嫌惡、厭惡。句為「無惡我兮」之倒文。

❹不寁（ㄗㄢˇ或ㄐㄧㄝˊ）故也：《毛傳》：「寁，速也。」《朱傳》：「故，舊也。」「故舊不可以遽絕也。」俞樾《平議》訓寁為接續，以「不寁故」為不接續故舊之情；亦通。

❺魗（ㄔㄡˇ）：同「醜」，醜惡、討厭的意思。

❻好：相好、好友。

說明

〈遵大路〉寫兩情相悅的男女，因故失和，一方拂袖而去，一方悔而留之。

上述之內容當然無益《詩》教，是以《詩序》作出這樣的詮釋：「〈遵大路〉，思君子也。莊公失道，君子去之，國人思望焉。」與此大相逕庭的是《朱傳》所說的「淫婦為人所棄」之詩。

今人多數主張〈遵大路〉為男女失和而將別之詩，不認為篇中的女子為淫婦，也不強調欲挽留對方的是女子或男子（**當然仍以認為女子企圖挽留男子的讀者居多**），亦即朱子的淫詩說雖不為大家所接受，但他從男女情感的角度來詮釋〈遵大路〉，較《序》說更能為後人所認同。

也有人以為，篇中的兩人是朋友關係，而且可以是同性朋友，這種說法支持者雖不多，但誰敢說這一定不是詩的本義呢？

《詩序》從君臣之間的關係來釋〈遵大路〉，也許與詩中人物的口吻不大搭調，但仍不失為解經高明之見。試想，我們若是當年《詩序》的作者群之一，在朝廷要求以《詩》說教的情況之下，我們是否有能力在篇旨的解釋上，提出比「思君子」更高明的說詞？

女曰雞鳴

女曰：「雞鳴」。士曰：「昧旦❶」。「子興視夜❷」，「明星有爛❸。將翱將翔❹，弋鳧❺與鴈」。（一章）

「弋言加❻之，與子宜❼之。宜言飲酒，與子偕老。琴瑟在御，莫不靜好❽。」（二章）

「知子之來之❾，雜佩以贈❿之。知子之順⓫之，雜佩以問⓬之。知子之好⓭之，雜佩以報之。」（三章）

❶昧旦：天將亮而未亮的時候。

❷子興視夜：子，你。興，起。視夜，看看夜色。

❸明星有爛：明星，啟明星。爛，明亮。有爛即爛然或爛爛。天將明時，唯獨啟明星在東方爛然發亮，

所以這裡說「明星有爛」。

❹將翱將翔：將，且。翱翔，遨遊。

❺弋鳧：弋，《毛傳》：「繳射也。」《毛傳》：「謂以生絲繫矢而射也。」鳧，野鴨。

❻加：射中。

❼宜：《毛傳》：「肴也。」此作動詞用，做成菜肴的意思。

❽「琴瑟在御」二句：御，用，有彈奏的意思。靜，靖之假借，善、美好的意思。或直接訓靜為安靜。屈萬里《詮釋》：「《禮記・曲禮》云：『士無故不徹琴瑟。』《鄭注》云：『故，謂災禍喪病。』此言琴瑟在御，亦以見其無故也。」

❾來之：來即來去之來，或釋來為殷勤，王引之《述聞》：「《爾雅》云：『勞來，勤也。』」之，語詞。聞一多《類鈔》：「來之、順之、好之，三『之』字語詞。」

❿雜佩以贈：《毛傳》：「雜佩者，珩、璜、琚、瑀、衝牙之類。」江永《舉例》以為「贈」當作「貽」，段玉裁《小學》謂來、贈為韻，不必改字。

⓫順：和順、柔順。

⓬問：贈送。

⓭好（ㄏㄠˋ）：愛好、喜歡。

說明

〈女曰雞鳴〉是一篇男女床邊對話之作。

《詩序》：「〈女曰雞鳴〉，刺不說德也。陳古義以刺今，不說德而好色也。」這是古人所賦予〈女曰雞鳴〉的政教意義，我們毋庸費辭批評這是穿鑿附會、毫無根據之說。

朱子認為，「此詩人述賢夫婦相警戒之詞」，雖然「警戒」二字是言過其實了些，「警戒」前的「相」字也屬多餘，但用來說教，仍然比《序》說較具說服力，是以後世之從之者也頗多。今人或謂詩中的「士」應是未婚夫的意思，因解本篇為男女相悅之詩，這也是值得我們重視的說法。此外，糜文開、裴普賢合著的《詩經欣賞與研究》採《齊詩》之說，而有如下之解釋：「在蜜月中的一對新婚夫婦，趕早起出門射雁，射得雁拿來做成美肴，一同飲酒，又彈琴鼓瑟一番，又唱贈佩定情之歌，花樣百出，看來也樂趣無窮。原來他倆沒有經過正式婚禮，正在用輕鬆愉快的方式，扮演那些委禽合巹等手續，作為他倆婚禮的補償。」這是將詩中贈佩委禽視為定情訂婚的手續，雖然難以確定是詩的本義，但卻非常有趣味性。

有女同車

有女同車，顏如舜華❶。將翱將翔❷，佩玉瓊琚❸。彼美孟姜❹，洵美且都❺。

（一章）

有女同行，顏如舜英❻。將翱將翔，佩玉將將❼。彼美孟姜，德音不忘❽。

（二章）

❶舜華：舜，《毛傳》：「木槿也。」《魯詩》作蕣。木槿是落葉灌木，開淡紫色或紅色的花，今名牽牛花。華，同「花」。

❷將翱將翔：將，且。翱翔，遨遊。程、蔣《注析》：「此處指兩人下車出遊。翱翔形容女子步履輕盈貌。」或釋為形容車子飛奔有如離開大地。

❸瓊琚：〈木瓜．毛傳〉：「瓊，玉之美者。琚，佩玉名。」

❹孟姜：姜姓之長女。
❺都：美麗閑雅。
❻英：花。
❼將（ㄑㄧㄤ）將：《魯詩》作「鏘鏘」，走路時佩玉相擊的聲音。
❽德音不忘：德音，聲譽。不忘，王引之《述聞》：「不已。」

說明

〈有女同車〉寫一位男子讚美與他同車同行的女子。

《詩序》：「〈有女同車〉，刺忽也。鄭人刺忽之不昏于齊。太子忽嘗有功于齊，齊侯請妻之，齊女賢而不取，卒以無大國之助，至於見逐，故國人刺之。」這種取《左傳》昭公以齊大非耦為理由而辭婚之事來說詩的見解，多數人是不敢苟同的，朱子在《詩序辨說》中說：「《序》者但見孟姜（按：齊為姜姓之國）二字，遂指以為齊女而附之於忽耳。假如其說，則忽之辭婚，未有不正而可刺。至其失國，則又特以勢孤援寡，不能自定，亦未有可刺之罪也。」他的反駁《序》說，是值得我們重視的。不過，《朱傳》以此為淫奔之詩，後人也期期以為不可，而清儒黃中松《詩疑辨正》認為「此夫婦新婚而誇美之也」，則擁有較多人的支持。的確，在新說中，黃氏之說是極為平實的。

山有扶蘇

山有扶蘇❶，隰有荷華❷。不見子都❸，乃見狂且❹！（一章）
山有橋❺松，隰有游龍❻，不見子充❼，乃見狡童❽！（二章）

注釋

❶扶蘇：木名，即扶木、扶胥，一種小樹。滕志賢《讀本》釋為枝葉茂盛之大樹，劉毓慶《圖注》謂扶指枝葉四布，與下章「喬松」之喬訓為高，意正相成；二說可參。

❷隰（ㄒㄧˊ）有荷華：隰，低窪潮溼之地。華，同「花」。

❸子都：古代著名的美男子，這裡用來作為美男子的代稱。

❹乃見狂且（ㄐㄩ）：乃，竟然。狂且，《毛傳》：「狂，狂人也。且，辭也。」馬瑞辰《通釋》：「且當為伹（ㄑㄩ）字之省借……，狂且謂狂行鈍拙之人。」

❺橋：陸德明《釋文》：「本亦作喬。王（肅）云：高也。」

❻游龍：游，枝葉舒展。龍，蘢的假借，水草名，即水葒。

❼子充：《毛傳》：「良人也。」這裡用來作為好人的代稱。又「子都」、「子充」的都、充二字，也都有美的意思。

❽狡童：屈萬里《詮釋》：「狡獪之童也。古者詈人率用豎子之語；豎子，猶童也。今罵人往往曰『小子』，猶有古意。」

說明

〈山有扶蘇〉用少女天真爛漫的口吻，述說她和男友約會，沒見到所愛之人，卻見到一名討人厭的小子來搗亂，但也有不少學者表示，詩中那名令人討厭的小子其實正是她原本約會之人，所謂「狂且」、「狡童」只是戲謔笑罵之詞而已。

《詩序》：「〈山有扶蘇〉，刺忽也。所美非美然。」《鄭箋》：「言忽所美之人，實非美人。」

上一篇的〈有女同車〉，《詩序》已以為是刺忽之作，本篇以及後面的〈蘀兮〉、〈狡童〉，《詩序》

也都認為是在刺昭公忽。昭公是醇謹的國君，雖談不上治國長才，但也沒有做過什麼暴虐之事，難怪崔述在《讀風偶識》中要為他喊冤：「昭公為君，未聞有大失道之事。君弱臣強，權臣擅命，雖誠有之，然皆用之莊公之世；權重難移，非己之過。厲公欲去祭仲，遂為所逐。文公欲去高克而不能，乃使將兵於河上而不召。為昭公者，豈能一旦而易置之？此固不得以為昭公罪也。如果鄭人妄加毀刺，至目君為狡童，悖禮傷教，莫斯為甚。」

《朱傳》說〈山有扶蘇〉是「淫女戲其所私者之辭」，除了這個「淫」字，後人不表同意之外（當然，朱子淫詩說自有其理論與教學意義），大致上，他的說法比較能顧慮到〈風〉詩的本質。

蘀兮

蘀❶兮蘀兮，風其吹女❷。叔兮伯兮❸，倡予和女❹。（一章）

蘀兮蘀兮，風其漂❺女。叔兮伯兮，倡予要❻女。（二章）

❶蘀（ㄊㄨㄛˋ）：落在地上的樹葉。一說，蘀為樹名。

❷女：同「汝」，指蘀。

❸叔兮伯兮：叔，兄弟排行中的老三。伯，兄弟排行中的老大。

❹倡予和（ㄏㄜˋ）女：倡，始倡。和，應和。

❺漂：《朱傳》：「漂、飄同。」

❻要（ㄧㄠ）：《毛傳》：「成也。」即接唱以終曲的意思。

說明

〈籜兮〉是男女相邀唱和，或親故和樂之作。

《詩序》：「〈籜兮〉，刺忽也。君弱臣強，不倡而和也。」意思是說君倡臣和是應該的，可是鄭昭公時，君弱臣強，君未唱而臣已和，這就該刺了。繞著圈子來說詩，原本就是作《序》者的苦心之一，至於其說教之效果，或者說後世的讀者能否接受，那就非作《序》者所能計及的了。

〈籜兮〉的異說甚多，其中尤以朱子認為這是「淫女之辭」，最為後人所訝異。嚴粲《詩緝》謂「此小臣有憂國之心，呼諸大夫而告之」，此說倒是有不少學者呼應，用以解經，確也很適合。從詩句來看，〈籜兮〉記述的是唱和之樂，本義是否僅止於此，誰也沒有把握。

狡童

彼狡童兮，不與我言兮。維❶子之故，使我不能餐兮。（一章）

彼狡童兮，不與我食❷兮。維子之故，使我不能息❸兮。（二章）

注釋

❶維：以、因。

❷不與我食：不與我共同用餐的意思。

❸不能息：《朱傳》：「息，安也。」或釋息為氣息通暢。馬瑞辰《通釋》：「息對餐言，謂喘息也。人之氣急曰喘，舒曰息。渾言之，則喘亦為息。……不能息，即言氣息不利耳。」

說明

〈狡童〉是一篇趣味性十足的詩，描寫一名女子和男友嘔氣，她的男友不跟她說話，害她吃不下飯；男友不跟她一塊用餐，她氣得喘不過氣來。這樣的內容很難用來說教。

《詩序》：「〈狡童〉，刺忽也。不能與賢人圖事，權臣擅命也。」忽是鄭昭公之名，所謂的權臣，指的是祭仲。在〈山有扶蘇〉中，我們已說過，崔述曾在《讀風偶釋》中為昭公喊冤，而對於《序》的解說〈狡童〉，朱子《詩序辨說》也說：「昭公嘗為鄭國之君，而不幸失國，非有大惡，使其民疾之如寇讎也。」的確，《序》所認為「刺忽」之作是多了一些。

《朱傳》以〈狡童〉為「淫女見絕而戲其所私者之詞」，如同〈山有扶蘇〉，只是「淫」之一字，後人較難接受而已。

褰裳

子惠❶思我，褰裳涉溱❷。子不我思，豈無他人？狂童之狂也且❸！（一章）

子惠思我，褰裳涉洧❹。子不我思，豈無他士❺？狂童之狂也且！（二章）

注釋

❶惠：《毛傳》：「愛也。」

❷褰（ㄑㄧㄢ）裳涉溱：褰為攓之假借字，《說文》：「攓，摳衣也。」褰裳，攝提衣裳。溱，河名，在今河南省密縣。

❸狂童之狂也且（ㄐㄩ）：狂童，狂妄的小子。陳奐《傳疏》謂以童為幼童乃誤解，童、狂二字同義，「單言狂，累言狂童，無二義也。」且，語詞。

❹洧（ㄨㄟˇ）：河名，在今河南省密縣。

❺士：《朱傳》：「未娶者之稱。」

說明

〈褰裳〉描寫女子責備情人變心；是真的責備，還是僅為戲謔，讀者的理解未必一致。《詩序》：「〈褰裳〉，思見正也。狂童恣行，國人思大國之正己也。」《鄭箋》：「狂童恣行，謂突與忽爭國，更出更入，而無大國正之。」依據鄭玄的說明，《詩序》是認為鄭厲公（突）與昭公（忽）爭國不已，國人盼望有大國來安定本國的內亂，因而有〈褰裳〉之作。

詩的本義是否如此，不得而知，但從《左傳．昭公十六年》的記載，可知春秋時代的人也大約是如此解詩，我們就把《序》說視為古人共同認定的經學之義好了。

《朱傳》以詩二章之內容皆「淫女語其所私者」，又說「狂童之狂也且」為戲謔之詞，如同〈山有扶蘇〉與〈狡童〉，假如朱子不要強調詩中之女子為淫女，接受其說的人肯定就多了。

有學者認為《朱傳》說得不好，〈褰裳〉純粹就是寫女子責怪情人的變心，「狂童之狂也且」確是在怒斥對方，毫無戲謔之義；這個說法當然也可以參考。

丰

子之丰❶兮，俟我❷乎巷兮；悔予不送❸兮。（一章）

子之昌❹兮，俟我乎堂❺兮；悔予不將❻兮。（二章）

衣錦褧衣❼，裳錦褧裳❽。叔兮伯兮❾，駕予與行❿。（三章）

裳錦褧裳，衣錦褧衣。叔兮伯兮，駕予與歸。（四章）

❶子之丰（ㄈㄥ）：《鄭箋》：「子，謂親迎者。」丰是面貌豐滿美好的意思。

❷我：將嫁者稱自己。

❸悔予不送：《鄭箋》：「悔乎我不送是子而去也。」《孔疏》：「男親迎而不從，後乃追悔，此陳其辭也。」

❹昌：盛壯俊美的意思。

❺堂：廳堂。

❻將：送。

❼衣（ㄧˋ）錦褧衣：衣錦，穿著錦製的衣服。褧衣，罩袍。《毛傳》解衣錦與下句的褧裳為「嫁者之服」。

❽裳錦褧裳：義同上句。婦女的衣、裳是連起來的，為了押韻，刻意分成兩句。

❾叔兮伯兮：《毛傳》：「迎己者。」郝敬《原解》：「叔伯，不定其人之辭。」

❿與行：與，共。與行，相與共去。

說明

〈丰〉寫的是一位矜持之女子後悔未接受男子之求婚。

《詩序》：「〈丰〉，刺亂也。婚姻之道缺，陽倡而陰不和，男行而女不隨。」《鄭箋》：「婚姻之道，謂嫁取之禮。」作《序》者知道〈丰〉是一篇描寫女子出嫁時的作品，詩句明白顯示，女方對男方的迎娶是拒之在先，悔之在後的。因此，以之為「刺亂」、「刺婚姻之道缺」，可以說是順理成章的發揮。

東門之墠

東門之墠❶，茹藘在阪❷。其室則邇，其人甚遠❸。（一章）

東門之栗❹，有踐❺家室。豈不爾思？子不我即❻。（二章）

注釋

❶東門之墠（ㄕㄢˋ）：《毛傳》：「東門，城東門也。」墠，整潔而平坦的廣場。

❷茹藘（ㄌㄩˊ）在阪：茹藘，茜草，古人用來作為紅色的染料。阪，土坡、山坡。

❸「其室則邇」二句：室，指情人的家。邇，近。這二句有咫尺天涯的意思。

❹栗：栗樹。

❺有踐：踐，排列整齊的意思。有踐，即踐然。

❻即：《毛傳》：「就也。」往就、接近的意思。

說明

〈東門之墠〉寫出了女子對於某男子的愛意。

《詩序》：「〈東門之墠〉，刺亂也。男女有不待禮而相奔者也。」〈丰〉中的女子對於前來迎娶的男子先拒後悔，《詩序》就指為是「刺亂」之作，〈東門之墠〉排在〈丰〉的後面，詩中人物更大膽向其心愛之人表達自己的想法，《詩序》當然有理由認為這也是一篇「刺亂」之詩了。

《朱傳》解「其室則邇，其人甚遠」二句說，「室邇人遠者，思之而未得見之辭」，就這一句話，詩的本義似乎已經呼之欲出了。

風雨

風雨淒淒❶，雞鳴喈喈❷。既見君子，云胡不夷❸？（一章）

風雨瀟瀟❹，雞鳴膠膠❺。既見君子，云胡不瘳❻？（二章）

風雨如晦❼，雞鳴不已❽。既見君子，云胡不喜？（三章）

❶淒淒：寒冷的樣子。

❷喈喈：雞鳴聲。

❸云胡不夷：云胡，如何。或謂云為語助詞，胡，為什麼。夷，喜悅。或解為平，指心境由憂思而平

靜。

❹瀟瀟：風雨暴疾之聲。

❺膠膠：三家《詩》作「嘐嘐」，膠為「嘐」的假借字，雞鳴聲。

❻瘳（ㄔㄡ）：病癒。

❼風雨如晦：陳奐《傳疏》：「如猶而也。」晦，昏暗。句謂因風雨而使天色昏暗。

❽已：停止。

說明

〈風雨〉寫風雨交加之時，喜見君子之歸來。

《詩序》：「〈風雨〉，思君子也。亂世則思君子不改其度焉。」且不論詩中人物與令他欣喜的「君子」是夫妻、情侶，或是老朋友，我們仍不能不承認，作《序》者真是善於說《詩》。也許，「風雨」、「雞鳴」在詩中只是客觀描寫風雨中的景象，可是，《毛傳》說：「興也。風且雨，淒淒然，雞猶守時而鳴喈喈然。」再透過鄭玄「喻君子雖居亂世，不變改其節度」的解釋，我們讀這詩就別有一番感受了。且據王先謙《詩三家義集疏》，不但三家詩沒有異議，漢魏以下的一些作品之引喻，也「皆與此詩正意合」，但是宋朱熹《詩序辨說》卻以為此詩「輕挑狎暱，非思賢之意」，而《詩集傳》也說：「風雨晦冥，蓋淫奔之時。君子，指所期之男子也。淫奔之女，言當此之時，見其所期之人而心悅也。」一反其他詩篇中女子以君子稱其夫的解釋，這是將孔子所謂「鄭聲淫」視同「鄭詩淫」的必然結果。明白朱子的淫詩說依然有其說教上的苦心的讀者，對於朱子這樣的說詩特色，不會感到不可思議。再者，清儒方玉潤《詩經原始》說：「夫風雨晦冥，獨處無聊，此時最易懷人。況故友良朋，一朝聚會，則尤可以促膝談心。雖有無限愁懷，鬱結莫解，亦皆化盡，如險初夷，如病初瘳，何樂如之！此詩人善於言情，又善於即景以抒懷，故為千秋絕調也。」方氏當然是精於賞《詩》的，但若說漢儒提供的詮釋是詩的經學之義，方氏所言才是原始之義，大概也沒什麼人會贊同。

子衿

青青子衿❶，悠悠❷我心，縱我不往，子寧不嗣音❸？（一章）

青青子佩❹，悠悠我思。縱我不往，子寧不來？（二章）

挑兮達兮❺，在城闕❻兮。一日不見，如三月兮。（三章）

注釋

❶衿：同「襟」，衣領。《毛傳》：「青衿，青領也，學子之所服。」

❷悠悠：形容思念之深長。

❸子寧不嗣音：子，你。寧，豈、難道。嗣音，嗣，《韓詩》作「詒」，寄的意思。嗣音，寄以音問、寄以書信。

❹佩：佩玉，這裡是指佩玉的帶子。

❺挑兮達（ㄊㄚˋ）兮：挑達是往來踱步的意思。

❻城闕：城門兩邊的觀樓。

說明

〈子衿〉似乎是一篇寫戀愛中的女子，強烈地思念男友的詩，癡情少女的神態在本詩中被生動地描繪了出來。《詩序》：「〈子衿〉，刺學校廢也。亂世則學校不脩焉。」《毛傳》認為青衿是學子之服，若是，《序》說就可通了。

我們從詩文來看，這是女子思念她的情人的詩，依照舊說，這就是學風敗壞了，不針砭諷刺怎麼行？

很多人從《禮記・深衣》「具父母，衣純以青」之記載，認為凡父母健在者，其深衣自領及衽皆以青緣之，非但學子之服，因而反對漢儒舊說；對於此，我們可以不妨作此折衷之說，即青衿未必為學子之服，但學子之服必為青衿，《序》、《傳》為了闡揚《詩》教，認為詩中「青青子衿」指的就是學子，這是有理可說的。

和《詩序》之說大異其趣的是朱子所說的「此亦淫奔之詩」，《朱傳》：「挑，輕儇跳躍之貌。達，放恣也。」《詩序辨說》：「辭意儇薄，施之學校，尤不相似。」我們只要明白幾乎所有的情詩，朱子都視為淫詩，對於朱說就不會訝異了。

揚之水

揚之水❶，不流束楚。終鮮兄弟，維予與女❷。無信人之言，人實迋❸女。

（一章）

揚之水，不流束薪。終鮮兄弟，維予二人。無信人之言，人實不信。

（二章）

注釋

❶揚之水：揚，激揚，或解為悠揚。詳〈王風・揚之水〉注❶。

❷「終鮮（ㄒㄧㄢˇ）兄弟」二句：終，既。鮮，少。

女，同「汝」。

❸迋（ㄍㄨㄤˇ）：同「誑」，欺騙。

說明

《詩經》共有三篇〈揚之水〉，分別在〈王風〉、〈鄭風〉與〈唐風〉中。宋儒王質《詩總聞》認為〈鄭風〉的〈揚之水〉是兄弟為人所間而不協者所作，由於本篇文句淺近，多數人應該都可以同意這樣的說法（**雒江生《詩經通詁》以本詩為女子勸誡其夫堅定愛情之作，其說與衆不同**）。

《詩序》的解釋則是：「〈揚之水〉，閔無臣也。君子閔忽之無忠臣良士，終以死亡，而作是詩也。」這是從同情昭公無忠臣佐國的角度來解詩，其最受後人非議的是，鄭莊公有子十一人，忽是其中的一位，這樣就與詩中「終鮮兄弟，維予與女」之言不合了。尊《序》者通常會引《鄭箋》「作此詩者，同姓臣也」之說，加以反駁，嚴粲《詩緝》更說：「昭公兄弟甚眾，無與忽同心者，故言今兄弟雖多，終竟是少。謂要其終必不相助，雖多猶少也。」這樣看來，《序》說好像又錯不了了。

其實，讀《詩序》本來就不能抓住其字句罅漏處來攻擊，它往往禁不起字斟句酌的檢驗，尊《序》者也不必因為承認《序》有經學上的價值，就認為每一《序》說都無瑕疵，而汲汲為之護航；我們只要知道作《序》者有其時代背景與教誡的用心，為了說解上的落實與方便，有時不得不稍微牽強一點，就可以不必為了《詩序》的一字一句而爭得面紅耳赤了。

出其東門

出其東門，有女如雲❶。雖則如雲，匪我思存❷。縞衣綦巾❸，聊樂我員❹。

（一章）

出其闉闍❺，有女如荼❻。雖則如荼，匪我思且❼。縞衣茹藘❽，聊可與娛❾。

（二章）

❶如雲：形容眾多的樣子。

❷匪我思存：非我心思之所在，也就是非我心目中的對象的意思。

❸縞衣綦巾：縞，白色。綦，草綠色。縞衣綦巾為女子粗陋之服。

❹聊樂我員（ㄩㄣˊ）：聊，且。《孔疏》：「云、員古今字，助句辭也。」

❺闉（ㄧㄣ）闍（ㄉㄨ）：闉，城門之外遮護城門的環牆。闍，城臺。

❻如荼：荼是茅草的穗，顏色是白色的。如荼也是形容眾多的意思。

❼且（ㄘㄨˊ）：徂之假借，和前章的「存」同義。

❽茹藘（ㄌㄩˊ）：茜草，可用做紅色的染料。這裡是用來代指紅色的佩巾。

❾娛：歡樂。

說明

〈出其東門〉寫出了一位男子對於愛情的忠貞不二。

《詩序》：「〈出其東門〉，閔亂也。公子五爭，兵革不息，男女相棄，民人思保其室家焉。」所謂公子五爭，《鄭箋》的解釋是「突再也，忽、子亹、子儀各一也」。《詩序》見詩中男子見「如雲」、「如荼」之女子不為所動，反一再表示，「縞衣綦巾，聊樂我員」，因此說這是「民人思保其家室」的詩。假如〈續序〉的寫作時代在〈古序〉之後，則其解說可謂〈古序〉「閔亂」的極佳注腳。

馬瑞辰《毛詩傳箋通釋》認為，「縞衣綦巾」是女子未嫁者之服，假如真是如此，「男子能專情」可能就是詩的本義了。

野有蔓草

野有蔓草❶，零露漙兮❷。有美一人，清揚婉兮❸。邂逅❹相遇，適❺我願兮。（一章）

野有蔓草，零露瀼瀼❻。有美一人，婉如❼清揚。邂逅相遇，與子皆臧❽。（二章）

注釋

❶野有蔓草：《毛傳》：「野，四郊之外。」蔓草，蔓延之草。

❷零露漙（ㄊㄨㄢˊ）兮：零，落下。漙，或訓為盛多，或訓為圓圓的樣子。

❸清揚婉兮：清揚，《毛傳》：「眉目之間婉然美也。」馬瑞辰以為是美麗的意思。婉，美好。

❹邂逅：不期而遇，偶然相會。陳奐《傳疏》解邂逅為高興、喜悅；亦可通。

❺適：符合。

❻瀼（ㄖㄤˊ）瀼：露多的樣子。

❼如：王引之《釋詞》：「猶然也。」或謂如與而同。

❽皆臧：皆，《朱傳》作「偕」。臧，善、滿意。《朱傳》：「偕臧，言各得其所欲也。」顧頡剛以為臧、藏古通用；亦可參。

說明

〈野有蔓草〉是一篇描寫男女邂逅相遇的詩。《詩序》：「〈野有蔓草〉，思遇時也。君之澤不下流，民窮於兵革，男女失時，思不期而會焉。」按照這個說法，〈野有蔓草〉的意義是很嚴肅的，由於鄭國兵連禍結，導致男女不能依禮結婚，只要能有一個美麗的邂逅，人民就很滿意了。我們若先接受《序》說，再來閱讀詩篇，就會覺得字裡行間確實隱含了鄭國人深沈的悲哀。

如今很多人同意歐陽修《詩本義》所說的，「詩文是男女失時，邂逅相遇於草野之間耳」，不過，正因詩文只見男女之邂逅，方才顯出《詩序》在面對教學上的要求時，說詩的高明之處。

溱洧

溱與洧，方渙渙兮❶。士與女，方秉蕳兮❷。女曰：「觀乎」？士曰：「既且❸」。「且往觀乎洧之外；洵訏❹且樂」。維❺士與女，伊其相謔❻。贈之以勺藥❼。（一章）

溱與洧，瀏❽其清矣。士與女，殷其盈❾矣。女曰：「觀乎」？士曰：「既且」。「且往觀乎洧之外；洵訏且樂」。維士與女，伊其將❿謔。贈之以勺藥。（二章）

注釋

❶「溱與洧」二句：溱、洧都是鄭國的水名，在今河南省境內。方，正在。渙渙，水流盛大的樣子。

❷「士與女」二句：士與女泛指遊客，與下文「女」、「士」為特定情侶不同。蕳（ㄐㄧㄢ），蘭草，與今蘭花不同，為一菊科植物，香氣濃烈。秉蕳是手執蘭草的意思。

❸且（ㄘㄨˊ）：同「徂」，前往的意思。

❹訏（ㄒㄩ）：《毛傳》：「大也。」這裡是指洧水岸邊的地方寬廣。

❺維：語詞，無義。

❻伊其相謔：《鄭箋》：「伊，因也。士與女往觀，因相與戲謔。」屈萬里《詮釋》：「伊當讀如喔咿之咿，笑聲也。伊其，咿然也。」

❼勺藥：香草名，又名江蘺，與將離同音，古代情侶

於將離時互贈勺藥，表達依依不捨的情意。

❽瀏（ㄌㄧㄡˊ）：水清的樣子。

❾殷其盈：殷，人數眾多的樣子。盈，滿。

❿將：《朱傳》：「當作相，聲之誤也。」

〈溱洧〉用第三人稱敘事，有情節，也有對問，雖然也描寫了男女相悅、相約郊遊之情事，但內容顯現了《詩經》時代鄭國的民情風俗，呈現與一般言情詩截然不同的風調，全詩可謂是鄭國青年男女生活中的歡快插曲。

《詩序》：「〈溱洧〉，刺亂也。兵革不息，男女相棄，淫風大行，莫之能救焉。」根據《鄭箋》之說，《序》所謂「亂」，是指士與女合會溱、洧之上，亦即《序》認為這是淫刺的詩。

《太平御覽．八百八十六》引《韓詩內傳》說：「鄭國之俗，三月上巳之日，於兩水上，招魂續魄，拂除不祥，故詩人願與所說者俱往觀也。」依此，〈溱洧〉當是寫三月上巳之日，情侶相偕至溱洧水邊去觀看「祓禊」之禮的詩。

《毛詩》與《韓詩》之說，何者較可信？有人批評前者之說過於迂腐，後者則未必合乎歷史事實，因為「祓禊」之禮始於東漢光武帝時，先秦恐怕無此風俗，是以《毛》《韓》之說一腳踢開可也。

《毛》、《韓》之說是否都已偏離詩的本義，恐怕也不易確定。若以《韓》說為線索，而不去強調修禊風俗這回事，只說這是寫情侶相偕出遊的詩，挑剔的人應該不多。

齊風（十一篇）

齊是西周武王時姜太公呂望始封之國。春秋時代，齊桓公稱霸諸侯，拓展疆土，東至於海，西到黃河，南至泰山，北到無棣（今山東無棣），都是齊的領域，也就是在今山東省北部、中部一帶。〈齊風〉原收齊國詩歌十一篇，其寫作時代，可能在東周初年到春秋這一段時期內。

雞鳴

「雞既鳴矣，朝既盈矣❶。」「匪雞則鳴，蒼蠅之聲❷。」（一章）

「東方明矣，朝既昌矣❸。」「匪東方則明，月出之光❹。」（二章）

「蟲飛薨薨，甘與子同夢。會且歸矣，無庶予子憎❺。」（三章）

注釋

❶「雞既鳴矣」二句：此為賢妃促君早朝之語。朝，朝廷。盈，滿。

❷「匪雞則鳴」二句：這是國君的答話。吳昌瑩《衍釋》：「則，猶之也。」

❸「東方明矣」二句：此為妃再促君之語。昌，盛多的樣子，指人多。

❹「匪東方則明」二句：這是國君再答之語。

❺「蟲飛薨薨」四句：此為賢妃繼續催促國君之語。

薨薨，蟲子群飛聲。甘，樂意、喜歡。同夢，共眠的意思。會，朝會。且，即將。歸，指散朝歸去。無庶，「庶無」之倒文，庶，庶幾，有希望之意。

予，同「與」，給。子，你。憎，厭惡。「無庶予子憎」是說別讓人家討厭你。

〈雞鳴〉靈活地寫出做妻子的催促丈夫早朝，詩人藉著對話來描摹人物的語態，進而推動情節的發展。

《詩序》：「〈雞鳴〉，思賢妃也。（齊）哀公荒淫怠慢，故陳賢妃貞女夙夜警戒、相成之道焉。」朱子《詩集傳》則以為是直接讚美賢妃：「言古之賢妃御於君所，至於將旦之時，必告君曰：『雞既鳴矣，會朝之臣既已盈矣。』欲令君早起而視朝也，然其實非雞之鳴也，乃蒼蠅之聲也。蓋賢妃當夙興之時，心常恐晚，故聞其似者而以為真，非其心存警畏，而不留於逸欲，何以能此？故詩人敘其事而美之也。」從詩文來看，這或許是賢妃催促國君早朝之作，多數讀者以為「匪雞則鳴，蒼蠅之聲」為國君之詞，朱子謂為原本之事實，也算是對〈古序〉作出了極佳的疏解，當然如此一來，二人的對話就便成了獨白，詩的生動性要打一些折扣，同時首章與二章的三、四句，就不能加上引號了。方玉潤《詩經原始》則以為〈雞鳴〉是賢婦警夫早朝之詩，此說也可參考。

作《序》者不說「美賢妃」，而說「思賢妃」，這牽涉到《詩序》所強調的「正風」與「變風」的問題。〈齊風〉為「變風」，原則上不方便承認其中有讚美詩，而齊哀公又確有荒淫怠慢之情事，因此順勢將〈雞鳴〉引為刺哀公之作，不失為天經地義的發揮。

還

子之還❶兮，遭我乎狃之閒兮❷。竝驅從兩肩兮❸，揖我謂我儇❹兮。（一章）

子之茂❺兮，遭我乎狃之道兮。竝驅從兩牡❻兮，揖我謂我好兮。（二章）

子之昌❼兮，遭我乎狃之陽❽兮。竝驅從兩狼兮，揖我謂我臧❾兮。（三章）

注釋

❶還（ㄒㄩㄢˊ）：靈活、矯健的樣子。《韓詩》作嫙，嫙，好的樣子。

❷「遭我」句：遭，遇見。狃（ㄋㄠˊ），齊國山名，在今山東臨淄縣南。乎，於。閒，間。

❸「竝驅」句：竝，相偕、共同。竝驅，兩人一起驅馬。從，追逐。肩，《毛傳》：「獸三歲曰肩。」《說文》引《詩》作「豣」。

❹儇（ㄒㄩㄢ）：身手矯健。《韓詩》作「婘」，美好的樣子。

❺茂：《毛傳》：「美也。」

❻牡：雄獸。

❼昌：盛壯的樣子。

❽陽：山之南曰陽。

❾臧：善、美好。

說明

〈還〉是一篇獵人追逐野獸，互相恭維對方身手矯健的詩。章潢《圖書篇》：「『子之還兮』，己譽人也。『謂我儇兮』，人譽己也。『竝驅』，則人己皆與有能也。寥寥數語，自有分合之妙。獵固便捷，詩亦輕利，神乎技矣。」〈還〉的風格的確是相當獨特的。也有人說，〈還〉表現了齊人天生的急功利、喜誇詐的性格，這也可以參考。

《詩序》：「〈還〉，刺荒也。哀公好田獵，從禽獸而無厭。國人化之，遂成風俗。習於田獵謂之賢，閑於馳逐謂之好焉。」由於這是一篇獵人驅馳追逐，互相讚譽的詩，《詩序》當然不會放棄說教的機會，於是哀公就成為箭靶了。

或許《詩序》作者手中擁有「哀公好田獵」的一些資料，譏評《序》說無的放矢大概也沒什麼必要。

著

俟我於著乎而❶，充耳以素❷乎而，尚之以瓊華❸乎而。（一章）

俟我於庭❹乎而，充耳以青乎而，尚之以瓊瑩❺乎而。（二章）

俟我於堂乎而，充耳以黃乎而，尚之以瓊英❻乎而。（三章）

❶俟我於著乎而：著，同「宁」，大門和屏風之間的地方。乎而，語尾助詞。

❷充耳以素：屈萬里《詮釋》：「古人以玉塞耳，謂之瑱（ㄊㄧㄢˋ）；繫以絲繩，謂之紞（ㄉㄢˇ）；通謂之充耳。以素，謂紞用素絲也。」依此，二章「以青」謂紞用青絲，三章「以黃」謂紞用黃絲。

❸尚之以瓊華：尚，加。瓊，美玉。華，花。瓊華，用美玉雕刻的花。這是繫在紞上的飾物。

❹庭：庭院。

❺瑩：「榮」之假借，也是花的意思。古時樹開的花叫華，草開的花叫榮。

❻英：花（注❸❺❻係用屈萬里《詩經詮釋》之說，或謂「瓊華」、「瓊瑩」、「瓊英」都是美玉的意思，亦可參）。

說明

〈著〉是一篇女子寫她的夫婿前來親迎的詩，三章各句都以「乎而」作為語助詞，以此構成了本詩的獨特風格。

《詩序》：「〈著〉，刺時也。時不親迎也。」〈著〉寫出了新娘的喜悅心情，《詩序》看出了這一點，但筆鋒一轉，描述親迎時所見之詩，就成了刺「時不親迎」之作，熟悉《詩序》特質的人，對於《序》說應該不會感到訝異。

東方之日

東方之日❶兮，彼姝者子❷，在我室兮。在我室兮，履我即❸兮。（一章）

東方之月❹兮，彼姝者子，在我闥❺兮。在我闥兮，履我發❻兮。（二章）

❶東方之日：此句點出時間是早晨太陽剛出來的時候，也有人說本篇的日、月是用來比喻女之貌美。

❷彼姝者子：那美麗的女子。

❸履我即：《朱傳》：「履，躡。即，就也。言此女躡我之迹而相就也。」

❹東方之月：指夜晚。另見注❶。

❺闥（ㄊㄚˋ）：《毛傳》：「門內也。」

❻履我發：《毛傳》：「發，行也。」（一般認為《毛傳》解發為行跡）《朱傳》：「發，行去也。言躡我而行去也。」

說明

〈東方之日〉是所謂的男女約會之作。馬瑞辰以為，「古者喻人顏色之美，多取譬于日月。《詩》：『月出皎兮。』《箋》：『喻婦人有美色之白皙也。』宋玉〈神女賦〉：『其始出也，耀乎若白日初出照屋梁：其少進也。皎若明月舒其光。』義本此詩。」據此，〈東方之日〉並非典型的賦詩，詩人以日月起興，自有其諭示上的意義（朱子、呂祖謙認為「興」詩有「兼比」與「不兼比」兩種，嚴粲更說「興」詩多數兼比）。

《詩序》：「〈東方之日〉，刺衰也。君臣失道，男女淫奔，不能以禮化也。」從詩文觀之，這是男子敘述女子前往他的住處與他幽會的詩，這樣的作品，要《詩序》來處理，當然只有解作刺詩了。

東方未明

東方未明，顛倒衣裳。顛之倒之，自公召之❶。（一章）

東方未晞❷，顛倒裳衣。倒之顛之，自公令❸之。（二章）

折柳樊圃，狂夫瞿瞿❹。不能辰夜❺，不夙則莫❻。（三章）

❶自公召之：自，由於、因為。召，召喚。

❷晞：日將出之時。

❸令：命令。

❹「折柳樊圃」二句：樊，籬笆，這裡用作動詞，圍起來的意思。圃，菜圃。瞿瞿，驚惶四顧的樣子。這二句是說，折柳枝來圍菜園，雖然不夠堅牢，狂夫仍然有所顧忌。言外之意，有法度總比沒有好，法度若不甚好，人人還是得遵守。

❺不能辰夜：辰夜即「司夜」，古有司夜之官，叫做挈壺氏。句謂挈壺氏不能勝任其職。另解辰為晨，不能辰夜，猶言不辨晨夜；亦可參。

❻莫（ㄇㄨˋ）：同「暮」，晚的意思。

說明

〈東方未明〉以略帶幽默而又辛酸的內容，諷刺國君號令之無節。

《詩序》：「〈東方未明〉，刺無節也。朝廷興居無節，號令不時，挈壺氏不能掌其職焉。」〈古序〉以此為刺無節之詩，〈續序〉一開始先說到朝廷興居無節，號令不時，最後才把批評的矛頭指向掌漏刻的挈壺氏。眾所周知，能令臣下顛倒衣裳、疲於奔命的，唯有國君，假如「不能辰夜」一句是在指責挈壺氏，我們只能說這是詩人的溫柔敦厚，也是一種避重就輕的規諫技巧。總之，《詩序》對於〈東方未明〉的詮釋是可以讓很多人信服的。

南山

南山崔崔❶，雄狐綏綏❷。魯道有蕩❸，齊子由歸❹。既曰歸止❺，曷❻又懷❼止！（一章）

葛屨五兩❽，冠緌雙止❾。魯道有蕩，齊子庸❿止。既曰庸止，曷又從⓫止！（二章）

蓺⓬麻如之何？衡從其畝⓭。取⓮妻如之何？必告父母。既曰告止，曷又鞠止⓯！（三章）

析薪⓰如之何？匪斧不克⓱。取妻如之何？匪媒不得。既曰得止，曷又極⓲止！（四章）

❶南山崔崔：南山，又名牛山，在齊都臨淄城南郊。崔崔，高大的樣子。

❷雄狐綏綏：古人以雄狐為淫獸，綏綏為行路遲緩的樣子。

❸魯道有蕩：魯道，往魯國的道路。蕩，平坦。

❹齊子由歸：齊子，齊國的女子，指文姜。歸，嫁。由歸，由此路出嫁至魯。

❺止：語助詞。

❻曷：為什麼。

❼懷：思念，指思念她的哥哥齊襄公。

❽葛屨五兩：葛屨，葛草編成的鞋子。五兩，五雙。或解五為伍，偶也；五兩即成雙之意。

❾冠緌（ㄖㄨㄟˊ）雙止：冠緌，兩條帽帶下端的部分，今言穗頭之類。因為帽帶有兩條，「緌」也一定要成雙。

❿庸：用。馬瑞辰《通釋》：「用，猶由也。」

⓫從：跟從、順從、相從。

⓬蓺（ㄧˋ）：種植。

⓭衡從（ㄗㄨㄥˋ）其畝：衡從即橫縱，句謂應縱橫耕治其田畝。

⓮取：娶之省借。

⓯曷又鞠止：《毛傳》：「鞠，窮也。」《朱傳》認為句謂「曷為使之（指文姜）得窮其欲而至此哉？」屈萬里《詮釋》以為窮即困，所以這句是說「襄公之行，實困阨文襄，使其不能遂夫婦之好」。

⓰析薪：砍柴、劈柴。古人常以「析薪」指婚姻。

⓱克：能夠。

⓲極：《毛傳》：「至也。」《朱傳》：「亦窮也。」

說明

〈南山〉是一篇諷刺齊襄公淫其妹文姜之詩。

《詩序》：「〈南山〉，刺襄公也。鳥獸之行，淫乎其妹，大夫遇是惡，作詩而去之。」根據《左傳・桓公十八年》及《史記・齊世家》的記載，齊襄公很早就與他同父異母妹文姜有曖昧的關係，文姜嫁給魯桓公後，這對兄妹仍然暗通款曲，最後，齊襄公還派人害死魯桓公。齊襄公這種「鳥獸之行」，任何人都看不下去，因此詩人寫〈南山〉來諷刺他。

《詩序》的話，百分之百可以相信，後人或以為詩兼刺魯桓公與文姜，這是無關緊要的細節問題，不能用以說明《序》說不夠完整。

甫田

無田甫田❶，維莠驕驕❷。無思遠人，勞心忉忉❸。（一章）

無田甫田，維莠桀桀❹。無思遠人，勞心怛怛❺。（二章）

婉兮孌兮❻，總角丱❼兮。未幾見❽兮，突而弁❾兮。（三章）

注釋

❶無田（ㄉㄧㄢˋ）甫田：田，耕治。甫田，面積廣大——的田地。

❷維莠（ㄧㄡˇ）驕驕：莠，一種害苗之草，俗名狗尾草。驕驕，茂盛、叢生的意思。

❸勞心忉（ㄉㄠ）忉：勞心，憂心。忉忉，憂慮的樣子。

❹桀桀：桀是「揭」的假借字，桀桀，高長的樣子。

❺怛（ㄉㄚˊ）怛：憂慮的樣子。

❻婉兮孌兮：《毛傳》：「婉孌，少好貌。」這裡是指男子的年少俊美。

❼總角丱（ㄍㄨㄢˋ）：總角，束髮以為兩角，此為古代男未冠、女未笄時之髮型。丱，總角上聳的樣子。

❽未幾見：相見沒有多久，也就是相別沒有多久的意思。

❾突而弁（ㄅㄧㄢˋ）：突而，突然。弁，冠，此作動詞用，加冠的意思。

說明

〈甫田〉勸人不要過於思念遠方之人。

《詩序》：「〈甫田〉，大夫刺襄公也。無禮義而求大功，不脩德而求諸侯，志大心勞，所以求者，非其道也。」由於詩人有強調「田甫田」、「思遠人」徒勞無功的意思，《詩序》因而用來刺襄公「無禮義」、「不脩德」，其「求大功」、「求諸侯」必將一無所成；不過，第三章並不好解。假若我們認為第三章是說明一切事情，只要條件完備就能自然成功，不須強求，那就還能用來疏解《詩序》，當然，說服力可能不太強。

〈甫田〉的新解是頗多的，有一種說法是，這是思念遠方戀人的詩，另有謂此詩在勸慰別離之人，不要一味地思念遠人的詩；也有人說，這是高興遠人歸來之詩。方玉潤說《詩經原始》：「此詩詞義極淺，盡人能識。」問題是，全篇詞淺易懂，不代表大家對於主題的看法就能一致。

盧令

盧令令❶，其人❷美且仁。（一章）
盧重環❸，其人美且鬈❹。（二章）
盧重鋂❺，其人美且偲❻。（三章）

注釋

❶盧令（ㄌㄧㄥˊ）令：盧，黑色的獵犬。令令，獵犬脖子上所佩環子所發出的聲響。
❷其人：指獵犬的主人。
❸重環：獵犬所佩的子母環（大環套小環）。
❹鬈（ㄑㄩㄢˊ）：《毛傳》：「好貌。」《鄭箋》以為與「權」同義，勇壯的意思。
❺鋂（ㄇㄟˊ）：一個大環套兩個小環。
❻偲（ㄙㄞ）：《毛傳》：「才也。」《鄭箋》：「才，多才。」

說明

春秋時代的齊國人喜歡打獵，詩人乃就其所見而寫作了本詩。這篇被明儒孫鑛評為「淡語卻有風致」的〈盧令〉乃是〈國風〉中最短的詩歌，且值得注意的是，全篇使用三字句與五字句，完全見不到四字句。

《詩序》：「〈盧令〉，刺荒也。襄公好田獵畢弋，而不脩民事，百姓苦之，故陳古以風焉。」在〈還〉中，《詩序》已拿哀公開刀，在這裡，輪到襄公成為被唾罵的對象。〈還〉之《序》說，還有人懷疑作《序》者信口開河，而襄公之沈迷畋獵、不聽國政，有《左傳》、《國語》、《管子》諸書為證，《序》之說〈盧令〉就絕非架捏虛詞了。

當然，我們今日讀《詩》不一定要全盤接受《序》說，解為讚美獵人的詩，或者說詳細些，「見其人犬美壯，詠而歎之」，這都是很容易為今人所接受的說法。

敝笱

敝笱在梁❶，其魚魴鰥❷。齊子歸止❸，其從如雲。（一章）

敝笱在梁，其魚魴鱮❹。齊子歸止，其從如雨❺。（二章）

敝笱在梁，其魚唯唯❻。齊子歸止，其從如水❼。（三章）

❶敝笱在梁：敝，破舊的。笱，竹製之捕魚器。梁，魚梁，攔魚的水壩，順著水勢設障孔以捕魚的裝置。

❷魴（ㄈㄤˊ）鰥（ㄍㄨㄢ）：兩種大魚之名。

❸齊子歸止：《鄭箋》：「言文姜初嫁於魯桓之時。」

❹鱮（ㄒㄩˋ）：鰱魚。

❺如雨：義同「如雲」，多的意思。

❻唯唯：《毛傳》：「出入不制。」《鄭箋》：「行相隨順之貌。」

❼如水：《毛傳》：「喻眾也。」

說明

〈敝笱〉是一篇諷刺文姜之亂倫醜行的詩。

《詩序》：「敝笱，刺文姜也。齊人惡魯桓公微弱，不能防閑文姜，使至淫亂，為二國患焉。」文姜與其兄齊襄公之間的醜事，並不因文姜的出嫁而告結束，如果魯桓公強硬一點，文姜或許還不敢與襄公繼續私通，所以詩人寫〈敝笱〉，一則諷刺文姜的淫行，一則怪罪桓公的軟弱。不過，就詩文觀之，這好像只是一篇詠文姜始嫁於魯之詩，是以也有不少學者認為《序》說不必深信，對於這種說法，我們只要想到詩以敝笱不能制大魚為喻，就可以了解，《序》說依然是言之有據的。

載驅

載驅薄薄❶，簟茀❷朱鞹❸。魯道有蕩，齊子發夕❹。（一章）

四驪濟濟❺，垂轡濔濔❻。魯道有蕩，齊子豈弟❼。（二章）

汶水湯湯❽，行人彭彭❾。魯道有蕩，齊子翱翔❿。（三章）

汶水滔滔⓫，行人儦儦⓬。魯道有蕩，齊子遊敖⓭。（四章）

注釋

❶ 載驅薄薄：載，語首助詞，無義。驅，車馬疾走。薄薄，疾驅之聲。

❷ 簟（ㄉㄧㄢˋ）茀：簟，竹蓆。《毛傳》：「車之蔽曰茀。」簟茀就是竹蓆所做的車蔽。

❸ 朱鞹（ㄎㄨㄛˋ）：鞹，治去其毛皮的獸皮。朱鞹，以紅色漆鞹，亦指車蔽而言。

❹ 齊子發夕：齊子謂文姜；發夕，在晚上出發。

❺ 四驪濟濟：驪，黑色的馬。濟濟，盛美的樣子。

❻ 濔（ㄋㄧˇ或ㄇㄧˇ）濔：柔軟的樣子。

❼ 豈（ㄎㄞˇ）弟（ㄊㄧˋ）：和樂平易的樣子。

❽ 汶（ㄨㄣˋ）水湯（ㄕㄤ）湯：汶水，水名，在今山東省東南部。湯湯，或謂水盛的樣子，或謂水流聲。

❾ 彭（ㄅㄤ）彭：《毛傳》：「多貌。」

❿ 翱翔：遨遊、逍遙。

⓫ 滔滔：《毛傳》：「流貌。」

⓬ 儦（ㄅㄧㄠ）儦：《毛傳》：「眾貌。」

⓭ 遊敖：敖，古「遨」字。遊敖，遨遊。

說明

〈載驅〉是齊人諷刺齊襄公與文姜淫亂之作。

《詩序》：「〈載驅〉，齊人刺襄公也。無禮義，故盛其車服，疾驅於通道大都，與文姜淫，播其惡於萬民焉。」襄公與文姜的淫惡，齊國人不但引以為恥，而且恨之入骨，所以諷刺他們的詩不只一兩篇。

齊襄公在害死魯桓公之後，竟然肆無忌憚地與文姜公然往來，車馬盛麗，令人為之側目。《朱傳》說詩是在刺文姜，這話也對，詩寫的是文姜高高興興地乘車來會襄公，怎能說不是刺她呢？不過，一個巴掌拍不響，齊襄公與文姜的醜事，兩人都有責任，刺文姜也就是刺襄公，兩人都逃不了遺臭萬年的命運。

猗嗟

猗嗟❶昌❷兮，頎而長兮。抑若揚❸兮，美目揚❹兮。巧趨❺蹌❻兮，射則臧❼兮。（一章）

猗嗟名❽兮，美目清❾兮。儀既成❿兮，終日射侯⓫，不出正⓬兮。展我甥⓭兮。（二章）

猗嗟孌兮，清揚婉兮⓮。舞則選⓯兮，射則貫⓰兮。四矢反⓱兮，以禦亂兮。（三章）

注釋

❶猗（ㄧ）嗟：歎美之詞。

❷昌：盛壯俊美的意思。

❸抑若揚：抑，同「懿」，美好的意思。若，語助詞。揚，美。

❹揚：美麗。馬瑞辰以為，《詩》中的「清揚」、「揚」、「清」都是美麗的意思。

❺巧趨：趨，快步。巧趨是指步伐輕巧迅捷。

❻蹌（ㄑㄧㄤ）：快步走的姿態。

❼臧：善、好。

❽名：義同首章的「昌」，盛壯俊美的意思。

❾清：美。

❿儀既成：儀，射箭的儀式。成，完成、完備。

⓫侯：射箭的靶子。

⓬正：靶子正當中的圓心。

⓭展我甥：展，誠然。甥，指魯莊公而言，莊公為齊襄公之甥。

⓮清揚婉兮：清揚，《毛傳》：「眉目之間婉然美也。」馬瑞辰以為是美麗的意思。婉，美好。

⓯選：整齊、齊一，此謂舞容與音樂節拍齊一諧調。

⓰貫：射中目標。

⓱四矢反：反，復。四矢反是說四支箭重複射中在一處。

說明

〈猗嗟〉讚美一位男子有美好的外型，又有出色的技藝。

《詩序》：「〈猗嗟〉，刺魯莊公也。齊人傷魯莊公有威儀技藝，然而不能以禮防閑其母，失子之道，人以為齊侯之子焉。」我們從〈猗嗟〉全篇都是讚美之詞來看，應該可以同意方玉潤《詩經原始》所說，這是「齊人初見莊公而歎其威儀技藝之美」的詩。作《序》者則因視〈猗嗟〉與〈南山〉、〈敝笱〉、〈載驅〉為同一組詩，故特解為刺魯莊公的詩，這是從反諷的角度來詮釋詩篇，用心良苦，也由此可以知道，作《序》者對於齊襄公淫亂事件的筆誅墨伐，是不遺餘力的。

魏風（七篇）

魏為姬姓之國，建國於西周初年，始封之人及其世次，今已不可考。其領域約當現今山西省的西南部和河北省的西北部。

周惠王十七年時（春秋魯閔公元年），晉獻公滅魏，以魏地為大夫畢萬之采地，後來畢萬的後代與韓、趙三分晉國，那就不是原來的魏了。

朱子《詩集傳》說：「蘇氏曰：『魏地入晉久矣，其詩疑皆為晉而作，故列於〈唐風〉之前，猶〈邶〉、〈鄘〉之於〈衛〉也。』今按篇中『公行』、『公路』、『公族』皆晉官，疑實晉詩。又恐魏亦嘗有此官，蓋不可考矣。」學者們多數認為，〈魏〉詩多怨怒之音，一片政亂國危氣象，畢萬所封及其後之魏，似不應有此現象（東周平王、桓王之世，魏國政治不上軌道，人民生活困苦，而周惠王時代，晉獻公滅魏，把魏地賞賜給畢萬，從此以後，魏地人民生活逐漸轉好），因此仍然同意鄭玄《詩譜》所說，〈魏風〉作於東周平王、桓王之世，亦即皆為姬魏時代之作。

葛屨

糾糾葛屨❶，可以履霜❷。摻摻❸女手，可以縫裳❹。要之襋之❺，好人❻服之。（一章）

好人提提❼，宛然左辟❽。佩其象揥❾。維是褊心❿，是以爲刺。（二章）

注釋

❶糾糾葛屨：糾糾，纏結的樣子。葛屨，葛草編成的鞋子。

❷可以履霜：履霜，踩在冰霜上。按葛屨為夏日所用之鞋，不宜在冬季時使用，故句有褊心儉嗇之意。

❸摻（ㄒㄧㄢ）摻：猶「纖纖」，纖細的意思。

❹縫裳：上曰衣，下曰裳。此處縫裳兼縫衣而言，為了協韻，言裳不言衣。

❺要（ㄧㄠ）之襋（ㄐㄧˊ）之：要，裳䙅。襋，衣領。此作動詞用，縫其䙅領，也就是縫其衣裳的意思。

❻好人：諷語，指的是詩所刺的人。

❼提提：安詳舒適的樣子。

❽宛然左辟：宛然，溫柔和順的樣子。左辟，或謂辟讀為便辟之辟，左辟是過於恭敬的意思；或謂辟即避，左辟是遇路人即謙讓地向左閃開。

❾象揥（ㄊㄧˋ）：象骨所做的頭簪。

❿褊（ㄅㄧㄢˇ）心：器量狹小，性情又急躁。

說明

〈葛屨〉諷刺儉嗇褊急之君上，詩中所謂「可以」者，實皆不可以；所謂「好人」者，實為不好之人；此為本詩反正變化之工巧處。

《詩序》：「〈葛屨〉，刺褊也。魏地陝隘，其民機巧趨利，其君儉嗇褊急，而無德以將之。」說〈葛屨〉是刺褊的詩，那是絕對錯不了的，但是，所諷刺的那個「好人」是誰呢？依〈續序〉之說是國君，然而有不少學者認為，「象揥」是貴婦人的飾物，這樣「好人」就是指國君的夫人了。

也有人認為，解詩不必把國君、夫人牽連進來，詩的作者是縫裳之女，所刺的對象是家中的長上；這也是可以說得通的，但仍不礙《詩序》之以政教說詩。

汾沮洳

彼汾沮洳❶，言采其莫❷。彼其之子❸，美無度❹；美無度，殊異乎公路❺。
（一章）

彼汾一方❻，言采其桑。彼其之子，美如英❼；美如英，殊異乎公行❽。
（二章）

彼汾一曲❾，言采其藚❿。彼其之子，美如玉；美如玉，殊異乎公族⓫。
（三章）

注釋

❶汾沮（ㄐㄩˋ）洳（ㄖㄨˋ）：汾，水名，在今山西省中部。沮洳，低窪潮溼的地方。

❷莫：野菜名。

❸彼其之子：其，語助詞。彼其之子意即「那個人」，此指採野菜的那個人。由下文知其為「公路」之官。

❹美無度：或解為其美不可衡量，或釋為好美而無節度，前者為美辭，後者為貶辭。

❺公路：管理國君路車的官員。

❻方：與「旁」通。

❼英：花。

❽公行：管理兵車的官員。

❾曲：水流彎曲之處。

❿藚（ㄒㄩˋ）：草名，可入藥。

⓫公族：管理宗族事務的官。

說明

或謂〈汾沮洳〉是一篇人民讚美官員的詩，但也有某些學者持相反的意見，堅認這是一篇諷刺之作。

《詩序》：「〈汾沮洳〉，刺儉也。其君儉以能勤，刺不得禮也。」這意思是說，魏君采莫、采桑、采藚，實在是節儉又勤勞，這種大不同於貴族傳統的行為，也未免儉嗇太過，所以詩人寫〈汾沮洳〉來諷刺他。

因為《序》說確實稍嫌牽強，是以後人紛紛自立新說，有人以為這是讚美公族大夫有節儉的美德，有人則說這是諷刺某大夫愛修飾的詩，還有人說這是婦女讚美男子的詩，更有人說這是詩人埋怨魏國大夫不知民間疾苦的詩；人人都自認己說才是詩的本義，無如真正的本義，可能只有詩人才心知肚明。我們在此下個簡單的判斷，單從詩文來看，這是在讚美采莫、采桑、采藚之人，有沒有反諷的意思，就看讀者各自的領會了。另外，注❹於「美無度」之解保留了兩種說法，若釋「度」為節度，那就是直接斥罵了，不過，持此說的學者雖多，卻忽略了詩二章「美如英」、三章「美如玉」，似乎較像是純粹的恭維之語，所以不能單以一「度」字就輕易地以為此詩是在罵人。當然，考慮到整體〈魏風〉的格調，解〈汾沮洳〉為諷刺之作，肯定也有許多讀者願意接受。

園有桃

園有桃，其實之殽❶。心之憂矣，我歌且謠❷。不知我者，謂我士也驕。「彼人是哉！子曰何其？」❸心之憂矣，其誰知之？其誰知之？蓋亦勿思❹！

（一章）

園有棘❺，其實之食。心之憂矣，聊以行國❻。不知我者，謂我士也罔極❼。「彼人是哉！子曰何其？」心之憂矣，其誰知之？其誰知之？蓋亦勿思！（二章）

注釋

❶其實之殽（ㄧㄠˊ）：實，果實。殽，吃。句謂吃其果實。

❷歌且謠：《毛傳》：「曲合樂曰歌，徒歌曰謠。」

❸「彼人是哉」二句：此為「不知我者」所說的話。彼人，指執政者。子，你，指詩人。何其（ㄐㄧ），什麼。

❹蓋（ㄏㄜˊ）亦勿思：蓋與「盍」通用，盍即何。句謂何能不思。或謂蓋（盍）為「何不」之義，句謂何不丟開了不去想它。

❺棘：酸棗樹。

❻聊以行國：聊，且。國，都城。行國，行於都城之中。

❼罔極：猶言「無良」。

說明

〈園有桃〉是一篇魏國詩人憂時傷己之作。

《詩序》：「〈園有桃〉，刺時也。大夫憂其君，國小而迫，而儉以嗇，不能用其民，而無德教，日以侵削，故作是詩也。」從詩的內容，我們無法得知詩人何以「心之憂矣」，作《序》者以他們所了解的詩的時代背景，提出「大夫憂其君，國小而迫，而儉以嗇」之說，這應該沒什麼好非議的。

陟岵

陟彼岵❶兮，瞻望父兮。父曰：「嗟予子，行役❷夙夜無已❸。上慎旃❹哉！猶來無止❺。」（一章）

陟彼屺❻兮，瞻望母兮。母曰：「嗟予季❼，行役夙夜無寐❽。上慎旃哉！猶來無棄❾。」（二章）

陟彼岡兮，瞻望兄兮。兄曰：「嗟予弟，行役夙夜必偕❿。上慎旃哉！猶來無死。」（三章）

注釋

❶陟彼岵（ㄏㄨˋ）：陟，登。岵，《爾雅》：「山多草木。」《毛傳》：「山無草木。」《孔疏》謂《傳》文當是轉寫之誤。

❷行役：服役。古人於因公出差、服勞役、出征等都叫行役。

❸夙夜無已：已，停止。這裡是說早晚都沒有休息的時間。

❹上慎旃（ㄓㄢ）：上，同「尚」，庶幾、希望的意思。旃，「之焉」二字的合聲。

❺猶來無止：來，歸來。止，留止於外。

❻屺：沒有草木的山。

❼季：小兒子。

❽無寐：沒有睡覺的時間，極言其辛勞。

❾棄：這裡是死的意思。

❿夙夜必偕：偕，同。《朱傳》以為是說早晚都必須跟別人在一起，不得自由。

說明

〈陟岵〉寫出了行役者的思念親人。

《詩序》：「〈陟岵〉，孝子行役，思念父母也。國迫而數侵削，役乎大國，父母兄弟離散，而作是詩也。」〈陟岵〉是征夫思親之作，《序》說平實可從，乃有人認為詩三章言及征夫之兄，故《序》說有疏漏，此種評論有吹毛求疵之嫌。

值得注意的是，本詩不直寫征夫如何思親，改從征夫想像家人如何想念、祝福自己下筆，其所收到的效果，就正如方玉潤《詩經原始》所言，「筆以曲而愈遠，情以婉而愈深。」

十畝之間

十畝之間兮，桑者閑閑❶兮。行❷與子還兮。（一章）

十畝之外兮，桑者泄泄❸兮。行與子逝❹兮。（二章）

注釋

❶桑者閑閑：桑者，採桑的人。閑閑，悠閒自得的樣子。

❷行：且、將。
❸泄泄：《毛傳》：「多人之貌。」或謂泄泄義同「閑閑」。
❹逝：往、走、離開。

說明

〈十畝之間〉是一篇賢者有意歸於田園之作。

《詩序》：「〈十畝之間〉，刺時也。言其國削小，民無所居焉。」詩文是說採桑的人自在悠閒，作者準備跟他一塊離開，《詩序》認為詩人是因不能在國內安居樂業，所以才有離開的念頭，不管詩的本義如何，《詩序》是有理由作這樣的引申的。

《朱傳》：「政亂國危，賢者不樂仕於其朝，而思與其友歸於農圃，故其辭如此。」以詩人為居官的賢者，誰說不可能？

有些學者認定〈十畝之間〉為民間歌謠，是一群採桑女子呼伴同歸的歌唱，我們不敢說這樣的說法失之膚泛，也不敢說詩人本義不可能就這麼簡單，不過他們倒是很肯定舊說是不能相信的，這恐怕就有傷武斷了。再者，〈魏〉詩普遍帶有灰色的、陰霾的格調，此篇卻簡易地勾勒出清新恬淡的田園風光，這是比較特殊之處。

伐檀

坎坎伐檀❶兮，寘❷之河之干❸兮；河水清且漣猗❹。不稼不穡❺，胡取禾三百廛❻兮！不狩不獵❼，胡瞻爾庭有縣貆❽兮！彼君子兮，不素餐兮❾！

（一章）

坎坎伐輻⑩兮，寘之河之側兮；河水清且直⑪猗。不稼不穡，胡取禾三百億⑫兮！不狩不獵，胡瞻爾庭有縣特⑬兮！彼君子兮，不素食⑭兮！（二章）

坎坎伐輪兮，寘之河之漘⑮兮；河水清且淪⑯猗。不稼不穡，胡取禾三百囷⑰兮！不狩不獵，胡瞻爾庭有縣鶉⑱兮！彼君子兮，不素飧⑲兮！（三章）

❶坎坎伐檀：坎坎，伐木聲。檀，樹木名。

❷寘：同「置」。

❸干：岸、邊。

❹漣猗：漣，水面的波紋。猗，《魯詩》作「兮」，語氣詞。

❺不稼不穡：稼，種植；穡，收割。

❻三百廛（ㄔㄢˊ）：《毛傳》：「一夫之居曰廛，田百畝。」三百廛是說三百戶人家的田賦。

❼不狩不獵：狩是冬季打獵，獵是夜間打獵，這裡是泛指。

❽縣（ㄒㄩㄢˊ）貆（ㄏㄨㄢˊ）：縣，同「懸」。貆，獸名，即獾。

❾「彼君子兮」二句：君子指在位者，素餐是白吃飯的意思。這是詩人用反話譏刺貪鄙的在位者。若以「君子」指奉公守法的正直官員，此二句為讚美他們的話，也通。

❿伐輻：輻，車輪中共集於車轂之支輞細柱。伐輻是伐檀木來做輻的意思。

⓫直：河水直流不轉彎。

⓬億：周代以十萬為億，這裡是指禾秉的數目（禾一把叫一秉）。

⓭特：《毛傳》：「獸三百日特。」

⓮素食：與前章「素餐」同義。

⓯漘（ㄔㄨㄣˊ）：水邊。

⓰淪：微風吹水所成的輪狀波紋。

⓱囷（ㄐㄩㄣ）：圓形的糧倉。

⓲鶉：鳥名，即鵪鶉。

⓳素飧（ㄙㄨㄣ）：飧是熟食或晚餐的意思，素飧義同前面的「素餐」、「素食」。

說明

〈伐檀〉的作者可謂是勞動階級的代言人，詩以義正詞嚴的質問為主軸，這一種帶有強烈的抗議精神的作品，在〈國風〉中並不多見。

《詩序》：「〈伐檀〉，刺貪也。在位貪鄙，無功而受祿，君子不得進仕爾。」這個說法照說不會引來異議，可是朱子卻批評《序》說「失其旨矣」，他認為「此詩專美君子不素餐」（引文見《詩序辨說》），其實此詩的諷刺意味是極為濃厚的，注於「彼君子兮，不素餐兮」二句，保留了刺美兩種說法，就算以二句為讚美之詞才是正詁，仍不妨〈伐檀〉之為諷刺之作，蓋詩人是以不素餐之君子，來凸顯貪鄙的在位者之令人厭惡，而若詩句本為反諷之意，那麼朱子就連唯一的反《序》籌碼都沒有了。

碩鼠

碩鼠❶碩鼠，無食我黍！三歲貫女❷，莫我肯顧❸。逝❹將去女，適彼樂土❺。
樂土樂土，爰得我所❻。（一章）

碩鼠碩鼠，無食我麥！三歲貫女，莫我肯德❼。逝將去女，適彼樂國❽。樂

國樂國，爰得我直⑨。（二章）

碩鼠碩鼠，無食我苗！三歲貫女，莫我肯勞⑩。逝將去女，適彼樂郊⑪。樂郊樂郊，誰之永號⑫？（三章）

注釋

❶碩鼠：碩，大。王夫之《稗疏》謂碩、鼫古通用（二字皆音ㄕˊ），鼫鼠是一種形大如鼠，好在田中食粟豆的動物；亦通。

❷貫女：貫與「慣」通，習慣之意，這裡有慣壞、寵壞的意思。女，同「汝」，表面上是指碩鼠，實際是指剝削者。

❸顧：眷顧。

❹逝：發語詞，無義。或謂讀為誓，《公羊傳・徐彥疏》引作「誓」。

❺適彼樂土：適，往、至。樂土，詩人想像中的沒有老鼠的好地方，也就是沒有剝削者的幸福樂園。

❻爰得我所：爰，乃、就。所，安身之所。

❼德：感激、感恩。

❽樂國：義同前章「樂土」。

❾爰得我直：直，直道，正直可行之道。余冠英《詩經選》以為直是值的假借字，句謂我的勞動就能得到相應的報酬；說亦可參。

❿勞（ㄌㄠˋ）：慰勞。

⓫樂郊：義同前面的「樂土」、「樂國」。

⓬誰之永號（ㄏㄠˊ）：之，猶其。永，長。號，呼號。句謂誰還會長聲呼號呢？亦即到了樂郊，就沒有人會再痛苦了。

魏國弱小，國君課稅苛重，人民不堪負荷，於是作〈碩鼠〉將貪婪重斂的統治者比喻為大老鼠，詩中並說他們即將離開大老鼠所統治的地方，遷往另一片人間樂土。

《詩序》：「〈碩鼠〉，刺重斂也。國人刺其君重斂，蠶食於民，不脩其政，貪而畏人，若大鼠也。」誠如姚際恆《詩經通論》所說的，「此詩刺重斂苛政，特為明顯」，這樣看來，應該不會再有人挑《詩序》的毛病了，其實又不然，像朱子《詩序辨說》就認為此詩「託於碩鼠以刺其有司，未必以碩鼠比其君也」，《詩序》在宋代以後很難討好，由此可見一斑。不過，假設《詩序》說這是刺有司重斂的詩，後人難道不可以說「此託於碩鼠以刺其君，未必以碩鼠比其有司也」嗎？假如反《序》者一定要如此鑽牛角尖，則其為三百多篇詩所訂的新解，他人亦可以僅因「不合我意」而加以全盤推翻。明白了這個道理，對於某些大陸學者一口咬定〈碩鼠〉中的「我」是農奴，「碩鼠」是指地主，我們也就不必再費心去推敲了。

《魯詩》、《齊詩》認為〈碩鼠〉是刺「履畝稅」之作，所謂履畝稅是說，農民除了要為公田耕種之外，還要繳納私田收成的十分之一為實物稅，因為這樣的雙重剝削使人民難以負擔，所以人民就作了〈碩鼠〉來表達他們的不滿；這樣的今文家之說也不妨參考。

唐風（十二篇）

《詩經》中並沒有所謂的「晉風」，然晉為周之大國，采詩之官不可能置其風詩於不顧，而事實上，〈唐風〉所收十二篇詩，就是晉國的詩篇。

舊謂周成王封其弟弟叔虞於唐，是為唐侯，但近人根據古器物考定叔虞實封於武王之世，舊說不可信。另外，《史記．晉世家》說「唐叔子燮，是為晉侯」，後人往往據此而謂唐改稱晉，始於晉侯燮，清儒惠周惕《詩說》與馬瑞辰《毛詩傳箋通釋》都考定自叔虞時即有晉名，舊說仍然不可信。

叔虞始封之唐，其領域僅有今山西太原一帶，後來領土逐漸擴大，春秋中期以後，晉國開始經營北境，成為北方之強國。《詩》所收晉詩名叫〈唐風〉，可能是因這些詩采自唐始封之地，又或者只是編《詩》者有意保留「唐」之舊名而已。

〈唐風〉所收詩篇，早者不會早於宣王之世，多數仍是東遷以後之作。

蟋蟀

蟋蟀在堂❶，歲聿其莫❷。今我不樂，日月其除❸。無已大康❹，職思其居❺。好樂無荒❻，良士瞿瞿❼。（一章）

蟋蟀在堂，歲聿其逝❽。今我不樂，日月其邁❾。無已大康，職思其外❿。好樂無荒，良士蹶蹶⓫。（二章）

蟋蟀在堂，役車其休⑫。今我不樂，日月其慆⑬。無已大康，職思其憂⑭。

好樂無荒，良士休休⑮。（三章）

注釋

❶在堂：在屋內的意思。《毛傳》：「九月在堂。」（指的是夏正九月，及周正十一月。）

❷歲聿其莫（ㄇㄨˋ）：聿，語詞。莫，同「暮」。其莫猶言「將盡」。

❸日月其除：除，去。句謂一年的歲月即將過去。

❹無已大（ㄊㄞˋ）康：已，甚、過度。大，同泰。康，樂。大康，即泰康、安樂之意。句言不要過分享樂。或謂已、以通，用的意思。大，同「太」。整句仍是不用過分享樂的意思。

❺職思其居：職，尚、還要。居，所居之地位與職責。或訓居為家中之事，亦通。

❻無荒：勿荒廢正事。

❼良士瞿（ㄐㄩˋ）瞿：瞿瞿，驚顧的樣子，有警惕的意思。句謂良士應該自我警惕。

❽逝：過去、流逝。

❾邁：《毛傳》：「行也。」與上章的「除」同義。

❿外：職務以外之事。或訓為家以外的事，亦通。

⓫蹶（ㄍㄨㄟˋ）蹶：《毛傳》：「動而敏於事。」也就是敏捷勤快的意思。或釋為驚起的樣子，則義與前章「瞿瞿」同。

⓬役車其休：役車，行役所用的車子。其休，將要休息。

⓭慆（ㄊㄠ）：過去。

⓮憂：可憂之事。

⓯休休：《朱傳》：「安閑之貌。」或謂休休義同前面的「瞿瞿」、「蹶蹶」，都含有警戒之意。

說明

〈蟋蟀〉寫詩人感到韶光易逝，應當及時行樂，但他又提醒自己，還有責任未了，享樂仍須適可而止。

《詩序》：「〈蟋蟀〉，刺晉僖公也。儉不中禮，故作是詩以閔之，欲其及時以禮自虞樂也。」反對此說的學者多得不勝枚舉。從詩文觀之，〈蟋蟀〉應該是歲暮述懷的詩，至於作者的身分，當如姚際恆《詩經通論》所言，詩中既說「良士」，當是士大夫之詩。又因詩三章言歲暮而說「役車其休」，這也是我們決定篇旨時所應考慮的一條線索，或謂這是征人欲宴樂而又深自警惕之詩，這個說法也可以考慮。

有人批評《序》說附會無理，其實《詩序》儘管有不少附會之處，但其附會都是刻意的、有理由的附會，斷不會出以毫無來由的穿鑿。以〈蟋蟀〉來說，做《序》者以僖公知儉而不知禮，於是將詩套用在他身上，認為詩人希望僖公能依禮自我娛樂，這豈能說是無稽之談？當然，《序》未能配合所有的詩句，使其說教效果不盡理想，這也是不容否認的事實（宋儒蘇轍因此而將篇旨定為「晉君臣相與告語之辭」），但若要從《左傳》沒有僖公「儉不知禮」的記載，來否認《序》說，這種態度就有待商榷了。

山有樞

山有樞❶，隰有榆❷。子有衣裳，弗曳弗婁❸；子有車馬，弗馳弗驅❹。宛❺其死矣，他人是愉❻。（一章）

山有栲❼，隰有杻❽。子有廷內❾，弗洒弗埽❿；子有鐘鼓，弗鼓弗考⓫。宛

其死矣，他人是保⓬。（二章）

山有漆⓭，隰有栗。子有酒食，何不日鼓瑟？且以⓮喜樂，且以永日⓯。宛其死矣，他人入室。（三章）

注釋

❶樞：一種有刺的榆樹。

❷榆：榆樹，落葉喬木。

❸弗曳弗婁：曳，拖曳；婁，《毛傳》：「亦曳也。」曳、婁在此都是穿著的意思。

❹弗馳弗驅：馳是讓馬快跑，驅是用鞭子趕馬，在這裡渾言不別，只是指乘坐的意思。

❺宛：假若。

❻愉：愉快、快樂。

❼栲（ㄎㄠˇ）：樹名，即山樗（ㄕㄨ）。

❽杻（ㄋㄧㄡˇ）：樹名，又名檍。

❾廷內：廷，中庭。內，堂室。

❿埽：即今「掃」字。

⓫考：敲擊。

⓬保：《毛傳》：「安也。」《鄭箋》：「居也。」《朱傳》：「居有也。」

⓭漆：樹名。

⓮且以：且，姑且。以，用以。

⓯永日：終日。

說明

〈山有樞〉以稍嫌誇張的手法，一方面諷刺守財奴，一方面宣揚「人生得意須盡歡」這樣的及時行樂的人生觀。

《詩序》：「〈山有樞〉，刺晉昭公也。不能脩道，以正其國，有財不能用，有鐘鼓不能以自樂，有朝廷不能洒埽，政荒民散，將以危亡，四鄰謀取其國家而不知，國人作詩以刺之也。」〈山有樞〉的文意極為淺顯，但因詮釋的角度不同，王質《詩總聞》「此勸友人及時行樂之詩」，與季本《詩說解頤》「刺儉而不重禮之詩」兩種說法，都有可能是詩的本義，但勸、刺二說基本上也未必衝突，詩人一方面可以刺那些吝嗇之徒，一方面也可以勸他們不要再那麼吝嗇，不妨適度地行樂一番，而對於慣於以美刺說詩的《詩序》來說，以之為刺國君之詩，亦為天經地義，熟悉《詩序》特色的人，自然不會覺得詫異。

揚之水

揚之水❶，白石鑿鑿❷。素衣朱襮❸，從子于沃❹。既見君子❺，云何❻不樂？（一章）

揚之水，白石皓皓❼。素衣朱繡❽，從子于鵠❾。既見君子，云何其憂？（二章）

揚之水，白石粼粼❿。我聞有命⓫，不敢以告人⓬。（三章）

注釋

❶揚之水：或解激揚之水，或謂悠揚之水。句已見〈王風〉與〈鄭風〉兩篇〈揚之水〉。

❷鑿（ㄗㄨㄛˋ）鑿：《毛傳》：「鮮明貌。」

❸朱襮（ㄅㄛˊ）：襮是古代諸侯所用的繡黼的衣領，朱襮是這樣的衣領以紅色為緣邊。

❹從子于沃：跟從你到曲沃（曲沃是桓叔的封地，在今山西省聞喜縣東）。這裡的子，有人說是桓叔（晉昭侯封其叔成師於曲沃，號為桓叔），有人說是潘父（昭侯七年，晉大夫潘父與桓叔密謀，作為內應，發動政變）。

❺君子：指桓叔而言。

❻云何：如何。

❼皓皓：潔白的樣子。

❽朱繡：繡，刺繡。朱繡與前章「朱襮」同義。

❾鵠（ㄍㄨˇ）：一般認為是曲沃旁的邑名，馬瑞辰強調鵠就是曲沃，「非曲沃之旁別有邑名鵠也」。

❿粼粼：《朱傳》：「水清石見之貌。」

⓫命：命令。指桓叔將發動政變之命令。

⓬不敢以告人：此句有兩種解釋，其一，桓叔欲謀晉，民眾為之保密不說，這是希望桓叔能夠成功；其二，這是以反話來隱晦地告密。

說明

本篇的本事與晉國的一段宮廷鬥爭有關。建都於絳的晉昭公，有鑑於叔父成師（桓叔）的勢力太大，就將他封在曲沃來限制其勢力範圍，但後來桓叔的孫子還是靠曲沃的勢力來壓迫王室，殺了晉昭公，並且自曲沃遷居到絳，這就是晉武公。

《詩序》：「〈揚之水〉，刺晉昭公也。昭公分國以封沃，沃盛彊，昭公微弱，國人將叛而歸沃焉。」（**晉昭公，《左傳》、《史記》作晉昭侯**）在注⓬中，我們說過詩三章「不敢以告人」之句，有兩種解釋，只要取第一說，則《序》說即可成立，但若取第二說，則嚴粲、方玉潤等人認為〈揚之水〉是詩人以微詞告發潘父與桓叔篡國陰謀之作，就是詩的本義了。朱子在《詩集傳》中說：「晉昭侯封其叔成師于曲沃，是為桓叔。其後沃盛彊而晉微弱，國人將叛而歸，故作此詩。」這依舊是以史說詩，只是避開美刺之論而已。

還有人認為〈揚之水〉本義與政治無關，比較特殊的是日人白川靜在其《詩經研究》中，利用民俗學來研讀《詩經》，用「水占」之說來解釋揚之水，糜文開、裴普賢受其影響，於是在其大作《詩經欣賞與研究》中，解本篇為「敘寫一個女子水占得吉兆，便祕密前去赴男友婚姻之約的詩」。也許同意其說者不多，但利用民俗學來說《詩》，的確也為《詩經》解釋學開啟了另一扇窗。

椒聊

椒聊之實❶，蕃衍盈升❷。彼其之子，碩大無朋❸。椒聊且❹，遠條❺且。

（一章）

椒聊之實，蕃衍盈匊❻。彼其之子，碩大且篤❼。椒聊且，遠條且。（二章）

注釋

❶椒聊之實：《毛傳》：「椒聊，椒也。」陸璣《蟲魚疏》及陸德明《釋文》都認為聊是語助詞，聞一多《類鈔》謂「草木實聚生成叢，古語叫做聊」。實，果實。

❷蕃衍盈升：蕃衍，繁多、蔓延的意思。盈升，裝滿一升。

❸朋：比。

❹且（ㄐㄩ）：語助詞。

❺遠條：《朱傳》：「長枝也。」另本「條」作「脩」，遠脩是指花椒的香氣傳得很遠。

❻匊：同今「掬」字，兩手合捧的意思。

❼篤：敦厚篤實。

說明

〈椒聊〉讚美某人，其中是否寓含歎美「彼其之子」繁衍生息、人丁興旺之意，說者不一。《詩序》：「〈椒聊〉，刺晉昭公也。君子見沃之盛彊，能脩其政，知其蕃衍盛大，子孫將有晉國焉。」〈椒聊〉因為緊接在〈揚之水〉之後面，作《序》者往往會考慮從「組詩」的方向來解說，加上「彼其之子，碩大無朋」可以解釋為曲沃桓叔的強大，「蕃衍」、「遠條」也都有利於晉弱沃強之引申，是以《詩序》就以〈椒聊〉為刺晉昭公之詩了。

詩人的本義說不定已被《詩序》說中，但也有可能這只是單純的頌揚某人的詩。

綢繆

綢繆束薪❶，三星❷在天。今夕何夕？見此良人❸。子❹兮子兮！如此良人何❺！

（一章）

綢繆束芻⑥，三星在隅⑦。今夕何夕？見此邂逅⑧。子兮子兮！如此邂逅何？（二章）

綢繆束楚，三星在戶⑨。今夕何夕？見此粲者⑩。子兮子兮！如此粲者何！（三章）

❶綢繆（ㄇㄡˊ）束薪：綢繆，纏綿、纏捆。束薪，一束之柴薪。

❷三星：二十八宿中的參星。

❸良人：古代婦女稱丈夫為良人，或謂《詩》中「良人」皆訓善人。

❹子：或謂咨之假借，歎詞；或解為第二人稱，你。

❺如此良人何：《孔疏》：「如何，猶奈何。」句為欣喜之詞，是說不知如何對待如此良人。

❻芻：乾草。

❼隅：指天空的東南方。《朱傳》：「隅，東南隅也。昏見之星至此，則夜久矣。」

❽邂逅：《毛傳》：「解說（ㄩㄝˋ）之貌。」胡承珙《後箋》：「邂逅，會合之意。凡君臣、朋友、男女之會合皆可言之。《傳》云『解說之貌』，即因會合而心解意說耳。」程俊英《譯註》：「邂逅，本義是會合，引申為『悅』，這裡是用它作名詞，指可愛的人。」

❾戶：房門。詩以三星在天、在隅、在戶說明時間之移轉。或謂三星在天、在隅、在戶說明的是時間之久長，謂新婚夫婦通夜纏綿。

❿粲者：美人。

說明

〈綢繆〉描寫新婚之夜，發現對方非常漂亮，令人喜出望外，不知如何是好，也有人說這是「後世鬧新房歌曲之祖」，這等作品，落在《詩序》作者手中，當然要重新詮釋。

《詩序》：「〈綢繆〉，刺晉亂也。國亂，則婚姻不得其時焉。」朱子在《詩序辨說》中認為，「此但為昏姻者相得而喜之詞，未必為刺晉亂也」。從詩中「今夕何夕，見此良人」、「今夕何夕，見此粲者」之語觀之，朱子說對詩之本義的機會不小，作《序》者想必也不會不明於此，但既以「變詩」視〈唐風〉，則將詩釋為刺晉亂，也未嘗不是合理的借題發揮。

杕杜

有杕之杜❶，其葉湑湑❷。獨行踽踽❸，豈無他人？不如我同父❹。嗟行❺之人，胡不比❻焉？人無兄弟，胡不佽❼焉？（一章）

有杕之杜，其葉菁菁❽。獨行睘睘❾，豈無他人？不如我同姓❿。嗟行之人，胡不比焉？人無兄弟，胡不佽焉？（二章）

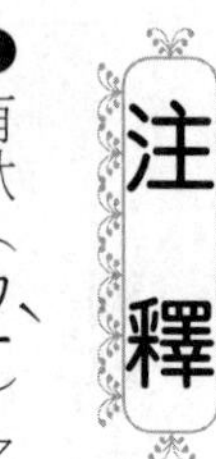

❶有杕（ㄉㄧˋ）之杜：杕，孤獨特立的樣子。有杕，—猶杕然或杕杕。杜，赤棠樹。

❷湑（ㄒㄩˇ）湑：茂盛的樣子。
❸踽（ㄐㄩˇ）踽：孤獨的樣子。
❹同父：指兄弟。
❺行：道路。
❻比（ㄅㄧˋ）：親密。
❼佽（ㄘˋ）：幫助。
❽菁菁：茂盛的樣子。
❾睘（ㄑㄩㄥˊ）睘：無所依靠的意思。《魯詩》作「煢煢」。
❿同姓：《毛傳》：「同祖也。」馬瑞辰《通釋》：「同姓，蓋謂同母生者。」

說明

《詩經》有兩篇〈杕杜〉，除了本篇之外，另一篇在〈小雅・鹿鳴之什〉中。〈唐風〉的這篇〈杕杜〉寫出了一位孤立無援者的感傷。

《詩序》：「〈杕杜〉，刺時也。君不能親其宗族，骨肉離散，獨居而無兄弟，將為沃所并爾。」任何人都知道〈杕杜〉寫的是一個失去了兄弟的人，感傷自己的孤獨無助。《詩序》將之牽連至晉昭公身上，這是刻意地附會史事，實不足為怪。

羔裘

羔裘豹袪❶，自我人居居❷。豈無他人？維子之故❸。（一章）

羔裘豹褎❹，自我人究究❺。豈無他人？維子之好❻。（二章）

注釋

❶豹袪（ㄑㄩ）：袪是袖子，豹袪是鑲著豹皮的袖子，這是在位卿大夫的服飾。

❷自我人居居：自，於、對於。我人，吾人、我們。居居，《毛傳》：「懷惡不相親比之貌。」胡承珙《後箋》謂居同「倨」，倨傲不遜的意思。

❸「豈無他人」二句：依《鄭箋》，這是說難道沒有別的大夫的地方可以去嗎？我之所以不離去，是念在你是我故舊之人。

❹褎：同「袖」。

❺究究：《毛傳》：「猶居居也。」究、居聲轉為義，故《毛傳》以究究猶居居。

❻好：愛好。

說明

《詩經》共有三篇〈羔裘〉，分別在〈鄭風〉、〈唐風〉與〈檜風〉中。〈唐風〉的〈羔裘〉寫出了人民對於執政者的反感。

《詩序》：「〈羔裘〉，刺時也。晉人刺其在位，不恤其民也。」此詩一共只有兩章，各章前二句都在斥責在位之大夫，後二句又表示「念其恩好，不忍歸他人之國」（引文為《孔疏》語），依此則《序》說並無大病。

程俊英、蔣見元合著的《詩經注析》說：「這首詩的主題頗難解。……毛、孔之說站不住腳。今人說此篇，有以為是貴族朋友反目所作，有以為是奴隸諷刺奴隸主貴族的歌唱，有以為是婢妾反抗主人之詩，都可以說得通。聞一多《風詩類鈔》：『你羔裘豹袖的人，自是對我們的傲慢。難道沒有別人，非同你好不可？』他將詩譯成散文，用的是女子的口吻。現姑從聞說，解為貴族婢妾對主人的反抗。」我們不敢說今人之說一定不會勝過古人，但既承認「這首詩的主題頗難解」，而《鄭箋》又說「羔裘豹祛」為「在位卿大夫之服」，那麼我們又有什麼理由唾棄舊說呢？

鴇羽

肅肅鴇羽❶，集于苞栩❷。王事靡盬❸，不能蓺❹稷黍。父母何怙❺？悠悠蒼天，曷其有所❻！（一章）

肅肅鴇翼，集于苞棘。王事靡盬，不能蓺黍稷。父母何食？悠悠蒼天，曷其有極❼！（二章）

肅肅鴇行❽，集于苞桑。王事靡盬，不能蓺稻粱。父母何嘗❾？悠悠蒼天，曷其有常❿。（三章）

注釋

❶肅肅鴇羽：肅肅，鳥振翅聲。鴇，《朱傳》：「鳥名，似鴈而大，無後趾。」所以不能穩定地棲息在樹上，通常牠們棲息在湖邊或是平原上。

❷集于苞栩：集，止息、棲息。苞，茂盛。栩，櫟樹。

❸王事靡盬（ㄍㄨˇ）：王事，征役之事。靡，無。盬，止息、停止。

❹蓺（ㄧˋ）：種植。

❺怙（ㄏㄨˋ）：依靠、依賴。

❻曷其有所：何時才能有安居之所。

❼極：終了、盡頭。
❽行：《毛傳》：「翮（ㄏㄜˊ）也。」翮是翅膀的意思。《朱傳》：「行，列也。」段玉裁《小學》：「行、翮求諸雙聲合韻，詁訓之法如此。羽、翼、翮，以類相從，不釋為行列也。」
❾嘗：俗作「嚐」。
❿常：平常、正常。

說明

〈鴇羽〉是一篇苦於征役而不得奉養父母的人民訴苦之作。《詩序》：「〈鴇羽〉，刺時也。昭公之後，大亂五世，君子下從征役，不得養其父母，而作是詩也。」今日說解此詩者，多從朱子「民從征役而不得養其父母」之說，而其說與《序》說並無二致，差別在朱子刻意避開時世的指定而已。《序》言「大亂五世」，《鄭箋》說：「大亂五世者，昭公、孝侯、鄂侯、哀侯、小子侯。」據李樗《毛詩集解》、范處義《詩補傳》與胡承珙《毛詩後箋》之說，五世當是從孝侯至緡，胡氏且從《左傳．隱公五年、八年、九年》之相關記載，證明昭公時代無「王事」，因此我們可以說《序》說無誤，〈續序〉云「昭公之後，大亂五世」，此語當不含昭公在內。

無衣

豈曰無衣七❶兮？不如子❷之衣，安且吉兮❸。（一章）
豈曰無衣六❹兮？不如子之衣，安且燠❺兮。（二章）

注釋

❶七：古代侯伯的冕服有七種花紋，也就是「七章」，畫在上衣者三章，繡在下裳者四章。

❷子：你，這裡指天子之使。

❸安且吉兮：安，安適。吉，美善。

❹六：古代天子之卿的冠服以「六」為節度，例如其冠以六塊皮合成，用六塊玉作飾物等。據《鄭箋》，變七言六是謙虛之詞，不敢必當侯伯，得列於天子之卿也可以的意思。

❺燠（ㄩˋ）：溫暖。

說明

《詩經》中有兩篇〈無衣〉，一篇在〈唐風〉，一篇在〈秦風〉，這一篇〈唐風‧無衣〉跟晉國的歷史事件有關。

《詩序》：「〈無衣〉，美晉武公也。武公始并晉國，其大夫為之請命乎天子之使，而作是詩也。」根據《史記‧晉世家》的記載，曲沃桓叔之孫併晉，以寶器賄賂周僖王，王以之為晉侯，這就是晉武公。但武公雖擁有了晉國，內心卻不自安，因為他並未獲得天子之命服，這樣他這個國君就不能說是名正言順了。所以，武公必須向天子請命，畢竟，只有得到天子之命服，那才真正是「安且吉」的。這樣看來，〈續序〉之說是絕對可信的，〈古序〉說是「美晉武公」，恐怕就有待斟酌了，別忘了，《詩序》是把〈唐風〉當作「變詩」來看待的，雖然正變不必等於美刺，但《詩序》處理〈唐風〉十二篇詩，有十一篇直指刺詩，唯獨認為〈無衣〉美晉武公，而歷史上的晉武公又沒有值得讚美之處，因此，除非解釋為〈無衣〉的作者既為武公向天子請命，就必須在天子之使前「美晉武公」，否則說此詩有「美晉武公」之意，實不易讓人信服。

有待一提的是，有些《詩經》本子，《詩序》作「〈無衣〉，刺晉武公也」。如果〈古序〉真作「刺」，那就沒問題了。但據孔穎達《毛詩正義》以及阮元的考證，《詩序》確實用的是「美」字。

有杕之杜

有杕之杜❶，生于道左❷。彼君子兮，噬肯適我❸？中心好❹之，曷❺飲食之？（一章）

有杕之杜，生于道周❻。彼君子兮，噬肯來遊？中心好之，曷飲食之？（二章）

❶有杕之杜：杕，孤獨特立的樣子。有杕，猶杕然或杕杕。杜，赤棠樹。

❷道左：道路的左邊（古人以東為左）。

❸噬肯適我：噬，發語詞，《韓詩》作「逝」。適，往、到。

❹好：喜好、愛好。

❺曷：何時。或訓為「何」、「何不」。

❻道周：道右。《韓詩》「周」作「右」。

說明

〈有杕之杜〉寫的是一名孤獨之人盼與賢者為友，但也有學者認為本篇比較像是情詩，寫出了某癡情女子盼其所愛。

《詩序》：「〈有杕之杜〉，刺晉武也。武公寡特，兼其宗族，而不求賢以自輔焉。」從詩文觀之，這詩寫的是一個自感孤獨的人，盼望與賢者為友，《詩序》繞了一個圈子，說是晉武公不求賢，這種借詩說教是《詩序》的一大特色，當然，今天附和其說的人不多了。

葛生

葛生蒙楚，蘞蔓于野❶。予美亡此❷，誰與❸？獨處❹！（一章）

葛生蒙棘，蘞蔓于域❺。予美亡此，誰與？獨息❻！（二章）

角枕粲兮❼，錦衾爛兮❽。予美亡此，誰與？獨旦❾！（三章）

夏之日，冬之夜❿。百歲之後⓫，歸于其居⓬。（四章）

冬之夜，夏之日。百歲之後，歸于其室⓭。（五章）

❶「葛生蒙楚」二句：蒙，掩覆。蘞（ㄌㄧㄢˋ），草名，蔓生。蔓，蔓延。馬瑞辰《通釋》：「葛與蔓皆蔓草，延於松柏則得其所，猶婦人隨夫榮貴。今詩言蒙楚、蒙棘、蔓野、蔓域，蓋以喻婦人失其所依。」或謂此兩句僅是單純地寫所見之景。

❷予美亡此：予美，我所美（**所愛**）的人。亡，離去。不忍言死，故云離去。

❸與：共處、相伴。

❹處：居。

❺域：墓地。

❻息：寢息。

❼角枕粲兮：角枕，以獸角骨作裝飾的枕頭。粲，鮮明亮麗的樣子。

❽錦衾爛兮：錦衾，錦製之被子。爛，義同「粲」。

❾獨旦：獨自到天明。

❿「夏之日」二句：夏日長，冬夜長，這裡有日子難捱之意。

⓫百歲之後：死後的意思。

⓬居：這裡指墳墓。

⓭室：這裡指墓室。

說明

〈葛生〉是一篇句句情深的悼亡詩，詩中頗有悲涼的意境與悽慘的氛調，多數學者認為這是中國的悼亡詩之祖。

《詩序》：「〈葛生〉，刺晉獻公也。好攻戰，則國人多喪矣。」〈葛生〉之為悼亡詞，很難讓人有異議（**也有人力主詩中「亡」是棄亡、逃亡之義，因而認為這是「征婦怨」的詩，可是施於四、五章究嫌不類**），作《序》者的看法當然也不例外，只不過既然獻公好戰，就順勢將「國人多喪」之責由獻公來扛而已，有位學者質問，「何以詩中亡者必為戰死？可見亦杜撰之辭也」，這就是不明《詩序》以史說詩，且常將矛頭指向執政者的用心了。

〈葛生〉為一悲切淒涼的詩篇，這大約已可以肯定，可是在同意本篇為悼亡詩的學者當中，又有些人為了這是悼念亡夫或亡妻之作，而爭得呶呶不休，這實在是大可不必。

采苓

采苓❶采苓，首陽❷之巔。人之爲言，苟亦無信❸。舍旃❹舍旃，苟亦無然❺。人之爲言，胡得❻焉！（一章）

采苦❼采苦，首陽之下。人之爲言，苟亦無與❽。舍旃舍旃，苟亦無然。人之爲言，胡得焉！（二章）

采葑❾采葑，首陽之東。人之爲言，苟亦無從❿。舍旃舍旃，苟亦無然。人之爲言，胡得焉！（三章）

注釋

❶苓：《毛傳》：「大苦也。」或謂即甘草，或謂為黃藥。

❷首陽：山名，在今山西省永濟縣南。

❸「人之為言」二句：為，偽。為言就是偽言、謊言、謊話的意思。苟，且。

❹舍旃（ㄓㄢ）：舍，同「捨」。旃是「之焉」二字

的合聲。

❺無然：勿以為然，然，是。句即不要相信的意思。

❻得：或訓合理，或訓得逞。

❼苦：苦菜，又名荼。

❽無與：《毛傳》：「勿用也。」即不要採用、採信的意思。

❾葑：菜名，蕪菁，俗稱大頭菜。

❿從：聽從、聽信。

說明

〈采苓〉是一篇反覆叮嚀，不厭其煩地奉勸人家不要聽信讒言、謊言的作品，詞義明顯，乃有學者還要特別強調，詩意所指亦非一端，「安見其必為聽讒與近讒者發哉！」解詩務必設法吹毛求疵，以期止於至善，這是不少現今學者面對眾說（含舊說與新說）的盲點，實際上對於三百篇詩旨的解說，是不必較及錙銖的，否則苦了自己，也苦了讀者。

《詩序》：「〈采苓〉，刺晉獻公也。獻公好聽讒焉。」作《序》者面對〈國風〉中眾多男女相悅之詩，說解必然較感棘手，至於像〈采苓〉這樣的勸人勿聽信讒言、偽言的詩，處理起來自然就輕鬆愉快了。說這是刺晉獻公的詩，可信嗎？陳子展《詩經直解》謂《序》說「未為不是，有《左傳》、《國語》可據，又詳《史記．晉世家》」，其實史書上固然有獻公聽信驪姬讒言的記載，何嘗告訴我們這就是詩的本事？又何以見得晉國再沒有第二個人會聽信讒言？程俊英《詩經譯註》則謂「舊說刺晉獻公，從詩的本身看不出一定是刺晉獻公的」，實則正因看不出詩的本身是刺誰，《詩序》才有機會將詩牽連到晉獻公的身上來，以使其《詩》教可以落實，並可利用此一鑑往知來之利基，向朝廷表示教勉警惕之意。

結論是什麼？很簡單，詩人本義是否在刺晉獻公，只有詩人自己知道，但〈采苓〉既被收入《詩經》，則作《序》者有權利也有理由說這是刺晉獻公好聽讒言的詩。

另外要說明的是，一般人將〈采苓〉看作是一篇興體詩，但詩中的取興之義，說者亦不一，依《鄭箋》之意，首陽山上誠然有苓，然而今之採者未必於此山採得，近人王靜芝先生《詩經通釋》接受此說，並謂二章意為人言此苦菜為首陽山下之珍品，實亦未必，三章人自標珍產難得，實則偽言也。馬瑞辰《毛詩傳箋通釋》則以為苓、苦、葑皆非首陽山所宜有，謂有則是謊言，而苓、苦、葑又都具備名實相乖、美惡無定的特點，故詩以三者取興，正以見讒言之似是而非；各家之說皆可參。

秦風（十篇）

秦本是西周的附庸，姓嬴，疆域極小，只占有今甘肅天水一帶的地方。平王東遷時，秦襄公有派兵護送之功，受平王之封，正式成為西方的諸侯，並將領土擴大到西周王畿和豳地，即今陝西省及甘肅東部。

〈秦風〉十篇，論者認為可能是東周以來至春秋中葉之詩。

車鄰

有車鄰鄰❶，有馬白顛❷。未見君子❸，寺人之令❹。（一章）

阪有漆，隰有栗❺。既見君子，竝坐鼓瑟❻。今者不樂，逝者其耋❼。（二章）

阪有桑，隰有楊。既見君子，竝坐鼓簧❽。今者不樂，逝者其亡❾。（三章）

注釋

❶鄰鄰：眾車行進之聲。

❷白顛：顛，額頭。白顛是指馬的額頭上長有白毛。

❸君子：這裡是指秦君。

❹寺人之令：寺人，《毛傳》：「內小臣也。」之，是。令，使。句謂使寺人前去通報。

❺「阪有漆」二句：阪，山坡或斜坡之地。隰，低窪潮溼之地。

❻竝坐鼓瑟：竝，同「並」字。或謂此指君臣並坐彈瑟，或謂此乃樂工並坐鼓瑟。

❼逝者其耋（ㄉㄧㄝˊ）：逝者，或訓為時光飛逝，或訓為將來，對上句「今者」而言。耋，或謂七十歲，或說八十歲，這裡是泛指年老。

❽簧：本指笙、竽等樂器中吹之可以發聲的銅片，這裡就是指笙。

❾亡：死亡。

說明

〈車鄰〉很可能是詩人有幸見到秦君，高興之餘而作的詩篇。

《詩序》：「〈車鄰〉，美秦仲也。秦仲始大，有車馬禮樂侍御之好焉。」秦仲是秦襄公的祖父，周宣王命他為大夫，又派他去討伐西戎，結果兵敗被殺。為了配合政教，作《序》者刻意解此篇為讚美秦君之詩，但秦仲以宣王大夫的身分，是否可以擁有車馬及寺人之官，後人是頗表懷疑的，我們可以據此而推測，假若《詩序》以此為讚美襄公之詩，所受的詰難就會比較小了。

駟驖

駟驖孔阜❶，六轡在手❷。公之媚子❸，從公于狩。（一章）

奉時辰牡❹，辰牡孔碩。公曰：「左之❺！」舍拔❻則獲。（二章）

遊于北園❼，四馬既閑❽。輶車❾鸞鑣❿，載獫歇驕⓫。（三章）

❶駟驖孔阜：駟驖，四匹鐵色的馬。孔，甚。阜，高大。

❷六轡在手：古時一車四馬，一馬二轡，四馬共有八轡，因為兩匹服馬內側的兩條轡繩是繫在御者前面的車身上，所以這裡就說「六轡在手」。

❸公之媚子：公，指秦君，應該是秦襄公。媚，愛。媚子是指所寵愛之人。

❹奉時辰牡：奉，奉獻。時，是。辰，時，應時的意思。《毛傳》：「冬獻狼，夏獻麋，春秋獻鹿豕群獸。」牡，雄獸。

❺左之：指命令駕車的人將車子駛向獸的左側，以便從獸的左邊射箭。

❻舍拔：舍，放。拔，箭之末端。舍拔即放開手指鉤住的箭尾，將箭射出。

❼北園：古代打獵就在園囿中，因此這裡的北園就是秦君狩獵之地。

❽閑：熟練。或訓悠閒，亦可通。

❾輶（ㄧㄡˊ）車：驅趕野獸的輕便的車子。

❿鸞鑣：鸞，鈴子。鑣，馬銜。置鸞鈴於馬銜之兩旁，謂之鸞鑣。

⓫載獫（ㄒㄧㄢˇ）歇驕：載，動詞，載於車上。獫，長嘴的獵犬。歇驕，短嘴的獵犬。

說明

〈駟驖〉書寫秦君攜子游獵之事。

《詩序》：「〈駟驖〉，美襄公也。始命，有田狩之事，園囿之樂焉。」這裡的「始命」是指秦襄公始受命為諸侯。毫無疑問的，〈駟驖〉是讚美秦君田獵之詩，這一位秦君是不是襄公呢？陳子展在《詩經直解》中，引馬敘倫的〈石鼓為秦文公時物考〉，認為〈駟驖〉詩的「北園」在汧，這是秦襄公的故鄉，又引郭沫若〈古刻彙考序〉，確認了〈駟驖〉果然是秦襄公時代的作品，這樣看來，《序》說應該沒什麼可議之處。

小戎

小戎俴收❶，五楘梁輈❷，游環❸脅驅❹，陰靷❺鋈續❻，文茵❼暢轂❽，駕我騏馵❾。言念君子❿，溫其⓫如玉；在其板屋⓬，亂我心曲⓭。（一章）

四牡孔阜⓮，六轡在手⓯。騏駵是中⓰，騧驪是驂⓱。龍盾之合⓲，鋈以觼軜⓳。言念君子，溫其在邑⓴。方何爲期㉑？胡然㉒我念之？（二章）

俴駟孔群㉓，厹矛㉔鋈錞㉕，蒙伐㉖有苑㉗。虎韔㉘鏤膺㉙，交韔二弓㉚，竹閉㉛緄縢㉜。言念君子，載寢載興㉝；厭厭㉞良人，秩秩德音㉟。（三章）

❶小戎俴（ㄐㄧㄢˋ）收：小戎是群臣所乘的兵車。俴，短淺。收，即「軫」，車後端的橫木及車四面的木頭都叫軫。

❷五楘（ㄇㄨˋ）梁輈（ㄓㄡ）：楘，環形的有花紋的皮條。梁輈，車轅。由於轅的前端上曲有如橋梁，所以叫梁輈。為恐梁輈折裂，故五處用皮條紮緊。

❸游環：活動的皮環。在服馬（一車有四馬，中間的兩匹馬叫服馬）的背上，用來穿驂馬外轡的皮環。

❹脅驅：駕具名，是一種皮繩，前面繫在衡的兩端，後面繫在軫的兩端，其位置在服馬脅之外，用來預防驂馬入內。

❺陰靷（ㄧㄣˇ）：陰是車廂前端軾下的木板，靷是驂馬用來拉車的皮繩子。

❻鋈（ㄨˋ）續：白銅製的環。由於靷很長，必須用幾條繩子接續起來，其接處使用白銅製的環，所以叫鋈續。

❼文茵：虎皮所做的車皮。

❽暢轂（ㄍㄨˇ）：暢，長。轂，車輪中心包著車軸的圓木。

❾騏馵（ㄓㄨˋ）：騏是青黑色花紋相間的馬，馵是左後腳白色的馬。

❿君子：婦人稱呼她的丈夫，也就是詩中乘小戎的人。

⓫溫其：溫，溫柔、溫和。溫其即溫然。

⓬板屋：《朱傳》：「西戎之俗，以板為屋。」這裡用來代指西戎，在今甘肅一帶。

⓭心曲：心窩、心靈深處。

⓮孔阜：孔，甚。阜，肥碩，壯大。

⓯六轡在手：古時一車四馬，一馬二轡，四馬共有八轡，因為兩匹服馬內側的兩條轡繩繫在御者前面的車身上，故此處言「六轡在手」。

⓰騏駵（ㄌㄧㄡˊ）是中：駵是赤身黑鬣的馬，中是指一車四馬中間的兩匹服馬。

⓱騧（ㄍㄨㄚ）驪是驂：騧是黑嘴的黃馬，驪是黑色的馬，驂是一車四馬兩邊的馬匹。

⓲龍盾之合：龍盾，畫龍的盾牌。合，兩盾合在一處置於車上。

⓳鋈以觼（ㄐㄩㄝˊ）軜（ㄋㄚˋ）：觼軜以鋈的倒文，

謂繫軜之觼以白銅為飾。或謂鋈，動詞，鍍的意思。觼，有舌的環。軜，驂馬內側的轡繩。

⑳邑：指西戎的某一城邑。

㉑方何為期：方，將。句謂何時將是他的歸期。

㉒胡然：為什麼。

㉓俴駟孔群：俴駟，不披甲的四匹馬。群，合群。

㉔厹（ㄑㄧˊ）矛：武器名，長一丈八尺，上有三棱鋒刃，又作酋矛。

㉕鋈錞（ㄉㄨㄟˋ）：錞，矛戟柄末端的金屬套。鋈錞，用白銅裝飾的矛端。

㉖蒙伐：蒙，盾上的各種花紋。伐，盾。

㉗有苑：苑，花紋美麗的樣子。有苑，苑然。

㉘虎韔（ㄔㄤˋ）：用虎皮做的弓袋。

㉙鏤膺：鏤，雕刻。膺，或謂馬胸之大帶，或謂弓袋的正面。膺的外表雕有花紋叫露膺。

㉚交韔二弓：將兩弓顛倒交叉安置在弓袋中。

㉛竹閉：即「弓檠」，竹製，縛在弓背裡，用來加強弓的力量。

㉜緄（ㄍㄨㄣˇ）縢：緄，繩子。縢，捆紮。

㉝載寢載興：《鄭箋》：「此閔其君子寢起之勞。」

㉞厭厭：文靜的樣子。

㉟秩秩德音：秩秩，有次序的樣子，指進退有禮節。德音，好聲譽。或訓德音為言語，句謂丈夫說話有條理：亦通。

說明

〈小戎〉書寫一位婦女思念遠征西戎的丈夫。《詩序》：「〈小戎〉，美襄公也。備其兵甲，以討西戎。西戎方彊，而征伐不休，國人則矜其車甲，婦人能閔其君子焉。」〈小戎〉最特殊的地方是，詩每章的前六句都非常詳細地描寫車馬戰具，後四句則以女子口吻，道出了她對丈夫的懷念。很有可能是〈續序〉的作者發現〈古序〉所言不太能套用在各章的後四句，因此在文字上先說明襄公能備置車馬，討伐西戎，以盡闡釋〈古序〉之責，再續之以「婦人能閔其君子」之說，以便給讀《詩》者一個交代。假如這個推測可以成立，為〈小戎〉作〈續序〉的人兼顧政教與本義的苦心是令人欽佩的。

如今，多數學者認為〈小戎〉是一位婦女思念遠征西戎的丈夫的詩，本義當然可能是如此，但作者一定就是那位思夫的婦人嗎？婦人有能力用鋪張的、細緻的手法寫戰車、寫戰馬、寫兵器嗎？我們在考慮詩人身分時，必須考慮到這些。

蒹葭

蒹葭蒼蒼❶，白露爲霜❷。所謂伊人❸，在水一方❹。遡洄❺從之，道阻❻且長；遡游❼從之，宛在水中央❽。（一章）

蒹葭淒淒❾，白露未晞❿。所謂伊人，在水之湄⓫。遡洄從之，道阻且躋⓬；遡游從之，宛在水中坻⓭。（二章）

蒹葭采采⓮，白露未已⓯。所謂伊人，在水之涘⓰。遡洄從之，道阻且右⓱；遡游從之，宛在水中沚⓲。（三章）

❶蒹（ㄐㄧㄢ）葭（ㄐㄧㄚ）蒼蒼：蒹，蘆，一種細長的水草；葭，葦類的植物，比蒹稍大。蒹葭即是我們常說的蘆葦或蘆荻。蒼蒼，《毛傳》：「盛也。」蒼蒼是深青色，這裡是指因茂盛而造成的深

青的顏色。

❷白露為霜：陳奐《傳疏》：「白露為霜，乃是九月已後。」

❸伊人：伊，是、此，指示代詞。伊人，《朱傳》：「猶言彼人也。」

❹一方：馬瑞辰《通釋》：「方、旁古通用，一方即一旁也。」

❺遡洄：逆流而上。

❻阻：險阻。

❼遡游：順流而行。

❽宛在水中央：宛，儼然、好像。水中央，水之中。馬瑞辰認為央、旁義通，水中央即水之旁；亦可參。

❾淒淒：《毛傳》：「猶蒼蒼也。」《釋文》：「淒，本亦作萋。」萋萋，茂盛的樣子。

❿晞：乾。

⓫湄：水與草交接之處，即岸邊。

⓬躋：《毛傳》：「升也。」指上坡路。

⓭坻：水中的小沙洲。

⓮采采：茂盛的樣子。

⓯未已：已，止。意謂還沒完全乾。

⓰涘：水邊。

⓱右：迂迴、彎曲。

⓲沚：水中的小沙洲。

說明

本篇述說詩人思慕某個「在水一方」、「在水之湄」、「在水之涘」的人，三章都圍繞蒹葭、白露來寫，卻又處處透顯出思慕而又不能親近之意，讀來有朦朧的美感，令人回味無窮。

《詩序》：「〈蒹葭〉，刺襄公也。未能用周禮，將無以固其國焉。」前面我們已經強調過，承認《詩序》有價值，並不表示樂意接受每一篇的《序》說，〈蒹葭〉這一篇餘音雋永之作，被說成是刺襄公的詩，就不太能夠令人接受，傅隸樸先生《詩經毛傳譯解》將「所謂伊人，在水一方」譯為「所謂周禮，就像一個賢人，這個賢人，他住在河水的那一方」，實在說，硬要接受《詩序》，只好作這樣的翻譯了。

可以確定的是，詩人極為思慕某一個人，卻又不得親近他（或她），於是而產生了〈蒹葭〉這樣的名作。「所謂伊人」到底是誰，只有詩人知道。後人或者說是情人，或者說是友人，或者說是賢人，雖然標準答案永遠不可能揭曉（按：後人對本篇主題的詮釋相當地紛紜，除了《詩序》解為諷刺襄公之作外，有謂此為思賢欲訪之詩者，有謂此為讚美隱居之士者，有謂此為隱者自詠者，有謂此為情詩者，有謂此為懷友之作者，有謂此乃水神祭祀之詩者，有謂此篇表現出人生境界的追尋者……），但卻不妨害我們欣賞此詩之美。

終南

終南❶何有？有條❷有梅❸。君子至止❹，錦衣狐裘❺，顏如渥丹❻，其君也哉！（一章）

終南何有？有紀有堂❼。君子至止，黻衣繡裳❽。佩玉將將❾，壽考不忘❿！（二章）

❶終南：山名，在今陝西西安之南。

❷條：木名，《朱傳》：「山楸也。」

❸梅：《毛傳》：「柟也。」屈萬里《詮釋》以為梅之本義為柟，酸果之梅應作「某」。

❹君子至止：君子，指其國君。止，語詞。

❺錦衣狐裘：狐裘之外加錦衣，這是當時諸侯的禮

服。

❻顏如渥丹：渥，浸染。丹，赤石製的紅色顏料，今名朱砂、硃砂。

❼有紀有堂：紀為「杞」的假借，堂為「棠」的假借。

❽黻（ㄈㄨˊ）衣繡裳：黻衣，青黑色花紋相間之衣。繡裳，繡上五彩花紋之裳。此為國君之服。

❾將（ㄑㄧㄤ）將：玉石相擊之聲。

❿壽考不忘：考，老。句謂到老也不要忘記周之恩賜，這是勸勉的話。或訓忘為亡，不忘猶不已，長久之意，句為祝福秦君萬壽無疆的意思；亦通。

說明

〈終南〉以頌美秦君為主要內容。

《詩序》：「〈終南〉，戒襄公也。能取周地，始為諸侯，受顯服，大夫美之，故作是詩以戒勸之。」有不少學者認為〈終南〉為「秦人美其君之詞」（引文為《朱傳》語），並且強調詩中無戒意，但是我們在注中，於「壽考不忘」之句保留了兩種解釋，如依第一說，《詩序》不是也很合理嗎？

黃鳥

交交❶黃鳥，止于棘❷。誰從❸穆公，子車奄息❹。維此奄息，百夫之特❺。臨其穴❻，惴惴其慄❼。彼蒼者天，殲我良人❽。如可贖兮，人百其身❾。

（一章）

交交黃鳥，止于桑。誰從穆公，子車仲行。維此仲行，百夫之防❿。臨其

穴，惴惴其慄。彼蒼者天，殲我良人。如可贖兮，人百其身。（二章）

交交黃鳥，止于楚。誰從穆公，子車鍼虎。維此鍼虎，百夫之禦⓫。臨其穴，惴惴其慄。彼蒼者天，殲我良人。如可贖兮，人百其身。（三章）

注釋

❶交交：《毛傳》：「小貌。」《朱傳》：「飛而往來之貌。」馬瑞辰以交為「咬」之省借字，咬咬是鳥鳴聲。

❷止於棘：止，停落、棲止。棘，植物名，屬落葉喬木，即「酸棗」。

❸從：從死、殉葬。

❹子車奄息：子車，姓；奄息，名。下章「子車仲行」、「子車鍼虎」亦然。

❺百夫之特：特，匹敵、相當。句謂可以抵得上一百個人。

❻穴：墓穴。

❼惴（ㄓㄨㄟˋ）惴其慄：惴惴，恐懼不安的樣子。慄，害怕。

❽殲（ㄐㄧㄢ）我良人：殲，滅、殺盡。良人，善良的人。

❾人百其身：願意死一百次來救他（依《鄭箋》說）。馬瑞辰《通釋》解為「願以百人之身代之」，亦可通。

❿防：抵擋、比得上。

⓫禦：抵擋、比得上。

說明

〈黃鳥〉一詩帶有些許的恐怖氣氛，作者一方面惋惜「三良」的死，一方面也對殉葬制度有所埋怨與不滿。《左傳．文公三年》：「秦伯任好卒，以子車氏之三子奄息、仲行、鍼虎為殉，皆秦之良也。國人哀之，為之賦〈黃鳥〉。」任好即穆公，據《史記．秦本紀》，穆公卒，葬於雍，從者一百七十七人，三良在其中。

《詩序》：「〈黃鳥〉，哀三良也。國人刺穆公以人從死，而作是詩也。」秦穆公死後，用了三個良臣殉葬，秦人痛惜他們，因此就寫〈黃鳥〉來表達無盡的哀思，這個故事在《左傳．文公六年》有明白的記載，《詩序》以「哀三良」、「刺穆公」來說本篇，可信度是相當高的。宋儒王柏《詩疑》謂〈黃鳥．序〉乃淺識之人所作，這樣的評論有失公允。

晨風

鴥彼晨風❶，鬱❷彼北林。未見君子，憂心欽欽❸。如何❹如何！忘我實多。

（一章）

山有苞櫟❺，隰有六駮❻。未見君子，憂心靡樂。如何如何！忘我實多。

（二章）

山有苞棣❼，隰有樹檖❽。未見君子，憂心如醉。如何如何！忘我實多。

（三章）

注釋

❶鴥（ㄩˋ）彼晨風：鴥，鳥疾飛的樣子。晨風，鳥名，《說文》作「鸇風」，即鸇鳥。

❷鬱：茂盛的樣子。

❸欽欽：憂慮的樣子。

❹如何：為什麼。

❺苞櫟：苞，茂盛的樣子。櫟，樹名。

❻六駮：崔豹《古今注》以為是木名，俞樾《平議》以六為宍之假借，叢生的意思；駮，樹名。

❼棣（ㄉㄧˋ）：樹名，即唐棣、棠棣。

❽檖：樹名，又叫赤羅。

說明

若不考慮《詩》的政教用意，〈晨風〉大概是一篇婦女懷念其丈夫之作，也有人說，應是婦人疑心丈夫遺棄她的詩。

《詩序》：「〈晨風〉，刺康公也。忘穆公之業，始棄其賢臣焉。」這個說法當然還是可以說得通，只是，現在的人多數願意相信朱子《詩序辨說》所說的「此婦人念其君子之辭」，於此讓我們想起方玉潤在《詩經原始》所說的話：「男女情與君臣義原本相通，詩既不露其旨，人固難以意測。與其妄逞臆說，不如闕疑存參。」方玉潤對於很多詩篇都有與眾不同的見解，而〈晨風〉三言「忘我實多」，方氏卻反要「闕疑存參」，委實大可不必。

《詩序》說《詩》有政教上的考量，以〈晨風〉為刺康公棄其賢臣之作，平穩貼切，我們有什麼根據可以推翻其說？（何楷《詩經世本古義》以「康公之棄舊臣，事無所載」來駁斥舊解，試想，《左傳》、《史記》等書，會對於康公的事蹟作如此細微的著墨嗎？）朱子另出新解，是依其個人讀詩的領會，以詩本身的情調來看，或許本義已被他說中，亦未可知。總而言之，《詩序》與朱子的解說〈晨風〉各擅勝場，而兩者都有一共同點，即是二說都經過深思熟慮、涵泳玩味而得，非如方氏所說的「妄逞臆說」。

無衣

豈曰無衣？與子同袍❶。王于興師❷，脩我戈矛，與子同仇❸。（一章）

豈曰無衣？與子同澤❹。王于興師，脩我矛戟❺，與子偕作❻。（二章）

豈曰無衣？與子同裳。王于興師，脩我甲兵，與子偕行。（三章）

注釋

❶同袍：共用同樣的戰袍。

❷王于興師：王，指天子周王。于，助詞，有「目前正在」的意思。興師，出兵。

❸同仇：同其仇敵。

❹澤：襗的假借字，內衣。

❺戟：古代的一種長柄武器。

❻偕作：共同行動。

說明

〈秦風．無衣〉和〈唐風．無衣〉風格迥然不同，它是一篇類似軍歌的作品，說出了軍中同袍的心聲，意氣昂揚，鼓動人心。

《詩序》對此篇的解釋是：「〈無衣〉，刺用兵也。秦人刺其君好攻戰，亟用兵，而不與民同欲焉。」作《序》的儒生基於反戰的心理，利用〈無衣〉來說教，用心固然良苦，但其說教的說服力薄弱，卻毋庸諱言。

程俊英、蔣見元合著的《詩經注析》認為〈無衣〉是「一首秦國的軍中戰歌」，又說：「這首詩可說是反映了〈秦風〉的典型風格。同袍同衣，同仇敵愾，慷慨從軍，奮勇殺敵的精神充溢全詩。正如鍾惺所云『有吞六國氣象』。」這個說法可以參考。

渭陽

我送舅氏❶，曰至渭陽❷。何以贈之？路車乘黃❸。（一章）

我送舅氏，悠悠我思。何以贈之？瓊瑰❹玉佩。（二章）

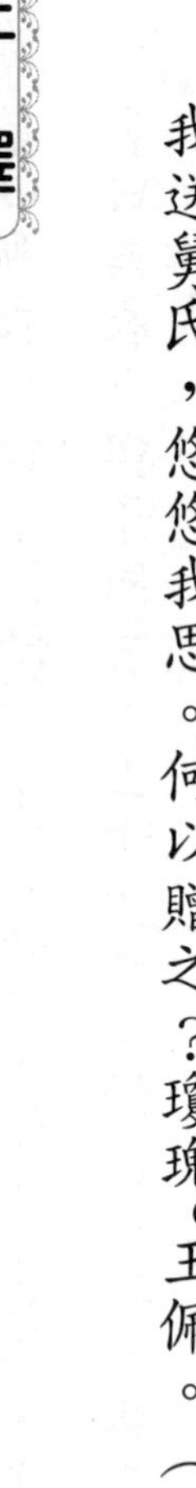

注釋

❶舅氏：即舅父，這裡指重耳。

❷曰至渭陽：曰和爰同義，發語詞。渭陽，渭水的北面。

❸路車乘黃：路車是古代諸侯所乘坐的車子，乘黃是四匹黃馬。

❹瓊瑰：《毛傳》：「石而次玉。」

說明

〈渭陽〉是一篇外甥送別舅父之作。

《詩序》：「〈渭陽〉，康公念母也。康公之母，晉獻公之女。文公遭麗姬之難，未反，而秦姬卒。穆公納文公，康公時為大子，贈送文公于渭之陽，念母之不見也。我見舅氏，如母存焉。及其即位，思而作是詩也。」〈渭陽〉之詩，歷來都說是晉文公重耳自秦歸國，其外甥太子罃（**也就是後來的秦康公**）送他到渭陽之作，《詩序》的說法是沒有什麼太大的問題的。

權輿

於❶我乎！夏屋渠渠❷，今也每食無餘。于嗟乎！不承權輿❸。（一章）

於我乎！每食四簋❹，今也每食不飽。于嗟乎！不承權輿。（二章）

❶於（ㄨ）：歎詞。

❷夏屋渠渠：夏屋，大的房屋；或釋為盛饌。渠渠，高大的樣子；或訓為殷勤。

❸不承權輿：承，繼續。權輿本謂草木萌芽之狀態，引申為開始、起初、初時的意思。

❹簋（ㄍㄨㄟˇ）：圓形的盛食物之器具。

說明

〈權輿〉描寫原本備受禮遇的貴族，慨歎如今遭到冷落。

《詩序》：「〈權輿〉，刺康公也。忘先君之舊臣，與賢者有始而無終也。」很多人都說〈權輿〉應該是沒落的貴族慨歎當年的美好生活難以為繼的詩，假使詩的本義確是如此，我們必須說，《詩序》的引申真是恰到好處，所謂貴族不可以解釋為賢士大夫嗎？康公淡忘先君之舊臣，對待賢者有始而無終，使得這些賢臣的生活每下愈況，不是該好好地提出來檢討，以使朝廷的執政者知所警惕嗎？假使有人還想從其他古書中找資料，看看康公是否真有遺忘先君舊臣的行為，那他真是不會讀《序》的了。

陳風（十篇）

舜有一位後代子孫名叫媯滿，被周武王封於陳，這就是陳胡公，也是陳國建國的開始。陳地在今河南省淮陽、柘（ㄓㄜˋ）城及安徽省亳（ㄅㄛˋ）縣一帶，土地廣平，沒有什麼名山大川。這個國家的人民崇信巫鬼，國力不強，到春秋時候陳閔公二十一年（魯哀公十七年），被楚惠王消滅。〈陳風〉共收詩十篇，其中〈株林〉極有可能是《詩經》中最晚的詩篇，其餘九篇應該也都是東周之作。

宛丘

子之湯兮❶，宛丘❷之上兮，洵❸有情兮，而無望❹兮。（一章）

坎其❺擊鼓，宛丘之下。無冬無夏，值其鷺羽❻。（二章）

坎其擊缶❼，宛丘之道。無冬無夏，值其鷺翿❽。（三章）

注釋

❶子之湯（ㄉㄤˋ）兮：子，指遊蕩的那個人。《毛傳》：「子，大夫也。」《鄭箋》：「子者，刺幽公也。」湯，遊蕩，或謂搖蕩，形容舞姿。

❷宛丘：地名，在陳都（今河南淮陽縣）城南。

❸洵：誠然、確實。

❹無望：無德望、無威望，或謂不敢指望。

❺坎其：坎，擊鼓聲。坎其，猶坎然、坎坎。

❻值其鷺羽：值，手持。鷺羽，鷺鷥羽毛，為舞者所持。

❼缶：一種大腹小口的陶器，可以盛酒漿，作樂時也用來扣之以節拍。

❽翿（ㄉㄠˋ或ㄊㄠˊ）：舞者所持的五彩羽毛，即前章「鷺羽」。

〈宛丘〉的內容是在諷刺陳國某人遊蕩無度、有失威望。《詩序》：「〈宛丘〉，刺幽公也。淫荒昏亂，游蕩無度焉。」詩中既說遊蕩之人「無望」，那麼〈宛丘〉之為刺詩當可以肯定（余冠英《詩經選》解「洵有情兮，而無望兮」二句為「詩人自謂對彼女有情而不敢抱任何希望」，自另當別論）。至於詩中那位歌舞遊蕩的人，顯然不太可能是幽公本人，鄭樵《詩辨妄》認為〈陳風．序〉中所謂刺幽公、僖公之作，「但本謚法而言」，這是合理的推測，但我們也不能排除後人認為「幽、僖之跡無所據見」，而作《序》者卻擁有我們未曾親見的文獻的可能性。換句話說，假設幽公時代遊蕩無度之人比比皆是，有鑑於「上行下效」本是常情，《詩序》因此直指〈宛丘〉為刺幽公之作，這應也不是無的放矢、傷害無辜之舉。以是，吾人必須說，《序》之說〈宛丘〉，依舊沒有大病。

由於前引余冠英之解「洵有情兮」二句，在大陸頗受肯定，所以對於〈宛丘〉篇旨的解說也就往往與舊說有很大的差異，例如有學者舉《漢書．地理志下》「陳國，今淮陽之地……，婦人尊貴，好祭祀，用史巫，故其俗巫鬼。陳詩曰：『坎其擊鼓，宛丘之下。亡冬亡夏，值其鷺羽。』又曰：『東門之枌，宛丘之栩。子仲之子，婆娑其下。』此其風也」之說為證，指出此詩為一位暗戀史巫者所作，其詩旨與〈邶風・簡兮〉相似，又以〈王風・君子陽陽〉「君子陶陶，左執翿」推之，此執翿之史巫或為男子（這個推論與余冠英的說法相反）。這種說法當然也有參考的價值，不過，站在《詩》教的立場，舊說還是比較容易得到支持的。

東門之枌

東門之枌❶，宛丘之栩❷。子仲之子❸，婆娑❹其下。（一章）

穀旦❺于差❻，南方之原❼。不績❽其麻，市❾也婆娑。（二章）

穀旦于逝❿，越以⓫鬷邁⓬。視爾如荍⓭，貽我握椒⓮。（三章）

注釋

❶枌（ㄈㄣˊ）：白榆樹。

❷栩：櫟樹。

❸子仲之子：子仲，當時的一個姓氏。子，這裡是指女兒。

❹婆娑：盤旋搖擺，跳舞的姿態。

❺穀旦：穀，善。旦，日子。穀旦，好日子。

❻于差：于，語詞。差，選擇。

❼原：高而平坦之地。

❽績：紡。

❾市：或訓街市，或謂音ㄆㄟˋ，古市、芾、沛等字通，疾速的意思。

❿逝：往。

⓫越以：發語詞。

⓬鬷（ㄗㄨㄥ）邁：鬷，或訓屢次，或訓共同、集合。邁，行。

⓭荍（ㄑㄧㄠˊ）：植物名，又名錦葵，其花甚美。

⑭貽我握椒：貽，贈送。握椒，一把花椒。

說明

〈東門之枌〉寫出了男女的歡樂聚會，可以歸為「男女相悅」之作，但詩中特有的陳地民俗風情，又讓此詩顯得自有韻味。

《詩序》：「〈東門之枌〉，疾亂也。幽公淫荒，風化之所行，男女棄其舊業，亟會於道路，歌舞於市井爾。」從詩文觀之，朱子「此男女聚會歌舞，而賦其事以相樂也」之說，是有理由比《序》說更受後人肯定的，但是，《詩序》一定如反《序》派學者所說的「牽合附會，自不足信」嗎？詩不是強調女子「不績其麻」嗎？「不績其麻」而又「市也婆娑」，不正可以給作《序》者大作文章的機會嗎？至於將之牽引至幽公身上，在前面〈宛丘〉的「說明」欄中，我們已說過這是有理由的，此處不再重複。

衡門

衡門❶之下，可以棲遲❷。泌之洋洋❸，可以樂飢❹。（一章）

豈其食魚，必河之魴❺？豈其取妻，必齊之姜❻？（二章）

豈其食魚，必河之鯉？豈其取妻，必宋之子❼？（三章）

❶衡門：衡，橫之假借。《毛傳》：「橫木為門，言淺陋也。」

❷棲遲：遊逛休息。

❸泌之洋洋：泌，本義為泉水疾流的樣子，這裡是泉水之名。

❹樂飢：《毛傳》：「樂道忘飢。」《魯詩》、《韓詩》「樂」作「療」，治療之意。

❺魴（ㄈㄤˊ）：魚名，即鯿魚，和下章的鯉魚都是上等而味美的魚。

❻齊之姜：齊國姜姓之女。姜是齊國貴族的姓，故特舉之。

❼宋之子：宋國子姓之女。子是宋國貴族的姓，故舉以為喻。

說明

〈衡門〉大約是一篇隱者安貧自樂之作。

《詩序》：「〈衡門〉，誘僖公也。愿而無立志，故作是詩以誘掖其君也。」作《序》者認為詩人作〈衡門〉的用意是在誘進勸勉陳僖公，這是避開原詩意義的說解，而從作詩的目的之角度切入以說詩。之所以這樣作，可能是認為詩的旨意甚淺，不待說明，只要點出詩人之用心即可。是的，詩的本義或許不難索解，《韓詩外傳》「賢者不用世而隱處也」，或者今人「沒落貴族安於貧賤」之說，都可以說得通（另有一口咬定〈衡門〉與〈鄭風．出其東門〉都是在表現愛情的專一，也展示出一種樸素、健康的戀愛觀者，若真如此，之前所言「詩的本義或許不難索解」，就得重新思考了），但詩人作詩的用意果真是在誘掖僖公麼？從詩的內容來看，可能性只怕也不大，如王先謙《詩三家義集疏》所說的，「即為君者感此詩以求賢，要是旁文，並非正義也。」

東門之池

東門之池❶，可以漚❷麻。彼美淑姬❸，可與晤歌❹。（一章）

東門之池，可以漚紵❺。彼美淑姬，可與晤語❻。（二章）

東門之池，可以漚菅❼。彼美淑姬，可與晤言❽。（三章）

❶池：城池、護城河。

❷漚（ㄡˋ）：浸泡。

❸彼美淑姬：舊解淑姬為賢女。陳奐《傳疏》考證，「淑」為「叔」之誤，叔是排行第三。此一句型同〈鄭風・有女同車〉之「彼美孟姜」。不過，這裡的淑姬可以只是美女的代稱，未必一定真是「姓姬的三姑娘」。

❹晤歌：晤，相對。晤歌，對唱、相對而歌。

❺紵（ㄓㄨˋ）：麻的一種，也叫苧。

❻晤語：對話。

❼菅（ㄐㄧㄢ）：草名，其莖浸漬剝取後可以搓繩，用來編草鞋。

❽晤言：聊天。

說明

〈東門之池〉是一篇男女約相會晤之作，朱子《詩集傳》指出，「此亦男女會遇之辭，蓋因其會遇之地所見之物以起興也」，有學者據此表示，此詩有賦有興，交代了地點和人物，即是賦；因麻及人、及情，同時可以使讀者有一些聯想，即是興。

《詩序》：「〈東門之池〉，刺時也。疾其君之淫昏，而思賢女以配君子也。」〈東門之池〉這一類的男女相會的情歌，《詩序》多半以「刺詩」的模式來處理，這是他們借詩說教的原則，不足為奇。此處，由於詩有「彼美淑姬」可與「晤歌」、「晤語」、「晤言」之句，既然認為「淑姬」即賢女之意，只好說思賢女以配君子，我們就不必再費心去指責《序》說牽強了。此外，明儒何楷以〈東門之池〉為「刺陳夏姬也。淫于一君二卿焉」之作，何楷在其《詩經世本古義》中將詩次作了翻天覆地的調整，充分展現了無以倫比的企圖心，可惜無以服人，而其所謂「古義」云云，也只恐充斥著想當然耳之詞，〈東門之池〉只是明顯的例子之一而已。

東門之楊

東門之楊，其葉牂牂❶。昏以爲期❷，明星煌煌❸。（一章）

東門之楊，其葉肺肺❹。昏以爲期，明星晢晢❺。（二章）

注釋

❶ 牂（ㄗㄤ）牂：茂盛的樣子。

❷ 昏以為期：昏是黃昏，期是約會。

❸ 明星煌煌：明星，啟明星，天快亮時出現於東方天空。煌煌，明亮的樣子。

❹ 肺（ㄆㄟˋ）肺：肺為市之假借；市，今作芾。肺肺，猶芾芾，茂盛的樣子。

❺ 晢（ㄓㄜˊ）晢：明亮的樣子。

說明

〈東門之楊〉以男女約會而有人爽約為其內容。

《詩序》：「〈東門之楊〉，刺時也。昏姻失時，男女多違，親迎，女猶有不至者也。」這是作《序》者因詩之「昏以為期」之句，而有的一種引申之說。古代之禮，娶妻以昏，到了「明星煌煌」之時，新娘還未出現，這不是該刺嗎？《鄭箋》還說「楊葉牂牂，三月中也。興者，喻時晚也，失仲春之月」，這樣看來，《詩序》的發揮，也許偏離了詩的本義，但還不至於太過離譜。

《朱傳》認為〈東門之楊〉寫的是「男女期會而有負約不至者」，這個說法似乎很難挑出語病。

墓門

（一章）

墓門❶有棘，斧以斯❷之。夫❸也不良，國人知之，知而不已❹，誰昔然矣❺。

墓門有梅，有鴞萃止❻。夫也不良，歌❼以訊❽之。訊予不顧，顛倒❾思予。

（二章）

注釋

❶墓門：《毛傳》：「墓道之門。」或以為是陳國之城門名。

❷斯：劈、砍。

❸夫：指所刺之人，在這裡指的是陳佗。

❹不已：已，止。謂其作惡並不停止。

❺誰昔然矣：誰昔猶言疇昔，從前的意思。句謂從前就是如此。

❻有鴞（ㄒㄧㄠ）萃止：鴞，亦作梟，貓頭鷹，叫聲很難聽，古以為不祥之鳥。萃，聚集。

❼歌：《鄭箋》：「謂作此詩也。」

❽訊：告、諫的意思。

❾顛倒：顛覆、混亂、破滅。

說明

〈墓門〉諷刺的是一位心地不善良的當朝權貴。

《詩序》：「〈墓門〉，刺陳佗也。陳佗無良師傅，以至於不義，惡加於萬民焉。」陳佗是誰？據《左傳．桓公五年》記載，陳桓公病危時，其庶弟陳佗殺了太子免，自立為君，導致陳國大亂，國人紛紛避難。後來蔡國出兵殺死陳佗，陳國亂事才平定下來。由此可知，《詩序》所提供的詩的背景是沒有問題的，蘇轍《詩集傳》、方玉潤《詩經原始》認為〈墓門〉刺的是陳桓公不能去陳佗，這也可以提供我們作參考。可想而知的是，反《序》者一定會以詩中並未明白提到陳陀這些人，而斷定所有「以史說詩」的解題都是穿鑿附會，這就涉及到解《詩》方式與態度的問題了。

防有鵲巢

防有鵲巢❶，邛有旨苕❷。誰侜予美❸？心焉忉忉❹。（一章）

中唐有甓❺，邛有旨鷊❻。誰侜予美？心焉惕惕❼。（二章）

注釋

❶防有鵲巢：防，堤防。鵲巢宜在林木中，此句以喻不可信之讒言。

❷邛（ㄑㄩㄥˊ）有旨苕（ㄊㄧㄠˊ）：邛，《毛傳》：「丘也。」旨，味道甜美。苕，一種可生吃的蔓生植物，生於低濕之地，丘陵不可能產生此物。

❸誰侜（ㄓㄡ）予美：侜，欺騙、挑撥。予美，我所愛的人。

❹忉忉：憂愁的樣子。

❺中唐有甓（ㄆㄧˋ）：中唐，中庭之道路。甓，磚。據馬瑞辰《通釋》之說，甓為砌階之磚，中唐為平地，無階，有磚乃不可信之事。

❻鷊（ㄧˋ）：雜色小草，美如錦綬，故又名綬草。

❼惕惕：《毛傳》：「猶忉忉也。」

說明

〈防有鵲巢〉是擔心讒言離間的詩。

《詩序》：「〈防有鵲巢〉，憂讒賊也。宣公多信讒，君子憂懼焉。」〈防有鵲巢〉詩淺易解，但多數讀者寧可相信《朱傳》所說的「此男女之有私，而憂或間之之辭」，對於《詩序》「宣公多信讒」之說，大家似乎都以為是作《序》者的瞎編。對於此，我們可以作這樣的說明：《詩序》與《朱傳》都有可能說對詩人本義，從經學角度視《詩》，則朱說無益於「美教化，移風俗」，至於宣公多信讒，我們得感激《詩序》提供這樣的資料給我們。假使《詩序》過度胡謅瞎扯，早就不容於漢代了，哪輪得到宋朝以後的人來鳴鼓而攻？

月出

月出皎❶兮，佼人僚❷兮。舒窈糾❸兮，勞心悄❹兮。（一章）

月出皓❺兮，佼人懰❻兮。舒懮受❼兮，勞心慅❽兮。（二章）

月出照❾兮，佼人燎❿兮。舒夭紹⓫兮，勞心慘⓬兮。（三章）

注釋

❶皎：皎潔、潔白。

❷佼人僚（ㄌㄧㄠˊ）：佼，又作姣，美麗的意思。佼人，美人。僚，嫽的假借字，美麗的意思。

❸舒窈糾：舒，《毛傳》：「遲也。」這是認為舒乃形容女子舉止嫻雅舒遲。馬瑞辰《通釋》謂舒為發聲字；亦通。窈糾，《毛傳》：「舒之姿也。」馬氏謂窈糾即〈關雎〉之「窈窕」，程俊英、蔣見元《注析》謂窈糾形容女子體態之苗條；以上二說糾讀ㄐㄧㄠˇ音。

❹勞心悄：勞心，憂心。悄，憂慮的樣子。

❺皓：潔白。

❻懰（ㄌㄧㄡˊ）：嬼的假借字，美豔的意思。

❼懮（ㄧㄡˇ）受：《玉篇》：「舒遲之貌。」馬瑞辰謂「懮受」與上章「窈糾」、下章「夭紹」同為形容美好之詞。

❽慅（ㄘㄠˇ）：憂慮的樣子。

❾照：明亮的樣子。

❿燎（ㄌㄧㄠˋ）：漂亮。

⓫夭紹：姿態美好的樣子。

⓬慘：顧炎武、戴震皆以為字當作「懆」（ㄘㄠˇ），《說文》：「懆，愁不安也。」

說明

〈月出〉描寫月光皎潔的夜晚，一名男子思念他的情人，全詩在句法、用詞和韻律方面都顯得與其他各詩大異其趣，宋儒呂祖謙在《呂氏家塾讀詩記》中推測詩中大量的聱牙之字詞乃是當年陳國的方言，其說應屬可信。

《詩序》：「〈月出〉，刺好色也。在位不好德，而說美色焉。」因為本詩有「說（悅）美色」的意思，所以作《序》者很自然地就說這是刺好色了。又因為了向朝廷說教，就直指諷刺的對象是不好德而悅美色的在位者了，於此，不得不佩服作《序》者的道德勇氣。

《朱傳》：「此亦男女相悅而相念之辭。」由於今人多半視《詩經》為純文學的詩歌總集，朱子之說於是就較受肯定了。

株林

胡為乎株林❶？從夏南❷。匪適株林，從夏南❸。（一章）

駕我乘馬❹，說❺于株野。乘我乘駒❻，朝食于株。（二章）

注釋

❶株林：株，陳國邑名，是夏姬的兒子夏徵舒的封邑，在今天河南省柘城縣。林，郊外。《說文》：「邑外謂之郊，郊外謂之野，野外謂之林。」株林與下章株野對文，林較野離邑更遠些。

❷從夏南：從，跟從、追逐。夏南，夏徵舒，字子南。

❸「匪適株林」二句：匪，非。適，往。一般解為「他（**陳靈公**）不是真的要去株林，他其實是去找夏南（**明明是去找夏姬，而說找夏南，這是詩人心存忠厚**）」。

❹駕我乘（ㄕㄥˋ）馬：我指陳靈公，這是詩人假託陳靈公的口氣。乘馬，四馬。古代一車四馬為一乘。

❺說（ㄕㄨㄟˋ）：止息。

❻駒：〈漢廣．毛傳〉：「馬五尺以上曰駒。」《鄭箋》說「馬六尺以下曰駒」，又說從馬到駒，是「變易車乘，以掩人耳目」，今人多認為乘馬、乘駒義同，易字以協韻而已。

說明

〈株林〉是一篇嘲諷陳靈公的詩，其最大之特色是寓揭露、揶揄於幽默之中。

《詩序》：「〈株林〉，刺靈公也。淫乎夏姬，驅馳而往，朝夕不休息焉。」夏姬是陳大夫夏御叔的妻子，夏徵舒的母親。夏徵舒，字子南，為陳卿。關於陳靈公淫於夏姬（**按：陳靈公與陳大夫孔寧、儀行父都和夏姬私通**）而為徵舒所弒之事，《左傳．宣公九年、十年》有極為清楚的記載，《詩序》之說是毋庸置疑的（按：《史記・陳世家》：「徵舒自立為陳侯。」）。夏徵舒弒陳靈公，事在周定王八年，魯宣公十年，西曆紀元前五百九十九年，多數學者認為，這一篇〈株林〉是《詩經》中最晚的作品。

澤陂

彼澤之陂❶，有蒲❷與荷。有美一人，傷❸如之何！寤寐無爲❹，涕泗滂沱❺。

（一章）

彼澤之陂，有蒲與蕑❻。有美一人，碩大且卷❼。寤寐無爲，中心悁悁❽。

（二章）

彼澤之陂，有蒲菡萏❾。有美一人，碩大且儼❿。寤寐無爲，輾轉伏枕。

（三章）

❶陂（ㄆㄛ）：水澤之堤岸。

❷蒲：蒲草，可以編蓆。

❸傷：或訓憂傷，或訓思念。

❹無為：無所作為，即無心做事的意思。

❺涕泗滂沱：涕，眼淚。泗，鼻涕。滂沱，大雨的樣子，這裡用來形容涕泗之多。

❻蕑（ㄐㄧㄢ）：《毛傳》：「蘭也。」《鄭箋》：「當作蓮。」

❼卷（ㄑㄩㄢˊ）：婘的省借字，漂亮、美好的意思。

❽悁（ㄐㄩㄢ）悁：憂鬱的樣子。

❾菡（ㄏㄢˋ）萏（ㄉㄢˋ）：荷花。

❿儼（ㄧㄢˇ）：《毛傳》：「矜莊貌。」

說明

〈澤陂〉是一篇動人的抒情詩，一般都釋為相思之作，姚際恆《詩經通論》以為是傷逝之詩。《詩序》：「〈澤陂〉，刺時也。言靈公君臣淫於其國，男女相說，憂思感傷焉。」在〈株林〉的「說明」欄中，我們曾說《左傳．宣公九年、十年》有靈公淫於夏姬的記載，事實上《左傳》所記之淫者不獨靈公而已，孔寧、儀行父這些朝廷要員的醜事，也一併被收入書中，但是，《序》之說〈株林〉是絕對可信，而其說〈澤陂〉就是在說教了。當然既然說「男女相說（悅），憂思感傷焉」，就代表作《序》者很明白這篇詩在說些什麼。

《朱傳》說：「此詩大旨與〈月出〉相類。」而朱子說〈月出〉是「男女相悅而相念之辭」，多數讀者以為這應該是詩的本義。清朝的方玉潤在《詩經原始》中則又有獨到之見：「《序》謂刺時男女相悅，《集傳》謂與〈月出〉相類……，姚氏以為傷逝作，或又謂傷泄冶之見殺，均與興意不合。蓋起極幽豔，繼乃傷感，故知為思存作，非悼亡篇也。大抵臣不得於其君，子不得於其父，皆可藉此以抒懷。詩人所言，或實有所指，或虛以寄興。興之所到，觸緒即來。後世〈江南曲〉、〈子夜歌〉，此類甚多，豈篇篇具有所為而言耶？」有了這樣的想法，方氏於是解此詩為「傷所思之不見也」。假若方氏說得不錯，那麼詩中的美人就別有所指了，如此〈澤陂〉就成了另有寄託的象徵詩，這個解釋或許也能引起讀者的興趣。

檜風（四篇）

檜是西周時候的一個小國，《左傳》、《國語》作「鄶」，《漢書・地理志》作「會」。相傳檜君是祝融的後人，周武王時始封，但其世次已不可考。

檜地在今河南省密縣東北，與鄭國為近鄰，東周初年，檜為鄭武公所滅，地遂入鄭。今《詩經》除〈鄭風〉之外，又有〈檜〉詩，可見〈檜風〉四篇皆檜併於鄭以前之作（屈萬里《古籍導讀》謂由〈隰有萇楚〉及〈匪風〉觀之，似皆檜將被滅前之作，其餘二篇疑亦作於西周晚葉）。

羔裘

羔裘逍遙，狐裘以朝❶。豈不爾思？勞心忉忉❷。（一章）

羔裘翱翔❸，狐裘在堂❹。豈不爾思？我心憂傷。（二章）

羔裘如膏❺，日出有曜❻。豈不爾思？中心是悼❼。（三章）

注釋

❶「羔裘逍遙」二句：羔裘為諸侯之朝服，狐裘為諸侯之祭服。逍遙，遊燕、遨遊。

❷忉忉：憂慮的樣子。

❸翱翔：義同前章「逍遙」。

❹在堂：《毛傳》：「堂，公堂也。」在堂，在朝治事的意思。
❺如膏：膏，油脂。如膏，形容羔裘的潤澤光鮮。
❻曜：明亮、光亮。
❼悼：哀傷、悲痛。

《詩經》共有三篇〈羔裘〉，分別在〈鄭風〉、〈唐風〉與〈檜風〉中。〈檜風〉的〈羔裘〉寫出了大夫對於國君的失望，不過，也有讀者因為詩中連用「豈不爾思」之語，而以為這應該是某女子向一位貴族訴衷情之作。

《詩序》：「〈羔裘〉，大夫以道去其君也。國小而迫，君不用道，好絜其衣服，逍遙遊燕，而不能自強於政治，故作是詩也。」《詩序》認為這是檜國的大夫對於國君不能自強於政治，感到徹底失望的憂時之作。假如我們不錙銖計較於《詩序》的用詞，對於其說也可大致接受。

余培林《詩經正詁》以歸納法解「羔裘」為大夫之服，「狐裘」為諸侯之服，因此說〈羔裘〉是「思念某大夫而憂其逍遙遊樂不助君治政之詩」，到底「羔裘」是否一定是大夫之服？歸納法在訓詁學的運用上是否一定沒有瑕疵？（「之子于歸」在《詩》中可以歸納出一義，「德音」一詞經過歸納，卻不得以一義說之，這就給我們一些提醒了）這些都是值得我們用心思考的，當然，無論如何，余氏的論點仍具參考之價值（按：注家對於「羔裘」、「狐裘」的解釋迄今仍不太一致，《毛傳》：「羔裘以遊燕，狐裘以適朝。」意思是說，國君竟然穿著朝服遊燕，穿上祭服上朝。《鄭箋》：「諸侯之朝服，緇衣羔裘。大蜡而息民，則有黃衣狐裘。今以朝服燕，祭服朝，是其好絜衣服也。先言燕，後言朝，見君之志不能自強於政治。」《朱傳》：「緇衣羔裘，諸侯之朝服。錦衣狐裘，其朝天子之服也。舊說檜君好潔其衣服，逍遙遊宴，而不能自強於政治，故詩人憂之。」）。

素冠

庶見素冠❶兮，棘人欒欒❷兮，勞心慱慱❸兮。（一章）

庶見素衣❹兮，我心傷悲兮，聊與子同歸❺兮。（二章）

庶見素韠❻兮，我心蘊結❼兮，聊與子如一❽兮。（三章）

❶庶見素冠：庶，庶幾，表示希冀、盼望。素冠，白色之冠。舊謂素冠為喪冠，姚際恆以來，已有不少學者駁斥其說。

❷棘人欒欒：棘人，舊解為居喪之人，今人多謂棘和「瘠」同義，瘦的意思。欒（ㄌㄨㄢˊ）欒，瘦弱的樣子。

❸勞心慱慱（ㄊㄨㄢˊ）慱：勞心即憂心，慱慱是憂慮的樣子。

❹素衣：白色之衣。舊謂喪服，今人多謂平常人皆可穿著。

❺聊與子同歸：聊，且。同歸，一塊回家。

❻素韠（ㄅㄧˋ）：白色的蔽膝。

❼蘊結：憂鬱於心而不能解。

❽如一：結為一體，或謂同生共死之意，或謂齊心協力之意。

說明

〈素冠〉似乎是一篇婦人思念其君子的詩，也有學者認為這是典型的悼亡詩。

《詩序》：「〈素冠〉，刺不能三年也。」沒有〈續序〉的進一步說明。《鄭箋》：「喪禮，子為父，父卒為母，皆三年。時人恩薄禮廢，不能行也。」號稱反《序》的朱子，於〈素冠〉詩旨無異說，自姚際恆《詩經通論》列舉十證，說明《序》說不可從之後，今人說解〈素冠〉仍依《詩序》者，大約已屈指可數了。

素冠、素衣、素韠不必然為喪服，這可能是事實，《詩序》利用喪服之制來說詩，除非是專攻古禮的學者，當然會信服其說，這對《詩》教的推行是極為有益的，不過，鄭玄是三《禮》大家，他為什麼也認同《序》說呢？退一步說，姚際恆等人是專攻古禮的學者嗎？姚氏說喪禮無素韠之文，試問，古禮的資料沒有依何遺漏，完完整整地掌握在清朝學者的手中嗎？當然，這樣的追問不表示《序》說不能批評，相反地，姚氏說〈素冠〉「以為思君子可，以為婦人思男亦可」，仍不失為平實之見。只是，我們必須指出，《詩序》為〈素冠〉所作的說解，一方面可能是特別賦予的經學之義，但也不無可能說中詩的本義，而姚氏既不能肯定詩的本義，且又無益於《詩》教；若要一口咬定其說遠勝《序》說，只怕也有人不以為然。

隰有萇楚

隰有萇楚❶，猗儺❷其枝。夭之沃沃❸，樂子❹之無知。（一章）

隰有萇楚，猗儺其華。夭之沃沃，樂子之無家。（二章）

隰有萇楚，猗儺其實。夭之沃沃，樂子之無室。（三章）

注釋

❶萇楚：一種藤本植物，又叫羊桃，果實可食。

❷猗（ㄜ）儺（ㄋㄨㄛˊ）：美麗茂盛的樣子。

❸夭之沃沃：夭，《朱傳》：「少好貌。」之，語詞。沃沃，光澤漂亮的樣子。句以形容萇楚之美。

❹樂子：樂，喜、羨慕。子，你，指萇楚。

說明

〈隰有萇楚〉是一篇亂世之際羨慕草木無知無家的作品。《詩序》：「〈隰有萇楚〉，疾恣也。國人疾其君之淫恣，而思無情慾者也。」把〈隰有萇楚〉解作痛心國君荒淫不知節制的詩，確實有一點牽強，守《序》派的學者恐怕也須承認這個事實吧！

詩人既然覺得有知不如無知，有家不如無家，其為生逢衰世之作應該可以肯定。朱子在《詩集傳》中說：「政煩賦重，人不堪其苦，歎其不如草木之無知而無憂也。」雖政煩賦重不見於詩中，卻是合情合理的推測，如果有人挑剔朱說，那麼我們將「政煩賦重」改為「生逢亂世」，大約就不會引來太大的非議之聲了吧?不過，站在《詩》教的立場，朱子之說仍是較為高明的。

在金庸的《射鵰英雄傳》中，描寫有位狀元書生經過黃蓉身邊，笑吟道：「隰有萇楚，猗儺其枝！」黃蓉聽他取笑自己，也吟道：「雞棲於塒，日之夕矣。」書中記載，黃蓉心想，狀元公引的那兩句詩，下面有「樂子之無知，樂子之無家，樂子之無室」三句，本是少女愛慕一個未婚男子的情歌……；面對這樣的小說家者言，我們還是老話一句，《詩》無達詁。

匪風

匪風發兮❶，匪車偈❷兮。顧瞻周道❸，中心怛❹兮。（一章）

匪風飄❺兮，匪車嘌❻兮。顧瞻周道，中心弔❼兮。（二章）

誰能亨魚❽，溉之釜鬵❾。誰將西歸❿，懷之好音⓫。（三章）

注釋

❶匪（ㄅㄟˇ）風發兮：匪，彼。發，疾速。《朱傳》：「發，飄揚貌。」

❷偈（ㄐㄧㄝˊ）：車行快速的樣子。

❸顧瞻周道：顧，回首觀看。周道，《鄭箋》：「周之政令也。」或解為自周來時之道路，馬瑞辰《通釋》則謂《詩》言周道，皆謂大路。

❹怛（ㄉㄚˊ）：憂傷。

❺飄：疾速。或謂回風曰飄。

❻嘌（ㄆㄧㄠ）：快。

❼弔：悲傷。

❽亨（ㄆㄥ）魚：亨，同「烹」。《毛傳》：「亨魚煩則碎，治民煩則散，知亨魚則知治民矣。」屈萬里《詮釋》：「古者言治國每以烹魚為喻，《老子》：『治大國若烹小鮮』是也。」

❾溉之釜鬵（ㄒㄩㄣˊ）：溉，洗滌。釜，飯鍋。鬵，大型的釜。

❿西歸：《鄭箋》：「檜在周之東，故言西歸。」屈萬里《詮釋》：「西歸，謂歸附於周，即仕於周也。」

⓫懷之好音：屈萬里《詮釋》：「懷，念也；猶言

盼望也。好音，即今語好消息之謂。」或謂懷，攜——帶；好音，猶言「平安音信」。

說　明

〈匪風〉是一篇檜國詩人真切感人的憂國之作。

《詩序》：「〈匪風〉，思周道也。國小政亂，憂及禍難，而思周道焉。」這本是很實在的說法，但因後人對於詩「周道」的理解與漢儒的意見不合，所以《序》說在今日也不大受到重視。屈萬里在《詩經詮釋》中以周道為大路，謂〈匪風〉為「檜人憂國思周之詩，蓋作於平王東遷之初，檜將被滅於鄭之時」，以此說與《序》說相較，可以發現二者皆以〈匪風〉為憂國之作，如果我們不想接受《鄭箋》以「周之政令」釋周道，那就不妨以「思周」為〈匪風〉的篇旨。

曹風（四篇）

曹是周武王的弟弟叔振鐸始封之國，其領域約當今天山東的西南部荷澤、定陶、曹縣一帶的地方，位在齊、晉之間，是一個小國。魯哀公八年時，曹滅於宋。

〈曹風〉原收四篇詩，都是春秋時期之作，其中的〈下泉〉，明儒何楷《詩經世本古義》據《易林》以魯昭公二十二年王子朝作亂，晉籍談、荀躒帥九州之戎勤王之事實之，頗有一些學者贊成，若然，則其寫作起碼比〈陳風．株林〉晚了八十多年，換句話說，《詩經》最晚的作品是〈下泉〉，不過，這還不能說是定論。

蜉蝣

蜉蝣之羽❶，衣裳楚楚❷。心之憂矣，於我歸處❸。（一章）

蜉蝣之翼，采采❹衣服。心之憂矣，於我歸息❺。（二章）

蜉蝣掘閱❻，麻衣如雪❼。心之憂矣，於我歸說❽。（三章）

注釋

❶蜉蝣之羽：蜉蝣，一種生命僅數小時的昆蟲，翅薄——而透明。羽，翅膀。

❷衣裳楚楚：衣裳指蜉蝣的翅膀。楚楚，鮮明的樣子。

❸於（ㄨ）我歸處：於，歎詞。歸處，或謂歸而止息，有退隱的意思，或以為與二、三章的「歸息」、「歸說」都是「死」的意思。

❹采采：華美的樣子。

❺歸息：義同前章「歸處」。

❻掘閱（ㄒㄩㄝˋ）：掘，穿。閱，通「穴」。蜉蝣的幼蟲穿穴而出地面，才能變成蟲。

❼麻衣如雪：麻衣，白布之衣，此用以指蜉蝣之羽翼，為借代修辭。《鄭箋》謂即深衣，諸侯之朝服。如雪，形容極為潔白。

❽歸說（ㄕㄨㄟˋ）：說，休息。

說明

〈蜉蝣〉感歎的是人生短促而卻又競誇浮華、不務實際。

《詩序》：「〈蜉蝣〉，刺奢也。昭公國小而迫，無法以自守，好奢而任小人，將無所依焉。」曹是小國，又處於齊、晉等大國之間，情勢危急，昭公不思自立自強，徒事衣履鮮潔，奢華無度，而又任用小人，於是詩人就寫〈蜉蝣〉來加以諷刺。《詩序》這樣的說法無疑是針對「衣裳楚楚」、「采采衣服」、「麻衣如雪」而有的引申。方玉潤《詩經原始》以為「蜉蝣為物，其細已甚，何奢之有？」來反駁《序》說，殊不知蜉蝣為朝生暮死之小蟲，固可用來譏諷昭公過於重視服飾，所費必然不貲，縱使詩人原意不在刺奢，作《序》者卻可因此認為昭公生活奢華。也就是說，我們讀詩可以有不同的領會，但不能因為這樣就直指《詩序》將詩的比興之意弄擰了。何況，外表華麗而不知自己朝生暮死的蜉蝣，不是可以用來諷刺不知把握人生，只重修飾外表的人嗎？

候人

彼候人❶兮，何戈與祋❷。彼其之子❸，三百赤芾❹。（一章）

維鵜❺在梁，不濡❻其翼。彼其之子，不稱❼其服。（二章）

維鵜在梁，不濡其咮❽。彼其之子，不遂其媾❾。（三章）

薈兮蔚兮❿，南山朝隮⓫。婉兮孌兮⓬，季女⓭斯飢。（四章）

❶候人：古代在道路上迎送賓客的小官。

❷何（ㄏㄜˋ）戈與祋（ㄉㄨㄛˊ）：何，通「荷」，肩負的意思。戈、祋都是武器名，祋又作殳（ㄕㄨ）。

❸彼其（ㄐㄧˋ）之子：其，語助詞。彼其之子意即「那個人」。另參〈王風．揚之水〉注❸。

❹三百赤芾（ㄈㄨˊ）：三百，三百個人。芾，蔽膝。《毛傳》：「大夫以上，赤芾乘軒。」

❺鵜：水鳥名，即鵜鶘，嘴長一尺多，頷下有一個大喉囊，善捕魚。

❻濡：打溼、沾溼。

❼稱（ㄔㄣˋ）：適合、配合。

❽咮（ㄓㄡˋ）：鳥嘴。

❾不遂其媾：《朱傳》：「遂，稱。媾，寵也。」句謂其人與其所得之寵渥不相稱。

❿薈兮蔚兮：薈、蔚本是草木茂盛的樣子，這裡用來指虹雲升騰的景色。

⓫隮（ㄐㄧ）：虹。

⓬婉兮孌兮：婉孌，年少美好的樣子。

⓭季女：少女，指候人之女。

說明

「候人」是在道路上迎送賓客的小官，〈候人〉同情候人而譏刺詩中所謂的「三百赤芾」。《詩序》：「〈候人〉，刺近小人也。共公遠君子，而好近小人焉。」君子指候人，小人指「三百赤芾」。據《左傳‧僖公二十八年》記載，曹共公之臣，赤芾乘軒者三百人，我們不敢說只有共公時才有「三百赤芾」，但《序》說畢竟是有據了。

鳲鳩

鳲鳩❶在桑，其子七兮。淑人君子❷，其儀一兮；其儀一兮❸，心如結兮❹。

（一章）

鳲鳩在桑，其子在梅。淑人君子，其帶伊絲❺；其帶伊絲，其弁伊騏❻。

（二章）

鳲鳩在桑，其子在棘。淑人君子，其儀不忒❼；其儀不忒，正是四國❽。

（三章）

鳲鳩在桑，其子在榛。淑人君子，正是國人；正是國人，胡不萬年❾！

（四章）

❶鳲鳩：即布穀鳥。周朝人有鳲鳩養子均平專一之說。

❷淑人君子：淑人，好人、善人。君子，這裡指在位者。

❸其儀一兮：儀，儀度、態度。一，專一、一致、均平。

❹心如結兮：如結，如物之固結。句以形容心意的堅定。

❺其帶伊絲：伊，維、是。句謂其大帶是用絲所做的。

❻其弁（ㄅㄧㄢˋ）伊騏：弁，皮帽。騏，當作璂，弁上所鑲的玉石。

❼忒（ㄊㄜˋ）：差錯。

❽正是四國：正有準則、典範之意，或謂領導；四國，四方之國，猶言天下。

❾胡不萬年：胡，何。句為祝其壽考之辭。胡不萬年，何不長壽萬年？

說明

〈鳲鳩〉各章都在稱頌國君，應該是一篇讚美在位者用心均平專一的詩，這樣的大意已在首章表達出來，二章以後為了形式之整齊，仍以鳲鳩在桑起興，讚美了君子的服飾、儀度，並獻上了祝福之意。

《詩序》：「〈鳲鳩〉，刺不壹也。在位無君子，用心之不壹也。」從詩文來看，〈鳲鳩〉全篇都是讚美國君之辭，不過，這樣的詩雖說是讚美之作，卻通篇沒有阿諛之詞，於平淡樸實的文字中，表達了曹人對其君上誠摯的敬愛之情，而《詩序》的作者群大概是認為曹國沒有一位國君擔當得起「正是四國」這樣的稱頌，因此就用「言古以諷今」的說《詩》模式來處理〈鳲鳩〉，這是《詩序》的一大特色。今人艾治平以為本詩「從正面著筆，而從反面見意，即看似稱頌，卻意在陳古以諷今，成為後來詩歌中常用的手法」（周嘯天主編《詩經鑑賞集成》），這是認定《詩序》說中了詩的本義，然而事實是否如此，也不容過於樂觀。

下泉

冽彼下泉❶，浸彼苞稂❷。愾我寤嘆❸，念彼周京❹。（一章）

冽彼下泉，浸彼苞蕭❺。愾我寤嘆，念彼京周❻。（二章）

冽彼下泉，浸彼苞蓍❼。愾我寤嘆，念彼京師❽。（三章）

芃芃❾黍苗，陰雨膏❿之。四國有王⓫，郇伯勞之⓬。（四章）

❶冽彼下泉：冽，寒涼的樣子。另本作洌，《說文》：「洌，水清也。」下泉，自高處下流之泉。

❷苞稂（ㄌㄤˊ）：苞是茂盛，稂是一種像禾苗的野草。

❸愾我寤嘆：愾，歎息聲。寤，語詞。

❹周京：周之京城。

❺蕭：蒿草。

❻京周：即周京，倒文以協韻。

❼蓍（ㄕ）：草名，古人以其莖為占筮之用。

❽京師：同前面的「周京」，指王城而言。

❾芃（ㄆㄥˊ）芃：茂盛的樣子。

❿膏：潤澤。

⓫四國有王：四國，指四方諸侯。有王，《鄭箋》：「謂朝聘於天子也。」何楷《古義》以〈下泉〉為

《詩》中最晚之作，解此句為「四國共戴一王，皆以王之事為事」。

⑫郇伯勞（ㄌㄠˋ）之：郇伯，《毛傳》：「郇侯也。」《鄭箋》：「郇侯，文王之子，為州伯，有治諸侯之功。」或謂文王之子被封為郇侯，詩所言郇伯為其後嗣。何楷、馬瑞辰等人以為郇伯就是荀躒，也就是知伯。按《左傳》記載，魯昭公二十二年時，王子朝作亂，晉國的籍談、荀躒，率九州的戎人，平定禍亂，保護周敬王進入王城。昭公二十六年，知伯等又輔佐敬王回到成周。除此之外，昭公二十五年、二十七年，晉國也都曾為了維護周天子的地位而大會諸侯，這些事件，曹國人都曾參與，何、馬諸人以為此即詩所謂「四國有王」，而曹人寫〈下泉〉就是在讚美郇伯。勞，慰勞。

傳統之說，〈陳風．株林〉為《詩經》中最晚之作，晚近頗有一些學者認為〈曹風．下泉〉才是三百篇中最為晚出的作品。

《詩序》：「〈下泉〉，思治也。曹人疾共公侵刻，下民不得其所，憂而思明王賢伯也。」詩的第三章有讚美郇伯的意思，《詩序》卻以之為針砭曹共公之作，這種懷古傷今之詮釋，正是《詩序》說《詩》的一貫原則，假如郇伯即郇侯，則清儒惠周惕《詩說》所言，「共公于魯僖九年即位，是時齊桓始霸，挾天子以令諸侯，凡齊桓會盟，共公幾于無歲不往，自晉文入曹之後，終共公之世不與會盟，而曹遂自此不振，宜其思王與郇伯也」，實可作為《序》說的最佳注腳。

明儒何楷《詩經世本古義》認為〈下泉〉是「曹人美晉荀躒納周敬王」之作，此說不僅有馬瑞辰予以大力推廣，今人同意的也不計其數，但平心而論，詩中郇伯是否即是荀躒，是很難確考的，要否認舊說，還需要有更充分的證據。（假如何、馬諸人之說為是，則〈下泉〉即是三百篇中最晚之作，但同意此說者，對此篇寫作年代的說法仍不一致，例如有謂詩應作於曹悼公八年，魯昭公二十六年，西元前五一六年，時孔子三十五歲者；有謂詩應作於曹襄公五年，魯昭公三十二年，西元五一〇，時孔子四十一歲者。此外另有數說，茲不一一。必須強調的是，上述之考證結果雖略有出入，但都表明了〈曹風．下泉〉上距〈陳風．株林〉已有百年之久，然而《孟子．離婁下》云：「王者之迹息而《詩》亡，《詩》亡然後《春秋》作」，今以《詩經》三百五篇中獨有一篇作於孔子在世之時，寧非咄咄怪事？）

豳風（七篇）

豳（ㄅㄧㄣ），亦作邠，地在今陝西省栒邑、邠縣一帶。周的先世公劉由戎狄遷移至此，而周人正確的歷史，就從公劉開始。從公劉以後，傳了九代，也就是古公亶父的時候，周人遷都至岐山之下（陝西岐山縣境）。古公亶父的孫子西伯昌就是我們通稱的文王，他在滅崇之後，又從岐山遷都於豐（今陝西鄠縣），同時又在豐邑的東方建造了一個大都城，叫做鎬京（今陝西西安），周人的勢力至此已成，而滅商的則是文王的兒子武王。武王滅商之後六年去世，繼位的成王年幼，由叔父周公旦攝政，東方的局面開始動搖，負責監視紂子武庚的管叔、蔡叔（也都是成王的叔父），聯合武庚及淮夷、徐戎叛變，周公只好率兵東征，三年之後，亂事掃平。

為什麼簡述這一段歷史呢？因為《詩經》中的〈豳風〉，除了〈七月〉是詠豳地的風土之外，其餘各篇，多是詠周公東征或者是和周公有關的事。此中之緣由，後人頗多推測，屈萬里先生在《詩經選注》中說：「我疑心周公東征的時候，所率領的人，有很多豳地之民；這些人，由於思念鄉土和感觸時事，而作了這些歌。因為這些歌都是豳地的聲調，所以被列在〈豳風〉裡。」這是近理的推測。

七月

七月流火❶，九月授衣❷。一之日觱發❸，二之日栗烈❹；無衣無褐❺，何以
卒歲❻？三之日于耜❼，四之日舉趾❽。同我❾婦子，饁彼南畝❿，田畯至

喜[11]。（一章）

七月流火，九月授衣。春日載陽[12]，有鳴倉庚[13]。女執懿筐[14]，遵彼微行[15]，爰求柔桑[16]。春日遲遲[17]，采蘩祁祁[18]。女心傷悲：殆及公子同歸[19]？（二章）

七月流火，八月萑[20]葦。蠶月條桑[21]，取彼斧斨[22]，以伐遠揚[23]；猗彼女桑[24]。七月鳴鵙[25]，八月載績[26]，載玄載黃，我朱孔陽[27]，爲公子裳。（三章）

四月秀葽[28]，五月鳴蜩[29]。八月其穫，十月隕蘀[30]。一之日于貉[31]，取彼狐狸，爲公子裘。二之日其同[32]，載纘武功[33]，言私其豵[34]。獻豜于公[35]。（四章）

五月斯螽動股[36]，六月莎雞振羽[37]。七月在野，八月在宇[38]，九月在户，十月蟋蟀，入我牀下。穹窒熏鼠[39]，塞向墐户[40]。嗟我婦子，曰爲改歲[41]，入此室處。（五章）

六月食鬱及薁[42]，七月亨葵及菽[43]，八月剝[44]棗，十月穫稻。爲此春酒[45]，以介眉壽[46]。七月食瓜，八月斷壺[47]，九月叔苴[48]。采荼薪樗[49]，食我農夫[50]。（六章）

九月築場圃[51]，十月納禾稼[52]。黍稷重穋[53]，禾麻菽麥。嗟我農夫，我稼既同[54]，上入執宮功[55]。晝爾于茅[56]，宵爾索綯[57]；亟其乘屋[58]，其[59]始播百穀。（七章）

二之日鑿冰沖沖[60]，三之日納于凌陰[61]，四之日其蚤[62]，獻羔祭韭[63]。九月肅霜[64]，十月滌場[65]。朋酒斯饗[66]，曰殺羔羊。躋彼公堂[67]，稱彼兕觥[68]：「萬壽無疆」[69]。（八章）

❶七月流火：七月，此指夏曆七月，周曆則為九月，以下所言之月都是用夏曆。流，向下流動。火，星名，即大火星。

❷授衣：授與農民冬衣。

❸一之日觱（ㄅㄧˋ）發：一之日，夏曆十一月，周之正月，以下二之日、三之日、四之日類推。觱發，風寒。

❹栗烈：寒氣。《說文》引《詩》作「凓冽」。

❺褐：毛布衣，貧賤者之服。

❻卒歲：卒，終。卒歲，過完這一年。

❼于耜（ㄙˋ）：于，為，有準備或修理的意思。耜，農具名，略似今之鐵鍬，其柄叫做耒。

❽舉趾：趾，足。舉趾是舉足踏耜，把土地耕鬆的意思。

❾我：《朱傳》：「家長自我也。」

❿饁（ㄧㄝˋ）彼南畝：饁，送飯，指送飯給田間的農民。南畝，在南的田畝，這裡只是泛指田地。

⓫田畯至喜：田畯，田大夫，督導耕種的官吏。喜，

一般為欣喜，《鄭箋》則謂「讀為饎（ㄔˋ），酒食也」。

⑫載陽：《鄭箋》：「載之言則也。陽，溫也。」

⑬倉庚：鳥名，即黃鶯。

⑭懿筐：深筐。

⑮遵彼微行：遵，循、沿著。微行，小路。

⑯爰求柔桑：爰，乃。求，尋求。柔桑，嫩桑。

⑰春日遲遲：遲遲，舒緩的樣子。因春日漸長，故云遲遲。

⑱采蘩祁祁：蘩，白蒿。祁祁，盛多的樣子。

⑲殆及公子同歸：殆，將。公子，指豳公之子。同歸，一同歸去，即嫁與公子的意思。

⑳萑（ㄏㄨㄢˊ）：荻草。

㉑蠶月條桑：蠶月，養蠶之月，指夏曆三月。條桑，桑葉茂盛。《韓詩》「條」作「挑」，挑取的意思。

㉒斧斨（ㄑㄧㄤ）：斨是和斧相類的器物。受柄處的洞孔，橢圓的叫斧，方的叫斨。

㉓遠揚：遠伸而揚起的枝條。

㉔猗彼女桑：猗，或解為美盛的樣子，或以為掎（ㄐㄧˇ）之假借，牽引而採之的意思。女桑，柔桑，樹小而條長者。

㉕鵙（ㄐㄩˊ）：鳥名，即伯勞。

㉖績：紡織。

㉗「載玄載黃」二句：玄、黃、朱，都是染絲的顏色。我朱，我所染之紅色。孔，非常。陽，鮮明。

㉘秀葽（ㄧㄠ）：秀，不開花而結實。葽，草名，味苦，或謂即「遠志」。

㉙蜩（ㄊㄧㄠˊ）：蟬。

㉚隕蘀（ㄊㄨㄛˋ）：隕，墜落。蘀，落葉。

㉛于貉（ㄏㄜˊ）：于，往。貉，獸名，似狐而尾較短。貉又讀ㄇㄚˋ，通作「禡」，為獵祭名。這裡的于貉，有人訓為打獵，也有人解釋為行貉祭。

㉜同：會合。

㉝載纘（ㄗㄨㄢˇ）武功：纘，繼續。功，事。武功，指田獵之事。

㉞言私其豵（ㄗㄨㄥ）：言，語詞。私，私有之。豵，一歲的豬，此處泛指小獸。

㉟獻豜（ㄐㄧㄢ）于公：豜是三歲的豬，此處泛指大獸。公，豳公，泛指農奴主。

㊱斯螽動股：斯螽，蟲名，即〈周南〉之螽斯。動股，以股擦翅作聲。

㊲莎（ㄙㄨㄛ）雞振羽：莎雞，蟲名，俗名紅娘子或紡織娘。振羽，振動翅膀發出聲音。

㊳宇：屋簷。

㊴穹（ㄑㄩㄥ）窒熏鼠：穹，窮、空的意思。窒，塞。句謂除去室中窒塞之物，以便用煙火熏鼠穴，迫使老鼠逃出。

㊵塞向墐戶：塞，堵塞。向，北向的窗戶。墐，用泥塗物。古以荊竹編成門戶，以泥塗之，始可擋風。

㊶曰為改歲：曰，發語詞。為，將。改歲，更改年歲，指過年。

㊷食鬱及薁（ㄩˋ）：鬱，唐棣類的植物。薁，野葡萄。

㊸亨葵及菽：烹煮葵菜與大豆。

㊹剝：「扑」之假借，《毛傳》：「擊也。」

㊺春酒：《毛傳》：「凍醪（ㄌㄠˊ）也。」冬日所釀，故稱凍醪；新春飲之，故稱春酒。

㊻以介眉壽：介，祈求。長壽者每有豪眉，故稱長壽者為眉壽。

㊼斷壺：壺，瓠之假借，即葫蘆。斷壺是說割斷瓠瓜之蒂而取之。

㊽叔苴：《毛傳》：「叔，拾也。苴，麻子也。」

㊾采荼薪樗（ㄕㄨ）：荼，苦菜。樗，木名。句謂採乾荼作菜，用樗木作木柴。

㊿食（ㄙˋ）我農夫：給我農夫吃。

51 場圃：園地叫做圃，春夏時用為種菜，秋冬時築平作場以治穀，所以叫場圃。

52 納禾稼：納，收入。禾稼，穀物之通稱。

53 重（ㄔㄨㄥˊ）穋（ㄌㄨˋ）：後熟的穀類叫重，先熟的叫穋。

54 同：會合、聚攏、集中。

55 上入執宮功：上入，上而入於都邑。或謂上猶尚，猶口語「還得」；亦通。執，作。宮，指豳公的宮室。功，事。

56 晝爾于茅：爾，語詞。于，為、做的意思。于茅是治理茅草，準備修房子。

57 索綯：索，搓製。綯，繩子。

58 亟其乘屋：亟，急、趕快。乘屋，以茅草覆屋。

59 其：將要。

60 沖沖：鑿冰之聲。

61 凌陰：冰室、冰窖。

62 蚤：同「早」字。

63 獻羔祭韭：獻上羔羊和韭菜以祭祖，這是古代開窖取冰前的儀式。

❻❹肅霜：《朱傳》：「氣肅而霜降也。」王國維《集林》謂肅霜猶肅爽，形容秋天氣候清朗；說亦可參。

❻❺滌場：因農事畢而清掃場地的意思。王國維謂滌場即滌蕩，形容深秋樹木之蕭瑟；說亦可參。

❻❻朋酒斯饗：《毛傳》：「兩樽曰朋。」或釋朋為朋儕。斯，是。饗，宴飲。

❻❼躋彼公堂：躋，升。公堂，豳公之堂。

❻❽稱彼兕觥：稱，舉。兕觥，或謂犀牛角製成的酒杯，或謂兕觥刻木為之，形似兕角。

❻❾萬壽無疆：無疆，無窮盡。句為祝福之語。

說明

〈七月〉是〈國風〉中最長的一篇作品，它應該是完成於西周初年的歌詠農民生活情狀的詩篇，作者可能是當時地位較高、經濟情況較佳的領主，故能熟悉農桑稼穡之事。

《詩序》：「〈七月〉，陳王業也。周公遭變，故陳后稷先公風化之所由，致王業之艱難也。」《詩序》以〈七月〉為陳王業之作，這是相當高明的說詞。農桑稼穡本為當日「國之大事」，所以用「陳王業」之說來闡明《詩》教是恰如其分的，絕不勉強。至於詩的作者雖不可能是周公本人，但不可謂周公絕無陳詩之舉，假若〈七月〉在周公時代已被選輯在宮廷之中，則周公為成王陳此詩，刻意強調致王業之艱難，這也是順理成章之事。由此可知，《序》之說〈七月〉，雖被某些今人批評得一文不值，其實還是可以說得通。

另有學者指出，〈七月〉運用強烈的對比手法從衣、食、住三個方面突出地描述階級的差別。封建領主穿的是「載玄載黃」的絲織品，或是用狐皮製成的大衣，吃的是甘美可口的春酒佳釀與獸肉，住的是冬暖夏涼的宮室高屋。而農奴卻是「無衣無褐，何以卒歲」，在吃的方面，「采荼薪樗，食我農夫」，在住的方面，門窗破敗，只用泥塗壁以擋風雨。這種不公平的階級對立，使得人與自然的和諧關係被封建領主壓迫、破壞了。但這就是西周社會的真實反映，也可說是以農為主的封建中國的社會縮影。若依此說，本篇的作者就絕對不是領主了，這種說法也不妨參考。

鴟鴞

鴟鴞[1]鴟鴞！既取我子，無毀我室[2]！恩斯勤斯[3]，鬻子之閔[4]斯。（一章）

迨[5]天之未陰雨，徹彼桑土[6]，綢繆牖戶[7]。今女下民[8]，或敢侮予[9]！（二章）

予手拮据[10]，予所捋荼[11]，予所蓄租[12]，予口卒瘏[13]：曰予未有室家[14]。（三章）

予羽譙譙，予尾翛翛[15]，予室翹翹[16]，風雨所漂搖[17]。予維音嘵嘵[18]。（四章）

注釋

❶鴟（ㄔ）鴞（ㄒㄧㄠ）：惡鳥，即貓頭鷹。在這裡用以比喻武庚。疊言鴟鴞者，歐陽修《詩本義》：「鳥之愛其巢者呼鴟鴞而告之。」胡承珙《後箋》：「與〈魏風〉『碩鼠碩鼠，無食我黍』、〈小雅〉『黃鳥黃鳥，無集于穀』文例正同。」

❷「既取我子」二句：比喻武庚之亂既已害了管叔、

蔡叔，就不要再摧毀王室了。

❸恩斯勤斯：恩，愛。勤，惜。斯，語助詞。《魯詩》「恩」作「殷」。恩勤即殷勤、辛苦之意。

❹鬻子之閔：鬻，稚。鬻子即稚子，指成王。閔，憐憫。

❺迨：及、趁著。

❻徹彼桑土：徹，取。土是「杜」的假借，《韓詩》作「杜」。桑土，桑根。《孟子．趙注》：「取桑根之皮。」

❼綢繆牖（ㄧㄡˇ）戶：綢繆，纏縛、纏紮。牖，窗。戶，門。《朱傳》：「牖，巢之通氣處，戶，其出入處也。」

❽今女下民：女，同「汝」。下民，鳥巢下的人。

❾或敢侮予：或，誰。句為誰還敢欺負我的意思。《朱傳》：「誰敢有侮予者，亦以比己深愛王室而預防其患難之意。」

❿拮（ㄐㄧㄝˊ）据（ㄐㄩ）：手病也，此謂兩手因過度操勞而使得手指僵硬。

⓫捋荼：捋，取。荼是蘆、茅之穗，用來鋪巢。

⓬蓄租：蓄，積聚。租，蒩的假借字，《說文》：「蒩，茅藉也。」以上二句是說我得去捋取茅穗，積聚起來墊鳥巢。

⓭卒瘏：卒，讀為「顇」或「悴」，和瘏都是病的意思。

⓮曰予未有室家：曰，語詞。此句言其所以辛勞如此者，以予未有室家之故。以喻王室新造而未安也。

⓯「予羽譙（ㄑㄧㄠˊ）譙」二句：譙譙，羽毛掉落減少。翛（ㄒㄧㄠ）翛，《傳》：「敝也。」此謂鳥羽乾枯受損。羽譙尾翛，皆謂因勤勞王家而形容枯槁衰敝也。

⓰翹（ㄑㄧㄠˊ）翹：高聳危險的樣子。

⓱風雨所漂搖：指鳥巢因風吹雨打而動盪不安。

⓲嘵（ㄒㄧㄠ）嘵：恐懼的叫聲。

說明

〈鴟鴞〉以母鳥的口吻，訴說她養育稚子的辛勞，以及處境的困苦艱辛。本詩的寄託之義極為明顯，這樣的象徵手法，三百篇中唯〈小雅・鶴鳴〉與之相仿，孔子曾說：「為此詩者，其知道乎！」孟子也曾引用本篇第二章來說教，一詩而為二聖所引，殊為難得。

《詩序》：「〈鴟鴞〉，周公救亂也。成王未知周公之志，公乃為詩以遺王，名之曰〈鴟鴞〉焉。」此說應可信。《尚書・金縢》記載，「武王既喪，管叔及其群弟乃流言於國，曰：『公將不利於孺子。』周公乃告二公（按：指太公望、召公奭）曰：『我之弗辟，我無以告我先王。』周公居東二年，則罪人斯得。于後，公乃為詩以貽王。名之曰〈鴟鴞〉」，今人或疑〈金縢〉為戰國時期之作，即便如此也不可謂〈金縢〉之說全然無據，古人既相傳〈鴟鴞〉為周公之作，除非有更新、更確鑿的證據，委實沒有理由另立新說。

東山

我徂東山❶，慆慆❷不歸。我來自東，零雨其濛❸。我東曰❹歸，我心西悲❺。制彼裳衣❻，勿士行枚❼。蜎蜎者蠋❽，烝❾在桑野。敦❿彼獨宿，亦在車下。（一章）

我徂東山，慆慆不歸。我來自東，零雨其濛。果臝⓫之實，亦施于宇⓬。伊威⓭在室，蠨蛸⓮在戶，町畽鹿場⓯，熠燿宵行⓰。不可畏也，伊可懷也⓱。（二章）

我徂東山，慆慆不歸。我來自東，零雨其濛。鸛鳴于垤⓲，婦歎于室；洒埽穹窒[19]，我征聿至[20]。有敦瓜苦[21]，烝在栗薪[22]。自我不見，于今三年。

（三章）

我徂東山，慆慆不歸。我來自東，零雨其濛。倉庚[23]于飛，熠燿其羽。之子于歸，皇駁其馬。親結其縭，九十其儀[24]。其新孔嘉[25]，其舊如之何？

（四章）

注釋

❶我徂東山：徂，前往。東山，或謂泛指東方山區，或謂特指魯國之蒙山，在今山東蒙陰縣南。

❷慆慆：久久的意思。

❸零雨其濛：零，落。濛，細雨的樣子。

❹曰：語詞。

❺悲：憂思。

❻制彼裳衣：制，製的古字，縫製。裳衣指歸途所要穿的便服。

❼勿士行枚：士，事、從事。行，行陣、打仗。枚，行軍時為防出聲，而使士兵及馬銜在口中之木片。

❽蜎蜎者蠋（ㄓㄨˊ）：蜎蜎，蠕動的樣子。蠋，似蠶的桑蟲。

❾烝：或訓為眾，或釋為久，或以為是發語詞。

❿敦：團，這裡指身體畏寒而蜷縮成團的樣子。

⓫果臝（ㄌㄨㄛˇ）：一種蔓生植物，又叫栝樓、瓜蔞。

⓬亦施（ㄧˋ）于宇：亦，語詞。施，蔓延、延伸。宇，屋簷。

⓭伊威：常棲息在陰暗之處的一種蟲子，類土鼈而小。

⓮蠨（ㄒㄧㄠ）蛸（ㄕㄠ）：一種長腳的小蜘蛛。

⓯町（ㄊㄧㄥˇ）疃（ㄊㄨㄢˇ）鹿場：町疃，有禽獸足

跡的空地。鹿場，鹿群棲息之場地。

⑯熠（ㄧˋ）燿（ㄧㄠˋ）宵行：熠燿，閃閃發光的樣子。宵行，螢火蟲。

⑰伊可懷也：伊，指這樣的地方、這樣的夜景。懷，思念。

⑱鸛（ㄍㄨㄢˋ）鳴于垤（ㄉㄧㄝˊ）：鸛，鳥名，似鶴而頂不紅。垤，蟻塚，土堆。

⑲穹（ㄑㄩㄥ）窒：除去室中窒塞之物，即清除廢物的意思，〈七月〉有「穹窒熏鼠」之句。

⑳我征聿至：我征，或訓為我的征人，或釋為我這個征人。聿至，且至。

㉑有敦瓜苦：敦同首章「敦彼獨宿」之敦，有敦即團圓然。瓜苦，苦瓜。

㉒栗薪：栗，堆積。栗薪，堆積的木柴。或謂栗薪乃栗木所為之薪。

㉓倉庚：黃鶯。

㉔「之子于歸」以下四句：此為詩人回想與妻子結婚時的情形。皇是毛色黃白相雜的馬，駁是毛色紅白相雜的馬。親，指妻子的母親。縭，即帨，女子的佩巾。古俗，母親為出嫁之女結縭。九十是形容禮儀之繁多。

㉕其新孔嘉：新，指當年結婚之時。孔，非常。嘉，善、美。

說明

〈東山〉通過一個東征之士歸鄉途中的見聞和感受，表達了他對家鄉親人的深切懷念和對平和生活的嚮往。曹操〈苦寒行〉：「悲彼〈東山〉詩，悠悠使我哀。」〈東山〉是很能感人的一篇作品。

《詩序》：「〈東山〉，周公東征也。周公東征，三年而歸，勞歸士，大夫美之，故作是詩也。一章言其完也，二章言其思也，三章言其室家之望女也，四章樂男女之得及時也。君子之於人，序其情而閔其勞，所以說也。說以使民，民忘其死，其唯〈東山〉乎！」〈東山〉當然是跟周公東征有關的詩，作者是大夫之身分，也幾乎可以確定，但作詩的原意與周公之「勞歸士」不相干，所記述者無非是詩人於歸途所見、所思，及到家後的景況與心情，主題是感傷的，末章卻以戲語為結，實為別緻。

破斧

既破我斧，又缺我斨❶。周公東征，四國是皇❷。哀我人斯❸，亦孔之將❹。

（一章）

既破我斧，又缺我錡❺。周公東征，四國是吪❻。哀我人斯，亦孔之嘉❼。

（二章）

既破我斧，又缺我銶❽。周公東征，四國是遒❾。哀我人斯，亦孔之休❿。

（三章）

❶「既破我斧」二句：此用以形容戰爭之久，亦可表現戰事之激烈。斨是和斧相類的器物。受柄處的洞孔，橢圓的叫斧，方的叫斨。

❷四國是皇：四國，《毛傳》：「管、蔡、商、奄。」《朱傳》：「四方之國也。」皇，匡正。

❸哀我人斯：哀，哀憐、可憐。我人，我們，這是士兵們的自稱。斯，語尾助詞。

❹亦孔之將：《毛傳》：「將，大也。」此句為感激周公之大德之詞。

❺錡（ㄑㄧˊ）：鑿一類的器具。

❻吪（ㄜˊ）：感化。

❼亦孔之嘉：嘉是美好的意思，此句義同上章「亦孔之將」。

❽銶（ㄑㄧㄡˊ）：木柄的鍬。

❾遒（ㄑㄧㄡˊ）：收斂、約束。

❿亦孔之休：休，美。句與前面「亦孔之將」、「亦孔之嘉」同義。

〈破斧〉是一篇東征之士讚美周公之詩，或謂其中仍帶有些許自傷的意味。《詩序》：「〈破斧〉，美周公也。周大夫以惡四國焉。」從詩文觀之，〈破斧〉確是東征之士讚美周公之作，〈古序〉之說應該沒有問題，但〈續序〉「惡四國」之說就難免令人起疑。《鄭箋》說：「惡四國者，惡其流言毀周公也。」依此，《序》之說〈破斧〉是完全正確的，那麼今人為什麼幾乎都不接受〈續序〉之說呢？原來今人於詩中「四國」一詞都接受《朱傳》之說，以之為四方之國，也就是泛指天下的意思，這樣一來，〈續序〉的語病就很嚴重了。我們若知漢儒原本以四國為四個特定之國，就不會對《序》說嗤之以鼻了。

伐柯

伐柯❶如何？匪斧不克❷。取❸妻如何？匪媒不得。（一章）

伐柯伐柯，其則不遠❹。我覯之子❺，籩豆有踐❻。（二章）

❶伐柯：柯是斧柄，伐柯是砍伐樹木以做斧柄的意思。

❷克：能夠。

❸取：通「娶」。

❹其則不遠：則，法則、楷模、標準。因為手執斧柄伐木以做為斧柄，它的樣子就在手中，不必遠求，所以說其則不遠。

❺我覯之子：覯，見。之子，《鄭箋》謂為周公，《朱傳》以為是作者之妻，後人或衍其意為新婦。

❻籩豆有踐：籩是盛乾肉、果實之竹製食器，豆是盛肉醬之木製或陶、銅製之器物。二者可用在宴會上，也可用在祭祀上。有踐，即踐然，排列整齊的樣子。

說明

「伐柯」一詞之所以意指作媒，典出〈豳風．伐柯〉，不過，〈伐柯〉的詩意其實有些隱晦，方玉潤《詩經原始》甚且自承「此詩未詳，不敢詳解」，現今學者有認同舊說，謂〈伐柯〉讚美周公者，有謂歌詠結婚之詩者。

《詩序》：「〈伐柯〉，美周公也。周大夫刺朝廷之不知也。」《鄭箋》對此的解釋是，「成王既得雷雨大風之變，欲迎周公，而朝廷群臣猶惑於管蔡之言，不知周公之聖德，疑於王迎之禮，是以刺之」。所謂雷雨大風之變一事，說的是《尚書．金縢》所記載，關於周公東征獲勝那一年秋天，天降雷雨大風，所有穀物仆到，大樹被連根拔起，國人驚慌，於是成王和朝廷官員打開金屬繩子捆著的禱告書，終於知道周公奉獻犧牲，願代武王一死的忠貞。根據這樣的說法，我們只能說，周公宴請群臣，詩人為賓客中的一位，他寫〈伐柯〉來讚美周公，因為周公就在眼前，所以說「其則不遠」。至於詩首章之義，我們也只能相信《鄭箋》之說，「伐柯之道，唯斧乃能之，此以類求其類也。以喻成王欲迎周公，當使賢者先往。」「媒者能通二姓之言，定人室家之道，以喻王欲迎周公，當先使曉王與周公之意者又先往」，而二章則是「王欲迎周公使還，其道亦不遠，人心是以知之」，「王欲迎周公，當以饗燕之饌行，至則歡樂以說之」。

有些今人同意此詩乃讚美周公之作，但仍以否認《序》者居多，像糜文開、裴普賢合著的《詩經欣賞與研究》就認為這是歌詠周代結婚禮俗之詩，說的是娶妻得先請媒人來撮合，以及描寫新娘進門，喜筵盛開，喜氣洋溢的景象。詩的本義是否這麼單純，今日已難確知，但我們一方面參考新說，一方面卻也不能不佩服鄭玄說詩的本事。

九罭

九罭❶之魚，鱒魴❷。我覯之子❸，袞衣繡裳❹。（一章）

鴻飛遵渚❺。公歸無所❻，於女信處❼。（二章）

鴻飛遵陸❽。公歸不復❾，於女信宿❿。（三章）

是以有袞衣兮⓫，無以⓬我公歸兮，無使我心悲兮。（四章）

注釋

❶ 九罭（ㄩˋ）：是一種網眼很細密的魚網。

❷ 鱒（ㄗㄨㄣˋ或ㄘㄨㄣˇ）魴：兩種大魚之名。

❸之子：《毛傳》：「周公也。」

❹袞（ㄍㄨㄣˇ）衣繡裳：袞衣，畫有龍的圖案的上衣。《釋文》：「天子畫升龍於衣，上公畫降龍。」繡裳，畫上五彩花紋之裳。

❺鴻飛遵渚：鴻，水鳥名，似雁而大。遵，循。渚，小洲。

❻無所：所，處、留止。無所是不再留於東方的意思。

❼於（ㄨ）女信處：於，歎詞。女，同「汝」，指周公。《毛傳》：「再宿曰信。」處，在。

❽陸：高而平坦之地。

❾復：回來。

❿宿：《毛傳》：「猶處也。」

⓫是以有袞衣兮：是，此，指此地，即東方。袞衣，代稱周公。句謂此地而有周公這樣的人，有引以為榮的意思。

⓬以：使。

說明

句式較有變化的〈九罭〉，描寫對某位身著袞衣繡裳者的留戀與慰挽。

《詩序》：「〈九罭〉，美周公也。周大夫刺朝廷之不知也。」《序》之說〈九罭〉與〈伐柯〉無一字之差異，令人略感意外。

〈九罭〉有讚美周公的意思，〈古序〉所說，多數人可以接受。從詩的內容來看，應如姚際恆《詩經通論》所言，「此詩東人以周公將西歸，留之不得，心悲而作」，〈續序〉之言是另作文章，不必重視。

有學者表示，「《詩序》把〈豳風〉七篇都說成與周公有關，這是毫無根據的」，真的毫無根據麼？如果毫無根據，作《序》者豈不也可以胡亂搭配，說〈豳風〉與康王有關？但《詩序》會做這種事嗎？我們大可挑剔《詩序》的內容，但千萬不要以為作《序》者是一個或一群不知所云的人。

狼跋

狼跋其胡❶，載疐❷其尾。公孫碩膚❸，赤舃几几❹。（一章）

狼疐其尾，載跋其胡。公孫碩膚，德音不瑕❺。（二章）

❶狼跋其胡：跋，踩、踏。胡，狼頷下之懸肉。

❷疐（ㄓˋ）：受阻礙而不順利，這裡有踩到或絆倒的意思。

❸公孫碩膚：公孫，指周公而言。高本漢《注釋》謂孫，遜也，「公孫」的意思是「公謙遜」。《毛傳》：「碩，大。膚，美。」馬瑞辰《通釋》：「碩膚者，心廣體胖之象。」

❹赤舃（ㄒㄧˋ）几几：赤舃是上公所穿的赤色鞋子。几几，或以為是鞋尖彎曲的樣子，或說是安重的樣子，或訓華美，或釋為步履聲。

❺德音不瑕：德音，美好的名聲。不瑕，不停、不止。句謂公孫的聲譽將永遠流傳下去。一說瑕，疵病也，德音不瑕是聲譽無瑕疵的意思。

說明

〈狼跋〉生動地塑造了周公的聖者形象。

《詩序》：「〈狼跋〉，美周公也。周公攝政，遠則四國流言，近則王不知，周大夫美其不失其聖也。」〈狼跋〉的確是讚美周公之作，詩以狼之跋胡疐尾比喻周公的處境艱困，又以碩膚、几几說明周公的穩重從容，最後以「德音不瑕」來歌頌周公，由此觀之，《詩序》之解〈狼跋〉是完全可以相信的。

小雅

《詩經》在〈風〉詩之後，緊接著是〈雅〉詩。

雅的意思，學者之說極不一致。《詩序》：「雅者，正也。言王政之所由廢興也。」以雅為正，有理可說，但從內容來看，〈雅〉詩所言未必皆「王政之所由廢興」，是以《序》說未盡周延。從宋朝以來，有相當多的學者主張，雅本為一種樂器，孳乳而為樂調、樂歌之名。還有一種說法也很流行，那就是雅和夏古音相近，雅就是夏的意思。夏是文化較高的黃河流域一帶之地，各國的民間歌謠使用的是各國的土樂土調，而雅就是流行於中原一帶而為王朝所崇尚的正統音樂。這些說法都有參考的價值。

〈雅〉又有大小之分，《詩序》說這是因為「政有小大」之故，這個說法有點含糊，也太過簡略，不如朱子在《詩集傳》所說的那麼清楚。《朱傳》以「正樂之歌」釋雅，又說：「正小雅，燕饗之樂也；正大雅，會朝之樂，受釐陳戒之辭也。故或歡欣和說，以盡群下之情；或恭敬齊莊，以發先王之德。詞氣不同，音節亦異。」這是非常具體的意見。另外，鄭樵、程大昌、惠周惕等人認為，大小二〈雅〉的區分，來自音樂的不同，就好像律有小呂、大呂一般，這種說法也有很多人支持。

〈小雅〉原收詩七十四篇，另有〈南陔〉、〈白華〉、〈華黍〉、〈由庚〉、〈崇丘〉、〈由儀〉等六篇有篇題而無辭。這些詩，古人以十篇為一組，叫做「什」。以每十篇中的第一篇為什的名稱，例如第一篇為〈鹿鳴〉，從此連續十篇，總名為〈鹿鳴之什〉；第十一篇為〈南有嘉魚〉，由此連續十篇，總名為〈南有嘉魚之什〉，依此類推，〈小雅〉七十四篇，分隸於七個「什」中，分別是：〈鹿鳴之什〉、〈南有嘉魚之什〉、〈鴻鴈之什〉、〈節南山之什〉、〈谷風之什〉、〈甫田之什〉與〈魚藻之什〉，最後一個單元〈魚藻之什〉共收了十四篇詩，那是因為最後四篇詩不足成為一「什」，所以把它們放進〈魚藻之什〉中了。〈大雅〉和〈周頌〉的以「什」為單位，情況和〈小雅〉相同。

不過，由於朱子本認為〈南陔〉、〈白華〉、〈華黍〉、〈由庚〉、〈崇丘〉、〈由儀〉等六篇並非亡逸其辭，而係六篇原本無辭的笙詩，所以他在歸「什」的時候，〈南陔〉等詩是正式計入各「什」的，而且他在《詩集傳》中說：「〈南陔〉，此笙詩也。有聲無詞。舊在〈魚麗〉之後，以《儀禮》

考之，其篇次當在此。今正之。」按：《毛詩・小雅》的第一個單元為〈鹿鳴之什〉，〈鹿鳴〉為首篇，第十篇為〈魚麗〉，〈魚麗〉之後的〈南陔〉、〈白華〉、〈華黍〉三篇也列入〈鹿鳴之什〉中，且《詩序》亦說明了三詩的篇旨，亦即《毛詩》的〈鹿鳴之什〉也可以說共有十三篇。當然，位於〈南有嘉魚〉、〈南山有臺〉之後的〈由庚〉、〈崇丘〉、〈由儀〉三篇也安置在〈小雅〉的第二個單元〈南有嘉魚之什〉中，從目錄來看，〈南有嘉魚之什〉如同〈鹿鳴之什〉，也是有十三篇的。朱子的作法不同，他依《儀禮》所載，將〈南陔〉放到第九篇的〈杕杜〉之後，且視笙詩為正式的詩歌，於是，朱子的《詩集傳》，其〈小雅・鹿鳴之什〉連同〈南陔〉在內一共是十篇。且因他是將〈南陔〉、〈白華〉、〈華黍〉同時安放到〈魚麗〉之前，於是〈白華〉成為第二個單元的第一篇，這個單元就叫〈白華之什〉。依此計算下去，朱書的〈小雅〉各什，名稱就變成了〈鹿鳴之什〉、〈白華之什〉、〈彤弓之什〉、〈祈父之什〉、〈小旻之什〉、〈北山之什〉、〈桑扈之什〉與〈都人士之什〉共八個「什」了。從目錄上來看，《詩集傳》〈小雅〉各「什」都是十篇，這是形式上跟《毛詩》原本的大不同之處。朱子這樣的作法是依蘇轍的意見再略加調整的。本書的分「什」依《毛詩》古本。

鹿鳴之什（十篇，另有三篇有目無辭）

鹿鳴

呦呦鹿鳴，食野之苹❶。我有嘉賓，鼓瑟吹笙❷。吹笙鼓簧❸，承筐是將❹。人之好我，示我周行❺。（一章）

呦呦鹿鳴，食野之蒿。我有嘉賓，德音孔昭❻。視民不恌，君子是則是傚❼。我有旨❽酒，嘉賓式燕以敖❾。（二章）

呦呦鹿鳴，食野之芩❿。我有嘉賓，鼓瑟鼓琴。鼓瑟鼓琴，和樂且湛⓫。我有旨酒，以燕⓬樂嘉賓之心。（三章）

注釋

❶「呦（ㄧㄡ）呦鹿鳴」二句：呦呦，鹿鳴之聲。苹，蒿類的植物，又名藾蕭。

❷鼓瑟吹笙：鼓，動詞，彈的意思。笙，樂器名，由簧片、笙管、斗子三部分組成。

❸簧：笙裡的舌片。

❹承筐是將：承，奉、捧。筐，盛幣帛的竹器。將，奉送。

❺周行：大路，這裡引申為大道理。

❻德音孔昭：德音，語言，此謂嘉賓美好的言論、意見。孔，非常。昭，高明。

❼「視民不恌（ㄊㄧㄠ）」二句：視，同「示」，昭示於人的意思。恌，輕恌、刻薄、奸巧。君子指貴族階層而言，則、傚都是效法的意思。二句是說在座的嘉賓能示民使不偷薄，君子應效法他們。

❽旨：美好。

❾式燕以敖：式，語詞。燕，同「宴」，宴會、宴飲的意思。以，語詞，也可解為「而」，連接詞。敖，歡樂、舒暢。余培林《正詁》以為「式□以□」乃《詩》中常見之套語，用法與「既□且□」相似，其下二字多為形容詞，且意甚相近，此處燕為安、樂之意，敖，遊樂也；說亦可參。

❿芩（ㄑㄧㄣˊ）：一種蔓生的草，葉子如竹。

⓫湛：與「耽」同，《毛傳》：「樂之久。」這裡有盡興的意思。

⓬燕：安、樂。

說明

〈鹿鳴〉是一篇宴請嘉賓之作，在古代，它是宴客時常常演奏的名曲。《儀禮》中就有兩處「工歌〈鹿鳴〉」的記載。從漢代到晉代，它仍然是宴會中最熱門的演唱曲。到了唐朝，宴飲州、鄉貢士的時候，更規定要「歌〈鹿鳴〉之詩」。清朝時代，鄉試放榜的第二天要舉行盛宴，招待考官和新科舉人，這種宴會名為「鹿鳴宴」。〈鹿鳴〉的廣為流傳由此可見一斑。不過，據清儒臧琳《經義雜記》考證，在魏武帝（曹操）時，有杜夔者，「尚能」歌唱〈鹿鳴〉之曲調，若是，則魏武以後公開場合所演唱之〈鹿鳴〉曲乃是新樂。

《詩序》：「〈鹿鳴〉，宴群臣嘉賓也。既飲食之，又實幣帛筐篚，以將其厚意，然後忠臣嘉賓得盡其心矣。」《朱傳》：「蓋君臣之分以嚴為主，朝廷之禮以敬為主，然一於嚴敬，則情或不通，而無以盡其忠告之益，故先王因其飲食聚會而制為燕饗之禮，以通上下之情。」像〈鹿鳴〉這樣的宴請嘉賓、娛樂嘉賓的詩，我們沒有理由排斥舊說，即使是反《序》派的學者，也很難從《序》中挑出毛病。至於宴請群臣的是誰，我們不必追問，也無從追問，歐陽修《詩本義》說〈鹿鳴〉寫的是「文王有酒食，能與群臣共其燕樂」，特指文王，應該是純屬推測之詞。

四牡

四牡騑騑❶，周道倭遲❷。豈不懷歸？王事靡盬❸，我心傷悲。（一章）

四牡騑騑，嘽嘽駱馬❹，豈不懷歸？王事靡盬，不遑啓處❺。（二章）

翩翩者鵻❻，載飛載下，集于苞栩❼。王事靡盬，不遑將❽父。（三章）

翩翩者鵻，載飛載止，集于苞杞。王事靡盬，不遑將母。（四章）

駕彼四駱，載驟駸駸❾。豈不懷歸？是用❿作歌，將母來諗⓫。（五章）

❶四牡騑（ㄈㄟ）騑：四牡，駕車的四匹公馬。騑騑，跑個不停的樣子。

❷周道倭遲：周道，大路。倭遲，形容道路曲折遙遠。

❸王室靡盬：王事，征役之事。靡，無。盬，止息、停止。

❹嘽（ㄊㄢ）嘽駱馬：嘽嘽，《毛傳》以為是喘息的樣子，今人或以為是形容馬行之聲。駱，《說文》：「馬白色黑鬣尾也。」

❺不遑啓處：不遑，無暇。《毛傳》：「啓，跪。

處，居也。」屈萬里《詮釋》：「古人席地，跪與坐無別（今日本人猶然）。……啓處，猶言安居。」

❻翩翩者鵻（ㄓㄨㄟ）：翩翩，鳥飛輕疾的樣子。鵻，鳥名，即鵓鳩。

❼集于苞栩：集，止息、棲息。苞，茂盛。栩，櫟樹。

❽將：養。

❾載驟駸（ㄑㄧㄣ）駸：載，語首助詞。驟，疾馳、奔跑。駸駸，馬疾馳的樣子。

❿是用：是以、因此。

⓫將母來諗（ㄕㄣˇ）：來，是，此為語助詞。諗，念。句謂惟養母是念，此承上文，言母以賅父。

說明

〈四牡〉運用側面烘托的手法，表達了詩人忠孝並陳、公私兼顧之情，確實達到了《詩經》敦風俗、興教化的作用。

《詩序》：「〈四牡〉，勞使臣之來也。有功而見知，則說矣。」從詩文觀之，季本《詩說解頤》認為「周之征夫勞於王事，不得歸而思其父母，故作此詩也」，似乎較近詩的本義。《詩序》以為本篇是用以慰勞使臣奔走國事的辛苦，可能是〈四牡〉之詩後來確實被採為這樣的用途，《左傳・襄公四年》也有「〈四牡〉，君所以勞使臣也」的記載，而古代燕禮、鄉飲酒禮也都無不歌〈四牡〉，這就表示此詩的作用已擴大了。

皇皇者華

皇皇者華❻，于彼原隰❷。駪駪❸征夫，每懷靡及❹。（一章）

我馬維駒，六轡如濡❺。載馳載驅，周爰咨諏❻。（二章）

我馬維騏❼，六轡如絲❽。載馳載驅，周爰咨謀❾。（三章）

我馬維駱❿，六轡沃若⓫。載馳載驅，周爰咨度⓬。（四章）

我馬維駰⓭，六轡既均⓮。載馳載驅，周爰咨詢⓯。（五章）

❶皇皇者華：皇皇，猶煌煌，燦爛、鮮明的樣子。《魯詩》作葟，華榮之意。兩種解釋都能將花朵盛開之貌以視覺的摹寫方式呈現。華，古花字。

❷原隰：原是高平之地，隰是下溼之地。

❸駪（ㄕㄣ）駪：眾多的樣子。

❹每懷靡及：《朱傳》：「其所懷思，常若有所不及。」高本漢《注釋》：「每個人都怕落後。」或解每，雖也。懷，念也。及，顧及。「每懷靡及」是指征夫們心繫於沿途盛開的花朵，但卻無暇顧及，因為，他們必須盡速完成公務。或謂每字為每每之意，及字作達到、跟得上解，依此則「每懷靡及」乃形容征夫們往往擔心落於人後，有誤公事，自然也就無心留意於沿途的花朵。兩種解釋雖異，但卻同樣能描述出征夫們為了公務而辛勤來往之貌。

❺六轡如濡：轡，御馬的韁繩。如濡，形容顏色之潤澤有如沾了水一般。

❻周爰咨諏（ㄗㄡ）：周，普遍、廣泛。爰，於。咨、諏都是訪問的意思。

❼騏：青黑色花紋相間的馬。

❽六轡如絲：《淮南子・修務訓・高誘注》：「六轡四馬如絲，言調勻也。」

❾謀：商討、討教。

❿駱：《說文》：「馬白色黑鬣尾也。」〈四牡〉有

「嘽嘽駱馬」句。

⓫沃若：有光澤的樣子。

⓬度：商量。

⓭駰（ㄧㄣ）：《毛傳》：「陰白雜毛曰駰。」（陰是淺黑色。）

⓮均：調和、勻稱。

⓯詢：詢問。

說明

〈皇皇者華〉採平鋪直敘的方式，忠實地呈現使臣勤於國事的情況。雖則本詩置於〈小雅〉中，但換韻重唱的特性與〈風〉詩沒什麼不同，讀者可以在反覆吟詠間，體會出使臣四出，為國事兢兢業業，不辭辛勞的情景。連連出現的「載馳載驅」之句，更造成語文輕快空靈的節奏。

《詩序》：「〈皇皇者華〉，君遣使臣也。送之以禮樂，言遠而有光華也。」《鄭箋》：「言臣出使能揚君之美，延其譽於四方，則為不辱命也。」以〈皇皇者華〉為君遣使臣之作，因《左傳・襄公四年》有「〈皇皇者華〉，君教使臣」之說，故後人大抵沒有什麼意見。事實上，春秋時代的統治者常在宴會上使樂工演唱〈鹿鳴〉、〈四牡〉、〈皇皇者華〉三詩，換言之，〈鹿鳴〉等三篇在古人看來本是一組的，我們今天也許會認為〈皇皇者華〉是使臣自作之詩，但不能因此用以批判《詩序》，如同前面的〈四牡〉，本義與後來的用途已分離了。

常棣

常棣❶之華，鄂不韡韡❷。凡今之人，莫如兄弟。（一章）

死喪之威❸，兄弟孔懷❹。原隰裒❺矣，兄弟求矣。（二章）

脊令❻在原，兄弟急難。每❼有良朋，況也永歎❽。（三章）

兄弟鬩于牆，外禦其務❾。每有良朋，烝也無戎❿。（四章）

喪亂既平，既安且寧。雖有兄弟，不如友生⓫。（五章）

儐爾籩豆⓬，飲酒之飫⓭。兄弟既具⓮，和樂且孺⓯。（六章）

妻子好合⓰，如鼓琴瑟。兄弟既翕⓱，和樂且湛⓲。（七章）

宜爾室家⓳，樂爾妻帑⓴。是究是圖㉑，亶㉒其然乎？（八章）

注釋

❶常棣：即常棣、唐棣，又名郁李，有紅白兩種，果如櫻桃可食。

❷鄂不韡（ㄨㄟˇ）韡：鄂，同「萼」，花苞。不，同「跗」，花蒂。此用鄂不之相依，比喻兄弟的親密關係。韡韡，鮮明美麗。

❸威：《毛傳》：「畏。」

❹孔懷：孔，非常。懷，思念。孔懷謂懷念之情極深。

❺裒（ㄆㄡˊ）：聚集、堆積。

❻脊令：鳥名，大如燕雀，飛則鳴，行則搖尾，有急難相共之意，故借以喻兄弟有急難，必能互相救助。

❼每：雖。

❽況也永歎：《毛傳》：「況，茲。」《毛傳》：「況，發語詞。」永，長。

❾「兄弟鬩（ㄒㄧˋ）于牆」二句：鬩，鬥狠、爭吵。

務，侮的假借。句謂兄弟內雖相鬥，外則共禦其侮。于省吾《新證》以為兄弟共同戰於牆上，以禦外侮；其說可參。

⑩ 烝也無戎：烝，或訓久，或以為是發語聲。戎，幫助。

⑪ 友生：即友人。

⑫ 儐爾籩豆：儐，陳列。籩是盛乾肉、果實之竹製食器，豆是盛肉醬之木製或陶、銅製之器皿，兩者可用在宴會上，也可用在祭祀上。

⑬ 之飫（ㄩˋ）：之，猶是。《毛傳》：「飫，私也。不脫履升堂，謂之飫。」或訓飫為滿足、盡情享受。

⑭ 既具：全部都在、已都到齊。

⑮ 孺：相親。高亨《今注》謂孺借為愉，屈萬里《詮釋》疑孺為濡之假借，滯久之意；二說皆可參。

⑯ 好合：歡好而能互相配合。

⑰ 翕（ㄒㄧˋ）：相合、和睦。

⑱ 湛：與「耽」同，《毛傳》：「樂之久。」這裡有盡興的意思。

⑲ 宜爾室家：宜，和順、和藹。爾，你，與下句之爾皆指兄弟。另本作「宜爾家室」。

⑳ 帑（ㄋㄨˊ）：同「孥」，子女。

㉑ 是究是圖：究，深思、研究。圖，考慮。

㉒ 亶（ㄉㄢˇ）：誠然、確實。

說明

〈常棣〉描寫的是兄弟之間感情的珍貴，內容以說理為主，後來被用為宴請兄弟的樂歌。

《詩序》：「〈常棣〉，燕兄弟也。閔管蔡之失道，故作〈常棣〉焉。」本篇歌唱兄弟之間的感情，主題就在「凡今之人，莫如兄弟」二句，《詩序》以為這是宴請兄弟的樂歌，當無可疑。假如此詩與周公有關，則是周公傷心管叔、蔡叔之死，有感而作之詩，後來利用為「燕兄弟」之樂歌。

有學者表示，「〈常棣〉是一首奴隸貴族宴飲兄弟的詩，它是產生在當時宗法制的倫理道德土壤上的，是當時孝悌思想的產物，因而不可避免有一定的片面性」，「『凡今之人，莫如兄弟』，雖有好朋友，最終也比不上兄弟。這種說法就有過頭之處，太絕對化了」；讀《詩序》都已不適宜緊咬一字一句了，如今竟還有人連詩句的內容都要加以檢驗是否合理，誠可謂不可與言《詩》者。

伐木

伐木丁丁[1]，鳥鳴嚶嚶[2]。出自幽[3]谷，遷于喬木[4]。嚶其[5]鳴矣，求其友聲。相[6]彼鳥矣，猶求友聲；矧[7]伊人矣，不求友生？神之聽之[8]，終[9]和且平。（一章）

伐木許許[10]，釃酒有藇[11]。既有肥羜[12]，以速諸父[13]。寧適不來[14]，微我弗顧[15]。於粲[16]洒埽，陳饋八簋[17]。既有肥牡[18]，以速諸舅[19]。寧適不來，微我有咎[20]。（二章）

伐木于阪[21]，釃酒有衍[22]。籩豆有踐[23]，兄弟無遠[24]。民之失德[25]，乾餱以愆[26]。有酒湑我[27]，無酒酤我[28]。坎坎[29]鼓我，蹲蹲[30]舞我。迨我暇矣[31]，飲此湑[32]矣。（三章）

注釋

❶伐木丁（ㄓㄥ）丁：伐木之聲。程、蔣《注析》：「這句是詩人當前所做的事，是含賦義的興。」

❷嚶嚶：鳥鳴之聲。

❸幽：深。

❹遷于喬木：遷，遷移、登上。喬，高。

❺嚶其：即嚶然、嚶嚶。陳奐《傳疏》：「伐木丁丁，一興也。鳥鳴嚶嚶以下，又一興也。鳥遷喬木而不忘幽谷之鳥，以興君子居高位而不忘下位之朋友。」程、蔣《注析》：「首六句都是興，言鳥自低處飛上高處尋求夥伴。」

❻相：視、看、瞧。

❼矧（ㄕㄣˇ）：何況。

❽神之聽之：《毛傳》解為「神若聽之」，馬瑞辰《通釋》：「神之，慎之也。聽之，從之也。」程、蔣《注析》：「神之，之字為語助詞，無義。」「這二句意為，神明聽到此事，會賜給你和平的幸福。」

❾終：既。

❿伐木許（ㄏㄨˇ）許：許許，伐木之聲。此句與下文所詠之事無關，乃承首章伐木之語而來，於是再從伐木起興，三章「伐木於阪」同此。

⓫釃（ㄕ）酒有藇（ㄒㄩˋ）：釃，以筐濾酒，這裡的釃酒是醇酒的意思。藇，《玉篇》：「酒之美也。」有藇，藇然。

⓬既有肥羜（ㄓㄨˋ）：既，句首語氣詞。羜，羔羊、小羊。

⓭以速諸父：速，召請。諸父，《朱傳》：「朋友之同姓而尊者。」

⓮寧適不來：寧，寧可。適，正巧。句謂寧可諸父湊巧有事不能來。

⓯微我弗顧：《毛傳》：「微，無也。」《鄭箋》：「無使言我不顧念也。」

⓰於（ㄨ）粲：於，歎詞。粲，鮮明清淨的樣子。

⓱陳饋八簋（ㄍㄨㄟˇ）：陳，陳列。饋，食物。簋，盛食物的圓形器具。

⓲牡：畜之雄者，或謂此指公羊。

⑲諸舅：《朱傳》：「朋友之異姓而尊者也。」

⑳咎：過錯。

㉑阪：山坡。

㉒有衍：：衍，美好。有衍，衍然。

㉓籩豆有踐：籩是盛乾肉、果實之竹製食器，豆是盛肉醬之木製或陶、銅製之器皿。二者可用在宴會上，也可用在祭祀上。有踐，排列整齊的樣子。

㉔無遠：或謂無論多遠都能來赴宴，或謂不要疏遠。

㉕失德：失和。

㉖乾餱（ㄏㄡˊ）以愆：乾餱，乾糧。愆，過錯。

㉗湑（ㄒㄩˇ）我：湑，動詞，濾酒而去其渣。湑我為「我湑」之倒裝。

㉘酤我：酤，買。酤我為「我酤」之倒裝。

㉙坎坎：擊鼓聲。

㉚蹲（ㄘㄨㄣˊ）蹲：《毛傳》：「舞貌。」

㉛迨我暇矣：迨，及、趁。句謂趁我現在有閒暇。

㉜湑：名詞，美酒。

說明

〈伐木〉是宴請朋友故舊之詩，詩中特別強調尋求朋友的重要。在鄭玄、孔穎達等人看來，〈伐木〉是歌詠周王之作，當然這是沒有什麼根據的，不唯如此，本篇言伐木、鳥鳴，後人於是懷疑此詩含有民歌的成分，而為貴族所修改採用，應該可以反駁鄭玄諸人之見。

《詩序》：「〈伐木〉，燕朋友故舊也。自天子至于庶人，未有不須友以成者。親親以睦，友賢不棄，不遺故舊，則民德歸厚矣。」〈古序〉認為這是「燕朋友故舊」的詩，當然無可懷疑，因為沒有什麼好補充的，〈續序〉就乘機說教了。

〈伐木〉的風格和〈鹿鳴〉相仿，這種燕饗的樂歌，是〈小雅〉的本色，也就是朱子所說的「正〈小雅〉」。此外，有學者推測，〈鹿鳴〉只述及宴飲時的音樂，而〈伐木〉除音樂擊鼓之外，更述及了宴飲時的舞蹈，可見本篇在宴飲場合中是既有歌唱又有舞蹈的，這個說法證據稍嫌薄弱，但還是可以參考。

天保

天保定爾❶，亦孔之固❷。俾爾單厚❸，何福不除❹？俾爾多益❺，以莫不庶❻。（一章）

天保定爾，俾爾戩穀❼。罄❽無不宜，受天百祿❾。降爾遐❿福，維日不足⓫。（二章）

天保定爾，以莫不興⓬。如山如阜，如岡如陵⓭，如川之方至，以莫不增⓮。（三章）

吉蠲爲饎⓯，是用孝享⓰。禴祠烝嘗⓱，于公先王⓲。君曰：「卜爾⓳，萬壽無疆」。（四章）

神之弔⓴矣，詒㉑爾多福。民之質㉒矣，日用飲食。群黎百姓㉓，徧爲爾德㉔。（五章）

如月之恆，如日之升㉕。如南山之壽，不騫不崩㉖。如松柏之茂，無不爾或承㉗。（六章）

注釋

❶天保定爾：保定，安定。爾，你，指君王。

❷亦孔之固：亦，語詞，無義。孔，非常。固，堅固。

❸單厚：單，大、厚。陳奐《傳疏》：「單厚與下文多益皆合二字成義，謂受福之厚益。」

❹除：或訓賜予，或以為是完備的意思。

❺多益：指福祿之多。參見注❸。

❻以莫不庶：以，語詞，無義。庶，眾多、富庶，指物產豐饒。

❼戩（ㄐㄧㄢˇ）穀：《毛傳》：「戩，福。穀，祿。」

❽罄：《毛傳》：「盡也。」所有、一切的意思。

❾百祿：百是虛數，許多的意思。祿，福。

❿遐：大、長遠。

⓫維日不足：此句形容天降之福祿甚多，唯感接受之時日不足。

⓬興：興盛。《鄭箋》：「使萬物皆盛，草木暢茂，禽獸碩大。」

⓭「如山如阜」二句：阜，土山。陵，山陵。程、蔣《注析》：「這四個比喻形容物產的委積豐盛，山、岡為一類，言其高；阜、陵為一類，言其大。」

⓮「如川之方至」二句：程、蔣《注析》：「川之方至，謂漲水時節。《鄭箋》：『川之方至，謂其水縱長之時也。萬物之收皆增多也。』」

⓯吉蠲（ㄐㄩㄢ）為饎（ㄔˋ）：吉，善，此處指選擇吉日。蠲，潔。饎，酒食。句謂選擇吉日，齋戒沐浴以潔身，備酒食以祭祀。

⓰是用孝享：是用，「用是」之倒文。是，此，指所備妥的酒食。享，獻。祭祖即表示孝敬祖先，所以說孝享。

⓱禴（ㄩㄝˋ）祠烝嘗：禴是夏祭，祠是春祭，烝是冬祭，嘗是秋祭。

⓲于公先王：祭於先公先王。

⓳君曰卜爾：君，先君，此謂代表先君之尸。卜，賜予。

⓴弔：《毛傳》：「至。」

㉑詒：給予、贈送。

㉒質：或訓為安定，或解為質實、誠樸。

㉓群黎百姓：群黎，眾民。百姓，百官。

㉔偏為爾德：馬瑞辰《通釋》：「猶云偏化爾德也。為與化古皆讀如偏，故為、訛、化古並通用。」以上二句言民眾與百官都被你的美德所感化。

㉕「如月之恆」二句：恆，月上弦。《鄭箋》：「月上弦而就盈，日始出而就明。」

㉖不騫不崩：騫，虧損。崩，倒塌。

㉗「如松柏之茂」二句：或，語詞，無義。承，繼承。《鄭箋》：「如松柏之枝葉常茂盛，青青相承無衰落也。」

說　明

〈天保〉是一篇著名的祝頌之作，詩中連用九「如」字句，以山川、日月、松柏廣為譬喻，讓人讀後印象極為深刻。

《詩序》：「〈天保〉，下報上也。君能下下以成其政，臣能歸美以報其上焉。」《鄭箋》：「下下謂〈鹿鳴〉至〈伐木〉，皆君所以下臣也。臣亦宜歸美於王，以崇君之尊而福祿之，以答其歌。」《朱傳》：「人君以〈鹿鳴〉以下五詩燕其臣，臣受賜者歌此詩以答其君。」依照這些說法，〈小雅〉從〈鹿鳴〉至〈天保〉為一組詩，前五篇為君以燕下之作，後一篇乃下以報上之詩，這樣，〈鹿鳴〉等六篇排在〈小雅〉最前面，就是有其微旨深義了。

目前我們只能確定〈天保〉為臣下祝頌君上之詩，《詩序》的說法並無大病，《鄭箋》與《朱傳》充其量只能作參考，不必深信，若真要進一步追究，鄭、朱之說恐怕就禁不起檢驗了。不過，在各種說教型的解題中，去比較各家的優劣，意義也不大。

采薇

采薇[1]采薇，薇亦作止[2]。曰歸曰歸，歲亦莫[3]止。靡室靡家[4]，玁狁[5]之故；不遑啓居[6]，玁狁之故。（一章）

采薇采薇，薇亦柔止[7]。曰歸曰歸，心亦憂止。憂心烈烈[8]，載飢載渴。我戍未定[9]，靡使歸聘[10]。（二章）

采薇采薇，薇亦剛[11]止。曰歸曰歸，歲亦陽[12]止。王事靡盬[13]，不遑啓處[14]。憂心孔疚[15]，我行不來[16]。（三章）

彼爾維何[17]？維常[18]之華。彼路斯何[19]？君子[20]之車。戎車既駕[21]，四牡業業[22]。豈敢定居？一月三捷[23]。（四章）

駕彼四牡，四牡騤騤[24]。君子所依[25]，小人所腓[26]。四牡翼翼[27]，象弭[28]魚服[29]。豈不日戒[30]？玁狁孔棘[31]。（五章）

昔我往[32]矣，楊柳依依[33]；今我來思[34]，雨雪霏霏[35]。行道遲遲[36]，載渴載飢。我心傷悲，莫知我哀！（六章）

❶薇：野菜名，即野生的豌豆苗，嫩葉可煮食。

❷作止：作，生，指薇菜冒出地面。止，語尾助詞。

❸莫（ㄇㄨˋ）：同「暮」。

❹靡室靡家：靡，無。征戍之人，與妻子遠離，不能顧及家事，有家等於無家，故曰靡室靡家。

❺玁（ㄒㄧㄢˇ）狁（ㄩㄣˇ）：北方的外族，商代稱為葷粥，商周之間稱為鬼方，西周中葉以後才稱為玁狁，秦漢時叫做匈奴，隋唐時則叫突厥。

❻不遑啓居：義同〈四牡〉之「不遑啓處」，無暇安居的意思。

❼薇亦柔止：柔，《毛傳》：「始生也。」止，語尾助詞。句謂薇菜始生而莖始柔嫩。

❽烈烈：形容憂心之如焚。

❾我戍未定：戍，守邊。

❿靡使歸聘：聘，探問。《孔疏》：「無人使歸問家安否。」馬瑞辰《通釋》：「歸，當讀如歸。《方言》：『歸，使也。』」依馬氏之意，這句是說家人無法使使者來探問自己，其說亦可參。

⓫剛：薇已壯而莖剛硬。

⓬陽：《爾雅》：「十月為陽。」《漢書・五行志》引左氏說，謂周六月、夏四月為正陽純乾之月。

⓭王事靡盬：王事，征役之事。靡，無。盬，止息、停止。

⓮不遑啓處：義同首章「不遑啓居」，無暇安居的意思。

⓯疚：病痛。

⓰來：歸來。

⓱彼爾維何：彼，那、那些。爾，薾的假借字，花盛的樣子。三家《詩》作「薾」。維，是。維何，是什麼。

⓲常：即棠棣。

⓳彼路斯何：路，路車，將帥所坐的高大的車。斯，義同維，是的意思。

⓴君子：有官位的人，這裡是指領兵的將帥。

㉑戎車既駕：戎車，兵車。駕，馭駛。

㉒四牡業業：四牡，駕車的四匹雄馬。業業，馬強壯的樣子。

㉓「豈敢定居」二句：定居，安居不動。三，虛數，

指多次。捷，勝利。

㉔騤騤：馬強壯的樣子。

㉕依：倚靠、憑靠。

㉖小人所腓（ㄈㄟˊ）：小人，指兵士。腓，庇之假借，掩護的意思。

㉗翼翼：行止整齊熟練的樣子。或謂翼翼與前業業、騤騤都是馬強壯的樣子。

㉘象弭（ㄇㄧˇ）：象，指象骨。弭，弓的末梢。象弭是兩端用象骨裝飾的弓。

㉙魚服：魚，長得像豬的一種海獸。服，箙之省借，裝箭的袋子。以「魚」皮所製成的箭囊叫魚服。

㉚日戒：日日戒備。

㉛孔棘：非常緊急。

㉜往：前往，指前往從軍。

㉝楊柳依依：依依，茂盛的樣子。此以楊柳代春，為借代修辭。

㉞來思：來，歸來。思，語詞，無義。

㉟雨（ㄩˋ）雪霏霏：雨雪，落雪。霏霏，雪花紛飛的樣子。此以雨雪代冬，為借代修辭。

㊱行道遲遲：或解為道路漫長，或訓為行路遲緩。

說明

〈采薇〉是一篇戍守邊境的戰士在返鄉途中所作的詩。戰士離鄉背井，為的是對抗北方異族玁狁的入侵，當他凱旋榮歸時，時序已變，物換星移，令他觸景神傷，於是寫下此詩以傾訴感懷。

《詩序》：「〈采薇〉，遣戍役也。文王之時，西有昆夷之患，北有玁狁之難，以天子之命命將率，遣戍役以守衛中國。故歌〈采薇〉以遣之，〈出車〉以勞還，〈杕杜〉以勤歸也。」《鄭箋》對《詩序》的說明是：「文王為西伯服事殷之時也。昆夷，西戎也。天子，殷王也。戍，守也。西伯以殷王之命，命其屬為將率，將戍役禦西戎及北狄之難，歌〈采薇〉以遣之。〈杕杜〉勤歸者，以其勤勞之故，於其歸，歌〈杕杜〉以休息之。」作《序》者往往以「組詩」來詮釋篇旨，這裡也是如此。從〈采薇〉各章所詠觀之，這是一位戍邊戰士於還歸途中所作的詩，《序》說與本義有所出入，而且，據王國維〈鬼方昆夷玁狁考〉之說，玁狁一名，西周中葉始有之，殷末及周初稱鬼方，詩中既屢言玁狁，就當然不可能是文王時期之作，〈續序〉之說是不能相信的。今人通常以〈出車〉及〈六月〉諸詩來證明〈采薇〉作於宣王之世，其說大致可從。

出車

我出我車，于彼牧矣[1]。自天子所[2]，謂[3]我來矣。召彼僕夫[4]，謂之載矣。王事多難，維其棘[5]矣。（一章）

我出我車，于彼郊[6]矣。設此旐矣[7]，建彼旄矣[8]。彼旟旐斯[9]，胡不旆旆[10]？憂心悄悄[11]，僕夫況瘁[12]。（二章）

王命南仲[13]，往城于方[14]。出車彭彭[15]，旂旐央央[16]。天子命我，城彼朔方[17]。赫赫[18]南仲，玁狁于襄[19]。（三章）

昔我往矣，黍稷方華[20]；今我來思，雨雪載塗[21]。王事多難，不遑啓居[22]。豈不懷歸？畏此簡書[23]。（四章）

喓喓草蟲，趯趯阜螽。未見君子，憂心忡忡；既見君子，我心則降[24]。赫赫南仲，薄[25]伐西戎。（五章）

春日遲遲[26]，卉木萋萋[27]。倉庚喈喈[28]，采蘩祁祁[29]。執訊獲醜[30]，薄言[31]還

歸。赫赫南仲，玁狁于夷㉜。（六章）

注釋

❶「我出我車」二句：于，往。牧，牧地、養馬的遠郊。《毛傳》：「出車就馬于牧地。」二句意為，我推出兵車，到養馬的遠郊，把馬套到車上。

❷自天子所：自，從。天子，指周王。所，處所。

❸謂：使。下文「謂之載」之謂也是使的意思。

❹僕夫：駕車的人。

❺棘：緊急。

❻郊：近郊，亦指放牧之地。

❼設此旐（ㄓㄠˋ）矣：設，陳列、設立。旐，畫著龜蛇圖案的旗子。

❽建彼旄矣：建，立。旄，旗竿頂端用犛牛尾為飾的旌旗。

❾彼旟旐斯：旟，上面畫著鳥隼圖案的旗子。斯，句末助詞。

❿旆（ㄆㄟˋ）旆：《毛傳》：「旒（ㄌㄧㄡˊ）垂貌。」（**旒是旌旗上面垂下來的彩帶**）《朱傳》釋為旌幟飛揚貌；亦通。

⓫悄悄：憂心的樣子。

⓬況瘁：痛苦憔悴。馬瑞辰《通釋》謂況、瘁皆為病，高亨《今注》謂金文況从疒从兄，病的意思；二說皆可參。

⓭南仲：宣王時的一位大將。

⓮往城于方：城，動詞，築城。方，地名，陳奐《傳疏》：「在今甘肅平涼附近。」

⓯彭（ㄅㄤ）彭：眾多。或解作車馬奔跑之聲。《說文．段注》謂彭即騯之假借，四馬狀盛貌。

⓰旂（ㄑㄧˊ）旐央央：旂，畫著雙龍圖案的旗子。央央，鮮明的樣子。

⓱朔方：北方。

⓲赫赫：威名顯赫的樣子。

⓳于襄：于，猶是。襄，除、消滅。

⓴方華：方，正。華，《朱傳》：「盛也。」

㉑ 雨（ㄩˋ）雪載塗：雨雪，落雪。載，滿。塗，路途。

㉒ 不遑啓居：無暇安居。

㉓ 簡書：寫在簡策上的法令。

㉔ 「喓喓草蟲」六句：參見〈召南・草蟲〉注釋❶至❻。

㉕ 薄：發語詞，無義。

㉖ 春日遲遲：遲遲，舒緩的樣子。因春日漸長，故云遲遲。

㉗ 卉木萋萋：卉，草。萋萋，茂盛的樣子。

㉘ 倉庚喈喈：倉庚，鳥名，即黃鶯。喈喈，鳥鳴聲。陳奐《傳疏》：「倉庚、采蘩，二月時也。」

㉙ 采蘩祁祁：蘩，白蒿。祁祁，盛多的樣子。句亦見〈豳風・七月〉。

㉚ 執訊獲醜：執、獲皆動詞，訊、醜皆名詞。訊是可以訊問口供的俘虜，醜是惡徒，指敵人而言。句謂生執俘虜，捕獲惡徒。陳奐謂獲義同馘（ㄍㄨㄛˊ），不服者殺而取其左耳的意思；亦通。

㉛ 薄言：發語詞。

㉜ 夷：平定。

〈出車〉是征伐玁狁的戰士凱旋榮歸後自敘之作，字裡行間很明顯地也有讚美南仲平定玁狁的意思，十分特殊的是，本詩除了描寫大將南仲的威風、征人奮戰的心情及戰果之外，也插入了閨人思念的情感，使得本詩的內涵顯得極為豐富。

《詩序》對本篇的詮釋僅有一句，沒有〈續序〉的進一步說明：「〈出車〉，勞還率也。」從各章內容來看，〈出車〉應該是宣王時代，隨從南仲討伐玁狁的將士，凱旋歸來所作之詩，《詩序》說是勞還率，可能是因這樣的作品後來被配上凱旋樂，而引為慰勞軍士凱旋榮歸的樂歌。

杕杜

有杕之杜❶，有睆❷其實。王事靡盬❸，繼嗣我日❹。日月陽❺止，女心傷止，征夫遑止❻。（一章）

有杕之杜，其葉萋萋。王事靡盬，我心傷悲。卉木萋止，女心悲止，征夫歸止❼。（二章）

陟彼北山，言采其杞。王事靡盬，憂我父母。檀車幝幝❽，四牡痯痯❾，征夫不遠。（三章）

匪載匪來❿，憂心孔疚⓫。期逝⓬不至，而多爲恤⓭。卜筮偕止⓮，會言近止⓯，征夫邇⓰止。（四章）

注釋

❶有杕（ㄉㄧˋ）之杜：杕，孤獨特立的樣子。有杕，猶杕然或杕杕。杜，赤棠樹。

❷睆（ㄨㄢˇ）：果實渾圓的樣子。

❸王事靡盬：王事，征役之事。靡，無。盬，止息、停止。

❹繼嗣我日：嗣，續。繼嗣即繼續、延長的意思。我日，我出征的日期。

❺陽：十月。

❻征夫遑止：遑，閒暇。句謂征夫應該有閒暇了吧！

❼征夫歸止：征夫應該可以回家了吧！本詩各章以

「征夫□□」作結，都是推測而又盼望之詞。

❽檀車幝（ㄔㄢˇ）幝：古人以檀木做車輪，所以任何車輛皆可稱檀車，這裡是指征夫所乘之車。幝幝，破舊的樣子。

❾痯（ㄍㄨㄢˇ）痯：疲憊的樣子。

❿匪載匪來：意指征夫未能乘車歸來。

⓫疚：病。

⓬期逝：期指歸期，逝是往、已過的意思。

⓭而多為恤：而，猶乃。恤，憂愁。

⓮卜筮偕止：卜是用甲骨測吉凶，筮是用蓍草占吉凶。偕，俱，指卜筮俱用。止，語尾助詞。

⓯會言近止：會，合。句謂卜與筮都說征夫離家近了。

⓰邇：近。

〈杕杜〉敘寫閨人之思念征夫。

《詩序》：「〈杕杜〉，勞還役也。」從詩各章所詠觀之，〈杕杜〉的內容非常單純，為閨人思念遠征的丈夫之作。有人說本篇是征人思歸之詩，而假借家人思念征夫之語氣，以抒其懷歸之情；若不擬接受《序》說，而希望據詩直尋本義，實在也不必講得如此迂曲。

程俊英、蔣見元合著的《詩經注析》懷疑〈杕杜〉原來是一首民歌，後為統治者所采，配以雅樂，作為慰勞出征歸來的將士時彈奏的樂章，後來編《詩》者就將詩列於〈小雅〉之中了；這個推測是合情合理的，事實上，〈小雅〉中凡是格調類似〈風〉詩的，都有可能加工自民間歌謠，所謂加工，不僅是文字的潤飾修改，即連原來的土樂土調也都必須放棄，而改配以雅樂，以是之故，我們若在〈小雅〉中發現某些作品像極了〈風〉詩，那也是極為自然之事。

魚麗

魚麗于罶❶，鱨鯊❷。君子❸有酒，旨❹且多。（一章）

魚麗于罶，魴鱧❺。君子有酒，多且旨。（二章）

魚麗于罶，鰋❻鯉。君子有酒，旨且有❼。（三章）

物❽其多矣，維其嘉矣❾。（四章）

物其旨矣，維其偕❿矣。（五章）

物其有矣，維其時⓫矣。（六章）

注釋

❶魚麗于罶（ㄌㄧㄡˇ）：麗，或訓為罹、遭，或以為是狀魚的跳動。罶，捕魚的竹籠，又名笱，捕魚時放在水中的魚梁上，魚能入而不能出。

❷鱨（ㄔㄤˊ）鯊：兩種魚名，鱨形狀似黃魚，鯊的體型長而小，常張口吹沙，所以又名吹沙，或疑即今之泥鰍。

❸君子：指宴客之主人。

❹旨：味美。

❺魴（ㄈㄤˊ）鱧（ㄌㄧˇ）：魴是鯿魚，身扁而腹內有肪。鱧是烏魚。

❻鰋（ㄧㄢˇ）：《毛傳》：「鮎也。」體滑無鱗，今名鯰魚。

❼有：《朱傳》：「猶多也。」

❽物：指宴席上所陳列的各種食物。

❾維其嘉矣：維，發語詞，有「是」的意思。嘉，美好。

❿偕：齊備。

⓫時：《鄭箋》：「得其時。」即合時、新鮮的意思。

說明

〈魚麗〉是貴族宴會之作，篇中極言酒食之豐美，而食物之所以僅言及魚，想必當年北方魚就是佳肴的代表。

《詩序》：「〈魚麗〉，美萬物盛多，能備禮也。文武以〈天保〉以上治內，〈采薇〉以下治外，始於憂勤，終於逸樂，故美萬物盛多，可以告於神明矣。」《詩序》之解〈魚麗〉，說教的成分很重，依據其說，詩中的君子應該是武王，由於文王以憂勤建立周家王朝，武王就能安享文王所留下來的太平基業，物阜民康，因此才能以豐富的祭禮，告於神明。

《詩序》之說〈魚麗〉，是稍嫌迂曲牽合了一些，朱子在《詩集傳》中以為「此燕饗通用之樂歌」，這個說法倒是很多人同意。也有人認為，此詩製作之初，非為宴饗所通用，觀其強調酒食之精美豐盛，若非是王者燕饗群臣之樂歌，也應該是貴族宴會之詩，這樣的說法也有道理。總之，我們從《儀禮》記載燕禮、鄉飲酒禮皆用此篇（按：所歌者，〈魚麗〉、〈南有嘉魚〉、〈南山有臺〉三篇，故《朱傳》以為此三篇為燕饗通用之樂歌），可以確定〈魚麗〉後來經過推廣應用，已成為一般宴會所通用的樂歌。

蘇轍《詩解集傳》云：「多則患其不嘉，旨則患其不齊，有則患其不時。今多而能嘉，旨而能齊，有而能時，言曲全也。」〈魚麗〉採雙重的三疊唱，在三百篇中是特殊且優美的形式。

南陔、白華、華黍

上三篇，但存篇目而無詩。《詩序》：「〈南陔〉，孝子相戒以養也。」「〈白華〉，孝子之絜白也。」「〈華黍〉，時和歲豐，宜黍稷也。有其義而亡其辭也。」《鄭箋》：「此三篇者，鄉飲酒、燕禮用焉。曰：『笙入，立於縣中，奏〈南陔〉、〈白華〉、〈華黍〉』是也。孔子論《詩》，雅頌各得其所，時俱在耳。篇第當在於此，遭戰國及秦之世而亡之，其義則與眾篇之義合編，故存。至毛公為《詁訓傳》，乃分眾篇之義，各置於其篇端云。又闕其亡者，以見在為數，故推改什首，遂通耳，而下非孔子之舊。」漢儒認為〈南陔〉等詩「有其義而亡其辭」，後來朱子在《詩集傳》中推翻此說，認為這些詩篇都是「笙詩」，本來就是「有聲無辭」，這兩種說法都各有支持者，直至目前，尚無定論。《鄭箋》因有毛公「推改什首」之說，有些人就據此而重新編列〈小雅〉之分什，如蘇轍的《詩集傳》（書名又叫《詩解集傳》）與朱子的《詩集傳》以〈南陔〉為〈小雅〉第二單元的首篇，名曰：〈南陔之什〉，這和〈毛詩〉以〈南有嘉魚〉為第二單元首篇，名曰〈南有嘉魚之什〉不同，當然，以下的分什也就隨著不同了。

南有嘉魚之什（十篇，另有三篇有目無辭）

南有嘉魚

南有嘉魚❶，烝然罩罩❷。君子有酒，嘉賓式燕以樂❸。（一章）

南有嘉魚，烝然汕汕❹。君子有酒，嘉賓式燕以衎❺。（二章）

南有樛木❻，甘瓠纍之❼。君子有酒，嘉賓式燕綏❽之。（三章）

翩翩者鵻，烝然來思❾。君子有酒，嘉賓式燕又❿思。（四章）

注釋

❶ 南有嘉魚：南，南方，指南方長江、漢水一帶的大川。嘉魚，美好的魚。

❷ 烝然罩罩：烝然，眾多的樣子。罩罩，魚群游水的樣子。

❸ 式燕以樂：式，語詞，無義。燕，同「宴」，宴飲。或謂《詩》中「式□以□」即「既□且□」之意。

❹ 汕汕：魚游水的樣子。

❺ 衎（ㄎㄢˋ）：《毛傳》：「樂也。」

❻ 樛木：彎曲的樹。

❼ 甘瓠纍之：甘瓠，甜葫蘆。纍，纏繞。按：「南有樛木」二句有歸附、依靠貴族之意。

❽ 綏：安。

❾ 「翩翩者鵻」二句：翩翩，鳥飛輕疾的樣子。鵻，

鳥名，即鵓鳩。思，語詞，無義。二句為興，詩人見成群之雛鳥飛翔而來，聯想到宴會中眾多嘉賓來參加。

❿又：古「右」字，右與侑通，勸酒的意思。

說明

〈南有嘉魚〉是一篇貴族宴饗賓客之作，內容不在稱頌酒餚的豐盛，主要是唱出賓客的歡樂。有學者認為，詩稱「君子」、「嘉賓」，作者可能是主賓以外的第三者，又因古者宴會多奏樂，故疑此詩為當時樂工之作；這個推想是合情合理的。

《詩序》：「〈南有嘉魚〉，樂與賢也。太平之君子，至誠樂與賢者共之也。」假如我們同意〈小雅．魚麗〉為宴饗通用之樂，或貴族宴會之詩，當即會認為，〈南有嘉魚〉也是同性質的作品。根據《儀禮》的記載，宴會上所歌唱的詩，就包含這一篇。

南山有臺

南山有臺❶，北山有萊❷。樂只❸君子，邦家之基❹；樂只君子，萬壽無期❺。

（一章）

南山有桑，北山有楊。樂只君子，邦家之光；樂只君子，萬壽無疆。

（二章）

南山有杞，北山有李。樂只君子，民之父母；樂只君子，德音不已❻。

（三章）

南山有栲❼，北山有杻❽。樂只君子，遐不眉壽❾？樂只君子，德音是茂❿。

（四章）

南山有枸⓫，北山有楰⓬。樂只君子，遐不黃耇⓭？樂只君子，保艾爾後⓮。

（五章）

❶臺：草名，可製簑衣。

❷萊：草名，其葉可食。

❸只：語助詞，作用如「哉」字。

❹基：根本。

❺無期：沒有盡期。

❻德音不已：德音，美好的名聲。不已，不止、不盡。

❼栲：樹名，即山樗。

❽杻：樹名，又名檍。

❾遐不眉壽：遐，何、怎麼。眉壽，長壽、高壽。

❿茂：美、盛。

⓫枸（ㄐㄩˇ）：樹名，果實名木蜜、羊桃。

⓬楰（ㄩˊ）：樹名，即苦楸。

⓭黃耇（ㄍㄡˇ）：黃，黃髮，老人的頭髮是先白後黃的。耇，老人面上的灰瘢。這裡的黃耇是長壽的意思。

⓮保艾爾後：保，保護。艾，撫養。爾，你。後，後代子孫。

說明

〈南山有臺〉是古代著名的燕饗之歌，全篇充溢著對賓客的敬愛之情。《詩序》：「〈南山有臺〉，樂得賢也。得賢則能為邦家立大平之基矣。」此說略嫌牽強，本篇有不少句子是在祝福或恭維有德有位的君子，因此應該是王者或貴族宴會之詩，又因《儀禮》記載，燕禮、鄉飲酒禮所歌者為〈魚麗〉、〈南有嘉魚〉和〈南山有臺〉三詩，所以《朱傳》以此三篇皆燕饗通用之樂歌，也是有根據的。

由庚、崇丘、由儀

說明

上三篇亦但存篇目而無詩，情況與〈南陔〉、〈白華〉、〈華黍〉相同。《詩序》：「〈由庚〉，萬物得由其道也。」「〈崇丘〉，萬物得極其高大也。」「〈由儀〉，萬物之生各得其宜也。」

蓼蕭

蓼彼蕭斯❶，零露湑❷兮。既見君子，我心寫❸兮。燕笑語❹兮，是以有譽處❺兮。（一章）

蓼彼蕭斯，零露瀼瀼❻。既見君子，爲龍爲光❼。其德不爽❽，壽考不忘❾。

（二章）

蓼彼蕭斯，零露泥泥❿。既見君子，孔燕豈弟⓫。宜兄宜弟⓬，令德壽豈⓭。

（三章）

蓼彼蕭斯，零露濃濃⓮。既見君子，鞗革忡忡⓯，和鸞雝雝⓰，萬福攸同⓱。

（四章）

注釋

❶蓼（ㄌㄨˋ）彼蕭斯：蓼，長大的樣子。蕭，一種有香氣的蒿類植物。斯，語詞。

❷零露湑（ㄒㄩˇ）：零，落。湑，露珠晶瑩的樣子。

❸寫：舒暢、歡悅。

❹燕笑語：燕，燕飲。《鄭箋》：「天子與之燕而笑語。」

❺譽處：譽通「豫」，樂的意思。處，安。譽處，安樂。

❻瀼（ㄖㄤˇ）瀼：露水盛多的樣子。

❼為龍為光：《毛傳》：「龍，寵也。」惠棟《古義》：「寵，榮名之謂。」屈萬里《詮釋》：「寵、光皆今語所謂光榮也。」

❽爽：差失、差錯。

❾壽考不忘：考，老。忘，亡之假借，不忘猶不已，長久、沒有止期的意思。

❿泥泥：濡溼的樣子。

⓫孔燕豈（ㄎㄞˇ）弟（ㄊㄧˋ）：孔燕，甚樂。豈弟，同「愷悌」，和樂平易。

⓬宜兄宜弟：句以形容天子與諸侯之間的關係融洽，故《毛傳》訓為「為兄亦宜，為弟亦宜」。

⓭令德壽豈（ㄎㄞˇ）：令德，美德。壽豈，長壽快樂。

⓮濃濃：《毛傳》：「厚貌。」

⓯鞗（ㄊㄧㄠˊ）革忡忡：鞗，鋚之假借，銅製的馬勒（即轡頭、嚼套）的裝飾。革，勒的省借，即馬勒、轡頭，以皮為之。忡忡，下垂的樣子。

⓰和鸞雝雝：和、鸞都是鈴，掛在車軾上的叫和，掛在鑣（馬銜兩端）上的稱鸞。雝雝，形容聲音的和諧。

⓱攸同：攸，所。同，會合、聚集。

說明

〈蓼蕭〉是天子燕饗諸侯之作，如果詩中的君子係指王者，則為諸侯祝頌天子之詩。《詩序》：「〈蓼蕭〉，澤及四海也。」言過簡略，也顯得含糊，我們透過《毛傳》知道詩中「宜兄宜弟」是形容天子與諸侯的親密關係，《鄭箋》也明白「燕語笑兮」是指天子與諸侯燕而笑語，由此可以判斷毛、鄭都了解〈蓼蕭〉是天子燕饗諸侯的詩；《詩序》「澤及四海」之說，是一種引申，而全篇各章皆以蓼蕭霑露起興，可能因此而讓作《序》者從天子「澤及四海」的角度來釋詩。

湛露

湛湛❶露斯，匪陽不晞❷。厭厭❸夜飲，不醉無歸。（一章）

湛湛露斯，在彼豐草。厭厭夜飲，在宗載考❹。（二章）

湛湛露斯，在彼杞棘。顯允❺君子，莫不令德❻。（三章）

其桐其椅，其實離離❼。豈弟❽君子，莫不令儀❾。（四章）

注釋

❶湛（ㄓㄢˋ）湛：露水盛多的樣子。
❷匪陽不晞：晞，乾。句謂不見陽光不會乾。
❸厭厭：安樂、安靜的意思。
❹在宗載考：宗，宗室、宗廟。《鄭箋》：「考，成也。夜飲之禮在宗室。」林義光《通解》：「考，祭享。……『在宗載考』即享考宗室之義。」
❺顯允：顯，光明。允，誠信。
❻令德：美德。
❼離離：果實多而下垂的樣子。
❽豈（ㄎㄞˇ）弟（ㄊㄧˋ）：和樂平易的樣子。
❾儀：威儀。

說明

〈湛露〉是一篇天子燕饗諸侯之作。

《詩序》：「〈湛露〉，天子燕諸侯也。」這是千真萬確的說法，孔穎達《毛詩正義》說：「諸侯來朝，天子與之燕飲，美其事而歌之。」季本《詩說解頤》說：「此天子燕諸侯而留之夜飲之樂歌。」學者們的說詞只是比《詩序》多幾個字，意思都一樣。

彤弓

彤弓弨兮❶，受言❷藏之。我有嘉賓，中心貺❸之。鐘鼓既設❹，一朝饗之。

（一章）

彤弓弨兮，受言載❺之。我有嘉賓，中心喜之。鐘鼓既設，一朝右❻之。

（二章）

彤弓弨兮，受言櫜❼之。我有嘉賓，中心好之。鐘鼓既設，一朝醻❽之。

（三章）

注釋

❶彤（ㄊㄨㄥˊ）弓弨（ㄔㄠ）兮：彤弓，紅色之弓，為諸侯所用。弨，放鬆弓弦。根據規矩，天子賜弓給功臣，不張弓弦。

❷言：語詞，有「而」的意思。

❸貺（ㄎㄨㄤˋ）：《毛傳》：「賜也。」馬瑞辰《通釋》引《廣韻》「況，喜也」之說，而謂貺通作況，喜悅的意思；亦通。

❹鐘鼓既設：因為天子大饗諸侯用鐘鼓，所以這裡說鐘鼓既設。

❺載：載於車上帶回家，有收藏的意思。

❻右：通「侑」，勸酒。

❼櫜（ㄍㄠ）：收藏弓箭等物之囊，這裡作動詞用，謂收藏於囊中。

❽醻（ㄔㄡˊ）：同「酬」，回報的意思。指的是古代

飲酒之禮中，賓主的互相敬酒。

說明

天子歡宴有功之諸侯，賜之以弓矢，於是有了〈彤弓〉之詩。《詩序》：「〈彤弓〉，天子賜有功諸侯也。」周天子以弓矢等物賞賜有功的諸侯，這是西周至春秋時代的一種制度。《左傳．文公四年》記載，衛甯武子聘魯，文公與之宴，為賦〈湛露〉與〈彤弓〉，甯武子不賦詩回答，事後表示不敢「干大禮以自取戾」，為什麼甯武子這樣說呢？前面我們已說過，〈湛露〉為天子燕諸侯之作，這一篇〈彤弓〉則是天子賞賜有功的諸侯後舉行宴會時所唱的詩，魯文公在甯武子面前賦這兩篇詩，甯武子當然只好以消極的態度應對了。

菁菁者莪

菁菁者莪❶，在彼中阿❷。既見君子，樂且有儀❸。（一章）

菁菁者莪，在彼中沚❹。既見君子，我心則喜。（二章）

菁菁者莪，在彼中陵。既見君子，錫我百朋❺。（三章）

汎汎楊舟❻，載沈載浮。既見君子，我心則休❼。（四章）

❶菁菁者莪：菁菁，茂盛的樣子。莪，蘿蒿。

❷中阿：《毛傳》：「阿中也。大陵曰阿。」

❸儀：禮儀，《鄭箋》：「見則心既喜樂，又以禮儀見接。」或釋為法式、榜樣。

❹沚：水中的小洲。

❺錫我百朋：錫，賜。朋，古者以貝為貨幣，五貝為一串，兩串為一朋。

❻汎汎楊舟：汎汎，漂流的樣子。楊舟，楊木做的船。

❼休：喜悅。朱駿聲《通訓定聲》：「休，假借為喜。休、喜一聲之轉。」

說明

多數學者認為〈菁菁者莪〉是一篇國君見到君子，喜悅之下所作之詩。他們指出，本詩刻意強調見到君子的喜不自勝，由此而凸顯人君的好賢。

《詩序》之說則恰恰相反：「〈菁菁者莪〉，樂育材也。君子能長育人材，則天下喜樂之矣。」依照此一說法，詩中的「君子」可能是一位國君，而「錫我百朋」是這位國君實際賞賜詩人百朋。

《詩序》的這個說法大致也還說得通，但是現今的學者比較願意接受明儒季本《詩說解頤》的說法：「此人君得賢而愛樂之詩也。」據此，詩中的君子是賢者，而創作者則是使用國君的口吻，「錫我百朋」就不是真的得到重賜，而是形容國君見到賢者的喜悅了。

朱子在《詩集傳》中解釋本篇為「此亦燕飲賓客之詩」，似乎刻意將詩旨予以簡單化了，另一宋儒王質在《詩總聞》中指出，此為「諸侯喜見王者之詩」，今人余培林同意這個見地，主要是因為賢人不可能「賜君百朋」；實則詩中的「賜我百朋」可以僅是一種比喻，雖然，王質之說依舊有參考的價值。不論〈菁菁者莪〉是以國君或賢者的口吻寫詩，〈古序〉「樂育材」之說，依舊可以成立。

六月

六月棲棲❶，戎車既飭❷。四牡騤騤❸，載是常服❹。玁狁孔熾❺，我是用❻急。王于出征❼，以匡❽王國。（一章）

比物四驪❾，閑之維則❿。維此六月，既成我服⓫。我服既成，于⓬三十里。王于出征，以佐天子。（二章）

四牡脩廣⓭，其大有顒⓮。薄伐玁狁，以奏膚公⓯。有嚴有翼⓰，共武之服⓱。共武之服，以定王國。（三章）

玁狁匪茹⓲，整居焦穫⓳。侵鎬及方⓴，至于涇陽㉑。織文鳥章㉒，白旆央央㉓。元戎㉔十乘，以先啓行㉕。（四章）

戎車既安，如輊如軒㉖。四牡既佶㉗，既佶且閑㉘。薄伐玁狁，至于大原㉙。文武吉甫㉚，萬邦爲憲㉛。（五章）

吉甫燕㉜喜，既多受祉㉝。來歸自鎬，我行永久。飲御諸友㉞，炰鱉膾鯉㉟。

侯誰在矣㊱？張仲孝友㊲。（六章）

❶六月棲棲：《鄭箋》：「記六月者，盛夏出兵，明其急也。」棲棲，或釋為匆忙的樣子，或以為是形容遑遑不安的樣子。
❷戎車既飭：戎車，兵車。飭，整治、修理。
❸四牡騤騤：四牡，駕車的四匹公馬。騤騤，馬強壯的樣子。
❹載是常服：載，用車裝載。常服，軍服，或謂此指著戎服之士兵而言。
❺熾：盛，指勢力之盛。
❻是用：因此。
❼王于出征：王，宣王。于，語助詞，有「目前正在」的意思。王于出征，言王正在興師出兵，欲與玁狁決戰也。此雖非王親征，然征伐出於王命，故云。
❽匡：匡正、救助。
❾比物四驪：比，相同、相等。物，體力、力量。驪，黑色的馬。句謂駕車的四匹黑馬力量相當。
❿閑之維則：閑，熟習。維，王引之《釋詞》：「有也。」則，法則、規律。
⓫既成我服：成，完成、製成。服，軍服。
⓬于：前往、前進，即行軍的意思。
⓭脩（ㄒㄧㄡ）廣：《毛傳》：「脩，長。廣，大也。」
⓮有顒（ㄩㄥˊ）：《毛傳》：「顒，大貌。」有顒即顒然。
⓯以奏膚公：奏，成。膚，大。公，功。
⓰有嚴有翼：《毛傳》：「嚴，威嚴。翼，敬也。」句即嚴然翼然，威嚴謹慎之意，言行軍用兵不敢有絲毫疏忽也。
⓱共武之服：共，恭古通用；服，事。句謂敬謹於武事。或釋為共同赴此武事；亦通。
⓲茹：柔順、柔弱。

⑲ 整居焦穫：整，指整飭軍隊而言。居，居住。焦穫，地名，在今陝西涇陽縣。

⑳ 侵鎬及方：侵，侵略。鎬、方，北方的兩個地名，〈出車〉有「往城于方」句。方，陳奐《傳疏》：「在今甘肅平涼附近。」鎬，在方的附近，非指周京之鎬。此句追敘玁狁始侵之地。

㉑ 涇陽：涇水的北邊。

㉒ 織文鳥章：織，同「幟」。文、章都是花紋、文彩的意思。句謂以鳥隼之文彩作為士卒戰服的徽幟。

㉓ 白旆央央：白，帛的假借。旆，旗下的飄帶。央央，鮮明的樣子。

㉔ 元戎：元，大。戎，戎車、兵車。

㉕ 啓行：開道、出發。即做開路先鋒。

㉖ 如輊如軒：如，或。輊是車後低傾的部分，軒是車前高聳的部分。此句寫兵車在不平之地行走的高低俯仰狀態，有兵車在崎嶇路面行進仍然俯仰自如，安穩適調的意思。

㉗ 佶（ㄐㄧˊ）：健壯的樣子。

㉘ 閑：熟習、熟練。

㉙ 大原：地名，或謂在今甘肅，或謂在今山西。

㉚ 文武吉甫：文武，允文允武。吉甫，宣王時代討伐玁狁有功的卿士尹吉甫。

㉛ 萬邦為憲：憲，法。句言萬邦皆以之為法則榜樣也。

㉜ 燕：或訓宴飲，或釋為歡樂。

㉝ 受祉：祉，《毛傳》：「福也。」受祉指受天子賞賜之福。

㉞ 飲御諸友：御，《毛傳》：「進也。」指進酒宴飲賓客。吉甫班師凱旋，故進酒食燕飲諸故舊也。

㉟ 炰（ㄆㄠˊ）鱉膾（ㄎㄨㄞˋ）鯉：炰，煮、蒸。膾，細切的肉絲。

㊱ 侯誰在矣：侯，發語詞，《毛傳》：「維也。」句言在座者為何等人耶？

㊲ 張仲孝友：《毛傳》：「張仲，賢臣也。善父母為孝，善兄弟為友。」《鄭箋》：「張仲，吉甫之友。其性孝友。」

說明

〈六月〉是《詩經》中極為有名的戰爭詩，但內容著重在軍容之整，將帥之能，車馬旂服之盛。至敘戰事，則僅「元戎十乘，以先啓行」，「薄伐玁狁，至于大原」數語而已，而兩方交戰場面則無一語述及。三百篇征伐詩作法大抵是如此的。

《詩序》：「〈六月〉，宣王北伐也。」有人說《詩序》之說與詩意不甚切合，恐不可從；其實《詩序》極簡要且正確地點出了詩的主題，只不過，〈六月〉篇幅稍長，「宣王北伐」四字無法涵蓋各章大意而已。

假如在「宣王北伐」的背景之外，還要另行敘述詩的大意，那就是季本《詩說解頤》所說的，「尹吉甫伐玁狁，成功而歸，以飲御諸友，故在朝之君子作此以美之」。

采芑

薄言采芑❶，于彼新田❷，于此菑畝❸。方叔涖止❹，其車三千，師干之試❺。方叔率❻止，乘其四騏，四騏翼翼❼。路車有奭❽，簟茀❾魚服❿，鉤膺⓫鞗革⓬。（一章）

薄言采芑，于彼新田，于此中鄉⓭。方叔涖止，其車三千，旂旐央央⓮。方叔率止，約軝錯衡⓯，八鸞瑲瑲⓰。服其命服⓱，朱芾斯皇⓲，有瑲蔥珩⓳。

（二章）

鴥彼飛隼⑳，其飛戾㉑天，亦集爰止㉒。方叔蒞止，其車三千，師干之試。

方叔率止，鉦人伐鼓㉓，陳師鞫旅㉔。顯允㉕方叔，伐鼓淵淵㉖，振旅闐闐㉗。

（三章）

蠢爾蠻荊㉘，大邦㉙爲讎！方叔元老㉚，克壯其猶㉛。方叔率止，執訊獲醜㉜。

戎車嘽嘽㉝，嘽嘽焞焞㉞，如霆如雷㉟。顯允方叔，征伐玁狁，蠻荊來威㊱。

（四章）

注釋

❶芑（ㄑㄧˇ）：野菜名，《朱傳》：「軍行采之，人馬皆可食。」

❷新田：新墾二歲之田。

❸菑（ㄗ）畝：新墾一歲之田畝。

❹方叔蒞止：方叔是周宣王時代出征荊蠻的主帥。蒞，臨。止，語尾助詞。

❺師干之試：師，眾多，指兵士。干，盾。試，練習。

❻率：統帥。

❼「乘其四騏」二句：騏，青黑色花紋相間的馬。翼翼，行止整齊熟練的樣子，或謂馬強壯的樣子。

❽路車有奭（ㄕˋ）：路車，將帥所坐的高大的車。奭，《毛傳》：「赤貌。」有奭，奭然。路車鋪有紅色皮革，所以說有奭。

❾簟（ㄉㄧㄢˋ）茀：簟，竹蓆。簟茀，竹蓆所做的車蔽。

❿魚服：魚，長得像豬的一種海獸。服，箙之省借，裝箭的袋子。以「魚」皮所製成的箭囊叫魚服。

⓫鉤膺：鉤，青銅所做的鉤子。膺，馬胸前的皮帶。

⓬鞗（ㄊㄧㄠˊ）革：鞗，鋚之假借，銅製的馬勒（即轡頭、嘴套）的裝飾。革，勒的省借，即馬勒、轡頭，以皮為之。

⓭中鄉：《毛傳》：「鄉，所也。」馬瑞辰《通釋》以為所是居的意思，中鄉指田中的廬舍。

⓮旂旐央央：旂，畫著雙龍圖案的旗子。旐，畫著龜蛇圖案的旗子。央央，鮮明的樣子。

⓯約軝（ㄑㄧˊ）錯衡：約，纏束。軝，車轂。錯，文彩。衡，車轅前端的橫木。

⓰八鸞瑲（ㄑㄧㄤ）瑲：鸞，車鈴。一馬兩鸞，四馬記有八鸞。瑲瑲，鈴聲。

⓱服其命服：上服字為動詞，穿著。命服，天子所命之服。

⓲朱芾斯皇：朱芾，紅色的皮製蔽膝。〈斯干・鄭箋〉：「天子純朱，諸侯黃朱。」方叔之蔽膝，其色淺於天子的純朱。皇，猶煌，鮮明的樣子。

⓳有瑲蔥珩（ㄏㄥˊ）：瑲，佩玉聲。蔥，《毛傳》：「蒼也。」珩，佩玉之名。

⓴鴥（ㄩˋ）彼飛隼：鴥，疾飛。隼，鷂鷹一類的猛禽。

㉑戾：至。

㉒亦集爰止：亦，語詞。集，鳥落於樹上。爰，而、於。止，止息、休息。

㉓鉦人伐鼓：鉦，鐃鈸。句為鉦人擊鉦，鼓人伐鼓之省語。

㉔陳師鞠旅：陳，陳列。鞠，告。師、旅皆指軍隊。句為陳列軍隊而誓告的意思。

㉕顯允：顯，光明。允，誠信。

㉖淵淵：擊鼓之聲。

㉗振旅闐（ㄊㄧㄢˊ）闐：振旅，整飭軍隊。闐闐，擊鼓之聲。

㉘蠻荊：對南方楚人的蔑稱。或謂本章兩「蠻荊」為「荊蠻」之誤倒。

㉙大邦：大國，此指周王朝。

㉚元老：大老、長老。

㉛克壯其猶：克，能夠。壯，大。猶，同「猷」，謀略。

㉜執訊獲醜：參見〈小雅・出車〉注㉚。

㉝嘽（ㄊㄢ）嘽：兵車行進之聲。

㉞焞（ㄊㄨㄣ）焞：《毛傳》：「盛也。」屈萬里《詮釋》謂當與〈王風・大車〉之「啍啍」同義，車聲。

㉟如霆如雷：霆，疾雷。句以形容兵車出動之聲勢浩大驚人。

㊱來威：來，語助詞，有「是」的意思。威，畏服。

說明

〈采芑〉是一篇讚美宣王時代方叔奉命南征荊蠻有功的詩。《詩序》：「〈采芑〉，宣王南征也。」方玉潤《詩經原始》評《序》說「寬泛不切詩意」，寬泛是對的，可是怎能說《序》不切詩意呢？如同《詩序》以「宣王北伐」說〈六月〉一般，《序》之說〈采芑〉也是簡切扼要的。

我們在〈六月〉的「說明」中，引季本的話作為篇旨的補充，這裡再引季氏的話以作結：「方叔奉命南征，而能以威望服荊蠻，故詩人作此以美之。」

車攻

我車既攻❶，我馬既同❷。四牡龐龐❸，駕言徂❹東。（一章）

田❺車既好，四牡孔阜❻。東有甫草❼，駕言行狩。（二章）

之子于苗❽，選徒嚻嚻❾。建旐設旄，搏獸于敖❿。（三章）

駕彼四牡，四牡奕奕⓫。赤芾金舃⓬，會同有繹⓭。（四章）

決拾既佽⑭，弓矢既調。射夫既同⑮，助我舉柴⑯。（五章）

四黃⑰既駕，兩驂不猗⑱。不失其馳⑲，舍矢如破⑳。（六章）

蕭蕭㉑馬鳴，悠悠㉒旆旌。徒御不驚㉓，大庖不盈㉔。（七章）

之子于征㉕，有聞無聲㉖。允㉗矣君子，展也大成㉘。（八章）

❶攻：堅固。

❷同：齊同，指步調整齊。

❸龐龐：高大強壯的樣子。

❹徂：往。

❺田：通「畋」，打獵的意思。

❻阜：高大。

❼甫草：《毛傳》訓甫為大，《鄭箋》、《朱傳》皆以甫為地名。

❽之子于苗：之子，指宣王。于，或訓往，或以為有正在進行的意思。苗，《毛傳》：「夏獵。」《朱傳》：「狩獵之通名。」

❾選徒囂（ㄒㄧㄠ）囂：選，或訓挑選，或以為是算、數、清點的意思。徒，士卒。囂囂，形容聲音之嘈雜。

❿搏獸于敖：搏獸，搏取野獸。或謂搏獸當作「薄狩」。敖，地名，在今河南省滎陽縣東北。

⓫奕奕：盛大的樣子。

⓬赤芾金舄（ㄒㄧˋ）：赤芾，紅色的蔽膝。金舄，以銅為飾的底部特別厚重的鞋子。赤芾、金舄都是諸侯所穿用。

⓭會同有繹：會同，指諸侯之朝見天子。繹，或訓盛多，或以為是陳列有次序的樣子。

⓮決拾既佽（ㄘˋ）：決，用象骨所做的扳指，套在右手大拇指上，以利拉弓弦。拾，用皮做的套在左臂

上的護袖。佽，幫助。

⑮射夫既同：射夫，指前來的諸侯。同，會合。

⑯柴：堆積的獵物。或以為柴音ㄗˋ，胔之借，獵死之禽獸。

⑰四黃：四匹黃馬。

⑱兩驂不猗：驂，駕車四馬裡的外面兩匹。猗，偏斜不正。

⑲不失其馳：不失其驅馳之法則的意思。

⑳舍矢如破：舍矢，放箭。如，而。破，射中。

㉑蕭蕭：馬鳴聲。

㉒悠悠：形容旌旗之長而飄揚的樣子。

㉓徒御不驚：徒，徒步的人。御，駕車的人。王念孫《疏證》謂徒御為徒步拉車的士卒；亦可參。不驚，不驚動居民。或訓不為語詞，驚為「警」之假借；亦通。

㉔大庖不盈：大庖，指宣王的廚房。不盈，或謂狩獵雖多，多分與同射者，故君庖不盈滿，或謂不為語詞，或為不同「丕」，大的意思；說皆可通。

㉕征：行，指打獵之行動。

㉖有聞無聲：《朱傳》：「聞師之行，不聞其聲，言至肅也。」

㉗允：誠然、確實。

㉘展也大成：展，意同前句的「允」。大成，成大功。

說明

〈車攻〉書寫周宣王的田獵行動，詩中頗有歌頌全隊訓練有素、軍容整肅的意味。

《詩序》：「〈車攻〉，宣王復古也。宣王能內脩政事，外攘夷狄，復文武之境土，脩車馬，備器械，復會諸侯於東都，因田獵而選車徒焉。」的確，〈車攻〉是敘述周宣王朝會諸侯而於東都舉行田獵之詩。古代天子大規模的田獵，往往就等於是盛大的軍事演習，也含有向諸侯展示武力的意味，這就是宣王田獵的真正意義。

吉日

吉日維戊❶，既伯既禱❷。田車既好，四牡孔阜，升彼大阜❸，從其群醜❹。（一章）

吉日庚午，既差❺我馬。獸之所同❻，麀鹿麌麌❼。漆沮❽之從，天子之所。（二章）

瞻彼中原，其祁孔有❾。儦儦俟俟❿，或群或友⓫。悉率左右⓬，以燕⓭天子。（三章）

既張我弓，既挾我矢⓮。發彼小豝⓯，殪此大兕⓰。以御⓱賓客，且以酌醴⓲。（四章）

❶吉日維戊：古以天干奇數（甲、丙、戊、庚、壬）之日為剛日，偶數（乙、丁、己、辛、癸）為柔日。本詩言田獵，古禮謂「外事以剛日」，田獵為外事，而戊為剛日，可以作為田獵之吉日。

❷既伯既禱：伯，《毛傳》：「馬祖也。」既伯為既祭馬祖之意。禱，祝禱。

❸升彼大阜：升，登。大阜，大土坡。

❹從其群醜：從，追逐。群醜，眾多的禽獸。

❺差：挑選。

❻同：會眾。

❼麀（ㄧㄡ）鹿麌（ㄩˇ）麌：麀鹿，母鹿。麌麌，眾多的樣子。

❽漆沮：陝西省之二水名，亦有謂「漆沮」為水名者。

❾其祁孔有：祁，眾多的樣子。其祁，祁然。孔有，甚多，指禽獸之多。

❿儦儦俟俟：儦儦，疾走的樣子。俟，緩緩行走的樣子。

⓫或群或友：《毛傳》：「獸三曰群，二曰友。」句為三三兩兩地在一塊的意思。

⓬悉率左右：悉，盡、完全。率，驅逐。句謂將禽獸完全驅逐至宣王的左邊右邊。或解率為率領，左右為隨從；亦通。

⓭燕：樂、娛樂。

⓮挾我矢：以食指和中指挾持我的箭。

⓯發彼小豝：發，射。豝，母豬。

⓰殪（ㄧˋ）此大兕（ㄙˋ）：殪，死，指射死。兕，野牛。

⓱御：進、進獻。

⓲酌醴：酌，飲酒。醴，酒名，《朱傳》：「如今甜酒也。」

說明

〈吉日〉是一篇讚美宣王出獵之作。

《詩序》：「〈吉日〉，美宣王田也。能慎微接下，無不自盡以奉其上焉。」〈吉日〉之詩，辭意甚淺，其為美天子田獵之詩無疑。有人認為，詩中的天子是否為宣王，未能遽定，「未能遽定」是必然的，但我們有何理由，又有何必要去懷疑《序》說呢？至於〈續序〉所言，純在說教，毋需多論。

鴻鴈之什（十篇）

鴻鴈

鴻鴈❶于飛，肅肅❷其羽。之子于征❸，劬勞于野❹。爰及矜人，哀此鰥寡❺。（一章）

鴻鴈于飛，集于中澤❻。之子于垣❼，百堵❽皆作。雖則劬勞，其究安宅❾。（二章）

鴻鴈于飛，哀鳴嗸嗸❿。維此哲人⓫，謂我劬勞。維彼愚人，謂我宣驕⓬。（三章）

注釋

❶鴻鴈：鳥名，大的叫鴻，小的叫鴈。

❷肅肅：鳥飛時振翅之聲。或謂此疾遽之聲，喻流民之流離。

❸之子于征：之子，或謂安撫流民之使臣，或謂流民自相謂。征，遠行。

❹劬（ㄑㄩˊ）勞于野：劬，辛苦、勞苦。野，郊野。流民到處遷離，沒有安居的定所，而受命安撫流民的使臣，工作也是在野外的為多，故曰劬勞于野。

❺「爰及矜人」二句：爰，發語詞。及，連及，到。矜人，窮困苦難之人，指流民而言。哀，可憐。鰥，男子老而無妻；寡，女子老而無夫。這兩句反映了當時徭役制度的苛酷。雒江生《通詁》以為此二句倒句協韻，順句即「哀此鰥寡，爰及矜人」，謂可憐這鰥寡之人，於是也憐及所有的窮苦之人。

❻中澤：澤中、湖沼之中。

❼于垣：于，為、做。垣，牆。于垣，築牆。

❽堵：牆高、長皆一丈叫堵。

❾其究安宅：究，終究。安宅，安居。

❿嗸（ㄠˊ）嗸：愁苦之聲、哀鳴之聲。

⓫哲人：智者。或謂指使臣而言，流民（詩中之「我」）感激其協助，故稱之為哲人。或謂詩中之「我」指使臣。

⓬宣驕：宣，示。宣驕，示人以驕慢不恭。王引之《述聞》：「宣為侈大之意。宣驕，猶言驕奢，非謂宣示其驕也。《箋》曰：『謂我役作眾民為驕奢。』於義為長。」

說明

本篇以鴻鴈之飛翔哀鳴象徵流民之遷徙愁困之生活，但因詩中「之子」指的是流民或是朝廷派來安撫流民的使臣，說者不一，導致篇旨解說也隨著出現歧異的現象。

《詩序》：「〈鴻鴈〉，美宣王也。萬民離散，不安其居，而能勞來還定安集之，至于矜寡，無不得其所焉。」從詩本文觀之，〈鴻鴈〉似為流民欣喜使臣前來賑濟，慶幸終於可以定居之作，作《序》者亦知如此，只是刻意將詩牽引至宣王身上，以為派出使臣者為宣王，〈鴻鴈〉之作即係在讚美宣王；如果容許我們不去追究宣王是否確實有大規模的賑災之舉，那麼多數人就可以接受《序》說了。不過，末章「謂我宣驕」若說是流民所言，總覺不妥，《朱傳》云：「大抵歌多出於勞苦，而不知者常以為驕也。」流民苦極，竟會有人以之為驕，恐無此理。今人余培林《詩經正詁》謂此詩乃使臣從行之僚屬所作，每章之後四句，一章述出使之任務，二章述賙濟之工作，三章述劬勞至極，而猶被指為宣驕，故作詩以申其不平；此說可貫串各章詩義。

庭燎

夜如何其❶？夜未央❷。庭燎❸之光。君子至止❹，鸞聲將將❺。（一章）

夜如何其？夜未艾❻。庭燎晣晣❼。君子至止，鸞聲噦噦❽。（二章）

夜如何其？夜鄉晨❾。庭燎有煇❿。君子至止，言觀其旂⓫。（三章）

注釋

❶其（ㄐㄧ）：語詞。
❷央：盡。
❸庭燎：《毛傳》：「大燭也。」
❹君子至止：君子，指諸侯等大臣。止，語詞。
❺鸞聲將（ㄑㄧㄤ）將：鸞，鈴，或謂繫在馬銜鐵環上的鈴，或謂旗上之鈴。將將，鸞鈴響聲。

❻艾：盡。
❼晣（ㄓㄜˊ）晣：明亮的樣子。
❽噦（ㄏㄨㄟˋ）噦：鸞鈴響聲。
❾鄉（ㄒㄧㄤˋ）晨：鄉，同「向」。鄉晨，近晨。
❿煇：光亮的樣子。
⓫旂：畫著雙龍圖案的旗子。

說明

〈庭燎〉是一篇讚美君王能早朝勤政的詩。像這樣的辭義甚淺的作品，也不必然就大家的見地一致，有學者就表示通篇未見讚美之意，其為抒寫天子守候諸侯早朝之殷切心情應無可疑；果然，《詩》無達詁。

《詩序》：「〈庭燎〉，美宣王也。因以箴之。」《詩序》以為篇中那位唯恐延誤視朝的天子是宣王，我們也沒理由去刻意反駁，至於「因以箴之」四字是否適當，倒是難說。根據《鄭箋》的意思，宮中有所謂「雞人之官」，是負責報告時間的；宣王用人不當，「雞人之官」不能盡責，還得天子整夜地問早問晚，是以作〈庭燎〉者「因以箴之」。詩人真有此意麼？如果我們沒有誤解詩意，那位回答「夜未央」的「雞人之官」，有可能被作〈續序〉者冤枉了。

沔水

沔❶彼流水，朝宗❷于海。鴥彼飛隼❸，載飛載止。嗟我兄弟，邦人諸友。
莫肯念❹亂，誰無父母！（一章）

沔彼流水，其流湯湯。鴥彼飛隼，載飛載揚❺。念彼不蹟❻，載起載行❼。
心之憂矣，不可弭忘❽。（二章）

鴥彼飛隼，率❾彼中陵。民之訛言❿，寧莫之懲⓫。我友敬⓬矣，讒言其興⓭。
（三章）

注釋

❶沔（ㄇㄧㄢˇ）：《毛傳》：「水流滿也。」

❷朝宗：諸侯春見天子曰朝，夏見曰宗，後來也用以指百川入海，比喻小者歸向大者的意思。

❸鴥（ㄩˋ）彼飛隼：鴥，疾飛。飛隼，鷂鷹一類的猛禽。

❹念：憂念、顧念。

❺揚：高舉、高飛。

❻不蹟：《毛傳》：「不循道也。」

❼載起載行：形容坐立不安的樣子。

❽不可弭忘：弭，停止。句謂不能停止，不能忘掉。

❾率：循、沿著。

❿訛言：訛，偽。訛言，謠言、謊言。

⓫寧莫之懲：寧，乃。懲，或訓停止，或釋為懲戒。

⓬敬（ㄐㄧㄥˇ）：同「儆」，警惕、戒慎的意思。

⓭其興：其，將。興，起。

說明

〈沔水〉是一篇憂亂傷讒之作，誡友的意味明顯，但有無自警的用心在裡面，得看讀者各自的領會。

《詩序》：「〈沔水〉，規宣王也。」〈沔水〉這一篇詩從「莫能念亂，誰無父母」、「我友敬矣，讒言其興」數語，即可知全詩重點。詩人是誰，無從得知，此人以「讒言其興」規勸友人，其友人為誰，當然也無從得知，《詩序》直指〈沔水〉規戒的對象是宣王，這是為了方便說教，我們不必費心去批判其說。

鶴鳴

鶴鳴于九皋❶，聲聞于野❷。魚潛在淵，或在于渚❸。樂彼之園，爰有樹檀❹，其下維蘀❺。它山之石，可以爲錯❻。（一章）

鶴鳴于九皋，聲聞于天。魚在于渚，或潛在淵。樂彼之園，爰有樹檀，其下維穀❼。它山之石，可以攻❽玉。（二章）

注釋

❶鶴鳴于九皋：鶴，此處用以喻隱居的賢人。《毛傳》：「皐，澤也。」《鄭箋》：「九，喻深遠也。」《釋文》引《韓詩》：「九皐，九折之澤。」按：九，虛數，九皐，曲折之水澤。屈萬里《詮釋》：「九，有高義。皐，猶陵也，岸也。」

❷聲聞于野：聞，聲之所達。野，郊外。聲聞于野，比喻賢人品德與學問的名聲，大家都會知道。

❸「魚潛在淵」二句：潛，深藏。淵，深水。渚（ㄓㄨˇ），水中小洲。詩人以魚在淵或在渚，比喻賢者的或隱或仕，或謂「魚潛」二句言賢者之進退無常，亦可參。

❹爰有樹檀：爰，於焉。樹檀，檀樹，倒文以協韻。

❺蘀（ㄊㄨㄛˋ）：落葉。王引之《述聞》以為當讀為檡（ㄓㄜˊ），木名，一種矮樹；亦通。

❻「它山之石」二句：錯，厝之假借，厝石，用以磨刀，也可以磨治美玉。二句比喻別國的在野賢人可用以琢磨國事，協助處理時政。

❼穀：《毛傳》：「惡木也。」穀為木名，一名楮。

❽攻：琢磨、磨治。

說明

〈鶴鳴〉大量使用比喻的手法，一反四言體稍嫌板滯的形式，寫得錯落有致，文氣顯得跌宕頓挫。也就因為本詩技巧隱微，所以引起了讀者的各種解讀，但多數人同意本詩為招隱之作。

《詩序》：「〈鶴鳴〉，誨宣王也。」《鄭箋》：「誨，教也。教宣王求賢人之未仕者。」作《序》者以前面的〈沔水〉為規宣王之作，又以〈鶴鳴〉為誨宣王之詩，也許有根據，也許沒根據，這都不重要，反正作《序》者的用意就是要後來的執政者，讀《詩》能有所省思就是了。

《荀子・儒效》：「君子隱而顯，微而明，辭讓而勝。《詩》云：『鶴鳴于九皐，聲聞于天。』此之謂也。」〈鶴鳴〉的隱喻技巧，早在先秦，即已為人所津津樂道了。

本詩通過對鶴、魚、木及園林景色的描繪，襯托出隱居者所居之處的幽靜，也反映出隱士的清高；雖然賢者隱居塵外，其賢能之名仍廣為人知，也為人們所崇敬。因此詩人在這兩章的最後兩句分別以「它山之石，可以為錯」、「它山之石，可以攻玉」，來表示招隱之意。

祈父

祈父❶！予❷，王之爪牙❸。胡轉予于恤❹？靡所止居❺。（一章）

祈父！予，王之爪士❻。胡轉予于恤？靡所厎❼止。（二章）

祈父！亶不聰❽。胡轉予于恤？有母之尸饔❾。（三章）

注釋

❶祈父（ㄈㄨˇ）：官名，即司馬。掌管保衛邊境的軍隊。

❷予：軍士自謂。

❸爪牙：喻守衛之士。

❹胡轉予于恤：胡，何、為什麼。轉，調動、移動。恤，憂，指令我憂慮的地方。

❺靡所止居：靡，無。止居，居住。句為無所安居的意思。

❻爪士：猶言虎士、衛士。

❼厎（ㄓˇ）：至、終了的意思。

❽亶（ㄉㄢˇ）不聰：亶，確實。不聰，不聞，不聞民生疾苦，或不聞己之呼聲的意思。

❾有母之尸饔（ㄩㄥ）：《毛傳》：「尸，陳也。熟食曰饔。」《鄭箋》：「己從軍，而母為父陳饌飲食之具，自傷不得供養也。」《孔疏》引許慎《五經異義》：「謂陳饔以祭，志養不及親。」

說明

〈祈父〉是一篇周王之衛士抱怨被調往征戍之作。《詩序》：「〈祈父〉，刺宣王也。」《鄭箋》：「刺其用祈父，不得其人也。官非其人則職廢。祈父之職，掌六軍之事，有九伐之法。」〈祈父〉本為王近衛之士，被祈父調派至邊境作戰，而埋怨不得安居養親之作，《序》與《箋》為了配合《詩》教，將諷刺的矛頭指向宣王，雖於詩中無確證，卻是其常用的說詩模式。

白駒

皎皎[1]白駒，食我場苗[2]。縶之維之[3]，以永[4]今朝。所謂伊人[5]，於焉逍遙[6]。

（一章）

皎皎白駒，食我場藿[7]。縶之維之，以永今夕。所謂伊人，於焉嘉客。

（二章）

皎皎白駒，賁然來思[8]。爾公爾侯，逸豫無期[9]。慎爾優游，勉爾遁思[10]。

（三章）

皎皎白駒，在彼空谷[11]。生芻[12]一束，其人如玉。毋金玉爾音，而有遐心[13]。

（四章）

注釋

❶皎皎：潔白的樣子。

❷場苗：場，圃、菜園。苗，程、蔣《注析》：「據下文藿，此處或指豆苗。」

❸縶（ㄓˋ）之維之：縶，用繩絆住。維，用繩繫住。

❹永：終、盡。

❺伊人：此指乘白駒而來的賢人。

❻於焉逍遙：於焉，於此。逍遙，或訓遊息、逗留，或以為是優遊自得的意思。

❼藿：豆苗。

❽賁（ㄅㄣ）然來思：賁，同「奔」，快跑的樣子。

思，語尾助詞。

❾「爾公爾侯」二句：逸，安逸。豫，快樂。這二句是說，你若肯做公侯，就可以永久安樂。

❿「慎爾優游」二句：慎，謹慎。勉，免的假借字。遁，逃。這二句是說，慎重考慮你的優游，打消你隱遁的念頭。

⓫空谷：空，穹的假借，大、深的意思。

⓬生芻：用來餵馬的新生之草。

⓭「毋金玉爾音」二句：金玉在這裡用作動詞，珍惜的意思。遐，遠。這二句是說，莫珍惜你的音訊，而有疏遠我的心。

說明

〈白駒〉寫出了君王無法挽留賢者，可能也有規勸賢者切勿避世遁隱之意。《詩序》：「〈白駒〉，大夫刺宣王也。」《鄭箋》：「刺其不能留賢也。」從詩各章內容來看，主要是說某位君王有心留住賢人，而此一賢者卻不願做官，君王因此感到惋惜；依此，這位君王不宜被刺，因為人各有志，賢者硬要隱遁，這位君王不願予以強留，也可說是明君了。站在作《序》者的立場，只要是賢者，就得設法挽留，如今「皎皎白駒，在彼空谷」，國君就該檢討，因此，「大夫刺宣王」就成為理所當然的說詞了。

黃鳥

黃鳥❶黃鳥，無集于穀❷，無啄我粟。此邦之人，不我肯穀❸。言旋言歸，復我邦族❹。（一章）

黃鳥黃鳥，無集于桑，無啄我粱。此邦之人，不可與明❺。言旋言歸，復我諸兄❻。（二章）

黃鳥黃鳥，無集于栩，無啄我黍。此邦之人，不可與處。言旋言歸，復我諸父❼。（三章）

注釋

❶黃鳥：黃雀。
❷榖：木名，一名楮。
❸穀：《毛傳》：「善也。」或解為養。
❹復我邦族：復，回、反。邦，國。族，家族。
❺明：《鄭箋》：「當為盟；盟，信也。」
❻諸兄：此指諸兄所在之處，即故鄉。
❼諸父：此指叔伯所在之處，即故鄉。

說明

《詩經》有兩篇〈黃鳥〉，另一篇在〈國風．秦風〉中。這篇〈鴻鴈之什〉的〈黃鳥〉，全詩罩有一層憤懣哀怨的氣氛，「言旋言歸」的態度又極為果決，整體呈現的格調比較接近〈風〉詩，但作者可能是貴族。

《詩序》：「〈黃鳥〉，刺宣王也。」呂祖謙《呂氏家塾讀詩記》說：「宣王之末，民有失所者，意他國之可居也，及其至彼，則又不若故鄉焉，故思而欲歸，使民如此，亦異於還定安集之時矣。」呂氏將詩的大意說得非常清楚，對於這樣的一篇流寓異邦者的思鄉之詩，《詩序》以之為刺宣王之作，實為預料中事。蓋前後多篇，《序》皆謂為與宣王有關之詩，〈黃鳥〉自不能例外。

我行其野

我行其野，蔽芾其樗❶。昏姻之故，言就爾居。爾不我畜❷，復我邦家。（一章）

我行其野，言采其蓫❸。昏姻之故，言就爾宿。爾不我畜，言歸斯復。（二章）

我行其野，言采其葍❹。不思舊姻，求爾新特❺。成❻不以富，亦祇以異❼。（三章）

❶蔽芾（ㄈㄟˋ）其樗（ㄕㄨ）：蔽芾，樹木高大茂密的樣子。樗，木名。

❷畜（ㄒㄩˋ）：養或愛的意思。〈邶風·日月〉「父兮母兮，畜我不卒」句，鄭玄、朱子解畜為養，馬瑞辰認為畜為喜好之意。

❸蓫（ㄓㄨˊ）：羊蹄菜，根如蘿蔔，可食。

❹葍（ㄈㄨˊ）：一種野生之蔓草。

❺特：義同〈鄘風·柏舟〉「髧彼兩髦，實為我特」

之特，配偶的意思。

❻成：誠的假借，誠然。

❼亦祇（ㄓ）以異：祇，僅、只，另本作「祗」。異，新異，即喜新厭舊之意。

說明

〈我行其野〉是一篇描述流落異國者本擬依靠婚姻以求安居，其妻卻另結新歡，使其慨歎不已的詩歌。如同〈黃鳥〉，本篇的風格也是比較接近〈風〉詩的。

《詩序》：「〈我行其野〉，刺宣王也。」《鄭箋》：「刺其不正嫁娶之數，而有荒政，多淫昏之俗。」純就詩文觀之，《朱傳》「民適異國，依其昏姻，而不見收卹，故作此詩」之說，應該不至有太大之錯誤，既然流落異國的人，婚姻出了大問題，依照慣例，《詩序》又牽移為諷刺宣王之作，我們當然不會有絲毫訝異，而明白了鄭玄箋釋《詩序》的格調，也就不會以為其說礙眼了。

斯干

秩秩斯干❶，幽幽❷南山；如竹苞矣，如松茂矣❸。兄及弟矣，式相好矣❹，無相猶❺矣。（一章）

似續妣祖❻，築室百堵❼，西南其户❽。爰❾居爰處，爰笑爰語。（二章）

約之閣閣❿，椓之橐橐⓫。風雨攸除，鳥鼠攸去，君子攸芋⓬。（三章）

如跂斯翼，如矢斯棘⓭，如鳥斯革，如翬斯飛⓮。君子攸躋⓯。（四章）

殖殖[16]其庭，有覺其楹[17]。噲噲其正[18]，噦噦其冥[19]。君子攸寧。（五章）

下莞上簟[20]，乃安斯寢[21]。乃寢乃興，乃占我夢。吉夢維何？維熊維羆，維虺維蛇[22]。（六章）

大人[23]占之：維熊維羆，男子之祥[24]；維虺維蛇，女子之祥。（七章）

乃生男子，載[25]寢之牀，載衣之裳，載弄之璋[26]。其泣喤喤[27]，朱芾斯皇，室家君王[28]。（八章）

乃生女子，載寢之地，載衣之裼[29]，載弄之瓦[30]。無非無儀[31]，唯酒食是議[32]。無父母詒罹[33]。（九章）

注釋

❶ 秩秩斯干：秩秩，清澈的樣子。斯，語助詞。干，澗。

❷ 幽幽：《毛傳》：「深遠也。」程、蔣《注析》：「這二句是寫建築的地勢，《毛傳》標曰『興也』，這是錯誤的，故朱熹標為賦。」

❸ 「如竹苞矣」二句：兩如字，或訓有如，或謂語詞，或以為含有「有」的意思。苞，叢生。茂，茂密。

❹ 式相好矣：式，語詞。好，和好。

❺ 猶：或訓欺詐，或謂與「尤」通，怨怒之意。

❻ 似續妣祖：屈萬里《詮釋》：「似，嗣也。續，繼也。似續，猶言繼續也。指繼續先祖之祀事言。」「古者祖母以上皆謂之妣，祖父以上皆謂之祖；故西周之書，及甲骨文與早期金文，皆祖妣對稱。」

〈堯典〉（偽古文〈舜典〉）始有考妣對稱之文，足見其書晚出。《爾雅》有『母死曰妣』之語，殆據〈堯典〉為說也。」按：此處「似續」當謂繼承先祖之基業，非為祀事。

❼ 堵：牆高長皆一丈為堵。此處「百堵」形容所建房屋的眾多。

❽ 西南其戶：其戶或向西，或向南。

❾ 爰：於是、於此。後面三爰字義同。

❿ 約之閣閣：約，捆紮。閣閣，馬瑞辰以為是用繩索捆紮木板一道一道之狀，高亨以為是捆版之聲。

⓫ 椓之橐（ㄊㄨㄛˊ）橐：椓，敲擊，此指用杵敲打地基。橐橐，打擊之聲。

⓬ 「風雨攸除」三句：三個攸字或訓語詞，或解為因此。芋（ㄩˋ），《毛傳》：「大也。」王引之《述聞》：「當讀為宇；宇，居也。」

⓭ 「如跂斯翼」二句：跂，舉踵而立。兩斯字都是「其」的意思。翼，端正嚴肅的樣子。棘，稜角，用以形容筆直方正。這二句是說，其宮室外觀之端正嚴肅如人之企立，其牆角之筆直方正有如箭頭一般。

⓮ 「如鳥斯革」二句：兩斯字都可解為「之」，或訓為語詞。革，翼。翬，雉。二句用以形容屋之非簷，如鳥之張翼，如雉之飛翔。

⓯ 躋（ㄐㄧ）：生，謂升入宮室。

⓰ 殖殖：平正。

⓱ 有覺其楹：《朱傳》：「高大而直也。」楹，門前之二柱。

⓲ 噲（ㄎㄨㄞˋ）噲其正：噲噲，明亮的樣子。正，《鄭箋》：「晝也。」

⓳ 噦（ㄏㄨㄟˋ）噦其冥：噦噦，幽靜的樣子。冥，《鄭箋》：「夜也。」

⓴ 下莞（ㄍㄨㄢ）上簟（ㄉㄧㄢˋ）：莞是蒲蓆，簟是竹蓆。蒲蓆在下，竹蓆在上，故曰下莞上簟。

㉑ 乃安斯寢：乃，或訓於是，或解為語詞。斯，或訓其，或解為語詞。

㉒ 「維熊維羆」二句：熊、羆（ㄆㄧˊ）、虺（ㄏㄨㄟˇ）、蛇，都是所夢見之物。羆，獸名，似熊而高大。虺，小蛇或毒蛇。

㉓ 大人：尊稱占夢的官員。

㉔ 祥：吉祥之先兆。

㉕ 載：則、就。其後數「載」字皆此義。

㉖ 載弄之璋：弄，玩。璋，一種玉器。《毛傳》：

「半圭曰璋。」璋為古代貴族朝聘、祭祀等典禮所用的禮器。

㉗喤喤：《朱傳》：「大聲也。」

㉘「朱芾（ㄈㄨˊ）斯皇」二句：芾，同「韍」，蔽膝。《鄭箋》：「皇猶煌煌也。芾者，天子純朱，諸侯黃朱。室家，一家之內。宣王所生之子，或且為諸侯，或且為天子，皆將佩朱芾煌煌然。」（按：煌煌，光亮的樣子。）

㉙裼（ㄊㄧˋ）：包裹嬰兒的小被。

㉚瓦：用來捲線的紡錘。

㉛無非無儀：非，違逆。儀，通「議」，有擅自計畫、自作主張的意思。

㉜唯酒食是議：議，商討、商量、議論。句謂婦女只要商量酒食等家務事即可。

㉝詒罹：詒，通「貽」，給予。罹，憂愁。

說明

〈斯干〉是一篇祝賀人家新居落成的作品，漢代今古文學者都認為被祝福的對象是周天子，而這位周天子就是周宣王。

《詩序》：「〈斯干〉，宣王考室也。」考室即成室，也就是新居落成的意思。〈斯干〉是祝賀人家新居落成的詩，這一點學者盡皆同意，可是，漢代《詩經》學者一致認為接受祝賀的是宣王，後人反對者不少，新說中有以為是成王者，有以為是武王者，而朱子《詩集傳》則闕疑不言何王，當然，從詩中絕對看不出是針對哪一位君王而寫的，既然如此，我們何不尊重距離《詩經》時代相對較早的漢儒之說呢？

無羊

誰謂爾無羊？三百維群。誰謂爾無牛？九十其犉❶。爾羊來思，其角濈濈❷；爾牛來思，其耳濕濕❸。（一章）

或降于阿❹，或飲于池，或寢或訛❺。爾牧❻來思，何❼蓑何笠，或負其餱❽。三十維物❾，爾牲則具❿。（二章）

爾牧來思，以薪以蒸，以雌以雄⓫。爾羊來思，矜矜兢兢⓬，不騫不崩⓭。麾之以肱⓮，畢來既升⓯。（三章）

牧人乃夢，眾維魚矣，旐維旟矣⓰。大人占之：眾維魚矣，實維豐年；旐維旟矣，室家溱溱⓱。（四章）

❶九十其犉（ㄔㄨㄣˊ）：犉，七尺的牛。九十，九十頭。或謂九十為虛數，泛言數目之多。

❷濈（ㄐㄧˊ）濈：眾多聚集的樣子。

❸濕濕：牛反芻時兩耳搖動的樣子。

❹阿：丘陵。

❺訛：《毛傳》：「動也。」

❻牧：牧人。

❼何：同「荷」，負荷、披戴的意思。

❽餱：乾糧。

❾物：指牛羊的毛色。

⑩爾牲則具：具，具備。句謂你有這麼多毛色的牲口，足供祭祀之用（古人因祭祀的牲質不同，而使用不同毛色的牲畜）。

⑪「以薪以蒸」二句：薪，粗柴；蒸，細柴。雌雄指鳥獸而言。此謂牧人放牧之時，還得兼砍柴狩獵。

⑫矜矜兢兢：矜矜，守規矩的樣子。兢兢，小心謹慎的樣子。

⑬不騫不崩：此句已見〈鹿鳴之什・天保〉，這裡是說羊群不走失、不散亂的意思。

⑭麾（ㄏㄨㄟ）之以肱（ㄍㄨㄥ）：麾，指揮。肱，手臂。

⑮畢來既升：畢、既兩字同義，盡、全部的意思。升，指進入牢圈而言。

⑯「眾維魚矣」二句：「眾維」、「旐維」即「維眾」、「維旐」。魚、旐、旟都是牧人所常見之物。

⑰室家溱（ㄓㄣ）溱：溱溱，眾多的樣子。句謂人丁興旺。

說明

〈無羊〉是一篇頌美牧業興盛之詩。

《詩序》：「〈無羊〉，宣王考牧也。」《朱傳》：「此詩言牧事有成，而牛羊眾多也。」朱說較《序》說具體，也較受後人肯定，《詩序》因以〈六月〉以下一連串之詩與宣王有關，所以就用「宣王考牧」四字釋〈無羊〉，這是可以不必深入去檢討的。

節南山之什（十篇）

節南山

節❶彼南山，維石巖巖❷。赫赫師尹❸，民具爾瞻❹。憂心如惔❺，不敢戲談❻。國既卒斬❼，何用不監❽！（一章）

節彼南山，有實其猗❾。赫赫師尹，不平謂何❿！天方薦瘥⓫，喪亂弘多。民言無嘉，憯莫懲嗟⓬！（二章）

尹氏大師，維周之氐⓭。秉國之均⓮，四方是維⓯。天子是毗⓰，俾民不迷⓱。不弔昊天⓲！不宜空我師⓳。（三章）

弗躬弗親⓴，庶民弗信。弗問弗仕㉑，勿罔君子㉒。式夷式已㉓，無小人殆㉔。瑣瑣姻亞㉕，則無膴仕㉖。（四章）

昊天不傭㉗，降此鞠訩㉘；昊天不惠㉙，降此大戾㉚。君子如屆㉛，俾民心闋㉜。君子如夷，惡怒是違㉝。（五章）

不弔昊天，亂靡有定。式月斯生㉞，俾民不寧。憂心如酲㉟，誰秉國成㊱？

不自爲政，卒勞百姓。（六章）

駕彼四牡，四牡項領㊲。我瞻四方，蹙蹙靡所騁㊳。（七章）

方茂爾惡㊴，相㊵爾矛矣。既夷既懌㊶，如相醻㊷矣！（八章）

昊天不平，我王不寧。不懲其心，覆怨其正㊸。（九章）

家父作誦㊹，以究王訩㊺。式訛㊻爾心，以畜㊼萬邦。（十章）

❶節：高峻的樣子。

❷巖巖：山石堆積的樣子。

❸師尹：《毛傳》：「師，大師，周之三公也。尹，尹氏，為大師。」王國維以為師是大師，尹是尹氏，二者皆官名：尹氏之位尊顯，與大師同秉國政。

❹民具爾瞻：具，俱、皆。句為人民惟爾是視之意。

❺惔（ㄊㄢˊ）：火燒。

❻戲談：《鄭箋》：「相戲而言語。」

❼國既卒斬：國，國祚、國運。《毛傳》：「卒，盡。斬，斷。」

❽監：《毛傳》：「視也。」《鄭箋》：「監察。」

❾有實其猗（ㄜ）：實，廣大。有實，實然。王引之《述聞》：「猗，疑當讀為阿。」阿，山坡。

❿謂何：奈何。

⓫薦瘥（ㄘㄨㄛˊ）：薦，重複。瘥，降下災害疾病。

⓬憯（ㄘㄢˇ）莫懲嗟：憯，乃、還。懲，警戒改過。嗟，或訓傷歎，或以為是句末語助詞。

⓭氐（ㄉㄧˇ）：同「柢」，根本。

⓮秉國之均：秉，掌握、秉持。均，《毛傳》：「平。」《鄭箋》：「持國政之平。」

⓯維：維繫、維持。

⑯毗（ㄆㄧˊ）：輔佐。

⑰俾民不迷：使民不迷惑。

⑱不弔昊天：不弔，或訓不善，或訓不幸。昊，元氣浩大的樣子。昊天，猶今語「老天」。

⑲空我師：《毛傳》：「空，窮也。」師，眾民。

⑳弗躬弗親：親身做事叫躬親。句謂師尹不能親理政事。

㉑仕：做事。

㉒勿罔君子：罔，欺騙。君子，指在朝為官者。或謂君子當指君上而言，且句下用問號，義為「君上能不被你欺？」說亦可參。

㉓式夷式已：式，語詞。夷，公平。已，停止，指停止為惡。

㉔無小人殆：殆，危。句謂勿使小人危害國家。

㉕瑣瑣姻亞：瑣瑣，微小、淺薄的意思。姻，親家翁（**妻的父親稱丈夫的父親**）。亞，兩婿相謂曰亞，即連襟。姻亞在此泛指姻親關係、裙帶關係。

㉖膴（ㄨˇ）仕：膴，厚。膴仕，指高官厚祿。

㉗傭：《毛傳》：「均。」朱彬《經傳考證》：「《韓詩》作庸，常也。」高亨《今注》：「傭當讀為庸。《小爾雅．廣言》：『庸，善也。』」

㉘鞫訩：鞫，窮，窮極、大的意思。訩，同「凶」，災禍。

㉙惠：愛、疼惜。

㉚戾：乖戾、乖違不順之事。高亨《今注》：「借為癘，災難。」

㉛君子如屆：君子，有官爵者，這裡指師尹。屆，公正。

㉜俾民心闋（ㄑㄩㄝˋ）：闋，止息、平息，指民之亂心平息。

㉝惡怒是違：違，《毛傳》：「去也。」句謂民眾厭惡和憤怒的情緒就會消失。

㉞式月斯生：式、斯都是語詞。句謂每月都有亂事發生。

㉟酲（ㄔㄥˊ）：《毛傳》：「病酒。」

㊱秉國成：《毛傳》：「成，平也。」句即執國政使之太平。

㊲項領：項，大。領，脖子。項領意指馬肥壯。

㊳蹙蹙靡所騁：蹙蹙，侷促、縮小的意思。靡所騁，無所馳騁。

㊴方茂爾惡：方，當、正當。茂，盛、強烈。句謂當你們盛怒交惡的時候。

㊵相：看。

㊶既夷既懌：夷，平，指心平氣和。懌，喜悅。

㊷醻：同「酬」，飲酒時賓主之互相敬酒、勸酒。

㊸覆怨其正：覆，反、反而。正，諫其為正之人。

㊹家父作誦：家父，周之大夫，此詩之作者。家是邑名，采地，即以邑為氏，父是字。誦，可誦之詩，即此篇。

㊺究王訩：究，追究。王訩，指王朝凶亂之根源。

㊻訛：《爾雅》：「化也。」

㊼畜：養、安撫。

說明

西周末或東周初年，師尹（大師（太師）和尹氏）掌握大權，用人不當，導致天災人禍不斷，國運衰頹，周大夫家父乃作〈節南山〉針砭時弊，盼望師尹能有所悔悟，而由於重用師尹者乃天子本人，故此詩自亦有諷刺周王之意。

《詩序》：「〈節南山〉，家父刺幽王也。」自〈節南山〉以下，接連好幾篇詩，《詩序》都以為是刺幽王之作，其中難免有些會受到後人質疑。以〈節南山〉而言，歐陽修、季本、何楷……等都認為應是東周桓王時代的作品，因為《春秋》於〈桓公八年〉與〈桓公十五年〉分別有「天王使家父來聘」、「天王使家父來求車」之記載，天王指的是桓王，而惠周惕則以為〈節南山〉作於東周平王時代，就詩首章「國既卒斬」來看，說是東周早期之作似乎較能引起同感。不過，孔穎達《毛詩正義》舉了不少實例，證明春秋之前古人同名者甚多，加上也有學者把「國既卒斬」解為「國運已到完全斷絕的地步」，依此，則《詩序》解此詩為刺幽王之作，也不能說絕無可能，何況胡承珙與魏源等人也都舉證肯定了家父是幽王時代的人。另外，漢代經今文學者以〈節南山〉為宣王時代之作，這個說法，後世支持者比較少。

有大陸學者表示，〈節南山〉「反映了奴隸主統治集團內部尖銳而激烈的鬥爭，即奴隸主當權派同失意派之間你死我活的鬥爭。看來家父其人相當富於鬥爭經驗，他的目標非常明確，那就是非把師尹搞下臺不可，所以打擊方向始終朝著那一個人，火力很集中」，面對這樣凶悍的解題，多數讀者可能會倍感錯愕。

正月

正月繁霜❶，我心憂傷。民之訛言，亦孔之將❷。念我獨兮，憂心京京❸。
哀我小心，癙憂以痒❹。（一章）
父母生我，胡俾我瘉❺？不自我先，不自我後❻。好言自口，莠言❼自口，
憂心愈愈❽，是以有侮。（二章）
憂心惸惸❾，念我無祿❿。民之無辜，并其臣僕⓫。哀我人斯，于何從⓬祿？
瞻烏爰止，于誰之屋⓭？（三章）
瞻彼中林，侯薪侯蒸⓮。民今方殆⓯，視天夢夢⓰。既克有定，靡人弗勝⓱。
有皇上帝，伊誰云憎⓲！（四章）
謂山蓋卑，爲岡爲陵⓳。民之訛言，寧⓴莫之懲！召彼故老，訊之占夢㉑，
具曰：「予聖㉒」。誰知烏之雌雄㉓？（五章）
謂天蓋高，不敢不局㉔；謂地蓋厚，不敢不蹐㉕。維號斯言，有倫有脊㉖。

哀今之人，胡為虺蜴[27]！（六章）

瞻彼阪田[28]，有菀其特[29]。天之抓[30]我，如不我克[31]。彼求我則[32]，如不我得；執我仇仇，亦不我力[33]。（七章）

心之憂矣，如或結[34]之。今茲之正[35]，胡然厲[36]矣！燎之方揚[37]，寧[38]或滅之。赫赫宗周[39]，褒姒威之[40]。（八章）

終其永懷[41]，又窘[42]陰雨。其車既載，乃棄爾輔[43]。載輸爾載[44]，將伯[45]助予。（九章）

無棄爾輔，員于爾輻[46]，屢顧爾僕[47]，不輸爾載。終踰絕險[48]，曾是不意[49]！（十章）

魚在于沼，亦匪克樂；潛雖伏矣，亦孔之炤[50]。憂心慘慘[51]，念國之為虐。（十一章）

彼有旨酒，又有嘉殽；洽比[52]其鄰，昏姻孔云[53]。念我獨兮，憂心慇慇[54]。（十二章）

佌佌[55]彼有屋，蔌蔌[56]方有穀[57]。民今之無祿，天夭是椓[58]。哿[59]矣富人，哀此惸獨[60]！（十三章）

注釋

❶正月繁霜：正月，正陽之月，及夏曆四月。繁，多。四月多霜實為反常，古人認為此乃天變示警之意。

❷「民之訛言」二句：訛言，謠言。將，盛、大。

❸京京：憂愁的樣子。

❹癙憂以痒（一ㄤˊ）：癙、憂二字同義；痒，病。

❺瘉（ㄩˋ）：病痛。

❻「不自我先」二句：禍亂不在我生之前，也不在我死之後，即適逢其會的意思。

❼莠言：醜話、壞話。

❽愈愈：病痛的樣子。

❾惸（ㄑㄩㄥˊ）惸：憂思的樣子。

❿無祿：祿，福。《朱傳》：「無祿，猶言不幸。」

⓫并其臣僕：馬端辰《通釋》：「古人罪人為臣僕。詩云『并其臣僕』，謂使無罪者并為臣僕，在罪人之列。」

⓬從：追尋。

⓭「瞻烏爰止」二句：瞻，視。烏，烏鴉。爰，於何。止，棲止。古人以為烏鴉落在富家屋上，如今大家都窮，烏鴉無處可棲。

⓮侯薪侯蒸：薪是粗材，蒸是細材。《鄭箋》：「林中大木之處而唯有薪蒸，喻朝廷宜有賢者而但聚小人。」

⓯方殆：正當危險之際。

⓰夢夢：迷迷糊糊的意思。

⓱「既克有定」二句：定，定亂、止亂的意思。這兩句是說，天若有止亂之心，沒有什麼人是天所不能勝過的。

⓲「有皇上帝」二句：皇，偉大。伊、云，兩字都是語詞。這兩句是說，天竟不肯止亂，那麼上天究竟在恨誰呢？

⓳「謂山蓋卑」二句：蓋同「盍」，何的意思。這兩句是說，他們說山何其低平，其實都是高岡和大陵。

⓴寧：乃、竟然。

㉑訊之占夢：訊，詢問。占夢，占夢之官。

㉒具曰予聖：都說自己最聖明。

㉓誰知烏之雌雄：烏之雌雄從外表難辨，因此以此句

比喻是非難分。

㉔局：曲身，彎著腰走。

㉕蹐：輕輕下腳地小步走路。

㉖「維號斯言」二句：號，呼喊。斯言，指以上這幾句話。倫、脊都是道理的意思。

㉗「哀今之人」二句：或謂虺為小蛇，蜴是螈，或謂虺蜴為一物，一名蠑螈，即水蜴。《鄭箋》：「虺蜴之性，見人則走，哀哉今之人，何為如是，傷時政也。」

㉘阪田：崎嶇貧瘠之田。

㉙有菀（ㄩˋ）其特：菀，茂盛。特，指特出的苗。

㉚扤（ㄨˋ）：危害。

㉛如不我克：克，勝。句謂就像唯恐勝不過我一般。

㉜彼求我則：彼，指周王。則，語末助詞。

㉝「執我仇仇」二句：執，執持。仇仇，执执之假借，遲緩之意。這兩句是說，得我之後，緩於用我，不能全力用我。

㉞結：繩結，形容心之鬱結。

㉟正：政治。

㊱厲：暴亂。

㊲燎之方揚：燎，放火燒野地的草木。揚，旺盛。

㊳寧：豈、難道。

㊴宗周：指西周之京都鎬京。

㊵褒姒烕之：褒姒，周王之后。烕，同「滅」。

㊶終其永懷：終，既。永，長。懷，憂傷。

㊷窘：困。

㊸輔：車箱兩旁的木板。

㊹載輸爾載：上載字，則也；下載字指所載之物。輸，墮、掉落。

㊺將（ㄑㄧㄤ）伯：將，請。伯，呼人之敬詞，猶今言大哥。

㊻員于爾輻：員，大，加大、加粗的意思。輻，支撐輪輞之細柱。

㊼屢顧爾僕：屢，經常。顧，照顧。僕，駕車的僕夫。

㊽終踰絕險：踰，度過、越過。絕，極，最的意思。

㊾曾是不意：曾，乃。是，此，指此一辦法。不意，不以為意，不放在心上。

㊿「潛雖伏矣」二句：潛雖伏矣，猶言「雖潛伏矣」。炤（ㄓㄠ），明顯。這二句是說，魚雖潛伏於池中，仍然是明顯地為人看見，比喻難逃禍害的意思。

❺❶慘慘：憂慮的樣子。

❺❷洽比：洽，和諧，融洽。比，親近、親密。

❺❸昏姻孔云：昏姻，親戚。云，或訓周旋，或以為是芸的省體，多的意思。

❺❹慇（ㄧㄣˇ）慇：疾痛的樣子。

❺❺仳（ㄘˇ）仳：小人猥瑣的樣子。

❺❻蔌（ㄙㄨˋ）蔌：小人鄙陋的樣子。

❺❼穀：穀物、糧食。

❺❽天夭是椓：天夭，天災。《韓詩》作「夭夭」，夭夭是少壯的樣子，此指少壯之人。椓，害。

❺❾哿（ㄎㄜˇ）：歡樂。

❻⓿惸（ㄑㄩㄥˊ）獨：孤獨的樣子。

說明

〈正月〉是一篇感傷時政的詩。

《詩序》：「〈正月〉，大夫刺幽王也。」〈正月〉有可能作於幽王後期，西周即將滅亡之時，也可能作於東周之初。由於詩中有「赫赫宗周，褒姒威之」之語，顯然詩人是在責怪褒姒，不過，寵信褒姒的正是幽王，所以怪罪褒姒也可說是在指責幽王，《詩序》之說依然可以成立。

十月之交

十月之交❶，朔月辛卯❷，日有食之❸，亦孔之醜❹。彼月而微❺，此日而微。今此下民，亦孔之哀。（一章）

日月告凶，不用其行❻。四國無政❼，不用其良❽。彼月而食，則維其常❾；此日而食，于何不臧❿！（二章）

爗爗震電[11]，不寧不令[12]。百川沸騰，山冢崒崩[13]。高岸爲谷，深谷爲陵[14]。
哀今之人，胡憯莫懲[15]！（三章）
皇父卿士[16]，番維司徒[17]，家伯維宰[18]，仲允膳夫[19]，聚子內史[20]，蹶維趣馬[21]，
楀維師氏[22]，豔妻煽方處[23]。（四章）
抑此皇父，豈曰不時[24]？胡爲我作，不即我謀[25]？徹[26]我牆屋。田卒汙萊[27]。
曰：「予不戕[28]，禮則然矣。」（五章）
皇父孔聖[29]，作都于向[30]，擇三有事[31]，亶侯多藏[32]。不憖遺一老[33]，俾守我
王；擇有車馬，以居徂向[34]。（六章）
黽勉[35]從事，不敢告勞。無罪無辜，讒口囂囂[36]。下民之孽[37]，匪降自天；
噂沓背憎[38]，職競[39]由人。（七章）
悠悠我里[40]，亦孔之痗[41]。四方有羨[42]，我獨居[43]憂。民莫不逸[44]，我獨不敢
休。天命不徹[45]，我不敢傚[46]，我友[47]自逸。（八章）

注釋

❶十月之交：十月，周之十月，即夏曆八月。交，指日月交會，即月朔（初一）這一天。

❷朔月辛卯：朔月，即月朔。句謂這月初一是辛卯日。
❸日有食之：有，同「又」。食，同「蝕」。
❹亦孔之醜：孔，非常。醜，凶惡。
❺微：昏暗不明，這裡是指月蝕。
❻不用其行：用，由。行，道、軌道。
❼四國無政：四國，四方之國，泛指天下。無政，無善政。
❽良：賢良的官員。
❾常：平常（古人以為月蝕較平常）。
❿于何不臧：于何，如何。臧，善、改善。
⓫爗（ㄧㄝˋ）爗震電：爗爗，電光閃閃的樣子。震電，雷電。
⓬不寧不令：寧，安。令，善。《鄭箋》：「雷電過常，天下不安、政教不善之徵。」
⓭山冢崒（ㄘㄨˋ）崩：冢，山頂。崒，急。
⓮「高岸為谷」二句：謂高岸崩陷而為山谷，深谷隆起而為丘陵，形容地震的強烈。
⓯胡憯莫懲：胡，何。憯，乃。懲，警戒改過。
⓰皇父卿士：皇父，人名。卿士，官名，六卿之長，總管政事。
⓱番維司徒：番，姓氏，其名不知。司徒，掌管土地、人口的官員。
⓲家伯維宰：家伯，人名。宰，掌管國家典籍的官員。
⓳仲允膳夫：仲允，人名。膳夫，掌管天子飲食的官員。
⓴棸（ㄗㄡ）子內史：棸是姓，子為尊稱。內史，掌管司法、人事的官員。
㉑蹶維趣馬：蹶，姓氏。趣馬，管理天子馬匹的官員。
㉒楀（ㄐㄩˇ）維師氏：楀，姓氏。師氏，負責觀察朝廷得失的官員，也必須負責王宮的守衛。于省吾《新證》謂師氏為掌師旅之官，亦可參。
㉓豔妻煽方處：豔妻，指褒姒。煽，熾盛、熾熱。方，正。處，居。
㉔「抑此皇父」二句：抑，同「噫」，歎詞。時，是。
㉕「胡為我作」二句：作，役使。不即我謀，不與我商量的意思。
㉖徹：同「撤」，拆毀。
㉗田卒汙萊：卒，盡、全部。汙，洿的假借，積水的

意思。萊，生出雜草。

㉘戕：害。

㉙孔聖：非常聖明。此為反諷之語。

㉚作都于向：作，建設。都，城邑。向，地名，在今河南省。

㉛三有事：即三卿，司徒、司馬與司空。

㉜亶（ㄉㄢˇ）侯多藏：亶，誠然。侯，維、是。多藏，財物多。

㉝不慭（ㄧㄣˋ）遺一老：慭，肯。遺，留下。老，老臣。

㉞以居徂向：或謂居為語詞，無義；徂，往。或謂句為「徂向以居」之意，取其協韻。

㉟黽勉：努力。

㊱囂（ㄒㄧㄠ）囂：喧譁之聲。

㊲孽：災難。

㊳噂（ㄗㄨㄣˇ）沓（ㄊㄚˋ）背憎：噂，聚集。沓，合。背，背後。憎，憎恨。

㊴職競：職，專主。競，競向、爭做。

㊵悠悠我里：悠悠，深長的樣子。里，憂思。

㊶痗（ㄇㄟˋ）：病痛、痛苦。

㊷羨：餘。馬瑞辰《通釋》謂羨有欣喜意；亦通。

㊸居：語詞。或謂居，處也。

㊹逸：安逸。

㊺徹：《毛傳》：「道也。」

㊻傚：同「效」。

㊼我友：指同在官位者，姚際恆《通論》以為就是指皇父等七人。

說明

〈十月之交〉以細膩之筆、沈痛之心描繪幽王時代的天災人禍。《詩序》：「〈十月之交〉，大夫刺幽王也。」《鄭箋》：「當為刺厲王，作《詁訓傳》時移其篇第，因改之耳。」由於古人認為天變有警惕天子的深刻意義，是以本篇致力於天災人禍之忠實記載，旨在諷刺朝政，有人表示斥責的是皇父等人的亂政，此說固然，但重用皇父諸人的天子，不是難辭其咎麼？現在的問題是，本詩刺的是幽王還是厲王？以曆法推算，厲王二十五年十月朔辛卯，與幽王六年十月朔辛卯，都有日蝕，而幽王二年，西周三川都有強烈的地震，與本篇所詠者相合，從清儒阮元撰文考證，再經今日多位天文學者論定，以可確知〈十月之交〉為幽王時代之作，《序》說應是無可動搖的。

雨無正

浩浩昊天❶，不駿❷其德。降喪饑饉❸，斬伐❹四國。昊天疾威❺，弗慮弗圖❻。
舍彼有罪，既伏其辜❼；若此無罪，淪胥以鋪❽。（一章）
周宗❾既滅，靡所止戾❿。正大夫離居⓫，莫知我勩⓬。三事大夫⓭，莫肯夙夜⓮；
邦君⓯諸侯，莫肯朝夕⓰。庶曰式臧，覆出爲惡⓱。（二章）
如何昊天，辟言⓲不信？如彼行邁⓳，則靡所臻⓴。凡百君子，各敬爾身㉑。
胡不相畏？不畏于天㉒！（三章）
戎㉓成不退，飢成不遂㉔。曾我暬御㉕，憯憯日瘁㉖。凡百君子，莫肯用訊㉗；
聽言則答㉘，譖言則退㉙。（四章）
哀哉不能言！匪舌是出㉚，維躬㉛是瘁。哿矣能言㉜，巧言如流，俾躬處休㉝。
（五章）
維曰于仕㉞，孔棘且殆㉟。云不可使㊱，得罪于天子；亦云可使，怨及朋友㊲。

（六章）

謂爾遷于王都㊳，曰：予未有室家。鼠思泣血㊴，無言不疾㊵。昔爾出居，
誰從作爾室㊶！（七章）

❶浩浩昊天：浩浩，廣大的樣子。昊天，老天、皇天。

❷駿：經常。

❸饑饉：《毛傳》：「穀不熟曰饑，蔬不熟曰饉。」

❹斬伐：傷害、摧殘。

❺疾威：《朱傳》：「猶暴虐也。」

❻弗慮弗圖：或謂當政者不思修明政治，或謂周王不考慮臣民的有罪無罪。

❼「舍彼有罪」二句：舍，赦免。伏，隱藏。辜，罪。

❽淪胥以鋪：淪，都。胥，相。淪胥即相率之意。以，及於。鋪，或訓懲罰，或訓病苦。

❾周宗：周之宗族。馬瑞辰《通釋》以為周宗為「宗周」之誤倒，宗周是指鎬京；說亦可參。

❿靡所止戾：戾，安定。句為不能安定或無處安居的意思。

⓫正大夫離居：正，長官。離，離散。居，語詞。

⓬勩（ㄧˋ）：勞苦。

⓭三事大夫：指周天子的三公，太師、太傅、太保。陳奐《傳疏》：「〈十月之交〉及〈常武〉所云三事，諸侯三卿也。此云三事，天子三公也。」

⓮夙夜：早晚，指早晚朝見天子。

⓯邦君：即諸侯。

⓰朝夕：意同前面的「夙夜」。

⓱「庶曰式臧」二句：庶，庶幾。曰，語助詞。式，語詞。臧，善、好事。覆，反而。

⓲辟言：合於法度之言。

⓳行邁：行路。

⑳靡所臻：臻，至。靡所臻是不知往何處去的意思。

㉑「凡百君子」二句：凡百君子指在位者。敬，儆戒。

㉒「胡不相畏」二句：這是說天災如此，怎能不畏懼？難道不怕上天嗎？

㉓戎：戰爭。

㉔遂：或訓安定，或以為是終止的意思。

㉕曾我暬（ㄒㄧㄝˋ）御：曾，只有。暬御，近侍之臣。

㉖憯（ㄘㄢˇ）憯日瘁：憯憯，憂懼的樣子。瘁，病痛。

㉗訊：問。

㉘聽言則答：聽言，動聽的話。答，這裡有進用的意思。

㉙譖（ㄗㄣˋ）言則退：譖言，諫言。退，斥退。

㉚匪舌是出：非口舌所能說出。

㉛躬：自身。

㉜哿（ㄎㄜˇ）矣能言：哿，歡樂。能言，能言善道的人。

㉝處休：處於美好的境地。

㉞于仕：前往做官。

㉟孔棘且殆：棘，急、緊張。殆，危險。

㊱使：任使、役使。

㊲朋友：指同在官者。

㊳謂爾遷于王都：王都，鎬京。句謂告訴你們應遷返王都。

㊴鼠思泣血：鼠，癙的省借，憂傷。泣血，哭出血來，形容過度憂傷。

㊵疾：通「嫉」。

㊶誰從作爾室：誰跟著你們去造房屋？

說明

西周末年或東周之初，君臣荒廢政事，近侍之臣作〈雨無正〉表達了沈痛的哀傷之意。《詩序》：「〈雨無正〉，大夫刺幽王也。雨自上下者也。眾多如雨，而非所以為政也。」《鄭箋》：「亦當為刺厲王，王之所下教令甚多，而無正也。」《朱傳》：「或曰：疑此亦東遷後詩也。」

鄭玄沒有說明為什麼反對《序》說，而主張此為東遷後作的學者們，主要的根據是詩有「周宗既滅」及「謂爾遷于王都」之語，然而，幽王暴虐無道，昏暗不明，諸侯不朝，各自為政，這即可謂「周宗既滅」，而「遷于王都」之遷又可解為遷回，王都即是鎬京，依此，《序》說不是顛撲不破了嗎？即便「周宗既滅」真指西周已然結束，「遷于王都」是指遷往東周王城，《序》說依然無誤，東遷之際的詩人，感傷時事，作詩以刺幽王，不也是理所當然的嗎？

至於篇名之所以為〈雨無正〉，〈續序〉之言可以參考，不必深信，後世異說也未必合乎事實，不如闕疑吧！（按：《朱傳》引劉安世：「嘗讀《韓詩》，有〈雨無極篇〉……，比《毛詩》篇首多『雨無其極，傷我稼穡』八字。」屈萬里《詩經詮釋》：「極，正也。雨無正即雨無極；本篇既名〈雨無正〉，是《毛詩》祖本，亦當有此二句，不知何時逸之。」）

小旻

旻天疾威❶，敷于下土❷。謀猶回遹❸，何日斯沮❹！謀臧不從，不臧覆用❺。我視謀猶，亦孔之邛❻。（一章）

潝潝訿訿❼，亦孔之哀。謀之其臧，則具是違；謀之不臧，則具是依。我視謀猶，伊于胡底❽！（二章）

我龜既厭，不我告猶❾。謀夫孔多，是用不集❿。發言盈庭，誰敢執其咎⓫？如匪行邁謀⓬，是用不得于道⓭。（三章）

哀哉爲猶！匪先民是程，匪大猶是經⓮；維邇言是聽，維邇言是爭⓯。如彼

築室于道謀⑯，是用不潰⑰于成。（四章）

國雖靡止⑱，或聖或否。民雖靡膴⑲，或哲或謀，或肅或艾⑳。如彼泉流，無淪胥以敗㉑。（五章）

不敢暴虎，不敢馮河㉒。人知其一，莫知其他㉓。戰戰兢兢㉔，如臨深淵，如履薄冰。（六章）

注釋

❶旻（ㄇㄧㄣˊ）天疾威：旻天，《爾雅》：「秋為旻天。」此處旻天只是泛指上天。疾威，暴虐。

❷敷于下土：敷，《毛傳》：「布也。」下土，即人間。

❸謀猶回遹（ㄩˋ）：猶，同「猷」，謀略、計策。《毛傳》：「回，邪。遹，僻。」

❹沮：停止。

❺「謀臧不從」二句：謀臧，好的計策。覆，反。

❻邛（ㄑㄩㄥˊ）：《毛傳》：「病也。」

❼潝（ㄒㄧˋ）潝訿（ㄗˇ）訿：《朱傳》：「潝潝，相和也。」「訿訿，相詆也。」

❽伊于胡底（ㄓˇ）：底，到達。句謂會到達什麼樣的地步之意。

❾「我龜既厭」二句：龜，龜卜。厭，厭煩。不我告，即不告我。

❿「謀夫孔多」二句：謀夫，謀士。是用，因此。集，成就。

⓫「發言盈庭」二句：盈，充滿。庭，指朝廷。執，執持、背負。咎，過錯。

⓬如匪（ㄅㄧˇ）行邁謀：匪，彼。行邁，行路。句謂就如和那路人去商議一樣。

⓭道：正確。

⓮「匪先民是程」二句：兩匪字都是非的意思。先民，古人。程，效法、模範。大猶，大道。經，行。

⓯「維邇言是聽」二句：邇言，淺見。聽，聽信爭，爭取。

⓰築室于道謀：築室，建築房屋。于道謀，在路上向過往之人請教。

⓱潰：順遂。

⓲靡止：《毛傳》：「言小也。」這是以靡止為不大之意。或訓止為安定：亦通。

⓳膴（ㄨˇ）：厚，這裡是多的意思。

⓴「或哲或謀」二句：哲，聰明。謀，善於謀畫。肅，敬肅莊重。艾，同「乂」，善於治理。

㉑「如彼泉流」二句：淪胥，相率。敗，敗亡。句言無如彼泉流相率而敗。泉水挾泥沙而俱下，有同歸於盡的意思。

㉒「不敢暴虎」二句：暴虎，徒手打虎。馮（ㄆㄧㄥˊ）河，徒步涉河。

㉓「人知其一」二句：意指人們只知暴虎馮河之危險，而不知有更危險的事情。

㉔戰戰兢兢：戒慎恐懼的樣子。

說明

〈小旻〉是一篇諷刺周天子不能採納良好之獻策的作品，全詩善用比喻，名句極多。

《詩序》：「〈小旻〉，大夫刺幽王也。」〈小旻〉刺的是周天子不能採納嘉謀善猷，只知聽信小人之邪謀，《詩序》認為所刺的對象是幽王，假如沒有十足的證據，我們也不需推翻其說。

小宛

宛彼鳴鳩，翰飛戾天❶。我心憂傷，念昔先人。明發❷不寐，有懷二人❸。

（一章）
人之齊聖❹，飲酒溫克❺。彼昏不知，壹醉日富❻。各敬爾儀，天命不又❼。
（二章）
中原有菽❽，庶民采之。螟蛉有子，蜾蠃負之❾。教誨爾子，式穀似之❿。
（三章）
題彼脊令⓫，載飛載鳴。我日斯邁，而月斯征⓬。夙興夜寐，毋忝爾所生⓭。
（四章）
交交桑扈⓮，率場⓯啄粟。哀我塡寡⓰，宜岸宜獄⓱。握粟出卜，自何能穀⓲？
（五章）
溫溫恭人⓳，如集于木⓴。惴惴㉑小心，如臨于谷。戰戰兢兢，如履薄冰㉒。
（六章）

注釋

❶「宛彼鳴鳩」二句：宛，《毛傳》：「小貌。」翰，羽，此作動詞用，振翅的意思。戾，至。

❷明發：早晨天剛亮的時候。

❸二人：指父母而言。

❹齊聖：王引之《述聞》：「聰明睿智之稱。」

❺溫克：溫，溫和。克，能夠。或訓溫為蘊之假借，蘊藉、含蓄的意思。克為勝、克制之意。

❻「彼昏不知」二句：昏，昏聵、愚昧。不知，無知。一醉，或訓一經飲醉，或釋為恣意飲酒，或謂「一」為語詞。富，或訓自滿驕縱，或謂指飲食更多。

❼「各敬爾儀」二句：敬，敬慎。儀，威儀。又，或訓再，或以為即古「右」字，與「佑」通，助的意思。

❽中原有菽：中原，原中，田野中。菽，大豆。

❾「螟蛉有子」二句：螟蛉，桑蟲。蜾（ㄍㄨㄛˇ）蠃（ㄌㄨㄛˇ），土蜂。負，背、抱。舊謂蜾蠃背負桑蟲子之而去，七天後就變為小土蜂了，實則蜂以螟蛉飼其幼蜂。

❿式穀似之：式，語詞。穀，善。

⓫題彼脊令：題，《毛傳》：「視也。」脊令，鳥名，大如燕雀。

⓬「我日斯邁」二句：日，日日。邁，行路。而，你，指兄弟。

⓭毋忝爾所生：忝，《毛傳》：「辱也。」所生，指父母。

⓮交交桑扈：交交，或謂「小貌」，或說是「飛而往來之貌」。或以「交」為「咬」之省借，咬咬為鳥鳴聲。桑扈：鳥名，似鴿而小。

⓯率場：率，循、沿著。場，穀場。

⓰填寡：填，「瘨」的假借字，病、苦的意思。寡，寡財、貧窮。

⓱宜岸宜獄：宜，或謂為「且」之誤，或以為宜當訓「殆」，有將然之意。岸，地方上的牢獄。獄，朝廷的監獄。

⓲「握粟出卜」二句：這是說拿出粟米作為卜資，我如何能得到好的卦辭呢？

⓳溫溫恭人：溫溫，和柔的樣子。恭人，恭謹之人。

⓴如集于木：集，指鳥之棲息。這句是以如鳥之棲於樹，唯恐掉下來，形容極其小心的樣子。

㉑惴（ㄓㄨㄟˋ）惴：憂懼的樣子。

㉒「戰戰兢兢」二句：戒慎恐懼，猶如走在薄冰上。

說明

生於亂世的詩人，懷念父母，創作〈小宛〉一詩，告誡兄弟謹慎以免禍。

《詩序》：「〈小宛〉，大夫刺幽王也。」《朱傳》：「此大夫遭時之亂，而兄弟相戒以免禍之詩。」從〈小宛〉各章內容來看，《朱傳》之說似乎說中了詩的本義，作《序》者以「大夫刺幽王」一語帶過，實在過於籠統，假如有〈續序〉作進一步的說明，情況也許會好一點，不過，〈節南山之什〉有好幾篇都是沒有〈續序〉的，〈小宛〉也是如此（〈節南山〉、〈正月〉、〈十月之交〉與〈小旻〉等詩也無〈續序〉）。

小弁

弁彼鸒斯❶，歸飛提提❷。民莫不穀❸，我獨于罹❹。何辜于天？我罪伊何❺？心之憂矣，云❻如之何！（一章）

踧踧周道❼，鞫❽爲茂草。我心憂傷，惄焉如擣❾。假寐永歎❿，維憂用老⓫。心之憂矣，疢如疾首⓬。（二章）

維桑與梓，必恭敬止⓭。靡瞻匪父，靡依匪母⓮。不屬于毛，不離于裏⓯，天之生我，我辰⓰安在？（三章）

菀彼柳斯，鳴蜩嘒嘒⓱。有漼⓲者淵，萑葦淠淠⓳。譬彼舟流，不知所屆⓴。

心之憂矣，不遑假寐。（四章）

鹿斯之奔，維足伎伎。雉之朝雊，尚求其雌[21]。譬彼壞木[22]，疾用無枝[23]。心之憂矣，寧莫之知[24]。（五章）

相彼投兔，尚或先之[25]。行有死人，尚或墐之[26]。君子秉心，維其忍之[27]。心之憂矣，涕既隕[28]之。（六章）

君子信讒，如或醻之[29]。君子不惠，不舒究之[30]。伐木掎矣，析薪扡矣[31]。舍彼有罪，予之佗[32]矣。（七章）

莫高匪山，莫浚匪泉[33]。君子無易由言，耳屬于垣[34]。無逝我梁，無發我笱；我躬不閱，遑恤我後[35]！（八章）

注釋

❶弁（ㄆㄢˊ）彼鸒（ㄩˋ）斯：弁，鳥飛拍翼的樣子。鸒，烏鴉的一種，體型較常見的烏鴉小。斯，語詞。

❷提提：成群飛行的樣子。

❸穀：善。

❹罹：憂患、苦難。

❺「何辜于天」二句：辜，罪。伊，維、是。

❻云：語詞。

❼踧（ㄉㄧˊ）踧周道：踧踧，平易、平坦的樣子。周道，大道。

❽ 鞫（ㄐㄩˊ）：盈、充滿。

❾ 惄（ㄋㄧˋ）焉如擣：惄，飢餓或憂慮的意思。如擣，如杵之擣擊般。

❿ 假寐永歎：《鄭箋》：「不脫冠衣而寐曰假寐。」永歎，長歎。

⓫ 維憂用老：用，以。句為因憂而老之意。

⓬ 疢（ㄔㄣˋ）如疾首：疢，熱病。疾首，頭痛。

⓭ 「維桑與梓」二句：或謂桑葉可育蠶養身，梓木可為棺送死，此即桑梓必恭之意；或謂桑梓為古人宅旁長種之樹，懷念父母，睹其物而思其人，至後世，以桑梓為故里之稱。

⓮ 「靡瞻匪父」二句：瞻，敬仰；依，依偎。二句為無人不敬仰其父，無人不依偎其母。

⓯ 「不屬（ㄓㄨˇ）於毛」二句：屬，連屬；罹，附著。裏，讀為理，腠理、肌肉的意思。這裡是以毛髮相連、肌肉相附，比喻父母與子女之親密，二句強調的是何以自己竟然不為父母所愛。

⓰ 辰：時運。

⓱ 「菀（ㄩˋ）彼柳斯」二句：菀，茂盛的樣子。蜩（ㄊㄧㄠˊ），蟬。嘒嘒，鳴聲。

⓲ 有漼（ㄘㄨㄟˇ）：《毛傳》：「漼，深貌。」有漼，即漼然。

⓳ 萑（ㄏㄨㄢˊ）葦淠（ㄆㄧˋ）淠：萑葦，蘆葦。淠淠，眾多茂盛的樣子。

⓴ 屆：至。

㉑ 「鹿斯之奔」四句：斯，語詞。伎（ㄐㄧˋ），與跂、企通用，翹足之貌，疾奔之狀。朝，早晨。雊（ㄍㄡˋ），雉鳴聲。詩以鹿奔求群，雉鳴求雌，比喻人不可孤立。

㉒ 壞木：壞，《毛傳》：「痛也，謂傷病也。」壞木，病木。

㉓ 疾用無枝：用，因。句為因病而無枝的意思。

㉔ 寧莫之知：寧，乃。句為竟不為人所知的意思。

㉕ 「相彼投兔」二句：相，視。投，掩捕。先，掀之假借，開脫的意思。

㉖ 「行有死人」二句：行，道路。墐，埋。

㉗ 「君子秉心」二句：君子在這裡是指父母。忍，殘忍。

㉘ 隕（ㄩㄣˇ）：落。

㉙ 「君子信讒」二句：這裡的君子仍然是指父母。飲酒之禮，賓主互相敬酒叫醻，醻酒必須接受，故用以形容君子之聞讒必信。

㉚「君子不惠」二句：惠，愛。舒，緩。究，察。

㉛「伐木掎（ㄐㄧˇ）矣」二句：掎，伐樹時，用繩子把樹往一邊牽拉，使其倒下。扡（ㄊㄨㄛ），劈柴時，順著木之紋理下手。此二句謂凡事得依正理而行。

㉜佗（ㄊㄨㄛˊ）：負荷，背負。

㉝「莫高匪山」二句：浚，深。這二句以山皆高，泉皆深，比喻父母之恩深厚。

㉞「君子無易由言」二句：易，輕易。由，於。無易由言，勿輕易出言。屬（ㄓㄨˇ），連。垣，牆。

㉟「無逝我梁」四句：參見〈邶風．谷風〉注⓯至⓲。這四句或許在當時已為人所熟悉，故為詩人所採用。

〈小弁〉是一篇被父親放逐的兒子之訴苦之作。

《詩序》：「〈小弁〉，刺幽王也。大子之傅作焉。」從詩文觀之，〈小弁〉為不得於父母所作之詩。因為幽王寵褒姒，立以為后，生子伯服，廢申后所生之子宜臼，所以〈古序〉既以此為刺幽王之作，〈續序〉就說「大子之傅作焉」，《朱傳》則直指此為宜臼自作之詩。《孟子．告子下》說：「〈小弁〉，親之為過大者也」，我們不能因孟子未坐實其人，就說《詩序》未必可信，相反的，從孟子「親之過失」之語，更可見〈古序〉以此為刺幽王之作，又多了一個旁證。

巧言

悠悠昊天，曰父母且❶。無罪無辜，亂如此幠❷。昊天已威，予慎❸無罪；

昊天大幠❹，予慎無辜。（一章）

亂之初生，僭始既涵❺。亂之又生，君子信讒。君子如怒❻，亂庶遄沮❼；君子如祉❽，亂庶遄已❾。（二章）

君子屢盟，亂是用長❿。君子信盜⓫，亂是用暴⓬。盜言孔甘，亂是用餤⓭。匪其止共，維王之邛⓮。（三章）

奕奕寢廟⓯，君子作之。秩秩大猷⓰，聖人莫⓱之。他人有心，予忖度⓲之。躍躍毚兔，遇犬獲之⓳。（四章）

荏染柔木，君子樹之⓴。往來行言㉑，心焉數之㉒。蛇蛇㉓碩言，出自口矣。巧言如簧㉔，顏之厚矣。（五章）

彼何人斯？居河之麋㉕。無拳㉖無勇，職爲亂階㉗。既微且尰㉘，爾勇伊何！爲猶將多㉙，爾居徒幾何㉚！（六章）

注釋

❶曰父母且（ㄐㄩ）：曰、且皆語詞。

❷幠（ㄏㄨ）：大。

❸慎：誠然、確實。

❹昊天大（ㄊㄞˋ）幠：此承上文言，謂老天之威怒太大。

❺僭始既涵：僭是譖（ㄗㄣˋ）之假借，讒言的意思。

涵，容納。

❻君子如怒：君子，指周王。如，假如。怒，謂怒讒人。

❼亂庶遄沮：庶，庶幾。遄，迅速。沮，止。

❽祉：喜。此謂喜善人。

❾已：停止。

❿「君子屢盟」二句：屢盟，經常結盟。是用，因此。既盟而背，是以屢盟；屢盟屢背，亂事因此增多。

⓫盜：這裡是比喻讒人。

⓬暴：猛烈。

⓭餤（ㄊㄢˊ）：進食，這裡是引申為加劇。

⓮「匪其止共」二句：匪，彼，指小人。共，同「恭」字。屈萬里《詮釋》：「甲骨文止、足同字，止恭，猶足恭，言過恭也。」邛（ㄑㄩㄥˊ），病。

⓯奕奕寢廟：奕奕，高大的樣子。《禮記・月令・鄭注》：「凡廟，前曰廟，後曰寢。」《孔疏》：「廟是接神之處，其處尊，故在前。寢，衣冠所藏之處，對廟而卑，故在後。」

⓰秩秩大猷：秩秩，明智的樣子。猷，計謀。

⓱莫：謨的假借字，謀也。

⓲忖（ㄘㄨㄣˇ）度（ㄉㄨㄛˋ）：揣度、猜測。

⓳「躍（ㄊㄧˋ）躍毚（ㄔㄢˊ）兔」二句：躍躍，與「趯趯」同，跳躍的樣子。毚兔，狡兔。獲，捕。這二句是比喻忖度他人之心必中。

⓴「荏染柔木」二句：荏染，柔弱的樣子。樹，種植。這二句比喻進用小人。

㉑行言：流言。

㉒數（ㄕㄨˇ）：辨別。

㉓蛇（ㄧˊ）蛇：蛇為訑之假借，欺騙的意思。

㉔巧言如簧：花言巧語如吹奏笙簧那般動聽。

㉕麋：湄之假借，水草之交，即水邊。

㉖拳：捲之假借，勇的意思。馬瑞辰《通釋》：「捲亦為勇，古人不嫌語複，猶之『無罪無辜』，辜亦為罪耳。」

㉗職為亂階：職，主，猶言實在。亂階，禍亂之階梯。

㉘既微且尰（ㄓㄨㄥˇ）：微，癥之假借，腳脛生瘡。尰，腳上浮腫。

㉙為猶將多：將，方、且。馬瑞辰《通釋》：「《廣雅》：『猶，欺也。』為猶將多，言其欺詐且多

也。」或謂猶者謀也，此指小人之謀略。

㉚爾居徒幾何：居，語詞。徒，黨徒。幾何，多少。

說明

〈巧言〉是一篇諷刺周王聽信讒言而致禍亂之詩。《詩序》：「〈巧言〉，刺幽王也。大夫傷於讒，故作是詩也。」〈巧言〉全篇都在痛斥讒人，由於作《序》者以「組詩」來處理，因此說這是刺幽王之作，我們不必以所刺者為讒人，非幽王，來反駁《序》說，因為只要幽王曾聽信讒言，《序》說就可成立；也不必以詩人未必是大夫，來否認《序》說，蓋作詩者亦未必不是大夫。

何人斯

彼何人斯？其心孔艱❶。胡逝我梁❷，不入我門！伊誰云從❸？維暴之云❹。

（一章）

二人從行，誰為此禍？胡逝我梁，不入唁❺我！始者不如今，云不我可❻。

（二章）

彼何人斯？胡逝我陳❼？我聞其聲，不見其身。不愧于人，不畏于天。

（三章）

彼何人斯？其為飄風❽。胡不自北？胡不自南？胡逝我梁？祇攪我心❾！

（四章）

爾之安行，亦不遑舍⑩；爾之亟行，遑脂爾車⑪。壹者之來⑫，云何其盱⑬！（五章）

爾還而入，我心易也⑭；還而不入，否⑮難知也。壹者之來，俾我祇⑯也。（六章）

伯氏吹壎，仲氏吹篪⑰。及爾如貫⑱，諒不我知⑲。出此三物⑳，以詛㉑爾斯。（七章）

爲鬼爲蜮㉒，則不可得㉓。有靦㉔面目，視人罔極㉕。作此好歌，以極反側㉖。（八章）

注釋

❶ 艱：《朱傳》：「險也。」或訓艱為難，難測的意思。

❷ 胡逝我梁：胡，何。逝，往。梁，魚梁，順著水勢設障孔以捕魚的裝置。

❸ 伊誰云從：伊，發語詞。云，猶是。從，跟從、聽從。

❹ 維暴之云：維、云皆語詞。之，是。暴，人名，舊謂暴公。

❺ 唁：慰問。

❻ 云不我可：云，說。不我可，我不可稱職，或我不可用的意思。

❼ 陳：堂前到大門的走道。

❽飄風：暴風。

❾祇攪我心：祇，適、恰好。攪，攪亂。

❿「爾之安行」二句：安行，緩行、慢走。不遑，無暇。舍，停下來休息。

⓫「爾之亟行」二句：亟，急。脂，油，作動詞用，上油。

⓬壹者之來：壹者，一次。之，是。句即來一次的意思。

⓭云何其盱（ㄒㄩ）：云何，如何。盱，或訓為病（於汝有何病苦），或釋為張目而望（我也多麼盼望）。

⓮「爾還而入」二句：還，旋、回程。入，入我家。易，喜悅。

⓯否：古作不，不、丕古通用。此否字應作丕，可訓為語詞，亦可解為太、甚之意。

⓰祇（ㄑㄧˊ）：安。

⓱「伯氏吹壎」二句：伯仲是兄弟的排行，即老大、老二的意思。壎為陶製樂器，篪（ㄔˊ）為竹製樂器。二句以壎、篪合奏，互相應和，形容當年二人之友好。

⓲如貫：如物之串連在一塊，形容其親暱。

⓳諒不我知：諒，誠、信、真。

⓴三物：雞、狗、豬三牲。

㉑詛（ㄗㄨˇ）：詛咒，出三物祭神以詛咒他人的意思。

㉒蜮（ㄩˋ）：古代傳說中的一種水中短狐，能含沙射影，使人得病。

㉓不可得：不可得見的意思。

㉔有靦（ㄊㄧㄢˇ）：靦，慚愧的樣子。有靦，靦然。

㉕視人罔極：視，示。罔極，不良。

㉖以極反側：極，糾正。反側，反覆，指反覆之人。

說　明

〈何人斯〉是一篇與友人絕交詩。

《詩序》：「〈何人斯〉，蘇公刺暴公也。暴公為卿士，而譖蘇公焉，故蘇公作是詩以絕之。」《鄭箋》：「暴也，蘇也，皆畿內國名。」〈何人斯〉為與友人絕交詩是可以肯定不會是毫無來由的瞎說，而且詩中也有「伊誰云從，維暴之云」之句，因此，就算我們仍然不信《詩序》，做個參考應該也是可以的。

巷伯

萋兮斐兮❶，成是貝錦❷。彼譖人者，亦已大甚。（一章）

哆兮侈兮❸，成是南箕❹。彼譖人者，誰適❺與謀！（二章）

緝緝翩翩❻，謀欲譖人。愼爾言也，謂爾不信。（三章）

捷捷幡幡❼，謀欲譖言，豈不爾受？既其女遷❽。（四章）

驕人好好❾，勞人草草❿。蒼天蒼天！視彼驕人，矜⓫此勞人。（五章）

彼譖人者，誰適與謀？取彼譖人，投畀⓬豺虎。豺虎不食，投畀有北⓭。有北不受，投畀有昊⓮。（六章）

楊園⓯之道，猗于畝丘⓰。寺人孟子⓱，作爲此詩。凡百君子，敬而聽之。（七章）

注釋

❶萋兮斐兮：萋斐，文彩美麗的樣子。

❷貝錦：織有貝形花紋的錦緞。

❸哆（ㄔㄜˇ）兮侈兮：哆，《說文》：「張口也。」侈，張大的樣子。

❹南箕：南方的箕星，底小口大。

❺適（ㄉㄧˊ）：主。或讀ㄕˋ，釋為高興、喜悅。

❻緝緝翩翩：緝緝，《說文》引作「咠咠」，附耳低聲說話的意思。翩翩，諞諞之假借，說話巧妙不實在的意思。

❼捷捷幡幡：捷捷，口齒伶俐的樣子。幡幡，反覆無常的樣子。

❽既其女遷：既，既而、終於。女，汝。遷，遷移。王先謙《集疏》：「知汝言不誠，亦將遷憎惡他人之心，轉而憎惡汝矣。」

❾好好：喜悅、快樂。

❿草草：憂愁、勞心。

⓫矜：憐憫。

⓬投畀（ㄅㄧˋ）：投，丟。畀，給。

⓭有北：有，無義。北，北方，《毛傳》：「北方寒涼而不毛。」

⓮有昊：有，無義。昊，昊天。

⓯楊園：王都之側的園名，可能是寺人孟子之居處。

⓰猗于畝丘：猗，倚之假借，靠近的意思。畝丘，丘名。

⓱寺人孟子：寺人，宮內小臣，即閹人、宦官。孟子，寺人之名。

說明

寺人孟子痛責讒人，而創作了〈巷伯〉。

《詩序》：「〈巷伯〉，刺幽王也。寺人傷於讒，故作是詩也。」（篇中無巷伯二字，巷伯為寺人孟子之官名，故取以名篇）「刺幽王」是〈古序〉以「組詩」解之的必然結果，「寺人傷於讒」則詩中已明白揭露，因此，《序》之說〈巷伯〉基本上是還可以被接受的，問題在於《齊詩》以寺人孟子為周厲王時代之人，若是則此詩乃其被讒遭刑而自傷之作，《毛詩序》實是錯置了詩之時代。在未經考證的情況之下，兩說並存。

谷風之什（十篇）

谷風

習習谷風❶，維❷風及雨。將恐將懼❸，維予與女❹。將安將樂，女轉❺棄予。（一章）

習習谷風，維風及頹❻。將恐將懼，寘予于懷❼。將安將樂，棄予如遺。（二章）

習習谷風，維山崔嵬❽。無草不死，無木不萎。忘我大德，思我小怨❾。（三章）

注釋

❶習習谷風：習習，連續不絕的樣子。谷風，山谷之風。

❷維：語詞，或謂有「是」之意。

❸將恐將懼：第一個「將」是「方」、「當」的意思。第二個「將」是襯字。恐懼，《鄭箋》：「喻遭厄難勤苦之事也。」

❹維予與女：維，只、獨。女，汝。

❺轉：反而。

❻ 頹：或釋為龍捲風、旋風，或訓暴風。

❼ 寘予于懷：《鄭箋》：「寘，置也。寘予于懷，言至親己也。」

❽ 崔嵬：山高峻的樣子，與〈周南・卷耳〉之為名詞者不同。

❾ 小怨：小毛病、小缺點。

說明

本篇的風格與〈風〉詩並無明顯的不同，應該是一篇棄婦詩。《詩序》：「〈谷風〉，刺幽王也。天下俗薄，朋友道絕焉。」「刺幽王」之說，導因政教上的要求，「朋友道絕」則是作《序》者所認為的本義。

〈邶風〉亦有〈谷風〉，為《詩經》中棄婦詩之名篇，《序》以「刺夫婦失道」釋之，《朱傳》則以為是「婦人為夫所棄」之作，〈小雅〉的這一篇〈谷風〉，《朱傳》大約是受了《詩序》的影響，所以說是「朋友相怨之詩」。後人多認為兩篇〈谷風〉雖篇幅、技巧差距甚大，但題材與風格卻是一致的，《朱傳》有自相矛盾之嫌。平心而論，〈小雅〉的〈谷風〉雖可應用於朋友之間，但其詩題與用語都提醒我們，它與〈邶風・谷風〉的主題應該是一樣的，特別是詩中有「將恐將懼，寘予于懷」這樣的句子，更使我們相信這一篇〈谷風〉也是棄婦詩。

蓼莪

蓼蓼者莪❶，匪莪伊蒿❷。哀哀父母！生我劬勞。（一章）

蓼蓼者莪，匪莪伊蔚❸。哀哀父母！生我勞瘁。（二章）

缾之罄矣，維罍之恥❹。鮮民❺之生，不如死之久矣。無父何怙❻？無母何恃❼？出則銜恤❽，入則靡至❾。（三章）

父兮生我，母兮鞠❿我。拊我畜我⓫，長我育我⓬，顧我復我⓭，出入腹⓮我。欲報之⓯德，昊天罔極⓰。（四章）

南山烈烈⓱，飄風發發⓲。民莫不穀⓳，我獨何害⓴？（五章）

南山律律㉑，飄風弗弗㉒，民莫不穀，我獨不卒㉓。（六章）

注釋

❶蓼（ㄌㄨˋ）蓼者莪（ㄜˊ）：蓼蓼，長大的樣子。莪，多年生草，嫩時莖葉可食，美菜也。

❷匪莪伊蒿（ㄏㄠ）：匪，非。伊，維、是。蒿，多年生草，形似莪，但不可食，古人以為賤草。

❸蔚：一種粗大的蒿。

❹「缾（ㄆㄧㄥˊ）之罄矣」二句：缾，酒瓶。罄，空。罍，酒甕。二句以酒瓶喻父母，酒甕喻子女。酒瓶空了，理應由酒甕倒入補充，同樣地，父母老了，子女就應奉養，如果不能，那就是子女的恥辱了。

❺鮮（ㄒㄧㄢˇ）民：鮮，《毛傳》：「寡也。」鮮民即寡民、孤子。或謂「鮮」古音與「斯」近，鮮民即斯民，指不能奉養父母的人。

❻怙（ㄏㄨˋ）：依靠。

❼恃：也是依靠的意思。

❽出則銜恤：出，出門。銜，含。恤，憂愁。

❾入則靡至：入，入門、回家。靡，無。至，到。句謂進了家又好像沒到家一般，極言無父無母者內心

的空虛。

⑩ 鞠：養育。

⑪ 拊（ㄈㄨˇ）我畜我：拊，撫慰、撫摸。畜，或訓養，或以為是慉的假借，愛、喜好的意思。

⑫ 長我育我：長，餵大、養大。育，或訓教育，或以為是覆育的意思。屈萬里《詮釋》：「言寒冷之時，母以身偎兒，如鳥之以翼覆其子也。」

⑬ 顧我復我：顧，回顧、看視、照顧。復，或訓反覆，或解為返回，或以為是覆的假借，庇護的意思。

⑭ 腹：抱在懷裡。

⑮ 之：此。

⑯ 昊天罔極：或解罔極為無良、無常，以此句為作者怨恨上天奪去其父母，使其不得終養之詞。或訓罔極為無際，以此句喻父母之德如上天之無窮無際。

⑰ 烈烈：高大而難以攀登的樣子。

⑱ 飄風發發：飄風，暴風。發發，迅疾的樣子。

⑲ 穀：善，這裡有幸福的意思。

⑳ 我獨何害：我獨遭此不幸，即恨唯獨自己不能終養父母的意思。

㉑ 律律：義同「烈烈」。

㉒ 弗弗：義同「發發」。

㉓ 不卒：卒，終。不卒即不得終養父母的意思。

說明

〈蓼莪〉經常被選入臺灣的高中國文課本中，以是而熟悉此篇者甚多。

《詩序》：「〈蓼莪〉，刺幽王也。民人勞苦，孝子不得終養爾。」有人痛斥《序》說之「謬誤」，其實大可不必，有誰會不知〈蓼莪〉是孝子哀悼父母，自傷不得終身奉養以報之詩呢？即使〈古序〉所言含混，有〈續序〉的補充說明，我們對於《序》說即便不滿意，也可以接受了。

方玉潤《詩經原始》：「詩首尾各二章，前用比，後用興；前說父母劬勞，後說人子不孝，遙遙相對。中間二章，一寫無親之苦，一寫育子之艱，備極沈痛，幾於一字一淚，可抵一部《孝經》讀。固不必問其所作何人，所處何世，人人心中皆有此一段至性至情文字在，特其人以妙筆出之，斯成為一代至文耳。」〈蓼莪〉以血淚之筆寫人間永恆的主題，後代讀者讀之仍感心靈悸動，現今選本往往相中本篇，可謂其來有自。

大東

有饛簋飧❶，有捄棘匕❷。周道如砥❸，其直如矢；君子所履，小人所視❹。
睠言顧之❺，潸焉❻出涕。（一章）
小東大東❼，杼柚其空❽。糾糾葛屨，可以履霜❾。佻佻❿公子，行彼周行。
既往既來⓫，使我心疚⓬。（二章）
有冽氿泉⓭，無浸穫薪⓮。契契寤歎⓯，哀我憚人⓰。薪是穫薪，尚可載也⓱；
哀我憚人，亦可息⓲也。（三章）
東人之子⓳，職勞不來⓴；西人㉑之子，粲粲㉒衣服。舟人㉓之子，熊羆是
裘；私人㉔之子，百僚是試㉕。（四章）
或以其酒，不以其漿㉖。鞙鞙佩璲，不以其長㉗。維天有漢㉘，監㉙亦有光。
跂彼織女㉚，終日七襄㉛。（五章）
雖則七襄，不成報章㉜。睆彼牽牛㉝，不以服箱㉞。東有啓明，西有長庚㉟。

有捄天畢㊱，載施之行㊲。（六章）

維南有箕，不可以簸揚㊳；維北有斗，不可以挹酒漿㊴。維南有箕，載翕其舌㊵；維北有斗，西柄之揭㊶。（七章）

❶有饛（ㄇㄥˊ）簋（ㄍㄨㄟˇ）飧（ㄙㄨㄣ）：饛，盈滿的樣子。簋，圓形的食器。飧，熟食。

❷有捄（ㄑㄧㄡˊ）棘匕（ㄅㄧˇ）：捄，曲而長的樣子。棘，棗類植物，即酸棗樹。匕，可取飯或肉、羹的匙。棘匕，棘木所製的匙。

❸周道如砥：周道，屈萬里《詮釋》：「周之國道，而禁平民通行也。」砥，磨刀石，用以形容道路的平坦。

❹「君子所履」二句：君子，指貴族階級。履，行走。小人，指百姓。

❺睠（ㄐㄩㄢˋ）言顧之：睠，回頭看的樣子。言，語詞。顧，看。

❻潸（ㄕㄢ）焉：潸，流淚、涕下的樣子。焉，語詞，與「然」字通用。

❼小東大東：指東方各諸侯國，惠周惕《詩說》以為較遠的稱大東，較近的稱小東。

❽杼（ㄓㄨˋ）柚（ㄓㄨˊ）其空：杼，織布機中用來持理緯線的梭子，用以卷經的軸叫柚。空，表示無布可織的意思。

❾「糾糾葛屨」二句：糾糾，纏結的樣子。葛屨，葛草編成的鞋子。履霜，踩在冰霜上。按葛屨為夏日所用之鞋，不宜在冬季使用。

❿佻佻：輕佻而不耐勞苦的樣子。

⓫既往既來：既，又。句謂往來頻繁，疲於道路。

⓬心疚（ㄐㄧㄡˋ）：疚是病、痛、憂的意思。心疚即憂心。

⓭有冽氿（ㄍㄨㄟˇ）泉：有冽，即冽然，寒涼的樣子。氿泉，從旁側流出的泉水。

⑭無浸穫薪：無浸，不要浸濕。穫薪，已經砍下的木材。

⑮契契寤歎：契契，憂苦的樣子。寤，語詞。

⑯憚人：勞苦之人。

⑰「薪是穫薪」二句：薪，動詞，劈柴。是，此。尚可載也，尚可載走，以免被水浸濕的意思。

⑱息：休息。

⑲東人之子：或訓東方人民的子弟們，或以為就是東國之人。

⑳職勞不來：職，事。勞，辛勞。來，慰問。

㉑西人：指周人，西方京師之人。

㉒粲粲：光鮮華麗的樣子。

㉓舟人：《毛傳》：「舟楫之人。」《鄭箋》：「舟當作周。」

㉔私人：《毛傳》：「私家人也。」屈萬里《選注》：「家臣。此處是指在東國做官的周人之家臣。」

㉕百僚是試：百僚，百官。試，任用。

㉖「或以其酒」二句：姚際恆《通論》：「或用其酒，曾漿之不若。」這二句是寫西人的奢侈、挑剔。

㉗「鞙（ㄒㄩㄢˋ）鞙佩璲」二句：鞙鞙，佩玉美好的樣子。璲，讀為襚綬的襚，襚綬以長為貴。這二句以西人嫌佩玉之襚綬不夠長，來形容他們的驕奢。

㉘漢：天河、銀河。

㉙監：視、看。

㉚跂彼織女：跂，踮起腳跟來看。織女，織女星。

㉛七襄：襄，移動。織女一天之內，移動位置七次，所以說七襄。

㉜不成報章：報，反、回。織布時梭子牽動緯線一往一來叫報。章，織布成文（紋）。句即織不成花紋，也就是織不成布帛的意思。

㉝睆（ㄨㄢˇ）彼牽牛：毛奇齡《寫官記》：「睆，視也。」牽牛，牽牛星。

㉞服箱：服，駕。箱，大車之箱。

㉟「東有啓明」二句：啓明、長庚，為一星之二名。早晨其位置在東方，叫啓明；晚上其位置在西方，叫長庚。

㊱天畢：即畢星。畢本是捕兔的長柄小網，畢星形狀與之類似，故有此一名稱。

㊲載施之行：施，放置。行，行列。亦即畢星只能置於眾星之行列中，不能真正用來捕兔子。

❸❽「維南有箕」二句：箕，箕星，形如簸箕。簸揚，揚穀去其糠粕。箕星雖似簸箕，卻不能用來揚米。

❸❾「維北有斗」二句：斗，斗星，因箕星之北有南斗星，所以說維北有斗。挹，用勺舀酒。斗本是舀取酒漿用的，但斗星卻沒有這種功用。

❹⓿載翕其舌：翕，伸長。箕星有四個，兩個為踵，兩個為舌。句謂伸長舌頭，好像要有所吞噬的樣子。

❹❶西柄之揭：揭，高舉。斗星的柄在西邊高舉，似乎要向東方挹取什麼東西一般。

西周晚期，東方諸侯國之人民不堪周室之剝削，而創作〈大東〉表示嚴正的抗議。《詩序》：「〈大東〉，刺亂也。東國困於役而傷於財，譚大夫作是詩以告病焉。」〈大東〉是東國人民在久役重賦的苦痛中，對西方周室皇族所發出的不平之鳴，《詩序》以作者為譚大夫，《鄭箋》的解釋是「譚國在東，故其大夫尤苦征役之事也」，不管此一說詞是否令人滿意，《詩序》直指譚大夫作，或許有其根據。

至於此詩的創作年代，有人說是厲王之世，有人以為是幽王之時，目前僅能確定，此詩之作絕不會遲於平王的東遷。

談到本詩的藝術手法，則學者一致給予極高的評價，吳闓生《詩義會通》：「文情俶詭奇幻，不可方物，在〈風〉、〈雅〉中為別調。開詞賦之先聲。後半措詞運筆，極似〈離騷〉，時三代之奇文也。」其餘諸家的推崇本篇，觸處可見，不備舉。

四月

四月❶維夏，六月徂❷暑。先祖匪人❸，胡寧忍予❹？（一章）

秋日淒淒，百卉具腓❺。亂離瘼❻矣，爰其適歸❼。（二章）

冬日烈烈❽，飄風發發❾。民莫不穀❿，我獨何害⓫？（三章）

山有嘉卉，侯⓬栗侯梅。廢爲殘賊⓭，莫知其尤⓮。（四章）

相彼泉水，載清載濁。我日構禍⓯，曷⓰云能穀？（五章）

滔滔⓱江漢，南國之紀⓲。盡瘁⓳以仕，寧莫我有⓴。（六章）

匪鶉匪鳶，翰飛戾天，匪鱣匪鮪，潛逃于淵㉑。（七章）

山有蕨薇，隰有杞桋㉒。君子作歌，維以告哀㉓。（八章）

注釋

❶四月：指夏曆四月。下句「六月」亦為夏曆。

❷徂：開始。

❸匪人：王夫之《稗疏》：「非他人也。」或解為不是人。

❹胡寧忍予：胡寧，何乃。忍，忍心。

❺「秋日淒淒」二句：淒淒，寒涼的樣子。卉，草、花木。腓（ㄈㄟˊ），病，凋落的意思。

❻瘼（ㄇㄛˋ）：病。

❼ 爰其適歸：爰，于何。其，語詞。適，往。句為何處可往歸的意思。

❽ 烈烈：冽冽之假借，寒冷刺骨的樣子。

❾ 飄風發發：飄風，暴風。發發，迅疾的樣子。

❿ 穀：善，在此有幸福的意思。

⓫ 我獨何害：我獨遭此不幸，有獨受折磨的意思。

⓬ 侯：維、是。

⓭ 廢為殘賊：廢，變壞。殘，傷。賊，害。句為在位者變為害人者的意思。

⓮ 尤：過錯。

⓯ 我日構禍：日，每日。構，遘之假借，遭遇的意思。

⓰ 曷：何時。

⓱ 滔滔：大水的樣子。

⓲ 紀：綱紀、總領。

⓳ 盡瘁：瘁，病。盡瘁，盡我之力以至於病。

⓴ 寧莫我有：寧，乃。有，與「友」通，親近的意思。

㉑ 「匪鶉匪鳶」四句：這是說我非鶉、鳶，可以高飛至天，亦非鱣、鮪，可以潛逃於淵，亦即無所避禍的意思。或訓匪為彼，意思仍相同。

㉒ 楰：木名，質堅，可做車轂。

㉓ 告哀：訴說哀苦。

說明

〈四月〉書寫一位在外行役的大夫，過時而不得歸鄉，或謂這名大夫是遭禍被逐。

《詩序》：「〈四月〉，大夫刺幽王也。在位貪殘，下國構禍，怨亂並興焉。」

這個說法被方玉潤《詩經原始》評為「割裂詩體，雜湊成言」，其實沒那麼糟糕，「大夫刺幽王」來自一視同仁的「組詩」對待，可不必論，「在位貪殘」云云，是把握機會的說教，符合作《序》的一貫宗旨，非如方玉潤所說「前後文義，竟不能通」。

從〈四月〉各章所詠觀之，這是遭逢亂世而流落南方的人自傷之作，《詩序》的發揮，並不離譜。

北山

陟彼北山，言采其杞。偕偕士子❶，朝夕從事。王事靡盬，憂我父母。（一章）

溥❷天之下，莫非王土。率土之濱❸，莫非王臣。大夫不均❹，我從事獨賢❺。（二章）

四牡彭彭❻，王事傍傍❼。嘉❽我未老，鮮我方將❾。旅力❿方剛，經營四方。（三章）

或燕燕居息⓫，或盡瘁事國。或息偃⓬在牀，或不已于行⓭。（四章）

或不知⓮叫號，或慘慘⓯劬勞。或棲遲偃仰⓰，或王事鞅掌⓱。（五章）

或湛樂⓲飲酒，或慘慘畏咎⓳。或出入風議⓴，或靡事不爲。（六章）

注釋

❶偕偕士子：偕偕，強壯的樣子。士子，詩人自謂。

❷溥（ㄆㄨˇ）：同「普」。

❸率土之濱：率，循、沿著。濱，涯、水邊。

❹均：公平。

❺賢：王夫之《稗疏》訓為多，王引之《述聞》則訓為勞。

❻彭彭：或訓強壯貌，或以為是形容馬奔跑之聲。
❼傍傍：繁多的樣子。
❽嘉：善、誇。
❾鮮我方將：鮮，稱讚。將，壯。
❿旅力：旅，通「膂」。旅力，筋骨體力。
⓫燕燕居息：燕燕，安息的樣子。居息，安居休息。
⓬偃：仰臥。
⓭不已于行：不已，不止、不停。行，路。
⓮不知：不聞的意思。
⓯慘慘：愁苦的樣子。
⓰棲遲偃仰：棲遲，遊逛休息。偃仰，安居。
⓱鞅掌：事務繁多。
⓲湛樂：過度享樂。
⓳咎：罪過。
⓴風議：風，放。風議即放言高論的意思。

說明

有官員抱怨勞逸不均而寫作了〈北山〉。《詩序》：「〈北山〉，大夫刺幽王也。役使不均，己勞於從事，而不得養其父母焉。」《孟子・萬章》謂此詩為勞於王事而不得養其父母之作，作《序》者不知是否參考此說？從〈北山〉各章內容來看，作者固然有「憂我父母」之語，但更多的地方是在抱怨勞役之不均，因此有人以為主題就在於此，而不得養其父母則非全篇重點，其實，有必要如此「以文害辭」、「以辭害志」嗎？《孟子》與《詩序》之說較為完整，又有何不好呢？

無將大車

無將大車❶，祇自塵兮❷。無思百憂，祇自疷❸兮。（一章）

無將大車，維塵冥冥❹。無思百憂，不出于熲❺。（二章）

無將大車，維塵雝❻兮。無思百憂，祇自重❼兮。（三章）

注釋

❶無將大車：將，扶持前進。大車，以牛駕行之載重大車。

❷祇自塵兮：祇，只是。塵，動詞，謂塵土撲身。

❸疧（ㄑㄧˊ）：病痛。

❹冥冥：昏暗的樣子。

❺不出于熲（ㄍㄥˇ）：熲，同「耿」，心中戒懼不安的樣子。句謂心中的耿耿不安無法排除。

❻雝：同「壅」，遮蔽的意思。

❼重：《鄭箋》：「猶累也。」馬瑞辰《通釋》：「重之言腫也。……腫亦為病。」

說明

〈無將大車〉是一篇感傷時局之作。

《詩序》：「〈無將大車〉，大夫悔將小人也。」《鄭箋》：「周大夫悔將小人。幽王之時，小人眾多。」《孔疏》：「作〈無將大車〉詩者，謂時大夫將進小人，使有職位，不堪其任，愆負及己，故悔之也。」從詩的各章內容來看，的確很難看出哪一句有大夫引進小人的意思。朱子《詩序辨說》：「此〈序〉之誤，由不識興體，而誤以為比也。」我們也很難斷定作《序》者是否只是因誤判詩的創作手法而導致其說不被後人認同，可以確信的是，《詩序》的借題發揮，效果大概不會太好。

〈無將大車〉的內容似乎並無特別之深意，如果其時代也和前面幾篇一樣，作於國運不振的西周晚葉，那麼，這大概是單純的感時傷亂之作了，而三章又都強調「無思百憂」，然則，詩人寫作的用意就真只是抒發心中的憂悶而已。

小明

明明上天，照臨下土。我征徂西❶，至于艽野❷。二月初吉❸，載離❹寒暑。
心之憂矣，其毒大苦❺。念彼共人❻，涕零如雨。豈不懷歸？畏此罪罟❼。
（一章）
昔我往矣，日月方除❽。曷云❾其還？歲聿云莫❿。念我獨兮，我事孔庶⓫。
心之憂矣，憚⓬我不暇。念彼共人，睠睠⓭懷顧⓮。豈不懷歸？畏此譴怒⓯。
（二章）
昔我往矣，日月方奧⓰。曷云其還？政事愈蹙⓱。歲聿云莫，采蕭穫菽⓲。
心之憂矣，自詒伊戚⓳。念彼共人，興言出宿⓴。豈不懷歸？畏此反覆㉑。
（三章）
嗟爾君子，無恒安處㉒。靖共爾位㉓，正直是與㉔。神之聽之，式穀以女㉕。
（四章）

嗟爾君子，無恒安息。靖共爾位，好㉖是正直。神之聽之，介爾景福㉗。

（五章）

❶我征徂西：征，行、行役。徂，往。屈萬里《詮釋》：「此云往西，蓋參預伐玁狁之事者。」

❷艽（ㄑㄧㄡˊ）野：《毛傳》：「遠荒之地。」

❸初吉：泛指上旬的吉日。

❹離：同「罹」，遭受。

❺其毒大苦：毒，毒害，指行役所受的毒害。大，同「太」。

❻共人：共，同「恭」。共人，溫恭之人，或謂指作者之妻，或謂為其友人。

❼罟：網。

❽方除：舊年剛除去，即剛過年的意思。

❾曷云：曷，何時。云，語詞。

❿歲聿云莫（ㄇㄨˋ）：聿、云皆語詞。莫，同「暮」。

⓫孔庶：極多。

⓬憚：《孔疏》：「勞也。」

⓭睠（ㄐㄩㄢˋ）睠：眷戀反顧的樣子。

⓮懷顧：思念。

⓯譴怒：發怒譴責。

⓰奧（ㄩˋ）：燠的假借，溫暖的意思。

⓱蹙：急促、急迫。

⓲采蕭穫菽：蕭，蒿類植物，採之以做木柴。菽，豆。豆子要在冬初才成熟，所以這句有本年快要過完的意思。

⓳自詒伊戚：詒，留給。戚，憂愁。

⓴興言出宿：興，起。出宿，出而宿於外。

㉑反覆：指在位者反覆無常，隨便加罪於人。

㉒「嗟爾君子」二句：君子，指執政者。無恒安處，即無常安居，勿以安居為常的意思。

㉓靖共爾位：靖，敬。共，同「恭」。句謂應敬慎恭

謹於你的職位。

㉔正直是與：正直指正直之人，與是交往的意思。

㉕「神之聽之」二句：神，或訓神明，或訓謹慎。聽，聽從。式，語詞。穀，善。以女，及於汝。「式穀以女」即有福祿降及於你的意思。

㉖好：喜好。

㉗介爾景福：介，《鄭箋》：「助也。」或釋為求。景，大。

說明

〈小明〉是一篇行役在外的大夫自述怨苦之作。《詩序》：「〈小明〉，大夫悔仕於亂世也。」《朱傳》：「大夫以二月西征，至於歲莫，而未得歸，故呼天而訴之。復念其僚友之處者，且自言其畏罪而不敢歸也。」從詩文來看，《朱傳》較能受到後人認同，是有其理由的，《詩序》的說詞的確勉強了點，若要接受其說，首先必須解「我征徂西」為我往西方去做官，其次「念彼共人」得解為思念那有道的國君，不過，如此一來，更讓我們覺得《序》說的牽強了。

鼓鍾

鼓鍾將將❶，淮水湯湯❷，憂心且傷。淑人君子，懷允不忘❸。（一章）

鼓鍾喈喈❹，淮水湝湝❺，憂心且悲。淑人君子，其德不回❻。（二章）

鼓鍾伐鼛❼，淮有三洲❽，憂心且妯❾。淑人君子，其德不猶❿。（三章）

鼓鍾欽欽⑪，鼓瑟鼓琴，笙磬同⑫音。以雅以南⑬，以籥不僭⑭。（四章）

注釋

❶鼓鍾將（ㄑㄧㄤ）將：鼓，敲擊。鍾，另本作「鐘」。將將，鐘聲。

❷湯（ㄕㄤ）湯：或謂水流之聲，或謂大水急流的樣子。

❸懷允不忘：懷，懷念。允，信、誠然。句謂懷念他，誠然不能忘記他。或謂懷允為持守信實，不忘，猶不已；亦通。

❹喈喈：聲音和諧。

❺湝湝：水流動的樣子。

❻回：邪。

❼伐鼛（ㄍㄠ）：伐，擊。鼛，大鼓。

❽淮有三洲：洲，水中可居之地。句謂淮水中有三個小島。此處所述可能是貴族奏樂之地點。

❾妯（ㄔㄡ）：《毛傳》：「動也。」《鄭箋》：「悼也。」或謂妯為怞（ㄔㄡˊ）之假借，悲恨、悲傷的意思。

❿其德不猶：猶為瘉之假借，病、缺點的意思。或訓為已，其德不猶即其德永存；亦通。

⓫欽欽：鐘聲。

⓬同：和諧。

⓭以雅以南：以，動詞，用、奏的意思。雅、南皆樂器之名，後來又孳乳為樂調之名。

⓮以籥不僭（ㄐㄧㄣ）：籥，樂器名。僭，亂。

說明

〈鼓鍾〉辭義稍嫌晦澀，且先看《詩序》之解：「〈鼓鍾〉，刺幽王也。」《毛傳》於首章前三句作這樣的解釋：「幽王用樂，不與德比，會諸侯于淮上，鼓其淫樂以示諸侯，賢者為之憂傷。」《鄭箋》則說：「為之憂傷者，奏樂不野合，犧象不出門，今乃於淮水之上作先王之樂，失禮尤甚。」又於首章後二句作如此之說明：「古者善人君子，其用禮樂，各得其宜，至信不可忘。」至此，漢儒對於〈鼓鍾〉的解釋，我們已非常清楚了。（孔氏《正義》：「毛以刺鼓其淫樂以示諸侯，鄭以為作先王音樂於淮水之上，毛鄭雖其意不同，俱是失所，故刺之。」）

〈鼓鍾〉的本義是否真如《詩序》所說，實難確知，自朱子已降，也有不少學者坦言其義未詳（朱子雖謂此詩之義未詳，又云：「王氏曰：幽王鼓鍾淮水之上，為流連之樂，久而忘反，聞者憂傷而思古之君子不能忘也」）。清儒方玉潤《詩經原始》云：「玩其詞意，極為歎美周樂之盛，不禁有懷在昔。淑人君子，德不可忘，而至於憂心且傷也。此非淮、徐詩人重視周樂，以誌欣慕之作而誰作哉？」此說今人頗有從之者，不過方玉潤仍在〈鼓鍾〉篇題下表明詩旨「未詳」。近人屈萬里《詩經詮釋》以鼓鍾為諸侯以上之樂，而疑此篇為悼南國某君之詩；若僅就詩中的一些憂傷追念之詞觀之，屈說雖無確證，依舊值得參考。

楚茨

楚楚者茨❶，言抽其棘❷。自昔何爲？我蓺❸黍稷。我黍與與，我稷翼翼❹。我倉既盈，我庾維億❺。以爲酒食，以享以祀❻，以妥以侑❼，以介景福❽。（一章）

濟濟蹌蹌❾，絜爾牛羊❿，以往烝嘗⓫。或剝或亨⓬，或肆或將⓭。祝祭于祊⓮，祀事孔明⓯。先祖是皇⓰，神保是饗⓱。孝孫有慶⓲，報以介⓳福，萬壽無

疆。（二章）

執爨踖踖[20]，爲俎孔碩[21]。或燔或炙[22]，君婦莫莫[23]。爲豆孔庶[24]，爲賓爲客[25]。獻醻交錯[26]，禮儀卒度[27]，笑語卒獲[28]。神保是格[29]，報以介福，萬壽攸酢[30]。（三章）

我孔熯[31]矣，式禮莫愆[32]。工祝致告[33]，徂賚[34]孝孫。苾芬孝祀[35]，神嗜飲食。卜爾百福，如幾如式[36]。既齊既稷[37]，既匡既敕[38]。永錫爾極，時萬時億[39]。（四章）

禮儀既備，鐘鼓既戒[40]。孝孫徂位[41]，工祝致告。神具醉止，皇尸載起[42]。鼓鐘送尸，神保聿[43]歸。諸宰[44]君婦，廢徹不遲[45]。諸父兄弟[46]，備言燕私[47]。（五章）

樂具入奏[48]，以綏後祿[49]。爾殽既將[50]，莫怨具慶[51]。既醉既飽，小大稽首[52]。神嗜飲食，使君壽考。孔惠孔時[53]，維其盡之[54]。子子孫孫，勿替引之[55]。（六章）

❶楚楚者茨：楚楚，繁密叢生的樣子。茨，蒺藜。

❷言抽其棘：抽，《毛傳》：「除也。」棘，刺。

❸蓺（ㄧˋ）：種。

❹「我黍與與」二句：與與、翼翼都是繁盛的樣子。

❺我庾維億：庾，用草蓆製的圓形露天穀倉。億，滿。

❻以享以祀：用來獻神與祭祀。

❼以妥以侑（ㄧㄡˋ）：妥，安坐，請尸安坐在神位上的意思。侑，勸，指勸進酒食。

❽以介景福：參見〈小雅．小明〉注㉗。

❾濟濟蹌（ㄑㄧㄤ）蹌：《毛傳》：「言有容也。」《鄭箋》：「有容，言威儀敬慎也。」或訓濟濟為眾多貌，蹌蹌為走路有節奏貌。

❿絜爾牛羊：絜，同「潔」。牛羊為祭祀之牲。

⓫以往烝嘗：以，用。往，行。烝，冬祭。嘗，秋祭。烝嘗在此只是泛指祭祀。

⓬或剝或亨：剝，《鄭箋》：「解剝其皮。」亨，古「烹」字。

⓭或肆或將：肆，陳列。將，進奉。

⓮祝祭于祊（ㄅㄥ）：祝，太祝、司儀，掌管祭禮的官員。祊，宗廟門內設祭壇之處。

⓯明：完備。

⓰皇：往、歸往。

⓱神保是饗：神保，祖考之異名。饗，享受祭祀所獻的酒食。

⓲孝孫有慶：孝孫，指主祭者。慶，福。

⓳介：大。

⓴執爨（ㄘㄨㄢˋ）踖（ㄐㄧˊ）踖：爨，竈。執爨謂任烹調之事。踖踖，敬謹敏捷的樣子。

㉑為俎孔碩：俎是盛牲之禮器，句謂俎中之牲體甚大。

㉒或燔或炙：燔是燒肉，炙是烤肉。

㉓君婦莫莫：舊解君婦為天子或諸侯之妻，今人或以為即是一般的主婦。莫莫，恭敬的樣子。

㉔為豆孔庶：豆是盛肉類的器物，句謂豆中之菜餚甚多。

㉕為（ㄨㄟˋ）賓為客：為賓客而設的意思。賓客指助祭者。

㉖獻醻交錯：古飲酒之禮，主人酌賓為獻，賓回敬主人，主人又自飲酌賓曰醻。交錯，來往，即互相敬酒的意思。

㉗卒度：卒，皆、盡。度，法度。卒度，盡合法度。

㉘獲：合宜。

㉙格：動詞，神降臨的意思。

㉚攸酢：攸，或訓語詞，或訓以。酢，《毛傳》：「報也。」

㉛熯（ㄖㄢˇ）：恭敬。于省吾《新證》：「即謹之本字。」

㉜式禮莫愆：式，發語詞。愆，差錯。

㉝工祝致告：工，官。工祝，官祝。致告，轉致告示。《孔疏》：「致神之意以告主人。」或謂致告是禱神的意思。

㉞徂賚（ㄌㄞˋ）：徂，往。賚，賜予，賜福予人的意思。

㉟苾（ㄅㄧˋ）芬孝祀：苾、芬都是香的意思。孝祀，享祀。

㊱「卜爾百福」二句：卜，賜予。如，合。《毛傳》：「幾，期。式，法也。」

㊲既齊（ㄓㄞ）既稷：齊，同「齋」，恭敬的樣子。稷，《毛傳》：「疾。」敏捷不怠慢的意思。

㊳既匡既勑（ㄔˋ）：匡，正。勑，同「敕」，整齊、謹飭。

㊴「永錫爾極」二句：錫，賜。極，善。時，是。萬、億，形容極多。

㊵戒：告。

㊶徂位：指回到原來的西面位置。

㊷皇尸載起：皇，大，這是尊稱。尸，祭祀時以生人代表所祭祀的祖先，後世易之以畫像。載，則、就。起，起而離位。

㊸聿：語詞。

㊹宰：官名，指冢宰，膳夫為其屬官。

㊺廢徹不遲：徹，即今之「撤」字。廢徹，將席上的祭品收去。不遲，《鄭箋》：「以疾為敬也。」

㊻諸父兄弟：諸父是泛稱同姓長輩，兄弟是泛稱同姓同輩。

㊼備言燕私：備，皆、全部。燕私，私宴。

㊽樂具入奏：《朱傳》：「祭於廟而燕於寢，故於此將燕，而祭時之樂皆入奏於寢也。」

㊾以綏後祿：綏，安，指安享。後祿，後日之福祿。

㊿將：美。

51 莫怨具慶：莫怨，指與宴者無抱怨之語。慶，慶賀。
52 小大稽首：小大，長幼。稽首，叩頭。
53 孔惠孔時：惠，順。時，是。
54 盡之：指祭祀之盡禮。
55 勿替引之：替，廢止。引，長。之，指祭祀禮節。

說明

〈楚茨〉是一篇周王祭祖之作。

《詩序》：「〈楚茨〉，刺幽王也。政煩賦重，田萊多荒，饑饉降喪，民卒流亡，祭祀不饗，故君子思古焉。」〈楚茨〉是歌詠周天子祭祀的詩篇，〈古序〉仍以之為「刺幽王」系列中的一篇，〈續序〉用思古以諷今的手法加以說明，這是《詩序》說《詩》的常見模式。

信南山

信❶彼南山，維禹甸❷之。畇畇❸原隰，曾孫田之❹。我疆我理❺，南東❻其畝。（一章）

上天同雲❼，雨雪雰雰❽。益之以霢霂❾，既優既渥❿，既霑⓫既足，生我百穀。（二章）

疆埸翼翼⓬，黍稷彧彧⓭。曾孫之穡⓮，以為酒食。畀我尸賓⓯，壽考萬年。（三章）

中田有廬⑯，疆埸有瓜。是剝是菹⑰，獻之皇祖。曾孫壽考，受天之祜⑱。

（四章）

祭以清酒，從以騂牡⑲，享于祖考。執其鸞刀⑳，以啓㉑其毛，取其血膋㉒。

（五章）

是烝是享㉓，苾苾芬芬㉔，祀事孔明。先祖是皇㉕，報以介福，萬壽無疆㉖。

（六章）

注釋

❶信：古與「伸」通用，長、延伸的意思。

❷甸：治理。

❸畇（ㄩㄣˊ）畇：田地平坦整齊的樣子。

❹曾孫田之：曾孫，主祭者對祖神的自稱。田，與上文「甸」字同義。

❺我疆我理：《朱傳》：「疆者，為之大界也。理者，定其溝塗也。」

❻南東：南是南北向，東是東西向。

❼同雲：遍布烏雲。

❽雰雰：猶紛紛，雪花紛落的樣子。

❾益之以霢（ㄇㄛˋ）霂（ㄇㄨˋ）：益，加上。霢（或作「霡」）霂，小雨。

❿既優既渥：優，充足。《說文》引《詩》作「瀀」，瀀是雨水多的意思。渥，潤澤。

⓫霑：雨水浸溼。

⓬疆埸（ㄧˋ）翼翼：疆埸，田界。《說文》：「大界曰疆，小界曰埸。」翼翼，整齊的樣子。

⓭彧（ㄩˋ）彧：茂盛的樣子。

⓮穡：所收成的作物。

⓯畀（ㄅㄧˋ）我尸賓：畀，給予。尸，見〈楚茨〉注㊷。

⓰廬：簡易的房舍，或釋廬為蘆，蘿蔔或葫蘆；亦可參。

⓱菹（ㄐㄩ）：醃漬。

⓲祜（ㄏㄨˋ）：福。

⓳從以騂牡：從，隨後獻上。騂牡，赤色之公牛。

⓴鸞刀：掛著鸞鈴的刀。

㉑啓：分開、撥開。

㉒膋（ㄌㄧㄠˊ）：脂肪，即牛油。

㉓是烝是享：烝，《毛傳》：「進也。」享，獻。

㉔苾苾芬芬：「苾芬」的疊音，苾、芬都是香的意思。

㉕「祀事孔明」二句：明，完備。皇，往、歸往。二句亦見於〈楚茨〉。

㉖「報以介福」二句：介，大。此二句亦見於〈楚茨〉。

說明

〈信南山〉是一篇周王祭祖之作。

《詩序》：「〈信南山〉，刺幽王也。不能脩成王之業，疆理天下，以奉禹功，故君子思古焉。」〈信南山〉的主題和前面的〈楚茨〉一樣，都是歌詠祭祀的詩篇，兩篇的〈詩序〉也都以思古諷今的方式解題，當然，其為配合政教所採的解說，效果恐怕不會是太樂觀的。

甫田之什（十篇）

甫田

倬彼甫田❶，歲取十千❷。我取其陳，食我農人❸，自古有年❹。今適南畝，
或耘或耔❺，黍稷薿薿❻。攸介攸止❼，烝我髦士❽。（一章）

以我齊明❾，與我犧羊❿，以社以方⓫。我田既臧，農夫之慶。琴瑟擊鼓，
以御田祖⓬，以祈甘雨，以介⓭我稷黍，以穀我士女⓮。（二章）

曾孫⓯來止，以其婦子，饁⓰彼南畝。田畯至喜，攘⓱其左右，嘗其旨否。
禾易長畝⓲，終善且有⓳。曾孫不怒，農夫克敏⓴。（三章）

曾孫之稼，如茨如梁㉑；曾孫之庾㉒，如坻如京㉓。乃求千斯倉，乃求萬斯
箱㉔。黍稷稻粱，農夫之慶。報以介福，萬壽無疆。（四章）

注釋

❶倬（ㄓㄨㄛˊ）彼甫田：倬，廣大的樣子。甫田，大田。

❷歲取十千：取，收取。十千，即一萬，言其多也。

❸「我取其陳」二句：我，詩人自稱，其身分或許是農官。陳，指陳舊的糧食。農人，為地主種田的農人。

❹有年：有豐年。
❺或耘或耔（ㄗˇ）：耘是除草，耔是覆土培根。
❻薿（ㄋㄧˇ）薿：茂盛的樣子。
❼攸介攸止：攸，語詞，或訓為乃。介、止都是休息的意思。
❽烝我髦士：烝，召集、引進。髦士，才能特出者，或謂指的是田畯（監督農奴耕作的官），或謂是指優秀的農人。
❾齊明：齊是「齍」（ㄗ）的假借，和「粢」同義。明是「盛」（ㄔㄥˊ）的假借。齍盛是祭器中所盛的黍稷，用以祭祀。
❿犧羊：純白色的羊。
⓫以社以方：社，土地神。方，四方之神。社、方在此用作動詞，祭祀土神與四方之神的意思。
⓬以御田祖：御，迎接。田祖，農神。
⓭介：求、助。
⓮穀我士女：穀，養。士女，男女。
⓯曾孫：指主祭者。
⓰饁（ㄧㄝˋ）：送飯。
⓱攘：或訓取，指取食，或以為即古「讓」字。
⓲禾易長畝：《毛傳》：「易，治也。」長畝，滿田，整個田畝。
⓳終善且有：終，既。有，多、豐。
⓴克敏：克，能夠。敏，敏捷、勤快。
㉑如茨如梁：茨，屋頂。梁，屋梁。句以形容作物堆積之高。
㉒庾：用草蓆製作的圓形露天穀倉。
㉓如坻（ㄔˊ）如京：《鄭箋》：「坻，水中高地也。」京，高丘。
㉔「乃求千斯倉」二句：斯，語詞。箱，車箱。二句是說乃尋求千座糧倉以收藏，萬輛之車以載運，以此形容收穫之多。

說明

〈甫田〉是周天子遍祭土地神、農神、四方神明的樂歌。

《詩序》：「〈甫田〉，刺幽王也。君子傷今而思古焉。」《鄭箋》：「刺者，刺其倉廩空虛，政繁賦重，農人失職。」〈甫田〉是一首祭神的詩，政治之清明、氣氛之和諧，溢然紙上，這樣的一篇作品，〈古序〉既然仍認為是刺幽王之作，〈續序〉只好以「君子傷今而思古」說之了。《鄭箋》之解《序》，應該已得作《序》者原意。

大田

大田多稼，既種既戒❶，既備乃事❷。以我覃耜❸，俶載❹南畝。播厥百穀，既庭且碩❺，曾孫是若❻。（一章）

既方既皁❼，既堅既好，不稂不莠❽。去其螟螣❾，及其蟊賊❿，無害我田穉⓫。田祖有神，秉畀炎火⓬。（二章）

有渰萋萋⓭，興雨祁祁⓮；雨我公田，遂及我私⓯。彼有不穫穉⓰，此有不斂穧⓱；彼有遺秉，此有滯穗⓲：伊寡婦之利⓳。（三章）

曾孫來止，以其婦子，饁彼南畝；田畯至喜⓴。來方禋祀㉑，以其騂黑㉒，與其黍稷，以享以祀，以介景福。（四章）

❶既種（ㄓㄨㄥˇ）既戒：種，選種。戒，備，指準備農具而言。

❷乃事：這些事。

❸覃（ㄧㄢˇ）耜：覃，銳利。耜，用以起土的田器，如今之犁。

❹俶（ㄔㄨˋ）載：俶，開始。載，工作。

❺既庭且碩：庭，挺的假借，直的意思。碩，大。

❻若：順心，滿意。

❼既方既皁（ㄗㄠˋ）：方，穀殼剛生出來還未合。皁，穀殼已合而尚未結實。

❽不稂（ㄌㄤˊ）不莠（ㄧㄡˇ）：稂，一種像禾苗的野草。莠，外形似稂，或謂即狗尾草。

❾螟螣（ㄊㄜˋ）：螟，蟲名，專吃苗心。螣，蟲名，專吃苗葉。

❿蟊（ㄇㄠˊ）賊：蟊，蟲名，專吃禾根。賊，蟲名，專吃禾節。

⓫穉：即「稚」，指嫩禾、幼苗。

⓬秉畀炎火：秉，持、拿。畀，給予。句在「田祖有神」之後，是表示夜間舉火於田間，各種害蟲都投火自焚，有如田祖之神顯靈一般。

⓭有渰（ㄧㄢˇ）萋萋：《毛傳》：「渰，雲興貌。萋萋，雲行貌。」

⓮祁祁：盛多的樣子。

⓯私：私田。

⓰彼有不穫穉：彼，那邊。不穫穉，尚未收割的嫩禾。

⓱此有不斂穧（ㄐㄧˋ）：此，這邊。斂，收藏。穧，已收割的禾。

⓲「彼有遺秉」：遺，遺棄、遺留。秉，成把的禾。滯，遺留。

⓳伊寡婦之利：伊，維、是。利，利益。

⓴「曾孫來止」四句：已見前面的〈甫田〉。

㉑來方禋（ㄧㄣ）祀：方，義同〈甫田〉「以社以方」的方，祭四方之神的意思。禋祀，或謂潔敬之祭祀，或以為是用火燒柴，使煙氣上沖於天的一種祭祀。

㉒騂黑：赤色之牛與黑色的羊、豬。

說明

〈大田〉是周天子祭祀農神而祈年之作。《詩序》：「〈大田〉，刺幽王也。言矜寡不能自存焉。」一篇歌詠慶豐年而祭祀的詩，〈古序〉解為「刺幽王」之作，那是從「組詩」的角度來詮釋，我們可以理解其用意，但〈續序〉顯然已難以為繼，竟取詩中「伊寡婦之利」之句來解說，其嚴重之扭曲詩意，正見其已然技窮，尊《序》者於〈大田〉只取〈古序〉即可，〈續序〉可以不必理會。

瞻彼洛矣

瞻彼洛❶矣，維水泱泱❷。君子至止❸，福祿如茨❹。韎韐有奭❺，以作六師❻。

（一章）

瞻彼洛矣，維水泱泱。君子至止，鞞琫有珌❼。君子萬年，保其家室。

（二章）

瞻彼洛矣，維水泱泱。君子至止，福祿既同❽。君子萬年，保其家邦。

（三章）

注釋

❶洛：水名，有兩處，一在宗周，流入於渭，另一流經洛陽附近入黃河。《毛傳》以此洛為渭洛，《朱傳》則以為是指後者。

❷泱泱：水深廣的樣子。

❸君子至止：君子，指周王。止，語詞。

❹如茨：《鄭箋》：「茨，屋蓋也。如屋蓋，喻多也。」

❺韎（ㄇㄟˋ）韐（ㄍㄜˊ）有奭：韎，茅蒐草所染色的獸皮。韐，蔽膝。韎韐為兵事之服。奭，《孔疏》：「赤貌。」有奭，猶奭然。

❻以作六師：作，興。六師，六軍。古代天子有六師。

❼鞞（ㄅㄧㄥˇ）琫（ㄅㄥˇ）有珌：鞞，刀鞘。琫，《說文》：「佩刀上飾也。天子以玉，諸侯以金。」珌，玉飾花紋美麗的樣子。

❽既同：既，盡、全部。同，會合、聚集。

說明

〈瞻彼洛矣〉是一篇讚美周天子之作。

《詩序》：「〈瞻彼洛矣〉，刺幽王也。思古明王，能爵命諸侯，賞善罰惡焉。」任何人都看得出〈瞻彼洛矣〉為頌美周王之詩，作《序》者豈會例外？其採思古諷今的慣用方式說解，我們沒有必要費辭批評。

裳裳者華

裳裳者華❶，其葉湑❷兮。我覯之子❸，我心寫❹兮。我心寫兮，是以有譽處❺兮。（一章）

裳裳者華，芸其黃矣❻。我覯之子，維其有章❼矣。維其有章矣，是以有慶❽矣。（二章）

裳裳者華，或黃或白。我覯之子，乘其四駱❾。乘其四駱，六轡沃若❿。（三章）

左之左之，君子宜之。右之右之，君子有之⓫。維其有之，是以似⓬之。（四章）

❶裳裳者華：裳裳，堂堂之假借，鮮明的樣子。華，古「花」字。

❷湑（ㄒㄩˇ）：茂盛的樣子。

❸我覯之子：覯，見。之子，指某位官員或諸侯。

❹寫：舒暢、歡樂。

❺譽處：譽通「豫」，樂的意思。處，安。譽處，安樂。

❻芸其黃矣：芸，猶紛紜，形容眾多。黃，黃色的花。

❼章：或訓法則、禮文，或釋為文章，指有才華。

❽慶：福。

❾駱：《說文》：「馬白色黑鬣尾也。」

❿沃若：有光澤的樣子。

⓫「左之左之」四句：左、右通佐、佑，都是輔助的意思。君子，指天子而言。宜，安。有，或訓為親，或以為是取用的意思。

⓬似：續。指承繼祖考之官爵或君位。

說明

〈裳裳者華〉以象徵手法，讚美某在位者之賢明。

《詩序》：「〈裳裳者華〉，刺幽王也。古之仕者世祿，小人在位，則讒諂並進，棄賢者之類，絕功臣之世焉。」由於〈裳裳者華〉通篇都是讚佩祝美之詞，〈古序〉既仍視之為刺幽王之作，〈續序〉也只好順勢說教了（蘇轍寫《詩解集傳》是保留〈古序〉，揚棄〈續序〉的，此處他也表明「刺幽王」之解「曲說而不可通」）。

朱子在《詩集傳》中說：「此天子美諸侯之辭，蓋以答〈瞻彼洛矣〉也。」這樣，〈裳裳者華〉與前篇又是同一組詩了。視為「組詩」似可不必，謂其為天子美諸侯之辭，倒也有不少人接受。

錢澄之《田間詩學》從全篇文辭加以揆度，認為「此詩非上之美下」，其說也有學者贊同。屈萬里《詩經詮釋》說：「此美某在位者之詩。」說最簡單，卻也最無語病可挑。

桑扈

交交桑扈❶，有鶯❷其羽。君子樂胥❸，受天之祜❹。（一章）

交交桑扈，有鶯其領❺。君子樂胥，萬邦之屏❻。（二章）

之屏之翰❼，百辟爲憲❽。不戢不難❾，受福不那❿。（三章）

兕觥其觩⓫，旨酒思柔⓬。彼交匪敖⓭，萬福來求⓮。（四章）

注釋

❶交交桑扈：交交，或解為小，或解為「非而往來之貌」，或以交為咬之省借字，咬咬是鳥鳴之聲。桑扈，鳥名，似鴿而小。

❷有鶯：《毛傳》：「鶯然有文章。」

❸君子樂胥：君子，指諸侯。胥，語詞。

❹祜：福。

❺領：頸。

❻屏：屏障。

❼翰：幹、榦的假借，楨榦，築牆時支撐兩側的木柱。

❽百辟為憲：辟，國君。憲，法。

❾不戢（ㄐㄧˊ）不難（ㄋㄨㄛˊ）：不讀為丕，或訓大，或以為是語詞。戢，通「輯」，和睦、和氣。難，恭敬有禮。

❿不那（ㄋㄨㄛˊ）：不，丕。那，多。

⓫兕（ㄙˋ）觥（ㄍㄨㄥ）其觩：兕觥，以犀牛角製成的酒杯。觩，彎曲的樣子。

⓬思柔：思是語詞，柔是嘉、好、善的意思。

⓭彼交匪敖：彼通「匪」，非、不的意思。交、敖都是傲慢之意。或以彼指諸侯，交謂與人交往；亦通。

⓮求：聚。

說明

〈桑扈〉是一篇天子宴請諸侯之作。

《詩序》：「〈桑扈〉，刺幽王也。君臣上下，動無禮文焉。」《朱傳》：「此亦天子燕諸侯之詩。」從各章內容來看，《朱傳》距離詩的本義或許不遠，《詩序》又落入「刺幽王」的窠臼之中，這讓我們覺得，《詩序》所謂刺幽王的詩也未免太多了些（按：〈小雅〉的〈鼓鐘〉、〈楚茨〉、〈信南山〉、〈甫田〉、〈大田〉、〈瞻彼洛矣〉、〈裳裳者華〉，這些在本篇之前的詩作，《詩序》都解為諷刺幽王之詩，〈鴛鴦〉、〈頍弁〉、〈車舝〉、〈青蠅〉、〈魚藻〉、〈采菽〉、〈角弓〉、〈菀柳〉、〈黍苗〉、〈隰桑〉、〈瓠葉〉、〈漸漸之石〉、〈何草不黃〉，這些在本篇之後的詩歌，《詩序》也都說是刺幽王之作）。

鴛鴦

鴛鴦于飛，畢之羅之❶。君子萬年，福祿宜之❷。（一章）

鴛鴦在梁❸，戢❹其左翼。君子萬年，宜其遐❺福。（二章）

乘馬在廄，摧❻之秣之。君子萬年，福祿艾❼之。（三章）

乘馬在廄，秣之摧之。君子萬年，福祿綏❽之。（四章）

注釋

❶ 畢之羅之：畢，有長柄的捕鳥小網。羅，張在地上無柄的捕鳥大網。畢、羅在這裡都作動詞用，捕、獲的意思。

❷ 「君子萬年」二句：君子，指周王。宜，安。

❸梁：魚梁，順著水勢設障孔以捕魚的裝置。

❹戢：《鄭箋》：「斂也。」收的意思。

❺遐：大、長。

❻摧：莝（ㄘㄨㄛˋ）的假借，割草的意思。

❼艾：《毛傳》：「養也。」

❽綏：安。

說明

〈鴛鴦〉是一篇祝頌周王之作。

《詩序》：「〈鴛鴦〉，刺幽王也。思古明王，交於萬物有道，自奉養有節焉。」《朱傳》：「此諸侯所以答〈桑扈〉也。」此篇是否與〈桑扈〉為同一組詩，姑置不論，但若依朱子之說，以〈鴛鴦〉為頌禱天子之作，似乎可以說得通（按：李本《詩說解頤》：「此美人君求賢而祝頌之詩，非答〈桑扈〉也。」）。至於鴛鴦在篇中的比興之意，有多位學者已指出，鴛鴦係匹偶之鳥，互相伴隨，有幸福安樂之象，以興天子亦常有福祿相伴，而能國泰民安，長壽萬年。

朱子在《詩序辨說》中，又批評《序》之說〈鴛鴦〉「穿鑿尤無理」，用詞雖稍嫌過當，但《詩序》之說沒什麼道理倒是毋庸諱言的。

頍弁

有頍者弁❶，實維伊何❷？爾❸酒既旨，爾殽既嘉。豈伊異人❹？兄弟匪他❺。

蔦與女蘿，施于松柏❻。未見君子，憂心弈弈❼；既見君子，庶幾說懌❽。

（一章）

（二章）

有頍者弁，實維何期[9]？爾酒既旨，爾殽既時[10]。豈伊異人？兄弟具來。

（三章）

蔦與女蘿，施于松上。未見君子，憂心怲怲[11]；既見君子，庶幾有臧。

（四章）

有頍者弁，實維在首。爾酒既旨，爾殽既阜[12]。豈伊異人？兄弟甥舅。

（五章）

如彼雨雪[13]，先集維霰[14]。死喪無日[15]，無幾[16]相見。樂酒今夕，君子維宴[17]。

（六章）

❶有頍（ㄎㄨㄟˇ）者弁：《說文》：「頍，舉頭貌。」或訓弁圓貌，或釋為有稜角貌。弁，帽，此處指皮帽。

❷實維伊何：實，是。維，為。伊，語詞。句為戴皮弁是為何故的意思。

❸爾：你，指主人。

❹異人：指外人。

❺匪他：不是外人。

❻「蔦與女蘿」二句：蔦、女蘿都是蔓生植物。施（ㄧˋ），攀延、依附。

❼奕奕：心神不定的樣子。
❽庶幾說（ㄩㄝˋ）懌：庶幾，大約、差不多。說，同「悅」。懌，歡喜。
❾何期（ㄐㄧ）：期，語詞。何期猶前章所云「伊何」。
❿時：善、美。
⓫怲（ㄅㄧㄥˇ）怲：極為憂鬱的樣子。
⓬阜：多、豐盛。
⓭雨（ㄩˋ）雪：落雪。
⓮先集維霰（ㄒㄧㄢˋ）：集，聚集，這裡有落下的意思。霰，細粒的雪球。
⓯死喪無日：屈萬里《詮釋》：「無日，無多日也。言人壽有限，距死喪無多日也。古語率直，不以為嫌。」
⓰無幾：沒有多少時候。
⓱宴：或訓宴饗，或訓安樂。

說明

〈頍弁〉是一篇宴請兄弟親戚之作。

《詩序》：「〈頍弁〉，諸公刺幽王也。暴戾無親，不能宴樂同姓，親睦九族，孤危將亡，故作是詩也。」假如〈頍弁〉作於幽王時代，倒是可以將本詩看作是幽王燕兄弟親戚之詩，而且，還可以從詩中的一些句子，看出當時皇親貴族內心的憂慮和及時行樂的心理，當然，《朱傳》只說「此亦燕兄弟親戚之詩」，不言主人為誰，這是更聰明的說法，畢竟，〈古序〉刺幽王之說，不表示此詩真的作於幽王時代，即便作詩的時代是在幽王，也不表示詩中的君子不可以是他人。

車舝

間關❶車之舝❷兮，思孌季女逝兮❸。匪飢匪渴，德音來括❹。雖無好友，式

燕[5]且喜。（一章）

依彼平林，有集維鷮[6]。辰彼碩女[7]，令德[8]來教。式燕且譽[9]，好爾無射[10]。（二章）

雖無旨酒，式飲庶幾[11]。雖無嘉殽，式食庶幾。雖無德與女[12]，式歌且舞。（三章）

陟彼高岡，析其柞薪[13]。析其柞薪，其葉湑[14]兮。鮮我覯爾[15]，我心寫兮。（四章）

高山仰止，景行行止[16]。四牡騑騑[17]，六轡如琴[18]。覯爾新昏[19]，以慰我心。（五章）

注釋

❶間關：或訓輾轉，或以為是車輪轉動時車轄發出的聲音。

❷舝：同「轄」，車軸頭之鍵。

❸思孌季女逝兮：思，或訓發語詞，或訓思念。孌，美麗。季女，少女。逝，去、往，前往成親的意思。

❹德音來括：德音，聲名，好聲譽。

❺式燕：式，語詞。燕，宴飲。

❻「依彼平林」二句：依、殷古同聲，茂盛的意思。平林，平地上的林木。鷮（ㄐㄧㄠ），野雞類的

鳥。

❼辰彼碩女：辰，時。時有善、美的意思。碩，大。

❽令德：美德。

❾譽：通「豫」，安樂、歡樂。

❿好爾無射：好，愛。射，通「斁」，厭惡的意思。

⓫庶幾：願望之詞、但願。

⓬與女（ㄖㄨˇ）：與，相與、相配。女，汝，指季女。

⓭析其柞薪：析，劈。柞，櫟樹。《詩》中常以析薪比喻婚姻。

⓮湑（ㄒㄩˇ）：茂盛的樣子。

⓯鮮我覯爾：鮮，《鄭箋》：「善也。」高亨《今注》：「鮮，讀為斯，猶今也。覯，遇也。」

⓰「高山仰止」二句：仰，仰望。止，之。景行（ㄏㄤˊ），大道，與高山對文（「景行」一詞，後人往往讀ㄐㄧㄥˇ ㄒㄧㄥˋ，解為偉大的德行，此係用後起義）。行（ㄒㄧㄥˊ）止，行之。

⓱騑騑：馬行不停的樣子。

⓲六轡如琴：是說六根韁繩如琴弦般的整齊協調。

⓳新昏：指季女。昏，「婚」之古字。

說明

〈車舝〉是一位詩人在迎娶新娘途中所作的詩。

《詩序》：「〈車舝〉，大夫刺幽王也。褒姒嫉妒，無道並進，讒巧敗國，德澤不加於民。周人思得賢女以配君子，故作是詩也。」《朱傳》：「此燕樂其新婚之詩。」〈車舝〉很明顯是詩人自敘迎娶新娘的詩，朱說非常接近詩的本義，〈古序〉本其慣例，視為刺幽王之作，〈續序〉以「周人思得賢女以配君子」之說予以闡釋，這些，我們都不必再費心去強調其牽合附會了。

青蠅

營營❶青蠅，止于樊❷。豈弟君子❸，無信讒言。（一章）

營營青蠅，止于棘。讒人罔極❹，交亂四國。（二章）

營營青蠅，止于榛。讒人罔極，構❺我二人。（三章）

注釋

❶營營：往來飛聲。

❷樊：籬笆。

❸豈（ㄎㄞˇ）弟（ㄊㄧˋ）君子：豈弟，和樂平易。君子，指周王。

❹罔極：無良。

❺構：挑撥、離間的意思。

說明

〈青蠅〉是一篇勸人勿聽信讒言的詩。

《詩序》：「〈青蠅〉，大夫刺幽王也。」這一次，我們很難說《詩序》所言絕非本義，因為詩中讒人的「罔極」竟然能夠「交亂四國」，可見被勸的「豈弟君子」就是國君了，既然如此，我們又有何根據認定詩的本義絕對不是諷刺幽王之聽信讒言呢？

賓之初筵

賓之初筵[1]，左右秩秩[2]，籩豆[3]有楚[4]，殽核維旅[5]。酒既和旨[6]，飲酒孔偕[7]。鐘鼓既設，舉醻逸逸[8]。大侯既抗[9]，弓矢斯張。射夫既同[10]，獻爾發功[11]。發彼有的[12]，以祈爾爵[13]。（一章）

籥舞笙鼓[14]，樂既和奏。烝衎烈祖[15]，以洽[16]百禮。百禮既至，有壬有林[17]。錫爾純嘏[18]，子孫其湛[19]。其湛曰樂，各奏爾能[20]。賓載手仇[21]，室人入又[22]，酌彼康爵[23]，以奏爾時[24]。（二章）

賓之初筵，溫溫其恭。其未醉止，威儀反反[25]。曰既醉止，威儀幡幡[26]。舍其坐遷[27]，屢舞僊僊[28]。其未醉止，威儀抑抑[29]；曰既醉止，威儀怭怭[30]。是曰既醉，不知其秩[31]。（三章）

賓既醉止，載號載呶[32]，亂我籩豆，屢舞僛僛[33]。是曰既醉，不知其郵[34]。側弁之俄[35]，屢舞傞傞[36]。既醉而出，並[37]受其福。醉而不出，是謂伐德[38]。飲酒孔嘉，維其令儀[39]。（四章）

凡此飲酒，或醉或否。既立之監[40]，或佐之史[41]。彼醉不臧，不醉反恥。式勿從謂[42]，無俾大怠[43]。匪言[44]勿言，匪由[45]勿語。由醉之言[46]，俾出童羖[47]。

三爵不識㊽，矧敢多又㊾！（五章）

❶初筵：筵，竹蓆，作動詞用，坐在蓆上的意思。初筵，初入坐。

❷左右秩秩：左右，筵席兩邊的人。秩秩，有秩序的樣子。

❸籩豆：籩是盛乾肉、果實之竹製食器，豆是盛肉醬之木製或陶、銅製之器皿。二者可用在宴會上，也可用在祭祀上。

❹楚：或訓行列整齊的樣子，或釋為多。

❺殽核維旅：殽，盛於豆中的肉、菜。核，盛在籩裡的乾果。旅，陳列。

❻和旨：醇和甘美。

❼偕：《鄭箋》：「威儀齊一。」或以為是諧的假借，和諧的意思。

❽舉醻逸逸：飲酒之禮，古人復酌賓為醻，這裡的舉醻是泛指舉杯勸酒。逸逸，往來有序的樣子。

❾大侯既抗：侯，箭靶。大侯，《毛傳》：「君侯也。」抗，舉、豎起、張設。

❿射夫既同：射夫，參與射箭的人。同，會集。

⓫獻爾發功：獻，奏、表現。發，射。功，本領。

⓬發彼有的：彼，指箭。有，于。的，侯中的標的。

⓭以祈爾爵：祈，求。爵，古酒器名，此處代酒。古射禮，勝者讓負者喝罰酒。

⓮籥舞笙鼓：籥，古樂器名。籥舞，執籥而舞，為古代之文舞。《毛傳》：「秉籥而舞，與笙鼓相應。」

⓯烝衎（ㄎㄢˋ）烈祖：烝，發語詞。衎，樂。烈，功業。烈祖，有功業之先祖。

⓰洽：配合。

⓱「百禮既至」二句：至，備。壬，大。林，盛多。

⓲錫爾純嘏（ㄍㄨˇ）：錫，賜。爾，指主祭者。純，大。嘏，福。

⓳湛（ㄉㄢ）：樂。

⓴各奏爾能：奏，進、獻。能，指射箭的技能，馬瑞辰《通釋》：「古以善射者為能。」

㉑ 賓載手仇：載，則。手，取、選擇。仇，匹偶，指同射之人。

㉒ 室人入又：室人，主人。入又，加入而又射箭以伴來賓。

㉓ 酌彼康爵：酌，斟。康爵，大酒杯。

㉔ 以奏爾時：時，《毛傳》：「中者也。」馬瑞辰《通釋》：「飲不中者以致罰，正所以進中者以致慶。」

㉕ 威儀反反：威儀，儀態舉止。反反，莊重謹慎的樣子。

㉖ 幡幡：反覆的樣子。屈萬里《詮釋》：「此當狀其不安於坐也。」

㉗ 舍其坐遷：舍，同「捨」。遷，移動。

㉘ 僊（ㄒㄧㄢ）僊：舞步輕盈的樣子。

㉙ 抑抑：《毛傳》：「慎密也。」

㉚ 怭（ㄅㄧˋ）怭：輕慢不恭敬的意思。

㉛ 秩：常，指常禮、規矩。

㉜ 呶（ㄋㄠˊ）：喧嘩。

㉝ 僛僛：傾倒不正的樣子。

㉞ 郵：過失。

㉟ 側弁之俄：側弁，帽子傾倒歪斜。俄，傾倒的樣子。

㊱ 傞（ㄙㄨㄛ）傞：跳個不停的樣子。

㊲ 並：普、遍，指主人與其他並未喝醉的客人。

㊳ 伐德：敗德、缺德。

㊴ 維其令儀：以其有好義節的意思。

㊵ 監：酒監，在宴會上監察禮儀的官。

㊶ 或佐之史：佐，助。史，記事記言的官，宴會時幫助記載酒醉失言之事。

㊷ 式勿從謂：式，發語詞。從，從而、跟著。謂，勸，指勸酒。

㊸ 無俾大怠：俾，使。大，太。怠，怠慢、失禮。

㊹ 匪言：不該說的話。

㊺ 匪由：由，式、法。匪由，不合法式、規矩的話。

㊻ 由醉之言：出於醉者之言。

㊼ 童羖（ㄍㄨˇ）：童，禿。羖，公羊。童羖，公羊無角，這是醉者的胡言。

㊽ 三爵不識：三爵，古代君臣之小宴會，以三杯酒為度。不識，不知。或解為喝下三杯即不省人事；亦通。

㊾ 矧（ㄕㄣˇ）敢多又：矧，況且。又，通「侑」，勸酒。

說明

〈賓之初筵〉是一篇諷刺縱酒無度之作。

《詩序》：「〈賓之初筵〉，衛武公刺時也。幽王荒廢，媟近小人，飲酒無度，天下化之。君臣上下，沈湎淫液。武公既入，而作是詩也。」本詩先述大射之禮（將祭而射，謂之大射），後以較長的篇幅描摹醉酒之醜態，並勸人勿多飲，其為歌詠大射燕飲之作無疑。《詩序》以刺幽王飲酒無度來說解此詩，大致上可以說得通。

魚藻之什（十四篇）

魚藻

魚在在藻，有頒❶其首。王在在鎬❷，豈樂❸飲酒。（一章）

魚在在藻，有莘❹其尾。王在在鎬，飲酒樂豈。（二章）

魚在在藻，依于其蒲。王在在鎬，有那❺其居。（三章）

注釋

❶頒：《毛傳》：「大首貌。」

❷鎬：鎬京，西周都城，在今陝西省西安市西。

❸豈（ㄎㄞˇ）樂：歡樂、快樂。

❹莘：《毛傳》：「長貌。」

❺那（ㄋㄨㄛˊ）：《毛傳》：「安貌。」

說明

〈魚藻〉頌美周天子，字裡行間透露出了詩人的欣喜之情。

《詩序》：「〈魚藻〉，刺幽王也。言萬物失其性，王居鎬京，將不能以自樂，故君子思古之武王焉。」誰都明白〈魚藻〉是頌美周天子的詩，而〈古序〉仍然以不變應萬變地說是刺幽王之作，既然如此，〈續序〉也就只好以思古諷今的模式來解說了。

采菽

采菽❶采菽，筐之筥之❷。君子❸來朝，何錫予之？雖無予之，路車❹乘馬。又何予之？玄衮及黼❺。（一章）

觱沸檻泉❻，言采其芹。君子來朝，言觀其旂。其旂淠淠❼，鸞聲嘒嘒❽。載驂載駟，君子所屆❾。（二章）

赤芾在股❿，邪幅⓫在下。彼交匪紓⓬，天子所予。樂只君子，天子命之；樂只君子，福祿申之⓭。（三章）

維柞之枝，其葉蓬蓬⓮。樂只君子，殿⓯天子之邦；樂只君子，萬福攸同⓰。平平左右⓱，亦是率從⓲。（四章）

汎汎楊舟，紼纚維之⓳。樂只君子，天子葵⓴之；樂只君子，福祿膍㉑之。優哉游哉㉒，亦是戾㉓矣。（五章）

❶菽：大豆。

❷筐之筥之：筐為方形之竹器，筥為圓形之竹器。此處作動詞用，裝入筐筥中的意思。

❸君子：指諸侯。

❹路車：諸侯所乘坐的車子。

❺玄袞及黼：玄袞，繡有卷龍之裳。黼，黑白相間之文彩，繡於裳上。

❻觱（ㄅㄧˋ）沸檻泉：觱沸，泉水湧出的樣子。檻，濫的假借，檻泉是水由下往上湧出之泉。

❼淠（ㄆㄧˋ或ㄆㄟˋ）淠：飄動的樣子。

❽嘒嘒：車鈴響聲。

❾屆：至。

❿赤芾在股：赤芾，紅色的蔽膝。股，大腿。

⓫邪幅：用布條自足至膝斜纏小腿，即今裹腿、綁腿。

⓬彼交匪紓：彼，通「匪」，不的意思。交，驕傲。紓，怠慢。

⓭福祿申之：申，重複、一再。句即一再賜予福祿的意思。

⓮蓬蓬：茂盛的樣子。

⓯殿：鎮，鎮定安撫的意思。

⓰同：會聚。

⓱平平左右：平平，《韓詩》作「便便」，云：「閒雅之貌。」（平、便古通）左右，指諸侯之臣。

⓲亦是率從：亦，語詞。率從，相隨而至。

⓳紼（ㄈㄨˊ）纚（ㄌㄧˊ）維之：紼是麻製的繫舟之繩，纚是竹製的大繩，維是繫的意思。

⓴葵：揆的假借，揆度、估量的意思。

㉑膍（ㄆㄧˊ）：厚。

㉒優哉游哉：即優游，閒適自得的樣子。

㉓戾：《毛傳》：「至也。」《鄭箋》：「止也。」《廣雅》：「善也。」

說明

〈采菽〉敘寫諸侯來朝，天子厚賜之。《詩序》：「〈采菽〉，刺幽王也。侮慢諸侯，諸侯來朝，不能錫命以禮，數徵會之，而無信義，君子見微而思古焉。」〈采菽〉寫的是諸侯來朝，天子有所賜命，若要以美刺說詩，這應該是讚美詩，但因〈古序〉以之為刺幽王之作，〈續序〉只好再把「思古」那一套法寶拿出來運用了。

角弓

騂騂角弓❶，翩其反矣❷。兄弟昏姻❸，無胥遠矣❹。（一章）
爾之遠矣，民胥然矣❺。爾之教矣，民胥傚❻矣。（二章）
此令兄弟，綽綽有裕❼。不令兄弟，交相爲瘉❽。（三章）
民之無良，相怨一方。受爵❾不讓，至于已斯亡❿。（四章）
老馬反爲駒⓫，不顧其後⓬。如食宜饇⓭，如酌孔取⓮。（五章）
毋教猱升木⓯，如塗塗附⓰。君子有徽猷⓱，小人與屬⓲。（六章）
雨雪瀌瀌⓳，見晛曰消⓴，莫肯下遺㉑，式居婁驕㉒。（七章）
雨雪浮浮㉓，見晛曰流㉔。如蠻如髦㉕，我是用㉖憂。（八章）

❶騂騂角弓：騂騂，調和的樣子。角弓，有牛角為飾的弓。

❷翩其反矣：翩，反過來的樣子。弓不用時，卸下其弦，弓即向外反張。

❸兄弟昏姻：泛指同姓與異姓之親戚。

❹無胥遠矣：胥，相。遠，疏遠。

❺「爾之遠矣」二句：胥，皆。然，如此。二句是說你若疏遠親戚，人民也會這麼做。

❻傚：同「效」。

❼「此令兄弟」二句：令，善。綽綽，寬裕的樣子。裕，饒足有餘。

❽瘉：病。

❾爵：爵祿，爵位。

❿亡：通「忘」。

⓫駒：小馬。

⓬後：後果。

⓭饇（ㄩˋ）：飽。

⓮如酌孔取：酌，飲酒。孔，多。取，舀取。

⓯教猱（ㄋㄠˊ）升木：猱，猿猴一類的動物，長臂，善爬樹。升，登。

⓰如塗塗附：上塗字為名詞，泥土；下塗字為動詞，塗附、塗著。依《朱傳》之說，這句與前面的「教猱升木」都有使之更壞的意思。

⓱徽猷：徽，美好。猷，道。

⓲與屬：與，從。屬，連屬、依附。

⓳瀌瀌：盛多的樣子。

⓴見晛（ㄒㄧㄢˋ）曰消：晛，日氣。曰，語詞。消，消散、融化。

㉑下遺：《鄭箋》：「遺，讀曰隨。」下遺，即謙下隨人的意思。

㉒式居婁（ㄌㄩˇ）驕：式，發語詞。居，或訓語詞，或以為是倨的省借，傲慢的意思。婁，古「屢」字。

㉓浮浮：盛多的樣子。

㉔流：消散、消化。

㉕如蠻如髦：《毛傳》：「蠻，南蠻也。髦，夷髦也。」這是以對少數民族的蔑稱，來比喻不知禮義的人。

㉖是用：因此。

說明

〈角弓〉是一篇奉勸周王切勿疏遠兄弟親戚之作。

《詩序》：「〈角弓〉，父兄刺幽王也。不親九族而好讒佞，骨肉相怨，故作是詩也。」〈角弓〉的辭意非常淺顯，其為奉勸周王勿疏遠兄弟親戚而親近小人之作，無可置疑。《詩序》以之為幽王父兄所作，雖未必有什麼根據，但還是可以說得通。

菀柳

有菀❶者柳，不尚息焉❷？上帝甚蹈❸，無自暱❹焉。俾予靖之，後予極焉❺。

（一章）

有菀者柳，不尚愒❻焉？上帝甚蹈，無自瘵❼焉。俾予靖之，後予邁❽焉。

（二章）

有鳥高飛，亦傅❾于天。彼人之心，于何其臻❿？曷⓫予靖之？居以凶矜⓬。

（三章）

注釋

❶菀（ㄩˋ）：茂盛的樣子。

❷不尚息焉：尚，庶幾。息，休息。

❸上帝甚蹈：《朱傳》：「上帝，指王也。」蹈，變動，馬瑞辰《通釋》：「言其喜怒變動無常。」

❹暱：親近。

❺「俾予靖之」二句：靖，治。極，同「殛」，放逐。這二句是說，使我治理國事，事後反將我放逐。

❻愒（ㄑㄧˋ）：休息。

❼瘵（ㄓㄞˋ）：《毛傳》：「病也。」

❽邁：行、流放。

❾傅：至、到、近。

❿「彼人之心」二句：彼人，指周王。臻，至。不知其心將何所至，意即王之居心叵測的意思。

⓫曷：何，為何。

⓬居以凶矜：居，處（ㄔㄨˇ）。矜，危險。

說明

周王暴虐，賞罰不明，有功而獲罪之臣作〈菀柳〉抒發其怨。

《詩序》：「〈菀柳〉，刺幽王也。暴虐無親，而刑罰不中，諸侯皆不欲朝，言王者之不可朝事也。」因為詩人在〈菀柳〉中所刻劃的國君是十足的「暴君」，是以〈古序〉說這是刺幽王之作，大概也不會有人反對。〈續序〉的發揮，是否已稍嫌偏離主題，當然仁智互見。

都人士

彼都人士❶，狐裘黃黃❷。其容不改❸，出言有章。行歸于周❹，萬民所望。（一章）

彼都人士，臺笠緇撮❺。彼君子女，綢直如髮❻。我不見兮，我心不說❼。（二章）

彼都人士，充耳琇實❽。彼君子女，謂之尹吉❾。我不見兮，我心苑❿結。（三章）

彼都人士，垂帶而厲⓫。彼君子女，卷髮如蠆⓬。我不見兮，言從之邁⓭。（四章）

匪伊垂之，帶則有餘；匪伊卷之，髮則有旟⓮。我不見兮，云何盱⓯矣！（五章）

注釋

❶彼都人士：都，都城，可能是指鎬京。都人士，都城之人士。

❷黃黃：猶「煌煌」，明亮的樣子。或以為是指顏色；亦通。

❸其容不改：容，儀容態度。不改，不改常態。

❹周：指鎬京。

❺臺笠緇撮：臺，同「薹」，莎草。臺笠，莎草編的草帽。緇，黑色的布。《毛傳》：「緇撮，緇布冠也。」

❻綢直如髮：綢，同「稠」，稠密。如，義同「其」。句為其髮又密又直之意。

❼說：同「悅」。

❽充耳琇實：充耳，即瑱，用以塞耳之玉飾。琇，美石。實，塞。

❾君吉：《鄭箋》：「吉讀為姞。尹氏、姞氏，周室昏姻之舊姓也。」

❿苑（ㄩˋ）：同「鬱」。

⓫垂帶而厲：垂帶，下垂的冠帶。而，《鄭箋》：「如也。」「厲字當作裂。」《說文》：「裂，繒餘也。」

⓬卷髮如蠆（ㄔㄞˋ）：卷，同「捲」。蠆，蝎子，長尾上曲如鉤狀。

⓭言從之邁：言，發語詞。從，跟隨。邁，行。

⓮旟（ㄩˊ）：揚起的樣子。

⓯盱：張目遠望。或以為是吁的假借，歎息的意思。

說明

〈都人士〉是一篇懷念京都人士儀容之作。

《詩序》：「〈都人士〉，周人刺衣服無常也。古者長民，衣服不貳，從容有常，以齊其民，則民德歸壹，傷今不復見古人也。」〈都人士〉的主題並非顯然易見，《序》說的主要依據可能在首章，但二章以後的內容不易與之配合，所謂「古者長民，衣服不貳」云云，又是取自《公孫尼子．緇衣》，是以後人同意《序》說的並不是很多。

朱子在《詩集傳》中說：「亂離之後，人不復見昔日都邑之盛，人物儀容之美，而作此詩以歎惜之也。」此說雖也有某些學者加以批評，但用以解說各章，都還算順適，就算詩人本義並非如此，也仍是很理想的「一家之言」。

采綠

終朝采綠❶，不盈一匊❷。予髮曲局❸，薄言歸沐❹。（一章）

終朝采藍❺，不盈一襜❻。五日爲期，六日不詹❼。（二章）

之子于狩，言韔❽其弓；之子于釣，言綸之繩❾。（三章）

其釣維何？維魴及鱮❿。維魴及鱮，薄言觀者⓫。（四章）

注釋

❶終朝采綠：終朝，整個早上。綠，與「菉」通，一種草本植物，又叫王芻。

❷匊：同「掬」，捧的意思。

❸曲局：《毛傳》：「局，捲也。」曲局是頭髮捲曲蓬亂的意思。

❹沐：洗髮。

❺藍：草名，可染青染藍的草。

❻襜（ㄔㄢ）：圍在腰間至膝前的破布。

❼詹：《毛傳》：「至也。」

❽韔（ㄔㄤˋ）：弓囊，作動詞用，裝進弓囊的意思。

❾言綸之繩：綸，絲製的釣繩，作動詞用，纏繞的意思。之，其。

❿維魴及鱮：魴，扁身細鱗的魚，又名鯿魚。鱮，大頭鰱魚。

⓫觀者：觀，《鄭箋》：「多也。」或訓為觀看。者，猶「之」或「哉」。

說明

〈采綠〉以細膩的筆觸書寫婦人的懷念其夫。

《詩序》：「〈采綠〉，刺怨曠也。幽王之時，多怨曠者也。」風格接近〈風〉詩的〈采綠〉，從各章詞句來看，《朱傳》說是「婦人思其君子」的詩，應該很接近詩的本義，這種內容的詩篇，《詩序》都必須另行賦予政教上的意義，才能完成《詩》教的使命，就〈采綠〉而言，《序》說已經沒有什麼好抱怨的了（若一定要挑《詩序》之語病，誠如裴普賢所說，「怨曠者，夫婦久別之謂，而詩中僅言『五日為期，六日不詹』，何得即言怨曠？故《鄭箋》強為之釋云：『五日六日』者，五月之日、六月之日也。期至五月而歸，今六月猶不至，是以憂思。」）。

黍苗

芃芃❶黍苗，陰雨膏❷之。悠悠❸南行，召伯勞之❹。（一章）

我任我輦，我車我牛❺。我行既集❻，蓋云❼歸哉！（二章）

我徒我御，我師我旅❽。我行既集，蓋云歸處❾！（三章）

肅肅謝功❿，召伯營⓫之；烈烈征師⓬，召伯成⓭之。（四章）

原隰既平，泉流既清⓮。召伯有成⓯，王心則寧。（五章）

❶芃（ㄆㄥˊ）芃：草木茂盛的樣子。

❷膏：潤澤。

❸悠悠：道路遙遠的樣子。

❹召伯勞（ㄌㄠˋ）之：召伯，召穆公虎。勞，慰勞。

❺「我任我輦（ㄋㄧㄢˇ）」二句：任，背負。輦，拉車。車，駕車。牛，驅牛。

❻集：完成。

❼蓋（ㄏㄜˊ）云：蓋、盍古通用，盍又通「曷」，何不、何時的意思。云，語助詞。

❽「我徒我御」二句：徒，徒步。御，駕車。五百人為旅，五旅為師。

❾歸處：回去安居。

❿肅肅謝功：肅肅，快速的樣子。謝，邑名，申伯所封之國，在今河南省信陽縣。功，同「工」。

⓫營：經營。

⓬烈烈征師：烈烈，威武的樣子。征，遠行。師，群眾。

⓭成：謂組成。

⓮「原隰既平」二句：《毛傳》：「土治曰平，水治曰清。」

⓯有成：指經營有成。

說明

〈黍苗〉是召穆公營謝既成，隨從之士作以美之的詩篇。《詩序》：「〈黍苗〉，刺幽王也。不能膏潤天下，卿士不能行召伯之職焉。」《鄭箋》：「陳宣王之功，召伯之功，以刺幽王及其群臣，廢此恩澤事業也。」〈黍苗〉是一篇所謂「近乎風」的〈雅〉詩，《鄭箋》已充分說明《詩序》的意思，一言以蔽之，仍是陳古以刺今，只不過，這個「古」一點也不遙遠而已。

隰桑

隰桑有阿❶，其葉有難❷。既見君子，其樂如何？（一章）

隰桑有阿，其葉有沃❸。既見君子，云何不樂？（二章）

隰桑有阿，其葉有幽❹。既見君子，德音孔膠❺。（三章）

心乎愛矣，遐不謂矣❻？中心藏之❼，何日忘之？（四章）

❶隰桑有阿：隰桑，生於低溼之地的桑。阿，美麗的樣子。

❷難（ㄋㄨㄛˊ）：同「儺」，茂盛的樣子。

❸沃：《毛傳》：「柔也。」

❹幽：《毛傳》：「黑色也。」馬瑞辰《通釋》：「盛貌。」

❺德音孔膠：屈萬里《詮釋》：「德音，語言也。膠，當讀如〈鄭風·風雨〉『雞鳴膠膠』之膠，言語音高朗也。」

❻遐不謂矣：遐，何。謂，《鄭箋》：「勤。」（勤為慰勞之意）《朱傳》：「告。」

❼中心藏之：《鄭箋》：「藏，善也。」（此讀藏為臧）或直接釋本句為藏之於心；亦通。

說明

〈隰桑〉以含蓄的筆觸書寫歡喜見到自己難以忘懷的君子。

《詩序》：「〈隰桑〉，刺幽王也。小人在位，君子在野，思見君子，盡心以事之。」〈古序〉仍使用一貫的「刺幽王」之說，不禁讓人懷疑作《序》者是否怠惰了些？〈續序〉之說解，平心而論，也是稍微勉強的，以追索「詩」之原始義為職志的方玉潤卻也直指此詩「思賢人之在野也」，說教式的解題其實仍然經常擄獲人心。《朱傳》：「此喜見君子之詩。」朱子解《詩》一向比漢儒明快直爽，解此詩則坦承「所謂君子，不知何所指」，態度上似乎稍嫌保守，但《集傳》既云：「《楚辭》所謂『思公子兮未敢言』，意蓋如此。愛之根於中者深，故發之遲而存之久也。」幾乎也等於表示了〈隰桑〉就是一篇女子喜見情人之作。今人或者以為詩中君子是指丈夫，無論情人或丈夫，總之就是以本篇為女思男之詩；將〈隰桑〉視作情詩，的確是挺切合詩文的。

白華

白華菅兮❶，白茅束❷兮。之子之遠❸，俾我獨兮。（一章）

英英❹白雲，露❺彼菅茅。天步❻艱難，之子不猶❼。（二章）

滮池❽北流，浸彼稻田。嘯歌傷懷，念彼碩人❾。（三章）

樵❿彼桑薪，卬烘于煁⓫。維彼碩人，實勞⓬我心。（四章）

鼓鐘于宮，聲聞于外。念子懆懆⓭，視我邁邁⓮。（五章）

有鶖在梁⓯，有鶴在林。維彼碩人，實勞我心。（六章）

鴛鴦在梁，戢其左翼⓰。之子無良，二三其德⓱。（七章）

有扁⓲斯石，履之卑兮。之子之遠，俾我疷⓳兮。（八章）

注釋

❶白華菅（ㄐㄧㄢ）兮：《毛傳》：「白華，野菅也。已漚為菅。」菅是高大的草本植物，可做繩索，織蓆編筐。白華久漬可以為菅，這裡的菅就作動詞用，漚、浸漬的意思，句謂白華浸漬成菅草。

❷束：捆。

❸之子之遠：之子，指丈夫。之遠，往遠方。

❹英英：馬瑞辰《通釋》：「雲之白貌。」

❺露：滋潤。

❻天步：《朱傳》：「由言時運也。」

❼不猶：猶，《毛傳》：「可也。」不猶，不以我為可，即待我不好。

❽滮（ㄅㄧㄠ）池：水名，在今陝西省西安市西北。

❾碩人：指其丈夫。

❿樵：砍伐。

⓫卬（ㄤˊ）烘于煁（ㄔㄣˊ）：卬，我。烘，燎、烤。煁，可移動的爐灶。

⓬勞：憂。

⓭懆（ㄘㄠˇ）懆：憂愁不安的樣子。

⓮邁邁：《毛傳》：「不說（悅）也。」

⓯有鶖在梁：鶖，水鳥名，狀如鶴而大。梁，魚梁，攔魚的水壩。

⓰「鴛鴦在梁，戢其左翼」：這兩句已見〈甫田之什．鴛鴦〉第二章。

⓱二三其德：即三心二意的意思。

⓲扁：薄。

⓳疷：病、病痛。

說明

〈白華〉寫出了一位怨婦對於離家在外的丈夫的思念。

《詩序》：「〈白華〉，周人刺幽后也。幽王取申女以為后，又得褒姒而黜申后，故下國化之，以妾為妻，以孽代宗，而王弗能治，周人為之作是詩也。」依程子之意，〈古序〉「幽后」的「后」字應是「王」字之誤，朱子在《詩序辨說》中則以為《序》說有其根據，但不應說是刺幽后之詩，當為申后刺幽王之作。站在《詩》教的立場，《詩序》與朱子之說皆可參考，而朱說又較能合乎詩各章所述，假如我們不想理會《詩》教，就認為〈白華〉是婦人懷念、埋怨棄家而走的丈夫之詩吧！

緜蠻

緜蠻❶黃鳥，止于丘阿❷。道之云遠，我勞如何！飲之食之，教之誨之，命彼後車❸，謂之載之❹。（一章）

緜蠻黃鳥，止于丘隅❺。豈敢憚❻行，畏不能趨❼。飲之食之，教之誨之，命彼後車，謂之載之。（二章）

緜蠻黃鳥，止于丘側。豈敢憚行？畏不能極❽。飲之食之，教之誨之，命彼後車，謂之載之。（三章）

注釋

❶緜蠻：嬌小的樣子。
❷丘阿：山丘彎曲之處。
❸後車：後面的車子，指副車。
❹謂之載之：謂，使。〈鹿鳴之什・出車〉有「謂之載矣」之句。這裡的「謂」若釋為告，也可通。
❺隅：角。
❻憚：害怕。
❼趨：疾行。
❽極：至，到達目的地的意思。

說明

〈緜蠻〉是一篇行役者不堪勞苦而作的詩。

《詩序》：「〈緜蠻〉，微臣刺亂也。大臣不用仁心，遺忘微賤，不肯飲食、教、載之，故作是詩也。」就各章所詠觀之，〈緜蠻〉似乎是寫某位微臣苦於行役，而有（或盼望）長官來照顧他，這樣看來，《詩序》好像弄擰了詩義，其實又不盡然如此，如屈萬里《詩經詮釋》所說的，詩各章「飲之食之」以下四句，「乃行役者希冀其長官如此遇己也」（至少可以作這樣的解釋），因此，就算《序》說沒有抓住詩的本義，還是可以說得通。

瓠葉

幡幡❶瓠葉，采之亨❷之。君子有酒，酌言嘗之。（一章）

有兔斯❸首，炮之燔之❹。君子有酒，酌言獻❺之。（二章）

有兔斯首，燔之炙❻之。君子有酒，酌言酢❼之。（三章）

有兔斯首，燔之炮之。君子有酒，酌言醻❽之。（四章）

注釋

❶幡幡：反覆翻動的樣子。
❷亨：同「烹」。
❸斯：《鄭箋》：「白也。」或解為語助詞，猶之。
❹炮之燔之：炮，不去毛而塗泥加以烘烤。燔，直接用火燒。
❺獻：飲酒之禮，主人先酌酒敬賓曰獻。
❻炙：以物叉肉舉於火上，即今烤肉。
❼酢：賓飲主人所獻之酒，再酌以敬主人。
❽醻：主人復酌自飲，然後再酌以飲宴。

說明

〈瓠葉〉是一篇燕飲之作，其中對於君子的不以物薄費禮似有所讚許。《詩序》：「〈瓠葉〉，大夫刺幽王也。上棄禮而不能行，雖有牲牢饔餼，不肯用也。故思古之人不以微薄廢禮焉。」很明顯地，〈瓠葉〉如《朱傳》所云，是燕飲之詩，詩中提到的烹葉烤兔，可說是極為微薄之物，作《序》者看出了這一點，於是乘機說教，〈瓠葉〉就變成思古以刺幽王廢禮的詩了。

漸漸之石

漸漸❶之石，維其高矣。山川悠遠，維其勞矣。武人東征，不皇朝矣❷。（一章）

漸漸之石，維其卒❸矣。山川悠遠，曷其沒矣❹。武人東征，不皇出❺矣。（二章）

有豕白蹢❻，烝涉波矣❼。月離于畢，俾滂沱矣❽。武人東征，不皇他❾矣。（三章）

❶漸漸：《毛傳》：「山石高峻。」

❷不皇朝矣：皇，遑的省借，閒暇的意思。朝，早上。句謂無一早上之空閒。

❸卒：崒的假借，高聳、險峻的意思。

❹曷其沒矣：曷，何時。沒，《毛傳》：「盡也。」

❺出：出外。

❻蹢（ㄉㄧˊ）：蹄。

❼烝涉波矣：烝，《鄭箋》：「眾也。」或訓發語詞。涉波，涉水。

❽「月離于畢」二句：離，罹或麗的假借，遭遇、靠近的意思。畢，畢星。滂沱，大雨的樣子。

❾他：他事。

說明

〈漸漸之石〉是一篇東征將士抱怨行役勞苦之作。

《詩序》：「〈漸漸之石〉，下國刺幽王也。戎狄叛之，荊舒不至，乃命將率東征，役久病於外，故作是詩也。」《鄭箋》：「荊謂楚也。舒，舒鳩、舒鄝、舒庸之屬。役，謂士卒也。」此詩三章都在強調武人東征的辛勞忙碌，雖然我們不知所謂的「東征」是否真在幽王之時，但不能不承認，《序》之說〈漸漸之石〉是毫不牽強的。

苕之華

苕之華，芸其黃矣❶。心之憂矣，維其傷矣。（一章）

苕之華，其葉青青❷。知我如此，不如無生。（二章）

牂羊墳首❸，三星在罶❹。人可以食，鮮❺可以飽。（三章）

注釋

❶「苕（ㄊㄧㄠˊ）之華」二句：苕，一種可生吃的蔓生植物，生於低溼之地。芸，猶紛紜，形容眾多。《毛傳》：「苕，陵苕也。將落則黃。」王引之《述聞》：「芸其黃矣，言其盛，非言其衰。」（按：〈裳裳者華〉「芸其黃矣」句，《毛傳》：「芸，黃盛也。」）

❷青青：同「菁菁」，茂盛的樣子。

❸牂（ㄗㄤ）羊墳首

《朱傳》：「羊瘠則首大也。」

❹三星在罶（ㄌㄧㄡˇ）：三星，即二十八宿中的參星。罶，捕魚的竹籠。《朱傳》：「罶中無魚而水靜，但見三星之光而已。言饑饉之餘，百物彫耗如此。」

❺鮮（ㄒㄧㄢˇ）：少。

說明

〈苕之華〉是一篇哀世之詩人，見百物凋殘，人民饑饉，而「陵苕」獨盛，慨歎之下而作之詩。《詩序》：「〈苕之華〉，大夫閔時也。幽王之時，西戎東夷，交侵中國，師旅竝起，因之以饑饉，君子閔周室之將亡，傷己逢之，故作是詩也。」似〈苕之華〉這等感傷周衰世亂之沈痛之語，說是大夫閔時之作是可以的；固然饑民不止在幽王時才有，但〈續序〉強調詩作於幽王之時，相信多數學者可以接受。

何草不黃

何草不黃❶？何日不行❷？何人不將❸？經營四方。（一章）

何草不玄❹？何人不矜❺？哀我征夫，獨爲匪民❻。（二章）

匪兕匪虎，率彼曠野❼。哀我征夫，朝夕不暇！（三章）

有芃❽者狐，率彼幽❾草。有棧之車❿，行彼周道⓫。（四章）

注釋

❶ 草：枯黃。

❷ 行：行役。

❸ 將：行。

❹ 玄：黑中帶赤的顏色。王靜芝《通釋》：「言時間又晚，草至枯而變為玄矣。」

❺ 矜：《鄭箋》：「無妻曰矜（ㄍㄨㄢ）。從役者皆過時不得歸，故謂之矜。」此讀矜為鰥。鰥也有病的意思。高亨《今注》釋矜為可憐，則是讀ㄐㄧㄣ，說亦可通。

❻「哀我征夫」二句：哀，可憐。匪民，不是人，亦即和牛馬沒什麼兩樣。

❼「匪兕匪虎」二句：匪，彼。率，循，有行的意思。曠野，空曠之原野。

❽ 芃（ㄆㄥˊ）：茂盛的樣子，借以形容狐毛量甚豐。

❾ 幽：深。

❿ 有棧之車：棧，嶘的假借，車高的樣子，形容裝載的東西多，導致車高。車，指征夫所坐的役車。

⓫ 周道：和周行同義；大路。

說明

〈何草不黃〉是征夫苦於行役而有所抱怨之作。征夫離鄉背井，奔走四方，朝夕不得休息，眼見野獸反倒悠閒自在，於是衍生出了人不如獸之感受。

《詩序》：「〈何草不黃〉，下國刺幽王也。四夷交侵，中國背叛，用兵不息，視民如禽獸，君子憂之，故作是詩也。」〈小雅〉有相當多的詩被《詩序》說是刺幽王之作，這些詩有的可以確定真的是幽王之世的作品，有的可能只是說詩上的一種方便，而有的雖不能確知其時代，我們卻樂於接受《詩序》的說明。〈何草不黃〉與前面的〈漸漸之石〉、〈苕之華〉就是屬於第三種類型的詩篇（陳啓源《毛詩稽古篇》、范家相《詩瀋》等都以為這三篇是同一組詩）。有誰不知〈何草不黃〉是征夫苦於行役的怨詩呢？《詩序》說這是刺「視民如禽獸」的幽王之作，我們沒有必要找理由來駁斥其說。

大雅

文王之什（十篇）

生民之什（十篇）

蕩之什（十一篇）

《詩經》在〈小雅〉之後的是〈大雅〉，這一部分的詩有三十一篇。

關於「雅」的意義與大小二〈雅〉的區分標準，請參看本書〈緒論〉以及〈小雅〉後面的解說。

〈大雅〉以十篇為一「什」，情況與〈小雅〉相同，而因為一共有三十一篇，所以第三個單元「〈蕩之什〉」就比前兩個單元多了一篇。

文王之什（十篇）

文王

文王在上❶，於昭于天❷，周雖舊邦，其命維新❸。有周不顯，帝命不時❹。文王陟降，在帝左右❺。（一章）

亹亹❻文王，令聞❼不已。陳錫哉周❽，侯文王孫子❾。文王孫子，本支❿百世。凡周之士，不顯亦世⓫。（二章）

世之不顯，厥猶翼翼⓬。思皇⓭多士，生此王國。王國克⓮生，維周之楨⓯。濟濟⓰多士，文王以寧。（三章）

穆穆⓱文王，於緝熙敬止⓲。假⓳哉天命，有⓴商孫子。商之孫子，其麗不億㉑。上帝既命，侯于周服㉒。（四章）

侯服于周，天命靡常㉓。殷士膚敏㉔，祼將于京㉕。厥作祼將，常服黼冔㉖。王之藎臣㉗，無念爾祖㉘。（五章）

無念爾祖，聿修厥德㉙。永言配命㉚，自求多福。殷之未喪師㉛，克配上帝。宜鑒于殷㉜，駿命不易㉝。（六章）

命之不易，無遏爾躬㉞。宣昭義問㉟，有虞殷自天㊱。上天之載㊲，無聲無臭㊳。
儀刑㊴文王，萬邦作孚㊵。（七章）

❶文王在上：文王之神明在天上的意思。

❷於（ㄨ）昭于天：於，歎詞。昭，顯明。

❸其命維新：命，指天命。維，是。新近接受天命，所以說其命維新。

❹「有周不顯」二句：有，無義。兩不字皆同「丕」，大的意思，或解為語詞。顯，顯耀。時，是。

❺「文王陟降」二句：陟，升；降，下。陟降，有往來的意思。帝，天帝、上帝。

❻亹（ㄨㄟˇ）亹：勤勉不懈的樣子。

❼令聞：美好的名聲。

❽陳錫哉周：陳，申的假借，重複、一再的意思。錫，賜。哉、在古通用，於也。

❾侯文王孫子：侯，維，維是語詞，或謂可解為「唯」、「只」，亦有謂可解為「是」者。孫子，子孫。

❿本支：本，根，此謂本宗、大宗。支，枝，此指支系、支庶。

⓫不顯亦世：不，丕。亦，語詞。或訓亦世為奕世，即永世、累世之意。

⓬厥猶翼翼：厥，其。猶，通「猷」，謀略、策畫。翼翼，恭敬謹慎的意思。

⓭思皇：思，語詞。皇，《毛傳》：「天。」《朱傳》：「美。」

⓮克：能夠。

⓯楨：《毛傳》：「幹也。」即棟梁之意。

⓰濟（ㄐㄧˇ）濟：眾多的樣子。

⓱穆穆：《毛傳》：「美也。」。

⓲於（ㄨ）緝熙敬止：於，歎詞。緝熙，《毛傳》：「光明也。」止，語詞。《鄭箋》：「於美乎！又

能敬其（按：指文王）光明之德。」戴震《考正》釋緝熙為繼續不絕，句謂我們對文王之尊敬必須持續；亦通。

⓳假：《朱傳》：「大。」

⓴有：擁有。

㉑其麗不億：麗，數目。不億，不止於億。

㉒侯于周服：侯，維。句即維服于周的意思。

㉓靡常：無常、無定數。

㉔殷士膚敏：殷士，殷之故臣。《毛傳》：「膚，美。敏，疾也。」或謂膚敏是黽勉努力的意思。

㉕祼（ㄍㄨㄢˋ）將于京：祼，一種祭禮，以鬯酒獻尸，尸受酒灌於地以降神。將，進、獻，指進酒。京，指周之京師。

㉖「厥作祼將」二句：厥，其，指殷士。作，行。厥作祼將，他們行祼將（獻酒助祭）之禮。黼，黼裳，繡有黑白相間文彩之裳。冔（ㄒㄩˇ），殷冠。

㉗藎（ㄐㄧㄣˋ）臣：忠臣。

㉘無念爾祖：不要再懷念你們（殷人）的先祖（意謂但當忠於周世）。或訓無念為「豈能不念」、「必須懷念」。如此則爾祖係指文王；亦通。或解無為語詞（《尚書・洛誥》：「無遠用戾。」周秉鈞《尚書易解》：「無，語首助詞。用，因此。戾，至。」）。

㉙聿脩厥德：聿，發語詞。厥，其。

㉚永言配命：言，語詞。配命，配合天命。

㉛師：眾，指天下、人民。

㉜宜鑒于殷：鑒，《鄭箋》：「鏡也。」句謂應以殷為鏡。

㉝駿命不易：駿，大，大命即天命。不易，不易得來、不易維持。

㉞無遏爾躬：遏，斷絕。躬，身。

㉟宣昭義問：宣昭，宣明、顯揚。義，善。問，通「聞」，名聲的意思。

㊱有虞殷自天：有，同「又」。虞，思度。句謂又當思慮殷之興廢皆來自於天。

㊲載：《毛傳》：「事。」

㊳臭（ㄒㄧㄡˋ）：味道。

㊴儀刑：法式、典範。

㊵萬邦作孚：屈萬里《詮釋》：「甲骨文以乍為則；作，從乍，亦當與則通。孚，信也。言萬邦則信孚於周也。」

說明

〈文王〉的作者（可能是周公）追述文王之德，強調天命的不易維持，以此來告誡時王（若作者是周公，這位時王當然就是成王）。

《詩序》：「〈文王〉，文王受命作周也。」《鄭箋》：「受命，受天命而王天下，制立周邦。」《序》說只有一句，可說簡略至極，由於《詩序》善於以美刺說詩，可以推測作《序》者是以〈文王〉為歌頌文王建立周家基業的詩，《朱傳》的說法則是這樣的：「周公追述文王之德，明周家所以受命代商者，皆由於此，以戒成王。」這是以〈文王〉之主題不僅在讚美文王，也有戒成王的用意，其與《詩序》的重點並不完全相同，我們細味詩篇，可以發現詩中確實具有深戒之意義，以之為周公作，是有其道理的，《呂氏春秋．古樂》引此詩，也以為是周公作，即使不是，此篇作於西周之初，是絕對可以肯定的。

大明

明明在下，赫赫在上❶。天難忱❷斯，不易維王❸。天位殷適❹，使不挾❺四方。（一章）

摯仲氏任❻，自彼殷商；來嫁于周，曰嬪于京❼。乃及王季，維德之行❽。大任有身❾，生此文王。（二章）

維此文王，小心翼翼。昭❿事上帝，聿懷⓫多福。厥德不回⓬，以受方國⓭。

（三章）

天監在下⑭，有命既集⑮。文王初載⑯，天作之合⑰。在洽之陽⑱，在渭之涘⑲。

文王嘉止⑳，大邦有子㉑。（四章）

大邦有子，俔天之妹㉒。文定厥祥㉓，親迎于渭。造舟爲梁㉔，不顯其光㉕。

（五章）

有命自天，命此文王，于周于京。纘女維莘㉖，長子維行㉗。篤㉘生武王，

保右命爾㉙，燮㉚伐大商。（六章）

殷商之旅㉛，其會如林㉜。矢于牧野㉝，維予侯興㉞。上帝臨女㉟，無貳㊱爾

心！（七章）

牧野洋洋㊲，檀車煌煌㊳，駟騵彭彭㊴。維師尚父㊵，時維鷹揚㊶。涼㊷彼武

王，肆㊸伐大商，會朝清明㊹。（八章）

注釋

❶「明明在下」兩句：明明，光明昭顯的樣子。在下，指在人間。赫赫，顯赫威嚴的樣子。在上，在天上。陳奐《傳疏》：「明明、赫赫皆是形容文王之德。」

❷忱：信賴。
❸不易維王：保住王業不容易的意思。
❹天位殷適：于省吾《新證》謂金文位、立同字，適、敵聲同，古通用，句謂天立殷敵之意。
❺挾：挾有，擁有。
❻摯仲氏任：摯，殷商的屬國名，在今河南省。仲氏，第二個女兒。任，姓。句謂摯國任姓之仲女，即大任。
❼曰嬪于京：曰，發語詞。嬪，婦，此作動詞用，嫁而為婦。京，周京。
❽「乃及王季」二句：王季，太王之子，文王之父。之，是。行，列，猶言齊等。
❾有身：懷孕。
❿昭：光明，心地光明、誠心誠意的意思。
⓫聿懷：聿，發語詞。懷，保持。
⓬厥德不回：厥，其。回，邪。
⓭以受方國：受，接受、承受、保有。方國，《鄭箋》：「四方來附者。」
⓮天監在下：監，視。在下，指在天下面的人間。
⓯有命既集：命，天命。集，移、至、就。
⓰載：或訓始，或訓年。

⓱合：配合、配偶。
⓲在洽之陽：洽，水名，即郃水，源出陝西省郃陽縣西北。陽，河流的北岸。
⓳在渭之涘：渭，渭水。涘，水邊。
⓴嘉止：嘉，美。止，語詞。
㉑大邦之子：大邦，指莘國。子，女子、女兒，指太姒。
㉒俔（ㄑㄧㄢˋ）天之妹：俔，譬喻、好比、有如。妹，少女。
㉓文定厥祥：文定，即今所謂訂婚。《朱傳》：「文，禮。祥，吉也。言卜得吉，而以納幣之禮定其祥也。」
㉔造舟為梁：將船連接起來以為橋梁。
㉕不顯其光：不，同「丕」，或訓大，或以為是發語詞。光，光彩、光輝。
㉖纘（ㄗㄨㄢˇ）女維莘：纘，《毛傳》：「繼也。」句謂繼娶莘國之女。
㉗長子維行：長子，指文王。維行，義同上文「維德之行」。這裡是指太姒之德與文王相當。
㉘篤：語詞。
㉙保右命爾：保，保護。右，幫助。命，命令。爾，

指武王，或訓語詞。

㉚ 燮：馬瑞辰《通釋》：「讀為襲，襲亦伐也。」

㉛ 旅：軍隊。

㉜ 其會如林：會，聚集。如林，形容其多。

㉝ 矢于牧野：矢，誓，指誓師。牧野，殷都朝歌郊外之地名，在今河南省淇縣西南。

㉞ 維予侯興：維，發語詞。予，我，指武王。侯，維、是、乃。興，興起。

㉟ 臨女：臨，照臨、監視。女，你們。

㊱ 貳：變心、有二心的意思。

㊲ 洋洋：廣闊的樣子。

㊳ 煌煌：鮮明的樣子。

㊴ 駟騵彭彭：駟，《齊詩》作「四」。騵，赤身黑尾白腹之馬。彭彭，強壯有力的樣子。

㊵ 師尚父：師，官名，太師。尚父，即呂尚，其祖先封於呂，姓姜，人稱姜太公，又叫太公望。

㊶ 鷹揚：如鷹之飛揚，形容其勇猛。

㊷ 涼（ㄌㄧㄤˋ）：輔佐。

㊸ 肆：或訓恣縱，或釋為迅疾，或以為是發語詞。《魯詩》作「襲」。

㊹ 會朝清明：會，《鄭箋》：「合也。」即會戰之意。朝，早晨。清明，謂天氣晴朗。

說明

〈大雅〉有幾篇史詩勾畫出周人的發祥、創業、建國的歷史，〈大明〉是其中之一。

《詩序》：「〈大明〉，文王有明德，故天復命武王也。」此說當然合乎史實，但不能用來確切說明〈大明〉的篇旨，事實上，〈大明〉是我們要知周之所以能夠強盛，所不能錯過的史詩，它敘述了武王伐商的經過，而以周之有天下，歸功於文王以德受天命，並追溯及於太任、太姒二母的「天作之合」，換句話說，〈大明〉是一篇敘述周德之盛，配偶之宜，乃生武王，而伐商擁有天下的作品，這一類的史詩（**也有人定義從嚴，認為《詩經》時代沒有所謂史詩或敘事詩**）在後來並沒有得到很好的傳承，否則中國這樣的詩的民族，應該會有數量極為龐大的史詩。

緜

緜緜瓜瓞❶。民之初生，自土沮漆❷。古公亶父❸，陶復陶穴❹，未有家室。

（一章）

古公亶父，來朝走馬❺，率西水滸❻，至于岐下❼。爰及姜女❽，聿來胥宇❾。

（二章）

周原膴膴❿，堇荼如飴⓫。爰始爰謀，爰契我龜⓬。曰止曰時⓭，築室于茲。

（三章）

迺慰迺止⓮，迺左迺右⓯，迺疆迺理⓰，迺宣迺畝⓱。自西徂東，周爰執事⓲。

（四章）

乃召司空，乃召司徒⓳，俾立室家。其繩則直⓴，縮版以載㉑，作廟翼翼㉒。

（五章）

捄之陾陾㉓，度之薨薨㉔，築之登登㉕，削屢馮馮㉖。百堵皆興，鼛鼓弗勝㉗。

（六章）

迺立皋門㉘，皋門有伉㉙。迺立應門㉚，應門將將㉛。迺立冢土㉜，戎醜攸行㉝。

（七章）

肆不殄厥慍[34]，亦不隕厥問[35]。柞棫拔矣[36]，行道兌[37]矣。混夷駾矣[38]，維其喙[39]矣。（八章）

虞芮質厥成[40]，文王蹶厥生[41]。予曰有疏附[42]，予曰有先後[43]，予曰有奔奏[44]，予曰有禦侮[45]。（九章）

注釋

❶緜緜瓜瓞（ㄉㄧㄝˊ）：緜緜，綿延不絕的樣子。瓜瓞，瓜指大瓜，瓞是小瓜。句以形容周之子孫眾多。

❷「民之初生」二句：民，指周人。土，水名，即杜水，《齊詩》作「杜」。沮，往。漆，水名。杜、漆二水都在今陝西省。

❸古公亶父：古公是號，亶父是字。古公亶父為文王之祖父，初居豳，為避狄人之侵略，遷至岐山之下，定國號曰周。後被武王追尊為太王。

❹陶復陶穴：陶，掏、挖。復，同「覆」，洞穴。于省吾《新證》：「徑直而簡易者曰穴，複出而多岐者曰覆。」

❺來朝走馬：朝，早。走馬，馳馬而走。

❻率西水滸：率，循、沿著。滸，水邊。

❼岐下：岐山之下。岐山在今陝西岐山縣。

❽姜女：姜姓之女，指太王之妃太姜。

❾聿來胥宇：聿，語詞。胥，或訓相互，或訓視察，或訓停留。宇，居，居住或地址的意思。

❿周原膴膴：周原，周地之平原。膴膴，肥沃的樣子。

⓫堇荼如飴：堇，菜名，又叫烏頭，味苦。荼，苦菜。飴，糖漿。

⓬「爰始爰謀」二句：爰，乃、於是。始，或訓開始，或以為始、謀二字義同。謀，計劃。契，刻。

龜，龜甲（刻後放在火上燃燒，以龜甲之裂紋定吉凶）。

⓭日止日時：止，居住。時，善、適宜。

⓮迺慰迺止：迺，同「乃」。慰，《毛傳》：「安。」《方言》、《廣雅》：「居也。」

⓯迺左迺右：左右是劃定左右（東西）區域的意思。

⓰迺疆乃理：疆理，《朱傳》：「疆，謂畫其大界。理，謂別其條理也。」按：〈小雅．信南山〉「我疆我理」句，《朱傳》：「疆者，為之大界也。理者，定其溝塗也。」

⓱迺宣迺畝：宣，以耒耜耕田。畝，作成田畝。

⓲周爰執事：周，普遍。爰，語詞。執事，做事。

⓳「乃召司空」二句：司空是掌管營建之官，司徒是掌管徒役之官。

⓴其繩則直：古之建築以繩測度地基是否平直，句為以繩度之而直的意思。

㉑縮版以載：縮版，以繩捆束築牆之版。載，讀為栽，樹立的意思。

㉒作廟翼翼：廟，宗廟。翼翼，《朱傳》：「嚴正也。」

㉓捄（ㄐㄩ）之陾（ㄖㄥˊ）陾：捄，盛土的筐籠，這裡用作動詞，鏟土、倒土於籠的意思。陾陾，鏟土聲。

㉔度之薨薨：度，投，投土於版的意思。薨薨，投土之聲。

㉕築之登登：築，以杵搗土使其堅實。登登，搗土之聲。

㉖削屢馮（ㄆㄧㄥˊ）馮：屢，應作「婁」，突出、隆高的意思，這裡是指土牆隆起之處。馮馮，削牆的意思。

㉗鼛（ㄍㄠ）鼓弗勝：鼛，大鼓。勝，勝過、超過。句謂鼛鼓之聲蓋不過勞動時薨薨、登登等各種聲音（鼛鼓原本是為了鼓動幹勁）。

㉘皋門：王之城門。

㉙伉（ㄎㄤˋ）：高大的樣子。

㉚應門：王之宮室大門。

㉛將（ㄑㄧㄤ）將：《毛傳》：「嚴正也。」

㉜冢土：冢，大。土，社，土神。冢土即大社，為祭祀土神之處。

㉝戎醜攸行：戎醜，戎狄醜虜，指混（ㄎㄨㄣ）夷而言。攸，因而。行，離去。

㉞肆不殄厥慍：肆，發語詞。殄，絕。厥，其，指狄

人。慍，憤怒。

㉟不隕厥問：隕，墜、喪失。問，或以為是聘問鄰國之禮，或訓恤問。

㊱柞棫拔矣：柞是一種常綠灌木，棫是另外一種叢生的小樹，二者皆有刺。拔，拔除。

㊲兌：暢通。

㊳混（ㄎㄨㄣ）夷駾（ㄊㄨㄟˋ）矣：混夷，又作昆夷，西北之戎，即鬼方。駾，《鄭箋》：「驚走奔突。」

㊴喙（ㄏㄨㄟˋ）：《毛傳》：「困也。」

㊵虞芮質厥成：虞、芮，古二國名。質，質正、評斷。成，平，指平息爭端，和平結好。史載虞、芮爭田，往求質正於周，入周之境，見周人皆有禮讓之行，因慚愧而相讓所爭之田。

㊶蹶（ㄍㄨㄟˋ）厥生：蹶，動、感動。生，通「性」。

㊷疏附：疏遠之人來歸附。

㊸先後：先後之秩序。

㊹奔奏：奏，一作「走」。奔奏，指奔走侍奉之臣。

㊺禦侮：抵禦外侮之武將。

說明

〈緜〉表現出周民族新興蓬勃的宏偉氣象，在周民族發展的歷史中，繼公劉遷豳之後，太王古公亶父又率眾遷至岐山之下，在此周人比以往有了更偉大的發展。

《詩序》：「〈緜〉，文王之興，本由大王也。」這個說法並沒有錯，但用詞稍嫌簡略，從詩各章之所詠觀之，〈緜〉是歌頌太王遷岐，為文王奠基的史詩，它的主題在歌頌太王，但內容也涉及了文王之德與功業，字裡行間也有勸勉鼓勵周代子孫的用意。張以誠《毛詩徵言》引吳師道說：「此詩明一家祖孫、父子、夫婦、婦姑皆有聖德，而又有將師之賢、師眾之盛。至于天命之保佑，昭事之聿懷、天與聖人又相與為一。詩人形容之備，莫過于此。」可謂推崇備致。

棫樸

芃芃棫樸❶，薪之槱之❷。濟濟辟王❸，左右趣之❹。（一章）

濟濟辟王，左右奉璋❺。奉璋峨峨❻，髦士攸宜❼。（二章）

淠彼涇舟❽，烝徒楫之❾。周王于邁❿，六師及之⓫。（三章）

倬彼雲漢⓬，為章⓭于天。周王壽考，遐不作人⓮？（四章）

追琢其章，金玉其相⓯。勉勉⓰我王，綱紀⓱四方。（五章）

❶芃芃棫樸：芃芃，茂盛的樣子。棫，有刺的叢生小樹。樸，棗樹的一種。

❷薪之槱（ㄧㄡˇ）之：薪之，采之為薪。槱，堆積木材，焚燒以祭天神。

❸濟濟辟王：濟濟，莊嚴恭敬的樣子。辟，君。

❹左右趣（ㄑㄩ）之：左右，指周王左右之臣。趣，同「趨」，疾行以赴。

❺奉璋：奉，同「捧」。璋，半珪，這裡指璋瓚，是一種玉（半玉）柄的祭祀用的酒器。祭祀之禮，王灌（祼）以圭瓚，諸臣助祭者以璋瓚。

❻峨峨：《毛傳》：「盛壯也。」

❼髦士攸宜：髦士，俊士。攸，所。宜，合宜、適宜。

❽淠（ㄆㄧˋ）彼涇舟：淠，《毛傳》：「舟行貌。」涇，水名。

❾烝徒楫之：烝，眾。楫，槳，用作動詞，划動的意思。

❿于邁：邁，行。于邁，是正在出征的意思。

⓫六師及之：六師，《毛傳》：「天子六軍。」及，隨同。

⓬倬彼雲漢：倬，明亮的樣子。雲漢，天河、銀河。

⓭章：文彩。

⓮「周王壽考」二句：壽考，長壽。遐，何。作人，造就人才。這兩句是說，周王壽高，歷事既久，何能不成就人才呢？也就是能夠造就人才的意思。或訓遐為長遠；亦通。

⓯「追琢其章」二句：追，雕。鏤金曰雕，磨玉曰琢。其，指周王。章，文，指人的外表。相，質，指人的內涵。

⓰勉勉：勤勉不懈的樣子。

⓱綱紀：綱是網之大繩，紀是抽絲的意思，這裡作動詞用，可以解釋為治理。

說明

〈棫樸〉讚美一位周朝的天子，在〈大雅〉中是屬於藝術效果較佳的作品，寫法融合賦、比、興三種技巧，所用的語言更是具體、形象而且生動。

《詩序》：「〈棫樸〉，文王能官人也。」這個解說獲得多數學者的支持，有人站在《序》說的基礎上，稍微把話說得清楚些，以為這是讚美文王能得人，能作人，能治理四方的詩，不過也有一些學者反對《詩序》的意見，他們的論據是，文王未嘗為天子，焉得有六師？這一點牽涉到不同的史實記載，事情比較麻煩，我們若從《尚書・康誥》及《逸周書・祭公》的一些記載來看，文王已然及身稱王，而周人也承認文王「受命代殷」了，不過，文王在武王時才被追尊為王的說法，卻是更為普遍的，因此，我們若不接受《詩序》的意見，不妨簡單地說這是頌美周王之詩。

旱麓

瞻彼旱麓❶，榛楛濟濟❷。豈弟❸君子，干祿❹豈弟。（一章）

瑟彼玉瓚❺，黃流在中❻。豈弟君子，福祿攸降。（二章）

鳶飛戾天，魚躍于淵❼。豈弟君子，遐不作人❽？（三章）

清酒既載❾，騂牡❿既備。以享⓫以祀，以介景福⓬。（四章）

瑟彼柞棫⓭，民所燎⓮矣。豈弟君子，神所勞⓯矣。（五章）

莫莫葛藟⓰，施于條枚⓱。豈弟君子，求福不回⓲。（六章）

注釋

❶旱麓：旱，山名，在今陝西省南鄭縣。麓，山腳。

❷榛楛（ㄏㄨˋ）濟濟：榛，樹名，結實似栗而小。楛，樹名，似荊而赤，可以為箭。濟濟，眾多的樣子。

❸豈（ㄎㄞˇ）弟（ㄊㄧˋ）：和樂平易的樣子。

❹干祿：干，求。祿，福。

❺瑟彼玉瓚：瑟，《鄭箋》：「絜（潔）鮮貌。」玉瓚，即圭瓚，天子祭神用的酒器，以圭為柄，黃金為勺。

❻黃流在中：流是流水之口，瓚之流以黃金為之，色黃，所以叫黃流。在中，流在器之中央。

❼「鳶飛戾天」二句：鳶，鳥名，似鷹，嘴較短，尾較長。戾，至。淵，深潭。按：《中庸》第十二章引此二句，謂「言其上下察也」。王引之《經義述聞》：「《廣雅》云：『察，至也。』此引詩以明君子之道之大，上至於天，下至於地也。」

❽遐不作人：遐，何。作人，造就人才。句言何能不成就人才？亦即能夠造就人才。
❾既載：既，已。載，陳設。
❿牡：赤色之公牛。周人尚赤，故以牡為祭物。
⓫享：獻，孝敬。
⓬以介景福：介，祈求。景，大。
⓭瑟彼柞棫：瑟，眾多的樣子。柞是一種常綠灌木，棫是另外一種叢生的小樹，二者皆有刺。
⓮燎：燒柴祭神。
⓯勞（ㄌㄠˋ）：慰勞，保佑。
⓰莫莫葛藟：莫莫，茂盛的樣子。葛，葛藤。藟，與葛類相似的一種蔓生植物。
⓱施（一ˋ）于條枚：施，延伸。條，枝。枚，幹。
⓲回：邪。

說明

〈旱麓〉的性質稍近頌詩，歌功頌德、祈求福祐，兼而有之。《詩序》：「〈旱麓〉，受祖也。周之先祖，世脩后稷、公劉之業，大王、王季，申以百福千祿焉。」（受祖，《孔疏》：「文王受其祖之功業。」）〈旱麓〉文字雖淺近，主題卻未必很明顯，從各章敘述來看，這似乎是寫周王的祭祀得福，假若如此，《詩序》的引申，吾人不必責其過於迂曲牽附。

有些學者認為〈旱麓〉與上一篇〈棫樸〉、下一篇〈思齊〉，都是讚頌周文王的慶歌，這也是可以讓人接受的觀點。

思齊

思齊大任❶，文王之母。思媚周姜❷，京室❸之婦。大姒嗣徽音❹，則百斯男❺。

（一章）

惠于宗公❻，神罔時怨，神罔時恫❼。刑于寡妻❽，至于兄弟，以御❾于家
邦。（二章）
雝雝在宮❿，肅肅在廟⓫。不顯亦臨，無射亦保⓬。（三章）
肆戎疾不殄⓭，烈假不瑕⓮。不聞亦式，不諫亦入⓯。（四章）
肆成人有德，小子有造⓰。古人之無斁⓱，譽髦斯士⓲。（五章）

❶思齊（ㄓㄞ）大（ㄊㄞˋ）任：思，發語詞。齊，同「齋」，莊敬的意思。大任，王季之妃，文王之母。

❷思媚周姜：媚，《毛傳》：「愛也。」周姜，即太姜，太王之妃，王季之母，句言太任能孝事太姜。或訓媚為美好，句謂太姜美好賢淑；亦通。

❸京室：王室。

❹大（ㄊㄞˋ）姒嗣徽音：大姒，文王之妃。嗣，繼承。徽，美。音，聲譽。

❺則百斯男：則，其、必的意思。百，形容其多。斯，語詞。男，指子孫。

❻惠于宗公：惠，順從。宗公，先公、祖宗。

❼「神罔時怨」二句：罔，無。時，所。怨，抱怨。恫（ㄊㄨㄥ），傷痛。

❽刑于寡妻：刑，通「型」，法式、模範的意思。寡妻，嫡妻。

❾御：治理。

❿雝雝在宮：雝雝，和睦的樣子。宮，宮室。《朱傳》：「言文王在閨門之內則極其和。」

⓫肅肅在廟：肅肅，恭敬的樣子。廟，宗廟。《朱傳》：「在宗廟之中則極其敬。」

⓬「不顯亦臨」二句：不，同「丕」，語詞。兩

「亦」字也都是語詞。顯，光明。臨，照臨人民。射（ㄧˋ），同「斁」，厭倦。保，保民。

⑬肆戎疾不殄：肆，或以為是發語詞，或訓故、所以。戎，大。疾，病、災難。不，或謂即「丕」，無義，或謂即否定之不。殄，滅、絕。

⑭烈假不瑕：《毛傳》：「烈，業。假，大也。」《朱傳》：「烈，光。」瑕，過錯。依《毛傳》，句謂文王之大業無差失。依《朱傳》，句謂文王光明正大無差失。或謂烈為癘之假借，假為瘕之假借，不即「丕」，無義，瑕通「遐」，遠去，則句謂疫疾不作；亦通。

⑮「不聞亦式」二句：兩不字都同「丕」，語詞。兩亦字也都是語詞。聞，聽，指聽到好的意見。式，採用。入，接納。

⑯「肆成人有德」二句：成人，二十歲以上的成年人。有德，有好的品德。小子，童子。有造，有成就。這兩句是稱譽文王作人之功。

⑰古之人無斁（ㄧˋ）：古之人，指文王。斁，厭。

⑱譽髦斯士：《毛傳》：「有名譽之俊士。」蘇轍《集傳》謂《詩經》中譽字皆為樂義。俞樾《群經平議》：「譽讀為預，樂也。」

說明

〈思齊〉從頌揚周室三母的德行寫起，內容則側重在文王之德的歌頌。《詩序》：「〈思齊〉，文王所以聖也。」〈思齊〉確實言及文王之「所以聖」，不過，篇旨未必如此簡單，《朱傳》以為「此詩亦歌文王之德，而推本言之」，我們從詩先以三母發端，然後稱頌文王之德，可知《朱傳》之說確比《詩序》完整具體，乃方玉潤《詩經原始》批評《序》與《朱傳》「均非善說《詩》者」，實嫌過苛。

有學者表示，〈思齊〉為我們了解周朝建制之初的情況提供了較為豐富的史料，也是我們進一步深入研究周禮的一個窗口；事實上〈思齊〉的內容談不上豐富，若說這是深入研究周禮的一個窗口，那麼這個窗口也未免太小了。

皇矣

皇[1]矣上帝，臨下有赫[2]；監觀四方，求民之莫[3]。維此二國[4]，其政不獲[5]；維彼四國[6]，爰究爰度[7]。上帝耆[8]之，憎其式廓[9]。乃眷西顧[10]，此維與宅[11]。（一章）

作之屏之[12]，其菑其翳[13]；脩之平之，其灌其栵[14]；啓之辟之[15]，其檉其椐[16]；攘之剔之[17]，其檿其柘[18]。帝遷明德[19]，串夷載路[20]。天立厥配[21]，受命既固。（二章）

帝省其山[22]，柞棫斯拔[23]，松柏斯兌[24]。帝作邦作對[25]，自大伯王季[26]。維此王季，因心則友[27]。則友其兄，則篤其慶[28]，載錫之光[29]。受祿無喪[30]，奄有[31]四方。（三章）

維此王季[32]，帝度其心，貊其德音[33]。其德克明，克明克類[34]，克長克君[35]。王此大邦，克順克比[36]。比于文王，其德靡悔[37]。既受帝祉[38]，施于孫子[39]。（四章）

帝謂文王：「無然畔援[40]，無然歆羨[41]，誕先登于岸[42]

大邦，侵阮徂共[43]。王赫[44]斯怒，爰整其旅[45]，以按徂旅[46]，以篤于周祜[47]，以對[48]于天下。（五章）

依其在京[49]，侵自阮疆[50]，陟我高岡。「無矢我陵，我陵我阿；無飲我泉，我泉我池[51]！」度其鮮原[52]，居岐之陽[53]，在渭之將[54]。萬邦之方[55]，下民之王。（六章）

帝謂文王：「予懷明德[56]，不大聲以色[57]，不長夏以革[58]，不識不知[59]，順帝之則[60]。帝謂文王：「詢爾仇方[61]，同爾兄弟[62]。以爾鉤援[63]，與爾臨衝[64]，以伐崇墉[65]」。（七章）

臨衝閑閑[66]，崇墉言言[67]，執訊[68]連連，攸馘安安[69]。是類是禡[70]，是致是附[71]，四方以無侮。臨衝茀茀[72]，崇墉仡仡[73]。是伐是肆[74]，是絕是忽[75]，四方以無拂[76]。（八章）

注釋

❶ 皇：光明、偉大。

❷ 有赫：赫然，威嚴的樣子。

❸ 莫：《毛傳》：「定也。」《魯詩》、《齊詩》作「瘼」，疾苦、病痛的意思。

❹ 二國：指夏、殷而言。

❺ 獲：得，即良好之意。

❻四國：四方之國。
❼爰究爰度：爰，乃。究，尋求。度，謀慮。
❽耆：《毛傳》：「惡也。」
❾憎其式廓：憎，惡。式，語詞。屈萬里《詮釋》：「廓，空虛也；謂其無政也。」
❿乃眷西顧：眷，回顧的樣子。西顧，《毛傳》：「顧西土也。」
⓫此維與宅：此，此地，指岐周。宅，居。與宅，與周人共居。
⓬作之屏（ㄅㄧˇㄥ）之：作，柞之假借，除木叫做柞。屏，除。
⓭其菑其翳：菑，立著的枯樹。翳，倒在地上的枯樹。
⓮其灌其栵：灌，叢生之木。栵，斬而復生之樹。
⓯啓之辟之：辟，同「闢」。啓闢即開闢。
⓰其檉（ㄔㄥ）其椐（ㄐㄩ）：檉，樹名，其葉似松。椐，又名靈壽樹，腫節可做手杖。
⓱攘之剔之：攘與剔都是除去的意思。
⓲其檿（ㄧㄢˇ）其柘（ㄓㄜˋ）：檿，山桑，可做弓。柘，黃桑，葉可餵蠶。
⓳帝遷明德：帝，上帝。遷，轉移。明德，品德光明之人，這裡指太王。
⓴串夷載路：串夷，昆夷。載，則。路，或訓逃跑，或以為是露的假借，疲憊、失敗的意思。
㉑配：配偶，謂太姜。
㉒帝省其山：省，視察。山，指岐山。
㉓柞棫斯拔：柞是一種常綠灌木，棫是另外一種叢生的小樹，二者皆有刺。拔，拔除。
㉔兌：直立。
㉕帝作邦作對：作，建立。邦，指周國。對，配，指配天的君主。
㉖大（ㄊㄞˋ）伯王季：大伯，太王之長子，王季之兄。王季，即季歷，為太王少子，文王之父。
㉗因心則友：因心，出於本心。友，友愛兄弟。
㉘則篤其慶：篤，厚。慶，福。
㉙載錫之光：載，則。錫，賜。光，光顯、光榮。
㉚喪：失、失墜。
㉛奄有：奄，覆蓋、包括。奄有，完全擁有。
㉜維此王季：《左傳．昭公二十八年》引此句，作「維此文王」，三家《詩》亦作文王；似以作文王為是。
㉝貊其德音：貊，與「莫」通用，「莫」有大的意

思。德音，聲譽。句謂使文王之聲譽隆盛。

34 類：善良。

35 克長克君：能為長上、能為君王的意思。

36 克順克比：順，順從。比，親附。句謂人民能順從文王、親附文王。

37 其德靡悔：靡悔，無恨。陳奐《傳疏》：「謂文王之德不為人恨。」

38 帝祉：帝，上帝。祉，福祉。

39 施（ㄧˋ）于孫子：施，延續。孫子，子孫。

40 無然畔援：無，毋。然，如此。畔援，《鄭箋》：「猶跋扈也。」

41 歆羨：貪而羨之。

42 誕先登于岸：誕，發語詞。登，成、平。岸，通「犴」，獄訟。

43 「密人不恭」三句：密，密須氏之國，在今甘肅零台縣。距，抵拒。徂，往。阮、共，二小國名，在今甘肅涇川縣。

44 赫：盛怒的樣子。

45 爰整其旅：爰，於是。整，整頓。旅，部隊。

46 以按徂旅：按，遏止。徂旅，《朱傳》：「密師之往共者也。」《孟子》引作「以遏徂莒」，莒是地名，是密須氏前去侵略的地方。

47 以篤于周祜：篤，厚。祜，福。

48 對：顯揚。

49 依其在京：依，依據，或以為通「殷」，兵力強大的樣子。京，高丘。

50 侵自阮疆：自阮疆而侵及周地的意思。

51 「無矢我陵」四句：此為周人戒密人之辭。矢，陳，指陳兵。阿，大陵。

52 度其鮮原：度，越過。鮮原，近岐周的一個地方。

53 陽：山的南面。

54 將：側。

55 方：或訓向、傾向，或訓法則。

56 予懷明德：懷，眷念。句謂我眷顧有明德的人。

57 以色：以，與。色，指嚴厲的臉色。

58 不長夏以革：長，常。夏，夏楚。革，鞭打。

59 不識不知：不必多所謀慮的意思。

60 則：法則。

61 詢爾仇方：詢，謀。仇，《毛傳》：「匹也。」仇方即鄰國、同盟國。

62 同爾兄弟：同，會同。兄弟，同姓諸侯國。

63 鉤援：《毛傳》：「鉤，鉤梯，所以鉤引上城者。」《孔疏》：「鉤援一物，正謂梯也。」

64 臨衝：臨，臨車，可居高臨下觀察敵情的車。衝，衝車，用以衝擊城牆的戰車。

65 崇墉：崇，國名，春秋時猶存。墉，城。

66 閑閑：強盛的樣子。

67 言言：高大的樣子。

68 執訊：見〈小雅·鹿鳴之什·出車〉注30。

69 攸馘（ㄍㄨㄛˊ）安安：攸，所。馘，殺敵而割其左耳以計功。安安，從容不迫的樣子。

70 是類是禡（ㄇㄚˋ）：類，出征前祭天。禡，出征後在軍中祭神。

71 是致是附：致，招致。附，親附。

72 茀茀：強盛的樣子。

73 仡（ㄧˋ）仡：高大的樣子。

74 肆：突擊。

75 忽：消滅。

76 拂：違逆。

說明

〈皇矣〉主要是敘述文王德業之盛大。

《詩序》：「〈皇矣〉，美周也。天監代殷，莫若周；周世世脩德，莫若文王。」《朱傳》：「此詩敘大王、大伯、王季之德，以及文王伐密伐崇之事也。」《朱傳》之說可與各章要點密合無間，但《序》說也非常正確，因為詩的前三章大約僅具襯托之作用，全篇的重點仍然在強調文王之昌盛。

靈臺

經始靈臺1，經之營2之。庶民攻3之，不日4成之。經始勿亟5，庶民子來6。

（一章）

王在靈囿❼，麀鹿攸伏❽；麀鹿濯濯❾，白鳥翯翯❿。王在靈沼⓫，於牣⓬魚躍。（二章）

虡業維樅⓭，賁鼓維鏞⓮。於論⓯鼓鍾，於樂辟廱⓰。（三章）

於論鼓鍾，於樂辟廱。鼉鼓逢逢⓱，矇瞍奏公⓲。（四章）

注釋

❶經始靈臺：經，度量，指度量地基。始，開始。經始為「始經」之倒文。靈，通「令」，善、美之意。靈臺是文王之臺名，在今陝西西安附近。

❷營：建作。

❸攻：建造。

❹不日：《鄭箋》：「不設期日。」也就是不設定完工日期的意思。《朱傳》：「不終日也。」不到一天，此為夸飾之辭，形容極快。

❺亟：急。

❻子來：如兒子為父親做事般前來。

❼靈囿：囿是古代帝王畜養禽獸以供遊賞的園林，靈囿，美麗的園林，或謂靈臺之下的園囿。

❽麀（ㄧㄡ）鹿攸伏：《毛傳》：「麀，牝也。」《鄭箋》：「攸，所也。文王親至靈囿，視牝鹿所遊之處，言愛物也。」或訓攸為語助詞。

❾濯濯：肥美而有光澤的樣子。

❿翯（ㄏㄜˋ）翯：潔白的樣子。《孟子》引詩作「鶴鶴」，《魯詩》作「皜皜」。

⓫靈沼：美麗的池沼，或謂靈臺之下的池沼。

⓬於（ㄨ）牣（ㄖㄣˋ）：於，歎詞。牣，滿。

⓭虡（ㄐㄩˋ）業維樅（ㄘㄨㄥ）：屈萬里《詮釋》參考陳奐之說，云：「虡，鐘磬架之立木也。其橫木謂之栒（ㄙㄨㄣˇ）。業，覆栒之大版也。樅，業上懸鐘磬處，即〈周頌・有瞽〉之崇牙也。」按：崇

牙是「業」上的一排鋸齒，以懸掛鐘磬。

⑭賁（ㄈㄣˊ）鼓維鏞：賁是大鼓，鏞是大鐘。

⑮論（ㄌㄨㄣˊ）：倫的假借，有條不紊的意思。

⑯辟廱：天子為貴族子弟所設之學校，《朱傳》：「辟廱，天子之學，大射、行禮之處也。」載震《考正》以為是天子的離宮之名。

⑰鼉（ㄊㄨㄛˊ）鼓逢（ㄆㄥˊ）逢：鼉，鱷魚類的一種動物。鼉鼓，用鼉皮所做的鼓。逢逢，鼓聲。

⑱矇瞍奏公：矇，有眸子而不能視物。瞍，無眸子。因為盲人善聽而審於音，所以古代樂師常用盲人擔任。屈萬里《詮釋》：「《呂覽．高注》及《史記．集解》引此詩，奏公皆作奏功，《楚辭．王注》引作奏工。公、功、工三字古通，事也；謂樂章也。奏，作也。言矇謏作此樂也。」程俊英、蔣見元《注析》：「公，通功，成功。這句意為，樂師們奏樂慶祝靈臺落成。」

說明

〈靈臺〉寫的是文王建造靈臺的經過，以及文王在靈囿的休閒活動，並且因為百姓非常高興文王能享有臺池鳥獸之樂，所以辟廱裡頭鐘鼓齊鳴，詩人也唱出了一片歡樂的歌聲。

《詩序》：「〈靈臺〉，民始附也。文王受命，而民樂其有靈德，以及鳥獸昆蟲焉。」此說除了「始附」之始字似為蛇足之外，應該沒有太大的缺失，當然，我們的意思是說，以《詩序》的必須配合政教作用說詩，能夠作這樣的解釋也算是差強人意了，不過，卻仍然有很多學者痛恨這樣的說法，甚至說《詩序》「混謬」、「如同醉夢」。奇怪的是，對於孟子的「文王以民力為臺為沼，而民歡樂之」之說，大家又都認為「其意近是」，或者認為「這才是詩人的真正主旨」。其實，《詩序》的意思和孟子之說並無太大的不同，難道只因孟子是「聖人」，而作《序》者被認為是「村野妄人」（鄭樵語）或「山東學究」（朱子語），就該得到這樣的差別待遇？

〈靈臺〉是讚美文王遊樂的詩，這是可以肯定的，不過，王者遊樂有什麼好讚美的呢？當然是因文王有靈德（善德、美德），人民願意依附他，對於他能夠抽空到園囿去玩賞鳥獸昆蟲，大家也感到高興，《詩序》有什麼好痛恨的呢？

下武

下武維周❶，世有哲王❷。三后❸在天，王配于京❹。（一章）

王配于京，世德作求❺。永言配命，成王之孚❻。（二章）

成王之孚，下土之式❼。永言孝思❽，孝思維則❾。（三章）

媚茲一人❿，應侯順德⓫。永言孝思，昭哉嗣服⓬。（四章）

昭茲來許⓭，繩其祖武⓮。於萬斯年，受天之祜⓯。（五章）

受天之祜，四方來賀。於萬斯年，不遐有佐⓰。（六章）

❶下武維周：下，後。武，繼承。《鄭箋》：「後人能繼先祖者，維有周家最大。」

❷哲王：明智之王。

❸三后：后，君。三后，謂太王、王季、文王。

❹王配于京：王，指武王。京，鎬京。

❺世德作求：世德，世代積德。作，則。求，讀為「逑」，匹配。

❻成王之孚：成，完成、建立。孚，信實、威信。

❼式：法式、模範。

❽永言孝思：或謂言、思皆語詞，或謂言為語詞，思為心意。

❾則：效法，指效法先人。

❿媚茲一人：媚，愛。茲，此。一人，指武王。

⓫應侯順德：應，當。侯，維，語詞。《鄭箋》：「能當此順德，謂能成其祖考之功也。」《魯詩》順作「慎」，則句謂武王自應慎重修德；亦可參。

⓬昭哉嗣服：昭，光明。嗣，繼承。服，事。句謂文王能光明地繼承先王之大業。或釋嗣服為後進，指武王；亦通。

⓭昭茲來許：茲，同「哉」，三家《詩》作「哉」。來許，馬瑞辰《通釋》：「猶云後進。」

⓮繩其祖武：繩，繼承。武，足跡。

⓯祜：福。

⓰不遐有佐：不，語詞。遐，遠。《毛傳》：「遠夷來佐也。」今人多以「不遐」之「遐」字無義，解「不遐」為不會、不至。屈萬里《詮釋》：「遐，語詞，猶今語之啊。佐字古但作左；左，疏外之也。言千秋萬世，亦不至有疏外周室而不親附者也。」林義光《通解》：「佐，讀為差。古文當作差，作佐者，傳寫所改。」

說明

〈下武〉是讚美周武王能繼承先王德業的詩。

《詩序》：「〈下武〉，繼文也。武王有聖德，復受天命，能昭先人之功焉。」《序》說難以挑剔。《鄭箋》解釋《詩序》「繼文」二字，說是「繼文王之王業而成之」，這個說明卻不可遽然相信，因為《序》以「繼伐」解下面的〈文王有聲〉，這裡的「繼文」當然是相對於「繼伐」而言，如蘇轍《詩集傳》所言，「繼文者，言繼其文德；繼伐者，又兼言其武功」，范處義《詩補傳》、嚴粲《詩緝》都說，繼文是繼太文、王季、文王之文德，繼伐是繼文王之功伐，他們的解釋《詩序》較為合理。

文王有聲

文王有聲[1]，遹駿[2]有聲，遹求厥寧[3]，遹觀厥成[4]。文王烝[5]哉！（一章）

文王受命，有此武功[6]；既伐于崇，作邑于豐[7]。文王烝哉！（二章）

築城伊淢[8]，作豐伊匹[9]，匪棘其欲[10]，遹追來孝[11]。王后[12]烝哉！（三章）

王公伊濯[13]，維豐之垣[14]。四方攸同[15]，王后維翰[16]。王后烝哉！（四章）

豐水東注[17]，維禹之績。四方攸同，皇王維辟[18]。皇王烝哉！（五章）

鎬京辟廱[19]，自西自東，自南自北，無思不服[20]。皇王烝哉！（六章）

考卜維王[21]，宅[22]是鎬京。維龜正之[23]，武王成之[24]。武王烝哉！（七章）

豐水有芑[25]，武王豈不仕[26]？詒厥孫謀[27]，以燕翼子[28]。武王烝哉！（八章）

注釋

[1] 聲：聲譽、好名聲。

[2] 遹駿：遹，同「聿」，發語詞。駿，大。

[3] 厥寧：厥，其，指天下、人民。寧，安靜。

[4] 觀厥成：人觀其成功。

[5] 烝：美。

[6] 武功：《鄭箋》：「謂伐四國及崇之功也。」

[7] 作邑于豐：邑，建都。豐，地名，亦作酆，在今陝西雩縣。

[8] 伊淢（ㄒㄩˋ）：伊，為。淢，同「洫」，城溝，護城河。

[9] 匹：相配、相稱。

[10] 匪棘其欲：匪，非。棘，急。欲，慾望。

⑪遹追來孝：追，追思、追承。來，語詞。句謂追承先王之志以為孝。

⑫王后：后是君的意思，王后即君王，仍然是指文王而言。

⑬王公伊濯：公，同「功」，王公是指文王之功業。伊，語詞。濯，大。

⑭垣：城牆。

⑮攸同：攸，語詞。同，或訓同心，或解為會同、朝會。

⑯翰：「幹」之假借，楨幹的意思。

⑰豐水東注：豐水在豐邑之東，鎬京之西，其東北流與渭水合，注入黃河。

⑱皇王維辟：皇，大。皇王，指武王。辟，或訓君，或訓法則。

⑲辟廱：舊謂天子為貴族子弟所設之學校，《朱傳》以為是天子之學，大射、行禮之處，戴震《考正》以為是天子的離宮之名。

⑳無思不服：思是語詞，服是順服的意思。

㉑考卜維王：句為「維王考卜」之倒文。考，稽、察。考卜是稽之於龜卜的意思。

㉒宅：定居。

㉓正之：得到吉兆的意思。

㉔成之：指完成遷鎬之事。

㉕芑（ㄑㄧˇ）：草名，即水芹。

㉖不仕：仕，事。不仕，無所爭。

㉗詒厥孫謀：詒，同「貽」、「遺」，遺留的意思。孫，子孫。句謂遺留謀略與其子孫。

㉘以燕翼子：燕，安。翼，護。子，子孫。

說　明

〈文王有聲〉歌頌的是文王之遷豐與武王之遷鎬。《詩序》：「〈文王有聲〉，繼伐也。武王能廣文王之聲，卒其伐功也。」這話雖然也沒錯，卻未能抓住詩的核心。《朱傳》說：「此詩指文王遷豐、武王遷鎬之事。」這就完全說對詩的主題了。

〈文王有聲〉一共八章，前四章言文王遷豐、後四章言武王遷鎬，敘事的份量不但很輕，而且每章都以「烝哉」的歎美之詞作結，因此，這是讚美詩[illegible]

生民之什（十篇）

生民

厥初生民[1]，時維姜嫄[2]。生民如何？克禋克祀，以弗無子[3]。履帝武敏歆[4]，攸介攸止[5]；載震載夙[6]，載生載育，時維后稷[7]。（一章）

誕彌厥月[8]，先生如達[9]。不坼不副[10]，無菑[11]無害。以赫[12]厥靈，上帝不寧[13]。不康禋祀，居然生子[14]。（二章）

誕寘[15]之隘巷，牛羊腓字[16]之。誕寘之平林[17]，會[18]伐平林；誕寘之寒冰，鳥覆翼之。鳥乃去矣，后稷呱[19]矣。實覃實訏[20]，厥聲載路[21]。（三章）

誕實匍匐[22]，克岐克嶷[23]，以就口食。蓺之荏菽[24]，荏菽旆旆[25]，禾役穟穟[26]，麻麥幪幪[27]，瓜瓞唪唪[28]。（四章）

誕后稷之穡[29]，有相之道[30]。茀厥豐草[31]，種之黃茂[32]。實方實苞[33]，實種實褎[34]，實發實秀[35]，實堅實好[36]，實穎實栗[37]，即有邰家室[38]。（五章）

誕降嘉種，維秬維秠[39]，維穈維芑[40]。恆之[41]秬秠，是穫是畝[42]；恆之穈芑，

是任是負[43]，以歸肇祀[44]。（六章）

誕我祀如何？或舂或揄[45]，或簸或蹂[46]；釋之叟叟[47]，烝之浮浮[48]。載謀載惟[49]，取蕭祭脂[50]，取羝以軷[51]，載燔載烈[52]，以興嗣歲[53]。（七章）

卬盛于豆[54]，于豆于登[55]。其香始升，上帝居歆[56]。胡臭亶時[57]。后稷肇祀，庶無罪悔[58]，以迄于今。（八章）

注釋

❶厥初生民：厥，其。初，始。民，人，這裡是指周族人民。

❷姜嫄：姜，姓；嫄，名；炎帝之後，為周始祖后稷之母。

❸「克禋克祀」二句：克，能夠。禋，《毛傳》：「敬。」或謂禋祀是潔敬之祭祀，或以為是用火燒牲，使煙氣上沖於天的一種祭祀。弗，去，祭祀以祓除不祥的意思；或解弗為免，以弗無子謂以免無子。

❹履帝武敏歆：履，踐、踩。帝，上帝。武，足跡。敏，拇的假借，足大趾。歆，欣然，心有所動的樣子。

❺攸介攸止：攸，語詞。介、止都是舍息、休息的意思。

❻載震載夙：載，則。震，同「娠」，懷孕。夙，肅敬。

❼后稷：名棄，相傳是堯舜時候的稷官，為周之始祖。

❽誕彌厥月：誕，發語詞。彌，滿、足。厥月，其月，指妊娠之月數，即十個月。

❾先生如達：先生，謂第一胎所生。達，《鄭箋》：「羊子也。」人之頭胎難生，這裡以小羊出生之

易，比喻后稷誕生之順利。

❿不坼（ㄔㄜˋ）不副（ㄆㄧˋ）：坼、副都是破裂的意思，言母體之平安。

⓫菑：同「災」。

⓬赫：顯示。

⓭不寧：或訓不為丕，或直接釋不寧為不安寧。

⓮「不康禋祀」二句：不康，或訓不為丕，或直接釋不康為不安心。居然，或解為竟然，或釋為安然。

⓯寘：同「置」。

⓰腓字：腓，通「庇」，庇護。字，《毛傳》：「愛也。」《說文》：「乳也。」

⓱平林：平地上的林木。

⓲會：適值、恰好碰上。

⓳呱（ㄍㄨ）：小兒啼哭聲。

⓴實覃實訏（ㄒㄩ）：實，是。覃，長。訏，大。指哭聲而言。

㉑載路：載是滿的意思，載路在此用以形容哭聲之大。

㉒匍匐：手足著地爬行。

㉓克岐克嶷（ㄋㄧˋ）：《毛傳》：「岐，知意也。嶷，識也。」岐嶷一詞可連用，意指聰明懂事的意思。

㉔蓺之荏菽：蓺，種。荏菽，大豆。

㉕旆（ㄆㄟˋ）旆：《毛傳》：「旆旆然長也。」高亨《今注》：「猶勃勃，茂盛貌。」

㉖禾役穟（ㄙㄨㄟˋ）穟：《毛傳》：「役，列也。穟穟，苗好美也。」

㉗幪幪：茂盛的樣子。

㉘瓜瓞（ㄉㄧㄝˊ）唪（ㄅㄥˋ）唪：瓞，小瓜。唪唪，果實纍纍的樣子。

㉙穡：稼穡，種植五穀。

㉚有相之道：相，視，指視土地之宜。道，方法。

㉛茀厥豐草：茀，拂的假借，拔除的意思。豐草，盛多的野草。

㉜黃茂：或訓嘉穀，或謂猶言茂盛。

㉝實方實苞：方，開始，指苗開始吐芽。苞，包，指穀始生時，苗包而未舒。

㉞實種實褎（ㄧㄡˋ）：種，穀生出短苗。褎，苗逐漸長高。

㉟實發實秀：發，禾莖舒發長高。秀，成穗。

㊱實堅實好：堅好指穀粒之堅實美好。

㊲實穎實栗：穎，禾穗，這裡指禾穗之下垂。栗，眾

多的樣子。

㊳即有邰家室：即，就。有，詞頭，無義。邰，后稷所封國，在今陝西武功縣。家室，有其家室，即居住的意思。

㊴維秬維秠（ㄆㄧ）：秬，黑黍。秠，黍的一種，其一穀中含有兩粒米。

㊵維穈（ㄇㄣˊ）維芑（ㄑㄧˇ）：《毛傳》：「穈，赤苗也。芑，白苗也。」

㊶恆之：恆，遍、遍地。之，是。

㊷畝：動詞，堆於田畝中。

㊸是任是負：任，肩挑。負，背，負荷的意思。

㊹以歸肇祀：歸，自由歸家。肇，開始。祀，祀神。

㊺或舂或揄（ㄧㄡˊ）：舂，用杵在臼裡搗米。揄，取出臼中已搗好的米。

㊻或簸或蹂：簸，以箕揚棄糠皮。蹂，以手揉搓米粒以去糠皮。

㊼釋之叟叟：釋，淘米。叟叟，淘米聲。

㊽烝之浮浮：烝，同「蒸」。浮浮，蒸飯時熱氣上騰的樣子。

㊾載謀載惟：謀，商量、計劃。惟，思考、考慮。《毛傳》：「穀熟而謀，陳祭而卜。」

㊿取蕭祭脂：蕭，蒿。脂，牛油。古時祭祀塗脂於蕭上，和黍稷一起點燃，達其氣味於神。

51取羝（ㄉㄧ）以軷（ㄅㄚˊ）：羝，公羊。軷，祭路神。

52載燔載烈：燔，直接用火燒。烈，將肉串起來架在火上烤。

53以興嗣歲：興，興旺，作動詞用。嗣歲，來年。

54卬盛于豆：卬，我。豆，盛肉醬之木製或陶、銅製之器物。

55登：瓦製的盛肉汁的祭器。

56居歆：居，語詞。歆，或訓欣喜，或釋為饗，享受祭祀的意思。

57胡臭（ㄒㄧㄡˋ）亶時：胡，大。臭，香味。亶，誠然、確實。時，善、美。

58罪悔：罪過。

說明

〈生民〉敘述周人始祖后稷發跡的神話。

《詩序》：「〈生民〉，尊祖也。后稷生於姜嫄，文、武之功起於后稷，故推以配天焉。」〈古序〉以「尊祖」說〈生民〉，這當然是正確之論，〈續序〉「配天」之說則頗遭後人反對，其實后稷既然是周人祖先，周人以為可以配天，應是天經地義。

方玉潤《詩經原始》一方面駁斥《序》說，一方面又說此篇「述后稷誕生之異，為周家農業始也」，試問有誰不知后稷「為周家農業始」呢？「述后稷誕生之異，為周家農業始」，不正是要周人尊祖嗎？

〈生民〉層次分明，以樸實之筆寫神奇之傳說，陳鴻謨《詩經治亂始末注疏合抄》說：「經傳所載帝王之生，未有若后稷之奇者也。降種肇于后稷，萬世粒食皆稷功德，是稷之生即民之生也。開頭首句便云『厥初生民』，煞有深意。中間說到祭祀，又開禮樂之祖，以見教民粒食之功甚宏。周家八百基業綿長，雖數聖相承，實稷開先，須此等巨筆揚厲，洵足配天無愧。」此言可供參稽。

行葦

敦彼行葦❶，牛羊勿踐履。方苞方體❷，維葉泥泥❸。（一章）

戚戚❹兄弟，莫遠具爾❺。或肆之筵❻，或授之几❼。（二章）

肆筵設席❽，授几有緝御❾。或獻或酢❿，洗爵奠斝⓫。（三章）

醓醢以薦⑫，或燔或炙⑬。嘉殽脾臄⑭，或歌或咢⑮。（四章）

敦弓⑯既堅，四鍭既鈞⑰；舍矢既均⑱，序賓以賢⑲。（五章）

敦弓既句⑳，既挾四鍭㉑；四鍭如樹㉒，序賓以不侮㉓。（六章）

曾孫維主㉔，酒醴維醹㉕，酌以大斗㉖，以祈黃耇㉗。（七章）

黃耇台背㉘，以引以翼㉙。壽考維祺㉚，以介景福㉛。（八章）

注釋

❶敦（ㄊㄨㄢˊ）比行葦：敦，叢生的樣子。行葦，道路旁的蘆葦。

❷方苞方體：方，開始。苞，《鄭箋》：「茂也。」或訓發苞。體，《鄭箋》：「成形也。」

❸泥泥：泥，苨的假借。泥泥，茂盛的樣子。

❹戚戚：親密、親愛。

❺莫遠具爾：遠，疏遠。具，通「俱」。爾，通「邇」，近、親近的意思。

❻或肆之筵：肆，陳設、陳列。筵，筵席。

❼几：短腳的小木桌，供老者憑靠之用。

❽設席：《毛傳》：「重（ㄔㄨㄥˊ）席也。」古人席地而坐，蓆上加蓆，是表示尊重客人。

❾緝御：緝，繼續、相繼、不斷，此形容其多。御，侍者。

❿或獻或酢：獻，主人向客人敬酒。酢，客人回敬。

⓫洗爵奠斝（ㄐㄧㄚˇ）：洗爵是指主人再度向客人敬酒（即「醻」或「酬」）之前的清洗酒杯。

⓬醓（ㄊㄢˇ）醢（ㄏㄞˇ）以薦：醓，拌和著鹽、酒等汁水的肉醬。醢，肉醬。薦，進獻。

⓭或燔或炙：燔是燒肉，炙是烤肉。

⓮嘉殽脾臄（ㄐㄩㄝˊ）：殽，同「餚」，嘉殽即美食。脾，通「膍」，牛胃。臄，牛舌。

⓯ 咢：只擊鼓而不歌唱。

⓰ 敦（ㄉㄧㄠ）弓：敦，通「雕」、「彫」。敦弓即雕弓，弓幹上畫以五彩之弓，在周代為天子所用。

⓱ 四鍭（ㄏㄡˊ）既鈞：鍭，箭的一種，金屬箭頭，箭羽剪齊。鈞，勻、調和。

⓲ 舍矢既均：舍矢，發箭。均，箭，指皆用同樣之箭。或訓均為射中。

⓳ 序賓以賢：序，排列次第。以賢，以其射技之才能。

⓴ 句（ㄍㄡˋ）：彀的假借，張弓引滿。

㉑ 既挾四鍭：挾，持，謂以手持而射也。既挾四矢，是說四矢已經射盡。

㉒ 如樹：樹，立。此形容射中之狀。

㉓ 不侮：不輕侮、不怠慢。

㉔ 曾孫維主：曾孫，主祭者之稱。主，主人。

㉕ 酒醴維醹（ㄖㄨˇ）：醴，甜酒。醹，酒味醇厚。

㉖ 大斗：《毛傳》：「長三尺也。」《釋文》：「三尺，謂大斗之柄也。」

㉗ 以祈黃耇（ㄍㄡˇ）：祈，求。黃，黃髮，老人的頭髮是先白後黃的。耇，老人面上的灰瘢。這裡的黃耇是長壽的意思。

㉘ 台背：台，同「鮐」，魚名，背有黑色花紋。台背是形容老年人背部皮膚暗黑。

㉙ 以引以翼：引，在前引導。翼，在旁扶持。

㉚ 祺：吉祥。

㉛ 以介景福：介，求。景，大。

說明

〈行葦〉寫祭祀完畢，燕請父兄和耆老飲酒，詩中對於燕飲的設筵布置、祭祀所用的菜餚以及射禮的進行交代得頗為清楚。

《詩序》：「〈行葦〉，忠厚也。周家忠厚，仁及草木，故能內睦九族，外尊事黃耇，養老乞言，以成其福祿焉。」這是依據詩中之句而衍生出來的說釋，略嫌瑣碎，養老乞言之說似乎也勉強了一些。

《朱傳》懷疑〈行葦〉是「祭畢而燕父兄耆老之詩」，這大約已接近詩的本意；姚際恆《詩經通論》說這不但是燕同、異姓父兄、賓客之詩，「而醻酢、射禮亦並行之，終之以尊優耆老焉」，這個說法就更周全了。

既醉

既醉以酒，既飽以德❶。君子萬年❷，介爾景福。（一章）

既醉以酒，爾殽既將❸。君子萬年，介爾昭明❹。（二章）

昭明有融❺，高朗令終❻。令終有俶❼，公尸嘉告❽。（三章）

其告維何？籩豆靜嘉❾。朋友攸攝❿，攝以威儀⓫。（四章）

威儀孔時⓬，君子有孝子⓭。孝子不匱⓮，永錫爾類⓯。（五章）

其類維何？室家之壼⓰。君子萬年，永錫祚胤⓱。（六章）

其胤維何？天被⓲爾祿。君子萬年，景命有僕⓳。（七章）

其僕維何？釐爾女士⓴。釐爾女士，從㉑以孫子。（八章）

注釋

❶德：恩惠。

❷君子萬年：君子，指主祭者，為周王。萬年，祝壽之辭。

❸將：進奉。

❹昭明：昭顯光明。

❺有融：即融然，連綿不絕的樣子。

❻高朗令終：高朗，高明，指美好的名聲。令終，好結果。

❼有（ㄧㄡˋ）俶（ㄔㄨˋ）：有，又。俶，使。屈萬里《詮釋》：「言前輩以善終，後人又以善始也。」

❽公尸嘉告：《朱傳》：「公尸，君尸也。嘉告，以善言告之，謂嘏辭也。」

❾靜嘉：靜，善。嘉，美。

❿朋友攸攝：朋友，指助祭的群臣。攸，語詞。攝，佐、輔助。

⓫威儀：禮節、儀式。

⓬孔時：孔，非常。時，善、是、宜。

⓭君子有孝子：馬瑞辰《通釋》：「有者，又也。言君子又為孝子也。」

⓮孝子不匱：匱，竭盡、虧缺。句言孝子之孝心無竭盡之時。

⓯類：善。

⓰壼（ㄎㄨㄣˇ）：《鄭箋》：「梱致。」梱致有親睦與齊治（齊家治國）之義。

⓱祚胤：祚，福祿。胤，子孫。

⓲被：覆被、覆蓋。

⓳景命有僕：景命，大命，指天命。僕，附屬。句謂天命使你有附屬之人。

⓴釐爾女士：釐，賜予。女士，即女子，或謂指妃而言。《魯詩》女士作「士女」，士女為男子與女子之意，或謂此指奴隸。

㉑從：跟隨。

說明

〈既醉〉書寫周王祭畢宴飲群臣，群臣祝頌周王。

《詩序》：「〈既醉〉，大平也。醉酒飽德，人有士君子之行焉。」傅隸樸《詩經毛傳譯解》：「這是一首賦體詩。在成王之時，天下太平，四方安靜，成王在大祭的次日舉行繹禮，燕飲滿朝的公卿大臣，這些公卿大臣醉飽之後，就用這首詩來為成王祝福。」這是根據《鄭箋》而有的一種發揮，使得原本含混之《序》說，變得具體而容易理解。

《朱傳》：「此父兄所以答〈鳧鷖〉之詩。」朱子經常使用「某詩所以答某詩」的模式說《詩》，這也是《詩集傳》的特色之一。我們從〈既醉〉之充滿感德祝福之辭，可知《朱傳》之說也有其道理。

鳧鷖

鳧鷖在涇❶，公尸來燕來寧❷。爾酒既清，爾殽既馨。公尸燕飲，福祿來成❸。（一章）

鳧鷖在沙，公尸來燕來宜❹。爾酒既多，爾殽既嘉。公尸燕飲，福祿來爲❺。（二章）

鳧鷖在渚，公尸來燕來處❻。爾酒既湑❼，爾殽伊脯❽。公尸燕飲，福祿來下❾。（三章）

鳧鷖在潨❿，公尸來燕來宗⓫。既燕于宗⓬，福祿攸降。公尸燕飲，福祿來崇⓭。（四章）

鳧鷖在亹⓮，公尸來止熏熏⓯。旨酒欣欣⓰，燔炙芬芬。公尸燕飲，無有後艱⓱。（五章）

注釋

❶鳧鷖在涇：鳧，野鴨。鷖，鷗鳥。涇，水名。
❷來燕來寧：來，是。燕，燕饗。寧，安樂。
❸成：成就、成全。
❹宜：或訓順適，或釋為肴，作動詞用，設肴之意。
❺為：《鄭箋》：「猶助也。」
❻處：止、停留。
❼湑（ㄒㄩˇ）：濾酒而去其渣。
❽脯：乾肉。
❾下：降臨。
❿潨（ㄓㄨㄥ）：《說文》：「小水入大水曰潨。」
⓫宗：尊敬。
⓬宗：宗廟。
⓭崇：重疊、積累，此形容福祿之多。
⓮亹（ㄇㄣˊ）：與「湄」通，水涯、水邊的意思。
⓯熏熏：和悅的樣子。
⓰欣欣：香氣濃盛的樣子。
⓱艱：艱難、災難。

說明

〈鳧鷖〉寫的是周王正祭次日的宴飲公尸。《詩序》：「〈鳧鷖〉，守成也。大平之君子，能持盈守成，神祇祖考安樂之也。」作《序》者秉機說教的心意是可以理解的，值得注意的是，《鄭箋》在首章「公尸來燕來寧」句下說：「祭祀既畢，明日又設禮而與尸燕。成王之時，尸來燕也。」這話說得非常具體，篇旨也就在這幾句話之中。

從朱子以來，說《詩》者多半從「繹祭」的角度來說解此篇，所謂「繹」即是指祭祀結束後的次日，又設禮而與尸燕；方玉潤《詩經原始》以〈鳧鷖〉為「繹祭燕尸之樂」，更是常被學者引用，不過，這些說法其實都是古代通義，並非創見。

假樂

假樂君子❶，顯顯令德❷。宜民宜人❸，受祿于天。保右命之❹，自天申❺之。（一章）

干❻祿百福，子孫千億。穆穆皇皇❼，宜君宜王❽。不愆不忘❾，率由舊章❿。（二章）

威儀抑抑⓫，德音秩秩⓬。無怨無惡，率由群匹⓭。受福無疆，四方之綱。（三章）

之綱之紀，燕及朋友⓮。百辟⓯卿士，媚⓰于天子。不解⓱于位，民之攸塈⓲。（四章）

❶假樂君子：假，「嘉」的假借，美善之意。君子，指周王。

❷顯顯令德：顯顯，光耀的樣子。令德，美德。

❸宜民宜人：民指庶民。人指百官。

❹保右命之：右，助，《齊詩》作「佑」。命，天授命。之，指周王。

❺申：重複。

❻干：求。或謂為「千」字之誤；亦通。

❼穆穆皇皇：穆穆，肅敬的樣子。皇皇，光明的樣子。

❽宜君宜王：宜為君王的意思。
❾不愆不忘：愆，過失。忘、亡古通，也是過失的意思。
❿率由舊章：率，遵循。由，從。舊章，先王之典章。
⓫抑抑：《毛傳》：「美也。」
⓬秩秩：《毛傳》：「有常也。」
⓭群匹：《鄭箋》：「群臣之賢者。」
⓮燕及朋友：燕，或訓宴請，或訓安康。朋友，指群臣。
⓯百辟：辟，君。百辟，指眾諸侯。
⓰媚：愛戴。
⓱解：同「懈」，怠惰。
⓲攸塈：攸，所。塈，息，即安息、安居之意。

說明

〈假樂〉是一篇頌美周天子之作。

《詩序》：「〈假樂〉，嘉成王也。」從詩各章來看，〈假樂〉確實是讚美周王之詩，《詩序》以為所嘉美者成王，或許有其根據。《朱傳》懷疑「此即公尸之所以答〈鳧鷖〉者也」，有人同意，也有人認為武斷，這是難免的。吳闓生《詩義會通》說：「詞為嘉成王，實乃規之，尤以『不愆不忘』四句為主。」其說也可參考。

公劉

篤公劉❶，匪居匪康❷，迺埸迺疆❸，迺積迺倉❹。迺裹餱糧❺，于橐于囊❻，思輯用光❼。弓矢斯張，干戈戚揚❽，爰方啓行❾。（一章）

篤公劉，于胥斯原⑩。既庶既繁。既順迺宣⑪，而無永歎。陟則在巘⑫，復
降在原。何以舟⑬之？維玉及瑤，鞞琫容刀⑭。（二章）
篤公劉，逝彼百泉⑮，瞻彼溥原⑯。迺陟南岡，乃覯于京⑰。京師⑱之野，于
時處處⑲，于時廬旅⑳。于時言言，于時語語。（三章）
篤公劉，于京斯依㉑。蹌蹌濟濟㉒，俾筵俾几㉓。既登乃依㉔，乃造其曹㉕；
執豕于牢㉖，酌之用匏。食之飲之，君之宗之㉗。（四章）
篤公劉，既溥既長㉘。既景迺岡㉙，相其陰陽㉚，觀其流泉。其軍三單㉛，度
其隰原㉜，徹㉝田爲糧。度其夕陽㉞，豳居允荒㉟。（五章）
篤公劉，于豳斯館㊱。涉渭爲亂㊲，取厲取鍛㊳。止基迺理㊴，爰眾爰有㊵。
夾其皇澗㊶，遡其過澗㊷。止旅乃密㊸，芮鞫之即㊹。（六章）

❶篤公劉：篤，忠厚篤實。或訓發語詞。公劉，后稷之裔孫，夏朝人。

❷匪居匪康：上「匪」字讀為「彼」，下「匪」字為非、不的意思。康，安。

❸迺埸（ㄧˋ）迺疆：迺，即「乃」。埸、疆，《說文》：「大界曰疆，小界曰埸。」此作動詞用，修治田地、正其田畝的意思。

❹迺積迺倉：積，露天積糧之處。倉，倉庫。積、倉

在此用作動詞，建造穀倉、積聚糧食的意思。

❺餱糧：乾糧。

❻于橐（ㄊㄨㄛˊ）于囊：橐、囊都是裹糧的包袋，《毛傳》：「小曰橐，大曰囊。」

❼思輯用光：思，發語詞。輯，集聚。用，以。光，廣。

❽干戈戚揚：干，盾。戈，橫刃長柄，《說文》釋為平頭戟。戚是斧，揚是鉞。

❾爰方啓行：爰，於是。方，開始。啓行，啓程、出發。

❿于胥斯原：胥，相、視察。斯，此。原，原野、原地。斯原是指豳地之原。

⓫既順迺宣：既順是指民心既順，宣是舒暢之意，此指民心舒暢。

⓬巘（ㄧㄢˇ）：小山。

⓭舟：《毛傳》：「帶。」即佩帶之意。或謂舟通「周」，圍繞的意思。

⓮鞞（ㄅㄧㄥˇ）琫（ㄅㄥˇ）容刀：鞞，刀鞘。琫，《說文》：「佩刀上飾也。天子以玉，諸侯以金。」容刀，佩刀。

⓯逝彼百泉：逝，往。百泉，或謂泉水眾多之處，或以為是地名。

⓰溥（ㄆㄨˇ）原：溥，廣、大的意思。溥原，廣大的原野。或以為溥原乃地名。

⓱京：豳之地名。

⓲京師：師，都邑之稱。京師即京邑，京師二字連稱始於此，後世遂以為帝王所居都城的專稱。

⓳于時處處：時，是。處處，定居。

⓴廬旅：廬、旅都是寄、寄居的意思。

㉑依：依據、憑依。

㉒蹌（ㄑㄧㄤ）蹌濟濟：〈小雅．谷風之什．楚茨〉有「濟濟蹌蹌」句，《毛傳》：「言有容也。」《鄭箋》：「有容，言威儀敬慎也。」

㉓俾筵俾几：筵、几在此皆作動詞用，句即擺設筵席、安置桌几之意。

㉔既登乃依：登，登上席位。依，依靠桌几。

㉕乃造其曹：造，前往。曹，《毛傳》：「群也。」此謂豬群。

㉖牢：豬圈。

㉗君之宗之：君，君主。宗，族主。方玉潤《原始》：「謂公劉以一身為群臣之君宗也。以異姓之臣言稱君，以同姓之臣言稱宗。」

㉘既溥既長：又廣又長，指其所居之土地而言。

㉙既景迺岡：景，以日影測度方向。迺，猶「其」。岡，山岡。

㉚相其陰陽：相，看、視察。陰，山北。陽，山南。句謂視其方向，以為居室。

㉛其軍三單：單，禪的假借，輪流替代的意思。句謂三軍之中，用其一軍，使之更番替代。

㉜度其隰原：度，測量。隰，低溼之地。原，廣而平坦之地。

㉝徹：取稅之稱。

㉞夕陽：山的西面。

㉟豳居允荒：豳居，猶言豳地。允，誠然。荒，大。

㊱館：建築館舍。

㊲涉渭為亂：涉渭，渡過渭水。亂，橫流而渡。

㊳取厲取鍛：厲，同「礪」，用以磨利之石。鍛，本作「段」，用以搥打之石。

㊴止基迺理：止，「之」的訛字，金文「之」「止」兩字形似易混。之，此。基，基地。理，治理。

㊵爰眾爰有：爰，於是。眾、有二字都是多的意思，指人口之多。

㊶夾其皇澗：皇澗是澗名，句為夾著皇澗兩旁蓋屋的意思。

㊷遡其過澗：遡，向、面對。過澗，澗名。

㊸止旅迺密：止，義同前面「止基迺理」之「止」。旅，民眾。密，或訓安定，或訓繁密。

㊹芮鞫之即：芮，汭之假借，水灣之內。鞫，水灣之外。即，就、往就。句謂就水灣內外而居。

說明

〈公劉〉是《詩經》中極為出色的敘事詩，通篇描寫公劉由邰遷豳的經過。

《詩序》：「〈公劉〉，召康公戒成王也。成王將涖政，戒以民事，美公劉之厚於民，而獻是詩也。」這個說法的問題是，〈公劉〉六章根本找不到一句戒辭，《詩序》的配合政教說詩，說服力如何，恐怕不容過於樂觀。

本篇於周室祖先公劉的徙豳過程，描述詳盡，姚際恆《詩經通論》以為這是詠公劉避狄之侵擾，由戎狄之間遷豳的詩，其說當無可置疑。值得一提的是，本篇敘事層層推進，章法嚴謹，詩人描摹人物、場景極見功力，方玉潤等人恭維本篇乃大手筆之作，洵非過譽。

泂酌

泂酌彼行潦❶，挹彼注茲❷，可以餴饎❸。豈弟君子❹，民之父母。（一章）

泂酌彼行潦，挹彼注茲，可以濯罍❺。豈弟君子，民之攸歸。（二章）

泂酌彼行潦，挹彼注茲，可以濯溉❻。豈弟君子，民之攸塈❼。（三章）

注釋

❶泂（ㄐㄩㄥˇ）酌彼行潦：泂，遠。酌，以勺舀取。行（ㄏㄤˊ）潦（ㄌㄠˇ），路邊溝溪之水。

❷挹彼注茲：挹，舀取。彼，指行潦之水。注，灌入、瀉入。茲，此，指盛水的器皿。

❸餴（ㄈㄣ）饎（ㄔˋ）：餴，蒸。饎，酒食。

❹豈（ㄎㄞˇ）弟（ㄊㄧˋ）君子：豈弟，同「愷悌」，和樂平易的樣子。君子，指周王。

❺濯罍：濯，洗滌。罍，刻有雲雷花紋的酒器。

❻溉：概的假借字，酒樽。

❼塈（ㄒㄧˋ）：休息、安息、安居。

說明

〈泂酌〉頌美周王，但似乎又蘊含有勸誡的用心在裡面。《詩序》：「〈泂酌〉，召康公戒成王也。言皇天親有德，饗有道也。」表面看來，〈泂酌〉是一篇頌美天子的詩，但略加玩索，總覺意實勸戒，是以《序》說即使略有牽附，也不能視為無理，至少也反映出作《序》者盡量少用讚美角度詮釋詩旨的想法。

糜文開、裴普賢合著的《詩經欣賞與研究》認為〈泂酌〉是頌美周天子的詩，可是他們又說「民之休戚，係之於在上者之所為，是寓勸於美，詩之深意在焉」，〈泂酌〉的確是這樣特殊的一篇作品。

卷阿

有卷者阿❶，飄風❷自南。豈弟❸君子，來游來歌，以矢其音❹。（一章）

伴奐❺爾游矣，優游爾休❻矣。豈弟君子，俾爾彌爾性❼，似先公酋❽矣。（二章）

爾土宇昄章❾，亦孔之厚❿矣。豈弟君子，俾爾彌爾性，百神爾主⓫矣。（三章）

爾受命長矣，茀祿爾康⓬矣。豈弟君子，俾爾彌爾性，純嘏爾常⓭矣。（四章）

有馮有翼⑭，有孝有德⑮，以引⑯以翼。豈弟君子，四方爲則⑰。（五章）

顒顒卬卬⑱，如圭如璋⑲，令聞令望⑳。豈弟君子，四方爲綱。（六章）

鳳皇㉑于飛，翽翽㉒其羽，亦集爰止㉓。藹藹㉔王多吉士，維君子使㉕，媚㉖于天子。（七章）

鳳皇于飛，翽翽其羽，亦傅㉗于天。藹藹王多吉人，維君子命，媚于庶人。（八章）

鳳皇鳴矣，于彼高岡。梧桐生矣，于彼朝陽㉘。菶菶萋萋㉙，雝雝喈喈㉚。（九章）

君子之車，既庶且多；君子之馬，既閑且馳㉛。矢㉜詩不多，維以遂㉝歌。（十章）

注釋

❶有卷（ㄑㄩㄢˊ）者阿：有卷，卷然，蜿蜒曲折的樣子。阿，大的丘陵。

❷飄風：旋風。

❸豈（ㄎㄞˇ）弟（ㄊㄧˋ）：和樂平易的樣子。

❹以矢其音：矢，陳、獻、表達。音，聲音，可以指詩歌，也可以指心聲。

❺伴（ㄆㄢˋ）奐：悠遊閑暇、從容自在的意思。

❻優游爾休：優游，閑暇自得的樣子。休，休息。

❼俾爾彌爾性：俾，使。彌，終，久。性，同「生」，生命。句為祝福你長壽的意思。

❽似先公酋：似，嗣續、繼承。先公，指詩中「豈弟君子」的先君。酋，猷之省借，謀劃之意，這裡指事業。句謂君子繼承先公的事業。

❾土宇昄（ㄅㄢˇ）章：土宇，可居之土，即國土、疆土。昄章，即版圖，包括國家的領土與人口。

❿亦孔之厚：亦，語詞。孔，很、非常。厚，豐厚廣大。

⓫百神爾主：百神，泛指天地山川之眾神。主，主祭。按主祭百神者為天子。

⓬茀祿爾康：茀，通「福」。康，安康。

⓭純嘏（ㄍㄨˇ）爾常：純，大。嘏，福。常，常常。

⓮有馮（ㄆㄧㄥˊ）有翼：馮，同「憑」，依靠。翼，輔佐、輔助。

⓯有孝有德：孝，指孝行。德，指德望。

⓰引：引導。

⓱則：法、典範。

⓲顒（ㄩㄥˊ）顒卬卬：顒顒，溫和的樣子。卬卬，志氣高朗的樣子。

⓳如圭如璋：圭、璋為古代玉製之禮器，這裡用來形容君子品德的高貴純潔。

⓴令聞令望：令，善。聞，名譽、聲譽。望，聲望。

㉑鳳皇：即「鳳凰」，傳說中的一種神鳥。

㉒翽（ㄏㄨㄟˋ）翽：鳥拍翅聲。

㉓亦集爰止：亦，語詞。爰，於。止，棲止、停息。句謂棲集在所停息之處。

㉔藹藹：眾多的樣子。

㉕維君子使：君子，指周王。句謂唯聽周王之役使。

㉖媚：愛戴。

㉗傅：至。

㉘朝陽：山的東面。

㉙菶（ㄅㄥˇ）菶萋萋：菶菶、萋萋都是草木茂盛的樣子。這裡用梧桐枝葉之茂盛，比喻朝臣之盛。

㉚雝雝喈喈：雝雝、喈喈都是形容鳳凰鳴聲的和諧，以此比喻群臣之融洽。

㉛既閑且馳：閑，熟練、熟習。馳，謂能疾馳。

㉜矢：陳獻。

㉝遂：完成、作成。

說明

〈卷阿〉前後呼應，結構嚴密，前六章用賦體誠摯地表達了對周王的祝賀之意，後四章用比體表示了對「藹藹王多吉士」的喜悅。

《詩序》：「〈卷阿〉，召康公戒成王也。言求賢用吉士也。」以此為召康公之作，或許自有根據，我們也不必追問。

〈卷阿〉計有十章，內容以頌美成王的部分居多，勸王用吉士的部分較少，《詩序》不言祝福、歌頌，單從勸戒的角度立說，這當然有他們的考量，《朱傳》懷疑本篇是召康公「從成王遊於卷阿之上，因王之歌而作此以為戒」，其維護《詩》教的用心，也是不言可喻的。另有學者認為，此篇純詠周臣隨周王遊覽而陳詩助興，歌功頌德，此說完全跳脫出《詩》教，也很可以參考。

民勞

民亦勞止❶，汔可小康❷。惠此中國❸，以綏❹四方。無縱詭隨❺，以謹無良❻。式遏寇虐❼，憯不畏明❽。柔遠能邇❾，以定我王。（一章）

民亦勞止，汔可小休。惠此中國，以為民逑❿。無縱詭隨，以謹惛怓⓫。式遏寇虐，無俾民憂。無棄爾勞⓬，以為王休⓭。（二章）

民亦勞止，汔可小息。惠此京師，以綏四國。無縱詭隨，以謹罔極⓮。式遏寇虐，無俾作慝⓯。敬慎威儀，以近有德。（三章）

民亦勞止，汔可小愒⑯。惠此中國，俾民憂泄⑰。無縱詭隨，以謹醜厲⑱。
式遏寇虐，無俾正敗⑲。戎雖小子，而式弘大⑳。（四章）
民亦勞止，汔可小安。惠此中國，國無有殘㉑。無縱詭隨，以謹繾綣㉒。式
遏寇虐，無俾正反㉓。王欲玉女㉔，是用大諫㉕。（五章）

注釋

❶民亦勞止：亦、止皆語詞。

❷汔（ㄑㄧˋ）可小康：汔，《鄭箋》：「幾也。」即庶幾之意，此希望之詞。于省吾《新證》讀汔為乞，求也；亦可通。康，安。

❸惠此中國：惠，愛。中國，《毛傳》：「京師也。」

❹綏：安定。

❺無縱詭隨：縱，縱容。陳奐《傳疏》：「縱，當依《左傳》作『從』。《箋》以『聽』釋從，其字不誤也。」此說可參。詭隨，狡詐欺騙之人。

❻以謹無良：謹，戒慎、小心提防。無良，不良之人。

❼式遏寇虐：式，發語詞。遏，止。寇虐，指掠奪暴虐的貪官酷吏。

❽憯（ㄘㄢˇ）不畏明：憯，曾、乃。明，《鄭箋》：「明白之刑罪。」陳奐《傳疏》：「猶法也。」

❾柔遠能邇：柔，懷柔、安撫。遠，遠方之人。能，親善、安撫。邇，住在近處的人。

❿逑：朋友、伴侶。

⓫惛（ㄏㄨㄣ）怓（ㄋㄠˊ）：《鄭箋》：「猶讙譁也，謂好爭訟者也。」

⓬無棄爾勞：勞，功勞、功績。《朱傳》：「言無棄爾之前功也。」

⓭休：美，指美業、美政。

⓮罔極：無良，指惡人。此為《詩》中常見詞。
⓯慝（ㄊㄜˋ）：惡。
⓰愒（ㄑㄧˋ）：休息。
⓱泄：散去、消除。
⓲醜厲：醜惡之人。
⓳正敗：正，政的假借。正敗，政事敗壞。
⓴「戎雖小子」二句：戎，你。式，作用。二句謂你雖是年輕人，但職位高，作用大；言下有勸對方行事不可不慎的意思。
㉑殘：害，此指被害之人。
㉒繾（ㄑㄧㄢˇ）綣（ㄑㄩㄢˇ）：《毛傳》：「反覆也。」謂反覆無常之人。或謂繾綣是固結不離之意，指小人固結於其君，或結黨營私的意思；亦可通。
㉓正反：政事顛覆。
㉔玉女：玉，作動詞用，寶愛、成全的意思。女，同「汝」。
㉕是用大諫：是用，因此。大諫，深切勸諫。

說　明

〈民勞〉的主題十分鮮明，有識之士透過詩歌，正言厲色地告訴厲王，若不能安民防奸，王朝將會傾覆。

《詩序》：「〈民勞〉，召穆公刺厲王也。」《朱傳》：「以今考之，乃同列相戒之辭耳，未必專為刺王而發，然其憂時感事之意，亦可見矣。」二說若能合參，詩的本義雖不中亦不遠矣。

姚際恆《詩經通論》說：「云『同列相戒』，稍寬泛。今合兩家之說，當云：『召穆公刺厲王用事小人，以戒王也。』」姚氏為反《序》之著名學者，其解〈民勞〉折衷《詩序》與《朱傳》之說，結果就有人批評他「泥《序》」，《序》在今日不得人緣，由此可見一斑。

板

上帝板板[1]，下民卒癉[2]。出話不然[3]，爲猶不遠[4]。靡聖管管[5]，不實于亶[6]。猶之未遠，是用[7]大諫。（一章）

天之方難[8]，無然憲憲[9]；天之方蹶[10]，無然泄泄[11]。辭之輯[12]矣，民之洽[13]矣；辭之懌[14]矣，民之莫[15]矣。（二章）

我雖異事[16]，及爾同寮[17]。我即爾謀[18]，聽我囂囂[19]。我言維服[20]，勿以爲笑。先民有言：詢于芻蕘[21]。（三章）

天之方虐，無然謔謔[22]。老夫灌灌[23]，小子蹻蹻[24]。匪我言耄[25]，爾用憂謔[26]。多將熇熇[27]，不可救藥。（四章）

天之方懠[28]，無爲夸毗[29]。威儀卒迷[30]，善人載尸[31]。民之方殿屎[32]，則莫我敢葵[33]。喪亂蔑資[34]，曾莫惠我師[35]。（五章）

天之牖民[36]，如壎如篪[37]，如璋如圭[38]，如取如攜[39]。攜無曰益[40]，牖民孔易[41]。民之多辟[42]，無自立辟[43]。（六章）

价人維藩[44]，大師維垣[45]，大邦維屏[46]，大宗維翰[47]。懷德維寧[48]，宗子[49]維城。無俾城壞，無獨斯畏[50]。（七章）

敬[51]天之怒，無敢戲豫[52]；敬天之渝[53]，無敢馳驅[54]。昊天曰明[55]，及爾出王[56]；
昊天曰旦[57]，及爾游衍[58]。（八章）

❶板板：乖戾反常的樣子。
❷卒（ㄘㄨㄟˋ）癉（ㄉㄢˋ）：卒，同「瘁」，病的意思。癉，勞累病苦。
❸然：信。
❹為猶不遠：猶，同「猷」，謀略、政策的意思。遠，遠大。
❺靡聖管管：靡聖，無聖哲之人。管管，無所依憑的樣子。
❻不實于亶：實，忠實。亶，誠信。
❼是用：因此。
❽方難：正在降下災難。
❾無然憲憲：無然，勿如此。憲憲，猶「欣欣」，喜悅的樣子。
❿蹶（ㄍㄨㄟˋ）：《毛傳》：「動也。」指社會動亂。
⓫泄（ㄧˋ）泄：嘮叨多言的樣子，指妄發議論。
⓬辭之輯：辭，言辭。輯，溫和。
⓭洽：融洽、和諧。
⓮懌：《毛傳》釋為和悅，朱彬《經傳考證》解為「口無擇言」之擇，敗也。
⓯莫：《毛傳》：「定也。」朱彬《經傳考證》謂同「求民之莫」之莫，與「瘼」通，病也。
⓰異事：職務不同。
⓱同寮：寮，官。同寮，猶今語同事。
⓲我即爾謀：即，往就。謀，商量。
⓳囂（ㄒㄧㄠ，在此音ㄠˊ）囂：謷謷之假借，傲慢而不聽人言的樣子。
⓴服：用、有用。
㉑詢于芻蕘（ㄖㄠˊ）：詢，詢問、請教。芻，割草之人。蕘，砍柴之人。

㉒謔謔：戲樂。

㉓老夫灌灌：老夫，詩人自稱。灌灌，猶「款款」，誠懇的樣子。

㉔小子蹻（ㄐㄧㄠˇ）蹻：小子，年輕的掌權者，表面是指上章的「同寮」，實際是指厲王。蹻蹻，驕傲的樣子。

㉕匪我言耄（ㄇㄠˋ）：匪，非。耄，八十歲之稱。句謂我所言者非老而昏亂之言。

㉖爾用憂謔：憂，優的假借、調笑的意思。句謂你卻以為是戲謔之言。

㉗多將熇（ㄏㄜˋ）熇：多，指進言之多。熇，屈萬里《詮釋》：「讀如《周易・家人》之嗃嗃，嚴厲之貌，謂發怒也。」

㉘懠（ㄐㄧˋ）：憤怒。

㉙夸毗（ㄆㄧˊ）：卑躬屈膝、逢迎諂媚的意思。

㉚卒迷：卒，盡、全部。迷，迷亂。

㉛善人載尸：載，則。《孔疏》：「尸，謂祭時之尸，以為神象，故終祭不言。賢人君子則如尸不復言語，畏政故也。」

㉜殿屎（ㄒㄧ）：呻吟。

㉝葵：借為「揆」，揆度、猜測、追究的意思。

㉞蔑資：蔑，無。資，財、助。

㉟莫惠我師：不愛我民眾的意思。

㊱牖：引導、誘導。

㊲如壎如篪（ㄔˊ）：壎、篪為兩種樂器名，前者為陶土所製的圓形吹奏樂器，後者為竹製之管樂器，二者之聲音可以調和相應，在這裡是比喻導民和諧如壎篪之合奏。

㊳如璋如圭：半圭為璋，合二璋則為圭，璋、圭是朝廷所用的玉製禮器，句言如圭、璋之配合得宜。

㊴如取如攜：取，提。句謂天之誘民如提攜之。

㊵攜無曰益（ㄜˋ）：曰，語詞。益，同「扼」，扼制的意思。

㊶牖民孔易：《孔疏》：「言上為善政，民必為善，是甚易也。」

㊷辟：邪僻。

㊸無自立辟：句謂在上者不要自作邪僻之事以誤導人民。

㊹价（ㄐㄧㄝˋ）人維藩：价，同「介」。介人，善人。維，為、是。藩，藩籬。

㊺大師維垣：大師，大眾、人民。垣，牆。

㊻大邦維屏：大邦，諸侯中的大國。屏，屏障。

47 大宗維翰：大宗，即大房，指王之同姓世嫡子而言。翰，楨幹、棟梁、骨幹。

48 懷德維寧：懷德，有德可懷。寧，安寧。

49 宗子：王之嫡子。

50 無獨斯畏：無獨，勿孤立。句謂勿孤立自己，孤立無援是可怕的。

51 敬：敬畏、儆戒。

52 戲豫：逸樂。

53 渝：變、災變。

54 馳驅：馳馬出遊，有放縱自恣之意。

55 曰明：曰，語詞。明，昭明、光明。

56 及爾出王：及，與。王，往的假借。出王，猶出遊。

57 旦：明。

58 游衍：遊逛、遊樂。

說明

西周王朝自夷王開始逐漸走入下坡之路，厲王時代，政教尤衰，周室大壞，不少的諷刺朝政的詩篇就出現了。〈板〉就是這類「亂世之音」的代表作之一。

《詩序》：「〈板〉，凡伯刺厲王也。」《鄭箋》：「凡伯，周同姓，周公之胤也，入為王卿士。」據魏源《詩古微》考證，凡伯就是共伯和，當厲王流亡彘地時，諸侯立凡伯為王，後來周宣王繼位，凡伯就讓出了政權。依《詩序》，〈板〉為凡伯之作，我們似沒必要硬是不信其說，當然學者若因為沒有其他的根據而不予承認，也不妨視為學術上的認真態度。

《朱傳》以為此篇與〈民勞〉相類（同列相戒之辭），「但責之益深切耳」，此處我們不妨採折衷之說，這是諷諫同僚，並用以勸戒厲王的詩。

蕩之什（十一篇）

蕩

蕩蕩上帝，下民之辟[1]。疾威[2]上帝，其命多辟[3]。天生烝民，其命匪諶[4]。靡不有初，鮮克有終[5]。（一章）

文王曰：咨[6]！咨女殷商。曾是彊禦[7]，曾是掊克[8]，曾是在位，曾是在服[9]。天降滔德[10]，女興是力[11]。（二章）

文王曰：咨！咨女殷商。而秉義類[12]，彊禦多懟[13]。流言以對[14]，寇攘式內[15]。侯作侯祝，靡屆靡究[16]。（三章）

文王曰：咨！咨女殷商。女炰烋[17]于中國，斂怨以爲德[18]。不明[19]爾德，時無背無側[20]；爾德不明，以無陪無卿[21]。（四章）

文王曰：咨！咨女殷商。天不湎[22]爾以酒，不義從式[23]。既愆爾止[24]，靡明靡晦[25]。式號式呼[26]，俾晝作夜[27]。（五章）

文王曰：咨！咨女殷商。如蜩如螗，如沸如羹[28]。小大近喪[29]，人尚乎由

行[30]。內奰[31]于中國，覃及鬼方[32]。（六章）

文王曰：咨！咨女殷商。匪上帝不時，殷不用舊[33]。雖無老成人，尚有典刑[34]。曾是莫聽[35]，大命以傾[36]。（七章）

文王曰：咨！咨女殷商。人亦有言：顛沛之揭[37]，枝葉未有害，本實先撥[38]。殷鑒不遠，在夏后之世[39]！（八章）

注釋

❶「蕩蕩上帝」二句：《毛傳》：「上帝，以託君王也。辟，君也。」《鄭箋》：「蕩蕩，法度廢壞之貌。」。

❷疾威：貪婪暴虐。

❸其命多辟：命，命令。辟，通僻，邪僻。

❹「天生烝民」二句：烝，眾。諶（ㄔㄣˊ），信賴。匪諶，不可信賴。

❺「靡不有初」二句：即有始無終之意。

❻咨：嗟歎之詞。

❼曾是彊禦：曾，乃。是，如此。彊禦，強橫。

❽掊（ㄆㄡˊ）克：聚斂，搜刮財物的意思。

❾「曾是在位」二句：在位，列於官位。在服，從事職務。

❿滔德：滔，傲慢。滔德，傲慢不恭之品格。

⓫女興是力：女，同「汝」，指君王。興，作。力，用力。句為你就盡力作惡之意。

⓬而秉義類：而，你。秉，任用。義類，善類，即好人。

⓭懟（ㄉㄨㄟˋ）：怨恨。

⓮流言以對：流言，謠言。對，對答。

⓯寇攘式內：寇攘，盜竊之人。式，語詞。內，入。

⓰「侯作侯祝」二句：侯，維。作，詛的假借。祝，

咒的假借。屆、究都是窮、盡的意思。

⓱炰（ㄆㄠˊ）烋（ㄒㄧㄠ）：同「咆哮」，本義是怒吼，此引申為驕傲、囂張的意思。

⓲斂怨以為德：斂，聚。句謂聚斂怨恨以為自己的本事。

⓳明：修明。

⓴時無背無側：時，是。無背無側，《毛傳》：「背無臣，側無人也。」《鄭箋》：「無臣無人，謂賢者不用。」

㉑無陪無卿：《毛傳》：「無陪貳也，無卿士也。」按陪貳指三公，卿士指六卿，為國之大臣。

㉒湎：沈迷其中。

㉓不義從式：義，宜。式，用。句謂不宜從而用酒。或訓從為縱：亦通。

㉔既愆（ㄑㄧㄢ）爾止：愆，過失、犯錯。止，容止、儀態行為。

㉕靡明靡晦：明是晝，晦是夜，句謂不分白日與黑夜。

㉖式號式呼：式，語詞。句義與〈小雅．賓之初筵〉「載號載呶」相同，號叫喧譁的意思。

㉗俾晝作夜：使晝為夜，這也是不分白日和黑夜的意思。

㉘「如蜩（ㄊㄧㄠˊ）如螗（ㄊㄤˊ）」二句：蜩是蟬，螗是一種大而黑的蟬。沸，煮沸。羹，菜湯。馬瑞辰《通釋》：「謂時人悲歎之聲，如蜩螗之鳴；憂亂之心，如沸羹之熟。」

㉙小大近喪：小大，或訓老少，或以為指大小事情。近，幾乎、將要。

㉚人尚乎由行：人，指君王。尚，尚且。由行，照舊而行。

㉛奰（ㄅㄧˋ）：怒。

㉜覃及鬼方：覃，延及。鬼方，殷周間西北狄國之名，這裡泛指遠方異族。

㉝「匪上帝不時」二句：匪，非。時，是。舊，舊的典章法制。

㉞「雖無老成人」二句：老成人，舊臣。典刑，法則。

㉟曾是莫聽：曾，乃。《朱傳》：「乃無能聽用之者。」

㊱大命以傾：大命，國運。傾，傾覆。

㊲顛沛之揭：《毛傳》：「顛，仆。沛，拔也。揭，見根貌。」

❸❽本實先撥：本，根。撥，斷絕、毀壞。

❸❾「殷鑒不遠」二句：鑒，鏡。夏后，周人稱夏朝為夏后氏。

說明

〈蕩〉是詩人託言文王而引商朝之滅亡，以警戒當世之作，基本上，這篇詩所反映的內容與上篇〈板〉是相同的，兩篇都是動盪社會的產品，後來人們就以「板蕩」指稱政局混亂、社會動盪不安，就是典出這兩篇詩歌。

《詩序》：「〈蕩〉，召穆公傷周室大壞也。厲王無道，天下蕩蕩，無綱紀文章，故作是詩也。」表面看來，〈蕩〉是周初之詩，但作《序》者明白詩中之文王歎商只是託言而已，此外，此為周之衰世之作，也可以肯定，《詩序》因而以為這是召穆公傷厲王無道、周室大壞之詩，這裡應該自有其根據，就算無據，也是順理成章的詮釋，我們沒有必要加以排斥。

抑

抑抑威儀，維德之隅❶。人亦有言：「靡哲不愚❷。」庶人之愚，亦職維疾❸；哲人之愚，亦維斯戾❹。（一章）

無競維人❺，四方其訓❻之；有覺❼德行，四國順之。訏謨定命❽，遠猶辰告❾。敬慎威儀，維民之則。（二章）

其在于今，興[10]迷亂于政；顛覆[11]厥德，荒湛于酒[12]。女雖[13]湛樂從。弗念厥紹[14]，罔敷求先王，克共明刑[15]。（三章）

肆皇天弗尚[16]，如彼泉流，無淪胥以亡[17]。夙興夜寐，洒埽庭内[18]，維民之章[19]。脩爾車馬，弓矢戎兵[20]，用戒戎作[21]，用逿蠻方[22]。（四章）

質[23]爾人民，謹爾侯度[24]，用戒不虞[25]。愼爾出話，敬爾威儀，無不柔嘉[26]。白圭之玷[27]，尚可磨也；斯言之玷，不可爲[28]也。（五章）

無易由言[29]，無曰苟[30]矣；莫捫朕舌，言不可逝矣[31]。無言不讎，無德不報[32]。惠于朋友，庶民小子。子孫繩繩[33]，萬民靡不承[34]。（六章）

視爾友君子，輯柔爾顏[35]，不遐有愆[36]。相[37]在爾室，尚不愧于屋漏[38]。無曰不顯，莫予云覯[39]。神之格思[40]，不可度[41]思，矧可射思[42]？（七章）

辟爾爲德[43]，俾臧俾嘉。淑愼爾止[44]，不愆于儀。不僭不賊[45]，鮮不爲則。投我以桃，報之以李。彼童而角，實虹小子[46]。（八章）

荏染[47]柔木，言緡之絲[48]。溫溫恭人，維德之基。其維哲人，告之話言[49]，順德之行[50]；其維愚人，覆謂我僭[51]；民各有心。（九章）

於乎小子！未知臧否。匪手攜之，言示之事[52]；匪面命之，言提其耳[53]。借[54]

曰未知，亦既抱子[55]。民之靡盈[56]，誰夙知而莫成[57]？（十章）

昊天孔昭，我生靡樂。視爾夢夢[58]，我心慘慘[59]。誨爾諄諄[60]，聽我藐藐[61]。匪用爲教，覆用爲虐[62]。借曰未知，亦聿既耄[63]。（十一章）

於乎小子！告爾舊止[64]。聽用我謀，庶無大悔。天方艱難，曰喪厥國。取譬不遠，昊天不忒[65]。回遹[66]其德，俾民大棘[67]。（十二章）

注釋

❶「抑抑威儀」兩句：抑抑，審慎嚴謹的樣子。威儀，表現在外的容止禮節。德，品德。隅，偶的假借，匹配的意思。這兩句是強調內在的品德要和外在的儀表相配合。

❷靡哲不愚：哲人處於亂世，其行若愚，所以這裡說靡哲不愚。

❸亦職維疾：職，實在。疾，毛病。

❹戾：《毛傳》：「罪也。」《鄭箋》：「畏懼於罪也。」或訓戾為反常，亦通。

❺無競維人：屈萬里《詮釋》：「無競，謂無人能與之競，亦即勝於眾人也。」「無競維人，言其人之善，無人能與之競也。」

❻訓：順。

❼覺：大。

❽訏（ㄒㄩ）謨定命：訏，大。謨，謀。定命，安定國運。

❾遠猶辰告：猶，同「猷」。遠猶，遠大的決策。辰，時、適時。告，頒布。

❿興：或訓語詞，或釋為皆。

⓫顛覆：傾敗、敗壞。

⓬荒湛（ㄉㄢ）于酒：《鄭箋》：「荒廢其政事，又湛樂於酒。」或訓荒湛為沈緬。

⑬ 雖：與「惟」通。

⑭ 紹：繼承，指繼承先人之業。

⑮ 「罔敷求先王」二句：罔，不。敷，普遍、廣泛。先王，指先王治國之道。共，拱的古字，執行。刑，法。「罔」字通貫二句，意為你不普求先王之道，也就不能執行賢明之法度。

⑯ 肆皇天弗尚：肆，語詞，也有故、所以的意思。尚，保佑、幫助。

⑰ 「如彼泉流」二句：淪胥，相率。亡，敗亡。句言無如彼泉流相率而敗。泉水挾泥沙俱下，有善惡同歸於盡的意思。

⑱ 庭內：庭院和室內。

⑲ 維民之章：維，為、做。章，表率。

⑳ 戎兵：兵器。

㉑ 用戒戎作：用，以。戒，備。戎，軍事。作，起。

㉒ 用逷蠻方：逷，懲治。蠻方，蠻夷之國。

㉓ 質：安定。

㉔ 謹爾侯度：謹，謹守。侯，君侯。度，法度。

㉕ 不虞：不測、意外。

㉖ 柔嘉：妥善、美好。

㉗ 白圭之玷（ㄉㄧㄢˋ）：圭，玉器名。玷，玉上的缺點、汙點。

㉘ 為：為力，即挽回、補救的意思。

㉙ 無易由言：易，輕易。由，於。

㉚ 苟：苟且、隨便。

㉛ 「莫捫朕舌」二句：捫，執。朕，我。逝，及、追。句謂勿因無人執我之舌，即亂說話，言語既出則不能追及。

㉜ 「無言不讎」二句：讎，回答、回響。德，恩德、美德。報，報答。

㉝ 繩繩：或訓戒慎，或訓不絕。

㉞ 承：順從。

㉟ 輯柔爾顏：輯、柔都是和善的意思。顏，顏色、臉色。

㊱ 不遐有愆：遐，語詞。愆，過錯。句謂不至於有過錯。

㊲ 相：看、注視、注意。

㊳ 尚不愧于屋漏：尚，庶幾，此希冀之詞。屋漏，《毛傳》：「西北隅。」屋之西北隅為隱暗之處。句謂即使在暗室中獨處，亦須恭謹，以求無愧。

㊴ 「無曰不顯」二句：不顯，不明亮。云，語詞。覯，見。

40 格思：格指神明之降臨，思是語詞。

41 度：猜度、揣測。

42 矧（ㄕㄣˇ）可射（ㄧˋ）思：矧，況且。射，斁的假借，厭倦的意思。

43 辟爾為德：辟，效法。句謂人民以效法你為美德。或訓辟為修明，為是語詞；亦通。

44 淑慎爾止：淑，善。止，儀容舉止。

45 不僭不賊：僭，差錯。賊，傷害，指害人。

46 「彼童而角」二句：童，《毛傳》：「羊之無角者也。」虹，訌的假借，潰亂的意思。

47 荏染：柔弱的意思。

48 言緡（ㄇㄧㄣˊ）之絲：緡，覆被、安上。絲，琴瑟等的弦。

49 話言：《毛傳》：「古之善言也。」或謂話為「詁」字之誤。

50 順德之行：行為遵循美德的意思。

51 覆謂我僭：覆，反。僭，《毛傳》：「不信也。」不信即不誠實之意。或訓僭為錯誤；亦通。

52 「匪手攜之」二句：意思是說非但用手攙著你，還指點你許多事理。

53 「匪面命之」二句：意思是說不僅當面教導你，還拉著你的耳朵要你注意聽。

54 借：假如。

55 亦既抱子：既，已經。抱子，抱兒子，指為人父。

56 民之靡盈：盈，滿、完美。句謂人是沒有完美的。

57 誰夙知而莫成：夙，早晨。莫，同「暮」。句謂有誰能夠早晨受教而晚上就有成就。

58 夢夢：昏亂迷糊的樣子。

59 慘慘：憂悶不樂的樣子。

60 諄諄：懇切勸告的樣子。

61 藐藐：輕視忽略的樣子。

62 虐：謔的假借字，戲謔、開玩笑的意思。

63 亦聿既耄（ㄇㄠˋ）：亦、聿都是語詞。耄，八十歲以上的老人。

64 舊止：舊，舊的典章制度。止，語詞。

65 忒（ㄊㄜˋ）：偏差、差錯。

66 回遹（ㄩˋ）：邪僻。

67 棘：困急、災殃。

說明

〈抑〉寫出了一位老臣對於周天子的諷諫。

《詩序》：「〈抑〉，衛武公刺厲王，亦以自警也。」因為《國語・楚語上》清楚地記載，「左史倚相曰：『……昔衛武公年數九十有五矣，猶箴儆于國，曰：「自卿以下至于師長士，苟在朝者，無謂我老耄而舍我，必恭恪于朝，朝夕以交戒我；聞一二之言，必誦志而納之，以訓導我。」在輿有旅賁之規，位寧有官師之典，倚幾有誦訓之諫，居寢有褻御之箴，臨事有瞽史之導，宴居有師工之誦。史不失書，矇不失誦，以訓御之，于是乎作〈懿〉戒以自儆也。……』」，所以《詩序》之說，同意的人非常多。既然有《國語》的相關記載，那麼我們大概只能說，《詩序》除了「刺厲王」三字有待斟酌之外，其餘的問題不大（仍有學者將上述《國語》之言中的「作〈懿〉戒以自儆」讀為「作〈懿戒〉以自儆」，並謂〈懿戒〉是否即〈抑〉無從證明）。

《朱傳》直指《詩序》之說有誤，而謂「衛武公作此詩，使人日誦於其側以自警」，其說較《詩序》更獲肯定。

究竟〈抑〉除了自警之外，是否兼刺厲王呢？還是讓各人去領會吧！

桑柔

菀彼桑柔❶，其下侯旬❷。捋采其劉❸，瘼此下民❹。不殄❺心憂，倉兄塡兮❻。倬❼彼昊天，寧不我矜❽。（一章）

四牡騤騤，旟旐有翩❾。亂生不夷❿，靡國不泯⓫。民靡有黎⓬，具禍以燼⓭。

於乎有哀[14]！國步斯頻[15]。（二章）
國步蔑資[16]，天不我將[17]。靡所止疑[18]，云徂何往[19]？君子實維[20]，秉心無
競[21]。誰生厲階[22]？至今爲梗[23]。（三章）
憂心慇慇[24]，念我土宇[25]。我生不辰，逢天僤怒[26]。自西徂東，靡所定處。
多我覯痻[27]，孔棘我圉[28]。（四章）
爲謀爲毖[29]，亂況斯削[30]。告爾憂恤，誨爾序爵[31]。誰能執熱，逝不以濯[32]？
其何能淑[33]？載胥及溺[34]。（五章）
如彼遡風[35]，亦孔之僾[36]。民有肅心[37]，荓云不逮[38]。好是稼穡，力民代食[39]。
稼穡維寶，代食維好。（六章）
天降喪亂，滅我立王[40]。降此蟊賊[41]，稼穡卒痒[42]。哀恫中國，具贅卒荒[43]。
靡有旅力，以念穹蒼[44]。（七章）
維此惠君[45]，民人所瞻[46]。秉心宣猶[47]，考慎其相[48]。維彼不順，自獨俾臧[49]。
自有肺腸[50]，俾民卒狂[51]。（八章）
瞻彼中林，甡甡[52]其鹿。朋友已譖[53]，不胥以穀[54]。人亦有言：進退維谷[55]。
（九章）

維此聖人，瞻言百里[56]；維彼愚人，覆狂以喜[57]。匪言不能，胡斯畏忌[58]。
（十章）

維此良人，弗求弗迪[59]；維彼忍心[60]，是顧是復[61]。民之貪亂，寧爲荼毒[62]！
（十一章）

大風有隧[63]，有空大谷[64]。維此良人，作爲式穀[65]；維彼不順，征以中垢[66]。
（十二章）

大風有隧，貪人敗類[67]。聽言則對，誦言如醉[68]。匪用其良，覆俾我悖[69]。
（十三章）

嗟爾朋友！予豈不知而作[70]？如彼飛蟲，時亦弋獲[71]。既之陰女[72]，反予
來赫[73]。（十四章）

民之罔極[74]，職涼善背[75]。爲民不利，如云不克[76]。民之回遹[77]，職競[78]用
力。（十五章）

民之未戾[79]，職盜爲寇。涼曰不可，覆背善詈[80]。雖曰匪予，既作爾歌[81]。
（十六章）

注釋

❶菀（ㄩˋ）彼桑柔：菀，茂盛的樣子。桑柔，嫩桑。

❷侯旬：侯，維、是。旬，樹蔭均布的意思。

❸捋采其劉：捋，摘取。劉，樹葉剝落而稀疏。

❹瘼此下民：瘼，病。下民，在桑樹下休息的人。

❺殄：絕。

❻倉（ㄔㄨㄤˋ）兄（ㄎㄨㄤˋ）填（ㄔㄣˊ）兮：倉兄，同「愴怳」，悵恨不適意的樣子。填，《毛傳》：「久也。」

❼倬：光明的樣子。

❽寧不我矜：寧，乃。矜，哀憐。

❾「四牡騤騤」二句：騤騤是形容馬之壯盛。有翩即翩然，形容旗之翻動。

❿夷：平息、平定。

⓫泯：亂。

⓬黎：眾、多。

⓭具禍以燼：具，同「俱」。燼，灰燼。

⓮於（ㄨ）乎有哀：於乎，即嗚呼。有哀，可哀、哀哉。

⓯國步斯頻：國步，猶國運。頻，危急。

⓰蔑資：《鄭箋》：「蔑，猶輕也。」「資，資用。」「國家為政，行此輕蔑民之資用。」陸德明《釋文》：「蔑，音滅。」另本蔑作滅。或解蔑為無；資，助也。

⓱將：扶助。

⓲止疑：止，息。疑，《毛傳》：「定也。」馬瑞辰《通釋》：「疑者，欵字之假借。」欵是定的意思。止疑，即停息、安身、安處之意。

⓳云徂何往：云，語詞。徂，往。句為欲往又有何處可往的意思。

⓴君子實維：君子，指當政的貴族們。維，惟的假借，思考的意思。

㉑秉心無競：無競，無人能與之競，即勝於眾人之意。句謂君子存心之善應勝過眾人。

㉒厲階：厲，惡、禍患。階，階梯。厲階，即禍端。

㉓梗：病、災害。

㉔慇慇：憂傷的樣子。

㉕土宇：國土、家園。

㉖僤（ㄉㄢˋ）怒：盛怒、震怒。

㉗ 覯痻（ㄇㄧㄣˊ或ㄏㄨㄣˊ）：覯，遇。痻，病苦、災難。
㉘ 孔棘我圉：孔棘，甚急。圉，邊疆。
㉙ 為毖（ㄅㄧˋ）：為，如果。毖，謹慎。
㉚ 亂況斯削：亂況，禍亂之狀況。斯，則、就。削，減。
㉛ 「告爾憂恤」二句：恤，義同「憂」。憂恤，可憂之事。序，次序、排列次序。爵，爵祿。
㉜ 「誰能執熱」二句：執熱，執持熱物。逝，發語詞。濯，用水沖洗以減其熱度的意思。二句比喻為政必以其道。
㉝ 其何能淑：淑，善、改善。句謂否則豈能改善。
㉞ 載胥及溺：載，則。胥，皆、相繼。溺，溺於水，比喻喪亡。
㉟ 遡（ㄙㄨˋ）風：迎面吹來的風。
㊱ 僾（ㄞˋ）：氣噎而呼吸不暢的樣子。
㊲ 肅心：上進求善之心。
㊳ 荓（ㄆㄧㄥ）云不逮：荓，使。云，語詞。不逮，不及、達不到。
㊴ 力民代食：力民，使民出力勞動。代食，代民而食。
㊵ 立王：所立之王，舊謂厲王。

㊶ 蟊（ㄇㄠˊ）賊：蟊是吃苗根的害蟲，賊是吃苗莖的害蟲。
㊷ 卒痒：卒，盡。痒，病。
㊸ 「哀恫中國」二句：恫，痛。具，同「俱」。贅，連續。荒，荒災。
㊹ 「靡有旅力」二句：旅，同「膂」。旅力，體力。念，懷念、盼望。穹蒼，蒼天。
㊺ 惠君：惠，順。惠君，順道之君。
㊻ 瞻：仰望。
㊼ 宣猶：宣，光明。猶，通「猷」，通順、通達的意思。
㊽ 考慎其相：考，考察、明辨。慎，謹慎。相，輔佐之人。
㊾ 「維彼不順」二句：不順，指不順從義理的人。自獨，自我獨斷獨行。臧，善、好。二句謂只有無道之君，獨裁而還自以為事情可以做好。
㊿ 自有肺腸：句謂與人不同之意。
51 卒狂：卒，盡。狂，迷惑狂亂。
52 甡（ㄕㄣ）甡：眾多的樣子。
53 譖（ㄐㄧㄢˋ）：互相詐欺而不信任。
54 不胥以穀：胥，互相。以，與。穀，善。
55 進退維谷：谷，山谷。山谷難行，故句謂進退皆之意。

56 瞻言百里：瞻，望、視。言，語詞。句謂眼光遠大之意。

57 覆狂以喜：覆，反。句謂反而狂妄自喜。

58 「匪言不能」二句：謂賢者非不能言，究竟畏忌什麼而不言呢？

59 弗求弗迪：求，尋求。迪，進用。

60 忍心：指殘忍之人。

61 是顧是復：顧復，眷顧留戀的意思。

62 「民之貪亂」二句：《鄭箋》：「貪，猶欲也。天下之民，苦王之政，欲其亂亡，故安為苦毒之行相侵暴，慍恚使之然。」

63 有隧：即隧然，大風奔衝而至的樣子。

64 有空大谷：有空，即空然。句謂來自深山空谷之中。

65 作為式穀：式，語詞。穀，善。句謂其所作為皆善。

66 征以中垢：征，行。垢，污垢。中垢，即垢中。

67 敗類：敗，毀敗、危害。類，善類、善人。

68 「聽言則對」二句：聽言，順從之言。誦言，諷諫之言。如醉，昏然如醉酒而不省。

69 悖：悖逆、悖理。

70 予豈不知而作：《鄭箋》：「而猶女（ㄖㄨˇ）也。我豈不知女所行者惡與？」

71 「如彼飛蟲」二句：飛蟲，飛鳥。弋，繳射，以繩繫矢而射。獲，得、中。

72 既之陰女（ㄖㄨˇ）：之，或訓往，或釋為語詞。陰，覆蔭、保護。女，同「汝」。

73 赫：盛怒的樣子。

74 罔極：無良，前已數見，這裡是指作惡、作亂的意思。

75 職涼善背：職，專主。涼，刻薄。善背，善於反覆。句謂這是由於在上者專做刻薄之事，而又反覆善變。

76 「為民不利」二句：謂做不利於民之事，有如不能獲勝，亦即賣力去做之意。

77 回遹：邪僻。

78 職競：職，專主。競，競向、爭做。

79 戾：善。

80 覆背善詈（ㄌㄧˋ）：覆背，悖理行事。詈，罵。

81 「雖曰匪予」二句：匪，非。予，我。這二句是說，你雖推諉說「此亂非我所為」，而我已為你作此歌。

說明

〈桑柔〉一共十六章，這也是《詩經》中章數最多的一篇。本詩為芮伯刺厲王之作，詩中對於同僚也表達了不滿之意。

《詩序》：「〈桑柔〉，芮伯刺厲王也。」《鄭箋》：「芮伯，畿內諸侯，王卿士也。字良夫。」《左傳．文公元年》引此詩「大風有隧」六句，說是芮良夫之詩，《國語》、《史記》也都說是芮良夫作〈桑柔〉刺厲王，由此看來，《詩序》之說應該可信。

也有人認為，此詩有「天降喪亂，滅我立王」之語，則詩當作於東周之初，乃傷時之作；其實厲王流亡彘地，周朝由周定公、召穆公共立太子靖，輔國攝政，這已可適用「滅我立王」之語了。

雲漢

倬彼雲漢❶，昭回于天❷。王曰：於乎！何辜今之人？天降喪亂，饑饉薦臻❸。靡神不舉❹，靡愛❺斯牲。圭璧既卒❻，寧莫我聽！（一章）

旱既大甚，蘊隆蟲蟲❼。不殄禋祀❽，自郊徂宮❾。上下奠瘞❿，靡神不宗⓫。后稷不克⓬，上帝不臨；耗斁⓭下土，寧丁⓮我躬！（二章）

旱既大甚，則不可推⓯。兢兢業業，如霆如雷⓰。周餘黎民⓱，靡有孑遺⓲。昊天上帝，則不我遺⓳。胡不相畏？先祖于摧⓴。（三章）

旱既大甚，則不可沮㉑。赫赫炎炎㉒，云我無所㉓。大命近止㉔，靡瞻靡顧㉕。
群公先正㉖，則不我助。父母先祖，胡寧忍予？（四章）

旱既大甚，滌滌㉗山川。旱魃爲虐㉘，如惔㉙如焚。我心憚暑，憂心如薰㉚。
群公先正，則不我聞㉛。昊天上帝，寧俾我遯㉜！（五章）

旱既大甚，黽勉畏去㉝。胡寧瘨㉞我以旱？憯㉟不知其故。祈年孔夙㊱，方社
不莫㊲。昊天上帝，則不我虞㊳。敬恭明神，宜無悔㊴怒。（六章）

旱既大甚，散無友紀㊵。鞫哉庶正㊶，疚哉冢宰㊷。趣馬師氏㊸，膳夫左右㊹；
靡人不周㊺，無㊻不能止。瞻卬㊼昊天，云如何里㊽？（七章）

瞻卬昊天，有嘒㊾其星。大夫君子，昭假無贏㊿。大命近止，無棄爾成(51)。
何求爲我？以戾(52)庶正。瞻卬昊天，曷惠其寧(53)？（八章）

注釋

❶倬彼雲漢：倬，浩大的樣子。或釋為光明、明亮的樣子，則是以倬為焯之假借。雲漢，天河、銀河。

❷昭回于天：昭，明。回，轉。指銀河在天空旋轉。

❸薦臻：薦，重複、一再。臻，至。

❹舉：舉辦，指祭祀。

❺愛：愛惜、吝惜。

❻圭璧既卒：圭、璧，兩種玉器名，朝聘、祭祀所用者。卒，盡。

❼蘊隆蟲蟲：蘊隆，暑氣熏蒸隆盛。蟲蟲，爞爞之省，炎熱的樣子。

❽不殄禋祀：殄，絕。禋祀，古祭祀名。參見〈大雅．生民〉注❸，這裡是泛指祭祀。

❾自郊徂宮：郊，郊外，祭天地在郊外。徂，往。宮，宗廟，祭祀祖先在宗廟。

❿上下奠瘞（ㄧˋ）：上，指祭天。下，指祭地。奠，陳列祭品。瘞，埋，指將祭品埋入地中。

⓫宗：尊敬。

⓬不克：或訓勝，或釋為肩、任。不克是沒辦法或不管的意思。

⓭耗斁（ㄉㄨˋ）：耗，消耗。斁，敗壞。

⓮寧丁：寧，乃。丁，當、逢、遇。

⓯推：去、除。

⓰「兢兢業業」二句：兢兢業業，恐慌危懼的樣子。如霆如雷，如怕雷霆打下來一般。

⓱周餘黎民：周室所剩餘的百姓。

⓲孑遺：殘餘。

⓳不我遺：不遺留給我一個人民的意思。

⓴先祖于摧：摧，折、斷絕。句謂先祖的祭祀即將斷絕。

㉑沮：止。

㉒赫赫炎炎：赫赫，乾旱燥熱的樣子。炎炎，暑氣逼人的樣子。

㉓云我無所：云，發語詞。無所，無所逃避的意思。

㉔大命近止：大命，或釋為人民之壽命，或訓國運。止，終止。

㉕靡瞻靡顧：指神明仍不體察顧念。

㉖群公先正：群公，周之諸先公。先正，先公之諸臣。

㉗滌滌：光禿枯竭的樣子。

㉘旱魃為虐：旱魃，古代傳說中的旱神、旱魔。為虐，作惡。

㉙惔（ㄊㄢˊ）：燒、烤。

㉚如薰：如火燻般，形容憂心之甚。

㉛聞：恤問。

㉜寧俾我遯：寧，豈、難道。遯，逃。

㉝黽勉畏去：黽勉，勉力、盡力。畏去，畏旱而逃去。

㉞瘨（ㄉㄧㄢ）：病苦、加害。

㉟憯（ㄘㄢˇ）：曾、乃、還。

㊱祈年孔夙：祈年，春日祭上帝以求豐年之祭。孔

夙，甚早。

37 方社不莫：方、社都是祭名，參見〈小雅．甫田〉注11。莫，同「暮」，晚的意思。

38 虞：幫助。

39 悔：恨。

40 散無友紀：散，離散。友，指王之群臣。紀，綱紀。句為「友散無紀」之倒裝。或訓散為亂，友與有同聲通用：亦通。

41 鞫哉庶正：鞫，窮困。庶正，眾官之長。

42 疚哉冢宰：疚，病。冢宰，官名，猶後代之宰相。

43 趣馬師氏：參見〈小雅．十月之交〉注21 22。

44 膳夫左右：膳夫，參見〈十月之交〉注19。左右，泛指周王左右之大臣。

45 周：《鄭箋》：「當作賙。」救濟的意思。

46 無：馬瑞辰《通釋》：「當讀如『何有何亡』之亡，有謂富，亡謂貧也。」

47 瞻卬：卬為仰的假借。瞻卬，即仰望。

48 云如何里：云，發語詞。里，古「悝」字，憂愁的意思。

49 有嘒：即嘒然，微明的樣子。

50 昭假（ㄍㄜˊ）無贏：昭，明。假，通「格」，至、到的意思。屈萬里《詮釋》：「神降臨曰昭假，祭祀以祈神降臨亦曰昭假；此謂祭祀也。」贏，《廣雅》：「過。」即過失、差錯之意。

51 成：成功，此謂成功之希望。

52 戾：安定。

53 曷惠其寧：曷，何時。惠，維，語詞。寧，安寧。

說明

〈雲漢〉為周天子求雨禳旱之作。

《詩序》：「〈雲漢〉，仍叔美宣王也。宣王承厲王之烈，內有撥亂之志，遇烖而懼，側身脩行，欲銷去之，天下喜於王化復行，百姓見憂，故作是詩也。」《鄭箋》：「仍叔，周大夫也。春秋魯桓公五年，夏，天王使仍叔之子來聘。烈，餘也。」〈雲漢〉為周天子禳旱祈雨之禱詞，這是可以肯定的，依《詩序》之說，此周天子為宣王，詩中所記旱災發生在宣王初年，據董仲舒《春秋繁露．須頌》之記載，宣王時代確曾發生過相當嚴重的旱災，若今人仍執意不信此為宣王時期之詩，則反《序》未免太過。

崧高

崧高維嶽[1]，駿極[2]于天。維嶽降神，生甫及申[3]。維申及甫，維周之翰[4]。
四國于蕃，四方于宣[5]。（一章）
亹亹申伯[6]，王纘之事[7]。于邑于謝[8]，南國是式[9]。王命召伯[10]，定[11]申伯之
宅。登[12]是南邦，世執其功[13]。（二章）
王命申伯，式是南邦，因[14]是謝人，以作爾庸[15]。王命召伯，徹[16]申伯土
田；王命傅御[17]，遷其私人[18]。（三章）
申伯之功，召伯是營[19]。有俶[20]其城，寢廟[21]既成，既成藐藐[22]；王錫申伯，
四牡蹻蹻[23]，鉤膺濯濯[24]。（四章）
王遣申伯，路車乘馬[25]。我圖[26]爾居，莫如南土。錫爾介圭[27]，以作爾寶。
往近王舅[28]，南土是保。（五章）
申伯信邁[29]，王餞于郿[30]。申伯還南，謝于誠歸[31]。王命召伯，徹申伯土

疆，以峙其粻㉜，式遄㉝其行。（六章）
申伯番番㉞，既入于謝，徒御嘽嘽㉟。周邦咸喜，戎有良翰㊱。不顯㊲申伯，
王之元㊳舅，文武是憲㊴。（七章）
申伯之德，柔惠且直㊵。揉㊶此萬邦，聞于四國。吉甫作誦㊷，其詩孔碩㊸；
其風肆好㊹，以贈申伯。（八章）

注釋

❶崧高維嶽：崧，與嵩皆崇之異體。崧高，崇高。嶽，馬瑞辰《通釋》謂即《尚書．禹貢》之岍山，亦名吳嶽、吳山，在今陝西隴縣西南。屈萬里《詮釋》以為此嶽當指〈禹貢〉冀州之嶽言，即太嶽，後之霍山。程、蔣《注析》謂「崧，三家《詩》作嵩，嵩高即嵩山，在今河南登封縣。維，是。嶽，嵩山是五嶽之一。」

❷駿極：駿，峻的假借字，高大的樣子。極，至。

❸生甫及申：甫、申，二國名，皆姜姓之後。此處甫指仲山甫，申謂申伯。

❹翰：楨幹、棟梁、臺柱。

❺「四國于蕃」二句：兩「于」字當讀「為」。蕃，屏藩。宣，垣之假借，圍牆的意思。

❻亹亹申伯：亹亹，勤勉的樣子。申伯，即申侯，宣王之元舅。

❼王纘（ㄗㄨㄢˇ）之事：纘，繼承。句謂宣王使其繼承先人之職事。

❽于邑于謝：上「于」字，動詞，為、建、作的意思。下「于」字，即「於」。邑，都邑。謝，邑名，在今河南省。申、謝相去不遠，謝大於申，故徙封申伯。

❾南國是式：式，法則、模範。謝為南方之國，故

云。

⑩召伯：召穆公虎。

⑪定：相定、選定。

⑫登：《毛傳》：「成也。」即完成、建成之意。

⑬世執其功：執，執行、遵循。功，政事、功業、基業，指南邦國事。

⑭因：依靠、憑藉。

⑮庸：功、事功，或謂借為墉，城的意思。

⑯徹：《毛傳》：「治也。」即治理，指定疆界、正賦稅之事。

⑰傅御：官名，《朱傳》：「申伯家臣之長。」

⑱私人：指申伯的家臣與家人。

⑲營：治理、經營。

⑳有俶（ㄔㄨˋ）：俶，善、美、好。有俶，俶然。

㉑寢廟：周之宗廟建築分寢和廟兩部分，前為廟，神所處；後為寢，人所居。

㉒藐藐：華美的樣子。

㉓蹻（ㄐㄧㄠˇ）蹻：強壯的樣子。

㉔鉤膺濯濯：鉤，青銅所做的鉤子。膺，馬胸前的皮帶。濯濯，光潔的樣子。

㉕路車乘馬：路車，古代諸侯所乘坐的一種車子，一作輅車。乘馬，四匹馬。

㉖圖：謀。

㉗介圭：大圭。諸侯持此以朝見天子。

㉘往近王舅：近，語詞，《鄭箋》：「聲如『彼記之子』之『記』。」據惠棟《古義》，近為訖字，本字應从辵从丌。申伯為宣王之舅，故云王舅。

㉙信邁：信，誠。邁，行。

㉚王餞于郿：餞，備酒送行。郿，地名，在今陝西郿縣一帶。

㉛謝于誠歸：誠，誠心。句為「誠歸于謝」之倒裝。

㉜以峙（ㄓˋ）其粻（ㄓㄤ）：峙，儲備。粻，米糧、糧食。

㉝式遄（ㄔㄨㄢˊ）：式，發語詞，用、以。遄，疾速。

㉞番（ㄅㄛ）番：勇武的樣子。

㉟徒御嘽（ㄊㄢ）嘽：《毛傳》：「徒，行者。御，車者。」嘽嘽，形容聲勢之浩蕩。

㊱「周邦咸喜」二句：周，遍、全。戎，你。翰，楨幹。《鄭箋》：「申伯入謝，偏邦內皆喜曰，女（汝）乎有善君也。相慶之言。」

㊲不（ㄆㄧ）顯：即丕顯，偉大而顯赫。或謂不為語

詞；亦通。

38 元：大。

39 憲：法式、模範。

40 柔惠且直：柔惠，和順。直，正直。

41 揉：安撫。

42 吉甫作誦：吉甫，尹吉甫，周宣王時討伐玁狁有功之卿士。誦，可誦之詩。

43 孔碩：甚大。《鄭箋》：「言其詩之意甚美大。」

44 其風肆好：風，聲調、曲調。或謂古人於詩亦謂之風。肆，極。

〈崧高〉是尹吉甫的作品，描寫氣度不凡的申伯備受宣王尊寵，對於申伯德望之高更是加以頌揚。《詩序》：「〈崧高〉，尹吉甫美宣王也。天下復平，能建國親諸侯，褒賞申伯焉。」〈大雅〉中凡是跟宣王有關的詩，《詩序》都以為是「美宣王」之作，這些有的可信，有的就未必盡合實情，以〈崧高〉而言，固然我們也可以說，篇中是有一點稱美宣王的意味，重點卻絕對是在讚譽申伯，畢竟這詩是尹吉甫作來送給申伯的。

朱子《詩集傳》：「宣王之舅申伯出封于謝，而尹吉甫作詩以送之。」《詩序辨說》：「此尹吉甫送申伯之詩，因可以見宣王中興之業耳，非專為美宣王所作也。」朱子的說法，今人多從之。

烝民

天生烝❶民，有物有則❷。民之秉彝，好是懿德❸。天監有周，昭假于下❹。保茲天子，生仲山甫❺。（一章）

仲山甫之德，柔嘉維則[6]。令儀令色[7]，小心翼翼；古訓是式，威儀是力[8]。天子是若，明命使賦[9]。（二章）

王命仲山甫：式是百辟[10]，纘戎祖考[11]，王躬是保，出納[12]王命。王之喉舌，賦政于外，四方爰發[13]。（三章）

肅肅[14]王命，仲山甫將[15]之；邦國若否[16]，仲山甫明之。既明且哲[17]，以保其身。夙夜匪解，以事一人[18]。（四章）

人亦有言：柔則茹[19]之，剛則吐之。維仲山甫，柔亦不茹，剛亦不吐；不侮矜寡，不畏彊禦[20]。（五章）

人亦有言：德輶[21]如毛，民鮮克舉之，我儀圖[22]之。維仲山甫舉之，愛莫助之[23]。袞職有闕，維仲山甫補之[24]。（六章）

仲山甫出祖[25]，四牡業業，征夫捷捷[26]，每懷靡及[27]。四牡彭彭，八鸞鏘鏘[28]，王命仲山甫，城彼東方[29]。（七章）

四牡騤騤，八鸞喈喈[30]，仲山甫徂齊[31]，式遄其歸[32]。吉甫作誦，穆[33]如清風。仲山甫永懷[34]，以慰其心。（八章）

注釋

❶烝：眾。

❷有物有則：物，事。則，法。

❸「民之秉彝」二句：秉，持。彝，常。好（ㄏㄠˋ），喜歡。懿，美。

❹昭假（ㄍㄜˊ）于下：昭假，昭，明也；假，通「格」，至、到的意思。昭假，指神之降臨。下，指人間。

❺仲山甫：宣王時大臣，封於樊（今河南省濟源縣），《國語》稱之為樊仲山甫、樊穆仲或樊仲。

❻柔嘉維則：柔、嘉都是善、美的意思。則，法。

❼令儀令色：令，善。儀，儀容、態度。色，臉色。

❽「古訓是式」二句：式，效力。力，盡力、勉力。

❾「天子是若」二句：若，順從，或訓為擇。命，令。賦，頒布。

❿式是百辟：式，法則、榜樣。辟，國君。百辟，指諸侯。

⓫纘戎祖考：纘，繼承。戎，你。祖考，先祖與先父。

⓬出納：出，指宣布王之政令；納，接納各處之意見，而向周王反映。

⓭發：執行、實行。

⓮肅肅：威嚴。

⓯將：執行、奉行。

⓰若否（ㄆㄧˇ）：若，或訓善，或以為是語詞。否，不善、惡。

⓱哲：智。

⓲「夙夜匪解（ㄒㄧㄝˋ）」二句：解，同「懈」。一人，指周王。

⓳茹：食、吃。

⓴「不侮矜（ㄍㄨㄢ）寡」二句：矜寡，即鰥寡，泛指孤苦的人。彊禦，強橫之人。

㉑輶（ㄧㄡˊ）：輕。

㉒儀圖：儀、圖二字同義，揣度的意思。

㉓愛莫助之：言仲山甫為盛德之人，故雖愛之，亦不能再助其德。

㉔「袞職有闕」二句：袞是天子所穿的繡有龍紋的袞衣，袞職是指天子之職事。闕，缺失。補，補救。

㉕出祖：出行而祭道路之神。

㉖「四牡業業」二句：業業，馬強壯的樣子。捷捷，勤快敏捷的樣子。

㉗每懷靡及：〈小雅．皇皇者華〉亦有此句，《朱傳》：「其所懷思，常若有所不及。」高本漢《注釋》：「每個人都怕落後。」

㉘「四牡彭（ㄅㄤ）彭」二句：彭彭，或訓強壯貌，或以為是形容馬奔跑之聲。鸞，鸞鈴。鏘鏘，鈴聲。

㉙城彼東方：城，築城。東方，指齊國。

㉚「四牡騤騤」二句：騤騤，馬強壯的樣子。喈喈，鈴聲和諧的樣子。

㉛仲山甫徂齊：徂，往。王質《詩總聞》據《史記・齊世家》，謂齊厲王暴虐，宣王命仲山甫出定齊亂。

㉜式遄其歸：式，發語詞。遄，速。這句是希望之詞。

㉝穆：和。

㉞永懷：長思。

說明

〈烝民〉是尹吉甫作來送給仲山甫的詩，雖說採夾敘夾議的手法創作，但詩中說理的地方之多，在三百篇中相當罕見，用詞也很精湛，成語「吐剛茹柔」、「小心翼翼」、「明哲保身」、「愛莫能助」都典出本篇。

《詩序》：「〈烝民〉，尹吉甫美宣王也。任賢使能，周室中興焉。」《朱傳》：「宣王命樊侯仲山甫築城於齊，而尹吉甫作詩以送之。」〈烝民〉的詞義極為明顯，《朱傳》提供的或許就是標準答案了。《序》之迂曲正如其說〈崧高〉一般。當然，作《序》者的迂曲是刻意的，不過，在政教的效果上來說，《詩序》作者白費苦心的可能性不小。

韓奕

奕奕梁山❶，維禹甸❷之，有倬其道❸。韓侯受命❹，王親命之：纘戎祖考❺。
無廢朕命❻，夙夜匪解❼，虔共❽爾位。朕命不易❾，榦不庭方❿，以佐戎辟⓫。
（一章）

四牡奕奕⓬，孔脩且張⓭，韓侯入覲⓮，以其介圭⓯，入覲于王。王錫韓侯：
淑旂綏章⓰，簟茀錯衡⓱，玄衮赤舄⓲，鉤膺鏤鍚⓳，鞹鞃淺幭⓴，鞗革金厄㉑
。（二章）

韓侯出祖㉒，出宿于屠㉓。顯父餞之㉔，清酒百壺。其殽維何？炰㉕鼈鮮魚。
其蔌㉖維何？維筍及蒲。其贈維何？乘馬路車㉗。籩豆有且㉘，侯氏燕胥㉙。
（三章）

韓侯取妻，汾王之甥㉚，蹶父之子㉛。韓侯迎止㉜，于蹶之里。百兩彭彭㉝，
八鸞鏘鏘㉞，不㉟顯其光。諸娣㊱從之，祁祁㊲如雲。韓侯顧㊳之，爛其㊴盈
門。（四章）

蹶父孔武，靡國不到。爲韓姞相攸㊵，莫如韓樂。孔樂韓土，川澤訏訏㊶，
魴鱮甫甫㊷，麀鹿噳噳㊸，有熊有羆，有貓㊹有虎。慶既令居㊺，韓姞燕譽㊻。

（五章）

溥[47]彼韓城，燕師所完[48]。以先祖受命[49]，因時百蠻[50]。王錫韓侯，其追其貊[51]，奄受[52]北國，因以其伯[53]。實墉實壑[54]，實畝實藉[55]。獻其貔[56]皮，赤豹黃羆。（六章）

注釋

❶奕奕梁山：奕奕，高大的樣子。梁山，在今河北省固安縣一帶。

❷甸：治。

❸有倬其道：倬，廣大、寬闊。道，道路。

❹韓侯受命：命，冊命。韓侯今始受命為伯，故言。

❺纘戎祖考：纘，繼承。戎，你。祖考，先祖與先父。

❻無廢朕命：朕，我。句言汝當紹繼汝先祖先父之德業，無廢我之命令。

❼解：懈。

❽虔共（ㄍㄨㄥ）：虔，敬。共，同「恭」。

❾朕命不易：朕命，我的命令。易，或訓改易，或訓輕易。

❿榦不庭方：榦，正、治。庭，直。方，方國。不庭方，不來朝之國。

⓫戎辟：戎，你。辟，君。

⓬四牡奕奕：牡，公馬。奕奕，壯盛、高大。

⓭孔脩且張：脩，長。張，大。

⓮覲：諸侯朝見天子。

⓯介圭：大圭。諸侯持此以朝見天子。

⓰淑旂綏章：淑，善。旂，繪有交龍之文的旗。綏章，旗竿頭上飾以染色之鳥羽或旄牛尾。

⓱簟（ㄉㄧㄢˋ）茀錯衡：簟茀，竹蓆所做的車蔽。錯，文彩。衡，車轅前端的橫木。

⑱玄袞赤舄（ㄒㄧˋ）：玄袞，玄色畫有卷龍之衣。赤舄，上公所穿的赤色鞋子。

⑲鉤膺鏤鍚（ㄧㄤˊ）：鉤，青銅所做的鉤子。膺，馬胸前的皮帶。鏤，雕。鍚，馬額上的刻金飾物。

⑳鞹（ㄎㄨㄛˋ）鞃（ㄏㄨㄥˊ）淺幭（ㄇㄧㄝˋ）：鞹，去毛之獸皮。鞃，束以皮革的車軾中間的把手。淺，淺毛之虎皮。幭，《毛傳》：「覆式也。」淺幭，覆蓋在車軾上的虎皮。

㉑鞗（ㄊㄧㄠˊ）革金厄：鞗，鋚之假借，銅製的馬勒（即轡頭、嘴套）的裝飾。革，勒的省借，及馬勒、轡頭，以皮為之。金，以金屬為飾。厄，同「軛」，套在馬頭上用以牽挽的器具。

㉒出祖：出行而祭道路之神。

㉓屠：地名，即杜陵，在今陝西西安附近。

㉔顯父（ㄈㄨˇ）餞之：顯父，周之卿士。餞，送行飲酒。

㉕炰：煮。

㉖蔌：蔬菜。

㉗乘（ㄕㄥˋ）馬路車：乘馬，四匹馬。路車，諸侯所乘坐的車子。

㉘籩豆有且（ㄐㄩ）：籩，盛乾肉、果實的竹製食器；豆，盛肉醬之木製或陶、銅製之器皿。二者皆可用在宴會上，也可用在祭祀上。且，盛多的樣子。有且，且然。

㉙侯氏燕胥：侯氏，指韓侯。燕胥，燕樂、安樂。

㉚汾王之甥：汾王，指周厲王，厲王為國人所逐，流亡於彘，彘在汾水之旁，故時人稱之為汾王。甥，外甥女。

㉛蹶（ㄍㄨㄟˋ）父之子：蹶父，周之卿士，姓姞。子，女兒。

㉜迎止：迎，迎娶、親迎。止，語詞。

㉝百兩彭（ㄅㄤ）彭：百兩，百輛之車。彭彭，眾多。或解作車馬奔跑之聲。

㉞八鸞鏘鏘：鸞，鸞鈴。鏘鏘，鈴聲。

㉟不（ㄆㄧ）：同丕，或訓語詞，或解為大。

㊱娣：妹。按古代有諸侯娶妻，妻之妹及姪女隨嫁之制度。

㊲祁祁：盛多的樣子。

㊳顧：曲顧，古代貴族男子到女家親迎，有三次回顧之禮。

㊴爛其：猶粲然、爛然，燦爛的樣子。

㊵為（ㄨㄟˋ）韓姞相（ㄒㄧㄤˋ）攸：韓姞，即韓侯

妻，姓姞而嫁韓侯，故稱韓姞。相，看、視。攸，所。相攸，《鄭箋》：「視其所居。」

41 訏（ㄒㄩ）訏：廣大的樣子。

42 甫甫：肥大的樣子。

43 麀（ㄧㄡ）鹿噳（ㄩˇ）噳：麀，母鹿。噳，眾多的樣子。

44 貓：山貓。

45 慶既令居：慶，慶幸。令，善、美。

46 燕譽：安樂。

47 溥：大。

48 燕師所完：燕，燕國。師，民眾。完，成。

49 以先祖受命：以，因為。先祖，指韓之先祖。受命，接受王命為諸侯。

50 因時百蠻：因，依靠、憑藉。時，是、這些。百蠻，指北方的一些蠻夷之國。

51 其追其貊（ㄇㄛˋ）：追、貊都是戎狄之國。

52 奄受：奄，覆。奄受，盡受。

53 因以其伯：伯為一方諸侯之長，句謂因使其為伯。

54 實墉實壑：實，是。墉，謂修城。壑，謂鑿池。

55 實畝實藉：畝，開墾田地。藉，制定稅法。

56 貔（ㄆㄧˊ）：外形似虎的一種貓科猛獸。

說明

〈韓奕〉以鋪張的寫法歌頌韓侯，結構整飭，用詞也是古奧典重的。

《詩序》：「〈韓奕〉，尹吉甫美宣王也。能錫命諸侯。」如同解說〈崧高〉與〈烝民〉，《詩序》又以此為尹吉甫美宣王之作，前兩篇之說雖難免迂曲，謂為尹吉甫之作，倒有詩句為證，但〈韓奕〉就未必一定是尹吉甫的作品了。

《朱傳》：「韓侯初立來朝，始受王命而歸，詩人作此詩以送之。」此為客觀之說。方玉潤《詩經原始》認為，詩人餞之以詩，有寄望韓侯能保衛北方的意思；這個說法也很可參考。

江漢

江漢浮浮，武夫滔滔❶。匪安匪遊，淮夷來求❷。既出我車，既設我旟❸，匪安匪舒❹，淮夷來鋪❺。（一章）

江漢湯湯，武夫洸洸❻。經營四方，告成❼于王。四方既平，王國庶定❽。時靡有爭❾，王心載寧❿。（二章）

江漢之滸⓫，王命召虎⓬，式辟⓭四方，徹⓮我疆土。匪疚匪棘，王國來極⓯。于疆于理⓰，至于南海。（三章）

王命召虎，來旬來宣⓱：「文武受命，召公維翰⓲。無曰：予小子⓳，召公是似⓴。肇敏戎公㉑，用錫爾祉㉒。」（四章）

「釐爾圭瓚㉓，秬鬯一卣㉔，告于文人㉕。錫山土田，于周㉖受命，自召祖命㉗。」虎拜稽首㉘：「天子萬年。」（五章）

虎拜稽首，對揚王休㉙。作召公考㉚，天子萬壽。明明㉛天子，令聞㉜不已；矢其文德㉝，洽此四國㉞。（六章）

❶「江漢浮浮」二句：王引之、陳奐以為此二句當作「江漢滔滔，武夫浮浮」。滔，水流廣大的樣子。浮浮，《毛傳》：「眾彊貌。」

❷「匪安匪遊」二句：匪，非。安，安逸、安樂。淮夷，淮河流域之夷人。求，或訓尋求，或以為通「糾」，誅求、討伐之意。

❸旟：上面畫著鳥隼的旗子。

❹舒：或訓舒適，或以為是徐緩、怠慢之意。

❺鋪：或訓懲罰，或訓病苦。

❻洸（ㄍㄨㄤ）洸：勇武的樣子。

❼成：成功。

❽庶定：庶幾安定。

❾爭：戰爭。

❿載寧：載，則。寧，安寧。

⓫滸：水邊。

⓬召虎：召穆公虎。

⓭式辟：式，發語詞。辟，同「闢」。

⓮徹：取稅、制定稅法。

⓯「匪疚匪棘」二句：匪，非。疚，病。棘，困急。來，猶是。極，正。二句謂並非使淮夷病困，但使其取正於王國而已。

⓰于疆于理：疆，劃定疆界。理，治理土地。

⓱來旬來宣：來，猶是。旬，通「徇」，巡視的意思。宣，宣示。

⓲「文武受命」二句：文武，文王與武王。召公，召康公奭。翰，楨幹、棟梁。

⓳無曰予小子：《鄭箋》：「女無自減損曰：『我小子耳。』」予小子乃自我貶損之詞。

⓴似：同「嗣」，繼續、繼承的意思。

㉑肇敏戎公：肇，或訓開始，或釋為謀。敏，讀為謀，圖謀、謀劃之意。戎，或訓大，或釋為兵戎。公，通「工」或「功」，事的意思。

㉒用錫爾祉：用，則、就。錫，賜。祉，福祿、福祉。

㉓釐爾圭瓚（ㄗㄢˋ）：釐，賜。瓚，祭祀時灌酒的器具。用圭做柄的瓚叫圭瓚。

㉔秬（ㄐㄩˋ）鬯（ㄔㄤˋ）一卣（ㄧㄡˇ）：秬鬯，祭祀所用的黑黍釀製的酒。卣，有柄的一種酒器。

㉕文人：有文德之人，指先祖而言。

㉖周：指岐周，周王朝之發源地。

㉗自召祖命：自，用。召祖，指召公奭。命，指冊命的典禮。《鄭箋》：「宣王欲尊顯召虎，故如岐周，使虎受山川土田之賜命，用其祖召康公受封之禮。岐周，周之所起，為其先祖之靈，故就之。」

㉘稽首：稽，留。稽首謂頭至地稽留多時不即起，為至敬之禮。

㉙對揚王休：對，或釋順從，或訓報答。揚，發揚、稱揚。休，美，指王之美命。

㉚作召公考：考、孝兩字，金文通用。句為「作孝召公」之倒裝，即追孝召公之意。

㉛明明：聖明、賢明。

㉜令聞（ㄨㄣˋ）：令，善。聞，聲聞、聲譽。令聞，美好的名聲。

㉝矢其文德：矢，施布。文德，文治之德，禮樂教化之類。《朱傳》：「勸其君以文德，而不欲其極意於武功。」

㉞洽此四國：此句為和洽天下四方，使皆蒙其德澤。

說明

周宣王時代，命令召穆公虎平定淮夷，凱旋後穆公接受上賞，銘勳於器，祭祀宗廟，追孝祖先，並且祝頌天子，詩人記錄其事，而創作了〈江漢〉之篇。

《詩序》：「〈江漢〉，尹吉甫美宣王也。能興衰撥亂，命召公平淮夷。」〈江漢〉這篇詩的確是針對宣王命召公平淮夷而寫，不過，詩人稱美的還是以召穆公虎為主，而非宣王，固然我們也可以說，能夠重用召公，正表示宣王有知人之明，值得嘉美，然而即便如此，我們還是得指出，《序》說實在是本末倒置了。至於說詩是尹吉甫所作，今人多不從，反倒是方玉潤以此詩為召穆公所作之說，得到了某些學者的肯定。

常武

赫赫明明[1]，王命卿士，南仲大祖，大師皇父[2]。整我六師，以脩我戎[3]。既敬既戒[4]，惠此南國。（一章）

王謂尹氏[5]，命程伯休父[6]，左右陳行，戒我師旅[7]：率彼淮浦[8]，省此徐土[9]，不留不處[10]，三事就緒[11]。（二章）

赫赫業業[12]，有嚴天子，王舒保作[13]。匪紹[14]匪遊，徐方繹騷[15]。震驚徐方，如雷如霆[16]，徐方震驚。（三章）

王奮厥武，如震如怒。進厥虎臣[17]，闞如虓虎[18]。鋪敦淮濆[19]，仍執醜虜[20]。截[21]彼淮浦，王師之所[22]。（四章）

王旅嘽嘽[23]，如飛如翰[24]，如江如漢[25]。如山之苞[26]，如川之流[27]。緜緜翼翼[28]，不測不克[29]，濯[30]征徐國。（五章）

王猶允塞[31]，徐方既來[32]。徐方既同[33]，天子之功。四方既平，徐方來庭[34]。徐方不回[35]，王曰：還歸[36]。（六章）

❶赫赫明明：赫赫，威嚴的樣子。明明，明智的樣子。

❷「王命卿士」三句：南仲，即〈小雅・出車〉之南仲。大祖，指太祖之廟。皇父，疑即〈十月之交〉中的皇父。三句謂王於太祖廟中，命南仲為卿士，命皇父為大師。

❸「整我六師」二句：整，整備。六師，天子之六軍。脩，整理。戎，兵器。

❹既敬既戒：敬，警；戒，備。

❺尹氏：官名，掌命卿士，與大師同秉國政。

❻命程伯休父：程伯，封在程地的伯爵。休父，程伯之名。據《國語》所載，知宣王命程伯休父為大司馬。

❼「左右陳行（ㄏㄤˊ）」二句：陳行，列隊。戒，告戒。

❽率彼淮浦：率，沿著。浦，水涯、水邊。

❾省（ㄒㄧㄥˇ）此徐土：省，巡視。徐土，徐方之土地。

❿不留不處：不停留、不久處。意謂不長久占據其地，即此次征徐，目的不在占領其土地。

⓫三事就緒：三事，三卿（南仲、皇父、休父）。句謂備戰之事，三卿已籌備就緒。

⓬業業：壯盛的樣子。

⓭王舒保作：舒，徐緩。保，安穩。作，行進。

⓮紹：遲緩。

⓯徐方繹騷：徐方，淮夷之一，在淮水之北。繹騷，驚擾騷動。

⓰如雷如霆：形容王師陣勢之堅強猛烈。

⓱進厥虎臣：進，進攻。虎臣，形容將帥之勇猛。

⓲闞（ㄏㄢˇ）如虓（ㄒㄧㄠ）虎：闞，老虎發怒的樣子。虓，虎之吼叫。

⓳鋪敦淮濆：鋪，《朱傳》：「布也。步其師旅也。」屈萬里《詮釋》：「伐也，懲也。」敦，《鄭箋》：「當作屯。」《朱傳》：「厚也，厚集其陳也。」胡承珙《後箋》以為是頓的假借，整頓的意思；屈萬里《詮釋》則謂敦當讀為譈（ㄉㄨㄟˋ），殺伐之意。濆，河岸、水邊。

⓴仍執醜虜：仍，頻、屢。醜虜，醜惡之虜。

㉑ 截：或訓平治，或釋為斷絕。

㉒ 王師之所：成為王師駐守之處的意思。

㉓ 王旅嘽（ㄊㄢ）嘽：王旅，王師。嘽嘽，盛多的樣子，形容軍容之盛。

㉔ 如飛如翰：翰，羽，作動詞用，高飛的意思。句以形容王師行進之迅疾。

㉕ 如江如漢：形容軍容壯盛，氣勢洶湧。

㉖ 如山之苞：苞，《毛傳》：「本也。」句以形容王師之強固。

㉗ 如川之流：形容部隊行軍之暢行無阻。

㉘ 緜緜翼翼：緜緜，連綿不絕的樣子。翼翼，或訓壯盛的樣子，或以為是整齊的樣子。

㉙ 不測不克：不測，人不可測度之，指用兵之法。不克，人不可戰勝之，指作戰之勇。

㉚ 濯：《毛傳》：「大也。」

㉛ 王猶允塞：猶，通「猷」，謀略。允，信。塞，實。

㉜ 來：歸順的意思。

㉝ 同：會同，為會同來朝。

㉞ 庭：朝廷。

㉟ 回：違抗。

㊱ 還（ㄒㄩㄢˊ）歸：凱旋而歸。

說明

〈常武〉敘述的是宣王親征淮夷中的徐方。

《詩序》：「〈常武〉，召穆公美宣王也。有常德以立武事，因以為戒然。」由於詩的末章強調「徐方既同，天子之功」，因此〈古序〉以此為美宣王之詩，應是可信的，但說作者是召穆公，恐怕還得有進一步的依據，才能為人所相信。

〈續序〉謂詩有戒意，這真是用心良苦，其說教的效果如何，我們也不必嘗試去探測了。

再者，此詩終篇無「常武」二字，詩卻以「常武」為名，此中之故，說者不一，方玉潤《詩經原始》認為：「周之世，武功最著者二：曰武王，曰宣王。武王克商，樂曰〈大武〉；宣王中興，詩曰

〈常武〉。蓋詩即樂也。此名〈常武〉者，其宣王之樂歟？殆將以示後世子孫，不可以武為常，而又不可暫忘武備，必如宣王之武而後為武之常然，變而不失其正焉者耳，而豈以武為常哉？」其說可參。

瞻卬

瞻卬❶昊天，則不我惠❷。孔塡❸不寧，降此大厲❹。邦靡有定，士民其瘵❺。蟊賊蟊疾❻，靡有夷屆❼。罪罟❽不收，靡有夷瘳❾。（一章）

人有土田，女反有之❿；人有民人⓫，女覆⓬奪之。此宜無罪，女反收⓭之；彼宜有罪，女覆說⓮之。哲夫成城⓯，哲婦⓰傾城。（二章）

懿⓱厥哲婦，爲梟爲鴟⓲。婦有長舌，維厲之階⓳。亂匪降自天，生自婦人。匪教匪誨，時維婦寺⓴。（三章）

鞫人忮忒㉑，譖始竟背㉒。豈曰不極㉓？「伊胡爲慝㉔！」如賈三倍㉕，君子是識㉖。婦無公事㉗，休㉘其蠶織。（四章）

天何以刺㉙？何神不富㉚？舍爾介狄㉛，維予胥忌㉜。不弔不祥㉝，威儀不類㉞。人之云亡㉟，邦國殄瘁㊱。（五章）

天之降罔㊲，維其優㊳矣。人之云亡，心之憂矣。天之降罔，維其幾㊴矣。人之云亡，心之悲矣。（六章）

觱沸檻泉㊵，維其深矣。心之憂矣，寧㊶自今矣。不自我先，不自我後。藐藐㊷昊天，無不克鞏㊸。無忝皇祖㊹，式救爾後㊺。（七章）

注釋

❶卬：同「仰」。

❷惠：愛。

❸填（ㄔㄣˊ）：《毛傳》：「久。」

❹厲：惡、禍患。

❺瘵（ㄓㄞˋ）：《毛傳》：「病。」

❻蟊賊蟊疾：蟊、賊本是兩種害蟲，參見〈小雅・甫田之什・大田〉注❿。但此處「賊」與「疾」都是損害的意思。句以比喻幽王害人。

❼夷屆：夷，語詞，下同。屆，終止。

❽罪罟：罪網、法網。

❾瘳（ㄔㄡ）：病癒。

❿女（ㄖㄨˇ）反有之：女，同「汝」。有，取。

⓫民人：人民。或謂指奴隸。

⓬覆：反而。

⓭收：拘捕。

⓮說（ㄊㄨㄛ）：同「脫」，開脫、赦免。

⓯哲夫成城：《鄭箋》：「哲，謂多謀慮也。城，猶國也。」

⓰哲婦：指褒姒。

⓱懿：噫的假借，歎聲。

⓲為梟為鴟（ㄔ）：梟、鴟，兩種兇惡之鳥。

⓳維厲之階：維，是。厲，惡、禍患，已見注❹。階，階梯，有根源之意。〈大雅・桑柔〉已有「厲階」一詞。

⓴時維婦寺：時，是。維，唯、只。寺，侍的假借。婦寺，寵暱之婦人。

㉑鞫人忮（ㄓˋ）忒（ㄊㄜˋ）：鞫，窮究。鞫人，窮究人之過失。忮，狠。忒，惡。

㉒譖始竟背：譖，毀謗。竟，終。句謂以譖人為始，終又自背其言。

㉓極：正當。

㉔伊胡為慝（ㄊㄜˋ）：伊，發語詞。胡，何。慝，惡。

㉕如賈（ㄍㄨˇ）三倍：賈，商人。三倍，三倍的利潤。

㉖君子是識：君子，指有官爵的人。識，知、明白。

㉗公事：政事、朝廷之事。

㉘休：停止。

㉙刺：責罰。

㉚富：福的假借，賜福的意思。

㉛舍爾介狄：舍，同「捨」。介，《鄭箋》：「甲也。」介狄，披著盔甲的夷狄。或訓介為大，狄指夷狄之患，介狄即大患；亦通。

㉜胥忌：胥，互相。忌，忌恨。

㉝不弔不祥：弔，悲憫、慰問。不祥，災難。

㉞類：善。

㉟人之云亡：人，指賢人。云，語詞。亡，逃亡。

㊱殄（ㄊㄧㄢˇ）瘁：殄，絕。瘁，病。

㊲罔：同「網」，罪網。

㊳優：寬大。

㊴幾：《毛傳》：「危也。」《鄭箋》：「近也。」

㊵觱（ㄅㄧˋ）沸檻泉：觱沸，泉水湧出的樣子。檻，濫的假借，檻泉是水由下往上湧出之泉。〈小雅・采菽〉亦有「觱沸檻泉」之語。

㊶寧：豈、難道。

㊷藐藐：高遠的樣子。

㊸無不克鞏：克，能。鞏，固。句謂沒有不能鞏固之國，要能自己奮發圖強。于省吾《新證》認為，克、可通用，鞏、恐通用，句應讀為無不可恐；其說亦可參。

㊹無忝皇祖：忝，辱沒。皇祖，先祖。

㊺式救爾後：式，發語詞。後，指後代子孫。

說明

〈瞻卬〉是一篇諷刺周幽王寵信褒姒的作品。

《詩序》：「〈瞻卬〉，凡伯刺幽王大壞也。」《鄭箋》：「凡伯，天子大夫也。《春秋・魯隱公七年》：『冬，天王使凡伯來聘。』」我們在〈板〉的說明中，已提到凡伯其人，因為他是厲王時代的人，當然不可能作詩刺幽王大壞，要支持《序》說，只有一個可能，此一凡伯為彼一凡伯的後代，不過事實如何，已無法考證得出了。

除了作者為誰必須存疑之外，《序》說並沒有問題，這的確是刺幽王寵褒姒以致大亂之作。

召旻

旻天疾威❶，天篤❷降喪，瘨❸我饑饉，民卒❹流亡。我居圉卒荒❺。（一章）

天降罪罟，蟊賊內訌❻。昏椓靡共❼，潰潰回遹❽，實靖夷❾我邦。（二章）

皋皋訿訿❿，曾不知其玷⓫。兢兢業業，孔塡⓬不寧，我位孔貶⓭。（三章）

如彼歲旱，草不潰⓮茂，如彼棲苴⓯。我相此邦，無不潰止⓰。（四章）

維昔之富不如時⓱，維今之疚不如茲⓲。彼疏斯粺⓳，胡不自替⓴？職兄斯引㉑。（五章）

池之竭矣，不云自頻㉒？泉之竭矣，不云自中㉓？溥㉔斯害矣，職兄斯弘㉕，不烖我躬㉖？（六章）

昔先王受命，有如召公㉗，日辟㉘國百里；今也日蹙㉙國百里。於乎哀哉！

維今之人，不尚有舊㉚。（七章）

❶旻（ㄇㄧㄣˊ）天疾威：旻天，《爾雅》：「秋為旻天。」此處旻天只是泛指上天。疾威，暴虐。

❷篤：厚、嚴重。

❸瘨（ㄉㄧㄢ）：病。

❹卒：盡、皆。

❺我居圉（ㄩˇ）卒荒：居，《朱傳》：「國中也。」或訓居住，或訓語詞。圉，《毛傳》：「垂也。」即邊陲、邊疆，或訓區域。荒，荒蕪。

❻蟊賊內訌：蟊、賊是兩種害蟲，前者專吃禾根，後者專吃禾節。這裡用來比喻惡人。內訌，內部自相爭訟誣陷。

❼昏椓靡共（ㄍㄨㄥ）：昏，亂。椓，諑的假借，造謠陷害別人的意思。共，或訓恭，或以為通「供」，指供職。

❽潰潰回遹（ㄩˋ）：潰潰，昏亂的樣子。回遹，邪僻。

❾靖夷：靖，圖謀。夷，或訓消滅，或以為是語詞。

❿皋皋訿（ㄗˇ）訿：皋皋，相欺。訿訿，毀謗。

⓫曾不知其玷：曾，乃。玷，污點、缺失。

⓬填（ㄔㄣˊ）：久。

⓭我位孔貶：位，官位。貶，貶黜、降免。

⓮潰：《鄭箋》：「當作彙，茂貌。」

⓯如彼棲苴：苴，《毛傳》：「水中浮草也。」《鄭箋》：「枯槁無潤澤，如樹上之棲苴。」或訓苴為枯草，棲苴為寄生於樹上已枯之草；亦通。

⓰「我相此邦」二句：相，看。潰，亂。止，語詞。

⓱時：是。

⓲維今之疚不如茲：疚，病。茲，此。

⓳彼疏斯粺（ㄅㄞˋ）：彼，指小人。疏，粗米。粺，精米。或謂此句是說宜食粗米之小人，今乃食精米，或謂句言小人與君子，如疏與粺般，判然可分。

⑳替：廢。

㉑職兄（ㄎㄨㄤˋ）斯引：職，專主。兄，同「況」，《毛傳》：「茲也。」引，長。

㉒「池之竭矣」二句：竭，乾涸。頻，濱的假借，水邊。池水自外來，故云。

㉓「泉之竭矣」二句：泉水由內出，故云。

㉔溥：普遍。

㉕弘：擴大。

㉖不烖（ㄗㄞ）我躬：烖，同「災」。我躬，我身。

㉗召公：召康公奭。

㉘辟：開闢。

㉙蹙：縮小。

㉚不尚有舊：尚，動詞，高尚、尊任的意思。有舊，有舊德之賢臣。或謂尚，上；有，于；句謂趕不上（不及）舊時；亦通。

說明

〈召旻〉是一篇諷刺周幽王重用小人而導致天降災難之作。

《詩序》：「〈召旻〉，凡伯刺幽王大壞也。旻，閔也。閔天下無如召公之臣也。」〈召旻〉為刺幽王任用小人、敗壞朝政之作，〈古序〉謂刺幽王大壞自無問題，但又謂此詩作者為凡伯，可想而知會引來許多人的非議。至於〈續序〉在篇題上發表高見，也遭來不少批評之聲，有不少人比較同意蘇轍《詩集傳》的見解：「因其首章稱旻天，卒章稱召公，故謂之〈召旻〉，以別〈小旻〉而已。」蘇轍的看法當然是平實的，不過，平心而論，編《詩》者的想法，我們是無由確知的。

周頌

清廟之什（十篇）

臣工之什（十篇）

閔予小子之什（十一篇）

清廟之什（十篇）

清廟

於穆清廟❶，肅雝顯相❷。濟濟多士❸，秉文之德❹。對越在天❺，駿奔走在廟❻。不顯不承❼，無射於人斯❽。

注釋

❶於（ㄨ）穆清廟：於，歎美之詞。穆，美。清廟，清靜之廟，指文王之廟而言。

❷肅雝顯相：肅，敬。雝，雍和。顯，顯明、顯耀。相，助，指助祭者。

❸濟濟多士：濟濟，或訓眾多的樣子，或以為是有威儀而整齊的樣子。多士，指參與祭祀的官員。

❹秉文之德：秉，秉持、執行。文，文王。

❺對越在天：對越，猶對揚（〈大雅·江漢〉有「對揚王休」之句）。對，或訓順承，或訓報答。越，發揚。在天，文王在天之靈。

❻駿奔走在廟：駿，疾速。在廟，指文王在廟之神主。

❼不（ㄆㄧ）顯不承：兩「不」字皆同「丕」，或訓大，或以為是語詞。顯，昭顯、顯耀、光明。承，繼承。

❽無射於人斯：射（ㄧˋ），斁的假借，厭倦的意思。斯，王引之《釋詞》：「語已詞也。」

說明

〈清廟〉是西周早期祭祀文王之作，對周人而言，文王之德可以配天，歌詠文王之美德可收訓示後人的功效。

《詩序》：「〈清廟〉，祀文王也。周公既成洛邑，朝諸侯，率以祀文王焉。」〈清廟〉是〈周頌〉的第一篇，為祭祀文王之詩，〈古序〉之說是正確的，〈續序〉對於詩的背景提出了意見，是否屬實並不是那麼容易確定，《鄭箋》：「清廟者，祭有清明之德者之宮，謂祭文王也。天德清明，文王象焉，故祭之而歌此詩也。廟之言貌也，死者精神不可得而見，但以生時之居，立宮室象貌為之耳。」《孔疏》：「《禮記》每云昇歌〈清廟〉，然則祭宗廟之盛，歌文王之德，莫重於〈清廟〉。」後人根據這樣的說法，相信〈清廟〉是一篇周王祭祀祖先文王時所奏的樂章，時代應該就是在周公攝政之時，也許他們的根據還不是十分充足，但可能性確實很大，姚際恆、方玉潤諸人批評〈續序〉之說「誣妄」、「尤謬」，委實言之過重。

維天之命

維天之命，於穆不已❶。於乎不顯❷！文王之德之純❸。假以溢我❹，我其收❺之。駿惠❻我文王，曾孫篤之❼。

注釋

❶「維天之命」二句：維，發語詞。天之命，天命、天道。於（ㄨ），感歎詞。穆，美。不已，無窮盡。

❷於乎不（ㄆㄧ）顯：於乎，即「嗚呼」。不，同「丕」，或訓大，或訓語詞。

❸純：精純、純粹。

❹假以溢我：假，嘉的假借。溢，器滿，引申為戒慎。陳奐《傳疏》：「言以嘉美之道戒慎於我。」或謂假，大也（〈文王〉：「假哉天命」，假是大的意思）；溢，益也。句謂大大地有益於我們。

❺收：接受、繼承。

❻駿惠我文王：駿，《毛傳》訓大，馬瑞辰《通釋》以為是馴的假借字，順從的意思。惠，毛、馬皆訓順從，依《毛傳》，句即大大地順從我們的文王；依馬氏，句謂順著（遵循）我文王之路。屈萬里《詮釋》以為駿者大也，惠為德惠，句謂文王之德惠盛大；亦可通。

❼曾孫篤之：曾孫，孫子以下都可叫曾孫。篤，厚實，這裡是篤守、永遠保持的意思。

說明

〈維天之命〉為祭祀文王之詩。前四句歌頌文王之德行能上配於天，後四句勉勵子孫要保守家業，以慰祖先在天之靈。

《詩序》：「〈維天之命〉，大平告文王也。」《鄭箋》：「告大平者，居攝五年之末也。文王受命不卒而崩，今天下大平，故承其意而告之。明六年，制禮作樂。」《朱傳》：「此亦祭文王之詩。」後人多同意朱說而反《詩序》，其實二說並無太大出入，朱子之說比較確切而已。

有人從篇中「曾孫篤之」之句，而斷定「維天之命」絕非周公所作，而係康王以來祭祀文王之詩；

實際周公營洛既成，作此詩以告祭文王，並期盼「駿惠我文王，曾孫篤之」，應是作詩的用意，何能據此以推翻舊說？

維清

維清緝熙❶，文王之典❷。肇禋❸。迄用有成❹，維周之禎❺。

❶維清緝熙：清，清明、澄清光明。緝熙，或訓光明，或以為是繼續不絕的意思。

❷典：法則。

❸肇禋（ㄧㄣ）：肇，開始。禋，禋祀，或謂潔淨之祭祀，或以為適用火燒牲，使煙氣上沖於天的一種祭祀。

❹迄用有成：迄，至，至今的意思。用，以、已、乃。成，成功。句謂至今已有成功。

❺禎：吉祥。

說明

如同前面的〈清廟〉、〈維天之命〉，〈維清〉也是一篇祭祀文王之詩。本詩僅有短短五句，語言簡練之極，一共才十八個字，為三百篇中最短之作。

《詩序》：「〈維清〉，奏象舞也。」《鄭箋》：「象舞，象用兵時刺伐之舞，武王制焉。」《朱傳》：「此亦祭文王之詩。」後人多同意朱說而反《詩序》。我們要支持《詩序》，必須作這樣的解說：成王時，作〈維清〉這樣的歌舞詩來祭祀文王，而〈維清〉所用的舞是武舞，也就是象文王武功的〈象舞〉（在表演時，舞者裝扮成文王的模樣，進行象徵作戰動作的歌舞演出）。若此解說可以成立，則《序》說與朱說也未必衝突。

烈文

烈文辟公❶，錫茲祉福❷。惠我無疆，子孫保之❸。無封靡❹于爾邦，維王其崇❺之。念茲戎❻功，繼序其皇之❼。無競維人，四方其訓之❽。不顯維德，百辟其刑之❾。於乎！前王不忘❿。

注釋

❶烈文辟公：烈，功業。文，文德。辟公，或謂助祭之諸侯，或謂周之先公。

❷錫茲祇福：錫，賜。祇，義同福。

❸保之：謂保有此績業。

❹封靡：封，大。靡，或訓犯罪，或訓損壞。

❺崇：尊尚。

❻戎：大。

❼繼序其皇之：序，緒。繼序，繼先人之緒。皇，光大。

❽「無競維人」二句：無競，屈萬里《詮釋》：「無競，謂無人能與之競，意即勝於眾人也。」「無競維人，言其人之善，無人能與之競也。」訓，順。

❾百辟其刑之：百辟，百官諸侯。刑，效法。

❿前王不忘：不可忘先王的意思。

說明

有些學者認為〈烈文〉前八句誡勉的是助祭的諸侯，後六句是誡勉成王，也有學者以為此詩從頭到尾告誡的都是時王（通常不強調這位時王究竟是哪一位天子）。

《詩序》：「〈烈文〉，成王即政，諸侯助祭也。」《鄭箋》：「新王即政，必以朝享之禮祭於祖考，告嗣位也。」如果詩首句「辟公」二字是諸侯的意思（按：馬瑞辰《毛詩傳箋通釋》謂「天子曰辟王，諸侯曰辟公」），《詩序》就沒什麼好挑剔的了。歐陽修《詩本義》支持《序》說，並且認為「繼序其皇之」以上為君敕其臣之辭，「無競維人」以下為臣戒其君之辭；吾人若擬同意《序》說，對歐陽修的意見也必須重視才行。

假若如屈萬里《詩經詮釋》所言，詩之「烈文辟公」謂周之先公，那麼〈烈文〉就真如屈先生所說，是「祭周先王之詩，因以戒時王」了。

天作

天作高山❶，大王荒之❷。彼作矣，文王康之❸。彼徂❹矣，岐有夷之行❺。

子孫保之❻。

注釋

❶天作高山：作，《毛傳》：「生也。」高山，《鄭箋》：「謂岐山也。」

❷大（ㄊㄞˋ）王荒之：大王，即文王之祖父古公亶父，武王時追尊為大（太）王。荒，《毛傳》：「大也。」俞樾《平議》謂荒之即奄有之。

❸「彼作矣」二句：彼，指太王。作，開墾。康，安。高亨《今注》疑康為賡的假借，繼續的意思；亦可參。

❹徂：往，指遷往岐山。

❺岐有夷之行：岐，岐山。夷，平坦。行，道路。

❻保之：謂保有此績業。

說明

〈天作〉可能是周王祭祀岐山所奏的樂歌。《詩序》：「〈天作〉，祀先王先公也。」因為詩中未曾言及先公，所以很多人不接受《序》說。《朱傳》：「此祭大王之詩。」此為平實之說，乃有人因詩中有文王，故連《朱傳》也一併排斥，其實詩人將「文王康之」歸功於太王，這是無礙朱子之說的。

季本《詩說解頤》認為，〈天作〉是祭祀岐山之樂歌，此一說法擁有相當多的支持者，設使周本有岐山之祭（按：明儒何楷《詩經世本古義》用季本、鄒肇敏之說，並據《易經．升卦》六四爻辭「王用享于岐山，吉」，證明周人確有岐山之祭），季氏之說確實很有參考的價值。

昊天有成命

昊天有成命❶，二后❷受之。成王不敢康，夙夜基命宥密❸。於緝熙❹，單厥心❺，肆其靖之❻。

注釋

❶昊天有成命：昊天，上天。成命，或訓定命，或訓明命。

❷二后：后，君王。二后，指文王或武王。

❸夙夜基命宥密：夙夜，早晚。基，謀劃、經營。命，政令。宥，《毛傳》：「寬也。」寬大、寬厚的意思。密，《毛傳》：「寧也。」或讀為毖，謹慎之意。

❹緝熙：或訓光明，或以為是繼續不絕的意思。

❺單厥心：單，《毛傳》：「厚。」句為其心仁厚之意。《朱傳》以「盡其心」釋之；亦通。

❻肆其靖之：肆，發語詞。靖，安定。

說明

〈昊天有成命〉可能是作於康王時代的作品，詩中談到文王、武王的受命，但還是以讚頌成王為重心，篇幅是相當簡短的，結構卻仍然完整，姚際恆《詩經通論》謂此詩「通首密練」，這個評語廣為今人所接受。

《詩序》：「〈昊天有成命〉，祀天地也。」此篇只有短短三十字，就算少數詩句「無達詁」，也可以確定這不是郊祀天地之詩，我們雖然尊重《詩序》，於其說〈昊天有成命〉實在不能曲為之護。《國語・晉語》有叔向「〈昊天有成命〉，是道成王之德也」之語，因此我們可以確認《朱傳》以此為祀成王之詩，應無疑義。

我將

我將我享❶，維羊維牛，維天其右❷之。儀式刑文王之典❸，日靖❹四方。伊
嘏❺文王，既右饗之❻。我其夙夜，畏天之威，于時保之❼。

注釋

❶我將我享：將，進奉。享，祭獻。

❷右：助。

❸儀式刑文王之典：儀，《毛傳》：「善。」《朱傳》：「法。」式、刑，都是效法的意思。典，或訓法則，或以為是典章制度。

❹靖：《鄭箋》：「治也。」

❺伊嘏（ㄐㄧㄚˇ）：伊，發語詞。嘏，大、偉大。

❻既右饗之：右，助。饗，享用。王引之《述聞》：「既佑助後王而饗其祭也。」

❼于時保之：時，是。保之，謂保有此績業。

說明

〈我將〉主要是在祭祀文王，但因詩中有「維天其右之」之語，所以也有可能是合祭天帝與文王之

作。

《詩序》：「〈我將〉，祀文王於明堂也。」《朱傳》：「此宗祀文王於明堂，以配上帝之樂歌。」有不少人嫌《序》說不夠周匝，而採用朱子之說，也有些學者為免多說多錯，乾脆只說這是祭祀文王之詩。

王國維、陸侃如依據《禮記・樂記》及《左傳・莊公十二年》之記載，知道「大武」之武舞有六章，除《周頌》的〈武〉、〈桓〉、〈賚〉可確定在其中，〈酌〉與〈般〉可能也是「武」詩外，另一篇，他們推測是〈我將〉；高亨《周頌考釋》進一步考證，「大武」有舞有歌，舞分六場，歌分六章，舞的第一場是象徵武王帶兵出征，歌〈我將〉，其第二至第六場所歌分別是〈武〉、〈賚〉、〈般〉、〈酌〉、〈桓〉。此外，「武」舞雖是敘述武王克商之功，但據陸侃如指出，其創作是在成王時代。我們一方面不輕易放棄舊說，但對於新說，也必須加以重視。

時邁

時邁其邦❶，昊天其子之❷，實右序❸有周。薄言震之❹，莫不震疊❺。懷柔百神，及河喬嶽❻。允王維后❼。明昭有周❽，式序在位❾。載戢干戈❿，載櫜⓫弓矢。我求懿⓬德，肆于時夏⓭，允王保之⓮。

注釋

❶時邁其邦：時，《孔疏》：「以時。」邁，行。句謂武王按時巡行於邦國。

❷子之：視之如子。

❸右序：右，助。序，有順、助之意。

❹薄言震之：薄言，語首助詞。震，震動。句謂以武力震動威脅他國。

❺震疊：《毛傳》：「震，動。疊，懼。」即驚動畏懼之意。

❻「懷柔百神」二句：懷柔，安撫。河，黃河。喬嶽，高山。二句即祭祀山川百神之意。

❼允王維后：允，信，確實。后，君。

❽明昭有周：明、昭二字同義。有，語詞。句言天顯明周朝。

❾式序在位：式，發語詞。序，順序、次序。在位，指諸侯與百官。

❿載戢：載，則、於是。戢，聚、收藏。

⓫櫜（ㄍㄠ）：弓囊，作動詞用，盛弓矢於囊之意。

⓬懿：美。

⓭肆於時夏：肆，布陳、施行。時，是、此。夏，中國。

⓮允王保之：允，信。保之，保此周邦。句言信哉王能保此周邦。

說明

〈時邁〉是天子巡守四方時，祭祀蒼天，並且祈求四方諸神賜福與我中國之詩歌。由本篇可以看出周人重視鬼神、信仰堅定的一面，山川百神無一不是可敬的神祇。

《詩序》：「〈時邁〉，巡守告祭柴望也。」《鄭箋》：「巡守告祭者，天子巡行邦國，至于方嶽之下而封禪也。《書》曰：『歲二月，東巡守，至于岱宗，柴；望秩於山川，遍於群神。』」（按：所引《書》文在〈堯典〉中——偽《古文尚書》在〈舜典〉，但今本《書經》無「遍於群神」四字）《書》的意思是天子巡守於泰山，行柴祭之禮（《孔疏》：「〈郊特牲〉云：『天子適四方，先柴。』是燔柴祭天告至也」），又按地位尊卑依次祭祀各山川，這樣，《詩序》之意就很明顯了，〈時邁〉是天子巡守，柴祭昊天，望祭山川所歌之詩篇，三家《詩》中的《魯》、《齊》兩家，見解與此相同。

《左傳·宣公十二年》引本篇「載戢干戈」諸句，以為是武王克商時期之頌，《國語·周語》祭公謀父謂此時為周公作，假如其說可信，那麼〈時邁〉的作者、時代背景與篇旨，就很難得的都為我們所確知了（按：何楷以為〈時邁〉為「大武」樂歌中的一章，此和前面提到的王國維諸人之說不同）。

執競

執競❶武王，無競維烈❷。不顯成康❸，上帝是皇❹。自彼成康，奄有❺四
方，斤斤❻其明。鐘鼓喤喤❼，磬筦將將❽，降福穰穰❾。降福簡簡❿，威儀
反反⓫。既醉既飽，福祿來反⓬。

❶執競：執持競爭之事，指伐商而言。

❷無競維烈：烈，功業。句謂其功業無人能與之抗衡。

❸不（ㄆㄧ）顯成康：不，同「丕」，或謂語詞，或解為「大」。成康，《毛傳》：「成大功而安之也。」《朱傳》釋為成王、康王。

❹皇：美。

❺奄有：奄，囊括、包括。奄有即盡有、全部擁有之意。

❻斤斤：明察的樣子。

❼喤喤：聲音洪亮和諧。

❽磬筦（ㄍㄨㄢˇ）將（ㄑㄧㄤ）將：磬、筦（同「管」），兩種樂器之名，前者為石製，後者為竹製。將將，鳴聲。

❾穰（ㄖㄤˊ）穰：《毛傳》：「眾也。」

❿簡簡：《毛傳》：「大也。」

⓫威儀反反：威儀，儀態舉止。反反，莊重謹慎的樣子。

⓬來反：《毛傳》：「反，復也。」來反，反覆而來，無休止的意思。或訓反為回報；亦通。

氣氛隆重的〈執競〉是典型的周人祭拜先王之作。《詩序》：「〈執競〉，祀武王也。」三家《詩》無異議。《朱傳》則說：「此祭武王、成王、康王之詩。」兩者的差異關鍵在對詩中「不顯成康」、「自彼成康」解釋的不同，今人似以支持朱說者稍多。

但是，就現存文獻觀之，周代並無三王共祭之典，同意《朱傳》的牛運震，在其《詩志》中說：「三王無合祭之禮，當是一詩而各歌於三王之廟耳。」這種折衷之說，是否合乎事實，也未必樂觀，還是讓我們暫存兩說，以待高明之士。

思文

思文后稷❶，克配彼天。立我烝民❷，莫匪爾極❸。貽我來牟❹，帝命率育❺，

無此疆爾界❻，陳常于時夏❼。

注釋

❶思文后稷：思，發語詞。文，文德。后稷，名棄，相傳是堯舜時候的稷官，為周之始祖。

❷立我烝民：立，《鄭箋》：「當作粒。」粒用作動詞，養育之意。或訓立為定；亦通。烝民，眾民。

❸莫匪爾極：匪，非。極，《朱傳》：「至也，德之至也。」或以為極者極盡心力之意，亦通。

❹來牟：牟來之倒文，牟來為麥之合聲。

❺率育：率，遍。育，養。

❻無此疆爾界：不分疆界和地域的意思。

❼陳常于時夏：陳，布、施行。常，常道，指農政之道。時夏，時，是、此。夏，中國。

說明

〈思文〉為祭祀后稷之作，由於后稷功業卓著，周人乃歌頌其德「克配彼天」。《詩序》：「〈思文〉，后稷配天也。」此說無太大問題。〈古序〉之下則無申說之語。

至於本詩的作者，有不少人以為是周公。姚際恆《詩經通論》謂《孝經》「昔者周公郊祀后稷以配天」，即指此詩。姚氏又說：「《國語》云：『周文公之為頌曰：「思文后稷，克配彼天。」』故知周公作也。」屈萬里《詩經詮釋》則說：「《國語．周語》祭公謀父引此詩，以為周文公之頌。」經查《國語．周語》，祭公謀父所引周文公之頌為〈時邁〉「載戢干戈」以下五句，另芮良夫有「〈頌〉曰：『思文后稷，克配彼天。立我蒸民，莫匪我極（按：文字與今《詩》小異）。』」之語，未言何人所作之詩，而高誘《注》則指出「周公思有文德者后稷，其功乃能配於天」；不論如何，周公作〈思文〉確是前人普遍之說法，我們理應尊重。

臣工之什（十篇）

臣工

嗟嗟臣工❶，敬爾在公❷。王釐爾成❸，來咨來茹❹。嗟嗟保介❺，維莫之春❻，亦又何求？如何新畬❼？於皇來牟❽，將受厥明❾。明昭上帝，迄用康年❿。命我眾人，庤乃錢鎛⓫，奄觀銍艾⓬。

注釋

❶嗟嗟臣工：嗟嗟，歎辭，《朱傳》：「重歎以深敕之也。」工，官。臣工，群臣百官。

❷敬爾在公：敬，敬慎。公，公家。

❸王釐爾成：釐，賞賜。成，成就。

❹來咨來茹：來，是。咨，詢問。茹，商量。

❺保介：保護田界的人，即田官、田畯。

❻維莫（ㄇㄨˋ）之春：莫，同「暮」。莫春，夏曆三月。

❼如何新畬（ㄩˊ）：《毛傳》：「田二歲曰新，三歲曰畬。」二歲、三歲指休耕二年、三年。高亨《今注》：「古時實行輪種，種過的田在休閒幾年後再種，故稱新畬。」句謂如何經營輪種的土地。

❽於（ㄨ）皇來牟：於，讚歎詞。皇，美好。來牟，牟來之倒文，牟來為麥之合聲。

❾明：古通「成」，指收成。

❿迄用康年：迄，至。馬瑞辰《通釋》：「至猶致

也。迄用康年，猶云用致康年。」用，以。康年，豐年。

⓫庤（ㄓˋ）乃錢鎛（ㄅㄛˊ）：庤，具備、準備。乃，你、你們。錢，掘土之農具。鎛，鋤類之農具。

⓬奄觀銍（ㄓˋ）艾（ㄧˋ）：《鄭箋》：「奄（ㄧㄢ），久。觀，多也。教我庶民，具女田器，終久必多銍艾，勸之也。」王肅：「奄（ㄧㄢˇ），同。」奄觀即一同去觀看之意。或解奄即〈大雅．皇矣〉「奄（ㄧㄢˇ）有四方」之奄，覆、覆蓋的意思。奄觀即盡觀、遍觀。銍，鐮刀。艾，通「刈」，收穫。

說明

〈臣工〉書寫周天子耕種籍田，並戒農官、祈豐年。

《詩序》：「〈臣工〉，諸侯助祭，遣於廟也。」此一說法似未能切中詩義，《朱傳》改以「戒農官之詩」釋之，較能符合詩文所述。姚際恆《詩經通論》引鄒肇敏之語，以此為「耕籍而戒農官之詩」，又可補《朱傳》之略嫌過簡（按：籍田，又作藉田。周王有籍田，由農奴耕種，每年春天，由天子率領群臣往籍田「親載耒耜」（《禮記．月令》語），以表示朝廷之重視農政）。

噫嘻

噫嘻成王❶，既昭假爾❷。率時❸農夫，播厥百穀。駿發爾私❹，終三十里❺。

亦服爾耕❻，十千維耦❼。

注釋

❶噫嘻成王：噫嘻，歎辭。成王，《毛傳》：「成是王事也。」《朱傳》以為即周成王。

❷既昭假爾：昭假，即昭格，指神昭然降臨。爾，語尾助詞，猶「矣」。

❸時：是、這些。

❹駿發爾私：駿，疾速。發，發土，即耕田。私，私田。

❺終三十里：終，竟。據《周禮》，方圓三十二里半為一農業行政區域，可容萬夫耕種，由一農官掌管，此處三十里但舉成數。

❻亦服爾耕：亦，發語詞。服，事。爾，你，指農夫。

❼十千為耦：十千，一萬人。高本漢《注釋》解為以十抵千，即百倍之收成；亦可參。耦，兩人並耕。

說明

〈噫嘻〉是一篇祭神、酬神的作品。由於神之昭然降臨，率領農人耕種而百穀豐收，人們感謝神的賜予，因而創作了〈噫嘻〉這樣的詩篇。詩中可見周人靠天吃飯、對農事無法掌握的情況，但也表現出農人敬天謝天、知足而安的心情。

《詩序》：「〈噫嘻〉，春夏祈穀于上帝也。」《朱傳》：「此連上篇，亦戒農官之詞。」從詩文來看，《序》說勝過《朱傳》，而且《朱傳》解成王為周之成王，如方玉潤《詩經原始》所言，「戒農官何必禱及成王」？比起《朱傳》，《序》之說〈噫嘻〉，應該是較能讓人接受的。

振鷺

振鷺❶于飛，于彼西雝❷。我客戾止❸，亦有斯容❹。在彼無惡❺，在此無斁❻。庶幾夙夜，以永終譽❼。

注釋

❶振鷺：振，鳥群飛的樣子。鷺，白鷺，水鳥名。

❷雝：水澤。

❸我客戾止：客，指二王之後，夏之後為杞，殷之後為宋。戾，至。止，語詞。

❹亦有斯容：陳奐《傳疏》：「言客有此（按：指鷺鳥）潔白之容也。」

❺在彼無惡：在彼，指客在其封國。無惡，無人厭惡。屈萬里《詮釋》謂「彼，蓋指神言，言神不惡二客也」；亦可通。

❻在此無斁（ㄧˋ）：在此，謂客來朝在周地。斁，厭倦。屈萬里《詮釋》謂「此，蓋指二客言」，「言二客助祭不厭倦也」；亦可通。

❼「庶幾夙夜」二句：屈萬里《詮釋》：「古以夙夜之語示敬謹之意。永終連言，終亦永也；于省吾說。譽，安樂也。二句連讀，庶幾二字貫下文，言能早夜敬慎，則庶幾永安長樂也。」

說明

〈振鷺〉是一篇讚美、歡迎賓客之作，可能是周王招待來朝之諸侯所奏之樂歌。

《詩序》：「〈振鷺〉，二王之後來助祭也。」《鄭箋》：「二王，夏、殷也。其後，杞也，宋也。」這個說法廣獲支持，宋、元以前似無異說，明人季本《詩說解頤》則謂《序》為臆說，但季氏以為此乃紂子武庚來朝助祭之作，後人罕有同意者，唯是，另一明儒何楷《詩經世本古義》以為「周成王時，微子來助祭于祖廟，周人作詩美之」，倒是有一些人願意接受其意見。大致說來，古人不滿於《序》之說〈振鷺〉者，多僅止於細部之修訂。

豐年

豐年多黍多稌❶，亦有高廩❷，萬億及秭❸。爲酒爲醴❹，烝畀祖妣❺，以洽❻百禮。降福孔皆❼。

❶稌（ㄊㄨˊ）：稻。

❷高廩（ㄌㄧㄣˇ）：高大之米倉。

❸萬億及秭（ㄗˇ）：《毛傳》：「數萬至萬曰億，數億至億曰秭。」或謂周以十萬為億，亦有以萬為億者。爾雅郭注：「十億為秭。」句謂收穫之多。

❹醴：甜酒。

❺烝畀（ㄅㄧˋ）祖妣：烝，進獻。畀，給予。祖妣，屈萬里《詮釋》：「古者祖母以上皆謂之妣，祖父以上皆謂之祖；故西周之書，及甲骨文與早期金文，皆祖妣對稱。〈堯典〉始有考妣對稱之文，足見其書晚出。《爾雅》有『母死曰妣』之語，殆據〈堯典〉為說也。」

❻洽：合。

❼皆：或訓普遍，或以為是嘉、美好的意思。

說明

中國人「謝天」的觀念自古已有，〈豐年〉即是豐收之後祭拜祖先與神明的詩歌。《詩序》：「〈豐年〉，秋冬報也。」《鄭箋》：「報者，謂嘗也，烝也。」（秋祭曰嘗，冬祭曰烝）〈豐年〉是感激天賜豐年，而於秋冬祭神謝恩之詩，《序》說是正確的，但因《詩序》未明指祭祀何神，所以後人也有一些爭議，方玉潤、陳奐的意見是很可參考的，那就是「凡有功於穀實者偏祭祀之」，換言之，所祭祀的是上帝百神，當然也包含周人的祖先。

有瞽

有瞽❶有瞽，在周之庭。設業設虡，崇牙樹羽❷，應田縣鼓❸，鞉磬柷圉❹。
既備乃奏，簫管備舉。喤喤厥聲，肅雝和鳴，先祖是聽。我客戾止，永
觀厥成❺。

注釋

❶瞽：盲人，周代常以盲人擔任樂官，此處之瞽即指樂官。

❷「設業設虡（ㄐㄩˋ）」二句：〈大雅・靈臺〉有「虡業維樅」之句，屈萬里《詮釋》參考陳奐之說，云：「虡，鐘磬架之立木也。其橫木謂之栒（ㄙㄨㄣˇ）。業，覆栒之大版也。樅，業上懸鐘磬

處，即〈周頌·有瞽〉之崇牙也。」按：崇牙是「業」上的一排鋸齒，以懸掛鐘磬。樹，立。二句謂豎起樂器架，並在木齒上面插上五彩的羽毛作為裝飾。

❸應田縣（ㄒㄩㄢˊ）鼓：應，小鼓。田，大鼓。縣，同「懸」。句謂懸掛起應、田之鼓。

❹鞉（ㄊㄠˊ）磬柷（ㄓㄨˋ）圉（ㄩˇ）：鞉，亦作「鼗」，一種有柄可搖的小鼓。磬，石製的敲擊樂器。柷，木製樂器，秦之初，先擊柷以起樂。圉，又作「敔」，形狀似虎，背上有二十七鋸齒，以木盡擊其齒，用為止樂。

❺永觀厥成：永，長。厥，其，指大合樂。成，樂終。

〈有瞽〉是合奏諸樂以祭祀祖先的一篇作品。

《詩序》：「〈有瞽〉，始作樂而合乎祖也。」《鄭箋》：「王者治定制禮，功成作樂。合者，大合諸樂而奏之。」歷來說解此詩者，多接受《序》、《箋》之說，唯是，何楷《詩經世本古義》一方面接受《序》說，一方面又認為大家都誤解《序》意，他說：「《序》意謂成王至是始行合祖之禮，大奏諸越云爾，非謂以新樂始成之故合乎祖也。」清儒姚際恆、方玉潤也都聲援何氏，於是，「成王始行祫祭」（按：《禮記·王制·鄭注》：「天子諸侯之喪畢，合先君之主於祖廟而祭之，謂之祫（ㄒㄧㄚˊ）。」），也成為解說〈有瞽〉主題的另一種意見了。

新解固然可以參考，不過，若說《鄭箋》、《孔疏》、《朱傳》……都誤解《序》意，亦未免武斷，誠如糜文開、裴普賢《詩經欣賞與研究》所說的，「祫祭是常禮，而周公制禮作樂，乃周代大事，其樂成而告於祖廟，自有詩記其盛事，此詩可以當之。且此詩文字，其重點正是《獨斷》文所謂『合諸樂而奏之』的描寫，而分毫不及祫祭之種種。不說『先祖來格』，而云『先祖是聽』，尤表此詩之詩性」，因此，〈有瞽〉或許應如《孔疏》所云，周公攝政六年，制禮作樂，諸樂初成，大合奏於祖廟，詩以述其事而為此歌。

潛

猗與漆沮❶，潛❷有多魚。有鱣有鮪❸，鰷鱨鰋鯉❹。以享❺以祀，以介景福❻。

注釋

❶猗（ㄧ）與漆沮：猗與，歎美詞。漆、沮，二水名。

❷潛：水深之處。

❸有鱣有鮪：鱣，或謂大型的鯉魚，或謂黃魚。鮪，似鱣而體型較小的魚。

❹鰷（ㄊㄧㄠˊ）鱨鰋（ㄧㄢˇ）鯉：鰷，一種銀白色、背有硬鰭的魚，又叫白鰷、白絛。鱨，形似黃魚，鰋，鯰魚。

❺享：奉獻。

❻以介景福：介，求。景，大。

說明

〈潛〉是周王薦魚於宗廟以祭祀求福之詩，有學者表示，本篇層次清晰，詩人採用虛實相間和鋪陳手法寫魚既多且美，已經留意筆法的變化了；其實，〈潛〉才短短六句，雖有古拙之韻味，但其質樸一如其他〈頌〉詩，看不出有什麼特別突出的藝術手法。

《詩序》：「〈潛〉，季冬薦魚，春獻鮪也。」《鄭箋》：「薦獻之者，謂於宗廟也。」《序》以「季冬薦魚」說此詩，無人可以置喙，但又補上一句「春獻鮪」，就容易引來一些非議了。

雝

有來雝雝❶，至止肅肅❷。相維辟公❸，天子穆穆❹。於薦廣牡❺，相予肆祀❻。假哉皇考❼，綏❽予孝子。宣哲維人，文武維后❾。燕及皇天，克昌厥後❿。綏我眉壽，介以繁祉⓫。既右烈考，亦右文母⓬。

❶有來雝雝：有，語助詞。有來，指前來助祭之諸侯。雝雝，《鄭箋》：「和也。」

❷至止肅肅：至止，至，謂至於宗廟。止，語助詞。肅肅，《鄭箋》：「敬也。」

❸相（ㄒㄧㄤˋ）維辟公：相，助，指助祭者。維，語詞。辟公，諸侯。

❹穆穆：容止端莊恭敬的樣子。

❺於（ㄨ）薦廣牡：於，歎詞。薦，進獻。廣，大。牡，雄牲，如公牛等。

❻相予肆祀：相，助。肆，陳列，指陳列祭品。

❼假哉皇考：假，大、美。皇，美好、光顯、偉大。皇考，對已故父祖之敬稱。

❽綏：安定，安撫。

❾「宣哲維人」二句：宣，明。哲，智。維，為。后，君。二句謂皇考為人明智，為君則允文允武。或訓人為人臣；亦通。

❿「燕及皇天」二句：燕，安。克，能。昌，大、盛。厥後，其後嗣。

⓫「綏我眉壽」二句：綏，安。眉壽，長壽。長壽者每有豪眉，故稱長壽為眉壽。介，助。繁，多。《鄭箋》：「安助之以考壽，與多福祿。」

⓬「既右烈考」二句：右，通「侑」，勸酒、勸食。烈，或訓功業，或釋為光明。考，先父。文母，有文德之母，指文王妻太姒。

說明

〈雝〉是武王祭畢文王、撤去祭品時所唱的樂歌。西周早期的〈雝〉，已經知道使用對偶與排比的手法來創作，在〈頌〉詩中，這是不多見的。

《詩序》：「〈雝〉，禘大祖也。」《鄭箋》：「禘，大祭也。大於四時而小於祫。大祖，謂文王。」周之「大祖」，應該是后稷，鄭玄怎麼會說是文王呢？因為從詩的內容來看，其所歌的對象確實是文王，由此以觀，《序》說是有問題的，事實上，朱子《詩序辨說》以〈雝〉為「武王祭文王而徹俎之詩」，大致上可以相信，換句話說，詩作於武王時代，詩中的「天子」即武王，「皇考」、「烈考」指文王。關於〈雝〉的主題，拙著《惠周惕詩說析評》（文史哲出版社印行）另有詳盡的討論，可參閱。

載見

載見辟王❶，曰求厥章❷。龍旂陽陽❸，和鈴央央❹，鞗革有鶬❺，休有烈光❻。

率見昭考❼，以孝以享❽，以介眉壽❾。永言❿保之，思皇多祜⓫。烈

文辟公⓬，綏以多福⓭，俾緝熙于純嘏⓮。

❶載見辟王：載，始。辟王，天子，指成王。

❷章：典章制度。

❸龍旂陽陽：龍旂，旗面繪交龍之旗，上公所用。陽陽，文彩鮮明的樣子。

❹和鈴央央：和，掛在車軾上的鈴。鈴，掛在旗上的鈴。央央，鈴聲。

❺鞗（ㄊㄧㄠˊ）革有鶬（ㄑㄧㄤ）：鞗，鋚之假借，銅製的馬勒（即轡頭、嘴套）的裝飾。革，勒的省借，即馬勒、轡頭，以皮為之。有鶬，鏘然作聲。

❻休有烈光：休，美。烈光，光明、光彩。

❼率見昭考：率，率領。昭，光顯。昭考，為先父武王。

❽以孝以享：孝、享都是獻祭的意思。

❾以介眉壽：介，祈求。眉壽，長壽者每有豪眉，故稱長壽者為眉壽。

❿言：語詞。

⓫思皇多祜：思，語詞。皇，大、美。祜，福。

⓬烈文辟公：〈周頌．烈文〉已有此句，烈，功業。德，文德。辟公，或謂助祭之諸侯，或謂周之先公。

⓭綏以多福：綏，安。句謂安我以多福。

⓮俾緝熙于純嘏（ㄍㄨˇ），緝熙，或謂光明，或謂繼續不絕。純，大。嘏，福。

說明

〈載見〉描寫周朝時天子祭祖，諸侯來朝的情形，由其內容可以約略看出周朝人敬天法祖的習俗，以及崇拜鬼神的狀況。

《詩序》：「〈載見〉，諸侯始見乎武王廟也。」此說當無疑義，《孔疏》之說亦可參考：「周公居攝七年而歸政成王。成王即政，諸侯來朝，於是率之以祭武王之廟。詩人述其事而為此歌焉。」

有客

有客有客❶，亦白其馬❷。有萋有且❸，敦琢其旅❹。有客宿宿，有客信信❺。言授之縶，以縶其馬❻。薄言追之❼，左右綏❽之。既有淫威❾，降福孔夷❿。

❶客：指微子。

❷亦白其馬：亦，發語詞。殷人崇尚白色，故微子來朝仍騎白馬。

❸有萋有且（ㄐㄩ）：萋、且都是盛多的樣子。

❹敦（ㄉㄨㄟ）琢其旅：敦，雕的假借，敦琢即雕琢，這裡引申為精選之意。旅，眾，指隨從之眾臣。

❺「有客宿宿」二句：宿，留住一夜。宿宿，住了一夜又一夜。信，再留住一夜。信信，連住好幾天的意思。或謂宿宿為再宿，信信為四宿；亦可參。

❻「言授之縶」二句：上縶字為名詞，繩索；下為動詞，繫、絆之意。二句是表示挽留客人。

❼薄言追之：薄言，語詞。追，《鄭箋》：「送也。」

❽綏：安。

❾淫威：淫，大。威，《廣雅》：「德也。」

❿夷：《毛傳》：「易也。」馬瑞辰《通釋》：「大。」

說明

〈有客〉雖在〈周頌〉中，但卻沒有一般頌詩那樣的莊嚴肅穆，反而多了一些趣味性。清儒牛運震論〈有客〉說：「風致婉秀，絕似〈小雅〉。周家忠厚，微子高潔，此詩俱見。」〈有客〉的基調的確與同單元的其他作品大異其趣。

《詩序》：「〈有客〉，微子來見祖廟也。」《鄭箋》：「成王既黜殷命，殺武庚，命微子代殷後，即受命，來朝而見也。」〈有客〉寫的是微子來見祖廟與周王的留客送客，《序》說應該是可信的。王質《詩總聞》認為，「以白馬而衍為商，又衍為微子，似不必爾」，其實，我們雖不必迷信《詩序》，但動輒駁斥《詩序》也是不必的。

武

於皇❶武王，無競維烈❷。允文❸文王，克開厥後❹。嗣武受之❺，勝殷遏劉❻，耆定爾功❼。

注釋

❶於（ㄨ）皇：於，歎美詞。皇，美好、偉大。

❷無競維烈：烈，功業。句謂其功業無人能與之抗衡。

❸允文：允，信、誠然。文，文德。

❹克開厥後：能開其後代之基業的意思。

❺嗣武受之：嗣武，嗣子武王，受之，承受其基業。

❻遏劉：遏，《鄭箋》：「止。」劉，《毛傳》：「殺。」馬瑞辰《通釋》謂遏、滅同義，遏劉即滅殺之義。

❼耆（ㄓˇ）定爾功：耆，《毛傳》：「致也。」爾，或訓其，或訓此。

說明

〈武〉的內容在頌揚武王伐紂的功勳。

《詩序》：「〈武〉，奏〈大武〉也。」《鄭箋》：「大武，周公作樂所為舞也。」《序》之說〈武〉，罕見有人反對，《孔疏》之言，可提供進一步之參考：「周公攝政六年之時，象武王伐紂之事，作〈大武〉之樂，既成於而廟奏之，詩人睹其奏而思武功，故述其事而作此歌焉。」

《序》所言「〈大武〉」一詞，《左傳》作「〈武〉」（《公羊》、《周禮》、《禮記》仍作「〈大武〉」），而從〈宣公十二年〉之記載，可知原來的〈武〉有六章（六成），本篇為其首章，〈酌〉、〈桓〉、〈賚〉與〈般〉等篇可能各是其中的一章，今本《詩經》則是以章為篇，這是我們所必須知道的。

閔予小子之什（十一篇）

閔予小子

閔予小子❶，遭家不造❷，嬛嬛在疚❸。於乎皇考❹！永世❺克孝。念茲皇祖❻，陟降庭止❼。維予小子，夙夜敬止。於乎皇王❽！繼序思不忘❾。

❶閔予小子：閔，通「憫」，可憐。予小子，古代帝王之謙稱，此為成王自稱。

❷不造：造，善。不造即不善、不淑、不幸之意。

❸嬛（ㄑㄩㄥˊ）嬛在疚：嬛嬛，與煢煢、惸惸同，孤獨無依的樣子。疚，病。在疚，在憂患病苦之中。

❹於（ㄨ）乎皇考：於乎，嗚呼。皇，美好、光顯、偉大。皇考，對已故父祖之敬稱，此指武王。

❺永世：終身。

❻皇祖：指文王。

❼陟降庭止：陟降，陟，升；降，下。陟降，有往來的意思。止，語詞。句謂文王之神往來於庭。

❽皇王：偉大的先王，這裡兼指文王、武王。

❾繼序思不忘：序，同「緒」，事業。思，語詞。不忘，不忘記。或謂忘、亡通用，不忘即不失墜之意；亦通。

說明

〈閔予小子〉是成王在祖廟祭告其先父先祖之詩。

《詩序》：「〈閔予小子〉，嗣王朝於廟也。」《鄭箋》：「嗣王者，謂成王也。除武王之喪，將始即政，朝於廟也。」《序》、《箋》之說，獲得多數學者同意，但也有人表達不同意見，何楷、姚際恆、方玉潤諸人以為是時成王仍在服喪期間，〈閔予小子〉乃祔武王神主於廟之作；從詩的語意哀痛惕勵來看，何氏等人的說法也很有參考的價值。當然，也有可能成王剛剛除喪不久，所以詩才如此充滿哀痛感傷及深自警惕之意。由本詩，我們可以想見，年輕的成王秉承其先皇先祖遺留下來的聖風，他兢兢業業，不敢忘記自己的本分，先皇先祖的神靈，彷彿還在身邊圍繞著，這也是他治國的原動力。

訪落

訪予落止❶，率時昭考❷。於乎悠❸哉！朕未有艾❹，將予就之❺，繼猶判渙❻。

維予小子，未堪家多難❼。紹庭上下❽，陟降厥家❾。休矣皇考，以保明其身❿。

注釋

❶訪予落止：訪，商量、謀議、詢問。落，開始，指——開始執政的一些事情。

❷率時昭考：率，遵循。時，是、此。昭考，為先父武王。

❸悠：遠，指武王之道深遠。

❹艾：《爾雅・釋詁》：「歷也。」指閱歷。或謂艾音ㄧˋ，與乂通，治才的意思；亦通。

❺將予就之：將，扶助。就，因襲，指因襲其法典。

❻繼猶判渙：猶，同「猷」，圖謀。判渙，《毛傳》：「判，分也，渙，散也。」《鄭箋》：「繼續其業，圖我所失分散者收斂之。」馬瑞辰《通釋》：「判渙……與〈卷阿〉『伴渙爾游矣』同，伴、奐皆大也。……繼猶判渙，言當謀其大者。」

❼未堪家多難：不堪遭受國家多災多難的意思。

❽紹庭上下：屈萬里《詮釋》：「紹，疑昭之假借。紹庭上下，謂神昭然上下於廷也。」

❾陟降厥家：陟降，陟，升；降，下。陟降，有往來的意思。厥，其。

❿「休矣皇考」二句：休，美。皇，美好、光顯、偉大。皇考，對已故父祖之敬稱，此指武王。保明其身，保，保佑。明，或訓明智，或釋為勉勵。或謂保明為明保之倒文，保佑之意。其身，嗣王自謂。

說明

〈訪落〉是成王即位之初祭告其先父武王之作。

《詩序》：「〈訪落〉，嗣王謀於廟也。」《鄭箋》：「謀者，謀政事也。」前面那篇〈閔予小子〉，何楷、姚際恆、方玉潤諸人皆不依《序》、《箋》之說，對於這篇〈訪落〉，大家的看法大致相同，是時武王已除喪，將始即政而朝於廟，與群臣謀政，而有此詩之作。不過，何楷又特別指出，「此詩雖對群臣而作，已延訪發端，而意止屬望昭考；至〈小毖〉是道其延訪群臣之意耳」，誠如姚際恆所言，「如此讀詩，細甚。」

敬之

敬❶之敬之，天維顯思❷。命不易哉❸！無曰：高高在上。陟降厥士❹，日監在茲❺。維予小子，不聰敬止❻。日就月將❼，學有緝熙于光明❽。佛時仔肩❾，示我顯德行❿。

注釋

❶敬：警戒、戒慎。

❷顯思：顯，顯明、明察。思，語詞。

❸命不易哉：命，天命，指國運。不易，不易保住。

❹士：事。

❺日監在茲：日，日日。監，視。茲，此。

❻不（ㄆㄧ）聰敬止：不，發語詞。聰，聽從。敬，警戒。止，語詞。

❼日就月將：就，成就。將，行進、進益。

❽學有緝熙于光明：緝熙，繼續不絕，此為《詩》中常用詞。句謂為學當繼續不已，以進於光明。

❾佛（ㄅㄧˋ）時仔（ㄗ）肩：佛，弼的假借，輔助之意。仔肩，責任。

❿示我顯德行：示，指示。顯，光明、顯明。胡承珙《後箋》：「尚賴群臣示以顯明之德行耳。」或解德行為進德之路；亦可通。

〈敬之〉是成王自警自勉之作。可以注意的是，〈周頌〉往往無韻，但〈敬之〉講究用韻，使得全詩富有抑揚頓挫的音樂美。

《詩序》：「〈敬之〉，群臣進戒嗣王也。」如果〈敬之〉與前篇〈訪落〉可視為同一組詩，那麼，在成王咨詢群臣之後，群臣自然應該有進戒嗣王之言，其進戒之言就是〈敬之〉這一篇了。可是，詩從「維予小子」以下，明顯為嗣王之自言，這樣說來，《詩序》就只說對一半了。《朱傳》有鑑於此，謂詩前六句為「成王受群臣之戒而述其言」，後六句為嗣王「自為答之之言」，此說實可補《序》之不足。

近人多主張此詩全篇均為周王祭祀時之自戒自勵之詞，說者係以為〈敬之〉與〈訪落〉並無關聯，這當然也有可能，但仍然不足以確認《朱傳》之說並非詩的本義。

小毖

予其懲❶，而毖❷後患。莫予荓蜂❸，自求辛螫❹。肇允彼桃蟲❺，拚飛維鳥❻。未堪家多難，予又集于蓼❼。

注釋

❶予其懲：予，周（成）王自稱。懲，警戒。

❷毖（ㄅㄧˋ）：謹慎。

❸荓（ㄆㄧㄥ）蜂：《朱傳》：「荓，使也。蜂，小物而有毒。」或謂荓蜂是牽引扶助之意，解「莫予荓蜂」為「莫荓蜂予」之倒文。

❹辛螫：辛毒之刺螫。或謂辛，辛苦；螫音ㄕˋ，事的假借字。

❺肇允彼桃蟲：肇，始。允，信。桃蟲，即鷦鷯，一種小鳥。

❻拚（ㄈㄢ）飛維鳥：拚，同「翻」，鳥飛動的樣子。古人認為桃蟲這種小鳥最後會變為大鵰，所以這句是說翻然飛動，乃成大鳥，意謂終將由小而大。

❼集于蓼（ㄌㄧㄠˇ）：集，棲止。蓼，生長在濕地的草本植物，其味苦辣，這裡有比喻辛苦的意思。

說明

〈小毖〉的本事與前面的作品有連續性，涉及到成王的自我反省。《詩序》：「〈小毖〉，嗣王求助也。」《鄭箋》：「成王求忠臣早輔助己為政，以救患難。」「始者，管叔及其群弟流言於國，成王信之，而疑周公。至後三監叛而作亂，周公以王命舉兵誅之，歷年乃已，故今周公歸政，成王受之，而求賢臣以自輔助也。」《孔疏》：「成王初始嗣位，因祭在廟而求群臣助己，詩人述其事而作此歌焉。」上述諸說皆有助於我們讀詩，姚際恆《詩經通論》則以舊說稍嫌含混，而謂「此為成王既誅管、蔡之後，自懲以求助群臣之詩」，其說確較《詩序》完整，但近人或謂詩中無求助之語，故只承認成王自儆，而不認為有求助之意，此實過於拘執於字句上的表面意義，不足以推翻古人之說。

載芟

載芟載柞❶，其耕澤澤❷。千耦其耘❸，徂隰徂畛❹。侯主侯伯❺，侯亞侯旅❻，侯彊侯以❼。有嗿其饁❽，思媚❾其婦，有依其士❿。有略其耜⓫，俶載⓬南畝，播厥百穀，實函斯活⓭。驛驛其達⓮，有厭其傑⓯，厭厭⓰其苗，緜緜其麃⓱。載穫濟濟⓲，有實其積⓳，萬億及秭。爲酒爲醴，烝畀祖妣，以洽百禮⓴。有飶㉑其香，邦家之光。有椒其馨㉒，胡考之寧㉓。匪且有且㉔，匪今斯今㉕，振古如茲㉖。

❶載芟（ㄕㄢ）載柞（ㄗㄜˊ）：載，開始。芟，除草。柞，砍樹。

❷澤澤：釋釋的假借，土質鬆軟的樣子。

❸千耦其耘：耦，二人並耕。耘，以鋤除去田間穢草。

❹徂隰徂畛：徂，往。隰，指低濕的田地。畛，田間的小路。

❺侯主侯伯：侯，維。《毛傳》：「主，家長也。伯，長子也。」

❻侯亞侯旅：《毛傳》：「亞，仲叔也。旅，子弟也。」

❼侯彊侯以：彊，指身體強壯，有餘力來助耕的人。以，僱工、傭工。

❽有嗿（ㄊㄢˇ）其饁（ㄧㄝˋ）：嗿，《朱傳》：「眾飲食聲也。」饁，家人送到田間的飯菜，這裡用作動詞，食其饁的意思。

❾思媚：思，發語詞。媚，美好。

❿有依其士：依，《鄭箋》：「愛也。」或謂依為殷之假借，壯盛的樣子。士，《毛傳》：「子弟也。」士為男子的美稱，《孔疏》以為前句的「婦」、本句的「士」都是送飯的人，《朱傳》釋「士」為丈夫。

⓫有略其耜（ㄙˋ）：略，《毛傳》：「利也。」耜，犁頭。

⓬俶（ㄔㄨˋ）載：《朱傳》：「俶，始。載，事也。」

⓭實函斯活：《鄭箋》：「實，種子也。函，含也。活，生也。」句謂種子極好，內含生氣，種下就生長。

⓮驛驛其達：驛驛，鐸鐸的假借，苗連續出生的樣子。達，生出地面。

⓯有厭其傑：厭，懕的省借，美好的樣子。有厭，厭然、厭厭。傑，特出，這裡是指先長出的苗。

⓰厭厭：義同前句之「有厭」，或解為禾苗整齊茂盛的樣子。

⓱緜緜其麃（ㄅㄧㄠ）：緜緜，《朱傳》：「詳密也。」麃，《毛傳》：「耘也。」

⓲濟濟：眾多的樣子。

⓳有實其積：實，大。積，指堆積之穗。

⓴「萬億及秭」四句：參見〈周頌・豐年〉注❸至注❻。

㉑飶（ㄅㄧˋ）：《毛傳》：「芬香也。」

㉒有椒其馨：椒，香氣濃厚的樣子。馨，香氣。

㉓胡考之寧：胡，《毛傳》：「壽也。」胡考，即壽考，指老年人。之，是。寧，安寧。

㉔匪且有且：匪，非。且，《毛傳》：「此也。」上且字謂此處，下且字謂此豐收。

㉕匪今斯今：謂非獨此時始有今日這樣的豐收。

㉖振古如茲：振古，自古。如茲，如此。

說明

〈載芟〉是周天子在春天藉田時祭祀土神、穀神的樂歌。

《詩序》：「〈載芟〉，春籍田而祈社稷也。」《鄭箋》：「籍田，甸師氏所掌，王載耒耜所耕之田。天子千畝，諸侯百畝。籍之言借也。借民力治之，故謂之籍田。」《序》之解說〈載芟〉無誤，《箋》說亦有助於理解《詩序》。

有人因為詩中未有籍田之字句，就否定了《詩序》之說，這是不懂得利用《詩序》來讀《詩》，實在是令人扼腕之事。

良耜

畟畟良耜❶，俶載南畝，播厥百穀，實函斯活❷。或來瞻女❸，載筐及筥❹。
其饟伊黍❺，其笠伊糾❻，其鎛斯趙❼，以薅荼蓼❽。荼蓼朽止，黍稷茂止。
穫之挃挃❾，積之栗栗❿。其崇如墉，其比如櫛⓫。以開百室⓬。百室盈止，
婦子寧止。殺時犉牡⓭，有捄⓮其角。以似以續⓯，續古之人⓰。

❶畟（ㄘㄜˋ）畟良耜：畟畟，《毛傳》：「猶測測也。」胡承珙《後箋》：「畟畟、測測，皆狀農人深耕之貌。」耜，犁頭。

❷「俶載南畝」三句：參見前篇〈載芟〉注⓬⓭。

❸或來瞻女（ㄖㄨˇ）：或，有人。瞻，看。女，同「汝」，指農民。《鄭箋》：「謂婦子來饁者也。」馬瑞辰《通釋》以瞻為贍之假借；可參。

❹載筐及筥：載，攜來。筐、筥都是竹製的盛物之

器，前者方形，後者圓形。

❺其饟（ㄒㄧㄤˇ）伊黍：饟，同「餉」，指送來的食物。伊，維、是。黍，小米，指用小米煮成的飯。

❻糾：編結。

❼其鎛（ㄅㄛˊ）斯趙：鎛，鋤類之農具。趙，《毛傳》：「刺也。」

❽以薅（ㄏㄠ）荼蓼（ㄌㄧㄠˇ）：薅，拔田草。荼、蓼在這裡泛指陸地之草與水邊之草。

❾挃（ㄓˋ）挃：收割農作物的聲音。

❿栗栗：眾多的樣子。

⓫「其崇如墉」二句：崇，高。墉，城牆。比，密集排列。櫛，梳子。

⓬以開百室：打開百屋以納穀的意思。

⓭犉（ㄖㄨㄣˊ）牡：犉，《毛傳》：「黃牛黑脣。」《爾雅・釋畜》：「牛七尺為犉。」牡，雄牲。

⓮捄：彎曲。

⓯以似以續：似，嗣。似續，繼承先祖之基業，詳見〈小雅・鴻鴈之什・斯干〉注❻。

⓰古之人：謂祖先。

說明

〈良耜〉以豐收祭祀為其內容。《詩序》：「〈良耜〉，秋報社稷也。」這是正確的說法。《周禮・春官》：「祭祀有二時，謂春祈、秋報。報者，報其成熟之功。」〈良耜〉先追述春耕之勤，繼述現今秋收之豐盛，內容生動靈活，在〈周頌〉中，是屬於文學價值較高的一篇。

絲衣

絲衣其紑❶，載弁俅俅❷。自堂徂基❸，自羊徂牛❹。鼐鼎及鼒❺。

兕觵其觩⑥，旨酒思柔⑦。不吳不敖⑧，胡考之休⑨？

注釋

①絲衣其紑（ㄈㄡˊ）：《毛傳》：「絲衣，祭服也。紑，絜鮮貌。」

②載弁俅俅：戴，《鄭箋》：「猶戴也。」或訓發語詞。弁，冠、禮帽。俅俅，《毛傳》：「恭順貌。」

③自堂徂基：堂，廟堂。徂，往。基，門檻。

④自羊徂牛：《鄭箋》：「又視牲，從羊之牛。」

⑤鼐（ㄋㄞˋ）鼎及鼒（ㄗ或ㄘㄞˊ）：鼐，大鼎。鼒，小鼎。

⑥兕觵其觩：兕觵，或謂以犀牛角製成的酒杯，或謂刻木為之，形似兕角。觩，彎曲的樣子。

⑦旨酒思柔：旨，美。思，語詞。柔，柔和、美好。

⑧不吳不敖：吳，喧嘩。敖，傲慢。

⑨胡考之休：胡考，壽考。休，美。《朱傳》：「故能得壽考之福。」

說明

〈絲衣〉寫某場祭祀與宴會的美好、莊重。《詩序》：「〈絲衣〉，繹賓尸也。高子曰：靈星之尸也。」《鄭箋》：「繹，又祭也。天子、諸侯曰繹，以祭之明日。卿大夫曰賓尸，與祭同日。周曰繹，商謂之肜（ㄖㄨㄥˊ）。」據《序》說，〈絲衣〉是周王在大祭的次日，舉行繹祭，並酬謝昨日擔任尸的公卿的歌舞詩，又據其所引高子說，所祭的是靈星之神。

朱子在《詩序辨說》中說：「《序》誤，高子尤誤。」而在《詩集傳》中，朱子以此為「祭而飲酒之詩」。朱子並未明言《序》說誤在何處，姚際恆《詩經通論》則詳加考證，指出「古祭天地、日月、星辰、山川之屬無尸，其謂有尸者妄也」，對於〈絲衣〉的主題，姚氏則採闕疑的態度。

姚氏的考證是應受重視的，但此詩《序》說並非一無可取，如王鴻緒《欽定詩經傳說彙纂》所言，「宗廟正祭之明日又祭曰繹，繹禮在廟門，而廟門側之堂謂之塾，今詩云『自堂徂基』，則基是門塾之基，蓋謂廟門外西夾室之堂基也，其為繹祭明矣」。假如繹祭無尸，那麼，本篇但謂繹祭之詩即可（按：《尚書・高宗肜日・孔疏》：「祭天地、社稷、山川，五祀皆有繹祭。」）。

酌

於鑠❶王師，遵養時晦❷。時純熙❸矣，是用大介❹。我龍受之❺，蹻蹻王之造❻。載用有嗣❼，實維爾公❽。允師❾。

❶ 於（ㄨ）鑠：於，歎美詞。鑠，美盛。

❷ 遵養時晦：《毛傳》：「遵，率。養，取。晦，昧也。」《孔疏》：「率此師以取是晦昧之君，謂誅紂以定天下。」

❸ 純熙：純，大。熙，光明。

❹ 是用大介：是用，因此。介，善、好。

❺ 我龍受之：我，主祭者自稱，即成王。龍，《鄭箋》：「寵也。」受，承受。

❻ 蹻（ㄐㄧㄠˇ）蹻王之造：蹻蹻，勇武的樣子。王，指武王。造，作為。或謂造是締造之意，此作名

詞，指武王締造之軍隊。

❼載用有嗣：載，乃。有嗣，指繼承先人之業。

❽爾公：爾，指武王。公，功。

❾允師：誠然可以師法的意思。

說明

《禮記．內則》有十三歲學舞、誦詩、舞勺的記載，或謂酌就是勺，是周代著名的舞蹈。《詩序》：「〈酌〉，告成大武也。言能酌先祖之道，以養天下也。」我們在〈臣工之什〉的〈武〉中已說過，「大武」樂歌有六章（六成），〈酌〉是其中之一，由其內容來看，是在歌頌武王的豐功偉績（何楷、魏源諸人以〈酌〉為「大武」之二成，即第二章）。

桓

綏❶萬邦，婁❷豐年，天命匪解❸。桓桓❹武王，保有厥士❺，于以四方❻，克定厥家。於昭于天❼，皇以間之❽。

注釋

❶綏：平定。

❷婁：屢，《左傳》引作「屢」。

❸解：同「懈」。

❹桓桓：勇武的樣子。

❺士：卿士之士。或疑為「土」之誤；亦可參。

❻于以四方：以用於四方的意思。若上句「士」為

「土」之訛，則此句謂於是而擁有四方。

❼於昭于天：於，歎美詞。昭于天，光明顯耀於上天。

❽皇以間之：皇，皇天。間，代替。句謂皇天以武王代殷。

說明

〈桓〉的內容是頌揚武王克商後，各國安定，五穀豐登，天下太平。《詩序》：「〈桓〉，講武、類、禡也。桓，武志也。」《鄭箋》：「類也，禡也，皆師祭也。」《孔疏》：「謂武王將欲伐殷，陳列六軍，講習武事，又為類祭於上帝，為禡祭於所征之地，治兵祭神，然後克紂。至周公、成平之太平時，詩人追述其事，而為此歌焉。」我們在前面已說過，〈桓〉為〈大武〉樂歌中的一章，照《左傳》所述，這是〈大武〉的第六章。

賚

文王既勤止❶，我應受之❷，敷時繹思❸。我徂維求定❹，時周之命❺。於❻繹思。

注釋

❶勤止：勤，勤勞。止，語詞。

❷我應受之：我，武王自稱。《毛傳》：「應，

當。」或謂應為膺之假借；亦可參。

❸敷時繹思：敷，鋪、布。時，是、此。繹，永續、尋繹。思，語詞。馬瑞辰《通釋》：「為布是文王之德澤而尋繹引申之，以及於無窮，即《序》所云『錫予善人』也。」

❹我徂維求定：徂，或訓往，或謂通「且」。定，共定天下。

❺時周之命：馬瑞辰《通釋》：「時與承一聲之轉，古亦通用。……時周之命，即承周之命也。」

❻於：音烏，歎詞。

說明

〈賚〉是祭禮或慶典所用的樂歌，屬於典型的頌詩。

《詩序》：「〈賚〉，大封於廟也。賚，予也，言所以錫予善人也。」《鄭箋》：「大封，武王伐紂時，封諸臣有功者。」我們在前面已說過，〈賚〉是〈大武〉樂歌中的一章。依《左傳》，這應該是第三章，內容是寫武王克商之後，祭祀、頌讚文王並大封功臣。

般

於皇時周❶，陟❷其高山。嶞山喬嶽❸，允猶翕河❹。敷天之下，裒時之對，

時周之命❺。

注釋

❶於（ㄨ）皇時周：於，歎美詞。皇，美、大。時，是、此。

❷陟：登。

❸嶞（ㄉㄨㄛˋ）山喬嶽：嶞，狹長的山。喬嶽，高大的山。

❹允猶翕（ㄒㄧˋ）河：允，語詞。猶，通「猷」，順的意思。翕，合。河，指黃河。句謂眾水順著山勢而合流於黃河。

❺「敷天之下」三句：敷，普。裒（ㄆㄡˊ），聚集。時，是、此。對，配合。「時周之命」的「時」是承受的意思。程俊英、蔣見元《注析》：「普天下山川之神，都聚集在這裡一起配合祭祀，周王就能當眾神之主，這是我周承受天命當王的緣故。」

說明

〈般〉是周天子巡狩祭祀山川之作。

《詩序》：「〈般〉，巡守而祀四嶽河海也。」我們在前面已說過，〈般〉是〈大武〉樂歌的一章，據何楷、魏源的意見，這應該是第四章，內容是寫周王的巡狩祭祀河嶽，《序》說是正確的。

除了〈武〉、〈酌〉、〈桓〉、〈賚〉與〈般〉之外，或謂〈時邁〉亦為「大武」中的一章，或謂〈我將〉才是其中的一章，事實如何，尚待論定。

魯頌

與〈周頌〉並稱「三頌」的〈魯頌〉與〈商頌〉，從內容來看，未必是宗廟之樂歌，換句話說，〈魯〉、〈商〉兩〈頌〉並非典型的「頌」詩（特別是〈魯頌〉），它們的被編入〈頌〉中，是耐人尋味的。

漢儒鄭玄在《詩譜》上說：「初，成王以周公有大平制典法之勳，命魯郊祭天三望，如天子之禮；故孔子錄其詩之〈頌〉，同於王者之後。」據此，〈魯頌〉乃由孔子新編入《詩》；同樣地，鄭玄認為〈商頌〉也是孔子編入《詩經》的。

朱子在《詩集傳》中說明了〈周頌〉之性質與時代之後，接著又說：「〈魯頌〉四篇，〈商頌〉五篇，因亦以類附焉。」

鄭、朱之說，各自有其道理。以〈魯頌〉四篇來說，其內容旨在頌美活著的魯僖公，而非宗廟祀神之辭，論其體裁大約介於「風」「雅」之間，確切言之，〈駉〉與〈有駜〉似「風」又似「雅」，〈閟宮〉和〈泮水〉則像極了〈雅〉詩，這樣的作品置於〈頌〉中，實在是不合編輯體例的。

假如鄭玄所說屬實，則誠如屈萬里《詩經詮釋》所言，孔子魯人，等魯於王，是為了尊魯；但若朱子之說才是實情，我們只能說，《詩》的編輯稍嫌不夠精密了。

魯頌（共四篇）

駉

駉駉牡馬❶，在坰之野❷。薄言❸駉者，有驈有皇❹，有驪有黃❺，以車彭彭❻。思無疆，思馬斯臧❼。（一章）

駉駉牡馬，在坰之野。薄言駉者，有騅有駓❽，有騂有騏❾，以車伾伾❿。思無期，思馬斯才⓫。（二章）

駉駉牡馬，在坰之野。薄言駉者，有驒有駱⓬，有駵有雒⓭。以車繹繹⓮。思無斁，思馬斯作⓯。（三章）

駉駉牡馬，在坰之野。薄言駉者，有駰有騢⓰，有驔有魚⓱，以車袪袪⓲。思無邪，思馬斯徂⓳。（四章）

注釋

❶駉（ㄐㄩㄥ）駉牡馬：駉駉，良馬高大肥壯的樣子。牡馬，公馬。《釋文》：「牡，本或作牧。」

❷在坰（ㄐㄩㄥˇ）之野：《毛傳》：「坰，遠野也。邑外曰郊，郊外曰野，野外曰林，林外曰坰。」

❸薄言：發語詞。

❹有驈（ㄩˋ）有皇：驈，黑身白腿的馬。皇，毛色黃白相雜的馬。

❺有驪（ㄌㄧˊ）有黃：驪，純黑色的馬。黃，黃赤色的馬。

❻以車彭（ㄅㄤ）彭：以車，以之駕車。彭彭，《毛傳》：「有力有容也。」或謂形容馬之盛多、壯觀，或以為是摹擬馬蹄聲；皆可通。

❼「思無疆」二句：陳奐《傳疏》為兩思字皆語詞。無疆，無窮盡。臧，善。

❽有騅有駓：騅，蒼白雜毛之馬。駓，黃白雜毛之馬。

❾有騂有騏：騂，赤黃色之馬。騏，青黑色花紋相間的馬。

❿伾（ㄆㄧ）伾：《毛傳》：「有力也。」馬瑞辰《通釋》謂「伾伾」與前面的「彭彭」，後面的「繹繹」、「祛祛」，都是形容馬之盛。

⓫「思無期」二句：無期，無窮盡、無盡期。或謂指數目之多，或謂馬不斷地跑。才，通「材」，成材的意思。

⓬有驒（ㄊㄨㄛˊ）有駱：驒，青黑色而有白鱗花紋的馬。駱，白身黑鬣的馬。

⓭有駵（ㄌㄧㄡˊ）有雒（ㄌㄨㄛˋ）：駵，赤身黑鬣的馬。雒，黑身白鬣的馬。

⓮繹繹：《毛傳》：「善走也」。馬瑞辰《通釋》以為是形容馬之盛。

⓯「思無斁（ㄧˋ）」二句：思，語詞。斁，厭倦。或謂馬匹令人不厭倦，即令人喜歡之意。或謂馬不厭倦是指牠們都很振作活躍之意。作，奮起、奮發活潑。

⓰有駰有騢（ㄒㄧㄚˊ）：駰，淺黑色和白色相雜的馬。騢，赤白雜毛的馬。

⓱有驔（ㄊㄢˊ或ㄉㄧㄢˋ）有魚：驔，或謂黑色黃脊的馬，或謂足脛有白色長毛的馬。魚，兩眼眶有白圈

的馬。

⑱ 祛（ㄑㄩ）祛：《毛傳》：「彊健也。」馬瑞辰《通釋》以為是形容馬之盛。

⑲「思無邪」二句：思，語詞。無邪謂馬匹無不正，亦即都很端正完美之意。另解馬不偏邪即往前直跑的意思。徂，行，有善走之意。或謂讀為且，多的意思。

說明

〈駉〉以誇張的手法，強調魯國擁有許多出色的動靜皆美的馬匹，詩中列舉的毛色不同的馬多達十六種，令人目不暇給，也使全詩顯得活潑生動，熱鬧之極。

《詩序》：「〈駉〉，頌僖公也。僖公能遵伯禽之法，儉以足用，寬以愛民，務農重穀，牧於坰野，魯人尊之，於是季孫行父請命于周，而史克作是頌。」（按：**伯禽為周公之子，受封於魯，曾率師討伐淮夷、徐戎等東方部族。詳見《史記．魯周公世家》。史克，魯史官**）據王先謙《詩三家義集疏》之說，史克作〈駉〉，「惟見《毛序》，他無可證。三家《詩》說皆以〈魯頌〉為奚斯作」，王氏之意，奚斯作〈魯頌〉是可信的，史克作詩無根據；其實，〈魯頌〉出自何人之手，尚未定論，很多學者就認為今文家是誤讀〈閟宮〉之文，才誤以作廟之人為詩的作者。

〈駉〉為歌頌魯僖公之詩，或者說僖公愛馬，詩人以此詩來取悅僖公，〈古序〉所言可從，〈續序〉為了配合政府的要求，大作文章，《朱傳》謂〈駉〉美僖公牧馬之盛，實為直截了當之說（**宋儒黃震力辨僖公非賢君，明儒季本因此而以詩為美伯禽牧馬之盛，此皆不明詩人頌美時君之用意**）。方玉潤《詩經原始》謂此詩「以牧馬之盛，喻魯育賢之眾，借馬以比賢人君子」。應視為引申義。

《論語．為政》：「子曰：『《詩》三百，一言以蔽之，曰：思無邪。』」孔子借用此詩「思無邪」一句以評三百篇，這是春秋時代允許的斷章取義，然而不少後儒卻因此對此詩特別重視，此大可不必，正如姚際恒所言：「思無邪，本與無疆、無期、無斁同為一例，語自聖人，心眼迥別，斷章取義，以該全《詩》，千古遂不可磨滅。然與此詩之旨則無涉也。學者于此篇輒張皇言之。試思聖人言『《詩》三百，一言蔽之』，不言〈駉篇〉也，蓋可知矣。」

有駜

有駜❶有駜，駜彼乘黃❷。夙夜在公，在公明明❸。振振鷺❹，鷺于下❺。鼓咽咽❻，醉言舞。于胥❼樂兮。（一章）

有駜有駜，駜彼乘牡❽。夙夜在公，在公飲酒。振振鷺，鷺于飛。鼓咽咽，醉言歸。于胥樂兮。（二章）

有駜有駜，駜彼乘駽❾。夙夜在公，在公載燕❿。自今以⓫始，歲其有⓬。君子有穀⓭，詒⓮孫子。于胥樂兮。（三章）

注釋

❶駜：《毛傳》：「馬肥強貌。」

❷乘黃：四匹黃色的馬。古代一車四馬。

❸明明：勉勉的假借，勤勉盡力的樣子。

❹振振鷺：振振，《毛傳》：「群飛貌。」鷺，指鷺羽，舞者所持。

❺鷺于下：于，語詞。下，落下、飛下。

❻咽咽：鼓聲。

❼于胥：于，發聲詞。胥，皆、都。

❽乘牡：四匹公馬。

❾駽：青黑色的馬，即所謂鐵驄。

❿載燕：載，則、就。燕，燕飲。

⓫以：而。

⓬有：有年，即豐年。

⓭穀：或訓善，或釋為祿。

⓮詒：遺留。

說明

〈有駜〉是魯僖公時慶豐年，宴飲歡樂而頌禱之作。《詩序》：「〈有駜〉，頌僖公君臣之有道也。」《鄭箋》：「有道者，以禮儀相與之謂也。」鄭氏以「以禮儀相與」釋《序》所謂之有道，未知是否《序》之本義？或謂魯國多饑荒，僖公採取了一些措施，克服了自然災害，獲得豐收，是為《序》之所據。無論何者為是，《序》說與詩所言確實有一些差距。

泮水

思樂泮水❶，薄采其芹。魯侯戾止❷，言觀其旂。其旂茷茷❸，鸞聲噦噦❹。無小無大❺，從公于邁❻。（一章）

思樂泮水，薄采其藻。魯侯戾止，其馬蹻蹻❼。其馬蹻蹻，其音昭昭❽。載色❾載笑，匪怒伊教❿。（二章）

思樂泮水，薄采其茆[11]。魯侯戾止，在泮飲酒。既飲旨酒，永錫難老[12]。順彼長道[13]，屈此群醜[14]。（三章）

穆穆[15]魯侯，敬明其德。敬慎威儀，維民之則。允文允武，昭假烈祖[16]。靡有不孝，自求伊祜[17]。（四章）

明明魯侯，克明其德，既作泮宮，淮夷攸服。矯矯[18]虎臣，在泮獻馘[19]；淑問如皋陶[20]，在泮獻囚[21]。（五章）

濟濟多士，克廣德心[22]。桓桓于征[23]，狄彼東南[24]。烝烝皇皇[25]，不吳不揚[26]。不告于訩[27]，在泮獻功。（六章）

角弓其觩[28]，束矢其搜[29]。戎車孔博[30]，徒御無斁[31]。既克淮夷，孔淑不逆[32]。式固爾猶[33]，淮夷卒獲[34]。（七章）

翩[35]彼飛鴞，集于泮林，食我桑黮[36]，懷我好音[37]。憬[38]彼淮夷，來獻其琛[39]：元龜[40]象齒，大賂南金[41]。（八章）

注釋

❶思樂泮（ㄆㄢˋ）水：思，發語詞。泮水，《毛傳》：「泮宮之水也。天子辟廱，諸侯泮宮。」

按：泮宮，古時諸侯舉行饗射的學宮。西南為水，東北為牆。

❷戾止：戾，至。止，語詞。

❸茷（ㄆㄟˋ）茷：猶旆旆，〈小雅．鹿鳴之什．出車〉有「胡不旆旆」句，《毛傳》云：「旆垂貌。」（旆是旌旗上面垂下來的彩帶）《朱傳》釋為旗幟飛揚貌。

❹鸞生噦（ㄏㄨㄟˋ）噦：鸞，鈴。噦噦，鈴聲。

❺無小無大：無，無論。小大，指官員職位之大小。

❻從公于邁：公，指魯侯。邁，行。

❼蹻（ㄐㄧㄠˇ）蹻：馬強壯的樣子。

❽昭昭：高朗響亮的樣子。

❾載色：載，則、就、又。色，和顏悅色。

❿匪怒伊教：匪，不。伊，維、是、其。

⓫茆（ㄇㄠˇ）：水草名，即蓴菜。

⓬永錫難老：永，長。錫，賜。永錫，謂天所長賜。難老，不易衰老，即長壽之意。

⓭長道：大路。

⓮屈此群醜：屈，屈服。群醜，指淮夷。

⓯穆穆：〈大雅．文王〉有「穆穆文王」之句，〈毛傳〉：「穆穆，美也。」

⓰昭假烈祖：昭假，即昭格，指神昭然降臨。烈祖，有功業的祖先，如周公、伯禽等。句謂魯侯之德感動烈祖之神靈，使其昭然降臨。

⓱伊祜：伊，其。祜，祝福。

⓲矯矯：勇武的樣子。

⓳馘（ㄍㄨㄛˊ）：所割取的敵人之左耳。

⓴淑問如皋陶（ㄧㄠˊ）：淑問，善於審問。皋陶，舜時代善於聽訟的獄官。

㉑獻囚：囚，俘虜。屈萬里《詮釋》為獻當讀為讞（ㄧㄢˋ），議罪的意思，可通，但此詩言在泮「獻馘」、「獻囚」、「獻功」，前後二「獻」皆獻上之意，則獻囚之「獻」似不必以假借釋之。

㉒克廣德心：克，能。廣，推廣。德心，善意。

㉓桓桓于征：桓桓，勇武的樣子。于征，往征、出征。

㉔狄（ㄊㄧˋ）彼東南：狄，治理。東南，指淮夷。

㉕烝烝皇皇：形容聲勢盛大。

㉖不吳不揚：吳，喧嘩。揚，高聲。

㉗不告于訩：《鄭箋》：「訩，訟也。」「無以爭訟之事，告於治訟之官者。」陳奐《傳疏》謂告與鞫通，窮治罪人之意，句言不窮治凶惡，唯在柔服之

而已；亦通。

28 角弓其觩：角弓，有牛角為飾的弓。觩，彎曲的樣子。

29 束矢其搜：束矢，一梱箭，《毛傳》：「五十矢為束。」搜，《毛傳》：「眾意也。」《鄭箋》：「勁疾也。」《朱傳》：「矢疾聲也。」

30 博：或訓大，或訓多。

31 徒御無斁（ㄧˋ）：徒，徒步者，即步兵。御，駕車者。斁，厭倦、怠惰。

32 孔淑不逆：孔淑，甚善。逆，違逆。

33 式固爾猶：式，語詞，或釋為用、因為。固，堅定。猶，同「猷」，謀略。

34 卒獲：終於被獲，即平定之意。

35 翩：鳥飛翔的樣子。

36 桑黮（ㄕㄣˋ）：黮，同「葚」，桑果。

37 懷我好音：屈萬里《詮釋》：「懷，念也。按：好音，引申之猶言善意也。」

38 憬：覺悟。

39 琛（ㄔㄣ）：珍寶。

40 元龜：大龜。古人用龜卜測吉凶，以為龜愈大愈靈，固以為大龜為寶物。

41 大賂（ㄌㄨˋ）南金：大，多。賂，獻納。南金，荊、揚等南方出產的黃金。

說明

〈泮水〉讚美魯僖公戰勝淮夷之後，在泮宮舉行簡單的祭禮，並舉辦慶功宴以宴請賓客。

《詩序》：「〈泮水〉，頌僖公能脩泮宮也。」〈泮水〉分八章，章八句，全詩共二百五十七字，《序》僅以一句釋之，且又未能切中詩的主題，不過，三家《詩》也沒什麼異議。

清儒惠周惕《詩說》：「此詩始終言魯侯在泮事，是克淮夷之後，釋菜而儐賓也。釋奠釋菜，祭之略者也。釋奠釋菜不舞，詩言不及樂，故知為釋菜也。」惠氏認為〈泮水〉為魯侯在泮釋菜而儐賓之詩，這就否定了《詩序》之說。惠周惕一向尊重《詩序》，非不得已，不另立新說，而其新說確有過人之處，拙著《惠周惕詩說析評》（文史出版社印行）另有析論，可參閱。

惠氏所說的魯侯，據屈萬里《尚書釋義》的說明，可以確定是魯僖公。有人以為〈泮水〉為頌美伯禽之作，這是不可相信的。

此外，屈萬里《詩經詮釋》謂〈魯頌〉的〈泮水〉、〈閟宮〉這樣的阿諛時君的詩，論其體裁，類雅而不類頌，事實上〈周頌〉三十一篇才是典型的頌詩，而鄭玄《周禮・注》所言「頌之言誦也，容也。誦今之德，廣以美之」，反倒適用在〈魯〉〈商〉兩〈頌〉上面。因為〈泮水〉有些內容讚美時君有「頌禱溢辭」的特色，末章「翩彼飛鴞，集于泮林，食我桑黮，懷我好音」四句，就被劉勰《文心雕龍・夸飾》引為誇張修辭的例證之一了。

閟宮

閟宮有侐❶，實實枚枚❷。赫赫姜嫄❸，其德不回❹。上帝是依❺，無災無害；彌月不遲，是生后稷。降之百福，黍稷重穋❻，稙穉❼菽麥。奄有❽下國，俾民稼穡❾。有稷有黍，有稻有秬❿。奄有下土，纘禹之緒⓫。（一章）

后稷之孫，實維大王⓬。居岐之陽⓭，實始翦⓮商。至于文武，纘大王之緒。致天之屆⓯，于牧之野。「無貳無虞⓰，上帝臨女⓱。」敦商之旅⓲，克咸⓳厥功。王曰：叔父⓴！建爾元子㉑，俾侯于魯㉒；大啓爾宇㉓，爲周室

輔。（二章）

乃命魯公[24]，俾侯于東；錫之山川，土田附庸[25]。周公之孫，莊公之子[26]，龍旂承祀[27]，六轡耳耳[28]。春秋匪解，享祀不忒[29]；皇皇后帝，皇祖后稷[30]，享以騂犧[31]。是饗是宜[32]，降福既多。周公皇祖，亦其福女[33]。（三章）

秋而載嘗[34]，夏而楅衡[35]。白牡騂剛[36]，犧尊將將[37]。毛炰胾羹[38]，籩豆大房[39]；萬舞洋洋[40]，孝孫有慶[41]。俾爾熾而昌，俾爾壽而臧[42]。保彼東方，魯邦是常[43]。不虧不崩，不震不騰[44]。三壽作朋[45]，如岡如陵。（四章）

公車千乘，朱英綠縢[46]，二矛重弓[47]。公徒三萬，貝胄朱綅[48]，烝徒增增[49]。戎狄是膺[50]，荊舒是懲[51]，則莫我敢承[52]。俾爾昌而熾，俾爾壽而富。黃髮台背[53]，壽胥與試[54]。俾爾昌而大，俾爾耆而艾[55]。萬有[56]千歲，眉壽無有害[57]。（五章）

泰山巖巖[58]，魯邦所詹[59]。奄有龜蒙[60]，遂荒大東[61]，至于海邦[62]。淮夷來同[63]，莫不率從，魯侯之功。（六章）

保有鳧繹[64]，遂荒徐宅[65]，至于海邦。淮夷蠻貊[66]，及彼南夷，莫不率從。莫敢不諾[67]，魯侯是若[68]。（七章）

天錫公純嘏69，眉壽70保魯；居常與許71，復周公之宇72。魯侯燕喜73，令妻壽母，宜74大夫庶士，邦國是有75。既多受祉76，黃髮兒齒77。（八章）

徂來之松，新甫之柏78，是斷是度79，是尋80是尺。松桷有舄81，路寢孔碩82。新廟奕奕83，奚斯所作84。孔曼85且碩，萬民是若86。（九章）

注釋

❶閟（ㄅㄧˋ）宮有侐：閟，祕之假借。宮，廟。《鄭箋》：「閟，神也。姜嫄神所依，故廟曰神宮。」或謂閟宮即指魯之神廟。侐，清靜的樣子。

❷實實枚枚：實實，或訓廣大，或訓鞏固。枚枚，細密的意思。屈萬里《詮釋》：「實實，形容基址之固；枚枚，形容樑椽結構之密。」

❸姜嫄：姜，姓；嫄，名；炎帝之後，為周始祖后稷之母。

❹回：邪。

❺依：依附、憑依。

❻重穋（ㄌㄨˋ）：後熟的穀類叫重，先熟的叫穋。

❼稙（ㄓˊ）穉（ㄓˋ）：稙，早種的植物。穉，晚種的植物。

❽奄有：盡有、擁有。

❾俾民稼穡：俾，使。稼穡，耕種和收穫。

❿秬：黑黍。

⓫纘（ㄗㄨㄢˇ）禹之緒：纘，繼承。緒，事業、功業。陳奐《傳疏》：「言禹有平治水土之業，后稷繼而起，教民稼穡也。」

⓬大（ㄊㄞˋ）王：即文王之祖父古公亶父。

⓭居岐之陽：岐，岐山。陽，山之南。

⓮翦：斷、割、削。

⓯致天之屆：致，奉行。屆，通「殛」，誅罰、誅殺的意思。

⑯無貳無虞：貳，有二心。虞，或訓誤、欺，或以為是顧慮的意思。

⑰臨女（ㄖㄨˇ）：臨，監視、照臨。女，同「汝」，指伐殷的兵士。

⑱敦商之旅：敦，《鄭箋》：「治。」馬瑞辰《通釋》：「讀屯，聚也。」屈萬里《詮釋》謂當讀為譈（ㄉㄨㄟˋ），殺伐之意。旅，眾、軍隊。

⑲咸：完成。

⑳王曰叔父：王，指成王。叔父，謂周公。

㉑建爾元子：建，立。元子，指伯禽。

㉒俾侯于魯：俾，使。侯，用作動詞，封侯、稱侯之意。按：伯禽為魯國開國之君。

㉓大啓爾宇：啓，開拓。宇，居，引申為疆域、領土。

㉔魯公：伯禽。

㉕附庸：附屬於諸侯的小國。

㉖莊公之子：指僖公。按：莊公有二子，一為閔公，一為僖公。閔公在位僅二年，無可頌者。

㉗龍旂承祀：龍旂，旗面上畫著交龍的旗，上公所用。承，奉。

㉘耳耳：華麗的樣子。

㉙「春秋匪解（ㄒㄧㄝˋ）」二句：春秋，猶言四季。解，通「懈」。忒（ㄊㄜˋ），差錯。

㉚「皇皇后帝」二句：皇皇，或訓大，或訓光明。后帝，指上帝。皇祖，指后稷。《鄭箋》：「成王以周公功大，命魯郊祭天，亦配之以君主后稷。」

㉛騂犧：騂，赤色。犧，純色之牲。《鄭箋》：「其牲用赤牛純色，與天子同也。」

㉜宜：馬瑞辰《通釋》：「凡神歆其祀，通謂之宜。」

㉝「周公皇祖」二句：皇祖，指伯禽。女，通「汝」，指僖公。

㉞載嘗：載，則。嘗，秋祭名。

㉟楅（ㄅㄧˋ或ㄈㄨˊ）衡：以橫木架在牛角上，防其觸人。

㊱白牡騂剛：白牡，白色公牛，《毛傳》：「周公牲也。」剛，犅之假借，公牛。騂剛，赤色公牛，《毛傳》：「魯公牲也。」

㊲犧尊將（ㄑㄧㄤ）將：外形似獸，空其中以盛酒之酒具。將將，器物碰撞之聲。

㊳毛炰（ㄆㄠˊ）胾（ㄗˋ）羹：炰，正字應作「炮」，毛炮，不去毛而塗泥加以烘烤的意思。胾羹，肉片

湯。

㊴籩豆大房：籩豆，籩是盛乾肉、果實之竹製食器，豆是盛肉醬之木製或陶、銅製之器皿。二者可用在宴會上，也可用在祭祀上。大房，盛半體牲之俎。

㊵萬舞洋洋：萬舞，文武之舞總名。洋洋，場面盛大的樣子。

㊶孝孫有慶：孝孫，指僖公。慶，福。

㊷「俾爾熾而昌」二句：熾，興盛。昌，繁昌、興旺。臧，善。

㊸常：常守、永守。

㊹「不虧不崩」二句：虧、崩都是毀壞的意思。震，震動。騰，沸騰。二句是指魯國的安定永保。

㊺三壽作朋：三壽，上壽（一百二十歲）、中壽（一百歲）、下壽（八十歲）。朋，輩。句謂僖公之壽可與三壽之人相齊等。

㊻朱英綠縢：朱英，矛頭上紅色羽毛的纓飾。綠縢，用以纏弓的綠繩。

㊼二矛重弓：謂一車之上有二矛二弓。

㊽貝胄朱綅（ㄑㄧㄣ）：貝胄，以貝飾胄。朱綅，綴貝之紅線。

㊾烝徒增增：烝，眾。增增，眾多的樣子。

㊿戎狄是膺：戎是西戎，狄是北狄，或謂戎狄在此是指淮夷。膺，擊。

51荊舒是懲：荊，楚的舊稱，《春秋》於〈僖公元年〉始稱荊為楚。舒，楚的與國，在今安徽廬江縣。懲，懲罰、打擊。

52承：抵擋。

53黃髮台背：《鄭箋》：「黃髮、台背，皆壽徵也。」按：老人的頭髮先白後黃。台，同「鮐」，魚名，背有黑色花紋。台背是形容老年人背部皮膚暗黑。

54壽胥與試：胥，相。試，比。

55耆而艾：耆、艾都是長壽的意思。

56有：古通「又」。

57眉壽無有害：眉壽，長壽。無有害，沒有災害。

58巖巖：山石堆積的樣子。

59詹：瞻的假借，視、仰望的意思。

60龜蒙：龜、蒙都是山名，前者在今山東泗水縣東北，後者又名東山，在今山東蒙陰縣南。

61遂荒大東：荒，擁有。大東，指魯國最東的邊境。

62海邦：指魯東邊近海的小國。

63同：會同、朝會。馬瑞辰《通釋》：「朝與會同，對文則異，散文則通。諸侯殷見天子曰同，小國會朝大國亦曰同。……同亦會朝之通名。」

64 鳧繹：鳧、繹都是山名，兩山相連，都在今山東鄒縣東南。

65 徐宅：徐人所居之處，即徐國。

66 蠻貊：高亨《今注》：「古稱南方部族為蠻，稱北方部族為貊。但蠻貊有時是當時其他部族的通稱。」

67 諾：應，有服從聽話的意思。

68 若：順從。

69 純嘏（ㄍㄨˇ）：純，大。嘏，福。

70 眉壽：長壽。

71 居常與許：常、許為魯國二邑之名，前者在今山東魚臺縣，曾為齊所侵占，後者或謂即曾被鄭國侵占之許由，或謂許邑未詳當今何地，蓋為齊所侵。

72 宇：居，這裡指疆域。

73 燕喜：燕，或訓宴飲，或釋為安。喜，樂。

74 宜：安適。

75 有：保有。

76 祉：福。

77 兒齒：兒童之齒，言其整固。或謂老人齒落，又生細者為兒齒，亦老壽之徵。或以為是齯（ㄋㄧˊ）的假借，《說文》：「齯，老人齒也。」

78 「徂來之松」二句：徂來，山名，又作徂徠，在今山東泰山縣東南。新甫即梁甫山，在今山東新泰縣。

79 是斷是度：斷，裁斷。度，削之省借，劈成兩半的意思。

80 尋：八尺。

81 松桷（ㄐㄩㄝˊ）有舄（ㄒㄧˋ）：桷，方形屋椽（**椽是古代房屋上面一根一根的橫木條**）。舄，大。

82 路寢孔碩：路寢，正寢、正室。陳奐《傳疏》：「路寢居宮之中央，右社稷而左宗廟，故經言路寢，必連及新廟也。」孔碩，甚大。

83 新廟奕奕：新廟，指閟宮。奕奕，或訓大，或訓美。

84 奚斯所作：奚斯，魯人，公子魚之字。《毛傳》：「大夫公子奚斯者，作是廟也。」或謂作是監修之意。

85 曼：長。

86 萬民是若：若，順從。句謂國人皆順從魯侯。

說明

四百九十二字的〈閟宮〉是誇大頌揚僖公的諛辭，為《詩經》中最長之作，全詩煩冗而浮誇，或謂已開揚雄、司馬相如漢賦虛誇之先聲，可謂〈頌〉詩之變格。

《詩序》：「〈閟宮〉，頌僖公能復周公之宇也。」《詩序》並未說錯，因為詩中明白歌頌僖公「居常與許，復周公之宇」，可是，究其實，僖公並無如此大功，如宋儒嚴粲《詩緝》所言「〈閟宮〉止為僖公能脩寢廟，張大其事而為頌禱之辭」。

元儒劉瑾在《詩傳通釋》中指出，〈魯頌．泮水〉「所言不無過其實者，要當為頌禱之溢辭也」，其實豈僅〈泮水〉，言過其實可以說是〈魯頌〉各篇的共同特色，以〈閟宮〉而言，過半數的內容無非是在媚辭取悅，這和以古奧質樸為特色的西周初年的〈周頌〉，是迥不相同的。

商頌

〈商頌〉雖以「商」為名，但絕非殷人之作。

《國語・魯語》：「昔正考父校商之名頌十二篇於周太師，以〈那〉為首。」正考父是春秋時代宋國之大夫，也是孔子的祖先。這個「校」字因為可以有好幾種解釋（譬如說審校音節，又如以為是「效」之借字而訓獻），是以不大容易由此斷定〈魯語〉是否以正考父為〈商頌〉之作者。

《詩序》：「微子至於戴公，其閒禮樂廢壞，有正考甫者，得〈商頌〉十二篇於周大師，以〈那〉為首。」（按：此為〈那〉之〈續序〉）著一「得」字，正表示《序》以〈商頌〉為正考父之前的作品，不過，仍難由此斷言《序》以〈商頌〉為商朝之作。

雖然如此，根據《詩序》而謂〈商頌〉為殷商作品的仍然不計其數，包括著名的《詩經》學家姚際恆、馬瑞辰、陳奐、梁啟超……等，也都有這種看法。

根據《韓詩》、《史記》之說，〈商頌〉乃是正考父所作以美宋襄公者，馬瑞辰依《左傳》所載，知正考父佐戴公、武公、宣公，其子孔父嘉在殤公時為大司馬，中隔莊公、湣公、新君、桓公，始至襄公，正考父不可能作〈頌〉以美襄公，今日多數學者經過多方面的考證，確認今所見〈商頌〉五篇（按：另七篇在孔子之前已亡佚）為宋襄公時代之作，但作者如馬氏所言，非正考父，不過，魏源認為宋襄公之世，正考父尚存，日人白川靜〈詩經蠡說〉也舉證以為正考父正當宋襄公之世，這也值得我們斟酌。

宋詩何以能跟王朝之〈頌〉並列呢？鄭玄《詩譜》以為〈商頌〉是孔子編入《詩經》的，屈萬里《詩經詮釋》說：「『丘也殷人也』（孔子語，見《禮記・檀公》），那麼，把這些『亡國之餘』的詩歌，高抬到和王朝之《頌》平列，在孔子做起來，也是人情之常。」這個推論並不離譜。

商頌（共五篇）

那

猗與那與❶！置我鞉鼓❷。奏鼓簡簡❸，衎我烈祖❹。湯孫奏假❺，綏我思成❻。鞉鼓淵淵❼，嘒嘒❽管聲。既和且平，依我磬聲❾。於赫❿湯孫，穆穆⓫厥聲。庸鼓有斁，萬舞有奕⓬。我有嘉客⓭，亦不夷懌⓮。自古在昔，先民有作⓯。溫恭朝夕，執事有恪⓰。顧予烝嘗⓱，湯孫之將⓲。

❶猗與那（ㄋㄨㄛˊ）與：猗那，即猗儺，美盛的樣子。與，今作「歟」，讚歎詞。

❷置我鞉（ㄊㄠˊ）鼓：置，或以為是植的假借，樹立、豎立的意思。或謂讀為持，或逕釋為安置。鞉鼓，一種有柄可搖的小鼓。

❸簡簡：形容聲音之大。

❹衎（ㄎㄢˋ）我烈祖：衎，樂。烈祖，功業偉大的先祖，指成湯而言。

❺湯孫奏假（ㄍㄜˊ）：湯孫，湯的後代子孫，即主祭者，宋國的某位國君，或謂是宋襄公。奏，進。假，同「格」，神至、神明降臨的意思。奏假，祈禱先祖之神靈降臨。

❻綏我思成：綏，贈予，賜予。成，或謂太平，或解為福氣。馬瑞辰《通釋》：「綏與遺疊韻，綏

之言遺，遺即詒也。〈烈祖〉詩『綏我眉壽』義同。」「思為句中語助。『綏我思成猶云貽我福，與〈烈祖〉詩『賚我思成』句法正同，亦謂賚我福也。』」

❼ 淵淵：擬聲之詞。《朱傳》：「深遠也。」

❽ 嘒嘒：管聲。《朱傳》：「清亮也。」

❾ 依我磬聲：磬，石或玉製成的敲擊樂器。周代之樂以磬收音，擊磬則眾聲隨而終止。

❿ 於（ㄨ）赫：於，歎美詞。赫，顯赫。

⓫ 穆穆：美的意思。

⓬ 「庸鼓有斁」二句：庸通「鏞」，樂器名，大鐘。斁、奕，都是盛大的意思。

⓭ 嘉客：指助祭者。

⓮ 亦不夷懌：亦，語詞。不，同「丕」。夷、懌，都是喜悅的意思。或釋為「豈不愉悅」，則句下使用問號；亦通。

⓯ 有作：有所創作、有所作為，或言意謂立有定規，指恭敬之道。

⓰ 恪（ㄎㄜˋ）：敬慎恭謹。

⓱ 顧予烝嘗：顧，光顧。烝，冬祭。嘗，秋祭。

⓲ 將：奉獻。

說明

〈那〉是〈商頌〉的第一篇作品，和後面的〈烈祖〉、〈玄鳥〉都是眾所承認的祭祀樂歌，至於〈長發〉與〈殷武〉二詩，則有某些學者有意見，特別是〈殷武〉，晚近有不少學者指出該篇實為讚美宋襄公之作。筆者管見，〈商頌〉前四篇都是祭祀之作，〈殷武〉雖也像是宋國國君祭祀祖先的詩歌，但多數篇幅在歌頌時君，若真是祭祀之樂歌，也與正統頌詩大異其趣。

《詩序》：「〈那〉，祀成湯也。微子至于戴公，其間禮樂廢壞，有正考甫者，得〈商頌〉十二篇於周之大師，以〈那〉為首。」〈那〉是春秋宋人祭祀其先祖成湯的宗廟之樂歌，〈古序〉之言無誤。此外，由詩所述，知〈那〉為用於宗廟的歌舞兼具之作，這種以樂舞的盛大來表示對先祖的尊崇，進而以此求取神明庇護佑助的作品，當然符合頌詩的條件。

烈祖

嗟嗟烈祖❶！有秩斯祜❷。申錫無疆❸，及爾斯所❹。既載清酤❺，賚我思成❻。
亦有和羹❼，既戒既平❽。鬷假無言，時靡有爭❾。綏我眉壽❿，黃耇無疆⓫。
約軝錯衡⓬，八鸞鶬鶬⓭，以假以享⓮。我受命溥將⓯。自天降康⓰，豐年穰
穰⓱。來假來饗⓲，降福無疆。顧予烝嘗，湯孫之將⓳。

注釋

❶嗟嗟烈祖：嗟嗟，讚美聲。烈祖，或謂指中宗，或以為和前篇〈那〉的「烈祖」一樣，也是指成湯。

❷有秩斯祜：秩，大。斯，其。祜，福。

❸申錫無疆：申，一再、重複。錫，賜，指賜福。無疆，無窮盡。

❹及爾斯所：爾，指主祭之君。斯所，此處。

❺既載清酤（ㄍㄨ）：載，設。酤，酒。

❻賚（ㄌㄞˋ）我思成：賚，賜。思，語詞。成，福。

❼和羹：五味調和之羹。

❽既戒既平：戒，《毛傳》：「至。」平，平和、肅靜。陳奐《傳疏》：「《傳》訓戒為至者，言神靈之來至也。平，和平也。既戒既平，猶言『神之聽之，終和且平也。』」按：「神之聽之」二句，見〈小雅．伐木〉首章。

❾「鬷（ㄗㄨㄥ）假（ㄍㄜˊ）無言」二句：鬷假，即〈那〉之「奏假」，奏，進。假，同「格」，神

至、神明降臨的意思。時，是。靡，無。

⑩綏我眉壽：綏，贈予、賜予。眉壽，長壽。

⑪黃耇（ㄍㄡˇ）無疆：黃，黃髮，老人的頭髮是先白後黃的；耇，老人臉上的灰瘢。此處黃耇為長壽之意。句謂長壽之福無窮盡。

⑫約軝（ㄑㄧˊ）錯衡：約，纏束。軝，車轂。錯，文彩。衡，車轅前端的橫木。

⑬八鸞鶬鶬：鸞，車鈴。一馬兩鸞，四馬計有八鸞。鶬鶬，鈴聲（〈小雅．采芑〉亦有「約軝錯衡」二句，唯「鶬鶬」作「瑲瑲」）。

⑭以假（ㄍㄜˊ）以享：假，神至，此謂迎神之來。享，獻，指獻上祭品。

⑮溥將：溥，大。將，長。

⑯康：安康、安樂。

⑰穰穰（ㄖㄤˊ）：收穫眾多的樣子。

⑱饗：享用祭品。

⑲「顧予烝嘗」二句：顧，光顧。烝，冬祭。嘗，秋祭。將，奉獻。〈那〉亦有此二句。

說明

〈烈祖〉是春秋時代宋國國君祭祀祖先的作品。

《詩序》：「〈烈祖〉，祀中宗也。」中宗為湯之玄孫大戊，《序》以〈烈祖〉為祭祀中宗之作，也許自有依據，也可能如姚際恆《詩經通論》所說，「本無據，第取別于上篇，有以下篇而及之耳」。《朱傳》謂〈烈祖〉「亦祀成湯之樂」，由於〈那〉與〈烈祖〉皆以「顧予烝嘗，湯孫之將」作結，後人普遍支持朱說。

輔廣《詩童子問》：「〈那〉與〈烈祖〉皆祀成湯之樂，然〈那〉詩則專言樂聲，至〈烈祖〉則及于酒饌焉。商人尚聲，豈始做樂之時則歌〈那〉，既祭而後歌〈烈祖〉歟？」雖為推測之辭，然如姚際恆所評，「此說似有文理」。

玄鳥

天命玄鳥，降而生商❶。宅殷土芒芒❷。古帝命武湯❸，正域❹彼四方。方命厥后❺，奄有九有❻。商之先后❼，受命不殆❽，在武丁孫子❾。武丁孫子，武王靡不勝❿。龍旂⓫十乘，大糦是承⓬。邦畿⓭千里，維民所止⓮，肇域⓯彼四海。四海來假⓰，來假祁祁⓱。景員維河⓲，殷受命咸宜，百祿是何⓳。

❶「天命玄鳥」二句：玄鳥，燕子。相傳高莘氏妃簡狄，吞燕卵而生契。契為商之始祖，故詩有此二句。

❷宅殷土芒芒：宅，居住。殷土，殷商的土地。芒芒，廣大的樣子。

❸古帝命武湯：古帝，天帝。武湯，有武德的湯。

❹正域：正，治理或征服之意。域，封域。

❺方命厥后：方，古與旁通，普遍的意思。厥，其。后，君，指諸侯。

❻奄有九有：奄有，擁有。九有，即九域、九州。

❼先后：先君、先王。

❽殆：同「怠」。

❾在武丁孫子：即在孫子武丁，倒文以協韻。王引之《述聞》以為武丁乃武王之誤，如此則句非倒文。

❿「武丁孫子」二句：武王，指湯。二句謂凡武王所為，武丁無不能為。王引之《述聞》謂二句原本應為「武王孫子，武丁靡不勝」，即武王之孫武丁（按：武丁為湯之九代孫盤庚之弟小乙的兒子，在位五十九年）對於國事沒有不能勝任的。

⓫龍旂：旗上繪交龍者，為諸侯所建。

⑫大糦（ㄔˋ）是承：糦，饎之或體，酒食的意思。大糦，指祭祀所用的豐盛的酒食。承，進奉。

⑬邦畿：王畿，近京師而為王所直轄之地。或謂邦為封之假借，邦畿即疆界。

⑭止：居。

⑮肇域：《鄭箋》：「肇，當作兆。」兆域，疆域。或謂兆為開拓之意；亦通。

⑯四海來假（ㄍㄜˊ）：四海，四海之君。假，《鄭箋》：「至也。」屈萬里《詮釋》：「假（格），本謂神之降臨。施之於凡人，乃後起之用法，疑作〈商頌〉時，尚無此義。此蓋謂四海之君來助祭也（祈神降臨——即祭——亦謂之假）。」

⑰祁祁：眾多的樣子。

⑱景員維河：景，《毛傳》：「大。」《朱傳》：「山名，商所都也。」員，通「隕」，幅隕、疆域、四周的意思。河，黃河。

⑲何：擔負、負荷的意思。

說明

古代部族的起源，幾乎都有個神異的故事，這篇〈玄鳥〉因為敘述了玄鳥生商的神話，所以在質樸而寫實的《詩經》中，顯得具有了幾許浪漫的、神祕的氣息。

《詩序》：「〈玄鳥〉，祀高宗也。」《序》之言是可信的，可是如果要顧及全詩的內容，則糜文開、裴普賢《詩經欣賞與研究》所說最為完整：「這是宋國祭祀其先祖殷高宗武丁所用的樂歌，而詩中並追敘其始祖契之所由生，以及商湯初有天下的光榮歷史。」方玉潤《詩經原始》推崇本篇為「三〈頌〉壓卷」，〈玄鳥〉是否真為頌詩中最優，仁智互見，但此詩為頌詩之佳作，毋庸置疑。

長發

濬哲維商❶，長❷發其祥。洪水芒芒❸，禹敷下土方❹。外大國是疆❺，幅隕❻既長。有娀方將，帝立子生商❼。（一章）

玄王桓撥❽，受小國是達，受大國是達❾。率履不越❿，遂視既發⓫。相土烈烈⓬，海外有截⓭。（二章）

帝命不違，至于湯齊⓮。湯降不遲⓯，聖敬日躋⓰。昭假遲遲⓱，上帝是祗⓲。帝命式于九圍⓳。（三章）

受小球大球，爲下國綴旒⓴，何天之休㉑。不競不絿㉒，不剛不柔，敷政優優㉓，百祿是遒㉔。（四章）

受小共大共，爲下國駿厖㉕，何天之龍㉖。敷奏㉗其勇。不震不動，不戁不竦㉘，百祿是總。（五章）

武王載旆㉙，有虔秉鉞㉚。如火烈烈，則莫我敢曷㉛。苞有三蘖㉜，莫遂莫達㉝，九有有截㉞。韋顧既伐，昆吾夏桀㉟。（六章）

昔在中葉㊱，有震且業㊲。允也天子㊳，降予㊴卿士：實維阿衡㊵，實左右㊶商王。（七章）

❶濬哲維商：濬，睿之假借，睿智、智慧的意思。哲，明哲、明智。商，指商君。

❷長：久。

❸芒芒：廣大的樣子。

❹禹敷下土方：敷，平、平治。下土，天下的土地。方，四方。或謂下土方猶言下國；亦通。

❺外大國是疆：外，或謂王畿之外，或謂邊疆之外。疆，疆界、疆域。

❻幅隕：即幅員，疆域、國土的意思。

❼「有娀（ㄙㄨㄥ）方將」二句：有娀，國名，此指契母有娀氏之女簡狄。將，《毛傳》：「大也。」壯大、壯年的意思。因為帝命使簡狄吞燕卵而生下商的始祖契，所以說「帝立子生商」。

❽玄王桓撥：玄王，殷商後代對契的尊稱。桓撥，勇武英明的樣子。

❾「受小國是達」二句：受，接受。達，通、順利。因為契接受堯之命，封於商，為小國，至舜末年始增益其土地為大國，故有此二句。

❿率履不越：率，遵循。履，禮。越，逾越、越軌。

⓫遂視既發：遂，就、於是。視，省視、視察。發，《鄭箋》：「行也。」「教令則盡行也。」

⓬相土烈烈：相土，契之孫。烈烈，《毛傳》：「威也。」

⓭海外有截：海外，四海之外。截，整齊，一致服從。有截，截然。

⓮至於湯齊：齊，齊一、一致。俞樾《平議》讀齊為「濟」，句為至湯而成功之意；亦通。

⓯湯降不遲：降，降生。不遲，適當其時的意思。

⓰聖敬日躋：聖，聖明、明智。敬，敬謹。躋，升、進。日躋，與日俱進。

⓱昭假（ㄍㄜˊ）遲遲：昭假，祈禱神明降臨。遲遲，持久不懈怠的意思。

⓲祗（ㄓ）：敬。

⓳帝命式于九圍：命，命令，指命令商湯。式，法式、模範。九圍，意同前篇〈玄鳥〉之「九有」，九州的意思。

⓴「受小球大球」二句：《毛傳》：「球，玉。綴，表。旒，章也。」受，同「授」。下國，指諸侯。

二句謂湯授予諸侯大玉小玉，作為他們的表章。王引之《述聞》謂球讀為「拒」，法則的意思；亦可通。

㉑何天之休：何，承荷、蒙受。休，美。

㉒不競不絿：競，爭。絿，《毛傳》：「急也。」《鄭箋》：「逐也。」《廣雅》：「求也。」

㉓敷政優優：敷政，施政。優優，溫和寬厚的樣子。

㉔遒：聚。

㉕「受小共大共」二句：共，《毛傳》：「法也。」王引之《述聞》謂共讀為拱，和前章的「球」都是法則的意思。駿厖，恂蒙之假借，庇覆的意思。

㉖龍：寵。

㉗敷奏：施展、表現。

㉘不戁（ㄋㄢˇ）不竦：戁，恐。竦，懼。

㉙武王載旆：武王，指湯。載，設。旆，旗。載旆謂設旗出發。

㉚有虔秉鉞：虔，或訓強固，或謂虔敬。秉，持。鉞，斧類兵器。

㉛曷：遏的假借，阻止的意思。

㉜苞有三蘖：苞，根、本，用以喻夏。蘖，樹木斬伐後復生之芽。三蘖，指夏的三個與國，韋、顧、昆吾。

㉝莫遂莫達：遂、達，都是草木順利生長的意思。

㉞九有有截：參見注⑬⑲。

㉟「韋顧既伐」二句：韋、顧、昆吾為夏桀之三與國，分別在今河南滑縣、山東范縣及河北濮陽縣。這二句意謂韋、顧、昆吾、夏桀皆已伐。

㊱中葉：中世，《鄭箋》以為是契孫相土時代，《朱傳》疑為湯之前世，馬瑞辰《通釋》謂為湯時。

㊲有震且業：震，或訓驚動，或釋為威武。業，或訓危，或以為是強大的意思。

㊳允也天子：允，誠然。句謂湯誠然為上天之子。

㊴降予：天賜予。

㊵阿衡：官名，指伊尹。

㊶左右：即佐佑，輔助的意思。

〈長發〉是一篇春秋時代的宋君祭祀商湯之作。《詩序》：「〈長發〉，大禘也。」《鄭箋》云：「大禘，郊祭天也。《禮記》曰：『王者禘其祖之所自出，以其祖配之』是謂也。」由於〈長發〉言契，而不言契之所自出，是以《序》說受到不少人的質疑。

此詩的重點在商湯，雖然由商之發祥敘起，但所歷述的先世非祭祀的對象，應該還是祭祀成湯的一篇作品。

殷武

撻彼殷武❶，奮伐荊楚❷，罙入其阻❸，裒荊之旅❹。有截其所❺，湯孫之緒❻。（一章）

維女❼荊楚，居國南鄉❽。昔有成湯❾，自彼氐羌❿，莫敢不來享⓫，莫敢不來王⓬。曰商是常⓭。（二章）

天命多辟⓮，設都于禹之績⓯。歲事來辟⓰，勿予禍適⓱。稼穡匪解⓲。（三章）

天命降監，下民有嚴⓳。不僭不濫⓴，不敢怠遑㉑。命于下國，封㉒建厥福。

（四章）

商邑翼翼㉓，四方之極㉔。赫赫厥聲㉕，濯濯厥靈㉖。壽考且寧，以保我後生㉗。（五章）

陟彼景山㉘，松柏丸丸㉙。是斷是遷，方斲是虔㉚。松桷有梴㉛，旅楹有閑㉜，寢成孔安㉝。（六章）

注釋

❶撻彼殷武：撻，勇武的樣子。殷武，《毛傳》：「殷王武丁也。」《朱傳》：「殷王之武也。」屈萬里《詮釋》：「殷之武力也。宋在春秋時，猶有殷商之稱。」

❷奮伐荊楚：奮伐，奮力討伐。荊，楚國的舊稱。《春秋》於〈僖公元年〉始稱荊為楚。荊楚連文，即指楚國。

❸罙入其阻：罙，古同「深」。另本作「罙」（ㄇㄧˊ），亦解為「深」。阻，險阻之地。

❹裒（ㄆㄡˊ）荊之旅：裒，與桴通，取的意思，也可以引申為俘虜。旅，眾，指兵士。

❺有截其所：有截，截然。截，整齊、一致服從。其所，其地或其所伐之處。

❻湯孫之緒：湯孫，湯的後裔，或謂大甲，或謂高宗武丁，或以為是宋襄公。緒，功業。

❼維女：維，發語詞。女，同汝。

❽南鄉：鄉，《毛傳》：「所也。」南鄉，即南方。

❾昔有成湯：成湯，湯之號。馬瑞辰《通釋》：「成湯仍當為生時之號，《史記》：『湯曰：吾甚武，號為武王。』或始以武為號，及武功既成之後，又號為成耳。」按：後人多認為成湯為湯死後之諡號，但亦有謂周以後始有諡法者。

⑩自彼氐羌：自，雖。氐、羌，都是西方的夷狄之國。

⑪享：獻、進貢。

⑫來王：《鄭箋》：「世見曰來王。」王靜芝《通釋》：「諸侯在九州之外藩國，父死子繼。及嗣王即位，乃來朝王，每世一次，故曰世見。」此處來王可解釋為來朝。

⑬曰商是常：曰，發語詞。常，或訓常禮，故謂通「尚」，輔助或尊尚的意思。

⑭多辟：辟，君。多辟，謂諸侯。

⑮設都于禹之績：設都，建設都城。績，通蹟、跡。禹之績，即禹所治之地。

⑯歲事來辟：歲事，即諸侯每年朝見之事。來辟，來朝。

⑰勿予禍適：予，王引之《述聞》：「猶施也。」禍，過之假借。適，通「謫」。禍適，責過的意思。

⑱稼穡匪解（ㄒㄧㄝˋ）：解，通「懈」。句謂耕作不懈怠。

⑲「天命降監」二句：降監，下察人民。下民，天下面的人民。嚴，通「儼」，敬謹的意思。有嚴，即嚴然，守法謹嚴的樣子。王國維〈與友人論詩書中成語書〉謂二句意為「天命有嚴（威嚴），降監下民」，又云：「句或倒者，以就韻耳。」其說可參。

⑳不僭不濫：僭，超過本分。濫，浮濫、超過。《毛傳》：「賞不僭，刑不濫也。」

㉑怠遑：懈怠偷懶。

㉒封：大。

㉓商邑翼翼：商邑，商都，此或指宋都商丘，在今河南商丘縣。翼翼，整敕，整齊的樣子。

㉔極：中。

㉕赫赫厥聲：赫赫，顯盛的樣子。厥，其，或謂指高宗，或謂泛指商之先祖，或以為指宋襄公。

㉖濯濯厥靈：濯濯，光明的樣子。靈，或訓神靈，或以為與令通用，指宋君之命令。

㉗後生：後代子孫，或謂即指宋襄公。

㉘景山：《朱傳》：「山名，商所都也。」在今河南省偃師縣南。王國維〈說商頌〉謂景山在商丘附近。

㉙丸丸：平滑條直的樣子。

㉚方斲是虔：方，是。斲，砍。虔，削伐。

㉛松桷（ㄐㄩㄝˊ）有梴（ㄔㄢ）：桷，方形屋椽（椽是古代房屋上面一根一根的橫木條）。梴，《說文》：「木長貌。」

㉜旅楹有閑：旅，眾多。楹，堂前的柱子。閑，粗大。

㉝寢成孔安：寢，或訓寢廟，指高宗武丁廟，或訓寢宮。孔安，甚安。

說明

〈殷武〉是宋君建廟祭祀祖先的樂歌，詩的重點是在誇耀宋君的武功。

《詩序》：「〈殷武〉，祀高宗也。」由於《春秋》於〈僖公元年〉始稱荊為楚，而詩言「奮伐荊楚」，因此，吾人若欲支持《序》說，只有以為「荊楚」二字為詩人追書之辭，亦即，這是宋君建廟祭祀高宗的樂歌，內容以歌頌高宗伐荊之功為主，不過，晚近多數學者似乎不認同《序》說，而以主張讚美宋襄公（按：解末章的「寢」為寢宮），或襄公建成新廟，以伐楚告於廟（按：解末章的「寢」為寢廟）者居多，這都是可以參考的。

國家圖書館出版品預行編目資料

詩經全注／黃忠慎編著. ——五版. ——臺北市：五南圖書出版股份有限公司, 2023.08
面； 公分.
ISBN 978-626-366-374-9（平裝）

1.詩經 2.注釋

831.12 112011941

1XQ3 經典文學系列

詩經全注

作　　者— 黃忠慎(290.1)
發 行 人— 楊榮川
總 經 理— 楊士清
總 編 輯— 楊秀麗
副總編輯— 黃惠娟
責任編輯— 陳巧慈
封面設計— 陳亭瑋
出 版 者— 五南圖書出版股份有限公司
地　　址：106台北市大安區和平東路二段339號4樓
電　　話：(02)2705-5066　　傳　　真：(02)2706-6100
網　　址：https://www.wunan.com.tw
電子郵件：wunan@wunan.com.tw
劃撥帳號：01068953
戶　　名：五南圖書出版股份有限公司
法律顧問　林勝安律師
出版日期　2008年9月三版一刷
　　　　　2016年9月四版一刷
　　　　　2023年8月五版一刷
定　　價　新臺幣630元

名著常在

—經典名著文庫

五南，五十年了，半個世紀，人生旅程的一大半，走過來了。
思索著，邁向百年的未來歷程，能為知識界、文化學術界作些什麼？
在速食文化的生態下，有什麼值得讓人雋永品味的？

歷代經典・當今名著，經過時間的洗禮，千錘百鍊，流傳至今，光芒耀人；
不僅使我們能領悟前人的智慧，同時也增深加廣我們思考的深度與視野。
我們決心投入巨資，有計畫的系統梳選，成立「經典名著文庫」，
希望收入古今中外思想性的、充滿睿智與獨見的經典、名著。
這是一項理想性的、永續性的巨大出版工程。
不在意讀者的眾寡，只考慮它的學術價值，力求完整展現先哲思想的軌跡；
為知識界開啟一片智慧之窗，營造一座百花綻放的世界文明公園，
任君遨遊、取菁吸蜜、嘉惠學子！